JIE 中卷　　　　　　　陈文伟 著

界

作家出版社

献给

亲爱的外婆

海外亲人们

陈文伟

目　录

写在前面的话

最近，我怀着激动与感激的心情，第五次细读了《我的父亲邓小平》一书。阅毕。脑中唯存一想法：倘若没有无数的先烈洒血舍命在战场上，哪有你、我今日之安逸。

在这颗蓝色星球上，有一位生活了一百零六年、跨越了三个世纪年轮的华人女性，她列举出人性的十四种弱点：易受欺骗；温情主义；冷漠；道德上及有形的怯懦；寻找刺激的并发症；苦闷与不满；徒劳的自我纵欲；竞争性的残忍；贪婪与好奇；归属感；不安与焦虑；需要他人表彰其和一项感动；优柔寡断。她说：这些是人类与生俱来的天性。

欲望、行为、道德、人性……时时刻刻围绕在你我左右，这些绝不是生活中夸夸其谈的大话题。

引用我的母亲——百姓人群之中的一位普通得不能再普通的女士——生前的一句平常话语。她说："在未来的日子里，在经济上，除了安排家中正常的开销之外，只要手头还有几块富余的钱就是大美之事啦。只有让时间和精神欢乐起来，才不枉在世一生。你的父亲做了一辈子的大生意，我和他风风雨雨同甘共苦走了五十载，这是他想让我传给你的至理名言。记住啦……"

这是母亲留给我的一句极为平凡的家常话。要想真正做起来是不是很难？然而，它却是实实在在触手可及的。

在衣食住行诸方面日见优越、收入进项渐丰的今天，中华民族美好的传统道德理应就是立身之人性的永恒支柱。带着父母双亲大人的普通一语，当下，我亦是六十五岁的老者了。我愿将流传于厦门地区的一句古训与我的平辈、晚辈们共同分享。其曰：听人劝谏，吃苦善赚，食好眠饱，无惊不慌，一无挂虑。难道不是这样吗？！

作者书于二○一五年清明节

序

时间，是个神奇的宝贝，可以截成片段，又可以连条成串。

在本人五虚岁，也就是四周岁的生日，父母双亲送给本人一本《四角号码·王云五小辞典》和一本当年出版的、词条算得上最多的《英汉词典》作为生日礼物。

从此，父亲的书房就成了本人最喜欢且依赖的好地方。

书中的人物与事件是可以想象，可以虚构的。但是，那个年代的许许多多片段，确实是值得永生牢记的。

这样的年代，是世人、中国人不常遇见的大震荡、大变革、大冲击、大改变的伟大时代。

本人用了整整十二年的时间，易稿十四遍，留存了溯流时间前移的字字页页……

尽管所留存的文字并不华丽，然而，那是当年人们的衣食住行、喜怒哀乐，就是如此单纯、朴素、简单。毕竟，她就是属于那个年代。

虚构故事中的人物，如有雷同纯属巧合。本人再次严正申明。

书。是宝贝，是伴侣！

难道不是这样吗？！

已经经历过以及没有成长在那个"年轮"的人们，咱们结伴同行。

感谢时间给了咱们记忆、回忆、回味……

书中想象与虚构的人物，邀我衷心地感谢在这颗蓝色星球之上，所有写书的人和他、她们存留于人世间的伟大作品。

　　谢谢朋友们。

　　谢谢大家。谢谢！

　　是为序。

作者

二〇一四年十月二十五日

知识不等同于智慧，智慧能驾驭知识。

时间，是人世间的每一个人、每一天所得到的最公平、最合理的物质与配给。

人们在世所得到的闲暇时间越富余，其拥有的精神与物质就越不富裕。反之，他就是一个富足的人。

一、南洋侨汇相助

母亲亲手泡上一壶好茶。

三人喝茶。父亲思考了片刻后说："这个主意不错完全可以这样做，真可谓圆满啊。还有啊，家中的这几位，你是否已经排定啦？"父亲指的是另外的五个子女。

"这事我亦想好了。到时按喜宴席上的名单落座。我将他们全拆散到各桌席陪同宾客们，有礼且敬重，还有……"父母双亲会意地拍了拍孝子的肩膀和后背，儿子想让长辈猜谜，可谜底早在他们的心中。

在这喜庆的日子里，成德富、闻宝钗一对老夫妻，乘上早年专门接送成德富上、下班，车伯驾驭的三轮"专车"，先上他们的二哥二嫂成德昌的家中，而后行走于大嫂、三嫂和三位姐姐家里分发请柬、喜糖喜饼，再过渡到鼓浪屿鸡母山，他的大老板也是恩师卓陈全先生家中。卓老夫妇偶感风寒实在无法赴喜宴，老板娘陈爱莲老太包了四百四十四块的大红包喜礼。二老继续行走于鼓浪屿，将此喜讯通报了所有亲人，此后才来到林老将军家中。这一整天下来，对二老来说真是一次"万里长征"。隔天一早，父母又提起外婆留下的、专用于办喜事的添金线雕的喜篮，送上喜糖喜饼给邻里五十二户人家。还真别说，就是有的邻居满脸堆笑问及陈宝小儿的"抢婚"之事，虽是酸话一堆，但说归说，邻里情犹在。

好邻居自发自愿地五分、一毛两毛地凑在一起，由最年长者主持，集体购买一对搪瓷口杯、一对红底红边盆底大红囍字的脸盆、一对外壳是大红囍字的热水瓶、一对带有红花底彩的搪瓷小痰盂，赠给成府的这对新人。各家各户三五成群来到新房，说上一整套吉利话，吃一颗喜糖喝一口甜茶，看一看新娘房的布置。当年的街坊邻里就是如此和睦，全是发自内心地相互照应。出了平房家门彼此请安问好，吃完早餐的人问候未食午饭者：吃饱了吗？邻里之间根本听不到拌嘴吵架，更别说抢臂见输赢之丑态。众人相依相帮，你好我也好。而"文革"后才成长起来的年轻一辈，比起老辈人那种发自内心的真诚相待是有不小差别的，区别就在于实、虚之间。小辈们在彼此交往中，更多的还是出于礼节性的应与对，留下的只有轻描淡写的脸皮笑意。他们确是不知道为什么变得连自己都不认识自己了，然而这却是事实。是道德水准在下降？物欲之诱惑？还是人之本性？！

成闻卫约好章强国一起来到老教练的家中，老师为自己的得意门生"摔死胚"欢心。说起这位章强国，学校的老师们对他可没什么好印象，全都知道他就是个不学无术、好吹嗜赌的"小鬼学员"。还是在几天前，成闻卫从吴主任的口中才知道，他竟然胆大到尾随跟踪学校领导！

成闻卫的父母亲做事是非常之细心，他们将所邀请的长辈是否要带子孙做"挂手杖"都记了下来以便排座。父母双亲跑上忙下根本就没有丝毫倦意。兴致正浓时，老婆婆研起墨老爷爷提着笔写了一副大喜联，贴在成府番仔楼的大门框、门楣上。又加写了一副贴于外大门。有这么大的成就当然欢心啦！泡茶！相视对饮。

阿顺来电话告知长腿，他已经在造船厂招待所住下了，只是不巧两位厂长前往福州开会，他准备明天赶早就与他们会面。长腿太高兴了，能平安到达目的地就是一个好的开端。他再三叮嘱阿顺，厦门带上去的礼品只是"问候语"，接下来要办的正事别舍不得花钱。现在的目标明确，就是尽最大气力尽可能把事办下来。当然，只是尽力而为，办不下来也是天注定的事。长腿还稍劝阿顺饮酒之事。其实，已是一家之长的男人根本就不用未成家的小毛头多言，自知分寸。这长腿是好意却庸人自扰之。

成老师着手整理喜宴座席名单，大鸟就来电话说起鸭掌鸭头的玩笑话。长腿不理他这一套，说起阿顺在福州的正事，还交代他，阿海的事要他帮大忙，要天天把他带到家里来。他让大鸟除了帮助整理新房之外，一等一的大事就是死守山区育春大哥运木炭的长途电话。长腿这话一出口，大鸟马上答应这两天就办这几件大事。他们深知：从山沟里的生产队到圩上的公社所在地的邮电局打一通摇把的长途电话，是一件多么麻烦甚至是艰辛的事情。接着，阿弟给漳州家里打电话，把运抵漳州的木炭货车的接车地点就定在国家女排训练基地大门口。在漳州，这是个妇孺皆知的地方，这样便于联络、接车。

"哇！比上一堂训练课还更累！"阿弟终于理顺了喜宴的座席、人员名单，自言自语地踱步在书房外的花园中。确实，体育运动的体力付出只不过是出一身大汗，而动脑筋的差事的确累人。难怪读书人总是抱怨说：动脑、读书、做学问是世间最累最苦最难之事！

四月二十七日一大清早，成老师就上学校训练足球队去了。从今往后，队里晨练一小时成了雷打不动的规矩，要一直坚持到市中学生足球联赛之时。晓亮这些天来身体素质训练的大进步，令成老师心中有说不出的高兴，这全是晓亮自觉加大的运动量。相比之下，小谢就稍差一些，这与自身体质有一定的关系。不过，晓亮的饭量也是全队闻名的。只要盛上一碗粥、一小碟菜，他就可以啃下八个大馒头，而且是不带喘息地一口气把它们全部干掉。这真是太吓人啦！他可丝毫没有察觉到这有什么难为情的。你看着他吃饭，他朝着你笑笑，没事儿似的。晓亮就是这个样子，一个正处在青春发育期、猛长个增气力、超级可爱的大小伙子。

学校足球队晨练后，成老师回家刚洗了个澡。还不到八点钟又来电话了，这次是二姐成倩莲从天津打来的。她准备在今天中午动身，乘坐北京开往福州的四十五次快车，到福州再转火车或长途汽车，假如一切顺利的话，四月三十日晚，最迟"五一"中午就会抵达家里了。问及阿弟婚庆的准备情况并谈到了厦门中学现任总务处处长，说他们在厦门一中高中部同窗了三年，此后，又是厦门大学四年的校友，虽不在同一个系，可依旧保持着友好的关系。

是啊！校园里同窗学友的情谊是最值得珍惜的。没有社会上那股污浊的空气、嘈杂的噪音，唯有单纯洁净。

听到二姐说的这条新消息，阿弟即刻上楼告知双亲。父亲告诉他：倘若想请学校的总务处长就要另起一份请柬，他是与教务处的丁主任平级的。另外，必须知道总务处长的尊姓大名，在写喜帖时不可单写官衔，那是古例所不允的。说实在话，成老师对总务处长是心存感激的。这次学校足球队的早餐津贴，不是说孙副校长一道"圣旨"就可以完结的事。他在龙岩厂办学校时，那么支持他工作的领导们在这样的事情上还要费一番心思，更不用说拿上真金白银、粮食票券去支持"友谊第二"的锦标主义。

国人办事，有时还真需要些私人感情哦。谢啦！钱处长。

一大早，弟兄姐妹们都来家帮忙了。长腿抓住阿海到书房继续上课。从打领结、系领带、走路的仪表姿态到和姑娘握手时手上的力度分寸，一直做到阿海满头是汗才稍事休息。大鸟躲在一旁看，偷着乐，像是捡到黄金一般差点笑出声来，他庆幸自己不用为了讨一个漂亮女生的欢心而如此大汗淋漓地"卖命"。他对身边这位做得一手好菜、体健貌美的阿惠颇为得意。此时大写的好心境正符合古言：情人眼里出西施。

正忙着排练的师生连书房里的电话铃响都听不到了，是阿丽告知房东大哥来电话啦！电话中育春告诉成老师，他在清晨和挑炭的社员一起来到公社办公大楼的道路旁，已经装好了第二辆货车，眼下就是要和成老师确定交货地点。成老师非常高兴育春大哥做事如此细心。他嘱咐：两大货车的木炭可以在明天清晨起运，今晚安排好你自己与司机们的食宿，就别再回生产队啦！货车到漳州后，会有专人在国家女排训练基地接车。城里青年让这位朴实的农民兄弟在漳州等他这个新郎官。

二人在电话中欢快道别。成闻卫赶紧给漳州家里打了电话，告知木炭一事的详情。阿姨也定下了将赴厦门的车辆、人员安排。为父母所托之事想得如此周全。这消息来得太及时了。这可是件大事情啊。

原先，阿弟的父母在私下探讨如何安排娶亲的礼仪时，闻宝钗本来不想按俗规来办婚事。后来经过阿姨的点拨之后，她同意了阿姨的提议。阿玲的大家庭在漳州市的居民集中区，是老城区闹市。假如不按当地的民俗惯例来办家中女儿出嫁的大事，就会显得过于另类不合群，甚至会招引来许多料想不到的风言冷语。女儿出嫁是一家之中的好事、喜事、大事，是做女人一生之中的大事件之一。阿姨的提议是善意的。至于五月二日凌晨，阿弟的父母双亲要与刚成家成人的儿子儿媳同来漳州，阿姨的安排将会让二位长辈非常之满意。

自古至今闽、台一带的世俗，女儿出嫁后的第三天必须回娘家"做客"，也就是请娘家亲戚、长辈、好友喝喜酒办喜宴。若在此期间，新郎官的父母出现在亲家的"做客宴"就显得非常不妥。因此，阿姨安排亲家二老在五月四日之前的两天两夜里，暂住在漳州市的上等宾馆的套间客房。等新娘的做客喜宴办过之后，就可以搬到阿玲家里住，这样做事显得自然，且邻里街坊无闲话可说。另外，当厦门的名画、古董运到漳州家里，趁新娘"做客"之良机，阿姨还想放出"风言"，即：厦门亲家大病之后，想来漳州清静之地疗养。这消息在婚庆的大喜日子一放开，将比刮台风还飞得快。仅在这件事情上，可见阿姨是绞尽了脑汁，真心实意在办这件事，可谓考虑得相当周全。她既让新娘家的长辈和家人、亲戚好友顺应了社会的俗世惯例，又使新郎家的父母到漳州亲家的居所住得心安理得，也将现实的丑事、烂事一掩深埋而过。再说，二位开明的老者早就做好了应对最困难局面的准备。

在现实社会中，委曲求全是一门非常深奥的"学问"。

闽、台人娶亲的世俗惯例，必须在黑夜时分，伴郎陪同新郎官到女方家中，在新娘家紧闭的大门外高声喊叫三声：伯母！来娶新娘啰。门内女方亲娘应答后才开大门。然后由伴娘撑伞，遮新娘头顶陪同上轿或上车。当新娘的脚刚迈出娘家大门槛，与喜庆鞭炮炸响的同时，新娘身后的娘家人就使出浑身气力将宅邸的大门甩上。这般强有力的关门，就是为了不让女儿将家中的财气卷走。当地人们脑中的"女儿贼"思想就是如此之根深蒂固。

别看成闻卫的父母已是一大把年纪了，可是在思想观念上，一直是在追求进步与时尚。在那样的封建年代，他们自由恋爱了六年时间才成的家。他们不用媒婆牵线搭桥，而是上教堂举行婚庆典礼。由牧师、证婚人主礼、证婚而后在教堂的结婚人名册中入册归档，之后再由证婚人颁发地方政府印制的、正式的、夫妻各持一张的结婚证书，新婚夫妻郑重地签上名盖了印章。在那个以媒妁之言相亲的年代，他们的如此作为确是需要一股勇气支撑的，是一种进步的表现。尽管当年成朝阳府门的儿女们，娶媳嫁女全是拿香火拜天地的一套旧俗，然而，成朝阳为人智慧、开明。儿子成德富遵守着对岳母的承诺：娶妻成家之后不燃香、烛，不烧纸钱不做法事。他信守诚诺，至今不违。

闻宝钗治家的理念是开明的，这与她从小接受的西式教育有着很大关联。夫妻二人从不动手打子女们。

然而，始终秉持着夫妻间忠贞不渝信念的这对高龄老家长，哪能容得下大伯哥与小婢媳的通奸乱伦？说到底这也是家中么儿在外面寻花问柳、对自己老婆的不忠而引火上身该得的报应……也不知为什么，这个家中么儿从小就是个缺少亲情贪图私利，图乐安逸而不思进取，且为人诡诈工于心计，将所有歪心思全用在自家人身上，可对外又是软蛋一个。在父母心目中他如此急切地"抢婚"在阿弟之前，除了他枕边的坏女子唆使之外，更多的因素还是一心想独霸祖业，若再不加以制止，明天就会成为变卖先祖遗产的败家子。至于家中大少成闻龙，走南闯北一生的成德富最最讨厌的就是他这种只会溜须拍马、阿谀奉承的奴才狗。要是真有一天让这样的人上了位，就真应了那句"子系中山狼，得志便猖狂"的古训了。不过，照大少这把该退养的年纪，已如无精气神的落荒老犬，也就只能在"窝里"找肉吃，这绝对是件极为正常的事了。

坊间有"做儿女父母缘"一说，父母双亲只认定唯一的儿子，也就是外婆起名"阿弟"的顺孝之子，加上乖巧听话的阿玲儿媳妇。然而，假如父母亲得知就在儿子将成家之前，他已经与另一个女人育有一个小生命，又会用怎么样的心态来看待他们认为的"好儿子"呢？！当然，作为父母对于此事件的起因与内情是不可能知晓的。单就吴玉燕本人来说，她对成闻卫始终存有愧疚的心理，她也曾多次劝说她的学员兼心上人，要从内心放下她去成立他自己的小家庭。

过往的家境迫使她不可自拔地被这位英俊男人所吸引，内心深处她也承认自己对这样的男人存在着很强的异性占有欲，亦不否认处在那种状况下的女人是有非常矛盾、纠结的心理。最终依然是家庭因素的逼迫加上欲火的烘烤，致使他作出自认为是正确的选择。可有一点是可以肯定的，也是现实存在的：那就是在成闻卫的内心深处，他对这个女人绝对不会有丝毫想玩弄她的、肮脏的、卑劣的坏思想，甚至可以说他是一个被动的、无意的被卷入者，他就是受不了女人的眼泪与哭诉，当然也不否认自己不争气的"邪眼"贪恋上这个女人的美貌，还有如水一般柔滑的异性肌肤——那诱发雄性、错落有致的女人躯体散发出无穷魅力。他根本就不想去分析这是否与自己的弱点或劣性有关联，也不想知道这究竟是女人的天性还是圈套。仅从这一角度来看，历尽人世沧桑的年迈父母，一旦知晓了儿子的这些事情之后，对他的所作所为应该会有自己的评判。出现在社会任何一个角落的相同问题，也绝不是以简单的"对"或"错"二字来草草诊断的。再过几天就要成为家中一员的儿媳阿玲，是他们的"阿弟"一见钟情、自己选定的终身配偶。两人有着共同的事业、志向、爱好，是真心想在一起过日子的。当时，重病在床的成德富和闻宝钗见到阿玲的第一面时，竟然就认定他们是一家人。既是天作之合又何来对错之分呢？谁也无法说清，当年在厦门过着安定生活的二舅妈，会突发奇想来到战火纷飞的马来西亚，当上了与命相交的战地救护员。在子弹、炮火的缝隙，在成千上万人的混乱阵中找到了二舅并结合为恩爱一生一世的夫妻。如此不差一分一秒的时间点，在那样混乱不堪的境况之下，是"灵"的指引？是灵！是天注定的命！

人，本身就是一种非常奇特、无法说清的高级动物。不是吗？

星期一带队晨练之后，成老师急忙赶回家，将父母亲准备好的两大提包喜糖喜饼带去学校。这是母亲按照儿子的"指示"，按学校各个教研组分包好的，让教职员工与其同喜同乐。之后才到校长办公室，送给陈校长，许、孙二位副校长各一"枕头"喜包。这种"枕头喜"在当年的香港很是流行，在大陆却不多见。最后给丁主任送喜帖。

"哇！这是哪一位书法大家写的喜帖啊，这可是多年不见的好字哦！"丁主任是狂喜加惊奇。

"是家父的亲笔。"成老师应答道。

"真漂亮！不简单！如字帖一般！"丁主任还在欣赏。

成老师将婚宴准备的大致情况向丁主任稍作介绍。他说："婚宴的时间会提早一点，因为有几位年长的前辈也要前来贺喜。丁主任，我还要去总务处一趟，钱处长和我的二姐曾是一中高中时和厦大的学友，机会难得。再说，这次学校足球队的早餐，钱处长是出了大气力的。丁主任，你要是没有什么吩咐，我就上钱处长那里了。"

"应该。应该的。老钱可是个大好人。你赶紧去吧。哦，对了，后天有没有排你的课？"丁主任很关心地问。

"三十号那天是上午第三、四节课，不碍事的。当天下午校足球队的训练，我已经向颜组长和戴老师告过假了。多谢丁主任关心。那我先告辞了。"成老师客气道。

"走吧，走吧！"丁主任微笑着和新郎官握了握手。

成老师所分发的结婚喜糖、喜饼，全是用南洋二舅汇来的外汇和附上的

"华侨购物券"，到友谊商店才买得到的高级食品，全是市面普通食品店见不到的。

成老师来到总务处，将请柬、喜糖、喜饼交到钱处长手上并说明缘由。钱处长非常高兴并谈起了成老师的二姐："想当年，你二姐不仅是个读书机器，组织活动能力也极强，体育棒，还是学校划艇队的主力。哪像我，对体育一窍不通且高度近视之人。"人哪，只要一拉起家常就显得亲近，一下子没了那种不同教学类别，还有那种上、下级关系啦！

成老师总算把学校里的事理顺了。放学时，丁主任请他到办公室。说："成老师，学校以各个教研组的名义——也是所有老师的一片心意，给你贺上喜字大镜面、纯羊毛毯、婴儿澡盆和热水瓶各一对。我请初二年段满段长、你们组的颜组长还有两位老师帮忙，将这些贺礼送到你家去。我抽不出身，请你给他们带个路。等你度了婚假，我们再去看新娘和新娘房。看！他们来啦。"

两位领导和两位老师来到成老师家中。四人八目巡视了成老师家中的摆设和新房的布置。除了当下最时髦的电话、彩色电视机、日式单卡放像机、音响、缝纫机等等，还有古董、雕件摆满了整整一个装饰品立柜。房内各室的墙上有喜庆的婚纱照，有名家的古字、画，还有老师们看花了眼的古籍善本。当成老师觉察到四位同仁异样的目光紧盯着日本产的放像机，便会意地放映了单卡录影带，说是从省体校的教练那里借来的训练守门员的影像资料。无论成老师如何美言相留，同仁们都不肯留下来吃午餐。大家相互客套一番，这是"文人间"固有的客套"薄面皮"，或者说是"文人相轻"那种旧时代的傲气与清高。

经两位姐妹之巧手屋里的厅、房变了大模样啦。阿丽是做了母亲的人，打理室内物件是内行里手。大鸟之女友阿惠的不简单之处在于她的丰富想象力与观察力，且善于用脑。别小瞧这位渔家姑娘，据说她在校读书时，就会利用寒暑假下广东的大酒楼、大宾馆做事，人灵巧又肯吃苦。看看眼前成老师的这间书房，她稍加用心，调整书橱与沙发放置的角度，一间书房就显得光线好了，空间也大了，墙上的古字、画更为醒目。她还告诉三位好兄弟接下来还有更大的动作——她要让"新娘房"的氛围更显清新、自然、协调，又不失气派。

嘿！阿惠，一个小小渔村的姑娘竟然具备了大设计师的眼光！看来无论男女老少，只要肯用心用功勤动脑，个个都能成为高手。大鸟也精神了不少，说是明、后天布置齐全，还要让兄弟更加惊喜。

大鸟神气了，阿海可怜了。他真的很乖，一直在用心做"功课"，老师在一旁监督、验收。突然，学生阿海问了一个不着四六的问题：漳州阿嫂家喜宴要用的鱼货海鲜是不是要先运往漳州？听了这话之后长腿可乐啦——总算把粗人阿海的神经调细啦。这是个及时提醒，让他猛想起一件事：他必须提醒这位女教练别太专注训练，忘却了父母双亲要随他们回漳州的大事。还真被阿弟预料到了，阿玲是准备训练到四月三十日才收手，就是为了能多攒一天婚假陪他和公公、婆婆。打完了这一通电话，阿弟才真的松了一口气。唉！她就是一个单纯地为排球而存在的人。

刚刚通完电话就听到大门外传来叩门声，阿弟一开大门，只见两位威风八面严肃无比的彪形壮汉，手上各提两只银行专用铁箱，把身材矮小的厦门侨汇派送处的应先生夹在当中，大门外的石磴边上停着一辆军用三轮摩托车。

"应科长。你请！"阿弟将应先生让进大门内直入楼下书房，并说："应科长，请稍候，我上楼请父母亲。你们也请坐。阿海！上茶。"他三步并作两步奔上二楼父母亲的卧室。就在长腿走出书房的那一刻，大鸟已经给三位来客点上香烟。阿惠的手脚更快，将古董"九龙盘"里所装的喜糖喜饼端到他们面前。阿丽将阿海泡好的茶递到人客的手上。兄弟姐妹配合得恰到好处。只是，刚刚整理好的书房，被这几条大汉一坐一站，一时显得不那么透亮、宽敞啦。

"妈，楼下有人找。"阿弟轻轻推开父母亲的卧室门，微笑着并朝他们眨了眨眼。父亲会意地换上外套。

"带上印鉴。"丈夫从梳妆台的抽屉暗格取出他们订婚时他为妻子特制的那枚象牙印章，交到妻子手上。

"有人找我？"阿弟正带着父母双亲下楼时，小儿媳妇突然出现在她的房门口，紧张的神色布满肥大的面庞。

"找阿弟的妈，没你什么事！"父亲少有这种语气说话。

"噢。"小儿媳妇一转身关上了房门。顿时，从他们的卧室里传出她与家中小儿紧张又急促的交谈声。

"成先生娘、成先生，打搅你们午休了。这是来款汇单。请过目。"应先生双手递上银行汇单给闻宝钗，两个大汉从装有现金的银行专用铁箱里取出盖着银行封签的几大沓钞票。

聪明细心的大鸟来到小会客厅的门外，用力地擦洗着阿惠早已擦得锃亮的门板，那样子像是在静候着什么……

终于等到啦！听到从木楼梯传下来的脚步声已近时，他使出浑身的气力猛地咳了一声。

"哎哟！你吓死我了！"一个女人的惨叫声。

"哟！是小婶子啊，上班哪？"大鸟不阴不阳的口气。

"我妈呢？"成闻达的小媳妇依然是那副神气样。

"你妈？！哦……是成老师的妈妈啊。买肉去啦。"

"那我二伯呢？他也和我妈一起出去啦是不是？"小儿媳妇季西路的脸相可不是太好看，那副嘴脸有如她面前的这副门板。

"你是说成老师啊。他上课去啦。成老师的妈妈去买免票的猪后腿肥肉啦！哟！你不赶紧去？现在卖肉……嘿……嘿……一看你就是个忠厚人……伯母就回来了。你屋里等她？！"大鸟这一套长短话，褒贬意全在其中。季西路对"卖肉"二字特别敏感，那张门板脸肿胀得如同猪肝一般鲜红，自讨没趣，只能快步离开。家中一众老小随后也上班去了。

成老师打电话到教研组告知：他会迟一点才到学校。

闻宝钗看着父子两个人数点、复核完十元大钞的人民币一万九千三百五十张之后，吩咐儿子说："阿弟，给你二舅拨通电话。"转过身来对应先生和两位保卫人员说："应科长还有你们二位同志，我的这个儿子过两天结婚，给你们包上一份喜礼与我们家同喜同乐！你们一定要给我们二老这个面子哦。"母亲的话音未落，阿惠和阿丽已经从紫檀木的大方桌上将备好的三份礼品递到伯母的手上。这两位巧姑娘的举动，正如闽、台人常说的一句话：溜溜吃目珠的，意思是指灵活敏捷、察言观色、肯动脑筋办事有方的人。

"喂！二舅啊，妈要和你说话。"母亲接过阿弟递过来的话筒。在这个时候儿子才发现，假如让母亲来经商或任一校之长，她一定是一位非常成功的女士。看她现时打电话的言、情、神、态，她的自然谈吐、风度、气质、表情……俨然就是一副从事大事业、管理大企业的大老板模样。

"二哥，我是小妹。刚收到你汇来的五十万港币，兑换成十九万三千五百块人民币，他们父子刚复核完。你就放心吧……嗯……向二嫂和全家大小问好。主与你们同在。好……具体的再电话联系。好，那就先这样。"

　　母亲放下话筒，在汇单的回执上签上名，盖了章。

　　阿弟将客人送出大门外，目送他们上了三轮摩托车走远。一回到书房，漳州家里就来电话了，说房东育春大哥运来的两大卡车木炭已经送到家里了。木炭的质量相当的好。阿弟请家里转告阿姨阿海提醒的那件事，让阿姨给他回个话。在电话里，早年的山区新老农民聊个没够。

　　成德富亲手泡上一壶好茶，与儿子的四位兄弟姐妹聊上了。二老非常感激他们，在家里最需要人手帮忙时，正是众人伸出援手，大伙鼎力相助、支持。

　　一对长辈决定将这一大笔款先放在楼下的保险柜里。母亲看着儿子的好兄弟姐妹忙前忙后的，想为大家做餐晚饭，可被大鸟婉言谢绝。他说已自带了厨师，这下老少全乐啦。

　　阿丽阿惠忙了新房的活之后又当起了厨娘，她们就是有使不完的气力。阿惠还说，她要回一趟漳浦老家，把母亲亲手酿制的"女儿红"陈酒佳酿用在成老师的喜宴上。两兄弟拍手称好。而长腿执意不肯，正想着几日后的"秘密行动"却又不好言明。

　　阿姨来电话了，谈起阿海兄弟所说的那一件事。阿姨说，只要报上到漳州来的这批鱼货海鲜的规格、尺寸，大酒楼后厨自然就会排上适样的菜谱了。阿姨还想将漳州地皮之事告诉阿弟，被他制止了。这房产之事是大动静。虽然这事也是为将来的弟兄姐妹们合住在一起，可八字还未见一撇，太声张反倒不好。

　　阿顺从福州马尾造船厂打来电话，给酒兴正浓的三位兄弟助兴，真是人逢喜事精神爽啊。阿顺与造船厂的领导们谈妥了到八月底就可以交付三对新船，每对拖网船造价三万块，预付定金八千块。在电话里阿顺说明了为何在这么短的时间里，马尾造船厂能一下子交付三对拖网船，一个最主要的原因就是：晋江祥芝码头的一位船主，由于走私台湾手表及台货，被海上巡逻艇抓获。他在元旦新年时预订了一对拖网船，出了这档子事，他的家人又凑不齐提新船的款，交给造船厂的定金也同时勾销。这好运就掉在各位兄弟头上啦。这对拖网船下个月交货，八月还有两对已放了定金。阿顺称赞长腿的二舅海外来信的及时提醒，虽说鳗鱼苗是有节令渔汛的，可现在转入正规的船队，才是发展未来生意的正道。末了的消息非常刺激神经：从新历八月到农历除夕前，马尾造船厂已经决定建造六对拖网船。假如兄弟们在意见统一方面不存在大问题的话，阿顺想趁此好机会与厂方订立意向书。

三兄弟非常认真细致地对这条信息进行评估分析，两位姐妹静坐细听。现在他们的手上有了相当的资本积累，眼下是个不可多得的好时机，假如再联合崇武、舟山造船厂的几艘船只，将实现建造小船队的目标。他们一致决定：买断马尾造船厂下半年的所有拖网船订单。

在电话里，三兄弟与阿顺商议：咱们订购如此大单的船只，是否可以与他们"杀杀价"？双方不谋而合，举起大砍刀准备直"杀"他个两万八千……

听到这里长腿伸直了长舌头，心想：哇！阿顺哪，有道是肖三比成四更狠啊！

清江阿叔也及时来电话提醒，在千西茶的销售存储和建造拖网船这两件大事上，一定要把控好资金的流向，考虑到应急的后手准备，切忌大进大出。

今天的身体素质训练课差点没把成老师吓出一身冷汗，他自我检讨了一番：全是由于自己的粗心大意，刚一开练就放任主守小谢由着性子来，在准备活动没有做好的情况下，用力过猛拉伤了腕部肌腱，幸好发现得早，否则足球联赛真出了状况才是件大麻烦事，到那时就追悔莫及了！

至此，成老师下定决心：从明天开始就可以安心度婚假。

阿丽阿惠又做了一件大好事，到厦门"万石植物园"预订了盆栽鲜花与鲜花束，让婚礼更添喜庆气氛。

四月二十九日天刚放亮，阿姨就来电话啦。她说："阿弟啊，告诉你两件大好事。一件是姐夫家腾出个大房间，我的那帮好朋友正连轴转装修呢，包二老住得爽心；另外就是地皮的事。我是趁阿玲的'做客'喜宴做文章，已经发了喜帖给他了，这叫诱官深入！嘻……"

"阿姨。爸妈的事多谢你了。二舅先汇出的港币五十万已收到，另五十万改汇漳州……"

"谢什么谢啊！"阿姨抢过话音，说，"都是应该的。我要将此事办好且万无一失。我把大车、小车司机全部排定妥帖，若要增添人手你要先告知我。"阿弟说："阿姨，还有件事就是保险柜大事……"

"在厦门家里你正用的这一台保险柜不用运来漳州，又沉又重还占车厢位。早年老公公留给我们的这台德国造、全钢的上品保险柜，转移到你的房间就好啦。一举多得。就这样，我先挂啦。"办事利索的阿姨挂断电话。

　　至此，从明天开始，成老师就可以安心度婚假了。

二、孝子成家立业

　　成老师今天一天没排课。父母双亲吩咐：等一下让他和伴郎伴随他们一起上教堂，安排好教堂的婚庆大典，还有几对花童配合新娘步入圣殿的站位和行进步幅、教堂唱诗班选唱的曲目以及婚礼仪式的程序。

　　阿弟的外婆曾是"中华第一礼拜堂"唱诗班的独唱、领唱，闻宝钗接过母亲的接力棒，也担任唱诗班的女声独唱、领唱，在圣诞节、复活节、受难节等重大的教会仪式中，都要担此重任。现任教堂唱诗班指挥也多次提到，她的外婆与母亲。颂赞圣乐是用心与灵欢歌。如此美妙的圣乐是　神所喜悦的，是会飞到　神的施恩宝座前的。

　　阿弟的外公则是"中华第一礼拜堂"的教会长老。父母双亲事先就联系好了，"中华第一礼拜堂"的颜牧师和蔡指挥此时早已等候在圣殿门口。蔡指挥就是阿弟儿时学小提琴的启蒙老师，也是成德富的表妹夫，因而阿弟以"姑父"相称。颜牧师告诉成德富、闻宝钗夫妇，阿弟他们是自"文化大革命"之后，第一对在圣殿里举行婚庆大典的新人夫妻，因此，会有许许多多的主内兄弟姐妹前来贺喜，众兄弟姐妹彼此相爱，同在于基督大爱之怀中，爱主之心就更加火热了。

　　颜牧师请来了婚庆典礼、仪式的总负责人申姓兄弟。他大致介绍了婚礼当天新娘在父亲的陪伴下如何入场，伴娘行走的位置，新郎和伴郎如何站立，还有仪式进行的次序以及仪式结束部分的退场等等。尽管新娘、伴娘没有到场，但申兄弟的这一番介绍和示范，足以让今天到场的人们心中有了几分印象，自然就可以在家中预习一番了。

成德富以及他现在在世的二哥、兄嫂、姐姐们，仍是遵从民间认可的世俗这一套。就他本人而言，他是随着妻子顺服了　神旨意的男人。然而，从社会的层面来看，世俗偏见与现实中人们的目光，又令他这样一个在厦门曾是小有名望的人不得不屈从于社会的大潮流。成德富的过往以及现今的为人，铁定不能让自己成为厦门人眼目中的另类人物，而最最根本的、深烙于他内心最深处的则是：在他的儿时和少年时期，母亲对佛祖的虔诚与信仰，影响了他从小至今的行为举止和根深蒂固的观念。这是一种植入一个人思想内核、很难改变的观念。但是，为了乖乖的儿子能娶到如此贤惠和孝敬他们的好儿媳妇，在这样特定的时刻，宗教、信仰似乎就会退到次席或更远的地方。

闻宝钗给颜牧师递上一包烫有金色"囍"字的奉献款，他们相互祝福后才道别。

"教堂圣殿给人的感觉就是无比的庄严、神圣。令人不由自主地产生敬畏之心。我是头一次来教堂，心中难免会有一丝丝的紧张。伯母，我听成老师说，你就是站在那台面上唱歌的。那歌一定很好听吧？"阿海显得格外兴奋。

"等到五一阿弟的结婚典礼上，你先感觉、体会一下。我们衷心祝愿你早日像阿弟一样成个家，最好是娶咱们主内姐妹。这是我和阿弟他爸最真心的期望。"伯母说。

"谢谢伯母！谢谢阿伯！"不知为何阿海会如此高兴。长辈们又带他去买了双合脚的皮鞋。

老少四人一路欢喜说笑着回到番仔楼家中。一进入大门，只见五颜六色令人眼花缭乱的皱纸折成的花鸟、套圈、绣球……真是太喜庆啦！

"二位姑娘手真巧。这个阿惠姑娘啊，人长得好、手巧、做一手好菜。是谁领来的？这就要随阿弟后面娶进门哦……哦！是大鸟领来的啊，要抓紧哦。"伯母这一闹啊，众人干不了活，大鸟找不到酒喝啰！伯母拍了拍阿惠的肩说："中午啊，你和阿丽就不要再忙着做饭炒菜了，我来当大厨。怎么样？"伯母开闹啦！

"那肯定好啦！伯母做的卤鸭，那个味道和口感号称全市第一啦！哈……"只要一说到吃，大鸟准来劲儿。

"只可惜啊，巧妇难为无米之炊哟！"伯母唉声叹气。

"伯母，你看！那是什么……"大鸟大呼大叫起来，"这又是什么？哇！是'肖教授'的新鞋哦！"

"哟！没想到你们还真会变把戏啊。有本事。阿惠阿丽啊，你们把我教给的那三板斧亮出来，先把这两只白条鸭腌制一下，一会儿我下来做，让你们姐妹俩再学两手，不收学费的哦。我和阿伯上楼去了，我换身衣服就下来。"一对慈祥又恩爱的老夫妇先上楼去了。

经过弟兄姐妹们的精心布置，焕然一新。

卧室——称之为"新娘房"的、新婚夫妻的居所，只要再上一对红灯泡、几束鲜花加以点缀，就更加喜庆啦！

妈妈做的午餐十分丰盛。弟兄姐妹们都喜欢"妈妈菜"的味道。从厨房里飘出来的阵阵卤鸭香气，可馋坏了大鸟。他特别老实，不敢要酒喝，看着满桌的下酒菜，只能把口水当美酒强忍着往肚里咽。

"阿顺已经在回厦门的路上了。他告诉我，今天上午事情办顺利了，中午就赶回来。晚上咱们在这里等他的好消息。下午学校放我的假，再给阿海补补课。这次的'培训'很成功，阿海又用心在努力学习，真了不起！"成老师夸奖起自己的学生，"等阿顺一到家，咱们就小庆祝一下。酒的事由大鸟包办哦！"

"那是当然的事。我们就等你长腿这一道'圣旨'了。只要让我飞出大门，保证叼回好酒一坛。哈……哈！"这只"鸟"啊，说吃说酒他都乐。

"阿惠阿丽，新房里要添置什么物件，你们自己看着办。这样，我再拿五百块钱放在阿惠那里，还需要买什么，你们自己商量就可以了。身上多放一些钱，免得要用时'掏空袋'。哈！拿着。这是做事用的，不是给你的。要钱花啊，你可得找大鸟要。阿海，你说是不是啊？"成老师开起了阿惠的玩笑。

"是！哈……是这样的！兄弟。"阿海抓住了"复仇"的好机会，附和着开心起来。阿丽也跟着乐。

"你们这几个兄弟都是一个样，一肚子坏水，不睬你们了！"阿惠还真害羞起来，到厨房给大伙端红烧肉去了。

"大鸟，你真的要加把劲，阿惠真是个难得的好姑娘。人那么漂亮，又懂得持家，是个会过日子的好女子啊！"阿丽见阿惠不在场，给大鸟鼓励。

"还有阿海啊，我和阿玲阿嫂要给你介绍个女朋友。老实告诉你吧，这次我狠下心来调教你，全是为了这件事情。"长腿发话了，"这位姑娘就是这次来做你阿嫂伴娘的省青年队游泳组教练。人长的真是没的说，是上海姑娘。你阿嫂说啊，省体工队大大小小的红头苍蝇都盯着她哪，可她就是不为所动。这可能就是老辈人所说的，缘分没到吧。她比你阿嫂小三岁，今年还不到二十四，是从游泳专业队退下来的，进行了短期的教练培训，就到咱们省当上教练了。阿海啊，虽然她的年龄是比你稍大一点，可从外表根本看不出她是这个年龄段的姑娘。她姓许，言午许。"成老师终于给肖同学亮了底牌。

　　"这有什么，我的姑妈当年就嫁给小她七岁的小伙子，现在他们一家子的生活可美满啦！这不是什么大不了的问题。"阿丽找到了机会插上一句话。

　　"咱们闽南不是有一句话嘛：妻大姐，坐金交椅……"

　　"不会说话就别乱说，女人的命全是注定的，真的是这样。"阿惠端盆红烧肉上桌，强行打断了大鸟的话尾。

　　"我呢，是先给阿海打打预防针，见到了许教练咱们都表现得自然一点。咱们不是要去高攀她的容貌和地位，主要是趁我和阿玲结婚的喜庆日子，阿海先和她接触接触。是命定之事就必成全。你们大家说是不是？"成老师道出了他和阿玲介绍的初衷。

　　"成老师说得太对啦。有的老夫老妻生活在一起几十年，到头来，自己都弄不明白，他们这一辈子是怎样走过来的。可是有的人，只要见上一面对上一眼，就知道他们注定要在一起，一辈子都不会分离。女人嘛，说穿了就是菜籽命，撒在哪里就生长在哪里。真是这样的。"成老师真不知道阿惠这一套朴素且高深的理论是从哪里来的。在成老师看来，恐怕大学里的高级教授也未必能剖析讲明如此高深的市井"学术理论"。

　　下午两点钟，电话铃响了。

　　"阿玲啊，你到家啦？你先歇会儿，等一下我给你打过去……是阿姨去车站接你啊，嗯……我知道了，现在我就到楼上问爸妈去。这些日子全是大鸟、阿海、阿丽、阿惠他们帮的忙，让大家和你聊几句，一会儿咱们再说。哦！对了，你让育春大哥等在电话旁，一会儿我有话跟他说……"成老师把电话交给阿丽，自己上了楼。

　　"爸、妈，阿玲刚回到漳州就打来电话，说她的一位女朋友在漳州有幢空置别墅。她问你们到了漳州之后的前面这两天，是否去那里住……"儿子说。

"现在阿玲的时间安排是够紧的，我们不能再给大家添乱了。住宾馆、旅店都可以。你就告诉阿玲，我们两个老的听从阿姨的安排。"母亲的口气十分坚定。儿子再看了看父亲，他点头表示也同意此决定。

"那我就这样对阿玲说了。"儿子再一次确定后，下了楼。

"阿玲弟妹，我就和你聊这么多，让阿海兄弟和你说几句。"阿海接过话筒，说："阿嫂，你要注意休息保重好身体。长腿来了，你和他说吧。"

"阿玲啊，爸妈说让阿姨拿主意，他们都与阿姨谈过了。爸妈再三交代，这两天你一定要注意自己的身体。许教练明天到。我和阿海'五一'凌晨就到你那里啦。我们都在等阿姨和姨父的到来。注意身体啊！好……育春大哥啊，多少年啦，终于要见上一面了。哈……"俩"社员"聊开啦。

当天下午，五个人的忙忙碌碌终见效果。整间新娘房布置得格外喜庆，明天再用上一天的工夫，将部分细微之处调理归置一下，那更是另一番大喜之景了。阿丽和阿惠要上花圃载回她们预订的盆花和鲜花束，顺道去采办一些下酒的好菜，供几位好兄弟晚上聚会之用。

在八十年代初期，整个厦门市只有"万石岩"——后来改称"万石植物园"——才有一个花圃，只有在这里才有租盆花、预订鲜花束的业务。鲜花的品种不多仅三四种，可买鲜花的手续与等待时间可不少，填表预订、交定金，最少要等上两天时间客户才能拿到鲜花束。虽然成德富也在番仔楼内的花园里种有花花草草，但比花圃里专业人员培植的盆花，例如虎皮兰、杜鹃、贡菊、月季等等还显逊色一大截。当年民间娶亲嫁女，经济条件优越一点的，比较注重生活品位、质量的家庭，想用美丽鲜花烘托一下婚庆的欢乐气氛，都只能来这里。阿惠阿丽两姐妹租回了二十四盆盆花，寓意"双喜"。盆花由花圃的工作人员载到家里来。还有两大束红玫瑰，将用于两天后新娘在教堂圣殿手捧和新娘房里的大花瓶插花。这样两大束艳红的、有生命力的鲜花，非常之喜庆大气，让一对新人和贺喜的亲人、挚友们浑身都感受一种生机盎然的美好。

晚间刚过七点钟，阿顺就来到长腿家中。看他风尘仆仆的样子，一定是有什么大好消息要告诉大家。阿顺先点出了福州马尾造船厂当下最大的困难就是缺乏运作资金，两位厂长朋友完全没有回避这个问题。所以，在订立下半年那批拖网船的意向书时，阿顺就提出了优惠造船价一事。厂部的所有大头头研究后，决定可以按两万八千块定价，只是每对拖网船的定金必须提到一万块钱，还必须在下个月五日至十日签订正式合同时一并缴纳。这满打满算也只有十天的时间了。阿顺提问：马尾造船厂不仅提高了定金的额度，还把交付定金的时间提前这么多，为什么？

四人一时无语。

成老师看看大家说话了："这次，阿顺是展示了他的大本事，把一对新船价下到两万八千块钱还写入了意向书里，往大处看，这笔定金对咱们预估的总资金动作不产生任何影响。阿顺是个有本事、胆大心细的人，订立意向书是不受法律约束的，与签订正式合同是完全不一样的两码事，这里，我指的是法律效力。咱们再往小处想，这下半年的六对拖网船，现在还看不到它们的前景，但等咱们的大船队一起来时就知道其价值啦。合同上的事必须马上通报清江阿叔。大鸟，今晚破例，为了阿顺这次凯旋干上一杯。阿顺，你还没仔细看看你的妻子阿丽和阿惠姐妹多么能干啊！"阿顺仔细地看了新娘房里的布置，简直不敢相信眼前一幕。阿顺乐了，说："哟！还真是的，新房如此亮堂，真是喜庆啊！"

"为了让新房明天更加漂亮，为了阿顺此次出远门办大事马到成功，咱们干上一杯！"大鸟三句好话两杯落肚。爽！

整个房间热气腾腾，热闹非凡。有忙着喝酒的，有忙着打电话的，还有忙着上菜的。电话里，小侄给长辈报告了阿顺此行的大收获，最后加上了他的个人想法。长辈要小侄们牢牢记住：只要是国家的这种好形势不变，开放的市场经济就是法制经济。至于马尾造船厂所定的定金数额与交付日期，他非常赞同阿弟的观点：只要是符合咱们的预期，不影响其他生意的总资本运作，加上有了法律条文规范合同书的保障，这就是正道生意，是好的，是对的，完全不必多虑造船厂要取咱们多少定金，他们也是在做自己的工作。生意场上的互通有无、各方互利再正常不过了。最后，长辈告知："五一"前夕他实在太忙，等到明天下午单位聚餐之后，就到家里陪兄长和阿嫂。那时，晚辈们有何大小事再拿出来商议探讨。共产党员的领导干部杜清江同志，他，永远都是那样谦谦待人。

那年头，要做成一件转变观念的大事是太难啦！

两姐妹的做菜好手艺增大了众弟兄的酒量。酒喝多了话多，气氛就浓烈啦！阿顺趁着酒兴，说起了他在马尾造船厂的趣闻。那晚，他宴请厂长以及各车间的骨干，酒过三巡，一黑脸小子与一位斯文干事为了厂里小卖部的一位总不见笑的美女打起赌来。干事说：若黑脸小子有本事逗美女笑起来，他输一桌酒席。别看那黑脸小子呆头傻脸的，他也同样向白脸干事许下诺言。平生头一回阿顺当上了主裁判。隔天，小卖部一开门，这个黑脸小子在美女柜台前晃悠起来。他要了一只样似扑克牌的、写着"蝴蝶"二字的纸盒细瞧。这还没完，他又取出盒内的物品，先在此物品一边的双线上打上一个活扣，如同戴口罩般地挂上一边的耳朵，自言自语道：太长啦！此后，又将"口罩"对折，再言一句：太短了！当阿顺说到这里时，大鸟迫不及待地问上一句：那是个什么好东西啊？这一问引来了两位姑娘的一阵笑声。这时，阿海的男低音又接上啦！说：笑什么笑！有什么好笑的？阿兄，那到底是什么嘛？这时的阿丽阿惠实在忍不住了，手拉着手跑进外间厨房，别说当时造船厂小卖部那美女笑弯了腰，当下的两姐妹也笑出了串串喜泪。

　　"阿惠啊，你还真别说，大鸟真是个老实人，别听他平日里叽叽喳喳地鸣叫，他真是个好青年，连妇人的必备品都不知道的好青年。哦！真是笑死我啦！哈……哈……"

　　厅内正品着酒的四个男人有三个愣头青，只有阿顺笑弯了腰。他还倚老卖老，说：答案保密，往后自个儿找去！

　　道毕一件趣闻之后，阿顺说起了正事。他说："这次找到了福州马尾造船厂才知道，咱们民间的大量光洋银元流失太多太多啦，全到了台湾走私贩的兜兜里了，而傻傻的大陆人还以为自己进入了电器化时代啦。是长腿的二舅及时制止了像大鸟所戏谈的咱们的所谓'爱国行动'。说句笑话，还是咱们哥儿几个厉害。到了明年春节到来时，咱们就有了像模像样的小船队了，这是正道。"阿顺借酒发挥还挺到位，真是这个理啊。

　　实质上，大、小生意全在掌控时机和操作能力上。国家层面上的大生意，全民的国营大企业大公司大贸易项目，小到平民百姓个体户全是一个道理。成老师在去年和他的好兄弟们做成的鳗鱼苗生意，是因为国家正处在开放改革之初，无前人样板可循，国家的相关部门对于海洋的资源管理一是没有经验，二是缺乏人力财力，眼看着能换来真金白银的鳗鱼苗一汛一潮汐地往外洋流失，漫长的海岸线根本就谈不上什么管理，才让成老师和几位好兄弟碰上了好运气，抓住了好时机，根本就谈不上在"做"生意。

细细思量，果真如此。是误撞！并非经营生意之作为。

正是国家大胆放手，成老师和几位兄弟，这样几个普普通通的小百姓，才得到了获取经济利益的大好时机。也正是因为成老师和他的兄弟们对生意场的无知，他们才会在心里头时时提醒着自己：过分的、无畏的冒进行径是非常危险的。可以说，成闻卫的这种浅浅的意识是与生俱来、潜移默化，是父辈或者是外公、舅舅们的家庭遗传。不过，在他接触到所谓生意这短短一年多的时间里，可以肯定的是，他在生意行当的实际操作中预判、掌控、处理许许多多各方关系时，已经具备了生意人所必备的各方面素养。这是一件非常奇特的事情。在接触生意的实践中，在长辈的点拨中，他十分冷静、清醒地意识到：无论是当下还是往后，所有的生意、经商行为都必须符合、遵守国家的法律；生意上的大、小宗买卖，都必须严格照章纳税。唯有如此所挣的才是安心钱。在未来的日子里，无论生意场面做到何种层次都须牢记清江阿叔所言的两句话：坚持"诚信"二字，"稳健"方为实钱。

纳税是守法，走私是犯法，因而就必须以法律的条文规定予以确立。比如"税法"就是以实践为基础作为先导，经过文字不断地推敲、提炼，上升为法律层面的文书，再经国家最高立法机构审批，最终成为具有法制强制性的规定。然而，随着时间的推移，时代变迁，还要随时不断充实完善之……

即便是国之《宪法》，也必须要经过这样的过程，确切地说，它是代表人民、国家意志，在法律层面的文字表述。所以，就"出售鳗鱼苗"与晋江地区的海上"物资走私"这二者之间，无论是生意场的运作、交易，都有着它们在本质意义上的区别。

隔天清晨，成老师上学校之前，先把清江阿叔晚上要来吃饭的事告诉了父母双亲。同时，将四个大纸箱暂放在书房里，箱子里的物品全是父母二老要随身带到漳州阿玲家的。家中的大少与小儿恶媳妇还在赖床，每每要等到两位"老奴"为他们做好了早餐，才起身吃饭。餐罢，一抹嘴角留下碗筷，放给两位本该享清福的六十七岁高龄的老人洗刷，各人穿戴整齐去上班。可悲的是，让父母双亲如下人一般侍候正是壮年的下辈人，看来是不会再有几日的"好光景"了。现时的三个小人根本就体会不到他们的暮日：高龄的长辈、老者，同样需要人格受尊重的权利与身心自由。不日的今天，他会体验这一切之"报答"。

成老师上完上午第三、四节体育课之后，到教务处再一次邀请丁主任准时出席并主持他的婚庆喜宴。丁主任愉快地答应了。回到体育教研组，所有同仁异口同声要去看新娘房。成老师侧目一瞥，唯不见颜组长，他的心中已明了七八分。看新娘房这件大事可拒之不得哦。

四位好兄弟姐妹真没白忙活。新娘房的大红彩灯挂起来了。天井、阳台、小花园全拉上了闪闪发亮的小灯泡，二十四盆鲜花香气四溢。两位能干的"厨娘"又送上美味。四头雄性恶狼把所有装饭菜的碗盘一扫见底，光盘发亮。

阿玲又来电话了，说许筱雯教练刚到家。阿弟特别交代，娶亲时他们穿的是唐装，请她们以旗袍相应。许教练这位伴娘的到来令成老师放心。紧接下来就是看他的这位好学生的好表现啦，他相信这个大个子渔民不会让他失望。

父母双亲在楼上也坐不住了，时不时相互搀扶下楼来观看。阿伯交代大鸟：等明天凌晨夜深人静时，将四大串鞭炮相连接，从大路口经内巷直拉进番仔楼的天井里。他又吩咐阿丽阿惠两姐妹，要备好红枣、蛋茶、甜茶、好糖果，备上十二套青花瓷盖杯，好给贺喜的宾客上茶之用。真没想到父亲是如此心细。而这套民俗礼仪，闻宝钗还真不懂，现时她只知道高兴。

父母大人交代儿子，娶亲仪式就在楼下大厅举行。他们又查看了两姐妹精心安排摆放在各处的鲜花盆，又看了厨房里的炊具、菜品采购的情况，之后二老才上楼休息，准备迎接儿媳进成府。母亲说：清江阿叔来时请他上楼来。

趁着家中稍稍安静片刻，成闻卫抓紧时间给吴玉燕打了电话，知道母子都很好。吴玉燕由衷地祝福他新婚幸福。

末了的一通电话是打往二舅家的。他敬请二舅转达他在喜庆时刻对大舅一家人的亲切问候。令阿弟惊喜的是，他头一回听到二舅妈的声音。那音色、那语调实在是太美了，如同夜莺歌唱一般。如同仙道的天籁之音……

里里外外忙忙碌碌，这时间是飞一般地闪过，尤其是喜庆的欢乐时光更是催着时针快跑。大家好不容易等来了清江阿叔，可他却说众部下非留他一道聚餐不可，他已吃过饭。他提醒忙碌的晚辈们，说："我都饱腹了。你们快吃饭啊。我先上楼和我兄长阿嫂谈点事。福州马尾造船厂的事，等阿弟的婚事办过之后再细谈，你们看好不好啊？"长辈永远都是如此平易近人。

晚餐时，大家各自为阵。菜好，就是没人敢提喝酒。

"哇！来得真巧，算是给我们赶上啦！"满面春风的阿姨一进大厅，饭桌上的气氛马上就不一样了。"哟！阿姨你们来得这么早啊！"阿弟赶忙放下碗筷，上前迎她入座。

"这是小车司机汪师傅，我们家的好朋友。他们单位下午大聚餐，汪师傅向领导借了公家车我们就溜号了。还有另外一部车是你们姨父亲自开，其他的明天一起到。"后面的话阿姨没说太明，只有阿弟听懂了。阿姨精神极好，满脸笑容，犹如她将办喜事一般。

"汪师傅，来，饭都盛好了，没什么好菜，阿姨也一同来吃晚饭。"阿弟与汪师傅握手，拉着他入座用餐。机灵的阿惠带着阿丽赶紧下厨房端上卤鸭和冬菜鸭肉汤，摆到下午刚从楼上搬下来的大理石桌上。这位汪师傅被这张如此"壮观"的古董吸引住了，一直没看够。

"清江阿叔已经来啦，现在楼上，一会儿我带你上楼去。"阿弟给汪师傅夹上菜，转身对阿姨说。

"我听姐夫说过，他是一位很有魄力很会办事、操心市民们吃鱼腥的了不起的共产党干部。"阿姨对清江阿叔早有所闻，说，"我正有事找你爸你妈，方便的话还是在楼下谈稳妥些，楼上的耳朵太多。"

"那好。我这就上楼去请他们。汪师傅，饭菜趁热吃。自家人，千万别客气哦！"说罢，阿弟上楼去了。

楼梯上传来了长辈们下楼的脚步声。

"阿弟他爸、他妈、他叔，你们慢点走。"阿姨从饭桌旁起身，赶紧上前拉着各位长辈的手，逐一打着招呼。

"阿姨啊，真是太辛苦你了，大老远的跑这一趟路。"闻宝钗很是过意不去，说话的声音都有点哽咽了。

"没事的，我跑惯了。这位是要载阿弟和伴郎去漳州接阿玲和伴娘的小车司机，汪师傅。你们就叫他小汪好了。准备一过子夜，我们就出发。"阿姨对长辈们说。

"伯母、二位大伯好。"汪师傅与三位长者打过招呼，对阿姨说："我吃好啦！"

"来！汪大哥，请随我来。"阿惠真的很能干，取出成老师的学校同仁们赠送的那床新羊毛毯，铺上新被褥在小客厅长沙发上，让汪师傅妥妥地休息。

"你们兄弟几个可以喝一点，就一点哦！这两天还有大事要做。阿弟，帮我看着点，尤其是这只乱来的'鸟'。"长辈下达"饮酒令"，这下大鸟吐出长舌啦。

"来，阿姨，咱们里间书房说话。"闻宝钗拉着阿姨的手，成德富与清江阿叔紧随其后，带上了汪师傅正歇息的小客厅拉门，他们一起进了内屋书房。

大约四十分钟之后，三位长辈连同阿姨走出房间，每个人脸上全是神采奕奕。阿弟一看，心里自然明了了八九分。

"阿弟哦，二妗在电话里祝福你了，真有福气。她的声音是不是特别的美？原本她就是学声乐的，后来听了你二舅的话才改学的法律，她就是抱着想为国家出点力的单纯想法。阿姨啊，真是大恩不言谢啊！"闻宝钗说。

清江阿叔那双深表感激的大手，紧握着阿姨这双细嫩的小手。他又对兄长和阿嫂说："明天上午，我来家里看一下成家成人的小侄和侄媳。明天下午总公司要接待重要访客，办完事后我就直接上'双全大酒楼'。等婚宴之后，我就整个晚上陪兄长、阿嫂、亲家还有阿姨同喜同乐！"长辈说的最后这句话，大家全听懂了，他接着说："那我先走了。阿弟，安排好阿姨的休息。"

"阿姨，我把书房里的一对沙发拼好了，你还是抓紧时间休息一会儿吧。"机灵的阿惠已经整理好了阿姨的休息之处，微笑着说。

"阿姨啊，你在漳州、厦门忙里忙外的，没得一时闲。现在听阿惠的，快点歇息去。老像机器那样干活可不行。"阿弟把父母双亲送上楼休息后，也劝阿姨好好休息一下。

"那好吧。"阿姨随着阿惠的身后进了书房。

阿姨提醒二位年轻人说："我只能睡一会儿，十一点钟就要叫醒我，出发前还有不少琐事。咱们要事先准备好，才上漳州接新娘子。"阿惠连连点头称是。

三兄弟和阿丽送走了清江阿叔回到大厅后，长腿强迫阿海无论如何都要休息一会儿。他自己和阿海各盖上一条毯子，在太师椅子上休息了。可怜的阿海头一歪就睡着了，还像奶婴一样流出口水，真不像样。二男二女见此状，摇头归摇头，别吵就是啦。他们又开始在厅外的大阳台、小花园忙碌开了，摆挂串连的小彩灯。

子时十一点钟，阿姨亲自打理，给新郎和伴郎穿上了便装，戴上了黑色的细绒礼帽，帽子的顶檐处还加了宽板的大红绸带。这两位男士原有的好身板，经过阿姨的巧手一打扮，有点早年的"五四"青年的模样。

楼下轻微的动静，使得本来就轻眠少睡的父母双亲也起身了。他们换上了准备好的正装来到楼下。看到儿子将要去迎娶新娘进家门的模样，就是闽台老例所称儿子"成人"啦。望着心爱的儿子，父母的脑海之中回想、回忆、回味几番思绪齐在翻滚。而今再过一天的时间，他们就将把自己的晚年生活交到面前这位即将当上家长的儿子手上。想到他们这一生生养十胎成活了六个子女，到头来怎么会随子背井离乡，在异地他乡度人生末景呢？阿姨那敏锐的目光迅速捕捉到二老此时的心境，对他们说了一大套吉利良言，总算把二老不佳的心情调整了过来。老人们眼含热泪，轮流地拥抱他们心爱的孝子。

番仔楼的二楼大厅，那只外公外婆传下来的布谷鸟时钟欢叫着！在一九八〇年五月一日子夜十二点整。

四位好兄弟姐妹来到车门旁为他们的新郎兄弟送行。二楼小儿媳妇季西路赖床不起无可厚非，本来就没她什么事。而家中大少成闻龙与小儿成闻达也礼节性地送行——做做脸面上的事还是必要的。

汪师傅毕竟是老司机了，车开得又平又稳又快，不到一个半小时就进入漳州市区了。

"汪师傅，等一下从漳州一中那里拐进去，我要上织布厂取点东西。"阿姨说。

"好的。我就在前面停车。"汪师傅遵从"命令"。阿姨从随身女包掏出两盒"大前门"香烟，给汪师傅和阿海各一盒。车停了。阿姨从副驾驶座下了车，说："汪师傅，我去去就来。哦，阿弟，你随阿姨来一下。织布厂很暗的，陪我壮壮胆。""好的，我就来。"阿弟应答道。

"这是新娘姨父家的织布厂。早年，他们家在漳州市的地盘上算是小有名气的富商。虽是中道没落可底子还在。好在这个阿姨有本事有能耐撑起了这个家。那时的场面生意全靠她忙碌奔波，真是难为她了。"汪师傅给阿海介绍道。

阿姨和阿弟取了一大卷全新的丝缎绸布出来，两人上了车，很快，中吉普车来到阿玲家的巷口外，阿弟在车内已经看到了小妹、房东育春大哥和阿姨的一对儿女，姨父和另一个中年男人站立在另一辆吉普车旁。

成老师一出了车门，那位阔别了不知多少年的山区人疾步上前，当年插队落户的知识青年与房东相拥在了一起！

姐夫交代小妹，到了厦门要招待好育春大哥。

小妹说："姐夫，我和大门内的妈、姐、教练姐姐约好了，你们到了就摁响三声汽车喇叭。"小妹给楼里的亲人打了暗号。

阿姨和小妹各持"莱卡120"和"海鸥135"的照相机，她们同时打开了两部相机的闪光灯……

三、阿海这位兄弟

"伯母！来娶新娘啰！"

当地民俗，在娶新娘时，必须由男方童子身的伴郎"喊门"三声，请的全是"伯母"，就是没有"伯父"什么事。

在西式的婚礼上，是由"伯父"在"拜上帝"的教堂里将爱女交到女婿的手中，却没有"伯母"什么事。正是因为一种庄重的仪式，让世间人见证一对新人、夫妻、新的家庭：一个社会之中最小的细胞，父母双亲大人的诞生……

而在中国，封建社会俗称"贱内"的"伯母"们，却要担当多少大小事，受多少家庭之中的辛劳与劳累。西方的"先生""夫人""太太"们与古老东方，中国的"伯父""伯母""贱内"有何区别？

"东""西"本遥远，差别会很大吗？

"伯母！来娶新娘啰！"

"伯母！来娶新娘啰！"这位渔民出身的船老大，用在茫茫汪洋上呼喊惯了的大嗓门，在夜深人静时分连着三次唤出了这震惊四邻、高分贝的最强音。喊声刚落，大门内的伯母也是连连三声应答：

"来啦！来啦！来啦！"

紧闭的大门开启。两位穿着得体的旗袍、十分端庄的美丽姑娘出现在大门内。新娘身后的伴娘撑开油纸花伞，走在前面的新娘头戴鲜红花，手持粉红丝巾，右手搭在左手之上，缓缓地朝着她这一生的期盼、寄托，一世的伴侣、终身的丈夫走了过来。当她们俩的脚后跟刚离了门槛，只听见"哐"的一声巨响，两扇大门被甩上啦！这又是一样民间习俗，意为：别让女儿将家中的财气带走，所以要赶紧、使劲、用力把大门关好。此时，姨父燃放起了长挂大鞭炮，好喜庆，多"闹烈"。热闹的场景冲走了旧时代的俗套。

此时的新郎伴阿海正目不转睛地细细打量伴娘，那伴娘的目光也同时投向伴郎。看着前方的这个男人，她从心底油然产生似曾相识的感觉。是一阵震耳的、闪着亮光的鞭炮响声，将他们对视的目光拉回到了现实之中。

在一片照相机的闪光中，新娘子、伴娘、新郎官坐上了中吉普车的后排座。伴郎只能委屈一点，坐在汪师傅身边的副驾驶座了。

阿姨交代汪师傅驾驶的这辆载着新人的小车紧随她丈夫开的另一辆吉普车。此后，她才请出姐姐、姐夫、小妹还有育春大哥乘坐姨父驾驶的小车。阿姨自己带着一对子女坐上那中年男人开的大卡车的驾驶室。她早就算计好了，到了厦门，将姐姐、姐夫安排在华侨新村住宿，大、小三部汽车借用这幢别墅后方的厦门奶牛场的大空地停放。

"许教练，让你辛苦好几天啦！"成老师先向她道谢。

"应该的。谁让我和德玲是好姐妹呢。"一阵阵铃铛般悦耳的女声灌入了伴郎的耳中。

"许教练，刚才，我这个好兄弟在大门外这么一大嗓门，没吓到你吧？"成老师又问。

"我正好在大门内帮德玲整理花扣，就听到了汽车喇叭声。我呢，就来到大门边上，趴在门缝往外看，就听到了如同雷响一般的叫喊声。说实在的还真被吓了一跳，耳膜也被震蒙了好一会儿。嘻……"许教练开心地笑了起来，同时习惯性地捂一下嘴角，她笑起来的口形是稍大了一点。闽台话说得好：阔嘴汉子吃四方，女子嘴大吃嫁妆嘛！

"本来还应该使劲敲门的，让我给忘了。对不起啊！"

阿海从车内的后视镜与美女教练四目对视，轻声地、很绅士地、很有礼貌地道歉。此时的成老师心底乐得像开了一朵花似的。他真想歌唱，为他这些日子的苦心高歌一曲。还没乐够，渔民又画蛇添足，说：我不是故意的！

"嘻！还高兴不到三秒，就来了这样一句不着四六的蠢话！气煞我啦！"他正暗骂时，许教练有了笑声。

"嘻！你当然不是故意的啦！有谁会在半夜三更高喊要娶新娘的。嘻！"许教练看着副驾驶座上的阿海说。

可怜的阿海满头满脸全是汗，香烟一根接一根地抽。照抽你的烟不就完事了嘛，他再加了两个字：谢谢！

"哇！道什么谢？什么乱七八糟的！嘻！"

阿海的一声道谢倒是引来了许教练低头抿嘴一笑。那可是姑娘发自内心、开怀的一笑哦！新郎官偷看到了伴娘这欢心的笑容，这位人民教师的眼真贼。

"嗯！有门，再试试。"成闻卫心生一计。

"许教练，你的身高多少？"成老师又开始提问。

"和你的新娘一样。一百七十二公分。"许教练答。

"哟！我和阿海都是一百八十二公分。许教练，忘了介绍我的这位伴郎的名字了。他姓肖名海龙，地道渔民出身，我们大家都称呼他阿海。阿玲啊，说来也巧，咱们新婚夫妻的个子，怎么会和伴娘、伴郎一个样呢？"成老师从车内后视镜注视着伴娘与伴郎的面部表情变化。他正得意时，大腿却被新娘子狠狠掐了一把。这个动作被坐在新娘子身旁的许教练看到了，她深知她的这位姐妹心中所思，再次捂着嘴笑。

筱雯姑娘这一笑可苦了小伙子阿海。他根本不知道漂亮姑娘为何而笑，不知所措的他只能一味地猛擦脑门上的汗。看到这情景，司机汪师傅发话了。他说："你们四个年轻人哪，还真别说，以前我在汽车教练队里，也培养了几十上百名驾驶员啦，可事情就那么奇怪，在第四期学员当中，就和一位姑娘对上眼了。从她来报到的那一刻起，我们彼此间就认定是夫妻了。这样一晃就在一起过了近三十个年头啦。这恋爱、婚姻的事谁也说不清。"汪师傅接过阿海帮他点燃的一支香烟，接着说："你们说这几千上万人中，我怎么就会相中她呢？可话又说回来，要不是她一心一意跟着我，哪有我今天这个幸福的家庭呢！你们说是不是这个道理？"汪师傅是位实心汉。

"汪师傅，我和阿玲的情况与你差不多。我……"

"你们的事啊，我都听你们的阿姨说过了。我是想说，从今往后，不知是否还有第三对、第四对像咱们这样的。这些全是天注定，上天配好的。"

汪师傅开着车、抽着烟、说着话；许教练低着头；听着话、玩着伞，肖海龙解衣扣、擦着汗、猛吸烟。

一对相邻而坐的新婚夫妻，妻子拉着丈夫的手，他们是幸福的。他们愿车内的另一对男女也会和他们一样幸福。就如同乘坐的这部车，追赶幸福的人就要像它一样，一往无前，直至抵达目的地。

进入厦门地界，途经华侨新村，阿姨将姐姐、姐夫稍加安排，停放好了大卡车，带着司机、育春大哥，让自己的一对子女徒步，她和小妹还有重要的拍照任务呢！

过了厦门市区地势的最高坡市工人文化宫时，远远就看见了大鸟站立在大路旁的身影，越来越近，越发清晰可见了。

成闻卫手上戴着的那一块吴玉燕送给他的名表，时针指向凌晨四点。他，是寅时出生的辛卯兔。他，就是注定要在这个时候"成人成家"。

车停稳之后，伴娘先下车撑开油纸花伞再搀扶新娘下车——新娘自出了娘家门直至进夫家门，头顶至身是不可以"见天"的。各人下车站定。两架照相机的闪光灯耀眼四射，不停地闪烁。大鸟点燃了四大串相连的足有四十米长的大鞭炮串之后，又忙着返回番仔楼的大门边准备做司仪。早年，除了傧相、伴娘必须是童子、玉女身之外，司仪者必是童男。

新郎官、新娘子双手相搭，不知走了多少时间与路程……

到家啦！

"新娘娶入厝啰！"

新娘子随着新郎官有意放慢半步跨入番仔楼大门的门槛时，大鸟使出丹田的所有气力，朝天呼喊。

"成家成人啰！"

当新婚夫妻和伴娘、伴郎迈过天井走进阳台时，大鸟又呼喊起来，看着他们走过八米深的阳台来到厅门外。

"拜见父亲、母亲大人！"

伴娘与伴郎停留在大厅门外阳台的两侧。儿子、儿媳伴着大鸟的再次呼喊声，轻步缓缓走向在大厅太师椅上端坐的父、母双亲大人。

"跪！"

儿子儿媳跪在父母"膝下"的软垫上，"尊前"于近乎一生一世辛劳养育他们至今日成家的生身父母。

阿丽和阿惠把刚冲泡好的盖碗甜茶分别递交到跪于父母双亲大人膝下的

儿子与儿媳妇手上。

"敬茶！"

"饮！"

父母示意给清江阿叔敬茶。此时远坐于一侧太师椅上的清江阿叔赶忙起身，扶住侄儿侄媳，不让他们下跪敬茶。虽是贵为长辈，但与生身父母还是有别的。侄儿侄媳给叔父敬完茶后，儿媳妇在家婆盘圆的头发上亲手插上一支镶金边的翡翠玉簪。这是民间古例，刚过门的儿媳妇要给将要在一起过日子的家婆插上"幸运簪"。

站立在一旁的家中大少小儿小媳妇、三姐三姐夫、四姐四姐夫都睁大眼睛，看着眼前的一幕幕。小儿媳妇目不转睛地盯住新娘子左手的一环翡翠玉镯、右手的一宽板圈雕花纹金镯，她的双眼都看直啦，快成斗鸡眼了。之后，新郎倒茶，新娘托盘给家中各位大小至亲端茶。原本，按闽南最古早的民间老例，家中的大小至亲饮了新娘端上的喜茶之后要上"压盘"。所谓"压盘"，就是要给刚过门的新娘包上红包礼，如钞票、金玉器，多少不限，压在新娘子手托的茶盘里。不过，在阿弟大婚之前，成德富和闻宝钗亲自做主公开言明：他们二老不乐见这套俗礼。再说，父母双亲心知肚明，当下的阿弟根本就不缺钱，免了这套虚伪的世俗人情，心胸舒爽。家中二位长辈的正直要求，令其他五个子女偷着乐。

这年头谁个不讲金钱，傻子才干那事呢。然而，在他们的口中、脸上却要装出十分遗憾的表情和一套虚假的话语。曰：我们都想压金条入盘，是爸妈不允……

哇！这人哪，真是一种非常机敏、灵巧，但又相当古怪、虚实难辨的特高级灵长类动物啊！

新郎和新娘成双成对给山区来的农村社员、房东育春大哥恭敬地各端上一杯茶，以大礼致谢！朴实的农村社员从他的内衣口袋里取出了用大红纸包了四五层的红双喜剪纸。这是份大礼！不知经过了村里多少贫下中农、社员们亲手剪制而成。成闻卫这位曾经的农民，用双手接过这一份沉甸甸的农民心。

礼毕。

儿子儿媳搀扶着父母双亲大人上楼歇息，晚上还有一大摊子令二位长辈费心神的大事呢。

"阿玲啊，等一下让阿姨和阿弟他三姐帮你化个妆，换上婚纱，我和你爸等着看漂亮新娘子哦。"母亲打趣说。

"爸、妈，你们好好休息，还有什么交代吗？"儿媳妇这亲切的口气，足以讨家公、家婆欢心。这些日子二老只知喜庆，真的没有好好休息过。

"天亮时，你们请阿姨和清江阿叔上楼来一下，都听懂啦？好吧，你们也去歇一会儿。"母亲说。

楼下大厅是一派喜气洋洋的景象。八十年代初期在厦门，泛泛地说是整个闽南地区，只要架上户外天线——美称"飞机"——对准金门电视转播中继信号加强台的方位，老少男女就可以观赏到多多的闽南戏曲、剧种的节目，邓丽君的流行歌曲，加上那些凶神恶煞、拍胸顿足的另类台湾广告，当年的国内电视仅限中央电视台第一、第二套节目，多以新闻类的录播形式为主。掌控电视机与招待山区来的贵宾大哥归小妹管。二十英时的彩电开机后的收视效果不佳，小妹央求姐夫上了三楼大晒台调好了"飞机"的指向方位，这下，小妹与众亲人挚友们才不再闹腾，安坐静观好节目。欢笑的新房里，三姐倩蓉、许教练、阿丽阿惠两姐妹正给阿玲换婚纱装和化淡妆，四姐成倩萍哪样都不会，站立一旁观赏。

众人正忙，阿姨趁乱让阿弟来到书房。她问："坐席安排怎么样了？我的心里一点谱都没有。"阿姨有点着急。

"这是桌次、名单底稿。"阿弟把单子交给阿姨。

"这是什么？"阿姨翻看帆布盖着的四个大纸箱，问道。

"这里是我爸妈整理出来的要带往漳州的随身物件，我把它们先移到楼下书房暂存，明天凌晨运走。"阿弟详细给阿姨说明这一份名单的设计初衷。

"一看就知道你是动了歪脑筋的。你啊，真是太聪明了，我看不出什么问题。"

阿弟接着说："爸、妈请你在七点钟之前到他们那里去一下。"

"那就这样吧。已经六点三十五分了，我上楼去。"阿姨走出书房，对着大厅里的男女老少说："七点半准时吃早饭。新郎和新娘上教堂时，在家中接待客人的几个人都要听从阿丽阿惠两姐妹的安排。上午约十一点钟，新婚夫妻就会返回家中。咱们要尽力配合家里请来的大厨师和厨工，把中午的家庭喜宴办好喽。大厅里安排两桌是家里人与长辈坐席；大厅外的大阳台安排四桌，是专门宴请远道来贺喜的嘉宾，还有一部分亲朋好友。每个人都要记牢、分清自己该做的分内事，别到时手忙脚乱的。更要提醒诸位特别注意，千万千万不能打碎任何物品。都记清楚啦？"阿姨确是个很能干的人，交代完这一切必须注意的细枝末节，才上楼与阿弟的父母亲、清江阿叔共同密议明天凌晨离家上漳州的具体步骤与细节。

"阿弟啊，快进来看看新娘和伴娘妆化得怎么样。"三姐倩蓉请阿弟和伴郎进新房来。

"哇！比在福州照相馆时还漂亮、大气。许教练，你今天也像是变了一个人。真美！"新郎官激动地赞美着新娘和伴娘。

阿海两眼发直，手脚僵硬，像尊木头人般一动不动地看着许筱雯教练。伴娘被看得不好意思，低下了头，可这愣小子却丝毫没有反应，依然大胆地直视不误。

"喂！"新郎拖了拖伴郎的衣角，加大音量再唤他，"喂！"

"嘿……嘿！"伴郎终于醒啦！一脸憨厚直爽的傻笑！

"嘻……嘻！"伴娘笑在心底，她还真喜欢这个年轻体壮的渔民那种毫不掩饰自己的纯真，特别是他那副憨直可爱的笑样。

"你们几位真是立了大功，太了不起了。新娘和伴娘就应该是这个样子的，这也是我和阿海所见到的这个世界上最美的两位姑娘。"新郎官添油加醋赞美一番。

"别再夸夸其谈啦，该收拾你们俩了！"此时的四姐倩萍倒是插上话了。可怎么一句好好的话，到了她的嘴里，听起来就特别别扭，就变味了呢……

"我……我们也要'画'？'画'成她们那样啊？"阿海是真的被吓傻了，笑不出声啦。

"嘻！不是给你们'画'，是帮你们换衣服、做发型。"伴娘不忍心看伴郎被吓成这个样子。

新郎官和伴郎的上衣被她们剥了个干净。伴娘偷偷看着伴郎：宽厚的肩膀，结实的手臂和胸肌。"他是个好男人！"伴娘在心底对自己说。四双女人的小手先帮着他们穿新背心，再换上新的白衬衫，系上领结之后，给了他们各自的短裤、秋裤、西装裤、皮带、袜子皮鞋，他们进了内书房换上。

当两位男士再次走出来时，正是新郎官与伴郎的风范。

女人的八只巧手再次齐上阵，由三姐倩蓉担任主理，用电吹风将他们的头发定型，上发蜡。两个"飞机头"成啦！画报封面上的美男子也不过如此。

伴娘用她那嫩白的巧手，抓取了一根掉落在伴郎西服上的细小头发，并帮他把领结扶正。阿海顿时闻到了面前的这位姑娘身上散发出一种他从未闻过的、像是肌肤的香味，那是一种无法说清楚的感觉。也许，正是这短短几秒钟的奇妙感觉，注定了他们的一生。

从未接触过女性的童男阿海，根本不可能知道女人们都喜欢自己心爱的男人在所有人面前帅气、毫无瑕疵，这能给她们心里带来最大的满足，就等于给了她们欢心和优越感。闽台人常说：丈夫有本事，为妻自然就昂首。众多的女子都有此心理且不分古早、现代与未来版本。

在特定的场合里，女人确实是一种很难让主宰这个世界的雄性男人，甚至连她的本身都难以理解的雌性灵长类。是高级动物之本能还是人性之使然。是吗！？

林将军的孙女小琳同学来了，这可把小妹给乐坏啦！她想到陪育春大哥逛厦门街景，又多了一个好玩伴！

"恭喜你啦！成老师，恭喜你啊！德玲姐姐。爷爷说，你去不了教堂让我爸妈自己去。我先来看看德娟。"

"在电话里我没有办法告诉你具体时间，没想到你来得正是时候。新娘、新郎定好在八点钟到教堂的。姐、姐夫，我和小琳同学还有表弟、表妹正好帮姐，下车时提拉婚纱的长披巾，等进到教堂再递给花童，你们说好吗？"姐姐点了头，姐夫也示好。两位同窗好友和她的表亲都高兴地蹦了起来。

"阿弟啊，恭喜你成人啦！成先生和先生娘呢？"大厅外走进来一位黑大汉，操着一口男低音的闽南话，那响动不亚于渔民肖海龙。

"哦！是车伯啊，他们都在楼上，我带你去……"

"不用，不用！今天，我安排了十辆车专门来为老东家娶媳捧场、效力的，我上楼去啦。"已是一大把年纪的车伯，迈着坚实有力的步子上楼见老东家去了。

"车伯是我爸早年包月的'专车驾驶员'，除休息天之外，每天用三轮车接送父亲上下班，从不间断。逢年过节时，车伯就会带上我们几个小的四处兜风，是个大好人。一直到文化大革命'破四旧''立四新'，车伯就不能用包车载我父亲了。"成老师对身边的育春大哥还有小妹、小琳说。

"这老伯都这么大年纪了，说话、行走还像个中学生。"小琳很是敬佩与她爷爷"上下岁"的三轮车车工。

"在我们农村，八十多岁的老伯、老太自己挑水、种菜都是常事。成老师最清楚了，在他们知识青年住的那座土楼里，一位叫'黄牛婆'的老太今年都上九十了，仍是自己挑水，打理自个儿的生活起居，这是很多城里人连想都不敢想的事。"在场的中学女生被育春大哥这一说全傻啦！

"真是难以置信！"小姑娘们齐声呼喊起来。

"东家、先生娘，我带来的九位兄弟全是出体力，来为成府贺喜的。我们拿了钱算什么事嘛，不然就是东家小瞧我了。你们别送啦！我们全在大门口等着哪。"一声声一阵阵豪爽得不能再豪爽的大嗓门，从楼梯口传下来。

"清江老弟啊，快叫阿弟拿上小包喜糖喜饼给车伯他们，咱们一会儿乘坐他们的车上教堂。"是成德富欢快的声音。

布谷鸟时钟准时报点：八点整。

成德富、闻宝钗夫妇携手下楼来。成德富、杜清江一对好兄弟穿着不久前在"福全才"裁缝店定制的全套黑西服，配上全红一色的领结，内衬白衬衣。成德富戴黑绒礼帽手执"文明棍"。新郎的母亲穿着一身新定制的、熨烫得十分平整的紫色细绒旗袍，肩披粉红色细羊毛长披巾，手戴白手套，头戴乳白色的英式宽檐女帽。他们的装扮只要出现在大马路，一定会令所有见此景的路人驻足欣赏观望。人们将会向这样一对恩爱了几十年的夫妻投以一种尊敬的目光，也会被这种勇于追求美的气质所折服。这些在早年电影中出现的高贵夫人、文明绅士、先生的镜头，唯有在国家改革开放的今天才得以重现……

这是一种文明！

这是国家改革开放之后，社会进步的表现！

人们的生活本该如此放松、自由自在、有品位，有高质量的生存条件、空间与环境。

妻子将在左手放入丈夫的臂弯里，满怀喜乐从容地上教堂庆贺儿子的新婚大典。

阿姨与小妹不失时机地拍下了这一幅幅美丽优雅的瞬间。美中不足的就是，存留到未来、长久的黑白照片，不会有时下如此美丽的色泽与光影……

八点四十四分。大家都在"中华第一礼拜堂"集中了。负责司仪的总负责人申弟兄简略地提醒新娘的父亲，进入圣殿后行走的步子随《婚礼进行曲》的节奏，尽可能地放松，移步行进时的脚面始终要保持在新娘的婚纱裙摆之下。

除了父母亲的教会兄弟姐妹前来道喜之外，学校里各个运动项目的队员们几乎全到齐了。体育教研组的全体同仁——有的老师还带上他们的家人，以及成老师所教授的四个班级的男女同学，基本全到齐了。此时的场面令成老师特别地感动。整个"中华第一礼拜堂"圣殿里，楼下楼上的座位全坐满了，还有相当一部分的布衣百姓只能站在圣殿门口看"闹烈"了。过了数年之后成老师才知道，今天这么多的老师、学生来教堂为他的新婚贺喜，全是教务处丁主任特别的提议。此事当然不可究其缘由。在新中国的这片红色土地上，一个彻底的唯物主义者是不可以信奉任何宗教的。

教堂圣殿的献唱台上，站满了身穿胸前绣有红色十字架的洁白圣袍的教堂唱诗班的弟兄姐妹们，蔡昌德指挥站立一旁，等待婚庆典礼开始。

主持婚庆典礼的是"中华第一礼拜堂"的颜牧师。这是自"文革"后，继去年圣诞节"献堂"以来，头一次在圣殿举行的结婚礼拜。司仪的申弟兄让手提着小鲜花篮的童子二人站在最前面。之后是一位手托银盘、盘上摆放着一对结婚戒指的童男，在他的身后还有一名手提小鲜花篮的童女。新娘手执一大束红玫瑰鲜花，与她的父亲站立在花童身后。新娘与其父的身后是一边各四位身着雪白小连衣裙、准备提拉婚纱长披巾的小女天使。他们全都站立在教堂圣殿的红色地毯上。

新郎站立在颜牧师主礼圣坛的侧面，等待着新娘的父亲亲手把新娘交到他的手上。伴郎立于新郎的左后侧。

在教堂圣殿里的会众、慕道友、弟兄姐妹们，都在静心等待这一神圣庄严时刻的到来……

主历：一九八〇年，五月一日，上午九时零九分。

这是一个隆重庄严的时刻！

中国厦门市"中华第一礼拜堂"钟楼上的钟声响起，响彻在厦门市的上空，朝着穹苍，飘往海外，向着高高在上那远方的天际播扬……

颜牧师请在圣殿里的全体会众起立。

结婚礼拜正式开始。

圣殿里四面充满了《婚礼进行曲》欢乐喜庆的钢琴曲。

在申弟兄的提示之下，一对男女花童开始移步向前，他们朝着圣坛行进了约两米后，双手托着结婚戒指银盘的男童步入红地毯，相距一米后又是一位手提着小花篮鲜花的童女，他们伴随着《婚礼进行曲》的音乐节奏缓步行进着。

距花童五公尺之后，新娘手持鲜艳的红玫瑰花束，与父亲缓缓向前移步，朝着颜牧师主礼的圣坛行进。她那缓缓的细步带动着身后飘逸的长纱巾和那八位白雪般的童女小天使，恍惚之间，新娘并不是行走在陆路之上，仿佛是从天上飘下来的仙女一般，如此的洁白无瑕，一条长长的洁白纱巾将教堂圣殿的红地毯满满覆盖，朦胧之中白里透红，彩虹般地从教堂圣殿大门口，一直绵延到颜牧师主礼的圣坛前。

新娘的父亲亲手把新娘交到新郎的手上。

新郎官开了金口，说出了五个字："爸爸，谢谢你！"

伴娘接过新娘手上的鲜花，走到新娘的身边站立。

新郎与新娘跪在教堂圣殿早已准备好的、离地约四十公分高的斜面软垫上。一对新人仰视着圣坛前的颜牧师。

颜牧师闭合双眼，低头带领会众们同心合一地祷告：

" 神啊！我们满心感谢赞美你！是你将这对新人带到你的圣殿，带到你的施恩宝座的圣坛前。这是本堂被一阵'狂风'吹过，关闭了整整十五个年头，今天又迎来了第一对新婚夫妻庆典的好日子。 神啊！是你的带领、你的光明驱走了这人世间的黑暗与无知。感谢我主耶稣基督。今天这对新人的结合，正是主你的召唤、你的恩典、你的大爱的恩赐。奉主耶稣基督的圣名求：心正所愿！"

"心正所愿""阿门"基督徒们回应颜牧师同心合意的祷告。

颜牧师的右手按着摆在圣坛上的《圣经》，面向成闻卫，说："在我面前的成闻卫，你愿意娶你身边的这个女人做你的妻子吗？无论是顺境、逆境，无论是疾病还是欢乐，无论是贫穷还是富足，你都会陪伴她的一生。你愿意吗？"

"我愿意！"

这是一个男人从心底发出的勇于担当的心声。新郎这洪亮的声音，得到了圣殿里所有会众的见证。

颜牧师将身体稍稍侧了一下，面向由德玲，微笑着对她说："在我面前的由德玲，你愿意嫁给你身边的这个男人做你的丈夫吗？无论是顺境、逆境，无论是疾病还是欢乐，无论是贫穷还是富足，你都会忠贞不渝陪伴他的一生。你愿意吗？"

"我愿意！"

新娘铿锵嘹亮的女高音在向众人表明：她的这颗心将坚定地随着身边的这个男人。他，就是她的性命；他，就是她心中的家、儿女及一切之一切……

此时的颜牧师左手按着那本专门在行庄重仪式时才用的《圣经》，右手立掌直立于胸前；随着他的话音，上下左右移动着立掌在空中画着十字，声音十分洪亮，神情格外庄重，说：

"我以圣父、圣子、圣灵的名义宣告你们结为夫妻。

"愿　神保佑你们。

"请新郎、新娘交换结婚戒指。"

颜牧师的话音一落，蔡昌德指挥的手臂就挥动起来，献唱台上的教堂唱诗班的弟兄姐妹们用闽南话唱出祝福的诗歌：

今日大家聚集欢喜，赞美上帝齐声吟诗，同苦同乐，快乐得意，相敬相爱，结联无离。求主赐福气，求主赐福气，助他们常常守主教示。求主赐福气，求主赐福气，使他们得主平安欢喜！

在唱诗班的四部和声吟唱中，新郎和新娘从童男双手所托的银盘上各取了代表永远互守终身的结婚戒指给对方戴上。唱诗班在献唱时，颜牧师始终闭目低头，双手十指交叉于胸前，他在为这一对幸福的夫妻向神祈祷，为他们献上衷心的、最美好的祝福——这是《闽南圣诗》第一百七十六首的圣曲《愿上帝此时降临》。

在新郎与新娘相互交换戒指时，圣殿里的会众全体起立，报以极其热烈的掌声。许多人流下了热泪，这是衷心祝福这对新婚夫妻流下的快乐且幸福的泪水。

此时的申弟兄请提拉婚纱长披巾的四对小天使慢慢靠拢，集中到新娘与新郎身后，等待他们转身再随其后步出圣殿。新郎拉着新娘的手，向圣坛上的颜牧师和献唱台上的蔡指挥以及唱诗班的弟兄姐妹们深鞠一躬。新娘将手搭放在新郎的臂弯之中，伴郎阿海与伴娘许筱雯撒步于新娘新郎的身后，他们不约而同地四目对视，彼此都像是被电击了一般。这个时候，四对小天使从他们身边移步而过，这才阻断了"电流"的再次撞击。然而，就是此时此刻，有一个非常奇妙的念头同时产生于二人的脑海之中：是否不久后的今天，跪拜在圣坛前宣誓，得到从天而来的祝福，在牧师和会众们的见证之下交换结婚戒指的人，就是你和我？

曾有著名的星相学家说过：若将宇宙中的地球生成至消亡压缩至一百天，那么，人类的出现就是这百日中的最后一天。也就是说，神降世人间近啦！

教堂唱诗班祝福新娘的美妙圣乐，一直伴随着这对夫妻新人缓步走出教堂圣殿大门。祝福的歌声一直陪伴这对新婚夫妻走出路口，走向小车旁。

教堂大门口的两旁，主内的四位姐妹手托果盘，上面装满了各式各样的喜糖和小喜饼，分发给前来贺喜的亲人、会众、慕道友以及门外看热闹的人们。这样，在路过的厦门人看来，就有点民间味道了。

"这新娘如同仙女下凡一般，身材好，人又漂亮……"

"'文革'之前，在上海我也曾见过这样的婚礼。这可是十五年之后重现的社会文明啊！结婚是人生几件大事之一，就应该如此庄重、神圣！"一对白发苍苍、像是做学问的夫妇驻足让道。

行人们议论纷纷。

"中华第一礼拜堂"在中山路的出口处，路口顿时挤得水泄不通，尤其是那八位提拉新娘婚纱长披巾的小花童天使，个个如花似玉，引来过路行人的驻足观赏。

"太美了！"

"妈妈，你看那条长纱巾，像白孔雀的尾巴一样漂亮！"

"婚庆就该如此庄重、神圣……"

"……"

"文革"期间也正是在此地。有一回，马路上所有的两轮车、三轮车乃至汽车全"趴窝"了，人们围成一圈，圈外的人相互打听发生了什么事，谁也说不清。

终于，圈内爬出一秃顶小老头，叹息道："俩蚁相斗呢！"

荒唐？不荒唐！让无聊的围观消磨掉时光。

不荒唐？"文化大革命"荒唐吗？……

古言曰：宁愿看人吃肉，切勿观劈柴火。还没听懂？！

"我宁愿多跑十趟船，再也不干这苦差事啦！人都快憋坏啦！"阿海上了车就埋怨道。

"哈！"阿海这一句诉苦的话一出口，就引来了汪师傅的大笑，"真的轮到你当新郎官，也有你苦的日子哦！"

五一节的天气真好。那个年代的大马路就是机动车、非机动车、行人全都搅混在一起并行。车是必须给行人让道的……

国人没了交通安全意识，他可知如何为法治？！

"肖先生，你行船最远到什么地方？"看来许教练是有意帮阿海解围。"阿海，许教练在问你话呢！"老师提醒学生。

"许教练，我长这么大，可是人生头一回被一位女同志称呼我'先生'的。我就是一个土人，你这样呼我，这不等于我'先出生'就被'削'了一刀，还不如叫我先'那个'好啦！"这"实人"实话实说。

"哈……嘻……"车内笑成一片。

"哈！真拿你没办法。许教练，往后你就直呼他阿海好了。他啊，去过福州马尾、舟山，还有……"

"还有啊，有一次，"阿海接过成老师的话音，说，"公司想派我去大连港的，可是后来公司领导研究又决定不让我去了。理由是我的普通话不行，会影响工作。汪师傅、许教练，现在我说的普通话你们不都听懂了吗？话全是他们那些当头的人说了算。不然，怎么会有人说：领倒，领倒，会领就会'倒'！嘿……嘿！"阿海的一阵傻笑后倒吸气时，喉管里竟然还会发出如同耗子一般的"嘘……嘘……"叫唤声，仅过了一会儿，阿海的"嘘……"鼠音怪叫声又起。真是天下奇才啊！

车里几个人都笑了，阿海见到后座的美女教练快活、开心的样子，再接再厉地讲笑话："有三个朋友打赌吹牛，吹得最差的那个人必须请吃饭。第一个人说了，他看见一头小水牛，它的头从牛栏的缝隙里探了出来，方圆三十亩的稻子被它的舌尖一扫而光。第二个人说了，这有什么，我在厦门港外靠近台湾那边的海上，就看见过一艘美国航空母舰钻入一根空心菜茎之中，不见啦！这第三个人是个实心汉子，心想，我再怎么吹也吹不过你们，认栽啦！回家取钱准备请这二人。他刚一进家门，老婆见他无精打采的，一问方知缘由。她说：就这么一点小事啊！让老公躺床上去，她自己到户外对着那两个等喝酒的小儿喊话啦：喂，你们别等我老公啦，他刚一进门，就被飞在空中的蚊子左后腿猛踢了一脚，所有的肋骨全都断光光，正躺床上哼哼哪！你们快进来看哪！来！快啊！那两个等吃饭的二愣子一听：不好！快溜，怎么开玩笑还闹出条人命啦！那女汉子可猛啦，边在他们二人后面追边怒吼道：别忘了，等他病好了，要请他喝酒哦！还有啊，那只蚊子还微笑着亲口对我说：'我是公的哦……'"

这下子，吉普车是真动不了了，只能靠在中山路道旁。躺着的车身正不规则地颤抖，车里的人全笑得前俯后仰，伴娘许教练猛笑到蜷着身子。正当大伙好不容易止住笑声，想擦擦汗珠泪水时，阿海是真不知众人为何乐成此番形状，看着看着，他又情不自禁乐了起来，他的鼠声怪叫又随之而起，撞击着车内每个人的耳膜……

时常听说也书写过"笑死人"三个简单的汉字，不知现实生活中是否真有此事？哈！

吉普车在欢笑声中一路远走……

小琳同学、小妹、阿姨的这一对子女，乘坐三轮车已经回到了成老师家中。别小瞧这几个小辈，可会替新娘打理啦，个个做事井井有条稳稳当当，真是不简单哪！

车伯一行十辆三轮车队，把成德富夫妇等长辈们送回家中，将阿玲的父母送回华侨新村歇息。

"德玲，你这件婚纱的长披巾要不要先解下来？这样会不会太难受啊？"吉普车快到家时，许教练一边给好姐妹补妆，一边心疼做新娘子的艰辛。

"还是到了家再说吧。说什么这十二小时都得扛过去。筱雯，你才是真辛苦。昨天夜里到现在你都没有休息一下。从福州回来路上就够你辛苦的，你还一直陪送我。"新娘也安慰着她的好姐妹。许教练一边给新娘补妆，一边也没忘记用眼睛的余光扫瞄一下那个渔民大男孩。她的心里仍禁不住暗笑：这个三大四粗的讨海人，还真的有点古里古怪。嘻！

四、婚庆圣典

　　小妹和她的小辈伙伴们已经在路口等候新人的到来。

　　"五一"是大节日，眼下又是临近中午做饭时分，邻里四舍的男女老幼全都出了家门探望新娘。一位叫石姑的老太对着阿弟说："成先生和成先生娘真的很有福气，娶这儿媳妇长得多水灵啊，如仙女一般。真的很漂亮、很贵气！"从小看着阿弟长大的巧治姑也上前道喜，说："阿弟啊，恭喜你啦！恭喜你成家成人早生贵子哦。"还有一位众人称之为"四姨"的老太，早年给厦门鞋业大王当四姨太。她看到小妹等四位小辈提拉着长长的婚纱披巾从她面前走过，说："早年我也是这样过来的。不过说句实话，婚纱可没有阿弟这个新娘子穿的这件漂亮。你们细细看哪，这件婚纱是全套真丝，精工手缝的……"

　　"……"

　　新郎和新娘还有他们的同伴，小辈的几位弟、妹，大家的脸上都露出喜悦的笑容。阿弟打内心高兴。几个月之前，由于家中小儿与那位小媳妇季西路赶在二哥前头"抢婚"，多少受到少数几位邻里当面冷嘲热讽，数落成府的二位长辈失家教。而今，他能为父母挽回这一丁点颜面，是满怀的喜悦心情。

　　成府的这一对新婚夫妻一进入楼下大厅，就迎上来几位伯母、姑妈。新郎向妻子介绍了父亲的三位兄嫂和三位姐姐。阿姨、阿丽和阿惠站在新娘身边，帮着冲泡好盖杯甜蛋茶之后，再由新娘子亲手恭敬地递送到长辈们的手中。阿弟的父辈中现仍在世的就是二伯父成德昌和父亲两兄弟了。成德昌虽为中草药师，但遇上这从小就落下的慢性哮喘病，也是医者不能自医了。紧接着新郎介绍母亲娘家的亲戚，摆在头一位的是现龄一百零三岁、林语堂先生的亲姐姐，阿弟要称她为三姨婆祖。她老人家一大清早就乘早班渡轮，从鼓浪屿赶到"中华第一礼拜堂"，参加了曾孙辈的新婚庆典，午宴就到家里报到啦，她还要参加晚上的喜宴后才返回鼓浪屿。

三姨婆祖的身子骨十分硬朗，从外表看顶多就是八十岁模样的老人，平日里就是手拄一根拐杖逛鼓浪屿山，风雨无阻坚持天天打太极拳，心境心态特别平实。三姨婆祖常对阿弟说：咱们的皇帝爷乾隆说过一句话，叫作"无不可过去之事，有自然相知之人"。这也正是她存活于当下的"生命在于运动，长寿必须乐观"的人生道理。

就是这样的一句话陪伴了她这一生一世。她老人家恳望曾孙辈的阿弟也能如此为人处世。阿弟多少知道，这是乾隆之父雍正皇帝留在养心殿的一句格言。

接着会面的是姨婆、表舅、表姐、表哥等一行人。

"我得摸摸阿弟的这个侄儿媳妇是什么模样。"新郎的三姑妈眼力不太好。自阿弟幼儿时，她就非常疼爱这个小侄。闽台一带有句古言：姑疼侄，同姓氏。

新郎带着新娘来到三姑妈面前。

"哇！好喜样哦！鸭蛋脸，大眼睛，大耳垂，好命的女子，一脸旺夫相！咿！她怎么可以这么高啊？"

"三姑妈，阿玲她以前是运动员，个子当然要高啦。"

"哦，像你爸年轻的时候那样打球啊。怎么？姑娘家也打球啊？"三姑妈的老封建思想理解不了阿弟说的新鲜事。

"三姑妈啊，当年我爸打的是篮球，阿玲她们打的是排球。"老师在向"新学员"普及体育知识。

"哦，我明白了。男人打'男球'，姑娘家打'排队球'。我这侄媳妇真有本事！"三姑妈给集体运动项目作了新定义。不过，也对！早期的九人制排球不就有点"排队"的意思吗？

"阿弟，你说她叫……阿玲？来，快过来。"三姑妈凑到侄媳妇身体的侧面，又是摸小腹又是摸臀部。突然，她老人家像捡到财宝似的喊叫起来："哇！好啊！贵气啊！臀部圆。福气啊！阿弟你可要好好疼她，保准给你生儿子。"三姑妈口咬着假牙，使劲地拧着新郎的腮帮，恨不得揪下块肉来。她老人家兴奋极了，又说："阿弟啊，这是真的。只要是我看过、摸过的新娘子，个个都是很准的哦。儿子！包生儿子！哈……"

"哈……"大厅里响起一片附和的欢笑声。

新娘子满脸通红，可不好意思啦！

新郎的父母和房东育春大哥都回来了。闻宝钗拿出四十块钱，请阿姨出面交给车伯一行车工们。车伯是再三推辞，可哪里顶得住阿姨的伶牙俐齿，只得象征性地收下十块钱。只要花上五块钱，中午的饭、菜、肉、汤、酒全齐啦，也算是为东家娶儿媳妇庆贺一番吧。余下的五块钱，每人一包烟还有富余。车伯临走时，阿姨让阿丽、阿惠端来酒壶酒杯，十位车工各顺了三杯喜酒。此后，车伯顺告知东家，晚宴时分他还会再组织十辆三轮车来，载这帮老胳膊老腿的老辈人。

小妹来向姐姐、姐夫告假，想乘着空隙时间游玩去，还是做姐姐的想得周到，她让小琳同学先转告林府，就与小妹同在家中用餐，到了下午时分再连同阿姨的一对子女一起去看厦门街景，筱雯大姐姐也主动加入。姐夫再给小妹四卷胶卷，连同阿姨专用的"海鸥135"也一起带上，难得有这样的好机会，要游玩还须畅快嘛！

成德富、闻宝钗这对老夫妻，对阿姨等人之真心相助，是深深感激在心底的。是众人如此诚心用力，才将这么一场隆重的婚庆大典顺利操办下来。二老已经预感到了，搬到漳州，新的家庭还会更加快活……

电话响了，是香港小柯打来的。首先他恭喜成闻卫新婚美满幸福。之后说，李全成先生介绍的做千两茶的大茶商，此时就在他身边，是位姓齐的先生。香港大商人与内地的授课先生通上话了。齐先生的意思是：假如行程顺利，五月三日的中午时分就可以抵达漳州；第二句话，只要是货品与送出的茶样一致即可成交；末了的话是运输问题还是需要祖国大陆的朋友相助。成老师给了齐先生漳州家里的地址与电话号码。二人很快挂了电话，香港的大生意人做正事就是谈要点没废话。

新娘终于可以摘下这一大套的婚纱"行头"。人显得轻松快活，自然言语就多，她与家公家婆上楼闲聊去了。

中午的喜宴可谓是中老年人的大聚会，比起青年人来他们更显活跃。那是因为在这样的场合里，会令他们回想起自己的青年时代，许多过往日子的欢乐时光。古言云：老者如孩童！看看这场景，还真是这样。

又来了一位中年妇女，她就是阿弟的二姐，是从天津来厦门开会的，公私兼顾。俗话说见面三分情，也给成人的阿弟和弟媳妇送上大红包志喜。

午间喜宴之前，成德富夫妇让阿姨去请亲家，亲家母来家中同享喜宴，阿姨讲明这不符民间古例，她自另有安排，敬请两位长辈放心。

"各位兄嫂、姐姐，娘亲，至爱亲朋。"成德富在喜宴上开言了。

"今天，阿弟的这场婚礼，亲人们齐整地来贺喜，我和阿弟他妈是由衷地高兴，对诸位亲人好友的捧场表示深深的谢意。主理中午喜宴的是双全大酒楼的掌勺名大师，大家要尽情享用。我都吩咐了咱们这两桌老人席菜肴做得面、软一点，入口即化。哈！喜酒多样，正品的法国香槟、高级红葡萄名酒，国家十大名酒，家中备了五样，各位自选随意尽兴。诸位皆知我是滴酒不沾之人，今天嘛，一定要来一小杯红葡萄酒，见红大吉，喜庆吉利，来！大家同喜同乐！举杯。好！哈……"

成德富、闻宝钗夫妇今天真是非常非常之高兴啊！

阿姨在各桌席之间走动巡视，脑子不停地转动，要细致认真地给这帮亲兄弟把好脉。

能够让家庭喜宴保持如此浓烈喜庆气氛的，就是那二男二女四兄妹。一个上午，他们就根据各厨大师开具的菜单，随时采买补货，运送食品鲜货洗涮配菜，不辞辛劳奔波。现时又忙于当下手端菜跑堂，这全是真心的为了兄弟的情谊。

众人同享了美食大餐之后，老辈们都各自歇息去了。新娘与伴娘也在新娘房的沙发上稍眯了一会儿。可怜的阿海伴郎依旧是流着口水酣睡而去。真是为难他啦。闽台一带戏言阿海这样的壮汉曰：大个干细活，磨命剩半条。

最实在的要数活蹦乱跳的小妹和她的几个新老伙伴，惊人的青春活力令人嫉妒。她们带上育春大哥、筱雯大姐姐逛厦门街景，拍照留念去啦。

新郎招呼着酒楼的厨师们坐下来用餐，自己靠上太师椅也差点睡了过去。一想到夜间还有那么多需操心的大事小情，也就没心思睡觉啦。

阿姨真是铁人硬汉，不知是体力精力原本就如此之好，还是哪一股精气神，在撑着她。当双全大酒楼的名厨大师、帮工学徒们用膳完结，她破例大手笔捆扎上四瓶进口高级红葡萄酒、两条威斯顿洋烟外加四十四块现金大红包。晚上的大喜宴还要有劳名厨大师主理，那是"糍粑手中捏"，丝毫马虎不得的大事啊。

新郎把酒楼的名厨大师、徒弟帮工送走之后回到家中，看到四个兄弟姐妹已把大厅、阳台、厨房打扫清洗得一水干净，他们才坐下来吃午饭。长腿的心胸涌上了一阵感动。"兄弟姐妹"四个汉字的笔画并不多，但是，要真正能刻入心版却是难上加难。可怜的大鸟看着满桌的好菜，也只能遵清江长辈的命令，只喝半小杯茅台，晚上婚庆大喜宴也不例外。长腿看着这只"鸟"那可怜巴巴的眼神，他真想将整瓶好酒亲手倒入他的口中……

在楼下的大阳台，阿弟和二姐成倩莲聊起了学校总务处的钱处长，聊起了她另一名高中同窗陈文礼。这个陈文礼的两个胞弟阿弟全都认识，大弟弟陈文举插队的乡下，与阿弟同为永定县的相邻公社；小弟陈文峰与阿弟又是年少时的球友。这个陈文峰时常吹牛说其父驾驶飞机带他去玩，他摸到天空是滑滑的。从此，附近一带的同龄人只记得一个叫"天滑滑"的小子而忘却了叫陈文峰的少年。阿弟与陈文举农闲之时常"串联"，陈文举告诉好友，其父在香港开了家"陈氏武馆"，所以他们被划为"敌特坏分子"的家庭成分。一九七四年，阿弟调回厦门上学，陈文举前后脚也调离了生产队。一直到了去年两位农友再聚首，阿弟才知道，文举的父亲是国家派驻香港的"间谍"，一次在获取非常有价值的情报并安全转手之后被杀身亡。二姐告诉阿弟，他们三兄弟现在由国家照顾在北京工作、生活。而陈文礼之妻，正是二姐初中时最最要好的同窗学友，名字叫远东，她是当年驻厦部队的几位将军之一的独生女。她的家就在成德富这幢番仔楼的斜对过，是一幢俄式建筑。二姐成倩莲带阿弟去过将军家里几次。花砖地板，墙上有漂亮的西洋画，还有一个他从未见过的、冬季可以生火取暖的壁炉。反正那幢楼房里的新鲜东西，与国内所见的宅居全然不同，非常好玩。自从远东他们全家人调入北京之后，这幢俄式建筑几易主人，不变的是，住在楼内的全是将军一级的大人物。阿弟记得，在他很小的时候，家里来了好几位穿军装的人。他们不仅在二楼"走马楼"的大阳台、"铁枝倚"的小阳台巡看，还径直上了三楼顶层大晒台巡视。后来，二姐听远东说，是中央和军队里很高级别的干部去了她家里，而成德富家的这幢番仔楼，是离她家空中距离最近且最高的建筑物，警卫生怕有"闪失"。就是在那个时候，成闻卫知道了"将军"是多么了不起的大官。后来，也是陈文举的事让他又知道了，在这个社会上还有一种性命攸关、重要的、神秘的工作，名字就叫：间谍！

其实，从阿弟儿时记事起，就是这位二姐让他懂得了书籍以及课本以外的许多事。成德富夫妇自失去大女儿成情韵之后，对这个死里逃生的二女儿是倍加疼爱。加上她天资聪慧，是块读书的料，小学、初中跳了好几级，是那种父母所喜爱的"唯有读书高"的好苗子。父母给她的特殊奖励就是：每周奖励五毛钱，一个月就是两块钱！那可是如天大的事啊！从阿弟两周岁起直到他小学毕业这十年间，他分享了二姐的这份好待遇。每周六晚看一场电影，像是必做的功课一般。只要书店有新出版的连环画，阿弟手上必有一本。二姐带他观看的影片大多数是译制片，要说起这些影片来，比阿弟大一轮的人都未必看过。例如印度电影《阿苏卡》，欧美电影《墨西哥人》《黑桃皇后》《中锋在黎明前死去》《三个火枪手》，儿童影片《小魔桌》《马兰花》，越剧片《追鱼》……当年看得最多的还是苏联电影，像《智擒眼镜蛇》这类反特片居多，还有女生男生相拥在一起亲嘴的《风从东方来》《静静的顿河》……

阿弟记忆最深的，是一部让二姐哭得稀里哗啦的香港影片《可怜天下父母心》。当年，像这样的电影儿童是不准进入影院的，阿弟真不知二姐施了什么魔法竟让他有幸看到了这部好电影。当年，在厦门上映的这部"香港片"，无论日场、夜场，黑市票价均是两块钱，还要"撞大运"。那时的日场票价五分、夜场八分，学生包场只收两三分钱。

这部香港片上映时，有位中年男子可能是遇到了急事想要退票，被争票的人将他的衣服都撕烂了！有四个人各抢到四分之一的票券。只好先以"石头、剪刀、布"分组预赛，而后复赛再决赛出冠军。结果当冠军拿着票想进入影院时，却被工作人员挡在了外面：当年电影院规定，影片开映十五分钟之后，任何人不得入内……

每每看完一部电影，二姐就会让阿弟观后叙述一下电影的大概情节，有什么人物，讲了些什么事情，有时还会单挑某个情节让阿弟试着叙述所表现的人和事。但凡周六晚的"电影课"，阿弟都会十分专注观影，生怕二姐提了问题，自己答不上来。

二姐除了带阿弟看电影、买小人书，到书房阅读书籍，也还手把手地教阿弟如何集邮、动手制作集邮簿。家里除了父母之外，在所有的胞亲中，可以说二姐成倩莲是给阿弟最多照顾与书籍内、外知识的人。阿弟将他对二姐的这种感恩与美好记忆、敬畏之心，一直保留到一九六八年的夏天。而在那年夏天仅六天的时间，就把这种"美好"敲打得粉碎，那是一种刻骨铭心的记忆……

那年夏天，老封建思想的成德富将三女成倩蓉禁锢在家中，为的是让她断了嫁给"资本家"后人杨某的念想。占领着厦门老市区地盘的"促联"造反派杨某发话了：若娶不到成府三小姐，誓要炸平这座番仔楼！那时，清江阿叔已回单位"半劳改"，还未有自由身，林将军仍在"打石山"敲碎石。清江阿叔立马与原统战部"硬笔杆"林将军之妻议定：请早年给林将军开车的好司机加上好邻居"香仔"冒死相助，逃向厦门市郊"革联"造反派的地盘。正是为了大妹倩蓉之事，姐姐请了事假回了趟厦门。

"文革"期间，国家的战备物资都受到不同程度的冲击。公社、街道动员闻宝钗这位居委会小组长，将楼下的住房奉献出来储存"战备粮"。所以，二姐回到家中就暂借家中一铺移动"藤铺"搭置大厅，暑季既凉快又透气。

大约从四五岁开始，直到那年的暑假、寒假都不例外，母亲用外婆留下来的铁架楠木板床搭在书房中，为的就是让爱读书的阿弟，累了可以随时上铺安歇。

那天夜里，阿弟夜里尿急想上厕所。他仿佛听到书房外的大厅有响动。他轻轻拉开书房门缝借着明亮的月光细看。他愣住了：是小儿成闻达与二姐双双躺在藤铺上，一只正处发育期的雄性爪子正搭在二姐白嫩嫩的大胸脯之上。那是阿弟见过最完整的、最真切的女子大乳房。他直视到了异性身体部位的感官刺激。不过，奇怪的是，只是一刹那，他的内心顶上来一股莫名的羞耻感……

是夜，他憋了整整一晚的尿。

阿弟不太明白，究竟是二姐的生理需要，还是家中小儿的早熟，他只知道一件事，那就是无论二姐成倩莲与小儿成闻达的灵魂多么可耻、肮脏，他们之间如此的协调动作是需要勇气的。正如二姐的初中、高中两位同窗学友远东与陈文礼结合成一家人一样，这是需要极大勇气的，尤其是在那种划清阶级成分的年代里。

然而，具有更大勇气的正是将军本人。曾经有人问过将军：为何要将自己的独生女，嫁给当年还头顶敌特分子家庭成分的陈文礼时，将军的回答是："将军的衔是挂着的，将军女儿一生的幸福才是实在的！"

这是令人敬佩的言语！这是将军过人的气魄、胆识。

相对而言，曾数算过无数钱钞进出的成德富，与在子弹缝隙、炮弹乱轰的战场穿梭前行，将生死置之度外的将军相比，无论是精神境界、气度胸怀，坚定果敢的意志品质，还是有相当差距的。

一个人在做某件事时，一定会有他认定该去做的动机与目的，区分只在于对与错。

人性是共通的。同存着质的别异。难道不是这样吗？

鄙视了二姐成情莲十多年的阿弟，竟然可以和二姐一起"高山大海"地畅聊到各位前辈、长辈、来宾、新娘、伴娘起身洗漱。此间他们又聊了很多很多。

究竟是父亲的痊愈康复？是围着他们的喜庆气氛？还是人的本性，那颗良心的发现……

老辈人经过短暂的午休，每个人都精神焕发，准备投入到晚间更大的一场战役之中。在那个物资相当匮乏的年代，日日、月月全是靠着那些票、证过生活。真是遇上如此"大摊"的喜宴，确是一件难得的好事。那个年代的中老年人——主要是家庭主妇们，赴大宴时都会随手带上一个铝制的"便当盒"，或是带盖的搪瓷杯。宴会开始之后，只要是盘菜，情愿自己少吃一两口，各人都会很自觉地上一次筷子，把这些好吃的菜肴夹进随身带来的器皿里。这些主妇们彼此相知，这些都要带回家给丈夫、子女们品尝。那个年代的物质是匮乏，但在任何时候都不缺母亲与父亲的大爱。当年在厦门，在大宴席的每一桌上，都可以见到母亲们的这一例：通行做法。事情小到确实不值一提，然而，这正是世间母爱之伟大啊！

车伯虽为车工，但他的一生信用在今天再次体现。他率领一行二十辆三轮车队，解决了年长的亲戚、贵宾们出行的大事情。成德富由衷地感激。卖了一辈子苦力的车伯仍然是如此的有情有义，这不是可以用金钱或物质对等衡量的，它们之间没有也不会有可比性，也绝非早年那种雇、佣双方之间的情感关系。这是当年人们相互关爱最具体、最真实的体现，是这样一位最普通的社会底层的劳动者对自己东家那种正直为人的肯定。

"双全大酒楼"整层二楼全包为婚庆喜宴了。赴宴的宾客们全都到齐了。新郎、新娘和双方的父母以及伴郎与伴娘是最后到场的。阿姨、阿丽、阿惠、小妹、小琳齐上阵当上了引导员，领着各位嘉宾、亲朋好友入座。原省体校来了二十位老师庆贺"摔死胚"好学员的婚礼。

喜宴大厅的时钟指针走到差两分钟七点。丁主任环视了一对新人和他们的父母双亲，成德富非常有礼貌地朝丁主任点了点头，丁主任从主桌站了起来。

丁主任环视一下全场开了口："尊敬的各位前辈、各位长辈，新郎和新娘的父母双亲，尊敬的各位来宾，朋友们、同志们：

"今晚，是成闻卫同志和由德玲同志新婚志喜的好日子，也正是春夏之交的好时节，大地一派勃勃生机、欣欣向荣之好景象，又恰逢是国家的老师节。新郎、新娘都是人民教师、脑力劳动者，真是双喜临门意义非凡啊！为新婚夫妻的百年好合，为了今天晚上前来贺喜同乐的老友新朋的幸会，咱们再一次用最热烈的掌声庆贺一下！"

双全大酒楼的二楼顿时响起了雷鸣般的掌声。

"下面先请新郎成闻卫同志介绍他和由德玲同志的恋爱经过。大家欢迎！"丁主任的话又引来了一片热烈掌声。

新郎从主桌站立起来。说："尊敬的各位来宾、亲戚朋友们、同志们，我非常感谢并热烈欢迎诸位大驾光临我和由德玲同志的新婚庆典。再次谢谢大家！

"四年前，也是在今天，我毕业实习之后，在漳州市龙溪地区少年体校第一次见到已是少年女排教练的由德玲。两年之后，我们都带队参加了省里的比赛，她所带领的龙溪地区代表队夺得全省少年女排的冠军，并参加了后面两个阶段的总决赛。当时，我是担任总决赛的大会裁判工作。在安徽和天津的总决赛，她所带领的咱们省的代表队又夺得冠军。此后，我们从北京返回又进一步加深了彼此的了解。在去年新年之际，我又有机会到漳州市观摩国家女排的冬训，与此同时，也对她的家庭有了更进一步的了解。此后，家父突发中风的危难之际，是她和家人们帮家中父母渡过大难关。就在今年的春节，我们订下婚约，于今日成婚。我们都是老师，肩负着教育学生的重任。在这个教师节里我想说，坐在我身边的这位同志，他是我上山下乡插队落户时的房东大哥胡育春同志，也是一位人民教师。早年，他的父亲也是位乡村教师。"

又是一片更为热烈的掌声。

"现在的主桌、第二桌还有其他四张坐席，有我的母亲、我的三伯母以及我的母亲和我现所在学校的各位老师，大家都是教育战线上的标兵。国家要兴旺发达，需要社会和大家来共同关心教育事业，都来尊重老师，都有责任为实现国家教育事业的现代化而齐心努力！谢谢大家！"

这回的掌声特别特别热烈。坐在主桌上的闻宝钗与相邻第二桌的三伯母方赛英都是人民教师，阿弟这一番慷慨陈词令她们激动得满眼眶全是泪水。

"我们非常感谢新郎向大家介绍他与新娘的恋爱经过，还有他对老师的感言。下面，请新娘由德玲同志介绍她与新郎的恋爱经过。我们欢迎新娘讲话。"主持人丁主任说。

新娘站起身来，她的确有点紧张。新郎用鼓励的目光看着她，朝她点点头，予她自信。新娘深吸了一口气：

"亲爱的两位爸爸、两位妈妈，贵宾们、同志们：

"我平时就知道上训练课，话也很少说，今天是我这一生中大喜和幸福的时刻。现在，我就说说当年见到成闻卫同志的真实感受。我们初次见面，与他刚才介绍的情况一致。后来，虽然见面的次数多了，可每当见到他时，心头都会有一种震颤的感觉。那种感觉是我从小到大从来没有经历过的。整颗心一直在狂跳。就像现在一种很时髦的说法：像过电似的……"

"哈……嘻……"宴席上一大片男女老少的欢笑声。

"今天晚上我在这里，就是想对各位前辈、长辈、来宾和同志们表个态，我保证会真心对成闻卫同志好，就像今天一样。永远忠诚，永远保持下去。我的口才很有限，就说这么多，敬请在座的各位贵宾谅解。再一次感谢大家光临我和成闻卫同志的婚礼庆典。谢谢大家。谢谢两位爸爸、两位妈妈的养育之恩。谢谢你们！"新娘向坐在她和丈夫两旁的两对父母深鞠了一个九十度的大躬。

新娘的话语简朴、短小且动人，令人感觉到这是一个女儿、一位儿媳发自内心、实实在在的真情流露，格外温暖，打动人心。尤其是讲话的最后，那深深的九十度鞠躬大礼，令所有在场的老少男女动容。现场的女士包括在一旁的女服务生们都为新娘献上最最热烈的掌声，一些女服务生偷偷抹去眼角的泪，实在感动人心。

"谢谢新郎和新娘讲述他们恋爱的经过，我们都很受感动也很受启发。这就是在小说里常提到的'一见钟情'的现实版。我们衷心地祝愿成闻卫老师和由德玲教练婚姻美满，白头偕老，永远幸福！"丁主任的话音刚落就引来了满场的热烈掌声。大家为丁主任的成功主持鼓掌，也为服务员端上来的喜宴第一道菜——甜汤鼓掌。看着头一道菜，宾客们心知肚明，今晚的喜宴必定丰盛无比。

　　确实，第一道是鸽子蛋用清水煮熟去壳，加入桂花蜜汁的甜汤。早年比较有身份的人家所办的喜宴才出此大菜。这是成德富的精心安排之杰作。物以稀为贵的鸽蛋上了宴席，气派自然不同啦！

　　第二道菜是炒面，在这样的大场面中就是"长长久久"的喜面了，同时也兼顾到如此众多的老辈长者食粮为先的心理。这面食啊，在祖国的北方几乎是每家每户的日食，可在南方平日里吃粥、干饭，面食只有在做大事时，通俗地说就是办喜事做大寿才上。而面食的"脸面"就在于配菜的讲究程度。像今天的炒面可以说是大排场，可讲究啦。大虾仁、鲜嫩鱿鱼丝、肉丝、香菇丝、嫩豆芽，还得配上韭菜花，才能提出炒面的独特香味。

　　第三道菜是冷盘。这是南方人的俗称，北方人多称为拼盘。这其中有大鸟的女朋友阿惠费尽千辛万苦从老家带来的、只有讨小海才能捕到的章鱼，还有厦门土笋冻、切片的卤猪舌头、卤牛肉加叉烧肉切片、见者有份的一尾约二两重的清蒸大斑节虾。

　　第四道菜是时蔬熘炒腰花。

　　第五道菜是爆炒鱿鱼卷、鲨鱼片配时令蔬菜。

　　第六道菜是清蒸斗鲳鱼。这种上品鱼已作过介绍了，只是名厨大师的手艺还必须随着鱼性走：只能清蒸，只能在鱼身上铺上几条嫩姜丝、葱段，只能在鱼身上撒少许细盐，只能点上一丝丝的米酒佳酿，切不可放料酒，只能……倘"画蛇添足"，就失去了这种上品鱼特有的味道。

　　第七道菜是加大盘的糖醋排骨。这下就显示出了阿姨在中午时分破例给名厨大师上大礼的功底喽！见成效啦！这就是高深奥妙的"糍粑手中控"。

　　第八道菜是猪肚片、香菇、木耳、莲子汤。

　　第九道菜是白斩全鸡。按闽南一带的婚庆民间习俗，此道菜一出，就是后厨大师出来与宾客们敬酒，一是表示今晚的喜宴圆满成功，二是致谢之意。

新郎官的父母还有新婚夫妻代众人向后厨大师回敬喜酒致谢。

正当所有人欢欢喜喜尽餐美食时，阿姨却顾不上这些，她是喜宴席上最忙的人了，一会儿给家中大少成闻龙敬酒，一会儿又找小儿成闻达干上一杯，小儿媳妇季西路也在她的"黑名单"上。只要稳稳当当地将这三人收拾了，计划之事就妥了一大半啦！阿姨所敬之酒全是茅台烈酒，此酒有一大好处，即，麻木得快，清醒极慢。

新郎与后厨大师干过几杯道谢酒之后，又带上新娘子从主桌一溜顺下，与前来贺喜之来宾一一敬酒、豪饮，红、白不拒。深知其酒量的父母、清江阿叔和一帮兄弟姐妹，以及那新娘子都是手心一把汗：这还得了！不出事？当他们与阿姨平实的目光对视时，才放下心来。是的，曾经是药剂师的阿姨早已让新郎喝下解酒药水啦。再浓烈、再混杂的酒进入他的腹中"中和"一下，就成白水啦！

席间，阿玲倒是发现了一件新鲜事，就是与清江阿叔同为一桌的一位女教师——高三年段的段长，一直没吃什么菜。每当大家出筷子夹菜时，她就夹一下，然后全放入她带来的铝制便当盒里。假如是在两三年前，这种现象实属当然与正常。而在食物渐为丰盛的今天，十桌喜宴唯有这位女教师如此行为，令人费解。成老师斜目扫瞄一眼便入目八九分，存于他心中的这份好奇心就此保留下来。

也不知为什么，看到此情此景，他会马上联想到在"文革"时受到极不公待遇的、现时坐在第二桌的三伯母。她是厦门"双十中学"的老师，"文化大革命"中这所学校改名为"厦门第八中学"，自那以后，三伯母也改行做了学校行政，任出纳工作。那年也是春夏之交时，她上银行领取了学校教职员工的工资，暂存在财务室的大保险柜过夜，准备次日给大家发工资。那会想到如此坚固的钢质保险柜被撬，一大笔巨款分文不见。出了这样的大事件，造反派哪饶得了三伯母。先给她扣上监守自盗的大罪名，紧接下来就是挂杠铃片、理飞机头，先游校后游街，接着日夜不休地批斗。那时的三伯母模样惨不忍睹，整日以泪洗面。幸好，还有三伯父当年留下的遗腹女予她一丝希望，是那墨黑环境里的一丝亮光与心理支撑。"文革"结束了，带着一身病痛的三伯母终于熬到了今日。

不过，有一件长辈的家事阿弟一直不敢启齿问父亲。正是因为有一回家中小儿成闻达问及三伯父的事，被父亲那一道怒目凶光憋回去了，阿弟至今都不敢再妄言追问。阿弟只知道，三伯父是与父亲一同去上海办差死于突发的肺痨病，三伯母就守着丈夫的遗腹女，终生守寡将女儿拉扯成人。阿弟思想着：有时，兄弟姐妹或亲人挚友之间，真的很难说清楚许许多多的因果关系，并非下一代人理应知道，全明白的。例如：现今同为一桌共餐的龙龙大伯哥与路路小婶子的"通奸案"，又有另一桌共餐的成倩莲、成闻达姐弟"抚摸案"。这样的事对于旁人、后代，不能说啊！怎么出得了口哇？

　　成老师看着高三年段的这位段长与三伯母，他仿佛看到，这就是两位经过"文化大革命"被真正洗礼的代表，在她们脸上看不出怒叹的神情，更多的是淡定与从容。"文革"结束，拨乱反正，然而从大学校园到幼儿园的老师们，仍然挂着"臭老九"的名声。那些年头的祖国大地，被那帮败家子搞糟了一切，百废待兴啊！要做的要事、急事实在是太多太多了，数不胜数。国家的最高领导层已经给了教育界大面子，做成了国家人才储备的大事情：在一九七七年恢复了全国统一高考——既是古代科举之遗传，又可谓现代社会最具代表性的公平大事件。至于已经是受了多少年委屈的教授、老师们，对于现实之中待他们不公的这点承受力还是有的，最起码发发牢骚也不用挨批斗啦！育人成才的大事业还得照样干，而且是每位教师全在尽自己的职责教书育人。这就是当年的知识分子，他们最可贵之本质就是开明、识大体的，真的很了不起。成老师也相信目前的现象是暂时的。现今，家长们包括同学们都在口头上说"尊师重教"，实质上的社会大环境与好风气都还没有真正形成。无论是社会地位或经济收入，都不太被重视。中国的知识分子在一九八〇年的这个教师节，成闻卫将心中所思所想，嘴里想说的事在心头过了一遍，也算是有感而发吧。不久的将来，"尊师重教""德、智、体、美培育人才"必成风气。

　　最后一道菜，是叫作"甜尾"的甜汤。服务员们先端上来一大碗凉白开，让来宾们涮碗、匙，洗净之后准备吃甜尾汤。

　　这第十道菜在喜宴上是吉利吉祥的表示，由桂圆、蒸熟的莲子加上冰糖烹制而成，意即圆圆满满、和和美美、早生贵子。

　　这场喜宴办得是男女老少全都满意。牙好牙不好的全无怨言。这场喜宴的菜品档次，单从食材用料上看，那可是绝对的真材实料，并非摆上桌好看的"花言巧语"。它们全是让来宾们增营养、长气力的好东西哦。

前辈与长辈的那两桌反响最为强烈。他们个个卸掉假牙,吞咽起来的速度一点都不比青年人差。这与吃相好看与否这样的大讨论无关,他们确是太久太久没有尝到如此可口的肉食、海鲜、汤头、时蔬啦!

"早生贵子"的甜尾汤喝过之后,男女老少、朋友、同事们都给新郎、新娘送上太多太多吉利的话语。客人正在告辞,阿姨邀上阿丽阿惠两姐妹,动作迅速,手脚麻利、三下五除二收集了各席上未开封的原装酒,共有十二瓶之多,全都入袋为安。这两大袋还没启封的进口的、国产的高等级红白酒,足够让车伯的一大帮兄弟从这个天亮喝到那个天亮啰!

车伯带领着二十辆三轮"专车",小心谨慎稳稳当当地将各位前辈长辈安全地送回各自的家中。已喝得东倒西歪的二妞一妓,如同三只癞狗上了番仔楼二层,入了它们的脏窝。在他们的生身父母临别前的时间里,任由它们尽显禽兽恶行也没人可知了……

结婚喜宴能办到如此圆满成功,真是人生的一大幸事。正如新郎之前所预期的,他要让自己的妻子以及双方的父母双亲、清江阿叔面子上有光彩,有幸福荣耀之感。他,阿弟,做到啦!这也是他和阿玲的幸福好彩头。

新郎与新娘先搀扶双方的父母到楼上卧房说说话,歇息歇息。他们知道,用不了多长时间,新郎父母将离开这幢自恩爱成家至今,带给他们辛酸苦辣、快活、安乐、幸福的房子。他们将和身边的这一对恩爱夫妻同回漳州欢享晚年。自古以来,闽南一带的民间婚俗,新婚夫妻圆房的隔日清晨要给家公、家婆亲自验明过门的儿媳妇是否"处女身"。这些都是早年的封建陋习,可是,自小在农村环境长大的阿玲之母则认为,这是关系到女儿贞操女德的天大事件,更是娘家人一生一世的脸面。阿玲是位受母亲这种老思想影响较深的女子,她告诉丈夫,她把一年多前的"证明"带来了。

丈夫劝说道,母亲不是那种古板脑筋的女性,加上当下要办的大事非常重要。妻子能说通之后,坦白了她和好姐妹们偷看了一卡"黄带",她要将丈夫拿来当试验品……

这对新婚夫妻欢欢喜喜地闹了小半夜……

楼下大厅里,大鸟有些牢骚话,说:"要不是清江阿叔早对我说限酒,今晚我一定为长腿好兄弟高兴,大醉一场的。那么好的国字号上等酒,我才湿了一下嘴唇。今天晚上是让阿海大赚了一把，茅台国酒哦，我眼睁睁看他顺了八杯八大两哦！啧……我在另一桌瞪眼替他数算来着，吃大亏啦！不过啊，晚上我也有所得，和咱们市里话务科的谢科长聊上啦。散席前，她给了我她家的住址和电话号码，是单单给我哦！还说，只要有了线对、接口，就帮我装上电话。为这事，我和新婚的长腿一样高兴……"他听到阿惠故意咳嗽，才掐去了后面的话语。大鸟啊，他是埋怨归埋怨，装疯卖傻说吃、喝，他的脑子、心胸亮堂着呢，全想着晚上要办的大事。

　　一切均在阿姨的掌握之中。

　　子时！二楼的布谷鸟时钟叫响了十二下之后，阿顺两兄弟、大鸟、育春、卡车、小车司机师傅，先将楼下的这张一米二径的特大大理石桌面拆卸下来。这是一张十分古老且罕见的三层架构、自然山水花纹的大理石桌，在一大整块的大理石面的边缘，用了二十公分的紫檀木围桌边；镶边的紫檀木面上，细刻着腊梅枝、花、喜鹊并嵌上自然闪出五颜六色的贝雕；紫檀木约四公分高，侧面雕刻蝙蝠与铜钱的图案；加了围边修饰后，自然山水大理石纹路的桌面更显气派。大理石桌的中层是六根可折叠的、约八十公分高如"弓"式的紫檀木雕柱；底座呈菱形六边，高约十五公分左右。这中部的撑柱和底座，像阿海这样的壮汉，需四人才抬得动。另外，还有八张五十五公分高环有紫檀木花边、圆面大理石椅面的"虎爪"椅凳。阿弟拿上早已准备好的旧毛毯、旧棉胎、旧大衣和一大摞的麻袋、草袋垫底。几条壮汉理完了这大件搬上大卡车之后，余下的事就可以各自为阵了。楼下的壮汉们开始分解分搬阿弟卧室、书房、小客厅全套新做的紫檀木家具；灵巧的大鸟提着家里的长竹梯，自个儿上楼卸下布谷鸟古董时钟。成德富、闻宝钗从双全大酒楼回来之后，就双双躲进卧室里，那种紧张的气氛可能是这对老夫妻平生头一回碰到的。清江阿叔坐镇二楼大厅堂中，咳了两声，意为黑脸"包公"在大厅里。兄长阿嫂一见此景，一颗心静了下来，从卧室门缝朝外看着好兄弟独自品茶。楼下的事，他们是放心的，早年至今长辈们的为人原则就是重用人莫疑，疑人莫重用。果真，楼下阿姨的这双手可利索啦。她将一件件的古董、古字画用早准备好的一大堆细软毛衣，缎、绸、绒布料，披巾等包裹好，众姐妹全站在一旁。并非她们不帮手，而是阿姨那种冷静装置物品的细致规整，令众人只有袖手壁上观的分啦。搬运的搬运，上车的上车，捆扎装车后上了大帆布，卡车车厢一罩。一切停当顺利，阿弟才背上了母亲那架心爱的手风琴。好玩的大鸟卸下了二楼墙上的布谷鸟古董时钟，连同长竹梯一起扛上汽车货厢里。用他的话说，人到梯也到漳州家里"一把手的事"！

阿姨这位总导演完成了喜宴的"上集"之后，在这么短短的时间里，她又圆满完成了"下集"之佳作。楼梯的灯亮了！二楼，厅、房一片漆黑，长辈们相互搀扶走下了上上下下几十个寒暑春秋的楼梯，从此刻起，他们将与它永别……

儿子从保险柜取出不久前二舅汇来的、近二十万的现钞以及弟兄们的所有银行存折入袋，分别交给两对父母和阿玲拿上。父亲到楼下书房亲手取了二十几本珍贵的古籍。

在楼下大厅里，母亲紧紧搂抱着许筱雯教练，向她再次道歉，因为没能让她在厦门好好游玩而遗憾。许教练非常敬佩伯母、伯父如此正直的为人，她发自内心地赞叹二位长辈的果敢与勇气。阿丽和阿惠两姐妹像送别自家母亲那样伤心。同为女人，她们深知，一个女人要在如此高龄的晚年离开自己固守了几十年的窝棚，那是一件需要多大勇气、忍耐，多么难以做到的世间事啊。三位妙龄的姑娘只能用流淌不止的泪水向长辈们致敬！

历史不重复事实，历史会重复规律。没错吧！

临上车前，长腿吩咐大鸟，下午三点钟左右到市邮电局打一个长途电话到漳州家里，有事相商。另外，他请阿丽、阿惠不用惦记从万石岩花圃租来的盆花，原先的定金就不用去要了，与花圃的事就两清了。假如还有什么事需要众人商议的，等他过完婚假再坐下来议。

清江阿叔一直陪着自己的兄长、阿嫂，直到吉普车发动时，清江阿叔临时决定与兄嫂同行一趟漳州，不然，说什么也放心不下。清江阿叔就是一个渔民兄弟、市民百姓都喜欢的好干部，他的好就在于他有人情味，处处为他人为百姓，处处为讨海人着想。老百姓心目中的共产党员就应该是如此模样的好心善良的普通公民。阿姨马上安排自己的一对子女乘坐清早的头班长途汽车回漳州，夜宿华侨新村，阿弟也更改了原先的安排，让两对父母与小妹挤上姨父开的吉普车，清江阿叔、阿姨、阿海、许教练同乘汪师傅开的小车，他自己带着妻子与育春大哥，抱上母亲那架心爱的手风琴，钻进大卡车驾驶室。大伙搭个伴，夜间行车，挤一挤暖和……

五、别离故居

一大家子的亲人，全部返回漳州。

"阿玲她姨父，你可是老司机啦。开车这样平稳，如同坐在家里的客厅沙发上。"成德富猛夸姨父的车技。

"是啊，都快二十年啦！"姨父回答道。

"去年，你买的那批救命药真是难为你啰。我的病好了之后，医师才告诉我，这种'安宫牛黄丸'是非常不好买的药品，要有相当的门路才办得到。"成德富又说。

"阿伯，这事我知道。那些药不是在漳州买的，是姐和阿姨下晋江、泉州跑来的。当然，有时姨父也帮着开车就是了。"小妹坐在母亲和伯母之间插上话了。

"就你知道的事情多。现今你是初三毕业班了，好好读你的书，其他的，你别操那么多的心。"副驾驶座上的父亲开言啦。

"我们年段十二个班级，中考的模拟考试我排在全年段第二名哪，又不是我的书读不好。爸，你才是瞎操心哦！"小妹和父亲斗嘴。

"不许这样和你爸说话，没大没小没礼貌，看你以后怎么嫁得出去！"父、母联手压迫小女儿。

小妹！这个不怕死的"女英雄"还真硬顶上来啦，她说："嘻……嘻……以前啊，你们总是操心我姐的婚事，现在又担心上我啦。要我说啊，没有像我姐夫那样的好人，我还真不嫁啦。咿！看你们两个大人怎样来欺负我！"

小妹这不是双枪干双向吗?

"亲家母,你看这丫头这张嘴。嘻!她就会气我……"这个亲家母有点下不来台。

"亲家母啊,阿妹长得这样秀气,人又聪明,到时啊,追她的小伙子要排长队的。不过啊,阿妹现今在年段里已经排到前两名了,真不简单。就差第一没拿到。阿妹,你说是不是啊?"闻宝钗当上了调解人。她在居委会当小组长时偶尔也要做点这样的分内之事。这话要讲到,又不能过,多以好听的话为主。

"伯母说的话与姐夫说话一样动听。我喜欢!"小妹提起伯母的一只胳膊放在自己胸前,又说,"伯母、阿伯,这些古董放到家里去,只要我有时间,保证把它们擦洗得亮晶晶。"小妹又来劲啦。

"好哇!"阿伯接上话了,"等阿弟把它们都归位好了之后,我来教你如何保养它们。但是,并不是每一件古董都可以见水的哦。这里面可大有学问哪!"

"这太好了。我太高兴啦!做大人的就是要和我们做好朋友才对嘛!伯母、阿伯,我最最喜欢的就是那座会学鸟叫的古时钟。布谷!布谷!嘻!真的很好玩哦!嘻……"

"嘻……哈……"车内洋溢着一派喜乐的气氛。

"阿妹她阿姨所订的客房是漳州宾馆二号楼。那里的一号楼是专供上级那些领导和要人住的。二号楼的住宿条件相当舒适,我去看过了。有房有客厅的套房,全天二十四小时供应热水,十分方便。亲家、亲家母就放心地住吧。她阿姨和宾馆里上下人员非常熟悉。"姨父边开着车边介绍到了目的地之后的住宿情况。当然,还有一点是姨父不可能知道的:当阿弟向阿姨提及保险柜存放的那一大笔巨款时,阿姨已经想到宾馆的安全系数了。

两部吉普车同时到达漳州宾馆。阿姨告知亲家二老,说阿弟、阿玲和育春大哥押运的家具和所有古董、字画箱,直接上家里去了。十多个后生在家等着料理这档事,尽可放心。

确是像姨父介绍的那样,漳州宾馆二号楼上上下下的所有领导与工作人员,对阿姨是相当的客气。他们早已准备好了二一二客房,这是宾馆二号楼最上等的大套房。清江阿叔与他的兄嫂都非常满意。阿姨说:这两天的所有膳食由家里备好,由阿弟和阿玲全程负责。家中主事的这几位这两天一定会很忙，抽不开身。漳州亲家母说：在家里做的饭菜比较合口味，主要是考虑卫生、安全，这样才会放心。临别时，成德富夫妇想送送大家，让阿姨给劝住了，为的是袋子里那些现金巨款和银行存折。

新娘、新郎、伴郎、伴娘和育春大哥带领着一帮壮劳力，将所有的大件家具全都归位得像模像样，只等开启古董箱再理顺一番。亲家母赶忙下厨为大家做早餐。小妹吃罢早餐就上学去了。阿姨、伴娘、伴郎专心致志地打理将古董装入装饰品柜的细活。八点钟一过，清江阿叔给单位打了一通告假电话，说明他要到中午才能回厦门。

这位对共产党忠心不二，在单位领导岗位上任劳任怨辛苦工作了几十年，党性、组织纪律性极强的好干部，从来都没有为自己的私事请过一小时的假。即使是在"文化大革命"最黑暗的"劳改"时也是如此。他总是带头苦干不说空话、套话、虚话，踏实工作。而这一次，为了生死兄弟，他毅然决定请了半天假，这半天的光阴凝聚着兄弟之间的忠诚、感恩与真挚的友情，正是对兄长、阿嫂藐视家庭中的一切污秽、龌龊、丑陋行径的一种正义支持、愤慨行动的实际体现……

阿玲的家里布置得非常喜庆，这一定是阿姨的杰作。清江阿叔先是看了他的兄长、阿嫂的房间布置：新买的床，全套新的被褥，新的梳妆台，阿弟新婚的紫檀木大衣柜也摆放在父母房内。这都是阿姨和阿弟事先商定好的。婚假一过，阿弟、阿玲各奔福州、厦门上班去，父母双亲早年就有用大衣橱的习惯，把新的大衣柜给他们二老用更合适。房内还有一张新购置的长条桌，配上两把从厦门运来的紫檀木、靠背处嵌有圆形大理石的太师椅。这样，老两口想泡茶、看书、研墨书写都有了安排。桌上摆放着一只老式花瓶，已经插上了鲜花束；老式花瓶边上放着两个水晶果盘，盘上满是漳州当地的时令水果；二老从厦门打包上来的皮箱、纸箱也放置房内了。清江阿叔还巡视了二位新人所住的房间。那套他和兄长、阿嫂所定制的紫檀木新家具全都按照厦门新娘房的摆放式样。阿姨答应给阿弟专用的、早年德国制造的全钢保险柜立于房里的内角处。这下，清江阿叔放心了。他和亲家、亲家母再次回到漳州宾馆二号楼，给成老夫妇带来了鸡蛋面线和一搪瓷保温罐的热粥与小菜，想得真是周到啊！清江阿叔看着兄长与阿嫂吃罢早餐，该是和比自己同胞还亲的兄嫂道别的时候了。两个老男人差点没哭出声来，泪水在他们各自的眼眶里打转却强忍着，他们都不想让对方看到自己掉下伤心的泪珠。

亲家、亲家母顺带着清江阿叔，看了他们在织布厂所做的千两茶储藏室。千两茶摆放架上，层层叠放有序，防潮防湿的工作做得近乎完美。已是上午九点半钟了，清江阿叔与亲家、亲家母，几位侄儿、侄女、侄媳分手在漳州长途汽车站的检票处。

小妹放学回到家，看到姐夫已经把所有的古董入了装饰品柜。古字、古画挂在楼下大厅堂的正面与两侧的墙壁之上。她和母亲闹着要和姐姐、姐夫、育春大哥一起，给伯母、阿伯送午餐。母亲依了她。机灵的小妹建议，买一些漳州小吃与时令水果，让长辈和永定山区来的大哥品尝。

经过一个上午的短暂歇息，二位长辈总算缓过神啦！

"爸妈说，家里的事太多，来了太多的亲戚，让我和阿卫来照顾你们。这两天他们都在忙明天晚上喜宴的事。"儿媳妇对家公、家婆说。

"不用，不用！要不是你们俩有新婚假，连你们二人都不用来陪我们。育春兄弟在这里还住得惯吧？"长辈问。

"很好啊。成老师结婚的前几天，我就到师娘家里啦。睡得好，吃得香，挺好的。"山区来的朴实农民说。

"伯母、阿伯，育春大哥从永定山区运来的木炭，是给爸用来保养茶叶的。爸说，运来的全是上等好炭。可是，姐夫，山上的树怎么变成炭的，说给我听听好吗？"这小精灵又缠上啦。

"好哇！不过这事要等一下再说。咱们现在是鸡、鸭、丝仔面、熟食全齐备，还有好几道炒青菜呢！"阿弟说。

"以前，阿弟告诉我，爸不吃鸡专吃鸭，所以，我就把鸡、鸭各做上一道菜，你们好挑选着吃。育春大哥，这是阿妹专门买给你吃的漳州小吃丝仔面。我呢，晚上带一个小电炉来。虽说已到春末，天还是很冷，菜容易凉，有锅热汤就好多了。我和筱雯还有一位篮球队的女教练员经常这样做。"说罢，乖顺的儿媳妇奉给父母那一颗孝敬之心。

"城市和农村的差别还是很大的。山区、农村就是穷。我们那里至今还点煤油灯呢，连用蜡烛都是奢侈品，更别说电灯了。"育春大哥说，"城里好，农村、山区就是落后。"

"那时阿弟下到你们家也是实在没有办法的事。家中的四女儿是学农业专科的，随着郊区片下到永定县。那时，我们就想，阿弟可以留在我们身边啦。可是上山下乡大动员开始了。阿弟是实在不忍心看着只要我们俩一拿起饭碗，做动员工作的人准到，自己提出要下农村去，我们能做的就是让他们姐弟同为一处，相互间有个亲人照应。阿弟这四姐在家是从不做家务事的，恰巧配上这个乖阿弟在家中是个壮劳力，互补互补。"成德富说。

"当年，成老师来到我们生产队真是苦了他。水土不服，浑身上下全出小水泡，社员们戏称他是'梅花腿'。但是成老师就是吃得了苦，重活累活不在话下，尤其是帮他的姐姐干一些体力活，农民社员们就是喜欢能做农事、有人情味的实在人。阿妹，你不是想听山里的事吗？等吃了饭，让你的姐夫讲给你听。这是他的亲身经历，说起来比我生动、有内容。"育春大哥说。

那是一九六九年九月十二日，农历八月初一，星期五。这是农事二十四节气的白露与秋分交替时节。成闻卫背起了行装，响应祖国的号召，听从伟大领袖毛主席的指示"知识青年到农村去，接受贫下中农的再教育"，满怀豪情地朝着山区农村这片大有作为的广阔天地进发。

上山下乡插队落户的头一年，国家补助每位知识青年每个月八块钱的生活费，吃国家商品粮。这两项补助都是直接划拨到所落户的社员家里，也就是阿弟嘴上常说的"房东"。至于其他的生活日用品，一律由知识青年本人或其家庭承担。落户的第一年，知识青年们寄膳在房东家中，住宿问题由知识青年所在的生产队革命领导小组统一安置。

连同新来的成闻卫一起算，这批六男六女的知识青年到来，占去了小小自然村、生产队总人口近五分之一。距此自然小小村落二十华里，是享誉全球的"虎标万金油"的创始人胡文虎先生的故里。在其对望的灵山秀水的山洼地里诞生了中国第一位女指挥家——郑小瑛女士，这里许许多多的社员全是靠海外汇款来维持日常生活。港澳、广州府人喝早茶的习惯，在这里早已有之。穿着进口的、上等布料的好衣服干农活，做农事。每逢五日一圩的赶集日，成闻卫总会见到一位插队在隔壁自然村的大龄男青年，拿着一大把全国通用粮票，到大队部喝早茶点换进口的衣、裤、布料、裙子、花布……这位高龄青年在生产队里是不出工的，生活得挺好，他的工作就是取了这些进口衣裤、布料回厦门倒卖，再去买黑市的高价全国通用粮票，回大队部来易布料。这是少年成闻卫见到的他步入社会的第二项生意交易，头一桩交易是父亲以十盒火柴易换十只鸭苗。可"倒手"惯了也不好，后来此人倒卖起了金器，把自己倒进了囚笼。就是在那个时候，成闻卫见到了现实版的"买卖"，也见识了"买卖"是"投机倒把"的同义词。他认准了，既然来到山区农村干农活，就要有贫下中农的农人样。从到生产队直至下到公社林场近四年的时间段里，他从春耕时的犁耙田、育种育秧，到秋收时的收割打谷、晒谷入仓，一直到学会上山割松脂、烧炭，还在全公社第一例学会了"卷秧"的高科技育秧法。

农村的农田农事农活在农历的惊蛰节气正式开始，犁、耙、平整农田田埂后就是插秧。夏收夏种，秋收晒谷入仓。农事有粗、细活，"大路"粗活众人全会，细活才是师傅活。才上山下乡一季的成闻卫，在来年的夏收夏种就大胆干上了"细活"。这山区的水稻田全是不规则的梯田状，插秧时，就一定要有位师傅领头，此人通称"班直行"。当他理出三五列、四六纵秧距时，普通社员才可下田随其左、右侧插秧。成闻卫这愣头青，凭着他对棋盘的线条记忆也干起了师傅活。还真别说，有模有样。革命领导小组的组长也就是自然村里的生产队长不言语了，比他先来半年的另外十一位厦门知识青年看傻了眼。他一来二去就成了小小年纪的老师傅啦，拿队里的最高工分：十二分！这工分真是高哇，与资深老农一般般。只是工分值低得可怜：一个工分人民币一分二厘钱，一日的艰辛劳动还不够城里人买五根三分钱的冰棍。嘻！

祖国城乡的生活差距就是如此悬殊！何时才能改变？

在生产队的日子里，最能宽慰成闻卫心灵的事就是每天下午收工之后洗个澡，然后自己一人坐在知识青年统一住宿的客家土楼的大天井里，看着育春大哥借给他的书籍。那些好书全都是房东大哥之父留下的。这样一来，他又可以重拾自儿时一直没有间断过的阅读习惯。此外，育春大哥还无私地赞助他夜间看书所耗的煤油。当然，成闻卫是不会让育春大哥贴钱的，他与房东之情谊不是一两天形成的，那是兄弟般相互照应的深情厚义。

在"文化大革命"初期的"破四旧、立四新"运动中，阿弟亲眼目睹了母亲将外公外婆留下来的《圣经》，一页一页地拆开然后浸泡于大盆的清水之中。而今，他竟能在远离教堂的山洼洼里，看到这本当年的禁书，真是件非常奇妙的事呢！

这里的农人是纯朴的，他们没有书的概念，更加不懂区分"禁书"之类的。他们的生活中，首要的事就是填饱肚子：地土多出物产，关心天上的雨水和阳光，到了收获的季节拿出自家艰辛耕耘的劳动果实虔诚地敬拜赐予他们温饱的"天神"和"土地公"……农民弟兄们没有"算计"的花花肠子，他们就是天生的简单、朴实、厚道。

"伯母、阿伯，说句实话，我最佩服成老师的就是他能无私地照顾他的姐姐。成倩萍啊，她是真没力气干活，只能双肩挑二三十斤谷子，不能怪她有力不出。每天上、下午收工时，只要有挑担的活儿，成老师都会去帮她一把。他和她不同一组劳动，可无论刮风下雨，他一贯这样做。成老师在队里近四年时间，始终不变。阿妹，你不是想听山里烧炭的事吗？有一次，成老师也上山烧炭，在倒树之时就差点出了人命大事。当时，成老师倒树的方向没有错，另一侧的社员倒树的方向也对，只是两棵大树在同时倒下的一刹那间，被树梢上的藤条缠死了，瞬间改变了方向，怎样闪躲都没有用。用山里人的一句话说：看谁的命大。那是谁都料想不到的突发事件啊！"育春哥说。

"哇！这么危险啊！我们从没听阿弟说过啊！哇！那后果真是不堪设想啊！"伯母是太惊恐了。

"伯母、阿伯，像成老师这样的孝子，他怎么会说这些事让你们担心呢。阿妹啊，其实烧木炭是件十分简单的活。树源要好，炭窑的质量要高，烧窑的那几天时间要日夜把握好火候，最后封窑时才是最最关键的大学问。掌握不好这一关啊，窑里的炭就全成灰啦。不过，还从未出现过这种事。阿妹她爸称这两车炭是高手之作，确实是这样的。等阿妹什么时候得闲了，随我随你姐夫都行，来好好见识一下山沟沟里的好山、好水、好空气还有好吃的……"

"那当然好啦！山里面有这么多好玩的，真有意思。"小妹打断了山里大哥的话音，之后如同大人般思索起来，说："嗯……育春大哥，晚上我给你和伯母、阿伯带好吃的东西来。不过啊，你还得再讲好多好多好听的故事给我听哦！伯母、阿伯，我要上课去啦。育春大哥，咱们晚上见啰！"说罢，一溜烟不见人影了。

"阿玲啊，我看你这个妹妹啊，往后是块做生意的料。思维敏捷，脑袋瓜非常灵光。"家婆说。

"不想读书光想玩有什么用。我们那个年代是想读书没学可上。她就靠小聪明，大家都说她像我爸。"儿媳妇说。

　　"阿玲，其实这也没有什么不好。现在的阿妹正处于调皮捣蛋时期，你是当教练的，对她多加以引导，今后一定是棵好苗子。"家公说，"等一下你们都忙自己的去吧，我们知道家里有太多的事在等着你们，别老为我们俩操心，累坏了身子。"

　　家婆取出从厦门带来的、装有现金的两个大袋子亲手交给儿媳，吩咐她拿到家里放好。家婆的这一举动是要告诉儿媳妇：这个家的财政大权，往后就全交给她了。

　　儿子、儿媳妇领着育春大哥告别了父母，他们的本意就是想让两位长辈利用下午的时间再多休息一下。当然，还有另外一件事只有他们二人知道。来宾馆之前，阿玲嘱咐刚从厦门回来的表弟表妹，让他们用一个下午和明天上午，带许教练和阿海去逛漳州市景，尽量让他们自由活动。阿玲给了他们每人十块钱的"活动经费"，只要把事情办好了，还有立功拿奖的机会。成老师则在一旁抓紧时间给阿海做"功课"，鼓励他机灵点、主动点，像这样的机会要自己努力去争取，别老是找不着北，尽说些不着四六的傻话。学生答应老师一定会好好表现的。

　　一对新婚夫妻和他们的好大哥回到家，还不到下午三点钟就接到了大鸟的长途电话，告诉长腿，阿丽和阿惠使了个小聪明，她们打电话请花圃的工作人员放车来番仔楼，载走了那些租来的盆花，付给每个人两块钱的"跑腿费"，同时亦如数取回了定金。明天清晨他们要先上冷冻厂，提出寄冻的鱼货海鲜，而后直达漳州。长腿告诉大鸟，要他立马到市话务科科长的办公室、将家里的那部电话移机到他的那处平房里。关于造船放定金一事，让阿顺多与清江阿叔思量就没问题啦，而千两茶的事等明天就有准信啦。

　　放下电话机，阿玲开始忙碌二老的晚餐。阿弟布置起大厅。他分别将两对高三十公分、宽十公分的雕有蟾蜍和鲤鱼的壁瓶钉在大厅两边的墙壁上。这两对做工精致、金线描纹的古花瓶，与两边墙上的清朝名家名画和明朝名家山水画自成一体，再加上在它们顶上的那"只"会叫唤的布谷鸟时钟，浑然成一体！

趁着长辈们接待娘家亲戚的空隙，阿弟必须将保险柜整理起来，除了必备必用的款项要理顺，还有就是明天将要接手另一单全新的项目。这是正规生意道的生意，要在各个方面多有准备，以免到时乱了方寸。听李全成先生在电话里的语气，这是一单可以从长计议的好生意。

自阿姨从厦门回来后，就一直为成家之事忙碌着。阿弟心存感激的同时也联想到，为何她就不能给她的丈夫一丝丝的谅解？然而，阿姨在对待姨父的这一对子女上，的确是倾注了她全身心的母爱。由此看来，阿姨与姨父的"敌我矛盾"，是长期"斗争"之产物。

小妹从漳州宾馆打来电话，说她就在阿伯、伯母这里做作业，等待大家的到来，并且还有好吃的东西哦。原来，她带到宾馆的四只炸乳鸽，是她的一位同班男同学在自己家空地上养的菜鸽，同学的父母就在自己家中做起了炸乳鸽的小生意，只卖给街坊邻里。她的同学卖给她只收"内部友情价"，有个附带条件就是：别把这件事传到学校。小妹还说：这么一个大小伙真没胆量。照她的看法，应该像台湾电视里那些"打拳卖膏药"的，拍胸脯、大吹大擂一番才好呢！自己家养的飞禽，不偷不抢凭什么害怕嘛！还真别说，小妹的嘴巴就是能把一件她认为有趣的事说成一朵花，这似乎不是遗传，是她头脑中固有的独特思维和分析。在这个年龄，她的脑袋瓜里就开始萌发"是好的东西就该大吹大擂"的意识！小妹还告诉大家，遵照姐夫让她集邮的"圣旨"，她已经买了几十版今年的"红猴"邮票存放起来。她发现今年的"红猴"票是限量发行的，组织起身边的同学帮她买零票。凡是帮她买上二十张"红猴"票的，一律奖励五分钱"跑腿费"。现在班上、同年段、跨年段有许许多多的人都在为她"卖命"哪。她还告诉大家，姐夫已经给了她"官方"消息，这张"红猴"票已经有涨价的苗头啦！她可真高兴坏了，初学集邮就闹出这么大的动静。成德富看着面前的小姑娘这番喜乐劲，看到她张牙舞爪的样子，真有撞墙之势哦！

成德富看着面前的小姑娘这番喜乐劲，他发现了一个具有做生意天赋的后来人，这是她骨子里的东西，后生可畏啊！人们常议论：到底是"时势造英雄"还是"英雄造时势"？今天，就在此刻，这位生意场上的老江湖得出结论了：只有良顺发展的时势加上有志奋斗向前的人，无论是生意场还是社会的各行各业均同此理。这就是一位在生意场、在社会的"阶级斗争"的风雨中磨砺了几十载的前辈，所具有的锐利目光与感慨的心声。当太多太多的"人物"还在喋喋不休地争论"仿西方的何种模式"之时；在国人还没能看清未来局势的那种状况下，这位生意场上的老前辈已经能看到如此清晰的壮观前景。那么完全可以断言，再过几十年，无论是国家的全民企业主还是私营性质的大、小生意人，在资金运作、市场拓展等诸多领域，都会在有中国特色的社会主义光明大道上共同发展、一并奋进……

大家听着小妹说事，同时也把炸乳鸽吃个精光。

"爸、妈，我这次回福州之后，就打报告申请调回漳州来，生活在你们身边。"儿媳妇不知道是怎么想的，突然冒出来这样一个从未与丈夫商量过的全新想法。

新婚丈夫先是一愣，但他马上反应了过来，说："阿玲，你有这样的想法很好，好在你现在说出来，否则，你真打了报告，就没有那么容易回漳州了。调动工作尤其是调回漳州，不是靠打报告就行的。调回漳州来，爸妈肯定高兴，你能如此孝顺咱爸咱妈，我用心来感谢你。不过，你还是先别操心这件事，我会尽全力来帮你办理。听我的，千万别再想打报告的事。知道吗？"丈夫的口气有点"硬"，很严肃。

"阿玲只不过是说说而已，阿弟你如此认真做什么嘛。不过，阿玲啊，阿弟从山区农村调回厦门读书，去年又从龙岩调回厦门，这方面的事他经历得会比你多一些。你们可以再商量商量。阿弟啊，往后不许用这样的口气对自己的妻子说话，听到了没有？"这一次轮到母亲提高了嗓门，用认真严肃的口气说话。

"是！"儿子绝对服从，低着头回话，也算是对妻子道歉了。

"育春大哥，中午的时候，你们家乡的故事才讲了一半，现在继续接着讲给我们听，好吗？"小妹又缠上啦。

"伯母、阿伯、师母还有阿妹，说到成老师在山区的那次调动，也不是一帆风顺的。在我们生产队里有一个女知识青年，心思很歪，嫉妒心极强，经常笑话倩萍细皮嫩肉，只会吃睡不会干活，她们之间有点矛盾。当她知道公社林场要推荐成老师上大学的事情之后，就跑到公社革命委员会告状，说成老师的家庭出身有问题。后来，公社革命委员会派专人到生产队调查，先找到生产队革命领导小组的成员们了解情况，之后，找到了我。我呢，只对这些公社干部们说了一件事，那就是成老师刚到生产队的第一天晚上，到我们家吃第一餐饭的时候，不小心掉了一粒米饭粒在饭桌上，他马上捡起来吃。如果不是一个爱惜粮食的人，不是想和贫下中农社员们打成一片、有思想觉悟的青年人，是做不到这一点的。至于在生产队里的劳动表现，我深知队里革命领导小组的各位干部对成老师的评价一定会定在优秀这个层级上。我不知道对公社的那些干部们所说的话，对成老师上大学一事会起到什么样的作用，但是，他在我们家吃第一顿饭时的场景，是我永生难忘的。这也是让我们能成为好朋友、至今还亲密交往的好兄弟之基础。其实，那就是日常生活中的平凡事，不过在我看来，那是一个人平时最最自然的反应，伪装不了。由此就可以看出一个人的高境界。"育春大哥说。

一九七三年八月二十日，公社革命委员会发出通知：自九月一日起，公社所属各大队的所有知识青年，必须统一集中到公社林场集体生活、学习、出工。

这个通知一经下发到各个自然村生产队的知识青年中间，亦有欢喜亦有愁。与生产队的社员们合不来的，时常挨生产队长或队里革命领导小组干部批评、表现不好的，这下有了可以与二百来号厦门青年一起混日子的大好时光，当然喜乐啰。发愁的就是像成倩萍这样的"横杠女"，要真是下到公社林场，准排在"劳动表现最差"的位置！

这如何是好？该怎么办？！

好歹还有十天的准备时间，弟弟想让四姐成倩萍回一趟厦门家里。公社的硬性规定想躲是躲不了的，他就是想在四姐回厦门的这一个星期里好好活动活动。只要她还留在生产队自然村，就还有退路可想，真要下到公社林场，那二百多号人不用言语，仅眼神与唾沫就足够淹死她啦！

四姐原先的老房东是这个自然村辈分最高者，如同电影中族长式的大人物，为人谦和友善，自然村里遇大事定主意时都必须参照他的意见。老房东之孙子刚满两岁，是老房东独苗小子的单传。小房东生了四个女儿：来、念、招、盼四个"娣"，之后终于添丁啦。在山区、在农村，甭管家里有多穷，生个传宗接代的男丁方为家中的最大事。老房东疼爱独苗孙的那个样子，哪样的形容词均用不上。成闻卫观察到，这一老一少房东不仅好二两，老房东还好厦门面茶。这一口还传给了他的独苗孙子，也上了瘾啦！这是个机会，这一丝的"蛋缝"也要钻。所谓面茶，就是将生面粉经过慢火焙炒，在炒熟的面粉中拌入丝丝炸葱花、白糖，家庭经济稍差点的就拌点红糖算数。当年，厦门上山下乡的知识青年的家中，父母双亲成年累月为他们搜集、储存熟猪油、面干、鱼干和面茶。在那个以票证购物买粮的年代，不这样长年累月储存食品哪行啊！

可怜天下父母之心啊！

四姐返回厦门的前一天晚上，弟弟只交代她，告诉母亲多给她准备一些面茶，他已经想好了要"贿赂"四姐的这位老房东。另外他要四姐在一个礼拜的时间之内一定要回到生产队，如果在这个节点上人不在生产队，就不是单一的劳动表现问题，而是上升到"阶级觉悟"的理论问题了。作为弟弟也只能替姐姐想这么多了。他是早已做好了下公社林场与众多高手较量的准备，虽说各方面都会比在生产队艰辛，可一想到有育春大哥那一大堆书籍替他排忧解闷，心绪也就平复了许多。再说，公社林场离生产队自然村仅半小时路程，只要让四姐留在队里，有了急事还是可以照应的。他让四姐回家之后再为他办件事：去找三姐夫，向他要两对斗鸡小崽。他准备将它们带进公社林场，一是可以调节自己的心情，二是可以尽量少参与那种复杂的大环境，再有，有了这两对小家伙，说不定可以交上几位新朋友呢。

八月二十六日，公社革命委员会下属各大队的知识青年全都集中到公社林场，让大家直观公社林场的生产、生活环境，报到时间确定在九月一日、二日。二十八日，弟弟上汽车站接回四姐，还有两对十分漂亮可爱的"漳州红小鸡"斗鸡崽，晚间，姐弟带着厦门好食品，由四姐的老房车牵头，以闲聊的形式与自然村里的长辈、革命领导小组的几位干部边喝小酒边商榷，最终是育春大哥提出，全公社的上山下乡知识青年中，只有他们姐弟是一户人家下乡两位知识青年，而且又是同在一个生产队。"族长"不管育春大哥是从哪儿打探来的消息，当场拍板：就是它了！没有比这更好的理由啦。那年头，生产队长兼自然村"革命组长"，有革命工作的身份在身，"组长"也考虑到要是上级硬性规定成倩萍非到公社林场不可，他还是要执行组织决定的。这时，成倩萍落户的老房东站了出来，以族长自居，胆大超人且口出"狂言"，若上面找到"革命组长"就将此事推给他。他只相信：鄙人就是这片自然村的"皇上"！

无论未来未见之事态会走到哪一步，从城市来的姐弟俩由衷地感激，山区里的所有农人们那种厚道、朴实的真情实意。

　　九月二日，成闻卫成为最后一名到公社林场报到的知识青年。从厦门带来的那两对小斗鸡，如他所料引来了场长和其他场部工作人员的好奇，他也以此为话题结交了不少新朋友。自从几天前到林场实地探明了各工种及周边环境，成闻卫就定下心来，准备选择场里最苦最累的活：上山倒树、锯板、开板。育春大哥得知此消息，从小在山里长大的他警告这个城里来的愣头青，这种苦、累到极点的"大活"，连他们本地壮丁都摇头，不是一般人干得了的。城里人安慰山里人说：他早已想好了，既然到了新环境，就干最苦最累的活，只要咬牙挺下来，出人头地的几率就比别人大。还有一点就是：干活的山头离四姐的自然村近，时不时可以回她那里探望一下。

　　锯、开木板的"大活"，如同育春大哥所云，还真不是人干的事。所谓开板，就是在一个木架中间放置一定规格的粗大段木，由师傅在削平的段木双面都弹上墨线。之后一人立于粗段木筒之上，称之为"上马"，另一人站在段木筒之下，称"下马"，上、下马者要眼观墨线，让锯路走在墨线上，用特大号的钢锯上下拉锯。先别说拉锯时的艰辛，单那把钢锯本身，没有相当手劲的人未拿稳就先被其"拉"成段啦，真是大力气活啊！

　　上山倒树开板组的人员组成比较特别，一位是现任公社林场场长的二儿子胡南生，是倒树、削、刨筒木段面、弹墨线的师傅，一位是胡场长的女婿，姓林名启志。两个人身材高大，是和成闻卫一样的壮汉。

　　胡场长是个极有威严的人，身材强健魁梧，虽已六十，行路做事麻利得如同青年人。他是地道的客家人，与女指挥家郑小瑛老师是同乡人。胡场长青年时期在永定县城的供销社做业务员，慢慢混到县物资局当了调配股的副股长。正是因为人年轻、心大贪欲旺，挪用了公款，事发之后积极退赔，但还是被遣回公社一级。当年公社林场正缺管理干部，他就填补了林场场长的空缺。

六、在农村磨砺

锯板组的三个人分工十分简单，可成闻卫初干这活是真不简单。推、送、拉钢锯还不到十分钟，那手臂的肌肉发胀到如同要撕裂开一般，是一种近乎炸开肌肉、极其痛苦的钻心感觉。第一天下来了，第二天连端碗筷都吃力，第三天索性不吃饭单喝白开水，而奇事就在第四天来啦，肌肉松了点，气力用上了，"大活"就这样顺下来了。二位师傅看着这壮小伙咬牙做苦活的韧劲，三人合作越发快活。成闻卫曾听厨师说过，这个胡南生的气力是闻名周边公社的，他曾空手将一头公水牛掀翻在地，还练了一身的好拳脚。相比之下其妹夫就较为斯文。

成闻卫上山干活时都要带午饭。他自备了一把弹弓，午饭后二位师傅抽烟泡茶，他就取上武器朝大山林里的野鸡、山雀、山蛙、林蛙射击，带回的战利品用以训练小斗鸡的弹跳、牙口的咬劲。晚饭时分，二位师傅总会邀他一起喝上两口，这是师傅们与胡场长每日晚餐的必修课。成闻卫总是婉言谢绝，不想多惹闲话。当地公社林场的人，称这两对小斗鸡和它们的主人为"高脚鸡"。确实，斗鸡的身样与家养普通鸡大不同：腿长、脖长、全身红肉、两目凶光、一身全是精瘦肉。

说起玩斗鸡，不得不提到成闻卫的三姐夫。这位自青少年起就是玩乐的主，饲养、调教这种斗鸡已有相当年头了，而且都是纯种名斗鸡。

在厦门的老市区，家中养公斗鸡一到拂晓就打鸣，惹恼了"厝边头尾"可不好。三姐夫就将它们寄养在市郊亲戚家中，它们的活动地盘大大扩张，还有谷物、虫蚁、草籽等精料饱食。他养了两个品种，一是"白花仔"，体壮至六斤，身板高大粗腿，荔枝冠毛羽花白相间；二是成闻卫手上这种"漳州红小鸡"，体重约四斤左右，包袱冠，全身枣红一色且发亮，无一杂羽。此种斗鸡体巧灵敏，闪躲、弹跳力好，牙口尖利。相传是由山东省一斗鸡县传入漳州的"斗鸡王"宅第经长年专心调教成名，流传至今……

一只纯良种的好斗鸡，要靠日日不停地调教训练，还要有好的日食。城里的斗鸡高手们三两天就要给这些名种斗鸡喂活土龙、活黄鳝、活麻雀，再配带筋络的牛、羊、猪肉，强其气力，健其牙口及腿爪蹬力。而时下的成闻卫有其自创的一套，天天用山上的野味喂它们，放出户外又可食草籽、小昆虫。

这两对小生灵带给成闻卫的不仅是天天快乐，还省却了集体生活中的许多烦心事。二百多号人，哪少得了矛盾、"斗争"、桃色新闻。凡是听了些奇闻轶事，他就会对着两对正慢慢长大的斗鸡倾心吐意。说起来还真有点皇帝前辈"乾隆先生"对他心爱的灵柏倾吐心声的意味。这时，两公两母正值"变声期"的姑娘、小伙似乎看穿了主人的心思，它们发出欢快的、不那么正规"鸡语"逗趣语调，来消除主人的烦闷与苦恼。即便如此，他和它们每日也只能见上一面，清晨出工后它们又得囚笼一天哦。

有的时候，人与动物的情感寄托是一致的。不是吗？！

成闻卫在公社林场暗自立誓：少说，多干活，要靠自己艰苦的劳作付出来证明自己。他尽力克制着自己不掺和到知识青年的圈圈之中，如此都是为了能争取早日跳出这样的环境……

或许是母亲在厦门家里，虔诚无伪地向她的　神的祷告；或许是四姐成倩萍得到了上苍的眷顾；或许就是注定好了，她不必到厦门人成堆的群落里安身；或许是育春大哥与良善的"革命组长"的好心所为……还有一个不是或许之或许：四姐的老房东在自然村的族谱中属"大"字的祖辈级位分，其全名为"胡大正"。或许他自称"正"中之"朕"还占理了呢！太多的或许，让"或许"必须下到公社林场的"四小姐"，可以稳稳安居于深山的自然村中……

成闻卫除了照顾好这两对漂亮可爱的小生灵之外，还要照顾好自己的身体。如此大强度的体力付出，集体性的公共食堂的膳食是不够营养补给的。可是，公社林场的集体生活又容不得开小灶惹是生非。离林场不远处有条急流的小溪，有人下网捕捉小鱼虾，隔上三五天，成闻卫就会买上一斤小鱼虾，宰杀洗净后寄厨房蒸熟，说是喂两对小生灵，实为补己体。那溪里的小鱼虾可贵了，八毛钱啊！都赶上圩上二十几个鸡蛋的价啦。小鱼虾可以胡说乱咽，可鸡蛋就属特殊化啦。育春大哥托人到永定县城买了个小电炉加小锅，这下解决大问题了。可用电又得小心啰。清晨，众人未起身就煮上小鱼，只能煮不能煎、炸，这样无声息。用完之后，等炉、锅冷却后赶紧装入衣服箱内。林场有个好处就是坝上水电站供给电力。可这电是用来办公、照明，不是用来偷电煮鱼的，这行为在当年可是"重罪"啊。有了电灯就想看书，常常太累了，不争气的眼皮一看见字，就自然下垂，很快就闭合啦。父亲常说一句口头禅：人，不是铁打的！果真是这样。

那天午饭后，二位师傅正饭后一支烟，哼哼客家汉剧调，快活似神仙。成闻卫依然给小精灵们准备营养餐，胡场长派厨师上山来，要成闻卫先收工下山。二位师傅显现出与平日里不一样的热情，拍打着这个小青年的肩膀，说："快回去吧，没准有什么好事在等着你呢！"他们这一番热情立马唤起了成闻卫本能的反应：难道这艰苦的劳作要终结了吗？他根本就不敢再往下想，只是掩饰地说：可能是我姐那里有什么事。

"胡场长。"成闻卫推开了场长办公室的门。

整个办公室只有胡场长一个人正抽着烟，看到成闻卫进门来，招呼说："来，小成，坐下说。"

胡场长顺手从办公桌上拿起一张还散发着墨香味的油印公函文件，说："公社革命委员会和公社知识青年办公室，给咱们林场一个上大学的名额。场部领导们研究过了，准备推荐你，就是不知道你有什么特长。"

"哇！我的天哪，这不会是真的吧？"成闻卫的脑袋瓜登时"嗡"的一声巨响，脑内一片真空。整个公社林场这二百来号厦门来的年轻人，个个都在苦干加"巧干"，坚定着"出头"的信念，难道这种幸运之事会落在我身上？！他的双眼直勾勾地盯着胡场长这张"陌生"的老脸，想再次从他的脸上、口中得到确认自己没有听错。

"小成！小成！……"胡场长在呼唤着他。

成闻卫回到现实之中，说："胡场长，你刚才说什么？我没听清楚。"

场长复述了一遍刚才的话。

"英语、体育都没有问题！"成闻卫不假思索地回答。

"这样很好！推荐名额是由公社革命委员会的领导们作最后的认定。我们只是把推荐你的意见上报到公社这一级。"胡场长又点燃了一支烟，沉思了好一会儿，说："学英语固然好，说不定将来什么时候可以派上用场，就是……"他又猛吸了一口烟，接着说："只是现今的人对西洋的东西比较反感，能不去碰它，也许成功几率会更大一些。我是想啊，只要是进入考试，就一定有淘汰的风险存在。这仅仅是我个人的意见，供你参考，主意还要你自己拿。"胡场长说这一席话时的表情是如此诚恳，语气是那样的平和。这是成闻卫头一次看到这位平日里威严无比的场长还有如此善解人意和温和的一面。

"胡场长，你说得太对啦。那我就报体育运动这项特长吧。"

"离咱们场部上报推荐意见还有三天时间，你先准备准备。"说到这里，胡场长沉下了语气，若有所思地说："还真不知道这三天会发生什么事呢。"

俗话说：鸡蛋密密也有缝隙。从那天下午到夜晚，整个公社林场就如炸开了锅。

"成闻卫要上大学啦！"这成了众人议论的中心。

而风声骤起必定会引来流言蜚语。这舆论的造势是极个别的知识青年有意为之，对成闻卫来说，可不是件什么好事。

消息传出还不到第三天，公社革命委员会的革命同志就来到胡场长的办公室座谈了大半天。是好，是歹？成闻卫全然不知。说不想知道领导们的谈话内容那是假话。在这样的时刻，成闻卫唯一的选择就是出工流大汗脑倒空，下午收工后清早出工前，仍然与两窝做了父亲母亲的大小斗鸡玩耍、逗乐。他只有也只能用这样的方式来平复那种极为复杂的心境。他的内心认定：此事若是上天的旨意，无论什么样的人从中作梗，都注定是徒劳的。这是他骨子里与生俱来的自信。

成闻卫的话更少了，可干起活来更卖力了。他也不知道从哪里来的使不完的劲。收工之后，除了照顾那两窝大小宝贝之外，还会帮着伙房劈木柴，堆柴垛。兴许，就为了得到夜间的一宿安稳觉。一旦有了空闲时间，他就会反反复复地检讨自己在公社林场近一年时间里的所作所为，完全可以自信地肯定，从未有过一丝一毫的差错。

自成闻卫下到公社林场近一年的时间里，他始终牢记那句从爷爷的爷爷传给爷爷、再由父亲传给他的警训——"言多必失"。虽说他和胡场长的儿子、女婿干了近一年时间的"苦力"，虽说三个男人之间并没有太多的语言交流，然而他们一起流淌的汗水足以让他们共同珍惜——现实中的三个男人在艰辛的劳作中结下了深深的、弥足珍贵的友情。可是，要让成闻卫与二位师傅用言语来表达此时复杂、不安的心情，他更是难以启齿……

自从胡场长找成闻卫谈话后的十天时间里，他就一直在等消息，哪怕最后告诉他上不成大学也是好的。这是人的一种再正常不过的心理表现。

成闻卫并非刻意去思考这样一件事，而是这样一件关乎"工作""前途"的古怪字眼，无时无刻不从脑海里蹦出来骚扰他……

"小成，你明天不用出工啦。我也是刚刚拿到公社革命委员会的通信员送来的通知，让你明天到永定县第一中学报到，参加体育测试，这是给你的通知书。"收了工的成闻卫还没进宿舍，就被胡场长请到他的房间里。成闻卫一接过通知书，两行热泪滚滚而下。他情不自禁地抱住了面前这位似兄长又如父辈的老场长。

"嘿，嘿！小伙子，别哭啊，到县里参加考试你可要争气哦，你是咱们公社推荐的第一名大学生哦！"胡场长拍了拍年轻人那宽厚的背脊，然后双手搭着他的双肩，说："你现在就到出纳小李那里领盘缠和粮票，给你预支三十块钱吧，穷家富路，粮票十斤我看足够了。你对小李说是我批准的。介绍信、证明，陈文书在办，一会儿你去找他取。明天，你是从咱们这里上县城，还是……"

"胡场长，我想到我姐队里吃晚饭，明天一早就从生产队到公社乘车上县城参加考试。队里的贫下中农和社员，还有我的房东大哥，待我如兄弟一般，我想和他们大家多聊聊。"成闻卫说。

"这就对啦！做人本该这样。事事都要知足，懂得感恩。好样的。哈……哈！"胡场长乐啦！

城里来的青年人朝山区林场的好场长鞠躬，带着未擦干的泪水，如孩童一般地笑了。这是从他内心发出的真正欢笑。两双粗壮的、长满了老茧的大手紧紧地握在一起。

那天晚上，成闻卫与四姐、房东育春大哥，还有队里革命领导小组的干部们以及许多社员，聊到煤油灯耗干了才散。他留给四姐十块钱。吃了四姐做的炒饭、汤，喝过育春大哥端来的清茶一杯，弟弟望着四姐眼珠布满血丝一条条，自然知晓她一定是不停拭泪。夜半时分，成闻卫要徒步二十五华里，到公社所在地乘坐开往县城的早班车。四姐与育春大哥送弟弟到村口，此后，他要走上一条很长很长的陡坡。深夜行走在陡坡上，他认定：唯有脚步不停歇，勇往直前，黎明的曙光会在正前方等着他……

到了永定县城，成闻卫第一眼的印象就是脏和乱，也可能是那天恰逢县城赶圩的日子。

圩，是闽西客家人集中于某一地点交易、交换物品、食品之统称。各处所定的日历不同，但都以五日为一圩。各城关、公社依据老祖宗定下来的历制沿袭至今。在圩日集市，男社员们挑着木炭、藤、木制品等农家日常所必需的生产、生活工具、铁器制品到圩上交易或买或卖；女社员们个个穿着整齐、干净，蜿蜒几里长的山路上首尾不相见的深山妇女们，亮起她们的好嗓音，唱着美妙动听的自编山歌，肩上挑着要到圩市上出售的竹、篾、藤器具、家禽与蛋品……喜好哼上两句的汉子也和上女声对山歌。尽管男声自编的歌词裸露着粗野的挑逗，仍然引来了满山谷的欢笑声。真是一路欢歌啊！

这些山歌的曲调源自客家人的祖先，并流传至今，音、韵、律基本统一，歌词嘛，全是各人应景现编现唱的欢歌。这悠扬飘荡的欢快山歌，从山顶、山谷、平路一直回音回响到赶集的圩上……

男女社员们各自带着准备相互交换的吃的、穿的、用的，从四面八方激涌而来，汇成一条格外热闹的街景：扁担与农具欢快的碰撞声，人们高低音的买卖吆喝声，牲口群相互"打招呼"的呼喊声，交织混响在一起，组合成一曲曲动听的乐章。这是社会最底层的辛勤劳作的人们，渴望着过上热闹红火好日子的一部"梦幻交响曲"！看到如此的场景，他想起了三年之前在大上海看到的繁华无比的南京路、外滩、大百货公司琳琅满目的商品、让人住得舒适安逸的"和平饭店"、上海地标"城隍庙"、高耸入云的"国际大饭店"……未来的这里，有可能成为大上海的缩影吗？农民社员们也会成为城市里的"文明人"吗？成闻卫的脑海里时常会跳出一些连他自己都说不清、道不明的离奇古怪的想法。社会是文明的，是在进步的，然而，这犹如梦幻的幸运真的会降临在这些穷苦人身上吗？！

热闹的集市上首先映入成闻卫眼帘的是红糖和草纸。这红糖，即使是在公社集市的圩日里也是很难买到的。他想到了患贫血症的四姐，有时想喝一口可以补血的红糖水是那样的艰难。他一出手就买了整整四斤。邻摊是卖草纸的，与厦门家里用的"粗纸"规格差不多：对应三折，也是以"刀"论价。说起这草纸，成闻卫到自然村插队落户之后，有一件令他永生难忘的事。那是他到达生产队的第二天清晨，内急如厕，进了房东家自建的大厕所，实事求是地说就是大粪坑，各家各户都有。"农事一枝花，全靠肥当家。"各家的这些大坑坑是起了大作用的。每户便坑的建造规格都差不离：一间四米乘四米的大间，挖上一个很深的大坑，铺上粗细不一、已经修成平面的树筒，筒木之上至便坑屋顶约摸一人半高的样子。各户的便坑仅供自家人用，无男厕女厕之分。只以开、闭厕所门为认记。最令成闻卫吃惊的是，在厕门旁开有一个拳头般大小的小洞，其内放着一大把去了竹皮的篾囊，全折成十公分左右的小段"刮"用。这样的一件小事对成闻卫的触动太大啦！新中国成立都已二十年整，为新中国人民生产粮食的农民们，过的却是如此原始状态的生活。是他们不想用、不会用草纸吗？都不是！只因为山里、农村的生活状况太艰苦，他们实在太穷啦！看着自己手中握着的草纸，他都快分辨不出何为"现代"与"原始"啦……

不过话说回来，当年生活在厦门的城里人，用"粗纸"也是采用配给制，定量按月供给——最早的时候凭户口簿数算人头，中期凭粮油证，后来有了购买证到指定的"专卖店"购买。草纸以"刀"论，每刀三十三张售价三毛六分钱，三人户一刀，四至六人户两刀，七人（含七人）以上户三刀。别嫌"粗纸"名称不好听，有钱还真买不到，想到"黑市场"去买照样没有。"文化大革命"前一年，成闻卫的三姑妈家第二个儿子要结婚，就上她四弟家"借"粗纸来了，为的是粉饰墙壁之用。早年粉饰墙壁的白灰水，是用烧制过的海蛎壳喷洒清水"发灰"，再过细筛成灰粉，加入用粗纸浸泡的纸灰浆、一丝丝名叫"青仔"的粉末染料，再加入少许的红糖水，以增强白灰水附墙之后的黏性。仅说它环保是不够的，这加了粗纸的白灰水刷的墙干透了之后，其功效是雪白到刺眼，原有的六十支光的灯泡全都可以换成十五支光的。高高在上的城里人老是看不惯农人们的"傻样"，可后者的生活小窍门这么一亮啊，城里人才是真傻。就拿红糖水来说吧，闽西客家人建造土楼，除了夯土墙时用黏性极好的红泥土，还会在其中喷洒煮透的糯米汤汁，加拌少许红糖水，墙体的坚固程度千年不朽。再比如，成闻卫喜欢在天井里看书，村中的老者教他取晒干的布姜枝叶拌上少许的干谷壳，一整夜安然自得地阅读，小蚊小虫晾一边去。在端阳时节，农人们食用的"碱粽"，就是用这样的干布姜枝、叶烧成灰后加入清水后滤出"碱水"，然后，将糯米浸泡其中一会儿，再上锅蒸熟即成"碱粽"美食。客家祖先们是非常聪明智慧的。世界各地的客家人都在他们各自的领域中成了大家，令人敬佩、尊崇。凭良心说，这些都是客家人称为"河河骨"的厦门人所不及的……

成闻卫穿过熙熙攘攘的集市找到了永定县一中。县革命委员会和县知识青年办公室、属下的各公社知识青年点推荐上大学的人员，全部都集中在这里，黑压压的一群人，但凡大学里所能见到的学科全都在这里出现。成闻卫打心眼里敬佩胡场长的眼光与远见，也庆幸自己听从了他的及时提醒，报考了体育专项。可是在返回公社林场的长途汽车上，一位插队在相邻公社、也是被推荐上大学的女知识青年告诉他，考试的英语科目内容就是口述二十六个英语字母，然后将它们的大、小写列出来即可。她还为自己能在主考官面前说上一句"What is this"而沾沾自喜。成闻卫一直想着胡场长的那句话——有考试就有淘汰，他认定胡场长的眼光，因此没有丝毫的后悔之意。

当时成闻卫与相邻的陈东、岐岭公社的几位知识青年先后做了体检，洗了个舒服澡，饱食了午餐。体育专项的测试安排在下午进行，成闻卫竟然不去想任何事，用当下的话说即心态特好，特别平和。他睡了一个舒适的午觉。

体育测试也是极其简单，就是"听发令枪起跑"和"引体向上"两项。也不知从何而来的灵机一动，他竟然会想到做出"蹲踞式"起跑的动作。现场的所有应试者中，就数成闻卫同志最抢眼，也没有第二个应试者能做出如此"高难度"的动作了。

轮到成闻卫做"引体向上"时，他惊奇地发现，有一位手端茶水口杯、有着长官相貌的中年男士站在场边，陪同在他身边的是一位很有女人风韵的少妇。他的身旁簇拥着一大帮拿着笔记本、夹着公文包的男男女女。

"他一定是这里的大主考官！"成闻卫有意不去看他。却在心中细细地掂量了一下：正好撞我枪口上了，这是我的强项，不就是让本同志再开几十下大锯吗？！这"大活"，我行！

他信心满满：我来啦！

"成闻卫！"现场的主考官点名道。

"到！"这声音也太响亮了吧，连他自己都差点被吓着。

他的动作是如此娴熟、轻松！"二十五""二十六""二十七"，主考官在做他的分内工作。"还要上几下！"考生在为自己打气。

"二十八！"他又再次垂吊在单杠下。他再一次深深吸了口气，小臂使劲，大臂弯曲向里用力，就差那么一丁点，下巴就可以过杠啦！

"我绝不能放弃这一下！绝对不能！"

这是运动的极限，这是一个人意志与精神的体现，对此时的成闻卫来说，是一种毅力在支撑着他。

"加油！加油！"他听到了身后有男女声"二重唱"的领唱，接下来是全场一片的混声大合唱啦！

正是在这一片加油声中，他的下巴过了单杠横面！

"二十九！"看清楚啰！这可是高难度的正握单杠哦！

就这一下，他完成了迈出五年农村生活的第一步！

就这一下，让他深深懂得唯有坚持才可以见到光明！

就这一下，让他真正尝到了苦与甜二者间的滋味！

就这一下，拿着搪瓷口杯的那一位，也就是时任永定县革命委员会"三结合"领导班子副主任，后来调任"福建省体工大队附属体育学校"校长的莫响亭一眼相中他："学员们非常需要这种精神！"对于一位即将上任管理专科学校教育的一校之长来说，或许，这就是他当时的想法。

成闻卫真的没想到，这次的现场测试竟如此轻松，自己没有一丝一毫的紧张感觉，他对这次的"县试"深感满意。。离开永定县城时，他还给育春大哥带了些县城出产的好糕点，给胡场长还有与他并肩劳作了近一年的两位恩师捎上两瓶县里酒厂出品的本地米酒。

隔天上午，坐在回程班车上，回想着自己刚插队落户到生产队时的那些往事，再看看这两天在县城集市上的所见所闻，一晃到山区农村快五整年了，仿佛就是昨夜的事。

闻卫回到公社所在地时又是圩日。四姐成情萍与育春大哥像是与成闻卫相约好似的，四姐将那张十元大票拿出来花销，买了肉、蛋、面、豆腐。这家豆腐坊就开在全公社唯一一座三层楼毛坯的水泥建筑后面，这是"虎标万金油"创始人胡文虎先生从海外汇款回家乡建造的房产。在四围一片全是红泥土建造的或方或圆的土楼群中，胡文虎先生在家乡落基了如此一幢南洋式的水泥楼房，更凸显了它的另类。当年，胡文虎先生被政府列为"海外资本家"，故而此楼只作牛栏之用。

豆腐老太操持的这家豆腐坊就在这幢"关牛"的水泥楼房正背后，她做的嫩豆腐如同艺术品一般，"嫩"到稍加抖动豆腐身就可见那黄豆浆汁与卤水的结合晶体，真是不可多得的好食品哇！豆腐老太专注于做出的好食品供众人享用，她自然就得以长寿。十五年之后，成闻卫再度返回山区第二故乡时，豆腐坊依旧，不同的是豆腐老太是愈发年轻，仿佛重回到了人称"豆腐西施"的青春时代……

人哪，赠人玫瑰手留余香哦！这又是未尽的后话了。

姐弟俩准备晚上答谢四姐的老房东、育春大哥还有生产队里如此有人情味的领导小组干部们。四姐想留弟弟在育春大哥那里好好聊上一个晚上，等明天清晨再返回公社林场出工。弟弟也发现近一年的时间里四姐变化不小，变得独立自主了许多。

公社林场的知识青年们有真心为成闻卫高兴的，也有懊恼自己不争气的，更多的人是心怀嫉妒，只是嘴上没有明说而已。从这些人的目光之中，完全可以看到他们的心里像是打翻了一大瓶的酸醋，五味杂陈的酸气在他们的胸中翻滚涌动。成闻卫在公社林场最后的日子里，才或多或少听到一些过往的风言风语，说是公社林场极个别的知识青年写了检举信，告发成闻卫的父亲是资本家，像这种"地富反坏资"的后代，怎么能被推荐上大学呢？这一招是当年的时髦提法："以阶级斗争为纲，纲举目张"作为"遮幌"的卑劣手法，以此来断送成闻卫的大好前程。

说到"资本家"这三个字，就不得不说说成德富对政治风云的嗅觉之敏锐，褒义地说，他就是个有政治远见的不凡之人。新中国成立之后，在一九五三年至一九五四年间，全国人民代表大会提出了限制、利用、改造的"对私政策"，统称"公私合营"。一九五四年五月二十日，荣毅仁接受了"公私合营"的对私改造。成德富所在的"钦德布行"也不例外，老板卓陈全与成德星被定性为"资本家"。成德富当年专跑东南亚各国和香港、台湾采办进出货，与黄金、汇水买卖。这个行当的"头手掌门"，那脑瓜是灵光多变、机智敏捷，随时随地要应付瞬息万变的行市行情，还要应对许多真真假假的秘密通道，那是没有硝烟却实见真金白银的战场，当然，如人们所想，打打电话，互通有无成就一单生意也不是不可以做，只是来不了大钱。

在"公私合营"期间，陈全伯完全是出自善意好心，看成德富这么一大家子要吃饭、子女要上学，就将成德富的月薪上报成资方代理人的一档：人民币一百二十九元整。成德富凭着给卓大老板在日寇屈服后，国内形势一派大好之时所做的地产生意的眼光，在上海的地盘，卓大老板的妻兄是军界的大人物。可是精明的成德富用他独到的政治目光，对形势敏锐判定，他看到了共产党及其所领导的革命军队与美式装备的国民党兵打得有来有去！一支小米加步枪的军队如此之韧、勇、智，还有何事能拦得住他们？还有什么事他干不了？解放前，那么复杂的形势都能看通透，而今崭新共和国的经济政策，绝不是一场"公私合营"如此简单。钱财人人喜欢也都需要，再多无妨，然而，"阶级成分"这条杠杠千万别小看它。成德富心一横，决定在未划入"资本家"这一条红线时，先手一步棋主动降薪，做一个国家大法规定的"工人阶级"，主流大军中的一分子。另外，他也对自家的动产、不动产、钱财、黄金进行了全盘筹划，该变现的股票、黄金都成了妻子橱柜中的人民币。他找卓大老板商议主动降薪一事，从一百二十九块月薪降到下一档的九十八块两毛钱。这事一出，成德富没少在商业系统的职工大会上得到公开的表扬。五十年代初、中期，那三十块零八毛钱的现金差额，这么说吧，一个三口之家，十八块钱足够一家人的一个月日常生活开支。不可思议吧？再比如，持三十五美金到银行柜台，是全球性的通用做法，就可以从银行换取一盎司"四九足赤"的黄金哦。当然，当年的人民币与美元是无法直接兑付的，它们的中间价换算比值约在两元人民币兑一美元。可见，五十年代初、中期人民币坚挺的价值所在。

正因为成德富对国内的政治风向颇有自己的观测与洞察力，使他在往后无论是工作还是家庭生活、子女教育上都顺顺利利。每逢"运动"来时可免去许多苦恼。更使他和妻子、孩子们欣慰的是，身为一家之长的父亲，不会让儿女们在填写各式各样表格上的"家庭成分""政治面目"各栏时痛苦犯愁。当下的成闻卫就是一例。

公社革命委员会和公社知识青年办公室为了这一桩检举揭发事件，抽调专人到成闻卫所在的大队、生产队、公社林场，并发公函到厦门市商业局调查取证。结论是：成德富同志是伟大的工人阶级的一分子，是厦门市商业系统"红太阳布店"的一名基层职工，政治表现优秀，历年都被单位评为先进工作者。

一九七四年八月二十五日，星期天。处暑节气刚过去两天，农历七月初八，开板组的师徒三人照常出工。刚做好开板前的准备工作，只见胡场长出现在他们三人面前，乐呵呵地告诉从海滨城市厦门来的知识青年，刚刚收到"福建省体工大队附属体育学校"的入学通知书，请成闻卫同志在九月一日之前到设立在厦门市郊集美镇的学校报到。

得到这一好消息的成闻卫那冷冷的表情，是出乎现场众人意料的。他异常之冷静，再没有像一个多月之前刚得知将被推荐上大学时那样兴奋与激动。他从县里应试回来之后的这段时间里，真真切切地体会到无时不在的嫉妒、嘲讽、冷漠，实实在在地品味到暗中的言语攻击、恶意造谣中伤，真是度日如年啊！

在每个人身上，人性的善恶都是有一定比例的，不是吗？

他和两位师傅坐在树墩上默不作声。胡场长毕竟是经大风浪历练过的人，他只告诉面前这位年轻人，自己已经和场部的各位领导打过招呼了，准备在明天晚上开欢送会。后天，场里准备宰杀三头大猪，每年一次客家人的大节日——农历七月十五提前热闹，场里每个知识青年将配给一斤猪肉。场部还要请公社革命委员会和公社知识青年办公室的领导同志来，就当成大伙儿为他上大学饯行欢送。成闻卫他只带两对小斗鸡回厦门，其余的大小斗鸡就放在公社林场养育繁殖，将来公社林场增添一处养鸡场也是有可能的哦！四个人聊到这里，说到了可爱的小生灵，才有了真心笑容。

照胡场长如此安排，八月二十八日，成闻卫就可以回故乡厦门读书、学习、生活了。

胡场长想带成闻卫一起下山，放他一天假。成闻卫说，既然中午的饭菜都带上山了，就再与两位好师傅干上一天，用当年的时髦话叫作"站好最后一班岗"。胡场长看着眼前这位努力工作的青年，眼眶都有点湿润了。显然，他的内心是激动的。当时他就批准了，明天起就可以不出工。

第二天一大早，成闻卫整理了一大袋子的旧衣服，虽然都是些平日里穿的普通衣服，可在生产队的农民社员眼中全是些好衣服。生产队的社员出工去了，育春大哥一大早就上公社领取新学年的学生课本。弟弟帮四姐劈了一大垛的木柴，又一起到山泉旁洗了被单、蚊帐，把大水缸全装上山泉水。

育春大哥回来后和四姐的老房东到自家的自留地里摘些青菜、豆角、新鲜瓜果，四姐带上鱼干、面干，还有一罐不知存放了多久都舍不得吃的烤肉罐头，收工后的队长拿上家中的一点腌肉，一起到育春家吃午饭。成闻卫将旧衣服取出一大半分发给生产队里最最贫穷的两户贫下中农。这两户人家的确切身份正是解放初期，新中国建立新政权后，这个自然村生产队的第一任队长、副队长，是名副其实的老共产党员，并带领全队的社员走合作社、公社化的社会主义康庄大道。而现今看到衣不遮体的二位老农民，你会相信眼前这一切是真实的吗？嗐！

临近黄昏，生产队里的几任领导和全村社员们，来送这位好青年下公社林场。正是这个年轻人让他们这些用土法耕地的老农们，头一回看到在塑料薄膜架房里长出的秧苗，是可以"卷"起来挑着到水田播种成了稻谷粮食的……全村贫下中农那几十双长满了老茧、变形、干瘪、骨感的手令成闻卫终生难忘，还有那一支他离开生产队自然村时从育春大哥家便坑墙上的土洞里取来的篾囊。在未来的日子里，无论路途是多么坎坷难行，也无论未来的生活是怎样光辉闪耀，在他的青少年时期，"穷人经济"已经深深烙印在他心田上，对他将来的处世为人将会有相当深远的影响，也将促使他为一生的终极目标正直坦荡地勇猛前行！

虽然身处山区农村的育春大哥与海滨城市的成闻卫，在地理距离上还谈不上万水千山，然而，此一别还真不知何日再相会。成闻卫不时地回头望，望着自己第二故乡的父老乡亲，望着村里熟悉的一草一木，望着村野的乡间小路，望着因涌上的泪水而看不清的山区亲人，望着……

公社林场的会议大厅换上了四盏百支光的亮灯泡，这里正在举行一场在那个年代算得上是相当隆重、庄严的欢送大会。十张大长条桌上摆满了当地的特产烤花生，还有硬糖果。在那个物质匮乏的年代，这样的场面算得上是相当排场啦。公社林场所有的知识青年全都到齐，不知不觉相互之间的嫉妒之心也淡化了，大家的脸上都有了一丝丝的笑容。这是同为厦门来的青年在异乡的农村，头一回以如此欢快的形式相聚在一起。同在异乡土地上努力奋斗的年轻人，有时，恩怨之事只是脑中的一闪念，勿究其对、错。对吧！？

八月二十六日晚上。

公社林场胡场长亲自主持欢送知识青年成闻卫同志上大学的大会并讲话："今天晚上，咱们公社林场开这样一个隆重的大会，是欢送成闻卫同志求学深造，他是咱们公社第一位由基层推荐上大学的优秀知识青年代表。根据他多年以来在农村这个广阔天地自觉接受贫下中农再教育时积极、出色的表现，推荐他上大学，是场部领导一致的、正确的决定。"接着胡场长谈了些政策性的大道理，还有对公社林场未来发展前景的展望。此后，胡场长的话锋一转，用他那特有的男低音亮嗓，表述了下面将要谈到的这件事的严肃性："关于这一次推荐成闻卫同志上大学的事情，场部极个别的知识青年对于场部领导们集体讨论所作出的一致决定，是持反对态度的。我们这几位领导欢迎你们提出意见与不同看法，这很正常嘛，有则改之无则加勉。但是，这极个别的知识青年，不是找我们场部领导反映情况，而是越级直接把检举揭发信在没有事实依据的情况下投到了公社革命委员会、公社知识青年办公室。致使公社这两个部门动用专人分组，在成闻卫同志落户的生产队、大队、咱们林场还有厦门方面进行调查核实，而结果怎么样呢？调查核实后的情况，与极个别的知识青年所反映的情况完全不符。年轻人嘛，才开始学做事，做任何事情都必须脚踏实地，口说的话要通过头脑思想过滤一下，没有根据的事怎么能乱说一通呢？在这里，我希望在座的各位青年不要把今天晚上我所说的这些话当成耳边风，一耳进一耳出。在咱们公社林场的知识青年当中，有极少数人仍存有不明智甚至是投机取巧行为，自己应当好好反省、检讨一下。咱们中华民族有句老话要牢牢记住了：'苦口良药益于病，忠言谏语利于心！'"胡场长将手中的半支香烟非常用力地掐灭在烟灰缸中，语气上平和了许多："知识青年到我们山区、农村来，都是响应党中央毛主席的伟大号召，不然咱们也不会认识。大家要团结，劳动要积极，所分配的各项工作要尽自己最大能力做到最好。成闻卫同志就是一个榜样。在咱们林场近整年的时间里，他从来没有缺勤一天，即便是刮风下雨天，也坚持在棚屋内打'小板'。他对待工作的态度是任劳任怨、勤勤恳恳，从不叫一声苦，这是你们大家都看到的。我年轻的时候也干过这种'大活'，说句实在话，要让我像成闻卫这样，一个城里人干上满满一年，我还真做不到。各位知识青年同志们，只要你们安心工作，在农村、在咱们林场好好表现，你们的前景与未来一定是一片光明！"

会议厅里一片热烈的掌声。

胡场长提议："有请咱们公社的第一位大学生成闻卫同志讲两句话。大家热烈欢迎！"他带头鼓起掌来。

又是一片雷鸣般的热烈掌声。

"嗯……嗯……"成闻卫还真没想到他也要讲话，站起身来，手脚都不知道该往哪儿放啦！他很不自然地清了清嗓子。整个会议厅安安静静。

"尊敬的胡场长、各位场部的领导、我的两位好师傅、在场的和我一样从厦门来的同志们，你们都知道我平常不怎么说话，现在就更紧张更不会说话了。"他顿了一下，深吸了一口气，接着说："总之，我感谢大家的关心和帮助。今后，我要在学校里更加努力学习，不辜负党和人民还有你们大家的希望。总之，我要衷心感谢生产队里的贫下中农和全体社员同志们。再次谢谢胡场长、各位领导、二位师傅还有大家。我讲完了。"平日里寡言的成闻卫，在这样的场合能讲出这一大套，已经是达到了演讲的最高水准了。如此朴实的言语，令那些曾经反对、嫉妒过他的人也有了欢笑与热烈的掌声……

欢送会之后，胡场长自设了家宴宴请姐、弟二人。

席间，胡场长借着酒兴拉着成闻卫的手说："自从你一进到咱们林场，我一握你的手，一看相貌，就知道你是个有思想、有情有义的男子汉。"

"今天我才知道，胡场长还会看相哦！哈……"三巡酒落腹，成闻卫不知天高地厚，没大没小地开起了老领导的玩笑。

"这是真的哦！"胡场长可认真了，语重心长地说，"小成啊，你调回去之后，在学校里一定要努力学本事，有了机会再回来看看你的姐姐还有我，以及你的这两位师傅。今后的山区、农村，真是非常需要你们这样有学问、有知识的人来帮助改变观念、帮助建设。小成，你可要记住啦！"

此时的成闻卫才发现胡场长的手在颤抖。四姐暂住林场一夜，明天为弟弟洗净床上用品，她要让众人知道并非如传说中的那样绵软。等送走了弟弟，再返回僻静的自然小村落独处孤寂的乡村生活……

第二天，也就是八月二十七日一大清早，胡场长请成闻卫到场长办公室。公社林场的会计、出纳当着他的面核实点清他这一年来除去已支出的费用之外，所挣工分折合成的钱款，合计人民币八十八块零五分。由于他在林场里干的是超重体力活，粮食定量为全国较高的一级：每天一斤一大两。陈文书将全套的户口、粮食转接关系还有一大套证明、介绍信一并交给成闻卫。成闻卫回到场部宿舍见四姐在忙碌洗涮，打点他的行装，他自己留下十块钱和四两粮票，其余的工分结余款全放进了四姐的外套口袋。临将别离亲人的感觉总是难受的……

今天，胡场长的儿、婿都没有上山开工，因为宰杀三口大肥猪是他们俩的差事。场部的女知识青年、女工作人员全部都留在伙房帮厨，一样计算工分。

成闻卫是平生头一回现场看到杀猪。只见两位厨师和三个伙房小工，从猪圈里放出一头大肥猪，紧紧追赶。他的两位师傅告诉他，这样做是为了让大肥猪出更多的猪血，猪血出得越净猪肉就越出鲜香气。约抽一支烟的工夫，胡南生与林启志两位师傅才起身，紧抓猪的尾巴倒吊重摔在地。此刻的小徒才真正感到，师傅徒手掀翻公水牛并非传说。手脚灵活的启志师傅掏出麻绳，不到十秒钟就绑定大肥猪四蹄。厨师与帮工用杠将猪抬到一张宽板凳上，猪头探出凳头，它的下方放置一只已打上淡盐水的大木盆，猪身紧绕绳索于宽板凳。此时师傅从腰间掏出一把极为锋利，带双刃血槽的屠刀，对准大肥猪前腿的中间部位直入一刀，顿时，一股血腥气冲了出来。厨师边调好大木盆的方位，边用手掌拍击搅动腥气的猪血。不久，大肥猪四肢挺成直棒状，助手们才上前褪了猪身的缠索。两位好师傅一口气杀了三头大肥猪。

厨房四口大锅全烧上沸水。烫死猪、刮猪毛、开膛剖腹挑排骨的另一班人马接上手了。理清剔净的六大片猪肉上了案板，全体场部的女士在女采购员的指挥下持刀切肉，每条一斤，扎上草绳吊好，等收工的人们来各自取回。女采购员取出一大截猪大肠理清、翻肠洗净，先上一把粗盐揉搓，漂洗后再上两把地瓜粉漂清，最后上一丝丝的白麻油抓揉，一长条的猪大肠漂洗干净，切成大块入锅煮沸，再加上客家腌菜，不用多久，两位师傅递给姐弟俩每人一钵。姐弟俩是平生头一回吃到如此新鲜的好东西。胡场长也凑到一块儿，他说，这肥猪大肠只有配上客家腌菜才能出神奇的美味，自己是看到这个城市青年要回城读大学，才说出这个秘密，一般人还不告诉呢！场长也会开玩笑哦！

只差甘草五分。要是能来碗农村新米干饭。嘻！

过节：本该是大伙儿的事，公社林场一派热闹景象……

晚间，公社领导被安排在室内大会议厅，大部分长桌摆放在楼外的晒谷坪和大操场上。初秋的夜晚，户外用餐正适宜。一张长桌二十人，两坛自酿的"红曲佳酿"。在客家地区喝此红曲酒意为好事多多。知识青年们领取了人手一份的一斤猪肉、一钵猪血之后，都自觉地来帮厨。

胡场长亲手给成倩萍送上一斤猪肉，说是场部的一点心意。成闻卫见了，说什么都不肯要，他说场里已经破例给他一份了，他不能再占公家的便宜啦！胡场长完全相信，面前这位正直的城市青年说的全是真心话。

一九七四年八月二十八日，农历七月十一，星期三。

清晨，成闻卫向公社林场的所有知识青年和场部的工作人员辞行。胡场长一家三口一路陪姐弟俩上了公路大道口。他们依依不舍地和这位城市青年拥抱告别，这样的城乡友情一直延绵到他们的后代人。这又是后话啦。

汽车渐行渐远，朝着厦门的方向驶去。他看着窗外的四姐成倩萍已哭成泪人了。

这五年的时间里，成闻卫亲身接触到了中华民族最底层、最朴实的农民。成闻卫这一走，带走了农村农民的真挚情感，带走了如何理解"穷人经济"启蒙阶段的思考，这是他一生中的财富。毫无疑问，这种青年时代的经历，将是他未来人生道路的明确指向……

记清明天的去向，不忘昨日之来路！是的！应该这样。

七、香港商人

　　"没有听育春大哥讲这些事，还真不知道姐夫在山区、在农村吃了那么多的苦，真是太佩服啦！"小妹惊叹道。

　　"阿弟啊，从小学起就懂得做完了功课上山去捡松果，回家当柴烧。"家婆拉着儿媳妇的手说，"在'文化大革命'期间，你们的清江阿叔、林老将军，尤其是卓陈全大老板夫妇全都灾难临头，关的关、管的管、劳改的劳改。南洋的母亲、阿兄、二哥都不敢寄钱来，就是怕咱们再受牵连。咱们家楼背后住着一位能干的惠安女，她家儿子独苗一根，可孙辈众多。阿弟不穿的衣服都是挺新挺好的，就拿给她稍改一下给孙辈们穿。我就让她帮我抓来两只稍大一点的猪崽养。毕竟我没干过这活儿，抓大一点的猪崽保险些。那时真是被逼无奈。别看阿弟他爸的月薪那么高，这里接济一点，那里帮点小忙，就去了小大半啦。那年头养猪有一好——等到卖猪时，国家会回给咱们十斤的肉票。那个时期的人不吃瘦肉专挑肥膘肉。我呢，就专买瘦肉做肉松、肉脯，这样容易送到阿弟他爸的几个落难兄弟手中。咱家的街坊四邻真好，淘米水、菜叶下脚料、惠安女给的地瓜藤，全是阿弟在放学后切啊煮的。有位邻居的兄弟在厦门碾米厂当小领导，帮咱们买糠。糠票一次五十斤，十斤一毛五分钱。我'偷'他爸的烟票做人情，运载米糠就是车伯与阿弟的分内事啦。在他爸这帮人落难那两年我卖了四头大肥猪，这事阿弟是立了大功的。"母亲突然不言语了，像是想起了什么事。她向着育春老师说："育春兄弟，此次家中二女回来说现在坐大位的邓先生之女也是像阿弟一样被推荐上大学的？"

"哦！那是邓小平先生的小女儿，我也是听我早期的学生告诉我的。是有这么一回事。

"伯母啊，你真是不简单啊，在我们乡下两年卖四头大猪也不常有啊！在生产队时，成老师他们十二名知识青年就合养一头，看到成老师煮猪食、打扫猪舍那么老练，原来伯母是老师啊……"育春大哥说。

"阿弟养鸭也是把好手。"父亲接过育春大哥的话说，"当年，我用一封十盒的火柴换了十只正番鸭苗，做鸭棚、清鸭舍全是他的手艺。那年头国家粮食困难，十斤粮票要搭配三斤地瓜干。家里人全吃到吐酸水。阿弟就发明了米糠、地瓜干、菜叶下脚料三合一拌成鸭食，正好番鸭好这一口，猛长个，那年过年时，全家人吃鸭子都吃歪了嘴。阿弟自儿时起就是钻书房，大书、小书全看，他最爱看的书还要算中英对照词典了。到了你们家又得到真心关照，我们老两口别提有多高兴了。说到劳动上的事，阿弟在家里就是锻炼惯了。月初我一领薪水，他妈就安排一个月的米面茶油盐炭。柴全是阿弟一手包干，还要将段木改成小柴火，夏天，那吃水的事要不是他啊，我们老两口都不知该如何是好。他啊，静下来就是看书，动起来就是游泳、玩球，从不做过分的事。这个乖小子一直帮我们到他下乡为止。"

"伯母、阿伯，我时常会遇见成老师当年的老场长，他老说，青壮年时他干过成老师所做的'大活'，但要是像他一样，一年不停歇地做下来，自己情愿去寺庙当和尚……哈！"说到成老师的乡下事，房东大哥满口赞美之词。

夜已深了，众人告别了长辈。阿弟告知明天要忙喜宴的事，还有香港大茶商要来验货，一整天只能让小妹来陪父母双亲了。明晚办过"做客宴"之后，准备在后天上午接他们回阿玲家中居住。二位长辈再高兴不过了。

一回到家里，新婚夫妻将伴郎伴娘召来，小妹又想来凑热闹，被机灵的阿姨叫走了。

"今天一整天陪爸妈了，没能陪你。"好姐姐说。

"哟！德玲，这可不像你啊。怎么，有了丈夫就成婆婆嘴啦？德玲啊，我明天就要去买后天清晨的第一班长途汽车票，必须在后天下午训练课前去队里销假。"伴娘许筱雯说。

"你们不是有七天假期吗？"伴郎肖海龙看起来有点急。

"你的阿嫂才有七天婚假。许教练的假期是早前好不容易攒起来的。"新郎向伴郎解释道。

"为什么嘛？又是'领倒'在作怪。嗯！真没办法。"阿海很无奈地抓了抓头皮。

"嘻！这大个子就是这点特别讨人喜欢！"许筱雯在心里对自己说。她说："今天玩得可开心啦，小弟和小妹真是漳州通，带着我们四处逛，吃漳州名小吃，吃完了才想到身上没有粮票给店家。想用钱折换成粮票，人家不肯要，这可怎么办？急死我了。最后还是一个大妈送的粮票，我要拿钱给大妈，她说什么都不要，还说……"

"大妈对我说：你的爱人真漂亮，要是我有这么个儿媳妇该有多好哇！"阿海抢话说，显得格外兴奋。

"真是这样说的？阿海啊，你才到漳州没几个小时，都学会编故事啦！你真长大本事啦！"成老师认定这个学生不是在撒谎，他是有意挑起"激语"，就想听伴娘的"心语"。

"你不相信？嘿！许教练就在这里，可以当面问问许教练啊。许教练，你说，当时大妈是不是这样说的。"阿海粗脖上的青筋都绷起来啦！

许教练羞得满脸通红，点了点头，走出房间。

新郎和新娘对视了一眼，别提心里有多高兴啦。

新娘追伴娘到了她的房间，好一阵子才回来。

长腿不"审"好兄弟，放他回房间睡觉吧。

"阿玲啊，你看许教练和阿海进展的态势如何？"

"你这样优秀老师带出来的学生不会有错的。筱雯同意和阿海兄弟交朋友啦！"阿玲很高兴。女人间的事有时是很奇怪，一群平日里有说有笑玩在一起的美少女、青春姐妹，一旦有人开了头先结婚了，后面就会紧跟一大串。有人说这是姑娘们的从众心理。从她们日常的购物表现来看好像是这样，但又不好说，又像是不可不信，最好还是别去相信。这话听起来怎么那样别扭？反正啊，听了之后还没听明白的就是明摆在明白处的意思啦！

"真的啊！"丈夫更高兴了，"这下我就放宽心了，算我前一阵子的心神没有白费。"

新郎官锁上了房门，给躺在床上的新娘子更衣，做起了全身按摩。他说："阿玲啊，我今天才发现，你真是一个孝顺的儿媳妇。我真的没有想到你会想得如此周全。你对排球事业是那样的热爱，为何想放弃？"

妻子接过丈夫的话尾说："我不是想放弃我所热爱的排球，而是像爸说的那样，事业与生活同等重要。爸妈现今在漳州，你又在厦门上课，不在他们身边，虽然家里还有爸妈、姨、姨父、阿妹陪他们二老打发时间，可我的心总觉得不踏实，我会尽量想办法，争取早一天调回来。家庭的重要性，这一次我是深深体会到啦。"像头一回在国家女排训练基地的招待所那样，阿玲又来了那一套不老实却很实在的"指节爬行"。今夜，成老师勇敢地迎了上去，他们正努力做另一件事……

第二天一大早，阿姨就赶来了。她带来了几位洗菜、宰鸡杀鸭的雇工，还请了大酒楼的名厨大师，到家里来做午间的喜宴。内陆的漳州，不像海滨的厦门那么讲究礼仪，只有晚间的喜宴是正式的。在漳州这样的内陆小城，既是置办风光的嫁女大喜事，又是坊间邻里加厝边头尾，就不再有那么多的规矩礼数。奉上吉祥语添杯喜酒热闹一番，平日里稍有走动的往凳上一坐，把盏夹菜口食嘴喝就是啦！众人喜乐，哈哈了事。

大鸟和阿惠不到九点钟就到漳州家里了。两人扛着大包小袋，全是喜宴要用的鱼货海鲜。他们告诉长腿，小顺子感冒发烧，阿顺阿丽正陪着呢。电话移机的事，谢科长已经答应最迟在五月八日办妥。成闻卫听了这条消息之后，告诉阿海和大鸟等婚假结束回去厦门，他不再住番仔楼了。那里太冷清，还要与家中大少小儿小媳妇日日碰头，最主要的是，要是今天能定下来千两茶的事，未来的通信联络就少不了这部电话了。还有阿顺将去办理建造新船的事，更是需要通信联系。

上午十点钟刚过，就接到香港齐先生从漳州长途汽车站打来的电话，说他所乘的大巴士已经到了客运站。成闻卫答应马上过去接他。阿姨请到了汪师傅，让他把吉普车开到客运站接香港大客商。女婿邀上岳父大人和阿姨三人同往。阿姨放话说，喜宴主桌必须等客人到了之后才能动筷子，让阿玲的母亲盯紧了，任何人不得轻举妄动。

真是天助人，凡事就顺当。

在川流不息的旅客中，香港人是非常容易辨认的。

齐先生身材高大，五十开外，精神面貌极佳，富有生命活力。他身着笔挺的黑色西装，内穿白衬衫，配着一条红底白花点的高级领带，与香港人小柯无二样，脚上的那双皮鞋和他的头发一样油光锃亮，想必苍蝇在他的头发上歇脚都会打滑。

一女二男的"地主"朝着这位香港"番客"走了过去。

"你就是成闻卫先生吧？"大商人的目光总是那样敏锐，齐先生看准了走在前面的成闻卫，伸出他的大手和面前的这位青年人紧握，说："和你舅舅一个模样，我们经常在一起。"这人一看就知是个爽快之人，更是经历过风浪，见过大世面的商界大家。

"久仰，久仰！齐先生。幸会！幸会！"成闻卫侧转过身来，向齐先生介绍道："这位是我的岳父大人由先生，这位是内人的阿姨曾女士。"

"你好，由先生。哇！这位阿姨真是年轻美貌！"齐先生对美女有点兴趣。

"齐先生，大陆条件实在有限，只能请你屈尊乘坐吉普车。咱们现在就去看货？"成闻卫征求意见。

"客随主便，客随主便。"齐先生相当客气地谦让道。

"齐先生，你请。"成闻卫退了半步，请贵宾先上车。

"成先生，你给李全成先生的千两茶货样我亲自验过了，品尝了一下，确实是好货。现在要去看的这批大货，不全是去年的陈茶吧？"齐先生想亲自求证。

"对！不全是。去年的陈茶共三十件三百六十柱。今年的新茶是五十件六百柱。全部的茶品与齐先生验过的茶样品相一致，全是同一批次。"成闻卫说。

说话间到织布厂了，他们一同上楼进茶品储藏室。

"这里的通风条件很不错，周围环境非常干净，楼内全是木质材料。另外，室内楼板还加入了防潮去湿的介质，利于保养千两茶。我的岳父早年专营茶品，对于茶叶的保管、储存有着丰富的实践经验。这批茶全是岳父大人一手采办的。"成闻卫微笑着介绍道。

"嗯！看来在保养千两茶方面，你和家人是做足了功夫。"齐先生说着话与他们三人一起进入储藏室内。一股茶叶的清香扑鼻而来，令人备感心爽气顺。行家只要一见这般考究的茶品储藏室，疑虑与担忧的心理早就消散七八分了。齐先生绕着摆放千两茶的几个大木架走了一大圈，又蹲下身来细细察看铺在木地板上的刨木花、谷壳与木炭三合一的防潮措施，还翻转了几棍千两茶近看细闻。岳父大人赶忙上前，顺着齐先生的意思在一旁当帮手。

"是，是同一批次的茶。"齐先生连连点头自语。成闻卫马上捕捉到了齐先生脸上掠过的那一瞬满意的微笑。齐先生接着说："交通运输没问题吧？广州我的公司可以办理出口的事。只要将来货走顺了，海关的手续不再那么繁琐，我就可以考虑从福建直接走货。"

"齐先生，运输没有任何问题。我与大卡车司机师傅测算过了，用三部加挂斗货运车没有问题。三部挂斗车配备六个司机日夜不歇行驶，人休车照开，不仅缩短路途行车时间，还安全，同时也省了许多花销。"阿姨一听齐先生的口气，是往后还需大批货的大主顾，就主动介绍相关的交通运输问题了。

"成先生，你的这位阿姨也是生意人吧？很会替客户着想哦。"这句话只有阿姨才听得出商界大家的弦外之音。

"哪里哪里！齐先生不远千里光临我们这样一片毛草之地，我们全家深感荣幸，也很愿意为齐先生做点事，如有照顾不周之处，恳请齐先生多加原谅。"阿姨轻声慢语地说。

"这批货我全要了，路途运输之事恳请几位'地主'多费心思喽！"说到这里，齐先生的语气稍顿了一下，接着说："在香港，李全成先生告诉我这一批去年的陈茶与今年新茶的价码，现今，在大陆只能以美金折合人民币结汇，不知美金在福建的兑换率是几多？我指的是时下的非官方价，市面上自由操作的价格，就是现买现卖的那种。"齐先生生怕大家听不懂他的意思。

"一比四。福建会比香港、广东低一些。"

"成先生对汇水行情了如指掌嘛。是的，是这样的。"齐先生的应答令成闻卫一时失去了揣摩这句话真正含义的灵敏反应。

"只是道听途说。假如这一丁点差额，能贴补齐先生在路途运输方面的费用，成某就安心了。"成闻卫自谦道。

"李全成先生告诉我去年的这批陈茶，定价是四百八十美金，那现在……"齐先生谈到正题，等待成闻卫给准确价码。

"之前与李全成先生做的是海上的美金生意，现在是走陆地出口生意。以一比四的比值，去年的陈茶价每柱就是一千九百块人民币，余下的零头就不计算在内了；新茶价就是整数结汇。齐先生，你看……"成闻卫心想齐先生肯定"不喜欢"那二十块零头人民币的计算方式。头一回交易，让点利也是应该的。

"成先生，你开个户头，我划账过去。"齐先生不愧为香港商界的大家，办起事来干脆利落。

"齐先生，不知你在哪家银行开户？"成闻卫再问。

"中行。中国银行。"齐先生边回话边下楼梯。

"真是巧极啦！咱们都开户在中国银行。"

成闻卫从口袋里掏出计算器，上下左右按了一通之后对齐先生说："三十件陈茶共是三百六十柱，每柱一千九百块，总价是六十八万四千块；五十件新茶六百柱，每柱一千六百块，总价是九十六万块；两项总合计为人民币一百六十四万块整。"成闻卫再次把四千块零头掐去，这样一来，连同陈茶每柱少收二十块钱，总共少收取齐先生一万一千两百块钱，相当于市面价两千八百美金的"见面礼"了。一人口中念着，三人心里也在默算。精明的港商齐先生怎会不知道，当年在贫穷的大陆，这一万多人民币意味着什么？

"我划拨一百七十万人民币到你们的户头上。成先生，咱们初次见面，做的头一单生意，你就给了我这么大的优惠，我要先谢谢你。划拨给你们的款项还有余款六万，从中取出一万块钱补上新、陈千两茶各两棍以及那些零星的砖茶样品的货款。即便是这样，我仍是占了大便宜啦。哈……余下的五万块人民币，就当作下一趟货的定金。不过，成先生，这五万块钱可是要你我立字据的哦！"

齐先生这样的香港生意界大家，做事就是不同凡响，一码归一码，一事说一事，决不混淆含糊——该场面互清，该立据为凭，义归义情是情，钱款须两清。

"当然，当然，那是一定的。齐先生，生意道上的规矩原本就该这样。"成闻卫满口答应。三位"地主"对视一下，原本想给港商大客户一点"四舍五入"的优惠，哪想到香港商人更讲商道上的义字，是"横"到不贪图小恩小惠小便宜的"大手笔"。

大陆。那个年代的香港人不称祖国内陆为"内地"面是直呼："大陆"。

"和你的其绵舅舅做派一般模样。年轻人，将来一定有大发展哦！"齐先生夸起了成闻卫。这位生意场上的大家从这个从商仅一年多的青年才俊的谈吐、气质、风度与仪态礼节等方面，仿佛看到了一位能成大器的商业奇才。

青年人是有年龄上的优势，然而，更需练就内功，要在头脑与心胸有真才实学，才具有成为未来可造之才的基础。

"多谢齐先生抬爱，前天成某新婚，今天携内人回娘家做客备有家宴，请齐先生务必赏光，就在老泰山家中同喜同乐！"成闻卫盛情相邀。

齐先生那双放亮的眼睛看了阿姨一眼。

"请您一定赏光！"阿姨朝这位中年男人妩媚一笑。

"齐先生，你的到来令寒舍增光添辉啊！随我同行、同喜、同欢乐！"阿弟的岳父索性挽起齐先生的大手。

"那好吧。恭敬不如从命。办妥银行的转账过户，我随同你们去就是啦。"齐先生是对漂亮女人感兴趣。

三位男士去银行转账，阿姨送上车，再三交代司机汪师傅车要慢行慢驶，办完事后一起到家中享用喜宴。

阿姨赶忙回到自己家中，取出那瓶不知放了多少年头的法国高级红葡萄酒，她今天一定要尽全力帮阿弟把接待港商齐先生的大事办好。从某种角度上说，这甚至比新郎、新娘的这一餐"做客宴"更显重要。不过，今天令她格外开心的是，她真没想到阿弟做起大生意来是如此大气，俨然就是大商人的大派头，只要假以时日多加磨砺，将来必是商界大家。阿姨打心眼里为他的表现欢喜。她必须打一个秘密电话，这电话与齐先生大有关联。

阿姨到姐姐家时，亲朋好友、邻里街坊已开席五桌了。主桌上的新娘母亲、新娘、伴娘、伴郎、大鸟、阿惠、二小妹一小弟都在等待香港这位大商人的到来。见到阿姨，众人一拥而上打听消息。阿姨将阿弟之所作所为照搬了一遍，众人听了都非常钦佩成老师这颗灵巧的脑袋。新娘子听大家众口一词地夸奖自己的丈夫，心里如同灌入一大杯蜜水那样甜滋滋的。

约四十分钟之后，汪师傅的车到了，老少二人为齐先生引路，阿姨赶紧上前招待客人与司机师傅入席。在场的众人都请齐先生坐上座，齐先生非常客气地与众人回礼。他环视了一下这座古宅，一眼就看到了大厅正中央装饰柜里的明朝万历年的"鸳鸯瓶"、唐三彩、梅枝紫砂茶壶、牧童骑水牛背那一对紫檀木雕、一大片扇形红珊瑚，赞不绝口。这要是在香港，可是几千万的资财啊！

新娘端上"九龙果盘"请齐先生尝颗新婚喜糖，不知是"九龙果盘"中的青花瓷拼盘太漂亮，还是喜糖过于甜口，自齐先生进了由家宅邸，还没见到他闭合唇口。他动作自然地从裤后袋掏出皮夹子，取出两张大票压在彩雕盘上。这次是新娘看直了眼，她从未见过标有这么大数字的现金钞票。阿姨示意外甥女不能推却这样的贺喜钱。

不知是阿姨的先见之明还是巧合，她请来的芎城大酒楼的掌勺大师，不仅闽菜做得好，粤菜也做得相当之地道。无论是刀功还是摆盘、汤汁、口感、配料均相当了得。齐先生自然又是赞赏的话一大箩，非常之满意。

席间，酒过三巡，阿玲的父亲少不了谈起了生意经，这正好打开了齐先生的话匣子，谈到了股票、炒汇、黄金买卖等等一系列的新名词。虽然平日里成闻卫在父亲与卓大老板泡茶闲聊时，也常听到资本、金融、投机与投资的只言片语，然而如今香港商界大亨的酒席之言，让这个年轻人的脑中植入了这样的讯息：资本和地产生意是可以让钱生出更多的钱来的。此话是出自香港商界高手级的人物之口，其对国家以及全球经济大势有前瞻性预判与独到的战略眼光。齐先生说：祖国的改革开放一旦开启，是绝不会收也收不起来的！平常人一听就是一句普通的话，而成闻卫老师过脑一思：是啊，太对啦！国家要繁荣，人民百姓想过安稳富足的日子，这是历史的必然、社会的潮流、全球的趋势。往后唯有更加地开放，步子只有迈得更大。

齐先生对祖国改革开放的一席谈，让成闻卫联想到在文莱经商的二舅。南洋二舅就是眼前齐先生的模样，他们都是生意场上的大家，又是相知的好友，可以通过齐先生转达转达口信并带上家里人的生活近照，这是个让二舅回国的好机会，切不可放弃。

成闻卫回想起在一九七四年，邓小平先生协助身患重病的周恩来总理工作。在这期间邓小平先生抓经济，整顿交通、教育等系统的国家大事，直到一九七七年恢复了全国统一高考。教育界的改革步伐让青年人得到实惠，而对外开放一定能让国内的老百姓得到更多的实惠，这是阿弟从宴席上的香港生意人身上看到的闪光点，南洋二舅就是眼前齐先生的模样，应该用好齐先生回国经商的大好时机，可以先让父母双亲通过齐先生转达回信，当然还有最容易沟通情感的日常生活照片。现今，只是要借用阿姨伶牙俐齿的"外交"口才说通齐先生，给他一个与父母双亲面对面议事的好机会。无论事情如何发展，先布局此步"先手棋"不会有误，起码，就目前而言不会有大错。这虽是阿弟的一闪念，然而，当下的好形势可以确认：这样的思维并非空幻，是完全可以试行之事实。

成闻卫的大脑清晰地领会了齐先生谈话的主题：国家改革开放融入到世界经济的大趋势，这是潮流！

人逢喜事的时间过得最快。席间阿姨接了一个电话，外出了几分钟。下午四点钟，阿姨约齐先生出了大门。当他们回到大厅时，齐先生提起密码小手提箱，说是有要事，与众人告辞。众人都想送送这位香港商人，被阿玲的父亲劝住了，说是晚间酒席上齐先生仍会与众人同喜同乐。

在上世纪七十年代末八十年代初，大陆沿海时常会出现一些持有"返乡证"的台湾同胞，他们驾驶着称为"桶仔"的机动船，为生活在福建沿海城市的台商或家属们送液化气或台湾的时令果蔬、海产，当然也少不了当回"拉皮条"，让刚登上祖国大陆的台商到"发廊"洗头、按摩。广东人的粤菜誉满全国，餐桌上的食用筷子必须套上卫生包装袋也流行起来，当然祖国的川湘徽鲁苏浙闽粤大餐之后，也势必留下一大堆烂货下脚料。事物均有两面，多多推动正面、好的，让不好的、劣丑之事渐渐远离。这似乎是哲学家们所说的辩证地看待事物……

晚上六点半钟，客人们陆续抵达芗城大酒楼。嘉宾中最为醒目的除了香港大商人齐先生之外，就是当地的一尊高官——早年吴玉燕的同事。说到此人的官阶，并非高到不可攀，可一旦"勾攀"上了，那就是与"地"沾了边、挂上钩啦。他，就是"土地一号"：汤局长！

娘家的"做客喜宴"由阿姨主持。芗城大酒楼的后厨大师手艺均是以粤菜为主，美中不足就是口味偏重一点，这也是沿海与内陆城市的最大区别。这些各式名酒加海鲜、大肉，阿姨大功不可没。当然，她也得到一份大奖赏——她与汤局长私下约定，后天上午就可以去看建造新楼房的地皮啦。真是喜事连好事啊！

喜宴散席，阿姨、新婚夫妻为齐先生准备好了三轮车，欲回他自己的住处。成闻卫邀齐先生在漳州多宿一晚，说家中父母很想与其会上一面，多少了解一下海外亲人们的事。阿姨接话后话到意到，或许齐先生多喝了点喜酒？或许在纯朴的漳州有比花样香港更为纯正的好东西？或许这位中年汉追求尽善尽美，他还想尽力做到"最好"？……于是，他答应再宿一夜。

现在的阿姨和一对新婚夫妻该欢送另一位头面人物。姨父早将一箱茅台与两条洋烟放进小车后备厢。那年头，给单位大领导开车的司机统称："副书记"

众人回到漳州宾馆，成老夫妇正在客厅里各自看书，这是二老从幼年就养成的好习惯，在现今的六个子女中也只有阿弟继承下来。见到众人"红光满面"，二老赶紧给大家泡上茶醒酒。看到桌上的书，育春大哥有话了："伯母、阿伯，你们的阅读好习惯传给了成老师。他不但看书还抄书。那年，相邻大队的知识青年借给他一本书，是部中篇小说，限他一天一夜看完。成老师为了这本书，一整天不出工加一个夜晚，生生将这本书抄录了下来……"

"哇！是本什么好书啊？姐夫费如此大的心神……"

"阿妹啊，在那个年代，像男女爱情的书籍都列为禁书。成老师抄录的那本书书名叫《幽灵岛》，是部外国小说。成老师调走时把书留给了我的儿子，他对文学也很有兴趣。说这件事的目的是想让大家知道，成老师无论做大小事情都非常认真专注，都用相当大的毅力去完成。"育春大哥说。

小妹还想提新问题，被阿姨截住了。阿姨说："阿妹啊，咱们回家之后，再让你姐夫慢慢讲给你听，好吗？现在我想告诉亲家亲家母，齐先生来提千两茶很顺利，阿弟又约他明晚多待一宿，齐先生也高兴地答应了。阿弟对我们说他有一个新想法，就是让你们跟齐先生谈谈，再拍些生活照，给阿弟的舅舅们看，阿弟是想让他的舅舅们回来观光或投资，我看他的这个想法很有新意或者说很有前瞻性，所以明天晚上我想还在芗城大酒楼设宴，让你们与齐先生当面聊。另外，那位土地爷高官答应我礼拜一上午看建新楼的地方。我是想'一杯酒请百客'，顺道的事，咱们可以两全其美双不误，何乐而不为呢？"阿姨是越说越兴奋！这就是酒在作怪。

"亲家、亲家母，这两天家里真是忙得抽不出一点时间来看你们。明天，咱们回到家好好休息一天，晚上才有精神办这事。"阿玲的母亲说。

"亲家、亲家母，大家全是一家人，这样的安排很好，阿弟的想法也很好。港商来内地的生意做上轨了，对阿弟的两位南洋舅舅也是一种实质的宣传与鼓动。还有啊，建造楼房这件大事，阿姨也办理得如此漂亮，真不简单哪！"成德富非常感激漳州这么多亲人的鼎力相助。妻子闻宝钗在一旁紧拉着儿媳妇的手，不停地抚摸着她的手背，欣赏她穿婚纱的俏模样。

自古至今，闽台一带有句古言：新郎新娘三日新。然而，这个"新"字过后成了一家人过普通日子，坊间市井总结出：婆、媳十对九不和！而今，新时代有"新理论"，即：婆媳间的不和睦，完全是由隔于她们中间的、同时具有儿子、丈夫两重身份的这个男人所造成的。母亲心疼儿子，妻子惜爱丈夫，由于同为女性而看待事物的角度、身份、环境、年龄等等因素的差异，进而导致她们之间极易产生同是雌性的相互排斥的心理。

　　在咱们这个有着悠久历史的优秀民族中，大多数的婆媳处于一对雌性为了争夺同一异性而仇恨敌视对方的心理，钻入到牛角尖，并置身于恶性循环之中。这其间，直接或间接地造成这样或那样因素的演变，进而加剧了为己利敌视，仇恨对方的不正常的心理。

　　能跳出这样的怪圈圈吗？不试怎能知晓！

　　这世间还有另一种怪论：男人的眼睛太"斜"、太毒，致使他的花心常摇摆，伺机蠢蠢欲动；而女人的眼泪太酸楚，致使男人屈服……然而，直接或间接造成这样的彼此关系，往往又是噩梦与无尽烦恼的始端。

　　阿弟将明天的思路告诉了父母双亲，就是想请双亲大人与齐先生畅聊，将祖国改革开放之后的大变化亲口述说给二舅一家人听。让他们在海外对祖国有一个全新的认知。先做好二舅的先头工作，尽力争取让他回国探视，才能改变他们对祖国一直以来的误解，才能清除海外国民党反动势力以及一些煽动反华言论的抹黑谣传。增进彼此的了解之后，才有可能走下一步，让大舅也回国来与亲人们团聚一堂。阿弟认为，大舅、二舅及其在海外的亲人，都是高学历、高智商的能人、博士、生意场上的精英奇才。在这个世界上没有一位聪明家长会让自己的子孙后代在异国他乡沦为"二等公民"。对任何一位旅居海外的华人来说，祖国，是延绵的血脉！祖国，是根！

　　两对父母对阿弟的想法予以极高的评价。幻想也好，梦想也罢，理想也行，他们都情愿为了下一代人做一块铺路石。岳父认真地说，当年他见到阿弟的第一面时就认定了这位女婿，并且是专干大事业的"半子"。此话引发了宾馆客房哄笑冲顶，众人都将他当成算卦老先生啦！众人还没乐够，小妹突然发话问她亲姐讨要买四只炸乳鸽的六元钱，说她是成家的儿媳妇这钱该由她出。阿玲取过丈夫递过来的十块钱。成德富见状赶忙当上调解员，说这六块钱权当交了向他学英语粤语口语的学费啦，这才平息了一场"姐妹风波"，为了这件事，在场的诸位又是一堂哄笑。

这位小姑娘开始有点小脾气了！不会吧？会吗？！

育春大哥也逗起小妹，送给她一雅号：大酒店的客房服务部经理。

这个头衔好听，够响亮、够气派！小妹当然喜欢啦！

当然，还有她更喜欢的事："擦古董！"

欢乐的时光匆匆而过，众人告别了这对老夫妻，明天，各人都将做各自的工作去了。

先回到家中的年轻人还沉浸在欢乐之中。一向大大咧咧、孩子气十足的小妹，这下给她当上小大人的好机会啦。又是泡茶、端茶、让座，又是把伴娘与伴郎安排在新娘房里谈话。

"我听德玲说，你们家住在厦门港海边？"筱雯问海龙。

"是，等你下一次来，我带你去看大海。"阿海接过筱雯递过来的茶杯，盯着她的手看，说："许教练，像你这样的大手，正适合游泳运动。这游泳啊，是我最最喜爱的体育运动了……"他一时找不到更合适的话题。

"下午我就告诉过你了，没有旁人在的时候，你就叫我筱雯或者阿雯。"

"好！我记住啦。许教练，哦，筱雯，嗯，阿雯。"

"以前和我同队、个子比我高大的运动员，她们的手都没有我的大。你说到手的事啊，我讲个故事给你听，你想听吗？"许教练只有用讲故事来缓解面前这个大男孩的紧张情绪，其实她也紧张。

"你讲故事我当然喜欢听啦！许……哦，阿雯，你讲，我听。"阿海这次总算称呼对了。

"这是发生在国外的故事。有一位美丽的姑娘到国外去观光，白天游玩了一整天，晚上下起雨来，她想找一个地方放松一下，来到了一家赌场。在外国的赌场里，除了下注赌博的来客之外，还有专门安排让人观赌的坐席。她坐了下来。坐在她身边的一位很体面、很绅士的男士告诉她，观赌的情趣与特别之处在于，先别去看赌博者脸上的表情，而是细看那双抓牌的手……"

"看手？！赌博就是看输赢多少钱，这和看手有什么关系？"直人阿海急了，断掉筱雯的故事柄。

"看来，阿海真是个好孩子，只认识大海与捕鱼，是不会赌博的讨海人。"筱雯心想。她接着讲故事。说："这位漂亮的姑娘看着赌徒们在赌桌上抓牌的手。这时她发现有一双白净的、女人一般的手在抓牌，看得出来，他那抓牌的手是轻松的，收回赌博桌上的筹码时，那手势是快活、兴奋的，无疑这是一双正在赢钱的手。"

筱雯喝了口茶。

"后来呢？"阿海已经进入到故事的情境之中了。

"不一会儿，姑娘见到这一双白净细嫩的手开始不耐烦地抓着牌，不停地朝赌桌上丢着筹码，却少见往回收筹码的手势。忽然，这位姑娘听到'咚'的一声响，他将面前的所有筹码押了最后一把赌注。此时，这位漂亮的姑娘才顺着这双白净且激动的手，将目光移到他的脸。姑娘完全看呆了，这是个文质彬彬的小青年，长相英俊极啦，尤其是那双深邃明亮的大眼睛，实在太迷人啦！此时！就在此时——庄家开牌啦！

"只见这个英俊的青年人那双抖动的手使劲地击打着自己的脑门，他跌跌撞撞地步出赌场。赌场外下着瓢泼大雨，这位漂亮姑娘连想都没想，抄起雨伞追上了这位英俊青年，将他领到自己下榻的饭店房间里，让他洗了澡，服务员为他熨干了服装，这才问起他的身世。原来这位小青年就在附近上大学。今天，他拿着母亲给人家洗衣服艰辛挣来的一千美金——这是他一整月的在校生活费用——输个精光。他在她面前痛哭流涕并发誓：今天是他此生的第一回也是最后一次赌钱。漂亮的好姑娘实在不忍心看他这副极度苦痛的样子，取出一千美金给他，另外，还加给他二百作为零用。

"饭店外的雨是越下越大……

"姑娘将熨干的上衣帮他穿上。他，不知是出自报答之心，还是被姑娘那美丽的容貌所吸引，他抱住……咳……"筱雯一阵咳嗽。

阿海直立脖颈，竖直耳朵正想听下文。

筱雯接过阿海递过来的茶杯喝了口水，继续说："到了第二天黄昏时，也不知为什么，姑娘又来这家赌场观赌。她再次见到那双熟悉的手。冷静压制住了她的愤怒，她一定要看到，他那'真心'的誓言究竟伪劣到何种程度。当他赌完末了一把立起身时，他与她四目相撞，漂亮姑娘那双平静如水的眼眸将他再次撞出赌场，他的手伸入裤袋……

"雨下得比昨天还大。这时，就在这时……

"姑娘听到赌场大门外一声炸响，赌场内一片慌乱。当姑娘走出赌场时，见到那位英俊的小青年倒在一大片血与雨水之中。老天仿佛想用圣水来洗净这曾发过誓的年轻之躯的罪愆一般，一大盆又一大盆的水浇淋在他的身上。他自杀了。

"这就是我要讲给你听的关于手的故事。"

筱雯又喝了口水，突然问阿海。说："你会赌博吗？我听说过，渔民们上岸后最喜欢的就是用猪、牛、鸡、鸭等等肉食下酒，另一种喜好就是赌钱。"许筱雯就是想听阿海亲口对她说，他不是赌棍。

"是的，阿雯，讨海人上了岸都有这样的坏毛病。我的亲阿叔就爱赌，最后，在我阿婶面前发毒誓并自断一指，但还是改不掉这恶习。我的阿婶只好带着一对儿女远走他乡，阿叔现今单身一人，照赌不误。正是我们弟兄二人亲眼见过这惨状，所以从不与赌徒为伍，再说，母亲从小将我们拉扯大，她不乐见的事我们从不去做。不过，阿雯，我曾经……"

"你不用说，我全知道了，是你德玲阿嫂告诉我的。"筱雯打断阿海的话音，"你是把人打坏了，理应受到惩戒，但是我也设身处地为你想过，假如换成我，可能也会做出同样的事情来。有了错，知道改过就是件好事，这没有什么不光彩的，我不会把它放在心上。"男同志就是不能抽鸦片、赌钱、没有责任心。筱雯走近阿海，"阿海，我这里有一个黄金的鸡心胸坠，是外婆给我母亲的嫁妆，母亲在我当上教练那年给了我。这里面有我的照片，现在送给你做个纪念。"她摊开自己的大手，把手心中的"心物"放在面前的这位壮汉手上，又说："阿海，我想要你的这条领结，你肯不肯给我？"许教练用一种特别的方式表白了自己的爱慕心声。

"当然可以！我来……"

"不用，我自己来。"阿雯的双手伸向阿海的脖颈，美丽姑娘的这一动作几乎令这壮小伙喘不过气来。这样一对高耸的肉状圆锥体在他的双目之间不停地晃动，它们就躲在这件衬衫后面仅分分之距。一股女子肉体散发出来的独特香气直灌鼻腔。要是这股香气能将自己击倒在这对高耸的丰胸之间该有多好哇！他真是太想……

咳！身前的这位美女已经解下了他的领结。此刻的阿海依旧解不开脑中的"扣"，他的大头已深埋入想象中的这位漂亮女子的衬衫衣扣里了……

"阿海，明天我乘头班车回福州。我也听说，过几天你又要出海了。要特别注意安全，记住了吗？"许筱雯真的动情了。

"我记住啦。阿雯，我不太会写你喜欢看的信，我就喜欢听你的声音。我一上码头就会给阿玲阿嫂打电话，只要你有空闲时间就可以往厦门打电话了。过不了几天，长腿家里的那部电话就会移机到大鸟那里了，我们四兄弟会经常在那里集中。我就是喜欢听你的声音，像喜鹊的叫声一样好听。"阿海一直低着头，摆弄着金胸坠。

"阿雯，你回福州以后，我会很想你的。"阿海终于抬起了头看着许筱雯的眼睛。

"阿海，今天我已经告诉过你了，我还在幼儿时，病魔就夺走了我爸的性命。目前母亲、舅舅我们三个人相依为命，老家只有他们两位亲人了。对我来说，他们非常重要，是我生命的一部分。阿海，你明白吗？"阿雯说。

"阿雯你放心好了，无论什么时候，你的母亲、舅舅都是我的长辈亲人。你是第一个能让我靠得这么近，能在一起说话的好姑娘。我从来没有过这样的经历。"阿海抽出伴郎西装上衣口袋的白手帕，让自己心目中已认定的姑娘拭去眼角的泪水。

方才这一席话，是这个真心汉子的实话。

八、漳州的亲人们

漳州宾馆的大套房内，一对新婚夫妻正竖耳静听几位长辈对明天晚上酒宴的具体安排。

"我和阿玲她妈叮嘱她阿姨，一定要把明天的大宴办得风光。咱们都知道阿弟动此番心思的真正用意……"

"亲家、亲家母，阿姨的办事能耐，在这一次厦门、漳州的两次喜宴上我们都看在眼里记在心，错不了。"成德富说。

众人从漳州宾馆回到家中。阿玲的母亲对许筱雯教练的诚心相助表示由衷的谢意。

"阿伯，明天我们就回厦门了，千两茶的生意还要辛苦你联络。往后茶叶交易的所有进出款仍由成老师经手，他心细账目清，让他管钱我们几兄弟都放心。"大鸟说着话，阿海在一旁频频点头以示赞同。

"我听说建造船队的事了，这种事办起来是越快越好。亲家母的二哥在南洋所报告的信息太好太重要了，加上今天与齐先生一聊更加明了，国家鼓励咱们做生意这条道错不了。等这对新夫妻回去工作，我就动身下湖南安化。前阵子我发现当地又重开了好几家早年的老茶厂，咱们去把去年的陈茶全买断。看齐先生验货的样子，他对陈茶有相当的兴趣，这也是大鸟大侄子提过的，应该囤上一大批陈茶增值。说到陈茶的保养，还要功归育春老师，这两大车的木炭是清一色的'精炭'啊！炭中极品，不仅收湿效果好，还可以时不时取出翻晒、过风，反复利用，与新炭有着同等好效果。"阿玲的父亲说。

"阿伯不愧是行家里手。这些好木炭是专请煤炭老窑工，每窑炭多给两包香烟，烧出的好货。我家里还有个今年高中毕业的小子，若上不了大学，我就让他出来咱们这里做帮手，还有我的母舅早年也是茶山的好手，加上一位与成老师称兄道弟、在我们村里同为犁、耙田组的阿财好友。这次来漳州家里看到成老师这一大帮兄弟们干事，未来的路定会越走越宽，我也在想，往后的摊子铺大了，用对人、用可用之人就显得特别重要啦。这是阿伯刚才的话里，我悟出的个人想法。"育春说。

　　"这都是自家人才有如此的长远打算啊。时机有了，还要用上能人、高人、咱们自己人哪。我代几位晚辈先谢谢你了。但有句话还是得说，这小年轻高中毕业后，如果有能耐、本事读上高层级的学府，还是不能误了后生们的锦绣前程啊。还有件事顺便提一下，你们阿姨将铁道上的运输关系交给了我，货运处的负责人与我通融了一下，说是看在你们阿姨的面子上每车皮加价三百，而浙江线的已加到五百一车皮啦……"阿玲的父亲说。

　　"给！这个钱一定要给。假如往后再提价咱们照样给。像我驶船一般，没有水哪行得了船呢。这么粗件的货品，没有火车铁轨哪行呢。再说，若大加价了，咱不是也可以与港商商讨商讨吗？另外，阿伯是否可以在当地雇一两个帮工，山里茶厂出来的货就直上车皮，省了仓管费也足够给雇工的费用啦。"阿海有了好点子。

　　"目前我的身子骨钻山沟没有问题，家里的茶叶保养，别说你们伯母这样的老手，就是家里的小灵精也是个老内行了。现在是你们阿姨有家里这么一大档事等着她，虽说铁道上的那些套套、道道她是一溜熟，可是……"

　　"阿伯啊！"大鸟"鸣叫"打断了阿伯的话，"只要阿姨放步两招，我一学包会。大家一定是担心我喝酒这事吧，那是在咱们家里，再说，自从听了长腿的劝谏，再好的菜，中午时分我也不沾杯啦，这是众人三人六目所见的哦。外出到长沙，我就是办完事晚间顺二两。我知道，这次我做的是大事，牵扯了一连串的人和事呢。只有认真做好这铁路上的事，才谈得上咱们的信誉。要真说起来啊，阿顺阿海冒着海上风险还不是为了咱们众人，阿伯一把年纪了还为咱们年轻人铺路架桥，钻山沟茶厂，长腿授课带队，还满脑子的算珠和电话号码，还是我最轻松啦，晚上睡觉前还可以'吹'上二两，你们哪一个有我的福气哦。"

"其实这事我早与大鸟有过商量。将来的楼房住宿，咱们兄弟、长辈、晚辈人的快乐相处，当下全在阿姨的手里和头脑之中，她干的是大事业。所以，现在先定下来大鸟下长沙办理铁道运输之事，还要物色几位当地的可靠之人。等我忙完了市中学生足球联赛这一件学校大事后，放假时就去长沙替大鸟你回来，让你回来不是玩哦，是要与阿惠思量思量秋还是冬成家的大事。阿海，你也别乐，我曾经对你们的伯母说，咱们三对小年轻力争在今年的农历年'完成任务'，她差一点跳起了新疆舞，你们的伯父乐得拿起茶杯直干杯。他们四位长辈还有清江阿叔，是多么希望咱们弟兄姐妹有个安稳的家，做起事业来才像回事，他们老辈人也才安心。"成闻卫话说得不多，但全在点子上。

今晚的小妹真的很乖，帮母亲、阿姨、阿惠姐忙完厨房的活就一语不发地坐在大厅，瞪着大眼睛静听长辈、大人们在议事。"阿妹，快来帮我端一下碗筷。"母亲和阿姨在厨房里呼唤小妹。

"哇！是香菇、鱿鱼丝煮面线，还有糖醋排骨、炸五香卷，真是馋死我啦！"这下，小妹来精神了。阿玲的母亲又端上来一大盘白斩鸡和一盘卤鸭，加上巧手阿惠自制的章鱼和土笋冻，满大厅喜气洋洋，其乐融融啊。

新娘和伴娘满面春风边说边笑地下楼来。在这点上，姑娘就是比小伙子强。尤其是中国男人，总是生一肚子闷气，哪有姑娘们果敢，该笑该哭尽情发挥。此时的阿海的表现可不怎么好，只喝闷酒，真是个闷葫芦的男人……

借着这个机会，成老师向阿惠打听她以往与宾馆、饭店、大酒楼打交道的情况。阿惠告诉他，自改革开放之后，她所接触的全是潮汕一带的大酒楼后厨采供部。讨小海的这些沙虾、活蟹、沙松、海钮扣和家里自制的章鱼、土笋冻，他们是见多少收多少，价格又特别的好。至于这次厦门、漳州的宴席海鲜大料，都是由专门的采购人员与社会上送鱼货的人挂好钩，她的表哥有一位厦门朋友就是专干这一行当的，她想这次回到厦门就学学这方面的路数、道道，说不好今后哪一天会派上用场。

大鸟看着自己的女朋友与长腿津津有味地谈着话，再看看坐在阿惠身边的新娘，顿时从心底涌起一种羡慕之情。他的脑海之中浮现出那些在海边生活的长辈：婚配嫁娶全是通过媒婆介绍，男方给女方送上礼钱，女方的家长给女儿头上蒙上一大块红布送入男方的宅门，就开始了夫妻生活。生小孩，讨小海，在房前屋后田边地角种上蔬菜、瓜果，养几窝小鸡、一两头大肥猪。

到了夜晚又一起睡被窝，再生养孩子，一代又一代就这么过来了。哪有像眼前的阿玲弟妹这般讲究的嫁妆，黄金玉器全齐。现在的大鸟看到的是另一番有奔头有希望的生活新景象。阿惠的确是位能干的好姑娘，对他还算得上顺从。他想好了，假如今后和阿惠生活在一起，他一定要像眼前的这一对新婚夫妻一样，说话、做事有模有样，相互体贴，恩爱幸福。

阿海与阿雯的心情可以说是五味杂陈极其复杂，两个人的心里都有了对方，就是这样才更折磨人。更是觉得什么地方做得不够好，深感不对劲。阿海可是从来没有这样自卑过，原因就是阿雯太优秀、太漂亮了，没有丝毫令人觉得不舒服的地方。他越是这样想，就越是钻进了自叹弗如的牛角尖。与阿海的"胆怯"相比，阿雯的独立性很强，是一个敢说敢做、勇于担当的时代女性，但目前的问题是，她该如何与孤寡的母亲谈论阿海是一个曾经触犯过国家法律、坐过监牢的人，这样的事情摆在她老人家面前，她会接受吗？每逢过年休假回家，母亲都少不了为她相亲，真是操碎了心。在省体工大队里，年轻英俊、家庭条件好的小伙子也有不少，对她示好的比比皆是，但筱雯就是看不上眼。事到如今，却要对母亲说她要与一个坐过牢、年龄比她还小、在海上漂泊的讨海人一块儿过生活……老一辈人，哪里会有心思分析犯罪动机、正义与邪恶，在他们眼中，只要是坐过监狱大牢的人，哪有什么好的。电影里不都是这样演吗？现实也是如此。

今天晚上阿姨喝得最多，那是因为值得高兴的事太多啦！排头第一位的就是她从阿弟身上看到了一个勇猛、有思想、进退有度、前景光明的男子汉。她亲眼目睹了这个气度非凡之人是怎样与香港商界大亨谈判的，他是如此自如、自信、游刃有余，语言措辞有分寸且到位，在闲聊之间很自然地把生意谈了下来。她也为自己能帮衬他做一点事而高兴。还有，阿弟的父母是那样信赖她，让她来全权处理他们定居漳州市的大事小情。还有，后天就可以完成建造新楼房的第一步：到现场去看地皮。如此之多的大事、喜事、好事怎能不叫她高兴呢！酒精的作用正催着她开动脑筋，如何让汤局长更好地发挥他应有的余热。

今晚，阿玲的父母赚足了亲戚好友们的夸赞，特别是女儿那一身罕见的新娘婚纱，还有十作大美的海鲜喜宴，令众人夸个不停。只是闽、台有句古言：娶媳嫁女是父母颜面，而给父母双亲做寿是儿女本分。届时该会是什么样？

家中小妹与小琳同学乐够了好几日，一想到接下来的日子又要苦读书有点心烦。可一想到姐夫鼓励她要好好念书才有远大美好的前程时，小妹的心底又乐成朵花了。

散席了，阿玲领着伴娘和阿惠上楼去。长腿见状赶紧与阿海耳语了几句，招呼着大鸟一起来到许筱雯的房门口。

"明天我到车站送你。你回福州，我到厦门。"阿海有点大舌头，连话都说不清。

"我们大家明天都去送你们，今后有时间你们两个人要多多联系哦。"阿玲阿嫂出题目给他们俩回答。

长腿扽了扽阿海的衣角，轻声地说："快说啊！"

"嘿，嘿！"或许是成老师搓上了他的"笑骨"，这两声傻笑就足够啦，阿雯的心里已经感觉到这位憨憨的壮汉想说的话了。

三个女人一台戏，阿玲、阿惠、阿雯在房里聊开啦！

长腿请兄弟二人到了他的房间，从保险柜里取出六万块钱现金，交到他们俩手中。有关大鸟将下湖南长沙经手铁路运输一事，三兄弟又细论一番，最要紧的是长沙、厦门要保持联络畅通，只要移机顺利完成，就请阿惠守好电话。阿海说他要与其兄阿顺一起上造船厂，如此大数额的现金在身，彼此间好有个照应。长腿再三交代到造船厂之前，要再找过清江阿叔，对于将要订立的合同条款细节多征求前辈的意见，有利无弊。若事顺利，而后就可以直接驶往舟山渔场开捕了。

过后阿弟又与阿姨讨论了明晚宴请齐先生与土地爷一事，看得出来，在港商的身上，阿姨是下了大气力的。至于汤局座这方面，她只轻描淡写地道上一句：各取所需，只要酒尽兴人尽欢便是喽！

通常，闽南人的习俗，新婚喜庆要忙上整三天，直到女方"做客喜宴"之后才能松一口气。

回到房里，新婚妻子对丈夫说："晚上筱雯和我谈了很多事，她实在喜欢阿海的为人，说他忠厚老实有情有义有责任心。现在就是阿海触犯过法律的这件事有大麻烦。你知道吗？筱雯的舅舅当年被国民党当局认定是汪精卫汉奸集团的一分子，筱雯的母亲为了这个兄长，没少进出监狱之地，所以啊，这监牢和'罪'，在她的脑海里就是同一词义。阿卫，好不容易努力到这一步，你看该怎么办？"

"不告诉她母亲这件事行不行？"他也是门外汉。

"依我看，这也只是权宜之计。到了讲明真相时，对筱雯母亲的刺激反而更大。"妻子当起了按摩师，说："这可是大师的手艺哦！嘻……"

"你看这样好不好？这个夏天请筱雯的母亲来福州走走看看，然后让阿海和她老人家接触接触，不然，老这样乱猜胡想也不是个好办法。""大师"把丈夫的灵感按摩出来啦！

"对啊！"妻子一声吼，一双排球主攻手的"大爪"猛力甩在丈夫的后背上。

"哇！姑娘奶，那是我的背肌，不是案板哦！"他伤得不轻。

"喂！你敢将我升到'奶奶'级啦！嘿！老爷爷，你是皮痒痒了吧！看我怎么收拾你……"

"真的！姑奶奶，就是姑奶奶！怎么啦……"丈夫将食指放入口中哈气，"咿！要痒痒啦！……"

热闹啦！爷爷奶奶相互"收拾"的场面实在难看。咿！还在收拾……

拂晓时分，憨厚的渔民兄弟阿海，一大早就在楼下大厅独自泡起功夫茶，满腹心事加一脸愁容只为了将与筱雯别离的心境。阿玲的母亲起得更早，料理众亲人的早餐饭菜，此后，再将亲家门风要住的大房间，擦洗家具摆弄好各式物件，还有那一床老年人最注重的被褥铺盖……

早晨，不管是要返回福州、厦门还是永定山区的人们，都来到宾馆与成德富闻宝钗夫妇辞行。众人依依惜别，只留下阿姨与二位长辈促膝谈心。

漳州长途汽车站里，许筱雯乘坐的福州班车先开行。这次阿海表现不错，上前两步握着许筱雯的手，与其说是握手，倒不如说是拉手更贴切。这是男人从内心发出的那种真心温柔，是男人舍不得女人离开的一种动作，是男人抑制不住真情流露的一种表现。

他对她说了一句非常实用的话语：随时打电话。

她微笑着朝他点了点头，她喜欢这样一句简练的话语。

往厦门方向的两男一女也出发了。阿玲的父母一再感谢几位晚辈的无私帮助。小妹又和阿惠姐姐相拥在一起，几天的相处已使她们舍不得别离了。此时成老师才发现，小妹真是一个很重感情的小姑娘。

最后送走的是房东育春大哥。成老师给了他二百块钱，并告诉他回家之后与家人、儿子华宗商议商议，想什么时候来漳州、厦门，只要提前在电话里言语一声。多年结成兄弟友情的城里、乡下人，别离在漳州汽车站。

离开汽车站时，阿玲的父亲将两大袋的喜糖喜饼放在站长办公室的桌上，这是要让他的车站朋友们"吃知道"的。闽南一带的民间习俗，凡是娶儿媳嫁女儿的喜事。在办喜宴或结婚典礼之前，没有发给喜帖请柬的。大多数是主办婚事的家庭主人，就是不想让朋友熟人破费贺礼、送份子钱这样的做法。等家中办完喜宴之后，再另外分发一些喜糖、喜饼让众人同喜同乐，让熟人们知道家中儿、女已成家成人啦。这与"千银买得到大厝落，万金买不到好厝边"又不同。那个年代的人视"厝边头尾"如同至亲家人无二样，这就是闽南民间习俗婚庆喜事"吃知道"的由来。

阿玲的母亲在站长办公室给宾馆二号楼的大套房打了电话，约定一会儿接亲家亲家母回家中，顺道让他们看看漳州街景，品尝一下地方小吃。

众亲人来到宾馆时，阿姨正陪着二位长辈在宾馆楼下的大庭院赏花、闲聊。众人间的关系虽为至亲，但仍要以尊重、彼此谦让的礼数为首要。亲人间的交往本该如此。

"卓陈全老板对我说过，漳州水仙花之所以闻名世界，就在于这种'凌波仙子'出产量极少。听说，唯有在那么一小块日照充足、水源水质极佳的田园才长得出能开花的'水仙'。只要出了那块地界，听说只见'蒜仔尾'，不见'仙花'开哦。亲家兄弟，可有这一说道？"

"是啊是啊！你和卓大老板如此博学，就连咱本地人也说不出这件人间奇事哦！"亲人间一道同乐。

小妹说："请阿伯、伯母去吃漳州丝仔面。"

阿姨看着二位长辈等待他们回答。

阿伯说："我们年轻时都吃过，现今都这把年纪了，恐怕消化道成问题啦！"

"阿伯，还有好吃的漳州卤面，软烂可口，您和伯母可以尝尝。"小妹抢了阿伯的话尾。

"既然阿妹介绍得如此之好可以一试，只是你提议就要你自己掏腰包哦。"厦门来的二位长辈给小妹大面子喽。

阿姨结完账，取了亲家母的随身包还有德富兄的那包，包裹着如命宝一般的名贵茶壶，一路行走一路欢笑。

"阿伯，伯母，姐夫教我好几样挣钱妙招，不久我就成富翁啦。对吧？姐夫。"她拉着姐夫的手臂往自己胸前靠。

"哦！阿弟教你赚钱？还有妙招？你成了富翁？阿妹真不简单。哈……"成德富煽起众人大笑，像是给小妹起哄。

"这是我们的小秘密。对吧，姐夫？"她又缠上了。

"去年，阿妹和阿玲到了家里，我们就发现阿妹的脑子挺灵光的。在现在这样的社会环境小女生学会花钱并非坏事。当年，我头一回随阿弟他爸上香港太平山，也是我头一回花大面额的港币，把他阿妹高兴的。"伯母说。

"阿弟这么有出息，功在你们教导有方。"阿姨说。

"姐夫，我羡慕死你啦！阿伯，伯母如此开明……"

"有些事并非人为可成就，是万能的　神思赐他智慧；而有些事该世人努力争取的，就要花费气力与思想。我们都去过阿弟教书的学校，真是望山跑死马的'山头落窟屋'，幸好他当年没留校丢到山里去磨砺，不然，家里就没有阿玲这位乖乖儿媳妇了，咱们也就没了今日欢聚一堂的好日子。"闻宝钗的一番感慨句句在理。

吃过小妹专门介绍的漳州卤面、炸五香卷等等小吃，阿姨提议先到老织布厂看一看千两茶储存的情况。于是三轮车队整齐地开进织布厂。

坐在三轮车里的成德富夫妇轻松地闲聊着。此时的他们就像是回到了阔别多年的老家一样，表情里根本就看不出一丝一毫离开家乡故土的不悦或苦恼。就像他当年出入海内外，闯荡江湖做生意，创建自己的家业；就像她当年不愿留在生活安逸的闹市教书，情愿到穷乡僻壤给农民兄弟的子女们传授知识；就像阿弟的外婆在六十五岁的年龄只身下南洋到文莱国定居，那种勇气、意志、韧劲与无畏向前的精神与境界，令多少人望尘莫及。这对老夫妻牢记维系人一生健康的秘籍：做自己想做的事，只要是心安理得、快乐的，那就是好的。人生，够简单的吧！

"亲家兄弟说过你家的织布厂，这'道济坯布'，当年在咱们闽南尤其是崇武、惠安名声响亮，外省湘、粤两地直到东南亚好几个国家都求要这种白坯布呢，可是声名在外啊！"成德富对姨父说。

"亲家是老行家。那都是早年的事了，现在我和她阿姨就是跑省外这一片，省内的客商自己来提货。总之，生意还可以吧。"姨父的口气有点伤感。

"千两茶都储存在楼上。往后啊，不论是要出的货，还是你清江兄弟所说的囤积起来的货，都可以再往里间放，这地方太大啦。早年织布厂的架构就是这样的，楼下是织布机房，二楼就是专门囤放成品、半成品的布匹仓库。"亲家介绍道。

"这就是咱们闽南人称之为'竹竿厝'的建筑，直统统的，这样便于每个车间的流水作业。"闻宝钗懂得真不少。

"昨天我听亲家和阿姨说，港商齐先生非常爽快地付了购茶货款，原来是看到亲家这一手储藏茶叶的高深功夫啊。早年听谌老先生说过，要买到好的黑茶不难，想储存保养好才是真难哦！亲家，你真的很有好功底、真本事，挣钱的看家本领全在这儿呢！听说亲家母也是做茶、囤茶的一把好手，看来，这档千两茶的生意还真是做对啦！"成德富十分感慨地说。

"齐先生还放了五万块钱的定金在咱们这里。他交代过了，有多少货全都要，有陈茶就更好了。"阿姨插话一句。

"香港人初做第一趟生意，都是细心精算的，在这点上与日本商人极像。尤其是像齐先生这样的商界大家，他必须面对一大帮客商，因此，对他来说质量与信誉永远都是排首位的。未来的日子还会做上各种名目的生意，也必须如此而为。作为商人，不管生意的规模做到多大，一定要始终牢记两点：一是信誉，这就包括钱财、质量、时限等等；二是切忌做侥幸甚至是投机取巧的生意。能进入生意场的商人，哪个也不傻，一锤子的买卖无论怎么样变花样，永远都是只伤自己。这一类的事情只有在那些手上没有资金，单凭两片嘴唇一个话筒，搭上一两个能罩着他的有权势之人，做皮包公司或曰拉皮条的人，香港、国外有，恐怕过不了多久咱们国内也会有。这些全是拉拉扯扯营私结帮图谋钱财的可耻之徒，不分男、女性别只认钱不认人不识礼。咱们要做家族企业，就要以人的信用、信誉，货品、物资的质量为保证前提。我的老板卓陈全就是一个样板。他人早不在香港了，可'钦德'的口碑还在流传。商人最注重的莫过于'利'字，只要能使做生意的双方均得利，又有可靠的质量与好信誉做保障，无论做大小生意，大家的心情轻松，得利的时间就长久，甚至几代人就这样保持了下来。"成德富这位曾经的商界精英谈及了切身体会。

一行人出了老织布厂，沿着大马路看漳州街景，说话间就来到了由家的大门口。

"亲家、亲家母，这就是咱们的家。"亲家说。

"哇！真是好地方、好宅第啊！"成德富进到巷口一眼就看到了宅第大门的朝向，他又环顾了四周的地理走向与方位之后说。成德富从少年时代就常听父亲和一些老地理先生们隔三差五地闲聊讨论风水。成年之后，成德富除了打理布行里的生意、打打篮球之外，暇时也随老前辈们到实地实践这些知识，慢慢地也就成了他的业余爱好之一了。

成德富闻宝钗夫妇随亲家、亲家母走进楼内大厅。闻宝钗不停夸赞："亲家、亲家母，楼下大厅布置得真喜庆，古董、古字、古画都摆放得恰到好处。明天再找个大花瓶摆到大理石桌上，插束鲜花，那就更漂亮啰！"

"无论是家具还是古物、古字画，全是阿弟一手布置的。姐，咱们就别再互称亲家母了，就以姐妹相称，亲家和我那老头就以兄弟称呼。这样听起来不生分、热乎，多亲切啊！"阿玲的母亲说。

"这主意好，妹子，往后就这样称呼啦！"新任姐姐说："姐。我先带你到楼上卧室看看。"亲家妹子说。

亲家两兄弟端坐在大厅的太师椅之上，儿媳妇端来了小烘炉、山泉水、橄榄炭和今年新制的春茶。阿弟递给二位长辈那把名师茶壶，二人开论茶经茶道。

"姐，来，快坐下。"亲家妹子请亲家姐落座喝茶。

"谢谢你啦！大妹子。"

"阿姨啊，明天请你带我去华侨友谊商店，我要亲手给大妹子和亲家大兄弟买上两床新被褥。我们两间卧室要整理得一般舒适才行，这样我和阿弟他爸才安心哪。票券我这里全有，就是要劳烦你帮个忙，明儿就办，拜托啦！"新任姐姐事真多。

"爸妈都习惯了。妈，你就别操那份心了。"儿媳妇说。

"阿玲啊，你是不知道，我们上了年岁的人睡眠很重要的。"家婆对儿媳妇说。

"亲家母，这事不麻烦，我来帮你这个忙。我给你说啊，明天我要先去请那位'土地爷'出山，回来后再说这事，你看怎么样？"阿姨的口才就是了得。

"宝钗啊，阿姨明天上午要办的可是件大事，事情如果定下来，我和大兄弟、阿姨还有阿弟都会忙上一阵子。这事就请阿玲代劳一下，你们顺便观光漳州的市容街景，这里可是闻名全省的花都哦！"丈夫对妻子很温和。

　　"阿伯、伯母，你们都一起走过四十多年了，还能像书上所说的少男少女一样相处，真有趣……"小妹有感而发。

　　"你这没大没小的丫头！满口胡言……"母亲生气啦！

　　亲家姐姐拍了拍大妹子的手背，止住了她对小女儿的训斥，说："阿妹，我说给你听，自从我嫁给阿弟他爸以后，他是一贯地尊重我、宽容我至今。在家做姑娘时，我是一个手不浸水、肤不见光的大家闺秀。家父——就是阿弟的外公——下南洋带两个兄长做生意，专门雇了两个菲佣侍候我们母女的生活起居。在我之前的两个姐姐幼时就离世了，因此，我在父母双亲的心目中，就成了名副其实的掌上明珠。现在菲律宾经商的阿兄叫其亨，一九〇四年生人；接下来是大姐玉钗；二哥是一九〇八年出生；二姐银钗一九一一年初出生，两位姐姐在幼童时夭折。到了一九一三年末父母有了我。嫁给阿弟他爸后，他也对我很好，对我们的六个子女也是从不肯打一下，在这点上我实为感动。"闻宝钗一讲到丈夫及子女们，就显得格外的激动，"其实啊，我的真实想法就是，夫妻之间的事越是平凡简单就越好。夫妻之间的矛盾说到底，都是由极小极小的家庭小事引起的。我们就非常羡慕亲家和亲家母，生活简朴有规律，为了子女们忙着干活，生活在一起很轻松而不是累赘，在家里什么都可以拿出来谈，吃喝苦乐全在一起。夫妻之间要感知到：家，是一家最轻松、愉悦的自由活动场所。阿弟的奶奶常对我说的一句话就是：不孝的媳妇三顿热菜饭，孝顺的女儿还在路上摇啊摇。意思是说身边的人才是最贴心的。

　　"家。是一家子最最放松、愉快的自由活动场所。"

　　"我和宝钗真的打心眼里喜欢咱们这个家。这次从厦门上车之前，我们看到阿弟的左手边是阿玲，右手边是阿妹，如此的情景让我们像是回到了自己的少年、青年时代。那是一段无忧无虑、敢于作为的青春年华，一定要珍惜再珍惜。"成德富回想起了少壮年代的拼搏与甜蜜，仿佛年轻了许多……

　　阿姨瞥了她的丈夫一眼，说："人哪，就是要有那个度量，才配得上享那个福。亲家，明天'土地爷'的那件事，我心里还真没太大的把握，你想啊，大权在他手，说变就可以变的啊。"

"阿姨、姨父，往后你们就叫我德富好了，叫着顺口，显得多亲切。阿姨啊，一般说来，就拿在青年时代督建厦门那幢番仔楼时，当年不管他是姓'国'还是姓什么，凡是在政府部门或这种部门里办事的官员，都有他们的办事规矩。即便是在打击贪污腐化最严厉的毛泽东时代，只要手头上有实权的部门，照样是公私兼顾。至今，我仍然相信老辈人说过的这一句话：千里为官为了财——这是相当一部分为官之人的本质。

　　"有人是想在心里，可手中的权力不够大，贪多少是多少，这是老百姓口中称之为'肋臊'官。在当下那些不上不下的官，手中又有直管实权的。闽台话说，敢做的拿去吃就是这个道理。有胆大的明目张胆吃了闹肚子；有胆小的，偷摸吃一点，一有风吹草动立马反吐出来；而最最可怕的是'巧吃'；公私兼顾、事出有门、堂而皇之，公事办了私包也饱了。在开放的社会里，比如香港地区这样的人我全见过。但香港是法制社会，对贪腐官员依法来治。话说回来，有一阵子，确是有香港的浑人与港方官员相互勾结，又有黑道势力的加入，就这样红、黑配合，名正言顺地疯狂敛财。不过，如此的邪恶势力终究不会长久，嚣张了一段时间后就被正义与法制制服啦。国内现时正处初开放阶段。可怕的是刚从无法无天的文化运动中走出来，从长期的阶级斗争，一下子就转入经济建设之中。原本法治环境就差，法治意识淡薄的普通老百姓，还有那些掌管权力之人，在这样的阶段就很容易从不久前的'人治'内斗，变成行使手中权力来换'钱'与'利'，这是一种非常可怕的社会现象，中国的高层人士如若不对此加以重视，以法、以规来治理国家，让这种恶劣的现象发展、积累到一定程度，其后患还会比这更危险。'文革'搞乱了人脑、道德，是非没了标准；假如再形成道德败坏的当权之人与手握大把钞票的奸商、恶人搞在一起，成为同一个利益集团，那国之基危矣！我刚才说那场运动再乱，毕竟各人吃饭穿衣凭票证约束，钱钞收入无几，国人都是计划看开支。而现今，开放就意味着发展、前进，钱与败坏的道德一勾联，那……我现在说的利与财，并非当下肉眼所能见的，那全是私下的、相互利用的，暗暗黑墨的互为'罩应'，而后共得各自的那一份利益或叫好处。还有太多太多精神与物质层面的相互交接、关联，不久之后，咱们都能亲眼见到……

　　"我听阿姨对我们谈的'土地爷'之事，虽然还未见面，但可以认定此官必是'巧吃'之人。我为何如此肯定地说这句话呢？他是给自己留'再谈'

的余地，而约阿姨明天'先谈'。这其中必有公、私成分混为一体，咱们只要做好这方面的思想准备就可以了，往后看一步行一步！"成德富这个老江湖说。

"我是想……"此时阿姨就是想图个心理依靠。

"阿姨，要是真去实地察看，带上我们几个是名正言顺的，有何事咱们可以现场商榷，你说这样做好吗？"深知拿大主意时，"悍女"也是会没有主见的。这似乎与经历没有关系，只差别在"性别"二字上。

"这我就放宽心啦，有你们在我的左右，我就踏实啦。只是她姨父明天有自己的事，就免了吧。"阿姨说。

"真是我的好老婆。这两天我的手气正旺，喜事给我添了好财运，这样的好时机千万不能错过！我的大恩人，我的好老婆啊！"姨父在心底感谢阿姨。

"吃过午饭姐和德富再好好休息一下，晚上你们还要忙碌一番呢！"亲家妹妹说。

"阿妹啊，现今的学习环境这么好，要把书读好，将来才有大出息。"伯母看出这个小姑娘如此认真听大人讲话，她可不是单纯地"听"，而是在急转她的脑袋瓜"想"哦。

"我姐夫说了，只要把书读好喽，未来就有出国深造的机会。是不是啊，姐夫？"小妹一脸笑意，真是可爱。

"是——的！"成老师有意拉长音调说。

"姐夫最疼我啦！嘻……"小妹又神气起来啦。

九、"地理先生"

　　一家子正热烈地交谈着，姨父出了门，回来时手提两个鸟笼，一进门便喊道："姐夫，我帮你找到一对好画眉鸟，快来看看！"一边说着一边打开黑色的鸟笼罩布，并说："是两只'色鸟'，就是养了两年以上的雄性画眉，正好给亲家、亲家母平日里解解闷。"说完打上口哨逗起画眉来，看着它们在鸟笼里上下蹿跳着。

　　"哇！真是两只好画眉鸟。头相好、眼亮、眉长、爪利。你看它们的爪，抓笼杠时如此有力道。"成德富凑近鸟笼。

　　"没想到亲家也是训鸟能手，观鸟如此内行。"姨父说。

　　"我的老父亲在晚年享清福时养起了鸽子，信鸽群的总数永远保持在九十九只。体质虚弱或自身条件不好的，就毫不犹豫地将它们淘汰掉。有时我也好奇地问。鸟类都有共性，只不过画眉鸟是以爪斗、吟叫为主，而同为飞禽的信鸽是以飞翔为长项，因而更注重翼展的能力，还有脑颅内对复杂方位的辨向能力。"

　　"大妹子，这两只画眉鸟使我想起了五十年代末那阵子。"亲家姐说，"除了把咱们家的大铁门拆去大炼钢铁之外，还要除'四害'。这'四害'之一就是麻雀。我是居委会的小组长，当然要带头。咱们家又是制高点，中小学生三五成群，齐上三楼大晒台摇旗呐喊，大爷老太手持脸盆锅盖，什么敲得响敲什么，目的就是震得大小麻雀入不了巢穴。邻居有一家人养了四十多只信鸽，全被闹死啦。那真是一个说不清道不明的奇怪年代，说要赶超英美，要放卫星，一家老小吃公家食堂去……咱们寻常百姓家有句话：家长头脑发烧，子女脑热少不了。嘻，看看咱们现在多好，养花铺草听听鸟叫，心情多舒畅。等办大事的阿姨把楼房一建，都不敢想有多美啊！”

午饭后大鸟来电话，谈到移机的事全办妥啦，电话信号也调好了，班头正领着工人们要走。长腿告知应对班头的老套路。至于谢科长，大鸟必须与阿惠一起去，自然得如同走亲戚一般，将大红包放置点心盒里。此事不可马虎，将来求对方的地方多着呢。

阿玲家大门口一下子来了两辆军用三轮摩托车，两个彪形大汉各提着银行专用铁皮箱，和一位着中山装的人从摩托车上下来，一进门就高喊："由顺发！这里有叫由顺发的同志吗？"

"爸、妈，来了两辆'噗噗车'，找我爸！"小妹疾冲入宅门，大声喊叫。

"有的，有的！"阿玲的母亲和阿玲从厨房里小跑出来，边用抹布擦着手边急急应答道，"他是我家老公。阿玲，快带这三位同志去你妈房间。"还在厦门时闻宝钗就告知了亲家、亲家母南洋二舅将汇款到漳州一事。此时阿玲的母亲走向大门口，与围观的邻里们打着招呼："各位大叔大婶，这三位同志是来找厦门亲家有点事……嗯，诸位走好，有空常来坐坐。"当年，那军用摩托车开到家门口，而且还是两辆，哪有什么好事！这是"文化大革命"落下恐惧症的阴影。

"你看人家厦门人多好，娶亲才没几天就来看儿媳妇，真有亲人情。"老太太说。

"是啊，这对厦门的亲家、亲家母来的时候，我亲眼见过他们，很有派头，以前也是'有空'的富贵人家……"

"不是'有空'人的话，哪里来的这么多细软、古董。你们都看到了吧？阿玲手上那一金一玉的宽板大镯子，现时是连见都不得见更别说买了。那可是真家伙。"少妇说。

闽南一带说的"有空"，就是指富足的有钱人家，这是个不褒不贬的中性词语。

阿姨与阿惠不在，小妹"顶上来"，负责招待财神爷，端给三位客人红枣甜茶、喜糖、喜饼，俨然一个训练有素的招待员。

阿弟先将铁箱里取出的捆扎的钱细数一遍，再递给父亲复数。这边家婆吩咐儿媳妇："阿玲啊，等一下我要和你们二舅通电话。这是他办公室的电话号码，你帮我拨过去。"

"妈，当时装机时只开通了国内长途电话的业务，到现在都还没有办理国际长途……"儿媳妇真着急啊。

"伯母啊，你别急，现在我马上去想办法。"小妹在处理应急事件方面显然比她的姐姐有能力，像个小大人。不到三分钟，小妹上楼来告知伯母，阿姨到芗城大酒楼筹办晚宴的事，姨父亲自到市邮电局找他的"内线"，速速开通国际长途电话业务，事情办妥之后就会马上给家里来电话。于是小妹重返楼下等电话。

"阿玲啊，你去备上五份喜糖、喜饼，让这几位同志与咱家同喜同乐。"家婆对着不像她妹妹那样机敏的儿媳妇吩咐道。

"姐，我也去帮忙。"亲家妹子对亲家姐说。

"不用，亲家妹子，咱们坐着喝茶。一会儿要是姨父家里的事办不下来，咱们再上邮电局打国际长途。"显然，亲家姐在处置紧要事上要比亲家大妹子来得稳当，不急不躁。

人，就是一种不断变换情绪的高级动物。不是吗？

小妹再次上楼来时，为了不打搅点钞的安静气氛，附在伯母的耳边说了几句悄悄话："伯母，姨父来电话说，邮电局办理国际长途的工作人员已经进入机控室操作了，一会儿就开通啦，现在我再下楼去等电话。"说完就要走。伯母拉住小妹的手，说："你办事就像一阵风似的，真有本事。"她十分欣赏这个小姑娘的办事能力，还有她脑子里强烈的时间观念。小妹很少受到长辈们的当面表扬，脸上泛起红晕，腼腆地低下少女略显羞涩的脸庞。从小妹身上，闻宝钗仿佛看到了自己少女时期的影子，只是没有如此外向而已。

当父亲复核完最后一张十元钞票时，父子二人对视了一眼，确认无误，正是一万九千三百五十张十元面值的人民币现钞。

此时儿媳妇拨通了南洋文莱大酒店二舅办公室的电话。

"二哥，我是小妹。刚收到你汇来五十万港币兑换的人民币的现款，阿弟都数点过了。嗯……还有啊，香港的齐先生是昨天中午到漳州的，生意上一切都顺利，阿弟留他多住一晚，我和德富也想请他吃顿饭，听听你和二嫂还有孩子们的事。好……我会让他带些照片给你。酒店的生意要是能放得下，回来一趟看看，我们都很想念你。想吗？想就回来嘛，厦门正在建航空港。我和德富想请齐先生回香港之后，抽空去你那里一趟，和你们一家人说说他在祖国大陆的亲眼所见。代向二嫂和侄儿侄女们问好，主与你和家人同在。等你们的电话。"

通话结束了。闻宝钗的手还握着话筒，她真想哭……

整座楼安静了下来，只留下小妹一人在客厅里用干、湿布擦拭着一大装饰柜的古董。不知过了多长时间，小妹听到有下楼的脚步声，转身一看，说："阿伯，是你啊。休息好了？现在还不到五点钟呢。"

"阿妹，你告诉阿伯，这柜里的林林总总，你最喜欢哪一件？只能说其中的一件哦。"这是阿伯给小妹的智力测试题。

"就是这对鸳鸯瓶。看起来好像是两件，可它们是一对的，就是一件，所以我喜欢。阿伯，我说对了吗？"

"阿妹就是聪明，小小年纪就肯动脑筋。"

"阿伯，你说这对古董现在价值几何？"小妹好奇地问。"你猜！"阿伯不直接回答。

"要我猜嘛，能值个几万块钱。"对于小妹这个中学生来说，这可是个大数字了。

"不久前，香港的一位好友来家里找我——他早先是上海地界有名的古董收藏家，现在移居澳大利亚了——照他行家的眼光看，无论在美国纽约或咱们香港的拍卖行，起拍价最起码在两百万，是美金哦。一旦竞拍，还不知要到什么价位才收手呢！"阿伯说。

小妹瞪直了双眼，倒吸了一口冷气：八百万人民币啊！她真的被吓得说不出话来啦！古董拍卖场才喊出一嗓子就如此高的价格，太吓人啦！

"阿妹啊，还有更神奇的古董，等将来有了时间，我慢慢地讲给你听。你现在帮我做一件事，打通电话到阿姨家里请她过来一下，就说我有事要找她……"

"不用打啦！我是不请自到。德富兄，我在芗城大酒楼那里一颗心老觉得不踏实，总想着咱家里有事，一掉头就找你报到来啦。"阿姨进门就开起玩笑。

小妹端上来小烘炉、烧水壶、山泉水、橄榄炭、春茶，还有阿伯的心爱名茶壶，忙着点火、烧水、烫茶壶……茶杯交到阿伯手上"开泡"。

"谢谢你啊，阿妹，真是个聪明懂事的乖孩子。阿姨，是这样的，你的亲家姐刚收到南洋汇来的五十万港币折合人民币的现款，这建楼的建筑材料款、雇工的伙食、工钱就没有任何问题了。当务之急就是明天现场看地皮的事。我想了一下，不知是否妥当，想与你商量商量，看是不是这样做：今天晚上六点半钟左右，咱们先和齐先生见上面，在半小时之后，再约这位管理土地的领导相会。这样既给了这位领导面子，气氛也热烈，而咱们要与齐先生交谈的私事在此之前也谈完了。在'做客喜宴'上你和领导已经打过交道，生意场你也是能人，你的酒量又好，请多多代劳。"

"德富兄，早年我就是生意道上的人，你这样一点拨，我的心中自然有数。你尽管放心，我知道先后次序的安排。"阿姨接过亲家的话音说。

"这样就好。"德富兄递上一杯热茶给阿姨，也给坐在身边正聚精会神听他们商议的小妹拿上一杯。他接着说："我的想法就是为明天看地皮的事先做准备，好掌控主动权，这可是件大事。另外，阿弟想让咱们动员南洋二舅到大陆投资的想法，这是长远之计，理应支持。无论将来事情如何发展，现今咱们就必须对下一步有所打算，这对晚辈们的将来很重要。阿姨、你说呢?！"成德富不愧为商界的老前辈。

"我亦有此想法，只是没有德富兄思想得那么长远。"阿姨早就对这位曾经的商界精英很是敬仰，今天更是百闻不如一见，"这个头一定要开好开顺。德富兄，你看是不是这样……"阿姨将具体步骤列出一二三，成德富非常认真仔细地听着，时不时也加入自己的一些小建议。总的原则是：在宴席上不谈生意场上的事。

对于晚上所拍的照片是否即刻洗印出来，由齐先生带出香港，德富兄仍存疑虑。阿姨立马打电话给照相馆，回答是肯定的：只要价格合适，即便夜半时分也会加班赶工洗印成像。好事啊！人们对劳动报酬有了新的理解……

富有深阅历、丰富社会经验的阿姨自然心知肚明，她完全领会了这位生意场上的高人指导的精髓。

小妹在一旁认真听着这盘"盲棋"的破解棋局之术。

晚间六点半钟，阿姨带着齐先生准时来到芗城大酒楼的二楼小包间，成德富夫妇、一对新婚夫妻、小妹早已恭候在那里。主客会面，彼此寒暄一番，成德富用流利的粤语与齐先生一交流，拉近了彼此的距离，两人投机地攀谈起来，如同在香港的本地酒楼一般。小妹手上的照相机拍个不停。阿姨带着一对新婚夫妻借故暂且告退，只留下齐先生和他的好朋友闻其绵的妹妹、妹夫海阔天空地畅聊。香港这块弹丸之地，说起"钦德布行"的卓大老板，与齐先生的姐夫郭朝天、嘉诚先生都有甚密的交往，可谓至交。商人之间无论如何都能攀上关系，但说一千道一万，也不如小妹手中的照相机，拍下的黑白照片永存留念，留给他们的子子孙孙。

差五分钟七点整，龙溪地区的这位"土地爷"在阿姨与新婚夫妻的陪同下走进包间，阿姨一一介绍，大家相互认识。当齐先生双手递上名片时，只见这位领导眉头微微一抬，微笑着收下名片。

这位"土地爷"对土地出产的粮食类白酒有出奇的喜好，尤其是对当年国家十大名酒之首的"茅台"，更是情有独钟。在四十五分钟内，他已经顺下六盅，真是海量。有太多太多的人就是喜欢与有"特殊兴趣"的高级官员交朋友，只要有了"沟通基础"，各自得利，彼此哈哈！酒的这种使命该不是咱们的老祖宗发明它的初衷吧！首长的酒量不小，可话却不多。从他那双滴溜转的眼睛里，便可知此人"内功"不俗。

宴席进入尾声，阿姨借故离席，再回来时巧妙地与领导交换了眼神，之后先送走了这位已到中年、酒已尽兴未欢的男人。酒，它是带着使命的好东西，在开放的社会更是如此。

不一会儿，阿姨回到了酒席上。成德富一看她春风得意的模样，心中已明白八九，于是让儿子奉上给齐先生的礼物。

"齐先生，你和我二哥在香港、南洋都是经常走动的好朋友，亲如兄弟，我们也很想念二哥和他一家人。一九四八年，他回厦门过圣诞节，同时也办理母亲出洋的'大字'。从那时至今，我们再也没见过面了。那阵子正逢战乱，母亲出洋的'大字'没办成。一九五二年的春节、上元节，母亲与我们一家人过。阿弟自出生至七个月，是她老人家一手抱大的，这'阿弟'的乳名也是她给起的。再后来她老人家只身到了你其绵兄弟那里……齐先生，现今是和平大同年代，各方面比较安稳，国家也开放，出入方便多了，你若见到我二哥，请转告他回来看看祖国、故乡的变化，方便的话，连我二嫂、侄儿侄女们全带回来。拜托啦，齐先生。"说着，闻宝钗接过阿弟递上来的礼品盒打开，展现在齐先生眼前的是一艘长约五十公分、宽约十公分、高约二十五公分的帆船，由琥珀、象牙合制而成，做工非常精致，晶莹剔透。船身是纯琥珀制成的，甲板直至其上的桅、帆、旗、索、驾驶台，连同水手们，全是清一色的象牙雕刻。闻宝钗说："这是家父当年在海外做生意，途经印度时带回来的古玩，现在我们将其奉上给齐先生，请笑纳……"

"不可！如此贵重之礼齐某接受不得！"齐先生赶紧用双手将礼物轻轻推回。

"齐先生，你和我家二哥亲如手足，都是生意场上的知己。再说了，齐先生的姐夫朝天兄长与我的卓陈全老板、嘉诚老弟，除了生意道同行，皆至爱亲朋哦。我们大家庭里里外外，全都恳切希望众友人的生意如同此船，一帆风顺啊！"成德富祝了句吉利话语。

"是啊是啊！请齐先生收下。""这船代表顺顺利利、幸福吉祥！也祝齐先生生意兴隆发大财啊！""这件宝物一定会给齐先生带来好运的！"阿姨领着两位外甥女劝说起来。

"能在内地遇上其绵兄的至亲家人，真是万幸啊！好！恭敬不如从命，我收下大家的这一片心意，在此谢过。回香港之后我把生意安顿好，立即起程去文莱见其绵兄。去年中秋与今年春节我们都聚首一堂，他酒店的生意特别好。我会按你们的意思将这两天的所见所闻转告他，就是希望不久的将来他也能和我今日一般，与大家欢聚。还有啊，这单千两茶只要有了五十件，也就是五六百棍，就可以通知香港方面，我会另派手下人来，你们尽可放宽心，没有丝毫问题。另外，这个阿弟是块做生意的好材料，我亦相信他授课育人定是位优秀的先生，只是他已经具备了做大宗生意的各种好品质，生意场更适合他。眼下，祖国有几个能人出来掌握宏观大势，是个相当不错的好时机啊。这只是齐某之拙见，小小建议而已。"齐先生说。

"感谢　神！承蒙齐先生指点，还不快谢过齐先生。"

"阿弟不才。多谢齐先生惜爱！多谢齐先生。"儿遵母意道。

第二天清晨，阿姨和新婚夫妻带来了两大信封的照片，漳州的货主与香港大茶商分手在老织布厂的大门口。

大鸟也来电话谈及他和阿惠一起去答谢科长移机之事。阿惠又领他去见了其表哥的朋友。此人姓郑，是专门给大酒楼和一家大餐馆送海鲜鱼货的。

上午要办的是件大事，不能耽搁一丁点时间。

成德富也是早起之人，这是他青年时代养成的好习惯。他一边泡茶一边对回到家的阿姨说："清江兄弟做任何事情都极富前瞻、预见的眼光，阿弟染指生意，他一直在帮衬扶持，是真心善意地做人做事。自己本来真心希望阿弟规规矩矩地活动在校园之中，但目前看来，老是让清江兄弟操不完心，自己就显得过于自私了，也要出来撑一下门面才好。照目前发展下去的大形势，让晚辈们走这条道也不是不可以。

"清江兄弟曾对我说，等船队成形之后，就出租船和收购渔船打的上品鱼，往大酒楼、宾馆送鱼货海鲜，这就成了捕、供、销一条龙啦。虽说千两茶刚起步，但供销道道正常，只是铁道线定要用心维护，这一环丝毫不可出岔。现在这一环节由大鸟接手，相信他能灵巧应对。还有，此次齐先生来做茶品生意，阿弟就会想让二舅回国观光这招'先手棋'——阿弟更是看到了其二子从法国留学后就调到他的身边历练，足以证明阿弟做的任何事都是有依有据的，并非凭空想象。阿弟的聪明还在于他能看到这世间的大小生意人，都在为'利'奔走这个最本质的东西。假如二舅先行一步取得好效果，阿弟还会想到让其大舅'落叶归根'哦。"

成德富还告诉阿姨，要是在几年前，这些全是梦幻，而今，看这潮流大势还真是不想白不想哦。南洋、海外的亲人们想让自己的子女后代回祖国来，有依靠的根基，有大的发展空间，当然，世间还真有许多说不清的事。成德富谈起自己中风死睡了整十天，靠着闻宝钗虔诚的祷告，加上林庚茗这样一位好心的大医师，终得苏醒健壮至今。"有时，世人用尽大气力去做一件事还不如上天决定一切即兑现啦。"

他又对阿姨说："阿姨，当今机关单位办事仍是人浮于事，泡茶、看报，等现成的。现在有了现成的，谅他们是不会错过的。昨天齐先生加了两把火，把领导都烧得坐不住啦，他还真是官场老道人，绝非等闲之辈哦。"

话音刚落，领导打来电话啦。

"德富兄，你真是诸葛孔明再世，真是神算啊！"亲家兄弟称赞道，"我担心这官车坐不下咱们三个人吧？"

"我敢保证，他一定给咱们三人留了车座。我还能料到，这车里除司机与首长之外没外人。亲家兄弟你放心好啰，是东是西走一趟就知方位啦。"

成德富已经有点临上篮球赛场打决赛的良好状态了。

这两个老男人均是生意场的江湖好手。然而，他们的差别不在于"性别"，而是在各人的经历上。

三人来到大路口，不到五分钟就驶来了一辆中吉普车。当年的机关单位有这种像样的公车已是了不起了。真如成德富所言，车内只有司机与汤局长，后者坐在副驾驶的位置上。按西方例，这是侍卫长或跟班随从之座位。可是，当回仆人有何不好，只要有银两"哗哗"的便是好哇！

吉普车在一大片平整的农田前面停了下来。下了车细一看，农田上是育有嫩芽的花苗，远处是一整片水稻田。

"小曾啊，"汤局长叫阿姨，"你看，就在对面那几幢花农的住房后面，可以划出五亩上下的地来给你们建造楼房。这里全是花农们培植花卉的田地，九湖和百花村可是咱们龙溪地区的花乡，成先生、由先生想必都有所闻吧？"

"那是自然，汤局座，龙溪地区、漳州地界的这两处花乡是闻名全国的，我听说咱们漳州水仙花都销到港澳及东南亚国家了，真是不简单啊！"成德富一边回答，一边察看四周地形。汤局长刚才所指之地，有一处笔架山，而就在他们刚刚下车的车道旁，成德富一眼瞧见一座废弃的砖窑，路过此地的凡人只是一步而过了。可偏巧此宝穴正落入积累了几十年地舆智慧的高人眼中。他看到废砖窑的背后，是背靠后山，山上全是百年大杉木。这样的一片树林，在古早年月被称为"护厝山林"，亦称"神木"。

还有比这更巧更妙的好事吗？！

这座废砖窑所处之地为"阳穴"，是居所之宝地啊！

他趁汤局长与阿姨亲切交谈之机，将亲家大兄弟请到身前来，一语道破地理天机，示意他见机行事，"替补"阿姨下场，自己要给阿姨亲授密语，由她向汤局长提出。看看这位首长如何应答再作理论。

"局长大人！"亲家弟兄由顺发快步走向前，将阿姨拉到他的身后，自己与汤局长聊了起来。

"哦，不敢当，由先生。"这可是汤局长自上任以来头一回被称为"大人"，虽嘴里谦让，可心中却是美滋滋的，"就叫我老汤吧。"

"局长大人！"由顺发像是没有听到领导的谦逊之语，继续浇灌着"虚荣迷魂汤"，"咱们这里全是农耕良田，漳州、龙溪地区可是全省的米粮仓啊，良田拿来建造楼房，是不是不好批准啊？"

"话，是这样说，可是需要又是另外一回事啰。五六亩地嘛，并不是什么大工程，在这点上我还是有直接审批权的！"汤局长现时有"大人"的身板啦。

成德富看时机已到，让阿姨去到汤局长身边帮他点燃了一支香烟，看他抽上了，阿姨才说："汤局长，咱们身后的那座砖窑现在还在生产吗？"

"哦，你是说那座砖窑啊？已经荒废多年啦，原本是大集体性质的，效率低又没有周转资金。小曾，你该不会对我说要的是这方'地边块'吧？！若要真是这样，那太简单了，我可以立马拍板，按'地边块'的价格完全优惠，包你小曾满意。"

"汤局座！"高人从幕后走上台前来啦！这次局长不再谦让了，双目盯着这位满脸笑意、十分友善的老同志。"漳州市的这些农耕良田是寸土寸金啊，那砖窑是闲置之地，再说咱们是居家住房，就图个取土造墙方便。如汤局座所言，在你方便之时让小曾同志前往贵办公室办理相关手续，当然也包括局里所必需的花销费用。"成德富一脸笑意，轻声慢语地说着话，可末了几个字却是沉甸甸的。他是先将局座大人的话"钉"在板上，再上软皮筋。

"你们不让我为难，又能替我如此着想，真是有心了。既然你们这样定了，我即刻让规划科做手续，就以砖窑这一片划出五亩地给你们建造楼房。小曾啊，后天上午你就可以到局里来取手续了。"汤局长说着就往回走，又问阿姨说："你那位亲家母的港商朋友不会只做海外贸易吧？肯定还兼做其他大生意。"

阿姨就是一位能满足猎奇或猜忌心理的男人们的高手。她应声说："汤局长，你真是不简单哪，昨晚一席间，你就听出来他是香港地产界的大亨啦。香港的新开发土地，他是一路乒乓响，昨晚你又不是没有听到，他赞赏漳州是块灵光宝地嘛。到时啊，汤局长，大的工程少不了要麻烦你啰！"

"那是自然，那是自然！"局长回想齐先生是否说过这些话。嘻，全是自己贪杯，要是少喝两杯，多问几句，该多好啊！民间的"贪杯"与官场的"豪饮"有何不同？！

酒喝多了易误事！我编的话你还真能听进去。阿姨笑在心头，可嘴上的话突然一切，转入正题："汤局长，这楼建起来是一会儿工夫的事，可楼房后的百年山林可不是一天长成的。不会我们建了楼之后，百年神木就倒下吧？"阿姨连锣带鼓，紧一阵慢一阵，合着节奏猛敲啊！

"不会，不会的！我立据时会写上连同楼后山林一并由楼主管理。立了契约的凭证谁敢乱来，再说，这一片神木可是乱动不得的。小曾，你和你的家人就尽管放心好了。我要回局里了。那你们……"

"哦！不必了，我们再走走看看。局长，您是个大忙人，昨晚休息得好吗？"阿姨是想让局长与她有同样的好记性。

"小曾啊，是要好好表扬你这个小同志做事细心。像我们这样整天忙于革命工作的人，只有休息好了才能更好地为人民服务嘛。二位大哥，我就先行一步了。再见！"局长非常客气地与二位老江湖顿手，上了吉普车，车尾冒烟消失无影。

送走汤局长，成德富欣喜若狂。"看！你们二位快看，真的有水源！"此时的成德富行起路来比运动员更健。"咱们再往深处走，看哪，在大石缝之中有山泉！这是'水龙'，这是神山神木之根本哪！"成德富抑制不住内心的兴奋与激动，像孩童见到他心爱的礼物般叫了起来。他对二位亲人说："亲家兄弟，这两幢楼一经落成，咱们的后世子孙都得记住阿姨是第一功臣啊。那部吉普车，前不停后不倒，就单单停在这块宝穴之上。'文化大革命'哪里不是'无政府主义'满山遍野地砍伐大树，怎么就这么巧留下这一处百年神木，立于咱们要安居之处呢？真是天助我也。"成德富稍稍冷静后，又说："汤局长刚刚说的话咱们也都听出尾音啦。他问及齐先生时看似随意说上两句，其实不然。咱们不管他是如何思想的，反正阿姨到他们局里时随机应变，非拿下这块地皮不可。咱们要建这两幢四层的番仔楼，面朝东南方向的'笔架山'，背后有百年神木作倚靠，山中老林藏有古早山泉'神龙'，源源滋养。我敢说：在厦、漳、泉以及整个闽南地域，再也无处寻此景啦！

"阿弟的爷爷常说：背座固山神木，面现东南朝向；远眺笔架山景，家中必出文豪。这方宝穴到建造楼房时还有两大好：一是挖掘楼身地基所出的土方不用丢弃，二是省了建筑材料的开销，就用出地基的好土拌相当比例的河沙、水泥、壳灰制成'三合土'，这样建成的楼房，就如同军事碉堡一样坚固啊！

"等这两幢楼全建好了，咱们也组建好了船队、车队，再多花两个钱，铺沥青或是番仔灰道，这样就与外面的大马路串联起来，进出多方便啊。大小汽车'呼'一声就到咱家大门口啦。在未来的日子里，汽车就是代步工具。

这是我在香港的那些岁月里亲身的体验。亲家大兄弟，在这样的地方囤积千两茶可好？"

"那一定是好的啦！这地方烧了这么多年的红砖，地气干燥，还有通透的神山风。制作千两茶、黑茶的厂家选址要求并不高，只要'茶青'就是鲜茶叶有就近的供应点，茶源便利即可，而收藏、囤积、保养千两茶柱就必须在阴干、燥地、通风好的地方，此方宝地可是囤茶最佳之所在。"亲家很是兴奋。

"德富兄、姐夫，是不是这一整片地全都要买下来？"阿姨征求两个男人的意见。

"阿姨啊，局座是个'道人'，他专干这一行的，稍加目测一下，此处也就是五亩地上下，即使让咱们占点便宜，也不可能大到哪里去。别说汤局长这种内行人，就我这个门外汉，一看也就是这个数了。像这样的好地方还真是越大越好，将来经济大发展，就像现今的香港，全是地皮在起变化，别说十年后，就是几年后，再想找到清静的建楼之地，也难啦！咱们所站之地全是实地，打上地基建造四层楼房，牢固得像座山似的，余下来的空地用来绿化或建囤茶间，怎么用怎样好，往后其价值就越发显现啦！当下是改革开放的初始阶段，建筑材料、人工费用都便宜合算，只要建筑许可证办出来咱们就尽早动工。如果泥水、木作、铁件配备齐全，师傅、小工齐整，在农历年年底楼房可基本成形。请记住：'阳穴'最适宜家人居住，也是兴人丁、五畜的'旺宅'哦。"成德富说。

众人回到家中，阿姨见到阿弟正从储藏间里出来，请他来到厨房，说："阿弟啊，有件事你一定要牢记：到了福州，无论在任何情况下，都不能让阿玲和你以前的那位女子相识。女人从外表上看都很文静也非常顺从，可她们的内心是相当复杂多变的。这件事你千万千万要记牢了。还有啊，阿玲调回漳州的事要抓紧办理。你叮嘱阿玲，做这样的事要私底下悄悄地办。当领导的都非常重用像阿玲这样的人：听话，热爱本职工作，没有歪心思。不会轻易放人的。咱们静静地办好这件大事，将来四老身边才有确实的保障。到福州以后，有什么不好解决的事马上给我打电话，我会帮你好好参谋的。"

阿弟说："阿玲调动工作的大事，我想先与她沟通一下。我们一起回福州的事，必须先通报吴玉燕才好。"

"你这样考虑问题的先后次序还是对的。"阿姨微笑着说。

吴玉燕在电话里告诉她心爱的人，她上任"实业公司"的掌门一把手，一切都相当之顺利。她与他约好，后天上午十点至十点半钟，让他在福州市的繁华地段南门兜百货商店门口见上儿子一面，她租下的出租屋正是在南门兜百货商店附近。打完电话的成闻卫大大松了口气。

　　"常说'戏好看蚝出浆'，咱们的午餐就做汤面吃。"亲家姐妹边下楼边乐聊。

　　"我回来啦！饿死我啦！"上午四节课加体育课当然饿啦。看到长辈们满面春风，小妹乐道："看来是好事成啦！"

　　"那是当然啦！将帅全出，岂有不成之理？阿妹，饿了就先热碗粥吃。"母亲说。

　　"姐夫，最后一节体育课测四百米跑，我是全班头名，你说我厉害不厉害？"小妹又缠上啦。

　　"阿妹是真厉害！"姐夫好言捧上。

　　"姐夫说的话是真动听！听到这样美的好话，我都半饱啦！嘻……"小妹是真天真，站立在边上的几位长辈全在摇头，不知是责备还是称赞。

十、准备建新楼

　　午饭后议的依旧是地皮之事。阿弟听了长辈们的讨论之后，提出了自己的设想：是否在下地基之前就考虑做一层地下室？无论将来这一层地下室起何作用，现在只要在设计与施工时加一些沙、石、水泥等建筑材料，就可以多出一层的使用面积。阿弟说，他的这个想法是起于"文化大革命"初期轰轰烈烈的"破四旧、立四新"风潮。大伯母之弟瑞笔先生，就是厦门中山公园南门内的那尊"雄狮地球"的大作者，寄存在番仔楼的一大批古董、瓷器、字画等，就是因为有了楼梯口的那个防空洞，才逃过一劫，免于被抄走流失的命运。父亲意识到，儿子的思路是超前的，在众人还没厘清建造楼房的真正功能时，他已能将商业上的需求与安居联合于一体考虑了，想用这地下一层做酒窖，并准备在婚假满后去找一位葡萄酒庄的后人，借取他的高祖建造葡萄酒窖的图纸，与设计师和施工队队长共同探讨、磋商，加以完善。儿子如此缜密的思维令成德富吃惊不小：在南洋方面还没有一丝动静的状况下，他的"围棋步"已思在七步之遥啦！老的打心眼里佩服小子的能耐。

　　老的将脑中思想当笑话说："阿弟这个小灵精啊，他二舅回国的事都还未见一小撇呢，他就动了'歪心思'啦，亲家，你这女婿……"

　　"既然'二'的质数如此之好。我的二哥与这个阿弟全都'沾'上啦！"亲家妹子说："这次咱们家在厦门、漳州办了这几场宴席，我是大开了眼界啦。咱们小百姓办喜宴用酒量就如此之大，要是大场面的贺、请那还得了。就阿弟建议的地下酒窖一说，即便到时不用来囤酒，那么大的地方做什么事都可以，只是啊，咱们这个小地方一下子闹出这么大动静，这一开工，材料一进场，咱们照顾得过来吗？我自己乱想，要是有条能护庭院的烈犬在建筑工地遛一遛，那可解决大问题啦。老百姓常说：不怕贼偷，就怕贼常惦记。"

"要是说到养狼狗啊，爸爸可是专家内行，早年在厦门就养过一条纯种的德国名犬……阿妹，等一下让阿伯说给你听。"成老师说。

"姐夫，是真的吗？"小妹迫不及待地打断成老师的话音，"阿伯还是训犬高手？！"她还真不相信。

"阿妹啊，阿弟没有骗你。当年建厦门番仔楼的地点确是偏僻，与国民党驻厦门司令部也就是一百多米远，设想一下，司令部能建在闹市区吗？我的好朋友见状就送给我一条纯种的德国牧羊犬。那时，我与阿弟他妈成婚不久，说是住在鼓浪屿，布行又在厦门的繁华地段，一忙起来，只好住在新建的番仔楼。有一次，那是在鼓浪屿，咱们家就住在"大德记"海滨浴场的边上，现今被市政府列为'厦门市名宅'正对伏盖着的鼎状式的'伏鼎'大礁石，咱家住的西式别墅叫"东升宫照"。那天，我给它喂完食忘了上项圈就回鼓浪屿了，正当渡轮要关上船舷边门时，只见一条大黑影扑向我，立在我的身前，定睛一看正是它，它的一双前腿搭在我的两肩上，伸长大舌头在我脸部正前方。整条船的旅客均被此场景吓呆啦，现场就有一位国民党党部的小军官。这小军官打探到番仔楼的地址，三不五时来劝说我们俩，想借这条名犬给部队上的警犬中队配种，我们的态度坚决：免谈！"

"阿伯，它叫什么名字？"小妹都听傻啦！

"它的名字叫铁锤！连我自己都不知道，为什么给它起这样的名字。它来家里时还小，刚来那天，我正在天井边角上为它搭建窝棚，它就趴在离我不远处。阿妹啊，这世上有许许多多的事全是命定的，我手拿铁钉，嘴上叨叨着想拿把铁锤，这一出声不打紧，它立即竖直双耳，一下子站立起来，走到我的脚边趴下了。这一举动至今还如此真切，历历在目。"成德富的眼角滑落两行老泪，妻子忙递上手帕。人与知己的动物都是要真心相待的，不是吗？

"直到后来，动用到了国民党司令部的官员，他们想要的东西是不用与你商量的。再说，铁锤这么一个大活物，想藏都藏不住，他们先来家里调阅铁锤的户口材料。"

"什么是铁锤的户口啊？"这小灵精听不懂准问。

"阿妹，听你阿伯说，别乱问！"母亲就是想往下听。

"正统的德国黑背，是必须有一整套的身份证明随它走的，比咱们的居民户口簿内容多且复杂：血统证明必须上溯到它父母双方的爷爷、外公辈；再来就是它父母的体重、身高、体长、眼耳鼻舌、四肢、嗅觉、听力、观察力、食量、生活习性、爱好、意志品质、平时训练与战时表现、立功授奖等等资料记录。国民党司令部的军官们把铁锤户口调去研究的第二天，就把铁锤'借走'了。半个月之后，铁锤被送回来，已经是奄奄一息，瘦得皮包骨头。我请人一打听才知道，铁锤进了国民党部的警犬中队，就不吃也不喝，更谈不上让它传宗接代了，被它咬伤的母狗就有好几条。它宁愿饿死，就是滴水不进。那帮连狗都不如的国民党大兵将铁锤捆起来毒打，最后没办法，给它输液打吊瓶，还指望它能回心转意，结果一点用都没有。它回到家后，我想尽了各种办法救它，但终究是内伤太重，没救过来。我深深记得，我坐在矮凳上抱着它，阿弟他妈给它梳毛，我对它说：你洗个澡怎么样？它朝我闭合了两下眼睛。我知道它已经快不行了，给它洗澡时摸到的全是一身骨架，没一丝丝的肌肉。当我帮它擦拭身子时，它的头一直往我怀里钻，我一直抚摸着它的脖颈，它平时最喜欢我摸这里了。最后的日子，它就是在家里度过的。

"它走得很安详，没有丝毫的苦痛……"

成德富是真说不下去了，又擦了把老泪。此时他的内心是极度痛苦的，无法言表。

"呜——呜！"小妹痛哭起来，众人也随着伤心落泪。

"当天，我去定制了一副棺材，就埋在咱们房后的空旷地，还立了木板墓碑。后来政府征用此墓地也没通知咱家，不然，还可以殓其尸骨另葬一地！"闻宝钗抹着泪说，"这铁锤啊，真乖，他爸上班后它陪我，我外出、上街它护院看门，保姆阿姨出门买菜都带着它。当年，咱们住鼓浪屿，娘家亲友常走动热闹，搬来厦门后，附近少有人家，偏僻冷清，幸亏有铁锤陪伴我，它就是家中一员。在它亡故后的整个月里，我和阿弟他爸凡是见到国民党兵，都恨不得冲上前去替铁锤咬他们几口。我们俩为了失掉这样一个家庭成员，都到了痴疯的地步啦！

"我生老大那年秋季，厦门大流感，我们全倒下了。紧接下来家里的保姆也不行了，买菜吃饭都成大问题啦。这铁锤真是乖啊，它平日里随家里保姆到菜市场买鱼、买肉、买菜、买米面,摊点、店面全都熟悉,它知道自己叼上菜篮子找到这些摊主,不给东西就不起身。虽然摊主、店主都不见买东西的钱,可他们认得它,最主要的是他们被这只小家伙对主人家的一片赤诚忠心感动。它把所有食品叼回家,第二天,我们还起不了床,就把钱包放进菜篮子,让那些商贩们自取钱找零。这事曾一时轰动厦门,当年的厦门地方报纸还刊登了这一条消息,这也就种下了国民党党部警犬中队盯上铁锤不放的祸根。铁锤见到主人下班回来,就会叼上拖鞋;电话铃一响,它会前脚踏上茶几,口叼话筒给主人;我一卧在长沙发上,它就叼来一条浴巾或薄毯,帮我铺在后背上,后来我才知道它是在学阿弟他爸帮我按摩的动作。还真别说,那前脚所踩的背部穴位准极了。经它这么一踩,背啊、腰啊全轻松啦。这铁锤真是与人一般精明,太通人性啦!它只是不会说话而已。"闻宝钗说到铁锤的好,两眼放射着光芒,犹如它就在跟前一般。"

"这狗是良种或劣犬,只要观其吃食就可知晓。即便是它的主人喂食,只要主人没有下达吃食的指令,它们也不会近前触碰食物。这就是稍加训练后的良种犬的优良品质所在。这样的良种犬自然具备了好的天性。比如说,当它见到家中的大、小主人受到威逼或身处险境时,它就会想方设法悄无声息地靠上歹人,猛然间用突袭式的方法制服歹人。就如咱们民间所言:好狗不乱叫唤。当然良种犬还具备很多的优秀遗传基因,加上人为的、多方位的行为刺激与训练,从而让这些良种犬成为更高层级的超级优秀的工作犬。"擦干满脸老泪的成德富接着妻子的话尾说。

"难怪阿伯、伯母会如此疼爱铁锤,真是比人还聪明。那帮可恶的国民党兵真是气死我啦!"小妹愤愤不平地说。

"阿妹,这铁锤就像家里人一样亲哦。当年我们还没有孩子,铁锤又这样可爱,回想起来难免心酸。"阿伯说。

"姐姐,你那天告诉我,阿弟上面有四个姐姐,可我们在厦门时只见到阿弟的三个姐姐。"亲家大妹子说。

"我这一辈子怀了十胎,最大的女儿叫倩韵,她是无可比拟的聪慧啊!嘻,真是可惜!人间留不住她人。随后是三个女儿,之后又小产了三个,终是保住了阿弟。这阿弟自幼就有一点低烧,找医生打当年的上好消炎退烧药盘尼西林。那黑心医生打针时总是摁着针筒的玻璃管,究竟是打了还是没打全然不知。建国之后的那种钞票他还不要，就要光洋，每次一块。这阿弟的低烧能退也罢，可是拖了很长一段时间仍不见好。感谢　神，是咱们家的至交周院长救了他的命。说起席芳兄弟你们还生分，可一说名扬闽南直至潮汕的'猪肚散'众人皆知。就是他承其父周慕卿的祖传偏方，由他监制至今。他是位良善的、好医德的大医师。咱们家至今与他们家仍有好交往。我也时不时找周席芳院长开一些好的进口药，给林将军治高血压病。阿弟是我三次小产之后才保住的根，闽南俗语曰'一个桌面盖四只桌脚'，他爸等了整整十四年才见到这张桌面。阿弟的外婆更是日夜抱、天天疼，都没疼够。

"有年春节，他与家中小儿在'铁枝倚'小阳台玩鞭炮。这小的鼠胆又故充老大，点了鞭炮胡乱丢，结果，把过路孩童的新衣服领口给炸坏了，幸好人没事。我们俩是赔礼又道歉，送钱加布票，总算把事给了了。那是新正第一天，我真的是气不过，将阿弟训了一顿，当时他也不言语一句，直到我碰到他一个人在书房看书时，他才委屈地告诉我，那件事不是他干的。我那时心酸得不能再酸了，将这个宝贝儿子紧紧搂在怀里，泪水哗哗地淌。那家中小儿真是没有亲人情又自私顾己，古言道'六岁看老'，还真是这样的。阿弟他爸知晓此事后说，阿弟这么小小年纪就学会了'吞剑'，就是有了男人特有的忍耐气度，将来必成大事。要不是有这点像他爸又随我二哥的性格啊，想从厦门知识青年扎堆的公社林场头一个跳出来读大学，哪是那么容易的事。现今，我们二老情愿随阿弟和阿玲乖儿媳生活在一起，说到底都是命定的。"说起过往之事，闻宝钗十分感慨："明天又要离开家去工作了。记住：自古以来世间事都是'急事官办'，身体才是最要紧的。"

"爸、妈，我们在外面会照顾好自己的。你们四位长辈要特别注意保重身体，相互关照。阿姨、姨父，家里的大事就让你们多费心了。至于刚才说的养犬护院之事，我倒是有个主意。我们队老教练的丈夫是部队转业的团级干部，他有一位共生死的战友，是在部队里与他共事的政委，转业后在福州警犬训练基地担任总负责人。我们到了福州之后，就争取办好这件大事。晚上我先给老教练挂个电话，与她打个招呼。明天长辈与那位'土地爷'把建造楼房的地定下来之后，那么多后续的事全都要跟上。"阿玲想的全是大事。

"阿弟啊，有阿玲的老教练这么一层好关系，咱们就不愁了，不过有几点需要特别注意。那种德国纯种的黑背牧羊犬引入咱们中国之后，均是以'反特反暴'的训练规程调教的，因此，从幼龄犬开始，就有一位专门的训导员对它进行一对一的训练。这样的纯种黑背真能到漳州家里，它的训导员必须同时前往，还有许多必须、必备的程序，如交接颈项带、口令、手势等等。我还幻想能找来一对八月龄的狗宝宝哦。那样最好！至于我刚才所说的户籍及相关证明，不用咱们言明，训犬基地里的干部、战士全是内行。这样的良种犬，对第一主人的气味甄别是存有终生记忆的。假如咱家真有这好运气，阿弟要尽量做到大气一些，你明白我要说的意思。往后要麻烦训犬基地的事还不少。尽管不太可能做得面面俱到，却必须理顺大小事的次序与规矩，明白了吗？"这是父亲说正事时的语气。

"爸，我们都记住啦！"儿子儿媳同声应答。

"刚才阿弟说想做地窖，不知德富兄是如何考虑，会不会对工程进度影响太大？"阿姨问道。

"首先该肯定这是个好点子。从地窖里出的原质土，配上地基的原土质砌墙建楼，那牢固程度连高级爆破手都头疼啊。现在的头等大事，就是要动用不少劳工，而且还要有工效才行，这事会比较麻烦。"老舵手有了新问题。

"不麻烦，德富兄，这点你完全可以放心，妹夫在这一带有不少有势头的好兄弟，让妹夫来当监工头。至于工效更不是问题，那地方土质干燥，挖土方的效率保证高。阿狮，这条道你熟，你说说。"亲家大兄弟请出姨父来。

"德富兄、姐夫，这个监工我是当不了的，要请出当地大队里的那个'把头'才好使。他家七兄弟人称'七小虎'，此人行老大，属虎头。这种城乡接合部啊，古早时期就是家中弟兄多好办事，只要请出这一人就管大事啦。大家都在，我的意见提出来请众人参考：这挖土方做小工的咱们不能雇用本地人，这本乡本土的，要是多管多说两句，偶尔一回半次也就罢了，要是遇上拖沓老油条，锄上两下歇四下的同乡人，还真不好多说，可要是不说呢，咱们的工程进度就慢下来啦。因此，我是这样想，"姨父用茶水润了口喉嗓，"现今有不少'北仔'，就是安徽、江西一带的外省人，到咱们漳州来讨生活，全是卖气力的。只要一天负责他们中、晚两餐，半个月一结工钱，干起粗活来比谁都起劲。我见过这些外省人，他们干起活来不用吩咐，照着理路实在做事。当然，也会有极个别不听话的，这下子咱们雇的'把头'就派上用场啦。像'把头'这样的人，就在挖土方做基础时用一阵子，最主要是这帮'北仔'

小工，这一段时间咱们细细观察，能用、好用的小工再留下来参加建楼工程，省得到时再四处找人啦。德富兄青年时代督建过工程，到了倒楼板、养护水泥板时才见真功夫啊，那是争分夺秒一刻不歇地真干。我和外省来的小工有过长时间接触，他们就认好东家，又讲义气。"姨父真有两手。

"姨父不愧是大企业主之后人，句句话说在实道上。至于工价怎么定，我的个人想法是一定不能低于咱们这地方建筑界的最高工价。到了倒楼板的硬活，除了伙食点心之外，再另给加班费。早年老父亲就告知我：留人要留心啊。姨父说这些'北仔'小工讲义气，也要咱们做东家的照礼数待他们。说句不好听的，气力在他们手中，只看情愿不情愿，自然所获的工效就大不同。每日伙食方面，我和亲家大兄弟全是门外汉，买粮食没问题吧？"成德富是真行家。

"没问题的。"亲家大妹子说，"这新米、陈米在议价市场都可以买到。做粗活的工人饭量都比较大，在茶叶旺产季，咱家也要雇上十个八个帮工，我在做饭菜时就摸出了一条规律：在开工的头三四天，用大肥肉炒荤菜连攻三日九餐，不用到第四天，众人的饭量就锐减。正因为腹中有了油水，饭量就停在一定的水平上啦。此后，依然要保证菜肴有足够的油水。这样一来，既保证了做粗活的工人天天有好体力，也省下了买米钱，买大肉都划算啊。你们说，这样可好？"亲家母说。

"刚才我说家里'四个桌脚一个桌面'的事，绝不是我和德富有重男轻女的封建思想，只是这三个在世的女儿中，没有一个能像阿玲阿妹如此乖巧明理。再看看时下的亲家大妹子，有谁敢说女子不如男啊。正是毛主席说的'半边天'啊！大妹子真是个能人，不简单……"

"这叫实践出真知嘛！是不是啊？"亲家妹妹对答如流。

"哇！妈都用上时髦词汇啦！不简单啊！"女儿说。

"现买现卖啰！"

三个女人的活剧，真是非常精彩……

阿顺在马尾造船厂事事办得顺利。大鸟也来电话告知：等长腿婚假后回厦门，就住到厦门港阿海的亲叔也是族长式长辈腾出来的渔家民居。为的就是保住如同性命一般的电话通信，另外又可以得到阿惠一日三餐和日常生活的照应。

在"文化大革命"刚结束不久的那个年代里，虽然国家在物资的供应配给上尚欠缺不尽人意，但社会公理传统道德在人们的心中依旧富有。尽管十年浩劫对他们的伦理道德、社会法治予以不可估量的冲击与破坏，但生活在那个年代的人们还是不太习惯编造谎言与骗局。然而，随着社会层面日渐丰富的物质诱惑、西方文化的涌入、私心膨胀追求物欲，人们的道德标准每况愈下。他们将自己当成交易品或利益的相关方，立于社会的各个阶层；当下的中国人是否利用了中华五千年的文明史为"面子"，而将西方"唯有绝对利益"的价值观作为"里子"，以此作为推动社会经济行进的"正道元素"；与其说"文化大革命"是在物质匮乏年代的一场精神浩劫，倒不如说在物资与财富逐步积累成堆的今天，道德与法制更令人浮想联翩、意味深长啊；官、民头脑意识深处的"砸烂公检法"，是否会比在文化运动中亲自动手抢、砸更为可怕更为凶险呢！当今的社会是不是要特别警觉这样一个"权""钱"串在一起，戴着有形、无形漂亮帽子加以伪装的"痞子""流氓""男盗女娼""互通有无"或明或暗、相互勾联的真正犯罪集团呢？

值得注意且至关重要的一点是，在确立监督与有效管理这帮道貌岸然的既得利益者的那些法律规章，这些相关律法的立法、执法者是否能以身作则，正己立身在前？

在咱们的国度，官民之间、官宦同僚之间、老百姓之间、商人与消费者、医者与病患、友人、同事，直至家庭的亲人氏属之间，总之有太多的"之间"，是否不再被谎言与欺骗包裹？人与人之间能否多一点彼此的信用？

全社会、全体公民最根本的立人信用！

当一个社会的各个阶层到了连自己都不知道"信用"为何物，只有利益与相互利用时，那可是万分可怕、非常可悲的事情。这就是"史无前例的无产阶级文化大革命"所带来的后遗症、诟病。好在现今有许多有识之士正在努力地清除这些遗症顽疾，平民百姓们也看到了。只不过老百姓想得更多的则是：但愿这批为民做好事的好人们，并非为了自身的一己私利而为之……

道！

是中华民族自古以来历朝历代尊崇而顺之；

道！

何物？人。自离开母体的那一刻起，自然亦赋之；

未来之道，你将如何行走，需不偏不倚顺而行之。

偏离了道的时代和人，终有一日必受惩戒，不信吗！？

古、今、中、外的史实正告：无一例外。

"感谢　神！我一直在祈祷求主帮助我们的大家庭，让这件大事成全在　神大权能的恩典手中。"闻宝钗激动地说。

"爸、妈，你们来到漳州家里心情多好哇。有阿妹这粒开心果逗你们乐，又有这对画眉鸟日日欢唱助兴爽神。不过啊，我有个想法，就是在空闲时动动笔，给南洋二舅写几个字。寄给南洋亲人的信件有一大好处，就是可以无时不刻地翻阅，这比用电话强。婚假后回厦门我会联通清江阿叔、林老将军找多多的资料还有信件猛轰。咱们先行齐先生这一步之后，后续动作就可越见效。

"我在学校图书馆看过一篇调查报告，是海外资金投向祖国大陆参与四个现代化建设的几个因素：首先考虑的是所投资的项目是否值得开发；其次是在海外事业有成的人士，就像二舅、齐先生这样的商界精英，都有强烈的回国参加建设的美好愿望；再者就是他们对国内现状所知甚少，加上在海外的国民党反共报刊的抹黑宣传还有海外的反华势力，尽管二舅、大舅有着博士的高学历，他们有知识、智慧来辨明海外环境的好与坏。他们是看到了当下的好时机，同样也会回望早年大英帝国的'米'字旗是全球不落；紧随其后的美国、战败之后的小日本一味主攻经济；还有近期掘起的香港、南朝鲜、新加坡和台湾'四小龙'。恰是在这一时期咱们自乱阵脚，连爸都当上'红老兵'啦。

"大舅、二舅的眼光是如此之远，他们都看到了大英帝国的没落，更何况文莱这样的小小国家，他们难道没有看到祖国的富矿地产，便宜的人力资源？大舅、二舅对祖国的近况一定会有他们独特的理解，他们也会像爸妈一样，为我们后代人着想，绘制未来。像表哥和我们这代年轻人，四小龙的经济腾飞他们是做出巨大贡献的，尤其是台湾的青年人。而现今的问题是，大舅、二舅对自己的祖国近况知道太少了。因此，现在妈来做这个'天使'。我相信血脉亲情，咱们与海外亲人之间都会彼此思念的。"阿弟说。

"宝钗，你看阿弟的想法如何？"丈夫很民主。

"很好的想法啊。他啊，是早就考虑好啦，提出他的看法是迟早的事。我算是看出来了，阿弟这根暗藏的、不安分的，时时会露头的'筋'，怎么与我的二哥一个模样？阿弟他二舅当年哪会做什么生意啊，他就是一心想教学生当教授。而今，嘻！有些事还真的说不清。还是亲家兄弟的眼力好，看得准。那好吧，既然阿弟说得有道理，我们就没有反对意见啦。你们安心本职工作，我们用自己的方式来做好'动员'工作，至于成不成事，全在　神的旨意。也只有这样才能开窍二哥的'脑门'，对吧？"母亲更加民主。

"像姐夫家这样才叫民主、平等，不像姐是个独裁者，以大欺小根本不讲道理。"小妹趁机发起反攻。

"哼！"这个当姐姐的没有底气反驳啦。

"好啦，俩姐妹别斗嘴啦。现在我提议：开始喝酒，不赞成的请别举手啊。"阿玲的父亲刮酒风啦。

德富兄为了活跃气氛第一个举手说："我同意！"

宝钗姐也举手了，说："要我同意才有用。用筷子蘸酒干杯的人，还真敢吹大牛！"趣话一句引来全场开怀一笑。

"咱们这里就数阿姨的酒量最好，阿狮也还过得去。其实功夫收在袖管里的是阿玲她妈。她不喝不说，一喝起来像我手上的二两杯可以连下七八杯的白酒。"亲家说笑似的。

"别听他瞎说，我再下厨房炒两个菜。阿玲阿妹快来帮帮我。"母亲发话了。

"让姐去好了。我想听阿伯讲生意经。"小妹说。

"大妹子，咱俩来，让他们聊。"亲家姐说。

楼下大厅里的布谷鸟时钟叫响了下午两点整，阿海来电话了。阿顺告知上午十点半钟造船厂的合同文本就拿到手了，请示了清江阿叔，没有任何问题。在近十一点时签了正式合同，取了定金收据，中午厂部设宴，全是领导作陪，他们俩没多喝，正准备上船。阿海让长腿与阿嫂转告阿雯：他一切顺当平安。长腿真心感激兄弟二人办了件大事。

马尾造船厂之事办得如此之顺是值得高兴的，更值得欣慰的是这一年多来兄弟被多方磨砺，处事能力大长进。长腿将此事转告大鸟，言明自己要和阿玲回福州了，过两天来漳州与阿伯会合时，带上阿惠一起来，要让她能时时感到有他在身边关心与照料。大鸟是个明白人，他也告诉好兄弟，婚假后回厦门就住到他那里，最起码一日三餐有阿惠照应一下。长腿直言不讳，说不知会不会引来邻里议论，此话一出立马遭到大鸟的抨击，说一个人民教师的思想比渔民还封建。被大鸟一喊话长腿醒啦：是啊，要保护好这部电话！还有太多的事要用到它，一定要护好它。

阿玲和家婆聊了一上午，饭后她们继续聊。比如"瓜菜代"时期吃那种用沸水焯过的包菜叶，包上没有丝丝油水的包菜丝，故称"菜包菜"。阿玲深记得那天她与阿弟各"吞"了一卷——粮票半斤换一卷，无粮票则一块钱一卷——那是刻骨铭心的一件事啊。家婆畅想今年的除夕、新正要亲自下厨做一次十六味的地道厦门薄饼。婆媳俩边说边乐，聊个没完。另一小组成员——两位亲家、阿姨姨父、阿弟——正在纸上话楼，从房间规格到大小阳台的设计与用料谈个不休。

一整个下午过去了，婆媳才止住交谈，这位当下刚为人妻的女子，想必不久之后也将成为与她面前的这位老太一模一样的贤妻良母。

晚餐时，一大桌的好菜引来了小妹的好心情，她告诉姐夫今天又有了好战果：收了两大版外加十四张的"红猴"票。她说："你知道现在一版'红猴'票值多少钱吗?"

姐夫摇了摇头，说："不知道，多少钱?"

"说了你都不敢相信。嗨！还是暂时保密吧。我只能正式宣布：我现在升格为小财主啦！"小妹又神气了。

"阿妹，趁现在价好，赶紧卖了吧。"姐夫试探她。

"我才没那么傻呢。就凭它的发行量，以后只能越来越稀有、珍贵。这样下去，怎么得了哇，我就成了大财主啦！嘻！成老师啊成老师，你在探我的底吧?"

"乖乖地把书读好比什么都强。将来啊，有了知识的财主才是真正的大财主哦！"母亲说。

"大妹子说得对，要把书读好，这对阿妹的未来是极其重要的。早年阿弟的外公以及我和老父亲收藏的古物，全都是借乱世之机买的，价钱便宜货也实。而今太平盛世和平年代，正符古话云'太平盛世乱收藏'，就有了收到假货、赝品的危险啦。观大面，经济形势是向好朝稳发展，连千两茶也进入收藏范畴，这样的社会大势继续发展，不出大乱子，什么穿金戴银、造房子、驶汽车……早年咱们国家布衣老百姓不敢想之事都会一一实现，这是多少年来我从香港、东南亚、日本一路看过来的，是潮流、趋势。所以，阿弟提到做酒窖一事我特别地高兴，这就是做事尤其是做大事的前瞻预判性眼光，用不了多久就会证明我所说的话不是胡诌的。阿弟从幼儿至今，我们极少当面表扬他，男人嘛，说得远一点，他是要当一家之长的，他不但要具有远见，还必须具备修正预判错误的能力与意志。说到这收藏啊，我曾经听谌子善老先生说过，湖南安化当地一老汉在光绪八年也就是一八八二年买进一柱千两茶，三十年后也就是民国元年，卖给新加坡的一位老番客，翻了近万倍的利。亲家大兄弟现今做的就是这样一件放到未来可见大利的好生意啊。再说眼前这小灵精阿妹，她这样七溜八蹿的，一转眼一不小心，咱们全都要做她的'跑腿'啦！哈……"

"多谢阿伯夸奖和提醒。认真读好书才是我的本分，集邮这件事说到底全是姐夫的功劳，要不是他的好教导，要不是他给了我这么多买邮票的本钱，又鼓励我多掌握课本以外的各种知识，我哪有今天的成就。姐夫最疼我啦！"小妹说。

"钱多钱少都不许乱花，要存起来。"母亲又训她了。

"去年偶然谈起那张大国徽水印的十块钱，为了让她有点业余爱好与兴趣，才与阿玲商量好了给她本钱。我们都知道阿妹是不乱花钱的好学生。"姐夫说。

"嘻！姐夫最了解我了。像我们班有一个傻大个，拿着家里的钱乱买东西，整个班级的人都请遍了，可还是没有一个人喜欢与他做伴玩，又挨了家长一顿骂，我才没那么呆呢。我啊，要做一个像阿伯所说的用钱生钱、利滚利的大富翁！"小妹挺神气哦！

"先把书读好！还富翁呢，真是的。"姐姐不乐意听。

"阿妹啊，做学生一定要把书读好。你姐说的是大实话，有了知识，有了各方面的素质，到了你该当大富翁时，就是水到渠成的事。你看阿姨，她就具备了当大富翁的本事。那天请港商齐先生与汤局长时你也在场，阿姨做的事不就是请吃一餐饭吗？可是她就是能把这餐饭吃'活'了，这就是大富翁要具有的本事，需要各方面的知识打底做基础。所以我说啊，姨父是一个有福气的人。"老江湖口才不赖。

"德富兄，明天上午，你、姐夫和我咱们三个人到汤局长那里，他去物色做土方的小工。咱们这一头顺了，心中有谱，随时开工就是件自然之事啦。"阿姨说。

"是啊，是啊，我也将'把头'的事一并办了，大家放心好啦。"姨父笑不出唇地应付了一下。

阿姨几杯下肚，聊开了，"咱这里安装电话那阵子，我探听了汤局长的履历，他是'文化大革命'前上海同济大学建筑工程系的高材生。这次他亲自带咱们看现场，是有意试探咱们的作为是否对他的口味。他与齐先生相会时，我亦觉察到这位领导城府极深、深谋远虑，不是省油的灯。他是真没想到，德富兄会出此一招，要了块众人路过都不屑一看的荒废地。这领导的好功夫就在于不假任何思索就做成了顺水人情，从而也证明他的谋略是又'野'又大、滴水不漏啊。"

"如阿姨所说，他是心知肚明咱们还会时常有求于他的。国家培养的干部都是为人民服务的，只是这位地方官有如此多的兴趣、爱好，喜欢的东西和范围太广，这就需要人民为他服务啦。阿妹，是这样吧？"阿伯很风趣。

"这号人唯有一个大爱好，就是'孔方兄'。"阿姨说。

"什么是'孔方兄'啊？哦……我想起来了，是铜板，泛指钱，对不对？"小妹自问自答。

"小小年纪什么都懂。我是说啊，这世间的男人女人都有弱点、死穴，你说对吗？"阿姨借着酒意，十分客气地问身边的姨父，言外之意就是：好赌，就是你的死穴。

"我已经与大鸟讲好了，听爸打招呼就到湖南长沙。铁道上的事对大鸟来说，是一个全新的领域，清江阿叔也再三叮嘱他要心细胆大做事，这是阿姨好不容易打下来的好基础，相信大鸟定能接好这一棒。

"湖南安化的事，我只想说爸不能为了收购千两茶而太劳累。当下，咱们正是打基础之时，千两茶从出洼洼的茶下出品，咱们多花两个钱让茶厂的负责人帮咱们理顺到车站交货装车，看起来是多花了点钱，但这是必须的开支。要看到往后与大、小茶厂把生意做开了，他们自然就会与咱们合计共同克服困难的。只是目前，爸爸还是要以保重身体为头等大事。"

阿弟这个女婿想得真周到！

"亲家大兄弟，阿弟说得在理。年轻时咱们可以满天飞，现在嘛，年岁摆在那里啦。常言说得好：钱是长性命人的。我理解的这句话就是，咱们老辈人打天下，开山凿石铺就大道，有了坦途平路就要让年青一代人去做、往前走，这才是'长性命'的真正含义。将来的今天哪，咱们的厦门好兄弟、恩师老板，可能的话在南洋的亲人们，全都聚在这'花果山'欢乐在一起。有时静下心来想想还真是这样的。一生就这么几十年。对吗？亲家大妹子。"成德富会经商、懂地理、知"长性命"之道。

"阿弟，大鸟是摆明了态度到了长沙不贪杯，可还是要提醒他，那一大帮铁道上的粗人，吃辣喝酒，时不时还闹事，让他做事要处处小心。"阿姨说。

"阿弟啊，阿姨的提醒很及时。我曾听你爸说，他初次上香港码头，就看见有盗贼在光天化日之下用大号空壳底的大皮箱套上旅客们的行李箱，大摇大摆地提着走。后来啊，他自己遇到有人'剪'他的后裤袋皮夹子，你爸是左撇子，顺势从身体左侧捞着小偷，这贼竟然将皮夹子还给你爸。后来他才从邪道人那里探听到，此贼看你爸是从左侧捞他，就以为是自己同道中人，因为咱们用右手做事的普通人，全是右侧转向居多。"闻宝钗又对亲家妹子说："这楼身一动起来啊，你们小我几岁、能蹦会跳的，忙外围之事。我呢，干熟悉的厨房事。回想当年的大炼钢铁，我是组长，几个人帮我淘米洗菜之后，全是我一双手翻炒，那岂是一个'猛'字了得。嘻，那阵子的事如同孩儿做游戏……"

"是啊，"丈夫接上妻子，"她在炼钢场做饭菜给大伙儿吃，我领着阿弟吃'共产主义公共食堂'，钱、粮票全免，共产主义了嘛！可才几天就停伙啦，只好拉上阿弟到我三姐那里搭伙。在那个'放火箭'的年代，净是些令人啼笑皆非之事。唉！"

"我的老教练说起来更生动。炼钢铁出的全是铁水，剪老鼠尾巴到一定数额可以得红旗，不够数怎么办？用面粉和水加染料，开始还像回事，干透后就麻烦啦。那年代的事真逗。"阿玲加了点油。

"哈！后几代人才会觉得那是比民间故事更奇的趣闻！我情愿想象咱们会办事的阿玲捞到一对宝贝精灵回家来，我当'狗司令'，带上你的两位妈妈跑步健身。虽说现今是想入非非，可凡事皆有可能哦！"

"我要随阿伯当'副司令'，姐，你一定要找一对像铁锤一样的好狼狗回来，不然，往后我再也不睬你了，你听到没有啊？"小妹开始"威胁"她的亲姐姐了。

"我才懒得理你呢。"姐姐说，"爸、妈，我尽力想办法就是了。老教练是管原先在部队上当团长丈夫的'团长'。嘻！是有点拗口。反正，她在家里说话是一等一的管用。"

"我也是想念铁锤顺口一说，别太当真。要真有两只宝贝精灵落户咱家是天赐福气；要真没有，挑上条件好的本地土狗也可以训练。大家忙了一整天，一对新人明早还得赶路，大家早点歇息吧。"他的提议说明了他确是累乏：苦老不苦穷啊，年岁摆在那儿呢！

"哦，我差点忘了。阿姨、姨父，你们对漳州熟，看看哪里有卖电冰箱最好是大号的，咱们建楼用得着。就是将来的日子，这帮年轻人成了家，咱家人丁兴旺更是用得着。这说话间热天就到啦，买上鱼、肉、菜随想随用。工地上的师傅、小工可是大班人马哦。"闻宝钗说。

"好的，这一两天我就去落实。"阿姨说。

忙碌了一天的亲人们现在依然在忙碌着，有赶路回家的，有正在洗刷碗筷、打扫室内卫生的，有正在洗澡的，有温习功课的……这就是生活，充实、快乐的生活。

十一、婚后的日子

　　第二天一大早阿姨就来了，她告诉德富兄和姐夫："昨晚一进家门就接到汤局长的电话，我还以为发生了什么变故，结果他告诉我，请咱们在今天上午到他的办公室一趟，他开出了每平方米两毛钱的地价，以五亩的面积计算。他还说，方便的话，将全款分成四分之三与四分之一的大小包，接着就挂断了电话。"

　　成德富稍加思索之后，说："阿姨、大兄弟，别去管那一大一小包的钱款作何用途，咱们只要知道这样的地价低得实在太离谱了。就像阿姨所说的那样，这位领导确是一位很有远见的'老道'官人。在宴请齐先生和他的宴席上，我看了他接过齐先生名片的眼神，就知道很想钓港商的大鱼，胃口很大，加上阿姨蒙话一大篇，我们两个老兄弟前一个'大人'、后一个'局座'紧呼，他的手脚都不知放哪儿好啦。跟这号人打交道的机会还多着呢，咱们啊，顺着当官的人来，主动在咱手中。"德富兄胸有成竹信心满满。

　　"德富兄，我知道该怎么做了，交给我来办好了。"阿姨嘴角略微一笑，两位老哥都会意地笑啦。

　　阿弟和阿玲早就起来了。阿姨告诉阿玲理出大、小包钱，数点入袋。阿姨复了款项，先行一步。

　　刚到上班时间，汤局长已稳坐办公室的交椅上了。

　　"哟，汤局长，昨晚你一定没睡好，又加'夜班'了吧？工作上的事可以狠狠干一下，但不能常如此哦！"阿姨一踏入局长办公室就话外有音。

"上午我要在局里主持一个会议，让蔡科长陪同你们去办手续，建设许可证会等你们办完了基层手续之后一并发给你们。小曾，你还有什么问题吗？"

"汤局长，就是工地用电的事，你看……"

"哦，蔡科长到了基层大队部一起办理，回头我再催他们一下。供电局那头我打过招呼了，没有一点问题。离工地不远处有座粮食加工厂，是大队办的，暂用电源先从粮食加工厂接出来，自来水的问题我也交代了，你们面谈就行啦。这下没问题了吧？"说话轻柔的局座大人眼里放着色芒，盯着小曾同志的娃娃脸。

"真是麻烦你了，让你操心啦。汤局长，那我们先走一步。"阿姨退后一步，将身位让出来给两位亲人与领导握手道别，之后二老与蔡科长一起走出了局长办公室。

阿姨走在最后，她动作敏捷地用手上的提包将汤局长挡在门背后，从提包里取出一大一小两包袋，在局长的眼前晃了一下，又放回提包之中，说："汤局长，麻烦你自己处理啦。"汤局长那只右手拿着文件夹从阿姨的腰际向上摩擦，一直到她那丰满胸脯旁的腋窝处。

汤局长说："你肯定比她们更有味道！"

阿姨立马送上一副笑脸，说："你下午下班之后，我在一处清雅之地给你备上茅台酒，当然，还有一位不同凡响的'高贵女宾'，陪同你尽兴。我还没和她约定准确时间，等下午我来这里拿建设许可证时再通报于你。"

阿姨笑得真是甜，她的内心却怒道：真恶心！

权力，是老百姓赋予你的，你就必须用好手中权力来为老百姓们做好事，用至高无上的权力为人民服务。

可权力对另外一种人又意味着什么？

是金钱！是交易！

就像眼前所发生的这种赤裸裸的"权""钱"交换。在贪官们的眼里，权力就是用来尽可能地剥夺求他们办事的人手中的财富与心灵的尊严，满足他对金钱、对异性的占有欲。

他不就是个小小的局长吗？

对！正因为他是局长。

怪吗？不怪！

一个掌控着地方上某一部门的实权人物，没有人能管得了他。老百姓常说：天高皇帝远。没有相应的监管与有效的制约，这里就是他的地盘！他就是老大！只有他说了算，老百姓只有干瞪眼的份。

吉普车开到废砖窑前停了下来。成德富去后山林里找山泉源头，到大队部办理手续的事就交给亲家大兄弟、阿姨二人，让他俩随蔡科长一同前往。

果不其然，成德富在百年老山林之中真找到了一股"神龙泉"自来水。这老头老高兴啦。

几人在大队部顺利地办完一式三份的相关手续，大队部、蔡科长、阿姨人手各执一份。大队长又带着大家来到大队自办的粮食加工厂，这里离废砖窑相当近，不到一里地的光景。蔡科长送他们到粮食加工厂后，就随车回局里去了。阿姨趁无人之时，塞给大队长五张十元大钞，说是给他喝茶的。这么昂贵的茶，足足顶得上这位大队长一个半月的收入哦。

粮食加工厂的厂长与电工陪同他们沿途巡视了线路的架设，同时确定立电线杆的位置。大队长再三强调，沿途的架线、立杆由粮食加工厂负责，要在两天之内完成这一项"光荣而艰巨"的任务。

在这里，"糍粑手中控"又有了另一番解释……

"大队长，不，应该称呼你乡长吧？这个建筑工地的用水是不是也可以从咱们粮食加工厂引接自来水管？材料以及人工费用由我们负责。"阿姨乘胜直追。

"叫我什么都行，不就是个称呼嘛。汤局长已经关照过这件事啦。说来也巧，我的小儿子就在城里做水电安装，汤局长时不时会派单让这小子干上一阵子。这件事我就一口应允你，尽管放心好了。"大队人为人爽快，当然也是有"附加作用"在催化。阿姨想，这位汤局长真是个活神仙，连大队长家都与他有"业务关系"。她说："那太谢谢乡长了，给你添了这么多麻烦。这是我家里的电话，这是姐夫家的电话。"

"哇！你们两家都有电话啊，这样联络起来就方便多了。嘻，现在装部电话真难，我小儿子为了这件事念叨得我的耳朵都快长老茧啦，真是没办法。"乡长很无奈。

"乡长是想把电话装在家里，还是你儿子的办公室？这样吧，你把两处的地址全留给我，碰上好机会我来帮你联系。"阿姨说。

"哇！那真是求之不得啊！今天遇上贵人了。"乡长非常之兴奋。

"乡长，今天你为我们这样奔前跑后的，真辛苦你啦。我们家的楼房就建在你的地盘之上，往后还望你多多照应。常言说：县官不如现管。乡长，你说是不是？"由顺发趁热打铁顺着乡长的话音"顺说"。

"一回生二回熟，咱们今天有缘相识，以后就不生分了。往后有什么事言语一声，我会尽力而为的。立杆拉电线的事我立马就办。"乡长说。

那个年头，农村里兄弟多的大家庭，自然而然就有了大势力。还有一号人，就是面前的这位大队长或"乡长"，他的"口谕"就如同早年皇帝的圣旨一般，底下的人只有执行，没有分辩的份。比如这一次的拉线架杆之事，只要他高兴用来做人情，材料款从什么地方出？以什么名目做账？自然就糊里糊涂过去啦。关键的问题是：只要有权之人得到利益，"公"字算啥？那个年头的流行语曰：公家肚皮是踢不破的……

姐夫、小姨子与乡长在回来的道上分手，他们二人正琢磨着如何给乡长家装电话的事。这建楼之事一开工乡长就是现管的"土地爷"啦。人们总是看到像汤局长、乡长此类人物，得财取物如此轻省。然而，一味地说他们的不是也有失公允，不是有相当一部分人正拿钱取物送给他们花、用吗？供养这样的官权之人不正是为了自身的方便、好处吗？

无人送钱赠物，实权官人又何来如此多的不义之财？！

二人在神木林里找到德富兄。他们一起观看了泉源，亲家大兄弟说请他的那帮木匠兄弟，先把接水打槽做起来。这样，建造楼房的水、电两大关键问题都有了头绪。

二位有功之臣回到家中，姨父早在家里等待了。德富兄看他睡眼惺忪的模样，就知他咋晚的手气走了背字。他趁着阿姨进厨房的那一瞬，赶紧塞到他手上一大叠十元大钞。这个忽闪的镜头被亲家大兄弟捕捉到了。出自各自的面子，两位男人都装出若无其事，视而不见地对饮起茶来。午饭之后，一对新婚夫妻与家人道别，全家老小送他们到路口上了三轮车。

下午，姨父忙着找小工与"把头"，阿姨去完成她的大任务——找汤局长取那份贵如万金"建设许可证"。一对亲家好姐妹准备着丰盛的晚餐。亲家大兄弟问起了德富兄是如何迷上地理这门高深学问的。德富兄自然说起了童趣：少年时，随老父亲和他的一帮地理先生观地势走向，望山脉地理之理路，到了开始做"买办"生意时，时常在阅读地理书籍，重要的还是要在实际操作中实践，无论是在大陆或台湾、新加坡、东南亚各处，他都会留意学习这方面的知识。一直到厦门中山路拓宽，拆了家中祖厝，迁到上山头建番仔楼。家中大哥看上弟有这方面之奇才，再加上后来成为妻舅的闻其绵有设计雕塑之天赋，因此，家中大哥成德星看四弟如此有出息，楼层的外景、内饰有模有样。番仔楼立楼之后，老父亲成朝阳心花怒放，也就这样，与四子成德富一家在这幢番仔楼内安享晚年时光……

成德富从早至今一直认为，楼体的雄姿就在于富有立体感的门、窗、立柱，如同人着上衣的领袖口一般，少年聪明的他本有丰富的想象力，又参入了鼓浪屿万国建筑博物馆的西洋式建筑的精华部分，再加上自己的改造、修饰。他将每层大小阳台的横楣之上全做上水泥雕件，层层不同图案；他认为阳台同服装之袖口要亮丽大方，因此，在阳台的所有背景和暴露面上，外墙面全都匀称地贴上如"麦片"般大小的蛎壳、白石英碎块。无论是炎热的夏季还是春雨绵绵的季节，墙面、阳台上的所有发光体，将整幢番仔楼衬得日日鲜亮。可见，成德富在厦门的这幢番仔楼所花费、倾注的心血！

而今，他站立在异乡的土地上，与此刻的亲家楼主谈论建楼心得、经验。纵然心中隐忍丝丝伤感，然而那只是一刹那间的心头不舒适。当下，在这样空气清新、田园景致如此清明、富有乡间气息的宝穴之上，他再一次用他的晚年时光来建造他这一生的第二幢、第三幢的多层建筑……

时下，留于他和闻宝钗心中的唯有愉快和喜乐……

"长腿，上午啊，你从前放风庭一直'讲古'讲到众人犯躲进了被窝，听得真过瘾。只要是好天气，咱们就和老大一道晒太阳，只是苦了长腿要日日给咱们安排'连续剧'。我呢，保证前放风庭日日清洁，没有污埃尘点。咿！漂亮的巫嫂又来开饭喽！"色狼色眯眯……

"你啊，擦地时别用太多的水。铁具是不好沾水的哦。哇！巫嫂来啦！长腿，赶紧，行动！"肉痴不理色狼啦。

"哇！怎么从后号房分起啊，巫嫂在演哪一出啊？"

"你真够呆的。没有听说好酒沉缸底嘛！老甘顶牛啦。"

长腿早就拿好了粥瓢候在粥窗边上，只有他知道今天的晚餐有出好戏要上演。这不，粥窗大开，大戏开演啦！

悦耳的女高音传来："拿开水盆来！""快！快！快点啊！"

装入开水盆的全是稠稠的粥团。那个香哟！喷……

盆底有五花肉丝、豆干粒、小虾皮，中层有猪油渣、油炸花生仁喷喷红点；最上面是绿油油的芥菜茎，加上绿香葱花配上粉红圈的油炸葱头……香哟！口水漫到唇边赶紧吸上一口水往肚里咽，真是太香啦！

巫嫂将开水盆挤放入咸粥团近九成满，又说："再取只粥瓢来。"长腿照办，巫嫂的大手连同他的大肉掌与粥瓢一把抓，再给了一大勺专挑的油炸豆干粒和油渣。

"巫嫂，谢谢你哦！"与往日取干饭、肉一样，他斜歪着头朝粥窗外的巫嫂道谢。这时人犯才发现，巫嫂又换了一身宝石蓝的外套，内衬粉红色的的确凉衬衫，她的脸色是如此红润。让长腿没有想到的是，巫嫂不但没有关上粥窗门，而是蹲下身来解开外套的胸前两只大纽扣，从粉红色衬衫的胸前口袋里取出一小包用白纸包的东西。长腿这次是真真切切地看仔细了，是近距离地欣赏到这样一张太漂亮的少妇脸：细柔的黑头发，柳眉，双眼皮的大眼睛，睫毛是天然的细长，以至于它们都往上倒卷，鼻、嘴是那样的养眼耐看。尤其是那对耳垂，超大，有如吊在双耳下方的两粒已脱了牡蛎壳的硕大蚝肉……

不知为何，此时此刻的成闻卫立马联想到已经快进入预产期的妻子，她现在如何？身体可好？嗐！自己在这座失去自由的牢笼里闷闷苦思乱想。活该！成闻卫暗自大骂长腿这个无用的人犯。

"巫嫂那张秀气的脸庞，是不经过任何化妆与修饰的，是极自然之美。"至此，欣赏完美少妇的长腿"总结"道。

"包里是一点点的黑胡椒粉，千万不可乱说哦。"成闻卫再次见到这个女人熟悉的抿嘴一笑。这下他确定了：昨天，那个美丽的微笑是送给他的。

"是黑胡椒粉。巫嫂交代不能胡言，否则，她会被处分的。"长腿坐到统铺"餐桌"前，根据他对巫嫂所说的话意再添了只"足"。长腿先将黑胡椒粉放在老大的脚边，再把那一满粥瓢的加料好食品齐齐放在张子健的面前，人犯们注视着天窗外没了动静，死囚犯才掏出黑胡椒粉，用汤匙柄小头的顶部，挑了一丁点放入大盆的粥团之中，使劲搅拌了几下之后，在咸粥的三分之二处划出一道杠杠。众犯明了了，四人共用盆中的这一半多食粮。今晚，众囚犯的吃相极好。其实每个人犯都想割断脖颈死命往食管里填塞啊，只是现时的众犯一下子全有了长腿下盲棋的好记性：下午时分的那一幕幕，被铁镣撩过是钻心的疼啊……

　　长腿再把芥菜茎挑到老大面前的粥瓢里，他仍不急着吃饭。这时，张子健突然从老于的脚边抓过一个空粥瓢，将放在他面前满满一粥瓢的豆干、油渣等"私货"卸了一半放入这个空瓢，然后再从大盆里舀上粥团放入装精料的瓢中。他瞄向天窗的同时，从裤角边的折缝摸出黑胡椒粉，点上一丝丝粉末置于粥瓢之中。

　　老甘愣了一下，朝老大看了一眼。这下，老大不爽啦，他手抓铁链握着拳比画着挥拳的动作吓他："老子挨揍时，你正尿裤裆呢。嗯！你们哪一个能像他一样，替老子挡两拳。你们三犯谁个能做到这一点，今晚的大宴老子不吃了全供他！看什么看？老子拖了这么长时间还没被毙呢，说不定，老子的上诉状批下来，不死啦！即使老子罪大恶极，该死、该毙，能在这样的牢笼中还有替老子挡拳的，把老子当人看，值！"

　　"不吃啦！"

　　张子健朝后墙一靠，拉过被头捂上脸和身子，只见到盖在他身上的被子上下抖动，该不会生如此之大的气吧？该不会是悲愤的心情在作怪吧？该不会是呜咽的痛苦夹杂着苦涩的泪流吧……

　　此景就是最真实版的、人性的另外一个组成部分。

　　"甲三"寂静得如死一般。三犯继续填腹。而长腿取过那一大瓢的精料，安静得像没心没肺没心思一般，用铝质汤匙一下一下又一下地分切瓢中的油渣，然后再放入共用的大盆之中……

　　晚餐是人一日三顿饭之一。然而，像在如此场合之中用膳，那感觉、那场景、那言语、那眼神，直到灯光……

　　这是一个将死之人，他的人性之真实表露；这是一个活着的人，一生永远铭记的一件事……

　　长腿将干净的粥瓢，再打上半粥瓢"咸粥"存放起来，他用洗净的开水盆翻盖上，假如张子健明天还有好胃口也可以当成点心吃。天冷，放置在水池边自然冷温保"鲜"。即便他不喜欢吃隔夜粥也无关紧要。老于、老刘、老甘三条饿犬正虎视眈眈准备扑食呢。

人哪！是这颗蓝色星球中勤劳的劳作者。只有流汗、动手方得食得以存活。然而，对一部分人来说，人的惰性与生俱来，会随时体现。只要吃饱喝足，不再催鞭子就得过且过了。甲三号房的五囚徒正是此缩影。社会上的人们是否也在左思右想：不劳而获、剽掠他人美物、酒足饭饱让他人付账、天天拿薪金不用干活该有多好哇，如同当下之囚徒……

公元一九八一年元月十日。十二月初五。星期六。

吃得太好太饱，三个囚徒就会大忙私活。长腿自进了"甲三"之后，他就发现张子健在这点上做得特别好。可能是他早年作恶多端，现今改恶从良去恶习劣根了。

天虽冷可有阳光相伴，老甘认认真真地擦了前放风庭的地板红砖，之后再用自己穿的破秋裤再过一遍干的。讲古开始了："呼们闽南人说起众所周知的泉州李五的趣闻是不胜枚举。今天我讲一个另类的——

"李五的祖上曾多次被瞎子作弄。那晚，他来了这么一招——他请来了泉州城里、城外的两帮盲人，说是要请客，让他们坐满了大厅五大桌。他让家中厨师，将干葱头用黑芝麻油入锅炸出香气，钻心的香气飘满大厅，趁锅油爆热泼上水花。哇！那水浇油迸发出的热闹声响，谁都不怀疑晚间定是盛宴。众人正在幻想……怎么着？自己的头顶挨了一闷棍！'你小子，那天与我争抢一位来测字的先生是我的生意，今天你却在这里撒野。'城外的瞎子想。

"'咿！烂气仔，几天前与我闹地盘的事，到今天算计起我来了，真不是个东西！'城里的盲人想。

"来啊！人人手手一棍，谁怕谁啊！干！

"那场景，比油锅里炸焦的葱花油还闹呢！

"泉州李五，他手持一长竿立于桌旁，看到个个头顶瘤叠瘤、疮压疮时，他喊来家丁将瞎子们齐齐轰走……

"这是泉州李五所为的一则笑话。而在一九四二年，发生在中国的那场天大灾难，国民政府急需银两，就发行有奖债券问老百姓'借钱'，其中有十张是十万银元的大奖。话说有一个'棒棒'苦力，平日就好小赌，此回有如此高的大奖，花上一块光洋赌一把。买下债券之后，他是时时刻刻背念牢记债券号码。终于，开奖啦！

"街头喇叭传来了与他叨叨的号码一字不差，甩掉棒棒过好日子去喽。飘向天空的棒棒坠下时正砸到一辆黄包车上，车夫正想发怒，可是见到竹杠裂缝中露出债券一角。

"今天是开奖日！

"棒棒苦力回到家才想到。他！狂笑不止！

"拉车苦力到银行才看到。他！狂笑不止！

"想得到与没有得到的全都没得到！他们，全疯啦……"

"哈……"死囚张子健狂笑。他是在嘲笑自己曾经对金钱的疯狂，还是那根"魔棒"？

哟！有的只会笑，究竟是懂还是不懂？

"说到泉州人有经济头脑，一点都不夸张。家父的一位泉州好友的孙子才上小学一年级，竟然会伙同三个同龄小子，制造了一起'一九五八年出品的五分钱钢镚含有贵重金属'的谣言。谣言一经传出，他们就先以两毛钱收一个五分币，当着众人的面收货，还扬言有大货主给了大价钱。当收到一定的存量后开始以八毛钱抛出。谣言风起泉州，前一阵子刮到了厦门，老甘一定听说此事了。现今，社会上还在以一块二疯收这些'五八'的五分币。可是，谁也不知这钱将来要卖给谁？整个闽南地区就这样被三个小学一年级的毛头小子给耍啦。够可怕的吧？"

"真的！？现在经长腿一说，我才恍然大悟。我大姐的小子也在干这事，我还帮他收过十一枚，每枚买价七毛，过手给他八毛钱……"

"老甘，无论是洗内裤还是买卖硬币，你做的全是'出'的生意，真不划算。还看，不服气？"老刘挑刺了。

"不和你说。长腿，再来一小段怎么样？"老甘哀求道。

这对新婚夫妻抵达福州还不算太晚，阿玲在家里时就与老教练约好了，他们直接到老教练家中报到。

阿玲取出李全成先生送她的两块香港布料，准备送给老教练的女儿。还有给老教练的进口好药，当然喜糖喜饼定要奉上。

阿玲穿着一身家婆为她定制的漂亮旗袍，从在漳州上车直至福州终点，回头率是绝对的百分之二百。

老教练见到早年的得意弟子身边俊朗非凡的壮小伙，还以为是"天仙配"下了凡间。她一家人正在厅里观看电视，是当年比较流行的九英时黑白电视机。她的女儿今年上高中二年级，儿子还在读初中一年级，老教练虽享有国家的公费医疗，可是身体虚弱还需营养滋补品来支撑，这也是一笔相当大的家庭开支。因而，老教练的家中根本谈不上什么像样的布置，甚至可以说是有些凌乱。她们一见面就开聊工作上的事，老教练对阿玲接手队里的训练称赞有加。毕竟，阿玲与这批队员差不了多少年岁，教练、队员之间亲切如同姐妹，易于沟通。老教练说："国家女排也在作调整，为四年后的奥运会做准备。咱们国家的专业队体制就是吃国家饭，趁着国外那些体育强国女排还没正式'职业化'，看能否在'三大球'上放一颗卫星。我当了这么多年的女排教练真是日思夜梦啊。现今国家女排多变、快速的训练原则是对的，等到国外体育强国摸透并掌握这个打法，加上她们高大的身材与力量，咱们再冲击，难度就大啦！"

阿玲的婚假到今天为止，明天就正式开课训练啦。临别前，阿玲谈起了此行的主题。她是老教练早年一手带出来的，亲如一家人，自然有事直言。机灵的成闻卫提前言明：在警犬训练基地的一切培训费以及必需的开支定照规矩而行。成闻卫是想，无论事情成功与否，表明自身的诚意是非常重要的。

阿玲办了一件自认为非常了不起的大事情。一对新婚夫妻告别了老教练一家人，回队里找许筱雯教练去了。

"你还知道回来啊？穿上这身还真有模特儿的样。"许教练见到她的好朋友回来，高兴得很，"你们的新房间都清扫得干干净净了，下午我还亲自擦洗了一次。接下来啊，德玲你知道我最想的是什么吗？嘻……就是想早一点抱抱你们的小宝宝啦！"

"才几天不见嘴上就不把门啦，看我怎么收拾你！"排球教练跃跃欲试，真要动手啦！

"别，别啊，水里的鱼不与陆上的兽斗，我怕了你行吧？"游泳教练做投降状。

"许教练，阿海兄弟问你好，他和胞兄从厦门开船到福州马尾造船厂签下造船合同之后，就带上两船渔工水手捕鱼去了。阿海兄弟是一个离不开大海的人，也是一个很有担当的男子汉，就是憨直，口才不行。"成老师说。

"谢谢你啊，成老师。人各有志。自己喜欢的事就去做，这样的人才活得自在。"许筱雯教练说。

"阿海兄弟说，只要见到你，他也不知为何就发呆发傻。不过做事专一的男人都是非常记挂家庭的，这是家婆亲口告诉我的。阿海兄弟、大鸟和阿卫都是属于这一类型的男士。"阿玲拉着她的好姐妹的手说。

"都老大不小了，还像个孩童。"阿雯回忆着说。

"筱雯啊，不是我在护着阿海兄弟说话，他人很直率，也真的非常在乎你。"阿玲说。

"虽然我们才接触短短的几天时间，可我看得出他是个心地纯正、很有情义的好男人。男人就是要实在，有责任心最重要。德玲啊，你找到成老师就是大福气，他就是这样的好男人。"许筱雯教练羡慕这对新婚夫妻。

"目前海上渔汛不是太好，他也不是想挣什么钱，就是闲不住而且热爱大海，他真是一个为大海而生的人，只要一上船驶入海中，他就是另外一种形象。等他这次回厦门码头，我让他歇上一个月，到福州来请许教练好好调教他。"丈夫接着问妻子："在福州租个房子不难吧？就一个月的时间。"

"得了吧，阿卫，你吹牛不上税的。你这个当老师的那么长时间都调教不好，让我们来捡这个烂摊子啊？不过，真有一个月的时间让筱雯当老师，也没有什么问题。筱雯，你说是吗？"阿玲的目光盯着许筱雯的脸，瞧着她的脸变幻着赤橙黄绿青蓝紫的多彩色系，两姐妹又乐在一起啦！

"好啦，就你德玲的嘴抹了蜜糖水。时候不早了，我带你们去新房间。成老师，你的婚假到几号？"许教练问。

"十一日上午或下午回去都行。回去后安顿一下，十二日星期一就要回学校上课了。"成老师回答道。

新房布置得相当喜庆，这房间原本是省女子体操队主教练住的，"五一"节前夕她调回四川省改做行政工作了。看得出来，为了布置这房间，许教练是下了不小气力的。

"真的要好好谢谢你，我的好姐妹！"大姐姐说。

"德玲，这就见外啦！你来，快点啊！"小妹妹把大姐姐叫到新房间门口，只见许教练在她的耳边轻语了几句，突然，俩教练斗起来了，水里的"美人鱼"溜走啦！

"阿玲，我帮你放好了洗澡水，你先洗吧。"

"不啦，咱俩一块儿洗，我来帮你搓背。"

"这待遇够好的。喂！刚才许教练都对你说了什么？"

"你真想听？"妻子脱下外衣与内罩，"等下再说。"

"你记住啦，今晚要喝点那种酒。"丈夫提醒道。

"那酒的后劲太大啦，让人自控不了。"

"你喜欢那种滋味吗？"

"你说呢？"擦干了身子的裸体新娘，猛地跳上丈夫的腰际。新郎哪有开口的机会，妻子滚烫的两片嘴唇早就将他的双唇紧紧封住啦……哇！太不讲理啦！

夫妻两人在这里度过了一个难忘的夜晚。

第二天许教练带游泳队做完了晨练，就到新房来叫阿玲了，她生怕新娘子"操练"过度，忘了女排的训练课。三个人一起到街上吃了鱼丸面、肉燕扁食。许教练与阿玲私下议了议，觉得还是别带成老师进运动队食堂，这样就省却了众人将他当作下饭的"菜"。就这么几天十几餐，索性全寄膳在福州的街头饮食店，最好能把福州的小吃尝个遍。

上午七点半，阿玲拿上训练计划、笔记手册去排球馆了，她叮嘱丈夫，在福州的日子里，就在许教练预订好的餐馆用膳。当下餐馆的生意可是好到没有预订就没位子坐。

约九点钟，成闻卫一身西装笔挺地走出新房，他要上福州南门兜去，见那已经太长时间没见面的儿子。他是多么想亲手抱抱他心爱的宝贝啊，然而他只能一路缓行，以此来平复上下翻滚的激动心情。

不到十点钟，在南门兜百货公司的大门口出现了一个熟悉的女人身影，一身粉红色的外套，内衬淡蓝色的的确良薄衫，如此的着装更能显出成熟女性的风韵与气质。比起前一阵子，她似乎胖了一点。她身边随行的是一位近五十岁的中年妇女，手抱着戴兔耳帽的婴孩。作为母亲的她时不时和婴孩说着话，就在这个时候，她望见了日思夜想的男人、儿子的生身父亲。

她从保姆手中抱过儿子，脸紧贴着他那稚嫩的小脑袋瓜，拉起他的小手，看似漫无目的地朝街对面挥手，她是让他们心爱的儿子朝着他的亲生父亲、她心灵深处最最爱的男人打招呼呀。十个月大的儿子，竟然能用那双大眼睛目不转睛地盯着远隔一条宽马路的父亲。原先，父亲还以为这是儿子的偶然行为，然而，当他的母亲换手抱他时，儿子极快地扭过他的小脑袋瓜，眼睛一眨不眨地看着他的父亲。这实在太神奇啦，假如不是亲临其境，他根本就不会相信眼前的这一幕是真的。这不是梦，不是幻象，是儿子真真切切的眼神！

成闻卫只能在马路的这一边缓步行走，远望着儿子。他只能远望！理智告诉他：没有别的选择，只能站立在远处看着心爱的儿子。母亲将儿子轻轻地放在地上，搀扶着儿子的腋下，宝贝儿子欢笑着，露出两颗雪白的门牙，嘴里还咿啊地叫着，好像在与父亲打着招呼：你看，我都能像你一样行走啦！父亲知道，这是他的母亲有意让儿子即兴表演给生身父亲看的。他看到母亲在抱起儿子的那一刹那，她拭去了眼角的泪。

究竟是为了什么？没有人能回答！

为什么会没有人回答呢？因为是两颗心在"黑暗中"做出来的事，因而得不到回答。

哇！这样的"现实"是否太残忍、太不公平了。才来到这人世间十个月的小生命与其父亲，他们竟然默默地承受着眼前看得到摸得着的"现实"。真是不公平啊！可是，这个还不懂世事、无知的小宝贝却能享受着这看似罪恶背后的血脉幸福，当然，他的父亲也被感染了。他的父母双亲从另一侧面深深感到那种超越出"现实"的无比"公平"。

在浩瀚宇宙中的这颗蓝色星球之上，无时无刻、无所不在，对无数人与生灵注入"不公平"的元素。然而，当你安静你的心反思这些对自己、对他人的"不公平"时，你是否还没意识到：诸如此类"不公平"的起因，正是出自于你的公平对待与忍耐才引来的"不公平"？！

公道、正直、正义、公平，是言辞、摆设？还是……

脖颈两条管，想前思倒转。是吗？不是这样吗？！

时间十分的宝贵，成闻卫看到母亲将儿子交给了保姆，吩咐几句话后，儿子在她的脸颊上亲吻，像个小大人似的与母亲挥手道别。站在街对面的父亲快活地笑了，一种为儿子骄傲的自豪感油然而生。他横穿马路到了街对面，随着她走进一家服装店边上的小巷，她头也不回地领他上了五楼。

刚关好出租房的门，女人就拥抱住他狂吻，女子身上满满的香气，一下子把这个壮汉击倒在房门边……

"上个月你走了之后，我就一直盼着这一天。这是你头一次看到你这聪明的儿子在公共场合亮相，怎么样，高兴了吧？"女人说。

"真是要好好谢谢你，你太不容易了。我刚才看到你都流泪了，我也差点哭了出来。这就是咱们儿子的强大力量。说真的，我十分感动。"男人说。

"我很幸福，阿卫，只是差你不能在我身边，但我很满足，有咱们的小宝贝天天陪着我。"女人显得格外兴奋，"单位成立了经济实体，一开始在经营项目上讨论许久，花了不少时间，最后大领导拍板，就做来钱快的、当下时兴的建筑和装修材料。一切齐备了，这三四天我也可以松松筋骨了。以前搞行政工作，时间上紧巴巴的，现在，在公司里，我是当然的一把手。"

"阿燕，听你这么一说，我打内心为你高兴。你的工作能力和经验摆在那儿呢，没问题的。对了，老姜的身子骨好点了吗？"成闻卫关心起儿子的名义父亲。

"胸部的问题有了好转，但还是不太理想。肝、肾都有小问题，医师说，要耐心好好医治，尽最大能力阻止并发症的发生。"吴玉燕说。

"这次来福州度婚假，我没带现金来给你。现在漳州那边建新楼，大家建议找条看家护院的好狗，她正好有这层关系，爸妈让她带五千块在身边应急。南洋二舅汇来了一百万港币。汤局长给咱家批了块地，是爸和他们长辈现场选址。到了暑假，足球联赛一结束，我多少帮一下家里的茶叶生意，我会时时上来与咱们儿子在一起，顺便再拿五万块钱放在你这里。现在你做上了实业公司的工作，经济问题就敏感了起来，虽说那是咱们自己挣的血汗钱，但还是放在你自己知道的地方，别去存银行。真遇上老姜用大钱时，你才不会急坏身子。爸妈说了，等楼房一建好，老姜几年后退休，你们就住到漳州花果乡去。也不知为什么，二老对你就是特别有感情，我也深感奇妙。"学员对教务主任说。

"我也同样思念他们，真是一对好老人。我就是想过这样平平凡凡的日子，可为何就如此之难呢？阿卫，你和她有了子女之后，不会不理睬我们母子俩吧？"吴玉燕变得很爱流泪，时常伤感。

"阿燕，你说什么呢，我是那种男人吗？你不相信我啦！"男人说。

"正是因为相信你才会受这么大的心灵折磨。为了还能听到你的这句话，再奖赏你一下！"吴玉燕破涕为笑，给她心爱的男人深深一吻，侧过身来紧靠着他，说："我都忘了问你，新婚的滋味还好吧？我都嫉妒死了，谁叫我如此命苦。"她那细嫩的纤手抚摸着他宽厚结实的胸膛。

"阿燕，爸妈想让她调回漳州，她也表示，就是让她回去教练少体校小小班的队员她也愿意干。其实，我知道她是非常酷爱排球运动的，也很想做出点成绩来，尽管如此，她还是决定在爸妈的晚年好好服侍他们，她是为了爸妈着想的。"他紧搂着她说。

"办这种调动的事，我是求回报的哦！你现在就报答我……"女人又开始挑逗这位英俊青年。

"是你逼得我无路可退哦！"男人正在努力地找寻行进的路径……

从漳州到福州的途中，成闻卫是做了充分的思想准备的：一旦到了福州，肯定会很忙也很累。但出乎他意料的是，抵达省会城市还不足十四个小时，他就开始有"累"的感觉、"困"的迹象啦！

真正的考验还在后头，这才刚开始呢！

阿玲和许筱雯教练下了上午的训练课，他们三个人就上街对面的饭馆用午餐。听许教练说，今年春节过后，众多的小饭馆就如同雨后春笋一般出现了，生意都特别好。还有其他教练、老师、队员们，都会在节假日里来尝个鲜。尽管她俩与饭店比较熟，也同样要照例预订餐位。当年的街边道旁全是计划经济体制下的国营餐厅，想简简单单吃一碗鱼丸汤面都必须走"四步曲"：一排队，二掏钱、粮票购买等价等量的菜签或票单，三再排队取食物，四才能落座吃到鱼丸汤面。而时下的私营小饭馆是以服务顾客取胜。食客们只要照着压在玻璃板下的菜单报上想吃的主食配菜，一会儿工夫店小二就满脸堆笑端上食物。不用人挤人——闹心，后厨现炒——爽心，跑堂端菜上桌——舒心，饭馆明亮宽敞——开心。这"四新"顶替了"四旧"，多好！只是好菜热饭入腹后，顾客就要"多费薪"喽！

成老师看许教练点了一盘只有三段、每段仅五六公分长的白带鱼中段，牌价是三毛钱一段。他的脑袋瓜一转：这是一条一斤半左右的"大白"，拖网船上的批发价是每斤七毛五，一条"大白"能切成多少这样的段块啊！哇！开小饭馆的利润都如此之高，文莱二舅开的集住、吃、游、玩于一体的几十层楼的大酒店，不成大富翁才是怪事呢！

"喂、喂！你两眼直木木的，在呆想什么？"妻子将正在沉思的丈夫拉回到现实的餐桌前。

"这、这也太好赚啦！这……"

"你这是怎么啦？什么好不好赚的？"妻子不解地问。

老师同教练们道出他正在思索的题目。

"筱雯，我告诉你，他啊，现在满脑袋装的全是金条，什么体育事业、上课教学，他都没了概念。真拿他没办法。"妻子无奈地摇了摇头。

"这没有什么不好啊。德玲，你还真别说，往后的社会大潮不全是往前看，还要朝钱看呢。看看眼前这饭馆的场面，你敢说不是？"许筱雯教练也想当预言家。

天气渐热，省会福州算得上是福建省的"烘炉"，加上已是初夏时节，从中午到晚餐时分，从新房间到出租房何止是全天大汗淋漓，还要被"累"上好几回。嘻！

"活该！全是你自找的！"成老师对成闻卫说。才刚眯上眼，阿玲就风风火火将他揪起来啦。老教练来电话邀请他们去吃饭，福州警犬训练基地的徐政委也要来。

听到这儿，成闻卫的第一感觉就是：有戏！

他赶紧洗了把脸，登时清醒了许多。阿玲拿来笔挺的结婚时穿的黑西装，但成老师却取了一套准备在来回路途穿的普通衣裤。还是在龙岩厂办学校时，洪校长给他讲过一件事，是他的老家邻居的真事。某大学有一位品学兼优的漂亮女生，是大家公认的校花。在一次大学生与驻军部队的联欢会上，这位大学校花被驻军司令相中。司令已是四十有二，麻脸，地道的"老棍司令"。他请手下的一位参谋长去大学邀请这位校花到军营参观。当年的社会新潮，姑娘们都以嫁给军人，尤其是军官为荣光。校花年轻好奇心重，一心想亲眼看看军营是何模样。校花的到来高兴坏了麻脸司令。闲聊时，美女大学生自然地问及司令官的儿女多大啦，孙子一定很可爱啦，一定好好幸福啦……校花太多娇声娇气的"啦"，她哪会想到司令在心里说：我就是想你来做我的老婆"啦"！

这下好"啦"，几多日夜引来学校领导、部队大官们轮番劝说。终了，"红头盖"一遮，成司令夫人"啦"。

当然，此事为个例，并不是说当上司令的人脸上都有麻点，更不能乱套司令官的个性均是如此。司令从部队转业之后，随漂亮的妻子回南方老家，做了洪校长的好邻居。所生的二男二女个个鲜靓，哪有什么麻"啦"、斑"啦"尽胡说"啦"。可司令当上爷爷、外公倒是真的"啦"！

还有一件事是阿顺兄弟说的，也是部队属下的一个经济实体，是专营紧俏商品——摩托车。若照财务制度是不可以收取客户现金货款的，必须到银行办理转账手续才能提货。可是供货的大头目说："你们不收现金，并不等于我不能收哇！收！照收！点收现钞'养眼'。"

林子大了，什么鸟没有啊！

这两则真实之事，真不是"故事大王"编的故事。可是它给了成闻卫相当大的启示：还是阿顺兄弟说得好，若真要与部队打交道、做起事来，把蛇画得差不多像就可以了，切切不可再添只足哇。毕竟，他们手上全是打得响的真家伙哦！

今夜，成闻卫着此便装的理由，来自他从一本介绍礼仪的书籍中看到：男人们在一起时真要嫉妒起来，那"浓度"强上女人几十倍哦！不知是真是假。不过，他倒是让妻子和许教练都穿上漂亮的旗袍。如此的"花姑娘"就是对主人家的尊重，天天看着一水草绿色的男性，转看一点红艳提神且养眼。

徐政委是个标准的北方大汉，内蒙古人，满脸络腮胡子，天庭饱满，浓眉大眼，双目炯炯有神，一眼看上去就是个正直军人，天生行伍的相貌。叔叔给他们作了介绍，一阵寒暄之后，酒上来了。尽管成闻卫的酒量很差，但他深知北方大草原人的豪放与单纯，推辞不得。这可是六十度的山东德州纯高粱酒啊，硬着头皮，干！

酒过三巡，成老师谈起了此行的"任务"，借着酒兴卖弄起了名犬的饲养与训练知识。这让徐政委深感惊奇：眼前这位体育老师在养犬训犬方面懂得真不少。成老师实言，那是照搬抄袭父亲的全部家底。徐政委一听乐了，这对上北方汉子脾气：直爽厚道，直言不讳。徐政委也实话实说：听了他的老搭档林团长传来的消息，他自己下到一线的犬舍，挑了一对名犬，其父辈是立了战功的良种犬，他让成老师闲暇时去过目一下。

成闻卫是喝了不少酒，可脑子还管用，他灵机一动，将所托之事由徐政委和林团长拿主意。人，得到真诚的信任与尊重，尤其是上了年岁的人，只要你完全信任他，他们做事时将更尽心尽力，会把事情做到好上加好。

　　这时，叔叔示意老教练将晾在阳台上的衣服收进来。成闻卫立马会意，捏了一下身旁妻子的大腿，许筱雯教练也聪明，拉着她的好姐姐拿起果盘上阳台闲聊去了。

　　"成老师，本来徐政委的意思是挑半年龄的一对，但他与训导员们会商之后都认为，八月龄的狗比较没有'孩子气'，因此就准备用一只半年龄与一只八月龄的配成一对。刚才你也听说了它们的遗传底子非常之好。成老师，恐怕你也知道，这种部队的专用犬是不随意流入地方的，正是小由与咱们家的关系深，徐政委也是我搭档了数不清年头的生死好兄弟，他才亲自下一线找训导员，最后拍板了这件事。由于这样的名犬培养是要有一段时间与过程，徐政委说，就收个种犬的训养费，每只以五百论，这样一对就收一千块钱。它们的所有身份证明齐整，没有丝毫问题。现在就是将这对种犬从训导员的手中转交到你父亲手上时有点麻烦，乘火车、长途汽车都没有大问题，但一下子接触到如此多的陌生人，过于繁乱嘈杂，对它们进入新家不好。徐政委提议动用总队的运犬专用车直走漳州到小由家里，成老师，你的意见如何？"林团长在征求意见。

　　"徐政委，我听叔叔说，转业的军人依然喜欢在军队中的称呼，那我就这样直呼你了，家父现时在漳州疗养，家有电话很好联系。刚才我多少也谈及家父青年时代曾训养过德国黑背的经历……"

　　"是啊！"徐政委又干上一杯，紧接成老师的话音说，"一个男人能如此钟爱他的犬，令我非常的感动。在我手上的良种犬能找到这样的主人，一定错不了。"

　　"二位长辈，你们都是县团级的父母官。刚才叔叔所说的我没有任何意见，我相信徐政委会让给我们家一对最好的黑背良种犬。让叔叔和徐政委如此费心关照，我先代我的父母、岳父岳母谢谢你们。运送种犬专用车的长途往返汽油费以及其他的一切费用，我再支付……"成老师认为已到嘴边的"五百"有点不妥——如若加价过于离谱，那就不是经济问题而是脸面、尊严的"政治问题"啦。思来想去还是开价二百比较合适。成老师佯装咽了一大口口水，接着说："我再支付二百块钱……二位首长，这事就有劳你们了。成某酒量不好，但诚心诚意敬二位首长一杯，先干为敬！"林团长一出口谈到运犬车问题时，他的脑中就弹出了这二百的价位，之后几次推倒重来，最后还是确立在这个点位上，适中、妥帖且礼貌。至于这中间的环节，就不是他所要关心和知道的事了。此时他眼前只有父母双亲与岳父岳母四位长辈带着这对小精灵快活遛弯的场景，真是太幸福太美好啦。成老师接着说："二位首长，今天晚上我没有带现金出来，明天下午四点钟，如果叔叔方便的话，我们在体工大队大门口等你。我的婚假是到十一号，运送德国黑背下漳州时，我就不随车了，有劳徐政委在训导员领着种犬起运之前联络一下漳州家里，一切手续按基地的程序来办。叔叔、徐政委，你们看这样行不行？"

"不过……"

"哦，徐政委，"晚辈接过原部队首长难以言明的语意，说，"咱们这是纯家养、家用。家父视纯种名犬如同性命一般，绝不会毁了名犬的纯种性，乱加交配的。我顺便说上一句：咱们不需要那一套'公对公'的手续。"成闻卫能顺当地接上徐政委的话，是根据他在公社林场养那两对斗鸡时的经验——三姐夫再三强调，如此的良种鸡是不可以乱交配的。纯正血统的德国黑背就更是如此啰！另外，他之所以如此痛快地答应付这一对名犬的训养费，并非酒劲，更不是信口胡允，而是他已通过友人探听到，在香港，一只普通的六月龄德国黑背就需港币一万块，还不包括介绍人、经手人的费用，是不是正统名犬还两说呢！成老师是怎么也没有想到，如此优良的"功臣名犬"之后代，价值还不到他心理价位的七分之一。而这些都不是主要的，最重要的是他深深记住了父亲的一句话：天底下最忠实于主人的狗是无价可论的。狗都能如此忠实于自己的主人，作为晚辈，作为有思想的人，难道不应该做得比狗更好吗？能在父母双亲大人的晚年，让他们重温青年时代的乐趣，让他们在这样一对通人性的好朋友的陪伴之下散步、松筋骨、健腿脚，得到身心的愉悦，安享幸福的晚年，这才是最重要的！

人这一生为了一时的观念，换来的可能是一世之悲哀，或一生的快乐与幸福。换而言之，人的这一辈子不可能预测未来的福祸衰盛、亡故时日。如同闽台语说的：人不可"料"，狗可以"料"。

狗，被不可"料想"的人所掌控，仅是它的忠诚。想明白的紧闭双唇，还没想透的别再浪费光阴。"真是个思维敏捷的好青年，我才说出话头，他就知道我担心的事啦。"徐政委从心底暗暗佩服这个小青年。他说："今晚真是幸会。明天一整天基地有接待任务，这事就请林团长代办吧。来！都满上，为了咱们的友谊和一对黑背朋友平安抵达漳州新家，咱们干上一杯！"

"来，干！"成老师接过徐政委递上的酒杯，一饮而尽。人在心情极爽时，酒量会猛增，真的是这样。

"明天太阳落山后，这一对黑背朋友就从基地起运，到漳州新家正是半夜，是良种犬入新窝的最佳时分。训导员会与新主人也就是你的父亲做一个交接。"徐政委深深吸了口香烟，"成老师，认识你这个朋友真的很高兴，你爽直痛快，咱们一定会是好朋友。"

"一定，一定的。"成老师和两位女教练告辞，三人雇上两辆三轮车朝福州市邮电大楼飞驶而去。现今的大事就是，请漳州家里赶快建造一个临时性的狗窝。如同当年的铁锤进入鼓浪屿"东升官照"的别墅一样，此次也正是定下"阳穴"宝地才得到这对小精灵。

成闻卫很少喝这么多的烈性酒。借着酒兴，丈夫告诉妻子，他正在托福州方面的关系，帮她联系调回漳州的事。妻子为丈夫做起了按摩，谈论着他许久没再接触的女排，这个话题引起了他的兴趣与回忆。阿玲说这次领队与她聊了些国家女排的近况，她们正准备明年的世界杯比赛，任务是练兵与夺冠，最终还是为在美国举行的第二十三届奥运会做准备。目前国家队正处调整期，但主力阵容仍没有大变动：一号是老队长曹慧英，六号孙晋芳可能会调到场上队长的位置，互为主攻手的是三号郎平和十一号张蓉芳，四号周晓兰、七号陈招娣、十号陈亚琼都是铁定的主力阵容。明年是在日本举行世界杯比赛，日本国家女排的主教练小岛孝治是个不可小觑的"小诸葛"，他们的体制与咱们国家队类似，也是国家包干，除吃饭、睡觉、洗澡之外就是排球训练。所以战术、个人技术、套路很是了得。酷爱排球事业的由德玲教练借着点酒意，说到兴奋处双眼发亮，按摩的指法如同她本人在排球场上的发、传、垫、扣、移动、侧滚、扑救，还有拦网呢。哇！这哪是在按摩啊。嘴胡说、眼放光、手乱移、狂擦皮，简直成了"抓皮游戏"了！

"嘿！嘿！背上的皮全让你给抓松啦！你到底听到了没有？"而她不知是有意、故意、无意还是酒意，仍然不停嘴地说着，手不断地捏着。这位被松了皮和筋的丈夫再也忍无可忍啦：我还治不了你？

丈夫猛地翻转过身子，决定"发火"了……

还是在农村插队的日子，成闻卫曾见到过饥渴的公山羊，大口大口地吃着青草，狂饮山泉之水。当它见到母山羊时更是一身猛劲地一味向前。无法抵挡雄性如此猛烈攻势的雌性，只能默默地承受着，她也只好尽可能地压低喉头那难抑的呻吟声……

十二、良种犬：卡丁，默里

第二天一早，由教练勉强起床，连早饭都没吃就赶着去上训练课。成闻卫估计吴玉燕还没上班，与她约定在老地方见上儿子一面，还让她准备两条"威斯顿"，下午要用。

今天宝贝儿子换上一套薄绒衣，戴着乳白色的兔耳帽，显得更加天真可爱，他再也忍不住了，爱子心切的神经指挥着他的双腿，朝着街对面的儿子前行。

看到这一情景，吴玉燕被吓呆了，马上从保姆的手中抱过小宝贝，摆出一副护犊的姿态。好在进出百货大楼的顾客们的喧哗声将这位冲动的父亲拉回现实氛围之中。他停住脚步，近距离地看着抱在母亲臂弯里的儿子，父子四目对视。当父亲绕着母亲身边走过时，儿子的动作依然和上一回一个样，猛地扭头转身，一对大眼珠看着父亲的身影。父亲侧转身来，对自己的宝贝儿子微微一笑。然而，这幼小的心灵虽然已经感应到了血脉的磁场，但是他还没有能力辨出朝他微笑者就是他的生父。

"哇！阿燕，小谦诚近看起来真可爱，你费了多少心思啊，养育了这么健康、聪明的儿子。细看之下，儿子与我十个月时的照片是一模一样……"一进入出租房内，男人就将女人紧紧拥抱在怀中，久久不放手。女子的眼泪都被抱出来了。

"坏了！我已买好了两条洋烟放在家里了。"吴玉燕说。

"没事的。这件事我来处理。"男人说。

"阿卫，昨天我和省体委竞赛部的几位实权人物通融了一下，说起了她的事。现在的问题就是要接收单位提出要人，然后她再向运动队的领导层打报告。目前她是属'单调'的范畴，这个问题不是很大。主要的问题在于，她本人是那种上进又能做出成绩来的好教练苗子，是运动队里重点培养的中坚骨干力量。现在社会各个部门、单位都十分注重输入新鲜血液，也就是说，专业队不会那么爽快地放她走。"女人边说着话边为男人宽衣，"昨晚我考虑了许久，只有先用这样的办法来作为中间过渡：目前各大专院校都在进行毕业实习，院校里也有相当一部分当年出过好成绩的运动员去进行速成进修，有一定的运动赛场经历，让这样的毕业实习生到她们队里做助理教练，到时再看具体情况操作。目前，我只能考虑到这一步。还有个她调回少体校的有利条件，其实也是她的薄弱环节，就是她的学历问题。这是一个非常牵强、几乎不是理由的理由，但现在也只有从各个方面考虑，尽力而为之。调动工作需要各种因素的配合，我再多想想办法。"

"让你费了这么多的心思。"他搂抱着她亲了一大口。

"从我见到爸的那一刻起，我就从心底佩服他。当年，他是那么坚决地让你重回山区教书，目前来看，他就是想让你像当年的他那样多经受一些磨砺，他是个地道的好父亲。我可以说是在没有父爱的环境中成长的，所以从小时候起我就特别独立。听母亲说，我爸爸是得了中风没能及时抢救而故去的，因此，在照顾长辈、为长辈着想、替长辈分忧这方面，我就特别佩服她的真心和能耐，真是难能可贵，只有一个好女人、心善的女人才能做得到。她真是不简单。当年我的父亲要能遇上像她这样的好姑娘，或许还真的有救。父亲离世得早，我原想找到老姜，生活也就安定了……阿卫啊，可能是前世修来的福分，我有今天的幸福和欢笑。每次想你却看不到你在枕边时，我就抱着咱们心爱的小宝贝，用心地与他说一夜的话……你是不知道，在那样的时刻，我是多么的难，但回头看看小宝贝，又深感幸福与安慰。"吴玉燕擦拭了眼泪，接着说，"现在有她帮我在爸、妈跟前，尽我尽不到的孝心，我就安心了。阿卫，你放心好了，我早就对你说过，你的事、家里的事永远都是我的事。在她调回漳州这件事情上，我会尽十二分的气力来做好。"

成闻卫十分的感动。身边女人对他、对双亲、对家里以至对阿玲，是那样一颗宽容略带负疚的心，当下的他拿不出什么具体的行动来答谢她，唯有专心地为她推拿按摩，以减轻她伤心情绪的负荷……

午餐仍在新开张的饭馆吃。阿玲是真高兴筱雯这个好姐妹想得如此周到，在这样的环境中用餐，少去了多少目光与碎语。许教练顺口称赞成老师在这种吞云吐雾的环境中仍不沾恶习。她还说了另一件事，令成老师的心头一紧：她最近的胃口一直不太好，吃得少不说，还有点闷痛的感觉。阿玲让她去检查一下，成老师更是一脸严肃地劝说：体内的五脏六腑是件大事。可筱雯却嬉皮笑脸地应答，最后，她怕坏了餐间好气氛，答应她的好朋友定会做一回彻底体检。

三点四十五分，阿玲向队里请了半个小时的假，拿上一千二百块钱和丈夫一起到省体工大队门口，等待叔叔的到来。作为一个未当过家的女子，一下子从她的手指缝溜出这么一大笔钱，她必须亲眼看到它的用途去向才放心。

叔叔准点来到，小夫妻约长辈到对面的小饭馆，要了三碗扁肉燕。叔叔拿到阿玲递上来的这一大笔钱，那数点钞票的指头如同短棍般在纸面上滚动。这也难为他了，他是军人出身，家中的钱又不归他管。成老师实在看不下去了，拿起钞票在叔叔的眼前一张复一张，十张一沓置于餐桌上，最后，将十二叠包上，附上两条"威斯顿"香烟。一人一小碗点心落腹，叔叔言明：晚间他会与徐政委将一对小精灵送走，直达漳州小由家。

三人分手告别后，成闻卫立即来到邮电大楼。电话一接通，漳州家里的长辈们别提有多高兴了，好在小妹不在家，否则……成闻卫顺手又给吴玉燕打了通电话，她说已备好了让他带回家里孝敬父母和长辈们的食品、干货，言外之意即还有两天时间来陪伴她，在她看来这才是正事、大事，余下的，全是不值一提的芝麻小事。

假期的美好时光，如同上紧了发条的时钟，勇猛前行。成闻卫好像刚下长途汽车，又跨入班车的车门……

成老师抵达厦门大鸟住处时，已是晚上七点钟了，阿惠已经准备好了丰盛的晚餐。她是专程到漳州送别大鸟与阿伯下湖南长沙，于下午回厦门的。她想成老师现在最想知道的，莫过于一对德国黑背到达漳州家里的情况，于是事无巨细地介绍起来。

"阿伯接到福州警犬训练基地林同志打来的电话，说那一对狼狗已经从福州出发了。阿伯接到电话之后一夜没合眼，等到半夜差不多三点钟，运狼狗的专用车就到漳州家里了。那个带狗的人……"。

"叫训导员，是专门训练狼狗的人。"他纠正她的说法。

"对，就是那个叫训导员的人先下了车。阿伯带他看了狗窝，训导员请阿伯准备一大张门帘，将狗窝门罩起来，在入新窝的这两三天里，最好不要见除他以外的生人。阿伯索性将他用的新床单取下来，对叠四折做了狗窝的门帘。阿伯说这样可以让狗熟悉他的体味。"

训导员将狼狗从运狗专用车里牵下来，先让狼狗坐下，然后将拴狼狗脖子的皮带交到阿伯手中，拉着阿伯的手让它们嗅了嗅，最后，训导员面对坐着的这对狼狗，拍了拍拉着颈项皮带的阿伯手背，又示意阿伯可以对这对狼狗发出"坐"的手势与单字口令。

"神啦！这对刚见阿伯一面的狼狗，怎么会那么听阿伯的话？一屁股就坐了下来，口吐长长的舌头。我和阿妹在楼上门缝内偷看，那场景是一清二楚。阿妹看到这么有意思就要往外冲，被我死命摁住。阿伯接到你的长途电话之后，早就下达命令啦：夜半时分，全家任何人都不准露面。之后训导员从开专车的司机战士手中接过两盆像是牛肉干饭一般的狗食，亲手交到阿伯手中，由阿伯将这两盆狗食摆放在它们身前，然后，阿伯稍退两步，发出'趴'的手势和单字口令，它们又是那么听话，不看盆中食，而是竖耳盯着阿伯，连去闻一下食物的动作都没有。直到看阿伯双手下垂，发出'吃'的单字口令时，才低头大口大口地吃起来。看得出来，训导员对阿伯这样的老手非常非常满意，他和阿伯直握手，这就证明部队上的同志认定他们精心培育的小精灵找到真正的好主人啦。阿妹激动得搂住我的脖颈抽泣了起来。不一会儿两大盆狗食干净见底。阿伯说这样的良种犬要与咱们人一样食三餐，而且是早餐尤为丰盛，因为它们要应对艰苦复杂的大训练量。后来阿伯再次与训导员交换了几句话语，才由阿伯将这对狼狗亲手带入新窝，卸下它们的颈项皮带，拉上窝门，垂放下那条用新床单做成的门帘。"阿惠生怕说漏了细节。

这对名犬，公的名字叫卡丁，母的名字叫默里。

"训导员和阿伯交接完相关的文件、证明手续，他给福州的总部打了个长途电话，我给你学一下哦。"阿惠还真有她调皮的一面，她学起训导员打电话时的模样："报告徐书记！任务已经完成。请指示！

"军人全是这个样子。嘻……

"后来，阿伯也与这位福州的总部书记说了几句话，那天吃早饭时，阿伯告诉我们说：这位徐书记特别称赞你是个大人才，做事诚实地道。那天夜里，谁个睡得着觉啊。这对狼狗一关进新窝，阿玲的母亲和伯母就下楼来，给这位训导员和开运犬专用车的部队司机战士，煮了糖水蛋配上早就准备好的小蛋糕、切片面包。前一天的下午，长辈们、阿妹还有我做了好几笼屉的肉包。阿伯送上两个大红包给他们，任你说干了口舌他们不但不收，反而要交上早餐的钱和粮票，众人齐上阵才让他们收回钞票和粮票，真是感动人哪。当训导员与司机战士朝众人敬了一个标准的军礼之后，他们才侧过身朝大门口走去。从狗窝里传出来一对狼狗从喉头发出的呻吟。后来听阿伯解释才知道，它们是在向自己的第一主人——训导员——道别。聪明、灵感、悟性、嗅觉优秀的良种犬，只要听到第一主人发出的声音朝向，它们就可以判别，是到了与自己的第一主人别离的时刻了。

"阿伯送走部队的同志之后，他让我们大家再回楼上歇息。天还很暗，他自己一人将这对狼狗放出来，套上它们各自的颈项皮带，从楼梯口直嗅到楼下的各个隔间、天井、大厅，直到大门口的各个角落。最后在天井的石板条上拿了两小块早已准备好的干净瓦片，刮了一下它们各自的肛门再让它们嗅过，然后就投入到天井石梯旁边角落的一个大盘里。阿伯早在盘里铺满了沙土和谷壳，意在告诉它们：那里是清理体内排泄物之所。

"做完这些事之后天还没亮，阿伯又将这一对来家定居的小精灵，关进它们的新窝。"

阿惠接着说："阿伯在七号晚上接到你从福州打来的电话之后，隔天就将漳州家里储藏间隔壁的小屋清理干净，从里到外全是他一手制作它们的新家，从中我看出了他对早年的铁锤的感情有多深。他让阿姨请了泥水师傅到家里测量，还用上我从未见过的仪器定点，最后做了草图交给师傅们，照此尺寸建造狗舍。我真没想到，阿伯如此大的年纪，做起事来比我们小姑娘还细密、周致。"

"阿惠，给我说说阿玲她爸和大鸟下湖南长沙的事吧。"他惦念着好兄弟和岳父的湖南之行。

"你和阿玲姐走后第三天，他们俩也走了，大家都去送他们。阿姨写了好几封亲笔信让大鸟带上，还用了一整晚的时间与大鸟详谈长沙铁路方面的一些环节以及必须注意的方方面面。阿玲的父亲与大鸟还在漳州那两天，大伙儿全忙开了。姨父找好了'把头'与小工，随时动工没问题。那个当地的乡长帮大忙了，接水管、架立电线杆、埋管拉线都十分顺利，只听说有一个什么三相电表还没到位，具体的我说不清。阿姨真是有大本事大能耐，大鸟常对我说要学她的那股镇定劲，遇再大的事都临阵不乱，灵活处置。还有啊，阿玲她爸领来一帮木匠兄弟，扛来十几根大杠竹，剖开打通节结串联起来，引山泉入建楼工地。阿伯说，这样可以省去不少水费，不该花的钱咱就少花或者不花。这一点真像我们农村、渔家过日子的模样。成老师，大鸟和我约好今晚九点钟左右通话，他找了家阿姨相熟的出租屋，房东有部公共电话。"阿惠说。

"阿惠，你们与那位专门给宾馆送鱼货海鲜的人，就是那位姓郑的厦门人，联系得怎么样啦？"成老师又问道。

"依我看，他这个人所做的生意面不广，目前就是帮厦门的一两家国营宾馆采购运送海鲜。现在厦门的中小酒楼、餐厅、饭馆发展太快了，几乎天天都有大中小饮食店开业。据我两三年前在潮汕地区的观察，北方地域开会议特别是大中型会议，一般都会安排在夏、秋季到南方开，尤其爱选海滨城市。厦门有被称为'万国建筑博物馆'的鼓浪屿，气候宜人，海味诱人，会议期间尝个海鲜，多惬意。像全国性的会议在哪个城市照样开，而在海滨城市的厦门，海鲜水灵是'便宜又有局'，当然好啦。再说像老郑这样生意，想让外地观光客大饱口福还真难。照我看哪，目前能做到鱼货鲜上鲜、量大、便宜的，唯有咱们。咱们有自己的一对拖网船啊，挑出来的上品鱼一等一的水灵。不过，成老师，这是我乱想，道理确是摆在那里，就是真做起来没有如此容易。我家二叔父常说：一文钱压倒一个英雄汉。真的是这样的。咱们就差那么一片卖鱼的好地方，不然，什么全齐啦。老郑那种生意我是没看在眼里。不是说我阿惠心肝大，他啊，采购运送那些鱼货进大宾馆，就是巴结采供部的实权经理以及主管验收海鲜的实权人，一层加价一点，一是利润假，二是老看人家的脸色做事多累多苦啊，像是讨饭吃一样。我读初、高中时，到了寒、暑假，我不要家里一文钱，凭我的手艺自制内海鱼、虾，送大宾馆、大酒楼，我经手的海鲜他们不要都不行哦。

"在我和大鸟与老郑接触的这段时间里，他俩喝小酒时谈起了老郑父母亲经营过的一家食杂店，就在厦门港。一天我们路过，看了那店面的外观，据老郑说，店的四分之三是由实地的房屋改建而成的，另外四分之一是铁皮架构，就是咱们所说的'铁厝'。老郑是家中独苗，这店由老两口经营。但做食杂店一要人流量大，起码邻里住户要多，二是所卖的东西种类要多，要新鲜，他家的小店不具备这两个条件，不久就关门盘仓，也是自然不过的事了。

"老郑和大鸟边喝边讲酒话，他说只要大鸟有兴趣做海鲜这一行当，他就将那间食杂店让给大鸟放货，反正空房也是空放。"阿惠接着说："大鸟现在养成一个好习惯：不像一年多前在我们那里那样，他是改变了许多，听说是被你定的规矩驯服了。他谈正事再也不沾酒。所以，那天谈的事别说他了，就是我都以为是戏谈没正形，当时的大鸟也一定是这样想法。"

"阿惠，你知道不知道这家店面是否有合法手续？"成老师对阿惠的一席话似乎很感兴趣。在他以为，这并非"戏谈"而是有戏文可作。他，是否又有了新想法？

"我只听说这家食杂店办了正规的营业执照，房子的合法性是一定没有问题的，具体的我没有多问。老郑谈过他家的住房很小，他谈了个女朋友，就是因为房子问题，婚事一直搁置至今。他与大鸟'上下岁'，或许是生活奔波操劳，看他本人比实际年龄大不少。"阿惠说。

"阿惠，刚才我听了你的想法，很受启发。这海上的好渔汛一眨眼的工夫就到啦，来货量大，品质又好，加上目前又是观光客的旺期，全国各地公家单位都来厦门开大会小会，参观学习。阿惠，我有个不成熟的想法：只要老郑的这个店面地契与营业执照没问题，我就用咱们家番仔楼里我的那一整套新房，与老郑的这家店面置换上两至三年的时间。只要改革开放的大政策不变，允许老百姓做生意的条款不改，这两三年的时间足以让咱们在厦门鱼货海鲜的顶盘批发占得先机，站稳脚跟。到了那时，再把番仔楼的这套房换回来。只是双方的立据手续要办理清楚。说句实话，回到番仔楼即便一天只见一次那几个狗男猪女，心气就不爽，而且电话在这里，这点非常重要。"成老师说。

"是的，我都听大鸟告诉我了。说要给你做好三餐饭菜，还有你天天搞体育加训练，洗澡的热水、温水少不了。只是，这次回漳州听伯母说了，阿玲姐准备调回来，那住房怎么办啊？"阿惠就是想到了，结了婚的女人都是以家为命。

"是啊，这一点我还真没细想。"成老师放下茶杯说。

电话铃响了，大鸟打来电话说，与阿玲的父亲抵达长沙之后就兵分两路，这些日子他正与运输、调度、搬运各方面接触呢。长腿将他与阿惠商量的置换房的事告知好兄弟。大鸟是坚决反对，理由与阿惠差不多。他建议到水产公司冻库租一小间来放海鲜，这样是两全齐美之事。听到心里，长腿批评大鸟不长记性，渔民讨回来的新鲜鱼最怕的就是进冷库"急冻"，鲜鱼的肉质纤维全被破坏了，大酒店的后厨大师根本不用这样的"速冻鱼"，后厨大师傅最喜欢的一是活的海鲜，二是如同大船舱里的"冰鲜"货。紧接着，长腿用温和的口气提示好兄弟，找当地朋友买台电视机还有收音机，订份报纸，这样既得知天下事，又可以和新结识的朋友聊到一块。每天的这个时间段，必须准时与阿惠通一回电话。大鸟只能遵守这铁一般的纪律了。

此时的阿惠感觉到眼前的这个男人，仿佛比她认识的大鸟还年长。一位如此智慧的男人，对身边的朋友如此关照呵护，她好像刚发现他的才气，打心眼里敬佩他。

"成老师，我给你准备好洗澡水了，你先去洗澡解解乏。"阿惠从厕所里出来说。

"阿惠，还是你先洗吧。我要先给清江阿叔打个电话，约好一会儿上他那里将你的好想法告诉他。"成老师说。

阿惠洗澡去了。成老师非常专一地给长辈打完电话。

"成老师，"厕所门口突然出现一位穿着粉红色花格的确凉衬衣的美女，敞着衬衫上两扣的脖颈上是一张脸色绯红的漂亮脸蛋，敞露的胸口是海边姑娘特有的浅咖啡色皮肤。一对丰满的乳房，压出一道深深的乳沟……那种与众不同、健康鲜亮的肤色所展现的女性之美，会令任何一位意志品质稍不坚强的男士，都想去感受其湿润与柔美。

阿惠紧攥着衬衫最下面的扣眼，轻声问："好看吗？"

"阿惠，你过来。"成老师看着缓步朝他走过来的阿惠，眼前急速闪现了他曾亲近过的两位女子。此时，立于他眼前的，是好兄弟托付给他的女朋友，是好兄弟真心信任他的真情义。成老师双手轻扶着她的双肩，说："阿惠，请你抬起头来，看着我的眼睛。"

"嗯。"美丽的渔家姑娘抬起了头，那水汪汪、火辣辣的目光，是异性很难抵挡得住的。她那微微颤动的双唇，让你的神魂上下乱窜……然而，这位怀着深厚兄弟情义的壮实男子汉，顶住了情感和欲望的冲动。

成老师的双手从阿惠的双肩移开，给她扣上衬衫上面的第一颗纽扣后，说："阿惠啊，你就像我的亲妹妹，兄妹之间是一种亲人般的相互疼爱。我很喜欢你的聪慧、灵巧、能手，能为我这个哥哥分担忧愁，你还能做上一手好菜。阿惠，我希望今后你还能这样帮助我。"成老师像是在给学生讲解，随手扣上了衬衫的第二颗纽扣。

阿惠将一双手掌平放在成老师的前胸，依旧用那双水汪汪的眼睛盯着他的脸，说："你就是我从少女至今一直梦着的那个男子汉，真是这样的。这是我头一回对一个男人说出我的心里话，我感到非常高兴，也要好好谢谢你，让我这一生能遇上我的梦中人。成老师，只要能在你的身边，我就可以永远留着这样的美梦。"

"谢谢你，阿惠。你这样听话令我安慰。咱们都把她收藏好！"成老师为阿惠拭去快从眼眶滑落的泪水。

阿惠与成老师同时跨出厅门时，电话铃又响了。

"你先去叫车，我一会儿就到。"阿弟想到一定是阿姨打来电话。

阿姨说，因为工地外线三相电表一直没搞好，她暂时去不了厦门。她饶有兴趣地说起卡丁和默里，这样一对新安家的"沉默的好朋友"之趣事。阿弟只好提醒她，他和阿惠正要去清江阿叔家商讨大事，这才止住了通话。

三轮车上，阿惠是有意地将右手臂放在成老师的身后，将她的胸部紧靠着这个男人的左臂与背部，她感到很安全，也很满足。成老师没有当面给她下不来台，顺着她也顺着三轮车在行进中起伏颠簸。自从他与吴玉燕有了两年的故事之后，他就试图解开：女人的眼泪是否随着丰满的情感而溢出。就好像她们在做一些事情时，也会随一时的、莫名其妙的激情而付出，这是一道相当难解之谜题……

到清江阿叔家中商议房屋置换之事时，长辈取出一瓶早已准备好的"杜康"酒招待，这可是当年位居国家十大名酒前列、人称"酒祖"的国家级好酒啊。长辈正愁有了好酒没有好下酒菜，这位巧手阿惠来得太及时啦。不一会儿工夫，几盘小菜上桌了。让阿弟大为开心的是，长辈给了他一张用于购买最新型"永久"牌自行车的票券。酒桌上，长辈为了比自家兄弟还亲的兄嫂如此果敢地搬迁到漳州，由衷地高兴。也只有像兄长这样的早年商界大家，加上阿嫂这样一位从小就在开明民主家境中长大、见多识广、高学历且身带洋人血统的闻宝钗，才能在封闭的国内环境中，在改革开放初期阶段的中国，就迈出这样一种令人费解但同时也是代表社会进步、正直的人性使然的一步。

"竹仔，这位生死兄弟能康复到目前的状况，全是林庚茗医疗小组的大功劳，这不是用金钱和感激的言语可以表达得了的。"

清江阿叔听完阿惠一整套细致的设想思路后大加赞赏，要让"捕、供、销"一条龙的好想法成为现实，建造一座有一定规模容量的冷库就显得尤为重要了。长辈做出了一个大胆的设想：现在咱们只有一对拖网船在作业，是不起眼，可是到了八月份、年底，当有了自己的船队，那种思路与操作的方式方法就全然不同了。而目前，厦门方面要起用能人阿惠先行一步，还要有意识地物色一些"接班人"。内陆地区的漳州都干得热火朝天，咱们滨海城市可要"输人不输阵"哦。长辈说起了厦门港美仁宫前、后堡的渔家女，历来是出了名的能干，善良且吃苦耐劳，相夫教子，勤于家务。只是渔家女子生性直率略带野性，咱们厦门本地仔全知这帮女同胞的厉害，偏偏那些该死的国民党兵在临解放前招惹了一位渔家姐妹，这下捅了马蜂窝了！美仁宫前、后堡的"女兵"们手持渔叉、钩杆、大刀、长矛、菜刀、斧头，就像在大海航行一般，乘风破浪勇往直前。这下子把手持真枪实弹的国民党兵追得全身发软，打不出一发子弹，直往兵营里躲。末了，他们请出了渔家族长出来"讲刬"，就是时下所说的"讲和"，才化大事为小。

听完渔家的故事之后，阿弟问清江阿叔一个不是问题的问题。他是用假设的口气提问：冷库的设备做了起来，可销路成了问题或生意行情不好了，这该如何是好？长辈引用了阿弟的父亲曾经对他说过的一句话：历朝历代，只要手上有一把好手艺，或是移砣把称，这两种人在什么样的社会大环境下都能有饭吃，只是稀、稠之分，从来不会饿死。现今，开放改革的势头是越来越好，要有自信。长辈也拿小侄的"假如"说事：退一万步说，即使退到头啦，不是还有卖菜、卖米、卖鱼肉的人在走街串巷、吆喝做杆秤生意吗？不是离那一步还远着吗？只要看到正前方的光明，根本没有这样的"假如"。长辈一席话，胜读十年书啊！三人大乐。

清江阿叔清楚地看到这个小侄在生意场的实践中不断摸爬滚打，慢慢走向成熟，很是高兴。看到阿弟能随时下的潮流而动，还有远望时的前瞻性预判思维，也非常契合当下的形势与发展趋势……这几十年的时间，是一项又一项接连的小日本侵略战争、国共两党战争、多次的大小政治运动，锁住了他兄长生意才华的尽力施展。然而，眼前的少壮一代有他们的思维、能力、敢为的意志，不怕像前辈那样失败，更有不怕自身倒下的魄力，用勇敢与满腔热忱来接替父辈继续奋斗向前。这也只有在开放改革年代这样的时势和好环境下，才会出现如此的造势英雄。清江阿叔内心一阵感慨之后，答应联络林老将军。

　　婚假结束了，授课开始啦。学校的老师们、高低年级的同学们都热情地与他打着招呼，他们喜欢校园里这位有点与众不同的"飞人"成老师。

　　昨晚他让阿惠与老郑约好，中午时分就在这家食杂店门口碰面。下了第四节体育课，成老师就赶去了。

　　老郑给人第一面的印象是，虽是三十刚出头的中年人，但或许是生活重担还有营养方面的问题，仅从他的外表与神情来看，确实是比实际年龄更显苍老、疲惫。

　　店面离阿海阿顺两兄弟家不远，略显僻静了一点，附近的居民住家不多，这样的地点确是不宜开食杂店，但是，对于另一个生意行当海鲜批发店，那真是不二的经营场所。四周没有嘈杂纷乱的建筑物，店面的左、右、正前方是一片开阔地，便于购货人停放运输工具。

　　有时啊，还真是这样。哪样啊？

　　踏破铁鞋无觅处，得来全不费功夫。

　　老郑打开了店门大锁，更是证实了以上俗语的精确性。

　　成闻卫目测了一下，室内外约五十平方米，室内的面积占据了总面积的四分之三强，这就是将来冷库的主藏室，而户外搭建加扩的铁厝，就可以作为称鱼过磅之地。此地还有一个好处：在店门外的扇形大空地还可以腾出一小块歇脚处，放上石桌椅，让客户歇脚，吸烟、泡茶。清江长辈一到，经阿惠介绍之后，老郑就取出了这间店面的地契、工商营业执照、税务登记证以及完税发票凭据等正本证件。长辈一件件细看，之后起身察看起了实地情况，但一句话都没说。等到小侄帮他雇上三轮车，清江阿叔上了车后只对小侄说了一句：可以进行。但他要看了双方协议书后再最后敲定。阿弟深深理解长辈此时的心境：那一套新娘房以及楼下厨、卫、浴的改造、布局、装修，他与双亲大人是付出了实实在在的心血与精力的，所以，他很慎重。

阿惠非常客气地请老郑和成老师吃午饭。一盘一斤左右的红鲷煎鱼、一碟时蔬炒肉片、三大碗肉丝汤面，共花钞票六元还有找零外加粮票一斤二两。这就是那个年代餐馆三个人一顿午餐的价格……

低廉的物价只能说明：国库空虚，人民贫穷……

此后，由老郑带着他们俩到他家里，与其父母详谈置换房屋的事宜。老郑这根独苗与年老的父母住在离这家店面还有四个公共汽车站点的"厦门双十中学"附近一处叫"面线巷"的小巷内。厦门港的店面是老郑姑妈的房产。她膝下无子女，幼年的老郑过继给她做了养子，她亡故前立了遗嘱将房产留在老郑名下。

老郑的父母双亲真是一对开明的好老人，说成老师所居之所是新婚房，他又是为人师表的人民教师，看不看房都没有多大关系。他们指着家里仅六平方米的厅和四平方米仅容下一张床的卧室，摇着头说：儿子也老大不小了，老是睡在厅堂也不是个办法。现在好不容易找到个女朋友，虽说是外地户口，但只要儿子在厦门有一个比较像样的固定居所，也该让儿子完成他的人生大事了。原先的食杂店店面空放着也没有任何用处，他们二老又做不了什么生意，身体一年比一年差，对于置换房屋之事，老两口没有任何异议。成老师提议，主营者即营业执照上的法人名称不变，只是经营项目与范围以及店面名称需要更动，这事只要双方同意，在谈妥的协议书上写清楚就行，只是双方协议定稿了之后，要再经过市公证处公证，以免将来产生不必要的麻烦。

根据双方所谈的大意，成老师就在老郑家起草了协议条款，交一份给老郑的父母过目，让他们一家人细思量之后再修正成文。成老师与老郑商定好，在下午的上班时间由阿惠带领他前去番仔楼看房。他把阿惠领到一旁，在交给全套钥匙的同时轻声交代她，要真遇上楼里没上班的，别去理会他们就是了。

看到粉饰一新的全套大小客厅、书房、卧室，厨浴厕一应俱全，老郑哪会有意见，心花怒放很是满意。

晚饭时，阿惠细细看了成老师所拟的协议书草稿，她提醒道，还要加上家中的新沙发、钱柜、没有搬走的花架、椅子以及书橱和所余留的书籍。加上这几条非常重要，虽然余下书籍并非古籍善本，但是，只要是书，在成老师的眼中全是好的，不可毁坏与失落。

还是姑娘家心细。成老师答应阿惠，在协议书正文中一定要加上此条款。

思来想去成闻卫想通过林老将军家的好关系再装一部电话。最终还是想先与清江阿叔议一下，这小子又改主意啦！

老郑打来电话，让他们来家中一趟，谈协议书的事。小侄立马给清江阿叔打了电话，长辈说只要看定稿后的条款确实没有问题，就可以上公证处公证。

老郑明确表态一定会妥善保管那批书籍，并同意写入协议书中，还正式地将他的女朋友介绍给他们认识。正如阿惠所说的那样，人长得确实漂亮，肤色很好很白，但那不安分的眼神，里似乎深藏着不可测的欲望之火……

成老师与老郑相约：明天上午八点半钟，一起在市公证处现场签名、画押、公证。告别了老郑一家人之后，他们马上到清江阿叔家中。长辈看了协议书的正稿之后甚喜，说小侄真是能文又会武的全才。清江阿叔告诉小侄，他已与林将军"密谋"，隔三差五，地用信件、资料猛轰绵仔，说明祖国大变革的好态势。只有用如此强火力的多重夹击，合围久攻必成矣！

回到大鸟住处已是晚上十点钟。成老师让阿惠在夜半时分叫醒他，是有关再装一部"业务电话"的事，清江阿叔的适时点拨太重要了，有些事就是必须亲力亲为，他要上拖网船挑选几尾上品鱼，答谢谢科长移机的功劳，更主要的是还要在未来的海鲜冷库再装上一部电话。他考虑好了办事的前后次序，决定让阿惠打头阵，如果阿惠败下阵来，自己再补一招"冲锋"。

半夜两点半钟，长腿找到了老船长说明来意，自己下到鱼舱挑选了两尾三斤左右的大斗鲳，外加一条五斤半重的红鲷也叫真鲷，厦门话与广府话均称"加吉鱼"。说到要与船老大会账，是张嘴说到没口水，或许是长腿刚才送上那两条喜烟、两瓶好酒的缘故，或许渔民弟兄们早认了他这样豪爽义气的男人，最后只能以等阿海两兄弟返航再还上上品鱼为了结。早年至今的渔民兄弟全是如此侠肝义胆。

再一次来到人生头一回踏上的拖网船；第一次接触到普普通通的讨海人；首次接触到生意并取得回报；头一遭体验到比亲兄弟更有情义的好兄弟的提携……此时，他的心境是感伤还是愉悦，五味杂陈无法说清。

一年多时间的生意场磨砺，让他深深懂得留存于民间恒古的明、潜古老规则、生存法则以及人在做任何事情时都必须遵行的规矩……

　　他，明白了：人生、家庭、孝道、挚友、底层、穷人；

　　他，明白了：开放世界与封闭社会的潮流、趋势之区别；

　　他，明白了：生意场做事的规矩、预测的思维与做人的道理；

　　他，明白了：必须还要明白更多的法规、律法，才是明白之人……

十三、足球在学校

厦门的初夏时节，清晨依然有点寒意。

天还没亮，长腿回到了大鸟住处，趁着清早安静的好环境，起草了学校足球队两位守门员的训练计划大纲，并具体到他们在实战赛场与后卫线的配合，还有守门员发起本方早期进攻的技术要领和战术意图。完成任务之后，他淘米、生火，做起了早餐。

"成老师，是我来做饭才对啊，你怎么……"阿惠一起床，看到早餐的粥、菜全齐啦，真是有点难为情。

"阿惠，快去洗漱一下，上午有你好几件事呢。你啊，满脑子老封建，谁有空谁干活嘛。上午，我会准时上市公证处，你约上老郑也别迟到了；此后，要到中山路'大陆五金商店'买自行车，还要给自行车上内、外牌照；中午时分，带上正晾着的这三尾大鱼送给谢科长，最好用报纸加大袋子遮一下，这是件要紧事。刚才，我写了封短信让你带给她，就是不知道要不要先给她打个电话。你看呢？"成老师说。

"好像先打个电话比较有礼貌，我也说不好，老觉得打一下比不打好似的。"阿惠也是实诚之人。

"好！"成老师拨了号码。

"喂！谢科长这么早打搅你了。我刚休完假回来上课了，非常感谢你在百忙之中还帮我做移机的事，再次谢谢你。我的渔民好朋友刚回港，趁着鱼货鲜靓请你尝尝鲜。我的学校事多，让阿惠……对，就是她，中午你下班时她会去一趟你家。好！不客气，都是随手的事。那好，谢科长，再见。"

阿惠竖起了大拇指以示赞赏。

"我得赶学校晨练，走啦。"套上运动衣，脚踏风火轮，走！

八点二十五分，成老师着一身湿透的运动服装到了市公证处，阿惠和老郑已经在那里等候了。公证的程序又快又简单，双方确认协议条文，宣读公证词，签名、盖手印，工作人员在各自所持的文本上盖上公证处的公章，缴纳公证费，完毕。原本公证费用是由协议书的双方各缴交一半。可是成闻卫全包干了。完成了市一级的公证手续之后，成老师再三叮嘱老郑：一定要妥善保管好房内的所有书籍，这点非常之重要。

三人分手。最勤快的要数阿惠了。她买了新自行车，办好车的内、外牌照，赶回厦门港提上打扫铁厝的所有行头，取了老郑移交的钥匙，从屋内到大空地，房前屋后、里里外外清扫得一干二净，又回大鸟住处，做好饭菜留在锅里保温，取上三尾大鱼走了。

办完事才一进院，只见成老师在厨房里一盘盘热菜，就等她回来一道用餐。一见此景，不知为何，这位独立性极强的渔家小姑娘顿时有了一种家的感觉。姑娘的心头一热，原本累了一整个上午的疲劳身躯马上感到轻松爽快。

趁阿惠加做一道肉片豆腐汤时，成老师抓紧时间看他的训练计划并加以修改。忙完了这一切，他对阿惠说："晚上大鸟来电话时，要让他留下出租房的公共电话号码，咱们与他约好晚上的通话时间，让他在电话机旁边喝小酒边聊。以前我在龙岩的学校时，一到了星期六晚上，整座校园里只剩下我和校长，还有厨师老李一家人。异乡的外地人那种孤寂的滋味，只有经历过的人才知道。在电话里多说些乐事给他听，这样大家都快活。"

"成老师，上午办完自行车的手续，我就把'铁厝'里外清洗了一遍。钥匙交到清江阿叔那里，他的那些做事的好朋友一旦动工就不会误事。工具和材料怎么管？"阿惠说。

"冷库的事，我只听清江阿叔说了一下皮毛，这批高级工程师在'文革'期间，在一起'劳改'，是曾经的'难友'。这回我到了福州才知道他们做事的方式，如同福州的饭店装修一个样，包工包料主要就是节省干活的时间。今天直接去找谢科长这样的小事还要惊动他，我真没用。"成老师很是感慨。

"谢科长看了你的信件后，说你的字写得很好。"阿惠说。

"她们家的环境怎么样？"成老师不喜欢听赞美之词。

"我好像对你说过，很普通，电视也是黑白的。"

"阿惠，你是又忙家里又要顾海鲜店的事，自行车归你使用，这样往返方便些。"成老师又说。

"那你呢？自行车是清江阿叔要给你用的。"她抢话说。

"以前没有自行车就不要上课啦？要真的遇上一两回急事，赶趟三轮车完事。平日里我都跑步上学校，现今路是远了点，提早个十分钟不就解决了吗。事就这么定了。还有啊，什么时候经过清江阿叔家里，他住的宿舍边上有家小车铺，咱的这辆新车给大师傅'拾钢圈'一下。四年前阿伯伯母买给我的那部凤凰车，经过这一道工序后骑起来如飞一般。后来分配到龙岩工作，家中小儿嫌凤凰双杠的名牌车是农民专用、太土了，把这辆好车换成了杂牌子的新车，结果才用几个月又是修车换零件的。你笑什么？"成老师问。

"没有啦。要用车时告诉我一声。"阿惠仍是死脑筋。

"一、定、的！"成老师玩笑似的逐字蹦着说，"阿惠，整个上午你都忙忙碌碌的，趁还没动工之前，食杂店又没什么事，抓紧时间好好休息一下。我上学校了。下午会迟一点回来，校足球队要集中开个会，晚饭就不用等我啦。走啰！"说完，他又一阵风似的飘走了。

下午的这节体锻课，是成老师婚假回校后头一次来上训练课。主守在控制高远球特别是在应对角球的站位、迎球出击方面有了不小的进步，但在体能方面仍有欠缺。副守则相反。成老师必须根据二位弟子的不同表现与状态，适时不断地改进、变通训练计划，制定出一套符合实战、行之有效的训练方案。训练课后，在戴老师的主持下，锋线、前后卫线、守门，负责校足球队专项的四位辅导老师，集中起来开了一个小结会。

成闻卫老师提出了他的看法：一是，今后凡是有对抗性的训练，在安排队员们做整理放松运动之前，安排几分钟的点球训练，这样既有了放松，场上的主力、替补队员练了点球脚法，两位守门员也得到了近似实战的训练，一箭三雕，何乐而不为。二是，在这不到两个月的时间里，要尽可能地争取多打教学比赛，无论是请进来还是走出校门，要与各种类型的足球队交锋，在专业队里，这种"以赛代练"的实际收效是最好的。当然，这样的实战教学比赛或多或少会增添一些伤病，但是平日里不培养如何应对足球场上的犯规，尤其是故意杀伤性的犯规，到了打联赛的日子就只有挨整的份。特别像同安县竹坝华侨农场中学这样的中、青年队，是校足球队取得好成绩的拦路虎。不提前适应"超龄队"的粗野踢法，想必到时还会吃更大的亏。因此，适当地与一些社会青年队，企业、厂矿业余足球队过过脚，是势在必行之事。

此刻，成闻卫的脑海中浮现出在省体校的日子，省体委女主任看到他的胯部由于扑凌空球训练受伤，流出血水，她亲手用手帕帮他擦去腿上的血水。这感动人的一幕用到时下，就是"苦练加勇气"。

成老师中肯的、前瞻性的建议受到戴老师的认可，来参加小结会的颜组长也认为，平日里训练课所讲、所学要放到实战中去用。其他辅导老师也认为此事可行，就是要抓早、抓实，发现了问题可以有针对性地改进。

自己所提的方案被组内的同仁们一致通过，那是一种什么样的感觉呢？自然是一件十分高兴的事情啰！

回到大鸟的住处，阿惠正炒好菜等他一起吃晚饭。饭桌上，他也不管阿惠听不听得懂足球，自己侃侃而谈。而阿惠看到他如此投入的兴奋劲，也只能当起忠实的听众。每次两个人眼神对视时，她都会报以微笑。眼望着这位壮小伙，怎么此人浑身上下全是激情一片。

清江阿叔来电话了。他说好在下午阿惠把食杂店大门的钥匙交给了他，设计冷库的工程师与他约好下班之后就到现场勘察丈量，他们提出了初步的设计、施工方案。基于是做顶手的批发生意，进出货量大又要不失保鲜保冷温的好效果，大师们采用了一反常态的设计，是以拖网渔船上完全统一的"冻盘"为最小单位，进行设计并施工。这样，从渔货码头出了渔船冷冻舱一直到运入冷库冰存，不用再移盘翻货。而批发出去的海鲜，又可以根据品种、规格，盘盘清货，便于操作。

以冻盘为个体单位，做成立体铁架的格厢，每小格都可以独立存取海鲜渔货。冷库内没有制冷系统，完全是靠自然碎冰块覆盖在渔货之上的冷气效果。冷库一律采用进口的保温材料，表面上看，在材料的成本费用上是高了一点，但在使用的效果与使用年限上都是非常合算的。根据丈量的面积以及场地的布局，初步的设计方案是做三大格厢。每个格厢均分成前、中、后三排，每排以八个冻盘组成，这样一个大格厢就是由二十四个冻盘组成。每个冻盘以存货一百市斤计算，冷库的容量可达三吨半至四吨上下。整个冷库的最下层有沟渠，与市政下水道连通。设计总方案还包括冷库之外铁厝的设计和普通装修，作为进出货、计量过磅的场所。如此内外有别，才不至于进出冷库的货过于杂乱，忙坏了自家。

清江阿叔还告诉小倅，总公司正准备购进一批进口电子磅。这种电子磅在计量商店都可以买到，他只是顺手之劳，省得晚辈再多跑一趟路。这种电子磅秤有双面显示屏，买卖双方，尤其是大酒楼、大宾馆的采购员货用量大，可以直观到毫厘不差，公平交易。重量、单价、总价如同手动操作的电子计算器一般显示，如对显示屏的数字不放心，就再用手中的计算器复核一遍，均确认无误之后，再入账、开单、找零。那年头，这是绝对的"现代化"。

末了，清江阿叔说他自作主张，准备把冷库两侧的两大片空地全浇注成水泥地。这样一来，每天冲洗的杂味鱼腥水就不会留存于现今的土地中。还有，他嘱托总公司附近的"厦门石雕厂"的好友们，定做了四张圆石桌，每张石桌配上四张大理石圆凳，预计在冷库成形时同步安装在批发店门外，这样酒楼、饭馆的采购人员就有个喝茶水、抽烟的歇脚处。这位心胸怀有变革魄力的老共产党员，在日理万机的百忙之中抽出宝贵时间，来扶持、引导年轻一代人，为的就是让这批后生能更好地为国家出大力，施展青年人更大的本事。

小倅告知长辈，他会先送上五千块钱现金，作为设计大师以及施工队的先期费用。此后，随需随补。他还告诉长辈，阿顺阿海两兄弟几天后就返航码头了，如有可能，先做出一个大格厢，来存放这对拖网船的上品鱼。

长辈答应小倅，他会与曾经的难友商议，尽力而为之。

放下电话，成老师沉思了好一阵子，最终还是把自己的想法说出来与阿惠商量。他想，将来这个海鲜批发点由她和阿丽来负责经营。现在就是不知道阿丽有何想法。阿惠说，上个月，她们俩一起整理布置新娘房时，阿丽给她的感觉就是人很贤惠善良，做事麻利细致，只不过比较少外出走动，与外界接触不多，只待在家中育儿孝顺婆婆，别看话不多，但办事非常可靠。

"阿惠，我是这样想的，咱们在这里苦思乱想是没有用的，趁现在时间还早，到阿顺家里一趟，和阿丽当面谈一谈，不就可以知道一个大概了嘛。若阿丽真有什么难处不能出来做事，咱们再另找帮手。我左思右想，就是咱们自己的姐妹最可靠了，心齐好做事。这样规模的海鲜批发店，听清江阿叔的口气一定错不了。还有，在咱们这对拖网船还没靠上厦门码头前，现在就抓紧时间印上名片，先发到比较高档次的酒楼、大饭店与宾馆。老郑经手的那两家，咱们不去碰他们。常言说兔子不吃窝边草，厦门全市正规的好酒楼多了去，咱们不去扒朋友嘴边的食。你看'双全大酒楼'，从店里的书记、后厨名师到跑堂员工，对咱们顾客是如此讲信用，往后，咱们要学着他们这样做。香港商界大家齐先生亲口说，生意人要看信誉如同自身性命一般。看来啊，'信誉'二字对大、小生意人来说，都是必须死死坚守的。既是做生意就一定要讲利，谁会闲着没事'吃饱换饿'地做事。我对咱们的这家海鲜批发店为何有这么大的信心？就是咱们的渔货占了天然的先机，正像你说的在厦门找不到第二户，咱们是顶盘一手货。我和大鸟做过拖网大船上的开盘叫价，知晓了这渔货市场的不少道道，这次齐先生来做千两茶时，我亦琢磨出大、小生意都有其共性的东西。无论生意大小，都有它自身的价格与价值的规律。你看，这一说跑万里之外啦。说到这名片的重要性，就像那些拍胸脯卖膏药的道理一样。最要紧的是咱们这部宝贝电话，一旦有了名片没了电话，仍是抓瞎。但愿这次上天再度助我，在咱们的海鲜批发店再装上一部业务电话。要是谢科长一时半会儿办不妥此事，就在名片上先打上家中这部电话的号码，作为与大宾馆、大酒楼采购员的联络方式。阿惠，老郑想什么时候搬进番仔楼，你听说了吗？"成老师授课完毕。

"原先他是想明天就搬进你们的新房，也不知道他的女朋友那边又发生了什么枝节，定在后天。"阿惠说。

"一个多月前新房装修完毕之后，不是换了全套新锁吗？清江阿叔让我备了三套钥匙，一套给阿伯伯母，方便他们与南洋、教堂通电话之用；一套就是你和老郑交换的；另一套原想给你阿玲姐用的，现暂时放在我的衣服箱里。也巧，明天一整个上午没排我的课，我带完足球队的晨练后，约八点半钟到中山路全厦门唯一的那家名片印制店。批发店的字号还没想好，等从阿顺家回来再细想。现在，出发！"

和以往一样，阿顺的家中依然是整洁干净，只是有婴孩的人家，玩具、衣服多了些，阿顺他妈招呼二人落座。

"伯母、阿丽，成老师想过来看看你们。"阿惠说。

"这次成老师娶妻成亲，我那儿阿海也顺了你的喜气，你的爱人还给他介绍了位女友。照片我看了，是大户人家，漂亮得没法说，喜相、富贵，真是捡来的福气。你们和阿丽聊，我先去泡壶茶。"讨海人的家属全是如此率真。

"阿丽，带小婴儿是辛苦一点，我常听父母说：宁愿挑上百斤米，不担一个婴孩坏。真的是这样，家中的大小事情全靠自己一双手，好在阿顺他妈在你的身边。"成老师的这一席话，让阿顺嫂子听了心中感动。

"是啊，我们讨海人的命本该如此。哦，我给你们端茶去……"阿丽说着就想起身进厨房。

"不用忙了。阿丽你坐下，我是有件事想和你还有伯母商量一下。咱们这一对拖网船，眼看就要靠码头了。这两天，成老师用他的新房置换了在咱家前面'半弯角'那里的店面，清江阿叔正在请人做咱们自家店的门脸呢。只等阿顺、阿海兄弟归航后，就卖咱们自己的渔货……"

"是'半弯角'那家食杂店吧？哟，那门脸可不小哪！"伯母端上茶来，将小顺子的衣服摞在边上，倒上茶水。

"正是那家。阿丽啊，成老师为了大家的事，他是说干就干，所有置换的手续全办好了。看得出来，清江阿叔也挺舍不得那套新房，可他还是支持咱们年轻人做大事。成老师已经想到明天去打印名片了，把咱们这家海鲜批发店介绍给大酒楼、大宾馆。不用几天，阿顺两兄弟的大船泊岸，就上货到咱们的海鲜店。只是我一个人没有那么大的能耐，我是真想与阿丽姐联手来做这档子事。等打印的名片出来，咱俩像玩似的，上宾馆、酒楼发发名片，等于是与这些人熟道熟道。我是想啊，阿顺阿海两兄弟出海捕鱼，大鸟忙湖南的事，阿玲姐的父亲那么大年纪，还在钻山沟里的茶厂调货，成老师联系生意，管大小钱的进出，还要忙学校的体育课，他们这样忙碌都是为了大家好。等这家海鲜批发店做起来了，成老师说，咱们还有薪水领呢，阿丽姐，你说这是件多么好的事啊！"阿惠的连珠炮一串串，话虽然说多了一些，可是把事全说到点子上了。

"阿丽，你也知道，"成老师接过"开头炮"炮管继续猛攻，"自从海上生意成四大股份，当今有了大事小情，众人商议方可通过。古言道亲兄弟明算账，就是家里人，有出力干活就一定要付出报酬，这是天经地义的。金额多少，清江阿叔是行家，让他做主。只是，阿丽的家务事要能脱得开身，你们二位就是真正的女'头家'啦！可话说回来，毕竟小顺子还小……"

"这家里有我呢！我这长子阿顺啊，早就有意让阿丽到社会上走动走动，只是当时小顺子还没断奶，黏阿丽。当今的女子不能再像我们这帮老娘们，十五六岁出嫁，只会在家生养、做家事，大船都不让上。眼下啊，正是时机。都说'生意没有三日生疏'，只要用心多做上几趟不就顺手啦。阿丽啊，现在小顺子断奶的事也顺了，家中有我这老妈子，你还不放心啊，以前，大船靠上码头你不也帮干些杂活吗？这渔货海鲜你熟手，再说是咱们自家的事，和阿惠又有伴，走动走动多热闹啊。成老师啊，我们阿丽做起事来很有条理，细心又肯吃苦，她们两姐妹都有头家相哦！"伯母说。

"哈……嘻……"这样的家庭气氛真好。

"阿丽，不知道你有没有发现，过春节时，街市上还见不到几家像模像样的酒家，可是，这一阵子，密密麻麻冒出这么多在装修门脸的，而且，全是清一色做海鲜生意的。只要咱们两个人齐心合力，做事不难的。他们几兄弟在前方捕鱼、做茶叶生意，咱俩在后方也帮着他们做点力所能及之事。"阿惠抓紧做阿丽的思想工作，她连战争时期那一套"前方""后方"的专有名词都套上啦！

"那我就先试试看。"阿丽的心被说活了，应承了下来。

"还试什么试，不用试，你就是行！"讨海人的家属有着如同大海一般宽广的胸襟，"成老师，他们两兄弟从小就没了父亲，我是一手一个这样挺过来的。只要有了决心去做事，就没有什么可以拦得住我们。心中有目标，眼前就没了困难！"婆婆鼓动着儿媳妇。

"伯母真是大人大量明事理，我也曾把自己做生意的经历告诉过两兄弟，还有眼前这两姐妹，真的是心中认定目标，一切就不在话下啦。等名片打印出来，先上大酒楼、大宾馆与这些供货对象熟识一下。阿惠有做宾馆事务的经验，阿丽多跟随几次，胆量就练出来啦。咱们是一水的船上鲜货，价格又低于市面，品种繁多任挑选，采购员哪会看不上眼。批发店一开就是理货、过磅，看价目表结算款项，生意上了道就轻省啰！"成老师说。

临告辞前，成老师有了大发现："惠！丽！谐音就是'惠''利'给客户，大家都有利可赚。太好啦！就是它啦！'惠丽海鲜店'……"

"成老师就是老师一个。"伯母开怀笑了，"这名号连我这个老妈子听了心头都一热一乐的。有了好名号啊，生意就成功一半啦。咱们闽南话说：钱无两枚撞不响，那是指斗嘴吵架。但现在我看哪，这阿惠阿丽两个金币撞在一起绝对乒乓响，而且，这一响啊，还真有黄金万两哦……"

"嘻……要说谁是头家，妈才是名副其实的大头家！"儿媳妇开起了婆婆的玩笑。在闽台一带，"头家"是对企业主、公司顶头上司、老板的尊称。

一串串响铃般的欢笑声，送走了一道行进的姑娘和老师。

隔天的一整个上午成老师没有排课。他和阿惠到了中山路当年厦门唯一一家印制名片的小店。

"这名片背面要印明的项目？"店主问。

"是的。正面只要"惠丽海鲜店"五个字，需粗线条下方的电话号码，已写明的照打此电话号码，上一层的只要印上'电话'二字即可，预留的空白处我们自填附上。主要是座机的号码尚未落实。"这位教师很诚实。

"哦，原来是这样。我们按您的意思制作。兄弟，做水产的名片你是头一个哦。每盒一百张，订几盒？"

"头家，什么时候可以取？"这个愣头青还是有点急。

"常规，三天。明天中午十二点也可以取。只是每盒加急费五块，印制两盒以上预收定金五十。你看……"店主真是能人，眼力、判断力奇好。

"明日取！两盒。"

成老师让阿惠回去之后先与清江阿叔约好，将五千块现金放到长辈家中，垫付给这些大师们作前期购买材料款。

午饭后，谢科长打来电话告知，她查看了厦港片区直到厦门大学学村一带，全是满线，巧的是，有一户郁姓的印尼大华侨出国定居，前天下午办的退号拆机。她就将原电话号码报给成闻卫，约定明早上班时间由外线班长去现场布线。实事求是地说，成老师接到这一通电话时差一点掉下眼泪……

他收敛了情绪，再三谢过谢科长，说在合适的时间点将亲自登门拜访致谢。现在要紧的是给那家名片印制店打通电话，补上这一个开辟未来生意之道的电话号码。

阿惠那高兴的神情如同上初小的女生。成老师让她下午约上阿丽，一起去准备明天一早要用的香烟、茶叶、糕点，叮嘱她们一定要招待好外线班长这帮"霸主寡头"，在给谢科长大面子的同时，还得想到往后少不了打交道。

真是上天之助，成就了这一件非同小可的大事！

成老师上完两节课之后，体育教研组集中开会，内容是上午刚刚接到厦门市教育局、市体委联合下发的：厦门市中学生足球联赛规程、赛会的日程安排、各校参赛运动员的大名单。制定竞赛规程的厦门市体育运动委员会考虑到这是自"文化大革命"结束之后，举行的第一次全市性的中学生足球联赛，将比赛定于七月七日开始。出于保护青少年身心健康的原则，比赛时间定为上、下半场各三十分钟，中场休息十分钟。

厦门市共有十二所中学参加这次足球联赛，十二支学校足球队分为A、B两大组，各组采用单循环比赛，最终产生两大组积分最高的前两名，进入决赛。赛制积分为：胜一场得两分，平局双方各得一分，负者为零分，联赛前三名奖锦旗一面。

厦门中学足球队所在的A组中，最难斗的就是同安县竹坝华侨农场的竹坝中学足球队。这所学校的足球队员全是清一色的印尼归国华侨子弟，足球技、战术一般但凶猛有加，在校的高中部学生全是二十岁上下的"中年人"。因此，在这次的体育教研组大会上，懂得足球、半懂、不懂的体育老师纷纷献计献策。A组另外的四所学校分别是厦门八中，就是早年的双十中学，厦门四中，厦门同安县中学，厦门七中。

鼓浪屿的厦门二中所在的B组中，与其针锋相对能抗衡的是厦门一中，"集美侨校"也是好手，他们早就憋足了这口气，要好好与这个组的老大斗一斗。B组中还有一只难斗的猛虎，就是早年的集美华侨学校，现改名为集美中学。这个学校的生源也是以华侨子弟居多，创办人是华侨领袖陈嘉庚先生。东南亚一带的华侨子弟慕名而来，将东南亚一带时兴的羽毛球、足球也带到祖国。这所学校的足球队员个人技术超群，就是在总体的配合、整体战术的运用方面较差，这是早年沿袭至今的老毛病了。但在这次的中学生足球联赛中，他们看到了重新洗牌后的光明前景，有了折桂的伟大冲动。鼓浪屿的厦门二中成了人人都想拔根毛的大雁，被认为是可以斗的纸老虎。B组的另三所学校是厦门三中、厦门六中，还有市郊的杏林中学。杏林中学历来是一支实力较弱、比赛成绩较差的中学生足球队，然而，经过"文化大革命"的千锤百炼，他们都把"胆"练大了，具备了敢把皇帝拉下马的大无畏革命精神：厦门二中算老几，今年我们来啦！

是啊，联赛还没开打，一切皆有可能。

"文革"之前，鼓浪屿的厦门二中是历届中学生足球联赛的冠军，厦门中学是常年的"老二"而今年的"联赛"各个中学的胆都练大了连足球基础最差的郊区杏林中学都在高喊：厦门二中算老几，今年，我们来啦，这就是"文革""造反有理"的余威所致……

　　在全国统一高考之后，从七月七日至十一日为 A、B 两大组各队进行单循环比赛。十二日上午进行季军决赛，下午休息。七月十三日上午九时三十分：冠、亚军决赛。

　　分管学校文艺、体育的孙副校长在会议中间进了教研室，他的开场白给了在场的每位体育老师尤其这四位足球专项的辅导老师一闷棍。孙副校长毫不掩饰地说，他是鼓浪屿人又曾是鼓浪屿二中的学生，他希望学校足球队在未来的四五十天里，订好训练计划，调整出好的比赛状态，为学校争光。在场的每一位老师都听出来了，这位曾经的厦门二中学生确是想证明点什么。作为学校分管文体的副校长，他认定"友谊第一，比赛第二"的口号，是在自己运动技术不如人家的情况下，对自身的安慰与原谅，是无能之表现。既然是比赛，就是"斗"，既是"斗"，就要斗出胜负，他要与自己母校的足球霸主斗，斗出一片新天地，斗出一个属于自己新的传奇。

　　学校高层领导是下了决心斗出大局面，这四位足球专项辅导老师个个翻白目出冷汗打寒战，如同闽南话所说的那样，皮要绷紧了，眼皮要浆上粥汤。闽南话所谓的浆粥汤，是因为这一带多数为沿海潮湿地区，洗完的被面、床单要用稀释了的粥汤浸泡一遍再稍加晾晒，如此一来被面、床单就紧绷啦。完全可以想象，如此薄嫩的眼皮一旦被"浆"上了，该千万分小心才是，否则就与"皮要绷紧啦"同症结了！原先，成老师想利用星期六下午打队内对抗的后半段，溜号上漳州看父母，顺探还未曾谋面的那对小精灵好朋友，看这阵势又泡汤啦！还得再忍上两个月时间。

　　真是：皇帝一口谕，太监跑断腿。

　　吃晚饭时，成老师因为下午开会的原因，心情不好。

　　"你怎么啦？遇上什么难事了？"女人的敏感神经造就了她们的直觉，阿惠马上换了个话题，说："成老师，烟、茶、糕点全买好了，就放在漆篮里。"

　　"阿惠，你和阿丽可是忙了一下午啊。"成老师说。

　　来电话了，是吴玉燕打来的。阿玲调动的事，她已经落实到省体校的排球教练方老师。方老师是福州人，很早以前就一直申请调回福州，也曾对当年任教务主任的吴玉燕谈起过此事。可那时省体校师资奇缺，一直没能让她走。此次吴玉燕找到方老师，一切还算顺利。目前龙溪地区少体校已有单调阿玲的意向，这样双方都有了基础，吴玉燕在福州做竞赛处那些头头脑脑的工作就会轻省许多。吴玉燕说，这是个不可多得的好时机，要抓紧办龙溪方面的接收工作。最后她说在实业公司一切自在，他们母子都好。

这个长途电话多少驱散了成老师心头的烦恼、郁闷。

成闻卫先拨了阿玲队里的公共电话。这个电话可以说是没有一秒钟的清静时间，但今天是一拨就通。他交代接电话的姑娘转告阿玲，让她往厦门这里打电话。这样的传话是姑娘们自成的惯例——谁都有被传话的时候。

现在的成老师，是没了电话做不了事的人了。

紧接着他拨通了漳州家里的电话，是小妹接的，她好高兴。但姐夫没让她蹦太久，先和长辈们打过招呼，说明这个星期六回不了漳州的原因，又从电话里知道长辈们过得非常开心，最后请阿姨接听了电话。

"我正在姐这里吃饭。就像德富兄说的那样，这建造新楼房有忙不完的事，太多太杂。阿弟，有急事？"阿弟将阿玲调动的最新进展情况向阿姨通报了一下。现今需要在龙溪地区体委这方面下点力气。福州方面的意见是，漳州地区少体校可以发出调入阿玲的函件，然后，根据进展情况，人事补缺等等手续再一同进行。如此而为，阿玲调动工作的几率就会高些。阿姨答应阿弟，最近这几天她就会抽出时间来专门办理这件事。

阿玲来电话了，问丈夫是什么事如此急迫。他告诉妻子有关调动的事宜，妻子非常高兴。同时，她又告诉丈夫另一件不是太令人开心的事情：许筱雯这些日子身体欠佳，老教练的丈夫林团长动用了部队医院的老关系，给她做了两次胃部的专门检查。这几天，最迟不出一个星期，就会有诊断报告出来。丈夫告诉妻子，两个好姐妹在外要相互照应，一有诊断报告的新消息要马上告诉他。估计阿海兄弟这一两天也就返航厦门码头了，只要他一回来就与筱雯通话。阿玲身边有太多嘈杂的声响，全是等待打电话的姑娘们。

成老师把阿玲所说的事复述个大概给阿惠听，阿惠笑着说："许教练的身体好着呢，这人嘛，头疼脑热的不足为奇。我看没事的。"

成闻卫回想起父亲突然发病到病危住院的经历，还有在省体校时他曾见过位身体极棒、从不沾药瓶、一向乐呵呵的体操教练，有一阵子也是腹痛，一检查，肝癌晚期。一个平时活蹦乱跳、天天在你的眼前晃悠的中年人，一下子成了住院的重症病危患者，再过不久，就与大伙儿说"再见"了。一想起这件事，成老师整片的后背、中间的那柱脊梁就透出一阵阵的酸、麻、凉……

人！这种活体，有时比任何生物都脆弱。不是吗？！

成老师开始假设，假如许筱雯真的得了重病甚至是绝症，阿海和她，两个正处在热恋期的痴男靓女，往后该怎么办？许教练会怎么想？像她如此有个性、意志坚韧的女性，往往会独忍苦痛，弃绝一切她心爱的东西。并非她不喜欢愉悦、幸福的家庭生活，而像她这样独立、坚强的女人只会选择不去拖累、亏欠他人；阿海呢，他这个情痴、呆子又会作何反应呢？许筱雯的母亲对这个宝贝独生女又会是怎样的一种态度？想到这里，他又自我安慰起来：许筱雯教练会没事的，阿惠说的话是对的。

人哪，有时确是非常需要那么一点点阿 Q 精神。

十四、动员二舅回国

　　勤快的阿惠一边整理着明天上午招待外线班师傅、工人们的各样点心，一边给成老师提建议，她说，除了阿顺阿海这一对拖网船的渔货海鲜进冷库之外，还可以从别的渔船购入多多的上品鱼，尽可能做到冷库的格厢、冻盘不闲置才好。阿惠真是生意场的天才！

　　"嗯。"成老师心不在焉地回答阿惠，"对了！明天清晨你拿上这些点心、茶、烟，先去约阿丽，从她家取茶壶、热水瓶、装点心的盘子，直接上海鲜店。我借用你的这部自行车，下了晨练课就可以赶回来，招待这位班长寡头后再回校上第四节课。你呢，明儿太忙，就上阿丽家吃午饭，我就不回来吃啦。"成老师说。

　　"成老师，你是不是没有听说过闽南人的一句古话，叫作，吃饭皇帝大？无论多忙我都得回来做饭给你吃，这是咱们早就说好的事。说好了，从今往后不准你再提要在外面吃饭的事。冷库那边的事有我和阿丽在，你就别去操心了。"阿惠就是一位有爱心、善心，处处体贴他人的好女子。

　　"那好，我备课去了，你早点歇着。"这下，成老师乖啰。

　　阿惠心想，今天下午他一定是在学校里遇到什么不顺心的事，也可能是许教练生病给他带来烦恼。她越是这样想，就越是感到这个男人内在的气度是如此正派、正直且富有同情心。在这一点上，大鸟可是差他一大截。就像刚才和大鸟通电话，说了大半天，也没听到一句她认为动听的话语。但是回想一下，要不是认识了大鸟，她也不可能到厦门，融入到这个和睦的大家庭中生活。她还是真心实意地认为，自己是个有福分的女人，有那么多的人需要她的勤劳与付出，又有那么多人在帮助爱护她。

她一直在对自己说：要厚道，要知足。

她始终相信海边渔家妇女和乡下女人的格言：女人这一辈子与什么人吃饭是天注定的，是不可违的。

女人的命各有不同，不可攀比。一想到这里，她又勤快地收拾家里的橱柜，把碗筷碟盘洗了一遍又一遍，她就是想用不停歇的做工来驱散心中那些莫名其妙的杂念。

多半的女人在这种时刻总是在自寻烦恼。继而又将这些无名的烦恼在自己的内心演变成痛苦。如此的心灵苦痛若不加以及时的自我抑制，任其"飞扬跋扈"、泛泛生长扎下了底根，就很有可能酿成不可自拔的悲哀、自伤的结局。

第二天结束了晨练，成老师到学校食堂抓了馒头、花卷各一个，连豆浆稀饭全免了，飞身上了自行车往厦门港方向猛冲，老远就见到两位能干的巧姑娘将桌凳、烟茶、点心、壶杯、暖瓶全备齐了，看她们那样已有了八九分的女头家模样。他正想喝口水，外线班长就领着手下人来了。成老师改泡上功夫茶，又朝班长的上下两口袋"栽"了两包洋烟，这招管用好用，班长亲自干起后面的精细活，才半个小时就调试话机，效果出奇的好。成老师交代阿丽，一会儿把电话机带回家中，已布线入屋的电话线让阿惠绕成圈圈后挂墙上，别让做冷库的大师碍了手脚。

照着早前的老例分发了大小红包，小工们乘公共汽车走了，成老师和班长各骑自行车，到邮电局办理交付款项手续。在他以为，虽是小店的业务电话，但一次性办理国内、国际的长途有利无弊，交个押金，付上少量的"占线费"，一旦有了大事，用途就太大啦！

成老师回校上完第四节体育课后，到老师们专用的自行车棚，正遇上前来取车的教研组长颜老师。

"哟，这是刚出品的、最最新型的'永久'啊！成老师真有一手，哪儿搞的？"人们对新东西都感兴趣。

"哦，向朋友借的，中午办事方便些。"属下应答道。

"成老师啊，咱们都共事这么久了，你啊，要想办法把你的爱人从外地调回来。调动这种事办得越早越好，遇上了什么麻烦、难处，言语一声，咱们同事一场，同事、同事，同志的事就是共同的事。成老师，你说是不是啊？到那时，我还真能帮上一把。"颜组长不但喜新，也爱有价值的老物件。听明白啦？！

"我先谢谢颜老师。她现在福州，所在运动队的领导重用她这种苦干实干的人，属于什么梯队之类的。真有了调动的好时机，自然要求助颜组长啰，这可是件人生大事啊！"成老师非常客套、照着礼数回答。"这就对了嘛。回见！"

成老师把印好的名片取回大鸟家，阿惠边翻看边夸："这名片印得真不错，还是成老师设计得好。我和阿丽都当上店主啦，真是不敢相信，一整个上午师傅和工人们直呼我们俩'头家娘'，实在有点不好意思，可心里挺高兴的。成老师，你的眼力好，阿丽真的很能干。她就是有了儿子之后在家待惯了，女人在家关久了，会变呆傻的。等一下拿上这名片给她看，保准她高兴万分。"

"烟、茶、点心够用吗？"成老师关心道。

"他们只喝茶水，烟都抽他们自个儿的，招呼他们吃点心，谁都不去尝……"

"不会是糕点不合他们的口味吧？"成老师有疑问。

"我看未必。我和阿丽是照你所说，到食品公司、庆兰饼店买的好点心。成老师，你发现没有？只有那个班长陪你喝茶，吃一小块糕点，我看哪，事就出在他们全是谢科长钦点的，这样'大脚'的人物发话，做事的人不仅活要认真做细，也不敢胡来乱动。"这姑娘小小年纪就有这么强的洞察力，往后定是成大事之人。阿惠继续说："做冷库的这批大师级的人物与大师傅，听成老师你说过，他们全是与清江阿叔共过患难度艰辛的早年挚友，大家客气礼貌，说起来都是在干活，但情面上的事明摆在那儿呢。"阿惠说的"大脚"，闽南话是指有实力的大老板或单位里的大权势人物，而不是"大伽"的这种说法。

"阿惠，一会儿你去替阿丽的班，毕竟上有老下有幼婴，让她吃顿舒心饭。冷库的事你看着办，我就不过去啦。"成老师对阿惠所说的这些话，说到底就是其父母双亲的真传：用人莫疑，疑人莫重用。

"好。我这就去。那，车呢？"

"给你们用，要添置点东西也方便。阿惠啊，市里的中学生足球联赛就要开始了，这午饭……"

"你们学校的事，什么球的事我不懂也不想知道。我只知道说好的事要守信用。昨天是为学校的事懊恼吧，我猜也是。"她明白了，他不是为了许教练烦心。嘻，这个阿惠喜乐哪门子的事？

早说过了，男人去干大事，女人的心事猜什么猜嘛！真是的！

初夏时分，白天拉长了许多。学校足球队一直训练到天暗下来时，才停下来讲评。足球队的四位专项辅导老师接到颜组长的临时通知：由于下午训练拉了太多时间，明晨练停一节课，明天下午全队集中，四点整打队内教学对抗赛，学校的几位高层领导要亲临指导，希望各位老师特别是足球队的专项辅导老师在各个方面做好充分的准备。

阿惠见到成老师拖着疲惫的身体回来，赶忙打上洗脸水，加炒两个菜，盛完饭后说："成老师，要不我先烧锅热水，让你冲个热水澡，解解乏。"

"不用。来，吃饭。"成老师装出一身轻松的样子，"怎么样，下午冷库的进展如何？"

"挺好的。我听那个带班拿图纸的人说，只要连续两昼夜加班加点连轴转，保质保量做成冷库是完全没有问题的。好像他们还揽了不少活，在等着开工呢。"

"清江阿叔和他们谈好做这个冷库是包工包料，所以时间就显得特别的宝贵。这批清江阿叔的患难之交，全是早年大师级的工程师、设计师，大牌的制作和施工技术人员。他们一定是撂下别人家的活，先干咱们这一摊。"成老师接过阿惠的话尾分析给她听，"阿惠，帮我找一件白衬衫和那条咖啡色的长裤，一会儿咱们一块儿到谢科长那里。你先用红纸包上二百块钱，然后装入信封。钱在我的抽屉里，钥匙在桌上。"

当年，按正规渠道，老百姓家中装一部市内固定电话，应缴交费用也就是人民币二百块出头，是够便宜的，也证明了当年的人民币是够坚挺的。但从另一个层面看，社会各个阶层的经济都被那一场"史无前例"的大运动掏得空空，物资供给与流通、消费环节的"便宜"现象，正折射出国民经济之"穷"。当然，也有像谢科长这样的"富"人。关键的问题是，你不可能像他们那样用手中的权与需求此"权"之人手中之"钱"交换。

至于邮电局里的领导安排谁人如何"布外线"，室内的座机谁来使用，那就更不用你来操心啦！电话机装在哪里不是装，可是，为何只装在他们家，这里面的用途与学问大了去了！

阿惠赶紧整理一下自己。她那天然健康的肤色是不用化妆的。说实在话，她也不会化妆。阿惠的心情格外愉悦，只要能和成老师一起出门，她就会马上变成一个小姑娘，有种无忧无虑、发自内心的快乐。到了谢科长家里，一切都非常之顺利。各取所需，送礼金自愿，收好处坦然，心安理得，皆大欢喜。那年头，这些油水行业的掌门人日子过得比省、市一级戴官帽的大干部们顺溜多啦。这就是管控、操作油水阀门的无穷实惠与部门权力的真正魅力。

回来刚坐下喝口茶，电话又来了。"哇！阿海啊。靠码头啦？和阿顺两个人快快回来……哎哟！出售渔货海鲜的事等咱们见面时再细谈，我和阿惠现在就去你们家。"

全身的疲乏困倦都被这对讨海兄弟的归来所驱散，高兴之余，他想到了要试拨一下阿玲她们宿舍的公共电话，真是心有灵犀，在福州的阿玲与许教练正在公共电话旁想往他这里打电话呢。

"阿玲，部队医院的诊断结果出来了吗？"丈夫急问。

对方停了好一会儿才有了话音："成老师，我是筱雯。我现在很好，让你操心了。咱们运动员的身子骨个顶个的棒！壮实着呢！好了，让德玲和你说，再见！"

"阿卫啊，是这样的，我私下通过叔叔从部队医院内部打听，初步的意见是不太乐观，已经确定是胃的问题。我现在是真没了主意，你有何好建议？"妻子很着急。

"阿海来电话，他们兄弟刚泊岸码头。阿玲，你先别急，我是想让阿海去一趟福州，你先做好租房的准备。让阿海多陪许教练是当下最好的办法；其次，我听你的语气，许教练的病不会很轻，那就要做好让其母来福州的准备；咱们都经历过爸重症卧床的大事件，病症的事要往坏处多想，再往好的方面去做。我会让阿海带上足够的费用，要做好花大钱的准备，让他有什么事多与你商榷，在福州，就全靠你们二人临阵处置，有了难处咱们再在电话中相商。我现在只能想这么多，保持联络。"

成老师没有把生意上的事告诉阿玲。在他看来，这不是女性同胞应该知道或插手的事。当你花了时间、精力告诉她们生意场上的大小事，她们也不过是哼哈应答，一带而过。成老师的这种思维不能说是大男子主义，他的母亲虽说也是出身富商之家，但对丈夫、南洋父辈、兄长们在生意圈里的一切活动都不感兴趣。至于由德玲，一直处在学校、训练场、家这样三点一线的环境里，更不会对这种生意上的游戏感兴趣啦。这就是她与阿惠的最大不同之处。不能说阿惠以及许许多多的渔家姑娘不想过农、渔单一的乡村生活，她们要谋生，就势必要走出来，进入到生意圈，这就成了她们生活的组成部分。就像阿玲的生活当中如果没有了排球，那是不可想象的，她就成了一个傻人、呆子……有极端主义的世间男子当然也包括女性自身，说女人生活在世就是为了钱，只想过好日子贪图享乐。在这个世界上只是女人想过这样的"好日子"，男人就不想？闻宝钗享受过能干的丈夫给她的荣华富贵、穿金戴银，游行花花世界与上海不夜城。可一旦烟消云散，苦难降临，她哪来的钱？远在南洋的母亲，两位腰缠万贯坐拥金山的兄长，他们敢接济她吗？她只能忍受这些苦痛，变着法儿用勤劳的一双手养猪，挣钱供给丈夫的那一伙落难兄弟、恩师老板，得以存留性命于世。此后，若有富余才是儿女们共享……

女人是谁？是母、是妻、是女、是妹，你想过吗？

四个人几乎是同时到达阿顺家门口的。两兄弟那渔民的"大喉咙口"现声家门口，只见妻子、母亲冲门而出。女人们见到自己至亲的亲人时，那神情是激动、兴奋的，但她们只用平静的"你回来了！""你们回来啦！"这四五个字遮盖过去。母亲转身进了家门，他们五人同行去看冷库。

"长腿，这是咱们与造船厂签的合同文书……"

"阿顺，合同文书先放在你那里，回家再看。兄弟，快看啊，那正放电焊焰火之地就是咱们的'冷冻厂'，确切地说，应该叫'海鲜批发店'。清江阿叔帮大忙啦，这一大班设计大师、施工技术人员全是他的好友，日夜三班倒，长辈与他们讲妥包工包料，冷库做成后结算。我让阿惠先送五千块放在长辈那里，让这些大师们购买材料。此事我亦告知大鸟，他说让长辈拿主意即可，你们兄弟俩漂在海上我就先斩后奏啦，我深知你们无异议的。"长腿兄弟说。

"抓紧时间做事才是最要紧的，我们兄弟佩服你的眼光和办事能力，没什么好说的。"阿顺阿海两兄弟真是快活。

"咱们这对船的上品渔货先存放在船上，用碎冰保鲜，不用两天冷库造好了，就可以存放进来了。"长腿说。

"长腿，你不用操心，这船上的事交给我们好了。"阿顺显得格外兴奋。

"是啊，长腿，咱们分开还不到半个月，你就闹出这么大的动静。往后租出去的船只不但可以收取租金，最主要的是优先收购那些上品鱼，用以供应那些宾馆和豪华大饭店、大酒楼，这真是件了不起的大事啊。不过，长腿啊，只是你的这套新房可惜啦。阿嫂要真调回来，如何是好？"阿海就是个重情重义的渔民小伙子。

"嗨，你们的阿伯、伯母都舍得放下一整幢他们亲手建造的番仔楼，咱们还有什么可担心的。古话说得好：旧的不去新的不来。咱们晚上的任务就是尽兴喝酒。哈……咱们又装上一部新电话了。这店名是以阿丽与阿惠的名字起的，让她们姐妹俩当上女头家啦……"

"阿丽平时少出门，她能行吗？"丈夫对妻子信心不足。

"能行！这两天姐妹两个人骑着自行车，走遍了厦门市内的大宾馆、大酒楼和一些中型酒家，专做发放名片的工作。只等咱们这对拖网船的渔货一进新建的冷库就放鞭炮，她们两姐妹就可以干起来啦！阿顺阿海，咱们还是先回家歇息一会儿。你们刚泊岸，我就把你们给抓来了。"一路上，长腿喋喋不休，全是为了打消许教练生病一事带给他的苦恼。他还在想一会儿如何与长辈谈及此事。

清江阿叔已经在阿海家里泡上茶了。三个女人正忙做下酒菜。长腿将吴玉燕顶替筱雯的那两条洋烟交给阿海。阿海是想"三一三十一"给清江阿叔一条的，可长辈将洋烟推回给阿海两兄弟，自己抽起厦门地产"海堤"牌香烟。趁此好时机，小顺子一颠一晃地扑到长腿阿叔的怀里。长辈边看着阿海递上来的合同边和晚辈们开着玩笑。等非常仔细地看完合同，他摘下老花眼镜接着说："非常好！在字面细节上都体现了咱们所考虑的范畴。这份合同没有丝毫问题。"长辈当着一对兄弟的面竖起大拇指，非常的高兴。他看到了在这场市场经济大潮中，有知识的青年人，已经接触到合同这样的律法文书。这只是起始，假以时日必有大作为，市场经济需要法制规范啊！

酒菜全齐啦，众人请清江阿叔坐上"大位"。

"这次咱们兄弟姐妹合办的这家海鲜批发店即将开业，不但是全市范围内的头一家，更重要的是实现了清江阿叔在一年多之前的大胆设想。那时，大鸟刚带着我上拖网大船做生意，清江阿叔就想到了假如有那么一天，渔货海鲜的生意能做到捕、供、销一条龙，那么即可谓步入正轨。千万别小看了咱们这家海鲜批发店的开业，展望将来，它会对整个生意界有非凡的启示，产生极大的影响力。今晚，晚辈们还要向伯母敬上一杯，是她老人家的开明与鼓励，使阿丽走出家庭小圈圈，与阿惠一起为咱们大家，讲大了是为社会，出一份力。来，为了咱们陆上生意兴隆，海路一帆风顺，大家都喝上一口。"成老师的一番即席演说，让在场的众人热血沸腾。

他接着说："清江阿叔，刚才她们两姐妹要去那家'厦港卤鸭店'被我叫住了。家父是对任何烹饪手法的鸭肉一概不拒。前不久我听了大鸟的介绍挑了一只带给家父品尝，他只沾了一小块鸭肉就知其奥秘了，同时也告知了清江阿叔。不夸张地说，家父算得上是世界级的美食家。他说：渔民不爱海味好食肉是古亦有之，然而，一味卤鸭能让人吃到按钟点排队抢购吃上瘾，这就不是一般小事，是有'大学问'。"

长腿阿叔给小顺子剥了只大虾仁，这小子朝他直乐。

"什么事情都是'道破不值钱'。兄长让我转告你们别去碰这家的卤鸭，说件事给你们听就清楚呢。有对拖网船就是带了十几只这种卤鸭上船，起先有鸭肉啃众渔工猛劲十足，等到吃尽了卤鸭人人打'哈哈'。我阿嫂把卤鸭的秘籍真传给了她们姐妹俩，咱们吃自家做的卤味'没败害'。"

"这一次，你们两兄弟上福州马尾的事办得漂亮。现今的大、中型企业都缺资金，别看咱们的预付款不起眼，在企业大发展的关键时刻就是一针强心剂啊。"长辈夹起一片炒牛肉吃着，"只要这家海鲜批发店一开张，这一道流通闸口就打开啦，这样的生意稳当。阿弟用了一整套装修一新的住房置换了这家店面，大家为其惋惜，全是为了阿弟和阿玲，大鸟还专门从长沙给我打电话，让我阻止阿弟干这件'傻事'，倒是我劝了大鸟几句。阿弟做这件事并不是盲动乱干的，他极有远见与魄力。往后，你们还会有做大事的好机会，一定要像阿弟这样有前瞻望远的眼光与胆略。有了好想法，你们年轻人可以坐下来细谈，真的认为不妥就别去干。咱们常挂嘴边说'机会'，有了时'机'不去'会'，那样的好机会单单在等你啊？观前顾后，再美的好事都会溜掉，看准了就上！

"对于做冷库这件事，我是持极其慎重的态度。直到我的那一伙当年的'难友'们来现场勘察，又一起坐下来分析了此举的利弊之后，才最后敲定。根据我不是太全面的了解，在当下最开放的广东省内，像咱们这样专做上品鱼捕、供、销一条龙的顶手批发店至今未见。就咱们省内福、泉、漳、厦门消费水平比较高的城市里，海鲜从海捕直接送酒楼让食客品尝，咱是头一家，是在全省的范围之内哦。还有一件大事，阿顺回来得正是时候……"

"清江阿叔，我正想说这事呢。"阿顺也着急说，"就是到舟山与崇武造船厂订新船交预付款的事，这事非得抓紧不可。家里有妈还有大家帮衬着，明天就我一个人走。我驶的那艘船，让阿海再找个船老大就可以啦。有了办理福州造船厂合同的经验，这两家船厂的合同文书也是大同小异，有了问题我会找清江阿叔的。"

"办事就要有这样的精气神，我喜欢。阿弟啊，是不是又在想你二舅的事？"长辈说。

"清江阿叔就是孔明再世！"小顺子乐呵得咯咯笑。

阿弟接着说："清江阿叔，虽说现今件事还有点空幻想，但我常回想你所说过的：人只要有了奋斗目标就要一步一步努力靠近它，尽力而为才有达到终极目标的可能。自从我与大鸟搭伙结伴到今天，清江阿叔的这句话始终是我的座右铭，一直在激励着我向前。"小侄有点激动。

"就在刚才，我是想好好表扬你几位小姑娘后生们，任何事情只要去做了，就有成为现实的可能性，摆在咱们面前的'冷库'就是明证。

"阿弟能牢牢记住这句话，很好。这就是一个人的志气。阿弟现时的想法是'新鲜'的，甚至可以说是超前的，这没有什么不好。国家的开放形势是越来越好了。开放，就是促进改革，是改革策略中的重要组成部分。国家要发展、要建设、要实现现代化，特别需要大笔的资金甚至是外汇。阿弟啊，你二舅是做大酒店生意的，也别给他这样的人戴上什么'爱国主义'的大帽子，就认定他是一个与咱们一样的普通人，他也会想念鼓浪屿的童年和我们这帮青少年时期的老球友。他不想回祖国，回故乡？可能吗?！

"我和阿弟他爸最了解他的为人处世了，他认定的事就走到底，有点刚才阿顺那劲头。但是咱们也要明白，有了决心不等于草率蛮干，海外华侨要回祖国参加建设并非小事，有他们的难处。不说别的，就说台湾国民党势力在香港乱放谣言，加上那些不乐见红色中国发展的反动势力。所以啊，我和林将军已经陆续给他寄了不少资料，咱们也和那些反对的、反动的势力拔拔河，像阿弟你所说的，绵仔是高智商的博士、挂有董事局主席衔的商界大家，他看不到祖国生意发展的空间吗？绵仔是个极聪明的人，目前咱们就是等待，耐心一点地等待。与此同时，咱们也该做好自己的事。千两茶的生意走上了正轨，两幢新楼的建设也开工了，组建船队的事再过个半年也成形啦。我的意见呢，就是在未来将船只租给船老大时，所立的协议要写明了，咱们有收购上品鱼的优先权，但绝不能让租赁船只者认为，咱们是在'大乳闷婴孩'，那样的霸道行径没人买账。咱们是以当日的行市价收购，如此一来众人平等没异议，卖谁不是卖啊？然而，咱们手上有了这个优先权，那是大不相同啊，大小渔汛、台风歇捕……

　　"冷库刚起始营业的这一两个月还看不出道道，一旦到了阿海所说的渔汛旺季到来，会议季、参观季也随之而来，真到了那时，三个冷库的货都不够卖。正是在这样的渔汛旺季，还有一个大自然的台风，这种天灾谁也躲不了。但咱们有了冷库，那种场景谁都想象得到。我所说的优先权、主动权并非有垄断市场的意思。总公司一百来对拖网船，加上崇武、泉州湾那么多的船只进出，你这十几二十艘船够他们'配烧酒'。我想说的是，生意这东西是有风险的，有赚就有赔。像阿丽阿惠这样初入生意圈的新人，往后的日子长着呢，只是时刻具备这样的意识，我敢说，做这个冷库生意只是你们两姐妹的起步，未来将会有大任落在你们肩上。我不会算命。'文化大革命'时，我、林将军还有你们看到做冷库的这班大师们，都在劳动改造，许多人悲观失望，都说那是命。而我对自己说：假如这就是'命'，以前我怎么干，怎么想让市民百姓们吃上好鱼腥，只要让我出头再为老百姓做事，我依然照干、照拼。这就是共产党给我的'命'。人是要有信仰的。像我的阿嫂，她有了信仰，坚信她的信仰能救活丈夫、我的兄长。当年，我们落难，兄长的恩师、老板陈全夫妇，林将军，我，甚至连现在做冷库的这些大师、技术人员、现场施工的大师傅们，都得到过兄长、阿嫂的接济。既然心中有了真信仰就要去做、去努力、去奋斗。"

　　清江阿叔就是个忠诚、憨直的人，从以前到现在直至未来的日子，他都不会动摇他对心中信仰的追求。他真的是一位为信仰而活、不折不扣为老百姓做实事的好干部、好共产党员。清江阿叔这一生就是为追寻他心中的那份存真——为共产主义奋斗终生!

"说到店面生意,阿丽阿惠初上手,做事可以慢一点,别太急,就不会出差错,只要一两天的工夫就熟练啦。在这里,我只交代你们一件事,那就是卖出去的货,绝对,是绝对哦,不能让客户赊账。甭管他们说得天花乱坠,什么大酒楼、大靠山、大单位、'大脚头家',咱们全别去听。记住啦?宁可贱卖,宁可少几个客户,都必须回笼现金,这是早年至今开行坐店的大小老板们积累的经验教训。当今,仍然有许多人在犯这样的错误,可咱们不能,只要你们两姐妹常想到,这是这对兄弟以性命为代价捕捞的渔货,你们就长记性了。这个头开不得!不然,众人有样看样,个个赊账,日积月累,一大堆的麻烦事随后就到,而且是不可预知的。从一开始做,咱们就不要怕得罪客户,一旦形成了店规,他们就得来适应咱们,而不是咱们去迁就他们。如此迁就的结果,到了最后往往以吵闹、打官司为结局。这事是我先给两位女头家打个预防针,用心记住就行。

"另一件小事就是要交代两兄弟,在这几个月的时间里,多物色几位有经验的船老大,为即将成形的船队打基础、做准备。平日闲暇时相邀泡泡茶、喝两盅小酒,联络联络感情,将来把船交到他们手上咱们也放心。我是想,这支船队除了租出去的船只,还必须有咱们自己的雇佣船只,听明白我的意思了吗?至于给多少佣金,是不是以淡、旺季计算报酬,你们两兄弟多动动脑筋,把它当回事来细思量。至于渔工、水手,就咱们厦门港一带,如同海沙一般,一摸一大把。提前想好了,到了那个时节就自然顺当啦。"清江阿叔说。

在厦门时,自从父亲与阿弟有了那一次正式的"生意经"交谈之后,父亲就告诉他:生意场上的钱必须是"动起来的活钱",清江阿叔刚才所说的这一篇话语正应验了此理。

让钱"活"起来并非什么高深的经济理论,然而,对成闻卫来说,这种深藏于他骨子里的遗传到了该生长之时,就自然而然地萌发体现出来,就连成闻卫本人也很难回答这个"为什么"。正是基于他对中央顶层的决策者们一系列经济政策的理解,还有他对社会大趋势、环境条件、前瞻性的预判直至时下他所接触的生意环境,他有着自身极为细致的观察与思考。

任何大事业、大宗贸易、大实业的成就均源自于事先的、周密的、冷静的思维,加上实践时的果敢行动和不断修正错误的勇气与能力。

"清江阿叔，这段时间阿海驶的那艘船，恐怕要另找船老大……"阿弟说。长辈两眼紧盯着小侄，等他说下文。

长腿阿叔剥了只大虾仁给小顺子拿着，说："是这样的，昨天和今天连续两次与阿玲通了电话，她说，许教练在部队医院做了全面身体检查，虽然最后的检验报告没有出来，但已经可以肯定是胃部出了问题。我是依爸的病情做的分析：若非重症顽疾最好，如果是，我是说一旦，她的身边还是需要有人陪伴为好。其母其舅远在上海，阿玲忙训练，我想让阿海去一趟福州。许教练患的是大病的话，就一定要有大费用，也包括让其母从上海来榕的花费。这次阿顺要上两家造船厂放定金，我准备让他多带款项在身，给他十万，阿海带上五万，还有咱们建新楼、建冷库也需要大钱。早前我们兄弟的所有存折全放在漳州那只保险柜里，而在漳州是领不了厦门存折的款项的，所以，我就想到了前不久二舅汇到漳州家里的那一大笔近二十万的人民币现金。若阿海决定上福州，我再让他多带一本五万块的存折放在身上，万一有大开支先抵押一下，咱们再续上现金给医院。所以，又要麻烦清江阿叔事先通知两位船老大，替他们两兄弟一下，拜托长辈再找两帮渔工帮手随船出海。只是还不知道阿海兄弟对我大包大揽大主意有什么意见没有。"他报告得真累。

"阿弟已经想得很周到了。咱们现在是老少、兄弟姐妹一家子全在，我和你们的母亲是平辈人，我说上两句。这次阿海做阿弟的伴郎，许教练做阿玲的伴娘，是件大好事。阿海与许教练彼此间都有了那么一点意思，有了交往了解，这也是众人三人六目看清楚的。阿海，你要是真心喜欢许教练，不管将来发生什么事，作为一个真正的男人，你要担当，要有责任心。我知道你不擅言辞，但是，只要有那么一颗真心，就要去做你想做和你该做的事。阿海，你听懂阿叔对你说的话没有？"清江阿叔有点严肃。这是"剖腹无血"的、前辈的肺腑之言。

阿海扬起一直低着的头，眼里噙着泪花，坚定地说："清江阿叔，明天我就和成老师去漳州，然后我自己去找她、陪她，无论好歹，阿雯都是我这一生中最重要的姑娘。"

"好小子！这就对啦！阿海是个好孩子。我现在就写上几个字让阿顺带上崇武和舟山。"长辈说干就干，在边上的桌子上开始"办公"啦。他边写边说："对了，忘了问问两姐妹，这几个兄弟给你们开多少工钱啊？"

"长辈不说，我还真忘了。我对她们说过，等他们两兄弟回来商量，大鸟说听清江阿叔的。"阿弟赶快解释。

"不用商量，现在国营商店的领导人，每天工作八小时的固定工，他们的工资是三十五块钱，一个月歇四天。咱们批发店的活没早没晚没星期天，单位按小时加班补贴的限额是三毛钱，咱们就直接加入月薪十块。这活累，又是女同志。这样每个月定四十五块工资，不用像国营、集体单位三年转正。往后啊，看社会实际生活水平再议好了。"清江阿叔拍板。

"这么多啊！""这钱该怎么花啊？"两姐妹情不自禁地高声喊叫。小顺子还以为他的妈妈出了什么意外事件，一对目珠瞪得溜溜圆。

"确实是不少。你们的成老师在龙岩训练校队，在全地区的大型比赛中拿了个冠军，学校给他破例加了一级工资，还不到五块钱呢。开店是桩苦累活，做工时间又长，就这么定啦。阿顺，带上我写的这两封信当个介绍信用，自己机灵点。阿弟让你多带款是对的，只是自己一人独行，要多加小心才是。还有啊，阿弟，大伙儿让你来管理账目，是相信你，要细心专注哦！"

"好的。保险柜的进、退码只有我一人知道。"

阿弟看着这位时时事事为年轻人着想、铺路的长辈，心中有说不出的感动。

回到大鸟住处之后，成闻卫给吴玉燕写上几个字，就是普通平信，他想让阿海捎上两万块钱给她，为小谦诚买衣服、玩具，让老姜增加营养补身，以尽点微薄之力。他深知她是一个不会乱花钱的好女人，在他当年经济上不宽裕时，她曾多次资助他，至今他手上的腕表还是她送的。现今有经济能力了，应该关心一下自己的亲生骨肉，以及那个疾病缠身、未曾谋面的男人。许筱雯生病一事让他一下子就联想到当年的父亲，顿时产生一种对人的生命敬畏尊重的心理。重病患者与幼婴他们真的很无助。现时成老师的心境是复杂到无法说清的那种莫明奇妙之感觉。

他预感到许教练的病不是小事。

第二天清晨，成老师一起床，阿惠已经煎好了一大盘带鱼和好几条乌鲳鱼，这些海鱼都是她赶早市买来的。她听成老师无意间说过，厦门市区的人都喜欢吃渔民们做的"船上菜"，就是把乌鲳鱼小小的鱼肚掏净，扫去鱼鳞洗净，之后撒上粗海盐腌上五分钟，再入油锅煎。这种最天然、最原始、最简单也是最营养的"船上菜"，就是厦门老市区的居民们配吃晨粥的最爱。阿惠将煎好的整鱼、鱼块装了整整五便当盒。她再三交代：香味的海鱼好吃，别连便当一起吞了，要记得带回来。成闻卫交代两姐妹，抽空去做海鲜批发店的牌匾，此事可先请示清江阿叔。

三条壮汉的到来让漳州家里的老少高兴成一团。阿弟是头一回见到这一对小精灵，父亲将它们带到阿弟身边嗅了嗅他的手，它们仿佛早已知道，让它们定居这个新家的就是这位壮汉。父亲告诉他几个简单的口令、手势，它们十分友好地让阿弟牵着遛弯，时不时随着新主人的口令、手势做出相应的动作，这场景让一对渔民兄弟全看傻眼啦！

"阿伯这位'司令'才是厉害呢！训练它们跑、跳，埋藏物品让它们嗅并找出来，还有过障碍等等。"

"呷！阿妹，上午不去学校，逃课了？"姐夫说。

"才不是呢。我没逃课。姐夫，第三节是生理卫生课，全校每个班的女生上这样的课都跑得没影，老师也从不点名。第四节体育课，姚老师好说话，刚才是课间操。"

"这也是变着花样的逃课，不行哦！妈。他们两兄弟昨晚一靠上厦门港码头……"

阿弟将昨晚与清江阿叔定下来的事复述了一遍，又说："有关阿玲调动的事，在电话里与阿姨说了个大概。阿妹，帮我挂通电话给阿姨，我想听听龙溪地区这方面的情况。爸、妈，这里有五个便当盒的乌鲳和带鱼。鱼留下，便当我要带回去，不然，阿惠会把我给吞了。"他一口气说完几件事。

"阿姨说这就过来。姐夫，你们吃了午饭走不行吗？真要这么着急吗？"小妹有点依依不舍。

"我也想赖下来不走，特别是这对小精灵太可爱啦，也想上建造新楼的工地探一眼。可一旦误了下午的教学对抗赛，那可是'重罪'哦。阿顺和阿海更不行了，能来这一趟已是不易啦！"成老师实话实说。

"阿弟啊，不管是二舅的南洋汇款，还是你们几个兄弟所挣的钱，你们大家商量就行，我们老的放心。那换店面的事，等到'枪子'打到这里都冷飕飕啦，还先斩后奏呢，这事你一说出口，清江兄弟就与我们商量啦。你们啊，能回来一趟比写信打电话都强，只是别这样急匆匆的。当年看到二哥这样风风火火的样子就头疼，怎么现在又来了一个一模一样的。说到你们二舅，香港的齐先生真有信用，专程飞了一趟文莱面见二哥。你们在福州、厦门的日子，他来了好几次电话，想知道建造楼房、组建船队的情况，还问你爸：厦门、福州、上海，哪个地方的'胆子大'？这就是阿弟最关心的——你的二舅开始动起了回国的脑筋啦。他告诉我们，他们那个二小子文伟从法国留学回文莱之后，就在他们酒店的最底层干杂活，与普通员工无二样。德富，文伟和阿弟是同月出生的吧？"妻子问丈夫。

"是的，他们同为公历七月，文伟比阿弟小四岁。"丈夫说。

"二哥的大概想法是，真有那么一天回来，他也想带着二子文伟同行，看来还真有让他接班大酒店的打算。在电话里我也听出来了，他是真想回来看看的。人老了，哪个不想自己的祖国与自己的家乡，可他偏偏又是个商人，祖国对他来说确是太陌生啦！"母亲又说。

"妈，你没看到齐先生的茶叶生意都做上道了？对商人的偏见是早年的事，现在国内正缺像二舅这样做酒店行当的商界大家呢。二舅是做大事的人，他不会贸然行事的。对已是陌生的祖国，他自然会思想得十分周全，起码定了意向之后才会有所动作。"阿弟说。"清江阿叔再三交代：你们两对长辈要保养好身体，好日子还在后头呢！"

趁着好时机给湖南长沙的那只鸟拨了通电话，四兄弟在电话机旁热闹了一番。

十五、捕、供、销一条龙

"三兄弟都还没吃早饭吧？只顾着谈事。来，大家一起吃。你们的姨父通过关系，用姐的华侨优待券买了这两台日本产的顶大号的冰箱，往后，建筑施工队的大批师傅工人们三餐所用的鱼、肉、菜，便宜时买下，洗净储存进冰箱可以省下不少花销。特别是这一对宝贝，自由市场上的大棒骨、排骨、牛肉可不是天天有。有了这两台大冰箱啊，真是解决家里的不少大事呢！"小妹的母亲真兴奋。

"这一锅粥被我们三条饿人'吞吃'了，那长辈和小妹吃什么？"阿海是真不懂的傻。

"这阿海壮实块头大，人也憨直。你们赶紧吃，有米有火还愁没粥？你们愁的是没有这一大盘。让伯母帮热一下。"阿伯从冰箱里取出一大盘卤鸭肉交到妻子手上。

"哇！有多长时间没闻到伯母做的'妈妈味'啦，口水都流到唇边啦。我先尝一块。"阿海真贪吃！

"口水流出来也白流。冰箱里储藏的食品在食用之前一定要回锅热过才好，否则，不仅伤肠胃，久而久之对食道也不好。阿海啊，有时要多向你的阿顺哥学学。"伯母说。

"阿弟，他和大鸟侄儿到了长沙就打了电话回来后下安化了。你别担心他的身体。"丈母娘说。

风风火火的阿姨进了门，坐上饭桌就吃开了，边吃边说："你们兄弟俩吃饭，我和阿弟说点阿玲调动工作的事。在咱们这里，地区少体校女排重点班的教练仍是几位循老打法老战术的老教练，我与地区体委的领导们一商议，别提他们有多高兴啦。好像是去年吧，这批小苗子还是阿玲一手去挑选的。谈完的第二天我就看到了地区体委发往省体工大队的商调函，只要省里的专业队肯放人，这里没问题。此后当然要用酒催一下啦！真是'外婆接腿脚'先来碗稀饭就乌鲳鱼啦。"

"阿姨真是有大本事。建造新楼房就够你忙的，再添了阿玲这件大事。姨父雇的把头好用吗？"阿弟问。

"哟，这才几日不见就生分啦。建造这两幢新楼，还不是为了咱们这个大家庭的将来打算吗？他请的那个'虎头'，人长得瘦干瘦干的，可就是有那大本事，将那一大帮五大三粗的壮汉调理得万分服帖，德富兄说，要不是亲眼所见还真不相信。这世间的人类和物种，全都是一物降一物啊！"人就是个复杂的矛盾混合体啊！阿姨一兴奋就说个没完，"大鸟下到长沙一切均顺利，来了四通电话，我也多少再点拨一下。姐夫钻山沟就如同你当年上山下乡时，点的是煤油灯，制茶是全套手工，挣钱不易啊！"

"等生意走上正轨就轻省啦，当今的千两茶生意犹如这两幢新建楼房正打地基一般。早年他在外面跑生意，我带着阿玲还要侍候公婆、养猪鸡鸭、种菜浇园，一路也就这样过来了。阿玲要真调回来了，还可以多一人帮衬，要能早日添丁添孙更是锦上添花啦。"小妹的母亲说。

"妈就是偏心，家里还有我呢！我现在忙完功课就帮忙下厨房，帮两位妈妈买菜、摘菜、洗菜入冰箱，帮阿伯调狗食，帮伯母纫针做电视机罩，擦拭古董，干了不少事呢。姐夫，你知道吗？我一擦这些古董就会联想到，我的几十版红猴票几时也能成为古董，也会如此值钱，该多好哇！"她啊，还是个小妹妹。

这一席话引来了众人的哄堂大笑。

"我们三人是南洋入唐山的正番客，吃过饭，抹把嘴，撒开腿，马上溜。哈……"成老师是伪诗人，他取过母亲递过来的房间钥匙，带着兄弟上他的新房取款去了。

"阿海，这五万块现钱放在你的袋包里，这本银行存折放在贴身的衣服里，钱款数额也是五万块。另外这两万块现金和这一封信，照着电话号码就能找到她，是个女同志，这钱是购买建楼材料的预付款，你告诉她，收到钱款和信件之后就给我来电话。阿顺，这两大包共十万块钱。出门在外别去省那几个小钱，一旦合同条文订立不是太顺时，要找清江阿叔，事事慎重为先。此次是头一回出省办差，我们几位兄弟就拜托你啦！阿海啊，许教练的病无论到了什么样的程度，首先你要沉得住气，你是去给她壮胆添气力，不是去添乱的。还有啊，头脑中要有她母亲会来福州的思想准备。她是长辈，她说什么就当是家里的母亲平日里的叮咛。你要牢记我现在对你说的这句话：将来要和你生活在一起的是许筱雯教练。阿海，你有没有听懂我的意思啊？"成老师非常耐心地叮嘱好兄弟。

"我懂啦。如果阿雯不高兴或心情烦闷，我就给她读报说杂志，我识字不多，时常会乱读或念错，这样她就开心啦。给她讲大海、捕鱼的乐趣，反正不惹她生一丝气，我想……我在想啊……要是真见到她母亲，就有事没事总朝她笑，她就是说我是傻子我也不会生气，把她当成我妈就行了嘛，只要阿雯不说我傻就行！"

"看你又傻了不是？我和你的阿兄都明白你的心思，你只要时时想到自己是个有担当的男人就行。在福州的一切安排我都交代你阿玲阿嫂了，你的唯一任务就是陪伴许教练。现今咱们不是还不知道她的病情程度吗？所以一切先往不好的地方想只是为了防万一，听明白了？还有什么要我转告伯母，现在就说。"这样的男人称得上真兄弟。

"长腿，我们能遇上你这样一个生死兄弟，是一生的福分。这么多的事让你操心，太辛苦你了。"长腿还从来没有见过这位壮汉兄弟如此柔情的一面。

"爸、妈、阿姨我们走了。爸要多多动员林老将军与二舅磨磨牙，他们都有过部队军人的经历。阿妹啊，要是爸再来电话你要和他多聊几句，要知道他是多么疼爱你和阿玲吗？逃课是无组织无纪律、散漫的表现，这一次就不追究你了，下不违例！"

小妹耷拉着脑袋，知道自己错了。

成老师回到厦门大鸟住处时，已过了午餐时分，饿得前胸贴后背了。阿惠先给他备上洗脸水，又赶紧准备午餐的饭菜。

"是排骨豆腐汤烫空心菜啊，这也是妈的拿手好菜……哇！这么烫啊！"真是心急吃不了热豆腐，那滚烫的豆腐块顺着喉头、咽管，热烫烫、火烧烧地进入胃中，他只好尽量伸直脖颈，让丝丝的冷空气进入食道之中。阿惠看着他那么难受，也随着他自然而然地伸长脖颈。这一景啊，与他在公社林场饲养的那两对小斗鸡一样：当两只雄鸡学习啼鸣之时，边上的两只母鸡也木呆呆地伸长脖颈，尽管它们根本没有啼鸣的功能。那一幕与现时的一男一女真是没有一丝一毫的区别。

成老师现在有点明白了：

好"吃"的东西有时是很危险的。

你呢？明白了吗！？

"你慢点，又没有人和你抢着吃。这里还有一小碗香菇红烧肉。"阿惠看着面前这位穿背心、浑身冒汗的壮小伙大口吃着她做的饭菜，那模样如同孩童一般，心中涌起莫名的开心、愉悦。

"阿惠，你也快吃啊，排骨豆腐汤凉了就不好吃啦！"成老师用有力的牙齿咬碎骨头，专心地吮吸着喷喷香的骨髓，看到阿惠正瞅着自己的样子，只好自打圆场："这是我从小养成的坏毛病，每当吃到酥软的骨头时都会是这个样子，好像是几十年没吃过排骨的人。我妈常说，骨髓里有好营养，而且格外的香。"他只能对这位美丽的厨娘傻傻地笑。

"是啊，我也和你一个样，特别喜欢啃骨头吸骨髓，这都是习惯。光顾着吃，忘了问你，阿海阿顺两兄弟怎么样？阿伯和两位伯母好吗？阿姨、阿妹呢？"阿惠是真关心他们。

"好得不能再好了。阿惠，那对黑背正如你所说，就是一个字：棒！三位长辈让它们牵着锻炼，气色相当好。建楼的事很顺利，阿玲姐的调动也正进行。你们两姐妹当头家的事告知全家人，阿妹可是乐坏了，为你们二人高兴。"

"我正想和你说，做冷库的大师们告知，他们再进行一番精加工，晚上就可以进行交接，将咱们船上的海鲜运进冷库。下午，我和阿丽再去发发名片，做了牌匾，顺道通知那些收过名片的酒楼、宾馆，咱们明天上午正式开业。"阿惠很是兴奋。

"清江阿叔是有真本事的人，任何大小事都难不倒他。阿惠，早年你就有过与宾馆、酒楼打交道的经历，多给阿丽讲讲，特别是女同志的自身形象与着装方面，要多加讲究，就像你穿上那件粉红花格的的确良衬衫就挺好看的……"成老师意识到说漏了嘴。

不一会儿，阿惠还真穿着成老师指定的那件衣裳出来。成老师还没来得及细看，阿玲来电话了，告知一个极不好的消息：部队医院的军医专家们会诊，许筱雯患的病是早期胃癌！

成闻卫老师一时说不出一句话来。

胃癌！姑娘正当青春年华，生命中最最美好的光阴，却要用来与病魔搏斗，这太残忍了。此后阿玲在电话里所说的话，如同一大群蚊子从他的耳畔飞过，一阵阵嗡嗡叫，他什么也听不清，也不知道阿玲是什么时候挂的电话。那个年代，人们所掌握的医学知识浅薄，只要听到"癌"字，就如同此人已是僵尸一具啦。

"成老师，你怎么啦？"阿玲姐究竟说什么？"

"她没事。"成老师的声音有点变调，"是许教练的病，部队医院的专家会诊结果是：早期胃癌。"

"胃癌？许教练如此年轻，怎么可能得这种病！我不相信！"阿惠真的是不相信耳朵。

"阿惠，咱们都先去做事，晚上再等阿海的电话，你和阿丽骑车出去要注意安全。"成老师说。

下午三点钟，教研组长颜老师看学校足球队的全体队员和四位足球专项辅导老师全都到齐，由队长集队，开始训话，为的是等候学校高层领导们的到来。之后，全体队员做起了准备活动。

成老师见到一个熟悉的、身材瘦小的中年女教师的身影，正是高三年段的年段长。成老师问身边教高三年段体育课的戴老师："年段的段长也和咱们一样忙啊，你看……"

"哦，你是说崔咏梅崔段长啊。她是市教育系统的先进工作者。'文化大革命'之前，她在北大附中教语文，后来因为她的丈夫出了车祸，高位截肢，确实是需要她在身边照顾，才调回咱们中学。她的丈夫姓杨，教物理的。同学们特别喜欢上他的课，说他是天才的演说家，同学们在不知不觉中得到了必学的知识又长了各方面的见识。目前，杨老师只能待在家中，撰写短文投稿。崔段长的家在教育局宿舍，教育系统的福利房，就在你家门外那条大马路的下坡处。"此时，陈校长领头，孙副校长、丁主任还有大堆行政干部，人手一罐玻璃瓶茶水，走向球场中线外的一整排活动靠背椅。教学对抗赛开始之后，成老师算得上是四位专项辅导老师中最忙碌的一位。他在两边的球门来回穿梭，指导他的两个爱徒合理站位，掌握好出击的时间点，封死对方射门的角度还时不时做现场示范。

厦门中学足球队要想完成校领导所交给的艰巨任务，那么联赛中的任何一场比赛均是硬仗。只要有了夺冠的野心，就必须一场一场稳稳地拿下来，一步一个脚印，容不得有半点闪失或侥幸心理，这才有走向巅峰的可能。校园足球在国内每一所大中小学都是热门的体育运动，可谓轰轰烈烈。在课余或体锻时间里，都可以见到操场上三五成群的同学，用石头剪刀布选人选边，左边放一个书包用小脚丫丈量到右边再放一个布书包，球门成啦！用"剪刀、布"一下，"剪刀"开球，这就干上啦！

足球即兴趣，就是来学校学习书本知识外的一门必修课。学校的十几位高层领导与一大群同学看完了比赛，原"飞毛腿老市脚"的陈校长脸上流露出来的表情是挺满意的。全队再次集中做了小结，颜组长、戴老师一致表扬了两位正、副守门员飞跃式的进步。

开完小结会回到大鸟住处的成老师一进门，阿惠就告诉他，阿玲在宿舍的公共电话旁等他的电话。他连拨了七八次电话终于通了，阿玲一是说老教练的丈夫林团长是患难见真情，正直的大官也走了后门，在部队医院争取到一套"高干病房"，除房、厅套间之外，二十四小时护士轮值，还有部通过医院总机转外线的电话，但由于有了这么好的护理条件，就不允许任何亲属夜间陪护；二是说她安排阿海住在部队医院旁的出租房屋，房东开了家小水果店，代病人煎药、煮点心，收点服务费，最主要的是有部公共电话，等阿海抄来电话号码就转给他；三是说她已经打电报给筱雯的母亲，其母已决定从上海赶来福州，而筱雯于明日上午入住部队医院。

这一大套"高干病房"太关键啦，许教练得到安心的休息不说，她母亲来到福州，看到如此敞亮的好居所，说不定眉头一开心胸松弛，烦恼消了一半也难说。常说坏事变好事，竟真有此等好事！想到这里成闻卫直乐。

成老师边吃晚餐边听阿惠说事：已收到名片的大酒楼采购部的头头脑脑，知道明早海鲜店正式开张的事时，都把她们当贵宾了，又是咖啡又是点心的，看得出，他们多么需要这样一家固定的好货源啊。

阿丽与阿惠两姐妹已经把"惠丽海鲜店"的牌匾牢牢安装在批发店的墙

面上，盖上大红绸面，等待大功臣清江阿叔来揭牌匾、剪彩。红绸布上端结出了一朵百瓣大红花，罩在牌匾之顶，添了不少喜庆。这朵红绸花是要留给子子孙孙，让他们都知道父母、祖、曾祖、高祖……在改革开放之初的态度、胆识、业绩与功勋。这两个女头家不用成老师交代，买来了两大挂鞭炮，想热闹喜庆一番！

　　说话间，阿丽左一包、右一袋地提着下酒菜来了，她告诉成老师，运输的小卡车与这一对拖网船的渔工们，全都到了码头。怕渔货海鲜脱了鲜冻冷温，因此渔货进冷库的时间定在九点半左右。正说着，清江阿叔来了，他想早点守在电话机旁，听听福州方面医院的情况。

　　晚上差五分钟八点，阿海准时来电话，他告知长腿出租屋那部公共电话的号码，介绍了病房的大致情况。对于这个壮大汉的表现，好兄弟予以表扬，并叮嘱许教练母亲到来时要处处小心，多做少说。医院的一切归大夫管，少去乱问乱插手，只要用心一意地护理好许教练，这才是他的任务。一旦有什么大事或急需商量的事，即使是半夜也要打来电话。阿惠与阿丽说了些安慰的话，但还是长辈的话管用：照顾好许教练母女的同时，注意自己的吃饭、睡觉，有事多与阿玲商量。长辈还交代了些实用的细节。

　　即将在明天开业的海鲜批发店没少让长辈操心，阿丽直言，想到她和阿惠要挑如此沉的重担，心中难免紧张。清江阿叔说了一大箩笑话，大家在欢乐中迎来了渔货码头的电话：小货车送渔货海鲜到冷库来，预计抵达时间九点三十分。

　　大家一起来到全新的冷库前，真是太壮观啦！

　　三大格厢的冷库之外，加了一道折叠的、双向推拉的钢质防盗栅栏门，最外面才是四大扇油漆一新的、海一般颜色的实木门。冷库外的庭院，也就是原先食杂店铁厝的地方，长出了五张石桌，每桌配有四石凳共二十只圆鼓鼓的小石礅，供采购人员歇脚喝茶抽烟之用。

　　太多太多的邻里大人小孩还有过路客来围观，两姐妹早理好了大半红漆篮的花生仁糖、水果糖，各种小动物形状的烘饼。阿丽的婆婆背着小顺子，手提红漆篮，一脸喜笑，她在等着喜庆鞭炮炸响之后，将这些甜滋滋的食品与好邻居和过路客共享。真是大事众人帮，喜事多人享。

　　成闻卫走到冷库前，打开厚厚的冷库保温门。格厢内用于架放冻盘的三角钢支架做得特别的精致，角钢的边角处均打磨得圆润细滑。这样的冷库真是漂亮得说不出话。在冷库的两侧预留出两小格厢，用于置放从制冰厂直接调运来的百来斤的大条冰，这样就可以不间断地补充冷气，尤其是在盛夏时节。从这样一个做工精致的冷库就可以看出，这班当年的"反动学术权威"是多么富有创造、创新精神，就这么一个小冷库，他们也大大花了一番心思，绞尽脑汁，因地制宜。他们正在施展自己的才华，为新时代做贡献。也只有在这改革开放的新天新地里，他们才有这样的机会。

清江阿叔听完冷库的设计大师以及技术员、施工大师傅给他做的介绍，又坐下来，喝着茶不言语，面部没有任何表情。小侄真的极少见到：长辈在众人面前如此严肃的神态，或许这就是长辈在单位工作时的做派与形象。阿弟曾听母亲说过，陈全伯的妻舅，就是其爱妻陈爱莲之长兄，民国时期在大上海任军界大官，母亲曾见过这位大军官，就像阿弟当下所见的清江阿叔的神态一般。这是当官者必备的，叫"官威"。看到这场面，小侄只有一动不动立于长辈身后，也不敢胡乱言语。阿丽阿惠可忙坏了，又是倒茶又是递烟，可这一群人都老老实实坐着不动。

"老黄啊，"清江阿叔终于发话了，"明天中午我下班之前，把你们的材料进货单、发票还有工资造册给我一份，听晚辈说，这几天你们是太辛苦了，我想再增补一点酬劳，就当喝喝茶吧。你就直接来我的办公室。"

"谢谢你了。'大班长'明天的事我照办，那我们先行告辞。"老黄领着一大班人与领导道别。

"那好，就这样吧。"清江阿叔仍是领导的口吻。

"清江阿叔，这活做得真细、真漂亮，就像件艺术品。这些大师的手艺真是不简单啊！"阿弟赞不绝口。

"真是太美了，看着这冷库的外观，采购员们不买咱们的渔鲜都难啊。阿丽，你看咱们俩当这个店的头家真是太光彩啦！"阿惠开起了玩笑。

"大姐，你请坐。"清江阿叔招呼阿丽的婆婆坐下后，说："这个老黄那阵子被打成'反动学术权威'，劳动改造期间，我们在同一个排同一个大班，我是劳改班的大班长。那年冬天是出奇的寒冷，他只穿一件破单衣，又没有家属在厦门。此时阿弟他爸用生意上的那一套把看管我们大班的红卫兵套蒙了，这老的少的混熟了就好办事啦。我的兄长拿来好几件他自己都舍不得穿的厚绒衣、粗细羊毛衫、'龟壳花'的细毛绒毯，我呢，赶忙偷偷送给他两件冬衣，这才见到了他的嘴唇有一丝血色，否则，那年冬季他是否能平安度过还是个问题。都过了这么十多年了，可一闭眼睛，他那可怜的面相与场景如同昨夜一般。自那个冬天之后，我们俩就成了患难之交。他带来的几个技术员与施工的大师傅，是他早年的同事。前年，他得以平反，看到改革开放的大势不错，这个'臭老九'下决心与自己赌一把，靠着他的知识智慧和手艺单干。要我说啊，是改革开放的潮流让他有了用武之地。他这个人做事特别认真又肯钻研，理论、实践全齐。他还不满足，时常看杂志、外文书籍，比如西德、日本又有了什么新工艺、先进材料、设计方案。还没动工之前，他就说过咱们的冷库要做成日式的，那是当下全球小型冷库最先进的一种。他所带的这个团队做出来的活，件件全是工艺品。他呢，知识分子，没有什么活动能力，落难时妻子带着一双儿女溜走，只留下一纸离婚书，我看不过去，帮他们揽活，每每到了与店主结账时，总会帮他们讨价还价，除包工包料之外再要上一点补贴，多少都好。试想一下，一个早年坐办公室的大干部，现今风吹雨淋的，不容易啊！"

别看清江阿叔刚才一脸的严肃相，近似于冷漠，那是在众人面前必须做出的表象。听了他现今说的一席话，足见他那颗同情他人、关照苦难之人的赤热之心，令人敬佩。在那个灵魂遭洗劫的年代，确实出过不少背叛亲人、好友的人，然而，也造就了许多患难真情，那是令人一世难以忘怀的。

正说着话，满载着渔货海鲜的小卡车就到了，司机师傅把小货车直接开上新铺就的水泥地面。小侄请清江阿叔亲手揭开牌匾上的那朵大红绸百瓣大红花，"惠丽海鲜店"正式亮相厦门海鲜市场。成闻卫点燃了挂在冷库两侧的两大挂鞭炮。从小货车上跳下来的渔工头，领着壮汉渔民们，端起一盘又一盘挂有大红彩带、装着上品鱼的冻盘，在两姐妹的指挥下装入冷库内。

从小卡车上卸下来的全是白鲳鱼、加吉鱼、大海鳗鱼、一斤半以上的大带鱼、中等规格的鱿鱼和乌贼、八两左右的大黄瓜鱼等等上品鱼，共四十四个冻盘，一下子就占据了近两个大格厢。送走了渔民兄弟，两姐妹按部就班关门、上锁。细心的姐妹俩深知，长辈还有未了的事要交代，她们同伯母、小顺子一起来到阿丽家中，争相下厨，清江阿叔的心情实在好，就没推辞。

"明天就把电话机装好。生意刚起步，二人要分工好，把事做慢了，一切都好办。我们大家相信你们两姐妹能打响头一炮。刚才，我和阿弟粗谈了一下，就是咱们这个地段的民警、税务、工商所外加居委会要打声招呼。开批发店这样的大事，有一个办事技巧问题。我的初步想法是，就在大姐这里办一桌，就那么七八个人，大厅清理一下，与咱们批发店的名称相符，多上海味，肉、蔬菜、汤搭一点，这个方面她们两姐妹内行。酒要买好的，阿弟去办，红的、可口可乐都来一点，让街道、居委会的大妈们顺顺口。别小看居委会或搞卫生的这些人，只要是一开店，就挂上钩啦。管理海鲜批发店的相关人员，我熟悉，我来帮忙办理。阿弟，那个装电话的谢科长那里你已经理顺啦，那我就放心了。"

"清江阿叔想得真周到。别小看这餐招待家宴，往后就知大价钱啦。可以想见，她们两姐妹明天上午一定很忙，明天下午咱们就忙碌这一桌应酬。课后我去采办酒类，也争取早点回来，打个下手洗洗菜。此前清江阿叔交代过了，我只是再强调一遍：不管是买一条鱼还是买一整冻盘，都平等相待，这叫童叟无欺。别被那些大酒楼的大派头吓着了，他们在食客面前也是孙子。在议价市场上是找不到咱们这样好渔货的，鲜、水灵是一方面，主要是便宜，才会让这些采购员眼放亮光哦。另外，要麻烦两位头家帮我过磅两条一斤半左右的白鲳鱼和两条两斤左右的'大白'，按卖给采购员的价目入账。这四条鱼先暂放在冷库里，等我办完事再和二位头家会账。"

"那鱼是咱们自家船捕的，还交什么钱记什么账嘛，要拿多少就取多少。"阿丽是真实在，她还不懂何谓生意。

"这是不行的，二位姐妹，这是咱们自家拖网船捕回来的海产品，不过，进了这海鲜批发店就上了生意的轨道啦。生意场上一定要做到公私分明，不可混淆，这是生意道上的一条原则，只要人在生意场上就一定要切切谨记。像我们兄弟几人一道做生意，谁经手多少钱，用在何处，在什么时间花费，只要一看账本，那是一清二楚。"成老师对新手们讲明了生意之道。

阿惠在一旁专心听讲，长辈与成老师所讲的这些生意上的道道她都亲身体验、实践过，但对阿丽姐又不好当面直言，恰好在这时间点上阿丽得到了应有的启示。

"另外，"长辈接着说，"阿丽你抽点时间，陪你的婆婆到居委会开一份证明书，连同老郑与咱们签的、经过公证的协议书，再让阿弟去办理工商营业执照上的经营项目变更手续。明天的家庭酒桌上，我会事先与这些熟人打个招呼的。说到这些戴官帽的人，咱们就是没看到也听得到，他们是想吃又怕手上沾油气。不仅是我看不惯这些坏风气，百姓、小商小贩们也是怨气一大堆。可话说回来，目前的风气就是如此，不跟着走还事事行不通。刚才，阿弟与我商量，是否给这帮现管咱们的当官之人包个红包什么的，我当即反对。现在刚开业就给上红包，这样反倒给他们到店里大拿大要创造了机会。如果是过年节、除夕边，咱们送点自己辛劳捕来的海味，那样的时刻，收送双方自然心安。现今国家正处开放初期，经济上的改革与开放来得太快太猛，出现一些现管咱们的有权势之人吃拿卡要，这实属正常，无可厚非，咱们根本不用怕，只要正视面对它就好了。凡事只要有了思想准备，到时就好办。当下还预估不到那么远，只是先给你们姐妹二人打个预防针，有备无患嘛。好了，大家忙了一天，今晚我多喝两口多说两句，往后遇上什么事一起坐下来聊。"

真是难得能与清江阿叔有如此舒心畅谈的机会。

晚间的这一席话是出自一位自新中国成立以来，经历了多少大小运动的"老运动员"口中的倾心真言，他们没有去追讨"文化大革命"待他们的不公不正，正因为他们是真正的中国共产党人。

正是这样的一批正直的中、高层老干部，担起了拨乱反正、解放思想、将全中国改革开放的大局推到一个全新的高度。那是一副多么沉重的担子啊，太多的干扰、保守、安于现状、守旧，太多精神层面、意识形态不同见解的大讨论，太多的高帽、大帽、夸夸其谈，惟有剩下这一批老同志、老干部、老党员想到一个字：干！

那是没有退路的干，那是杀出血路的干，那是忍辱负重的干，甚至是到了无后援、单枪匹马的干……

他们对党的忠诚，对祖国和人民所建立的丰功伟绩，对于后辈直到永远的后辈人来说，是永远要牢牢铭记的。

第二天夜半时分，遵船老大的吩咐，成闻卫上了拖网船，取回了今日售鱼清单和款项。他和两位"目光贼亮"的"头家姐妹"再次巡视了新店行将开业的渔货海鲜摆设，从明天起，让两位姐妹放手大胆去做她们的分内事，还真没有这位体育老师什么事啦……

第二天成老师下了课什么都顾不上了，只知道一味往海鲜店猛冲。清早晨练之后，他就找到了总务处的钱处长，要向他买一块小黑板、一盒白色粉笔还有一个黑板擦。钱处长告诉成老师，若急用可以先借给他，自己这里不做买卖，等他有空再到百货商店文具柜台买来补上就行了。这下可把成老师给高兴坏了。有了这样一块小黑板，就省去采购员们问干了舌，两姐妹回话嘴冒了火星。每天要供应如此多的渔货品种，那么多的采购人员须应对，有了粉笔、黑板，每天供应的海鲜品名、价格、规格跃然板上，黑板白字一目十行。他办成这件事引来两位女"头家"赞扬声一片。

成老师预测海鲜批发店头一天开张营业，来买货的人一定不少，可当下的场景如此火爆，用人叠人来形容丝毫不为过。更令他大为惊讶的是，这些采购人员竟然没一个人讨价还价，这在闽南一带是一件极为反常的事情。

国人买东西讨价还价已不再是闽南人的专利了，祖国大地的东西南北中，一阵阵砍价、杀价的呐喊声震耳欲聋。小商品、食品价位低，砍不了多少价，遇上卖服装成衣的，那砍得才叫一个狠呢，狠杀一半价是常事，直杀三分之二价也大有人在。台商李先生、港商齐先生一听这"美丽的场景"深感奇怪，说：这有多累啊！若这家服装不合体，咱们再找下一家不就得了，货比三家，合适买，不合适走人，这多好哇！大陆的同胞说：台湾人、香港人的行为真令人费解，不砍白不砍，为什么让店主挣走那么多的"不义之财"呢？

地域、思维、行为之不同，决定着观察角度的差异。是这样吧？

成老师算是看出来了，首先是渔货海鲜的质量、品相极佳，其次是店里各类品种的价位均低于自由市场，再次是使用了现今市面上未曾见过的、双面显示屏的电子磅秤，买卖交易公平，没有自由市场那种一斤只称八两半的"偷秤"劣行，还有啊，这一对美女姐妹，一个是姑娘家，一个是美貌少妇，一直都是一脸笑容，这对男性采购员是有相当的杀伤力。所以啊，没有哪个采购员甘当出头鸟，提这种掉身份的砍价之事，一旦没杀下来，给二位美女头家留下坏印象，面子可就丢大啦！眼前的此番景象还真有港、澳、台做正统的"不二价"生意的样式。

两位头家告诉成老师，从早晨开店门至今，电子磅秤就没有停歇过。大宾馆、大酒楼全是开着单位货车来，有三家是整个冻盘全包。到现在为止，已经售出十二个冻盘了，好在阿丽的婆婆背着孙子赶来搭了把手，帮忙上货过磅，泡茶招待这一大批采购员。阿丽显得格外兴奋激动，她十分坦诚地对成老师说："从小到大，我还没有经手过这么多的现钞，真是紧张又兴奋啊！"

高兴之余，成老师提着那装有四条大鱼的袋子骑车来到教育局宿舍。门卫大叔告诉他，崔咏梅段长就住在边上那幢楼404室。成老师上楼，轻轻叩响404的房门，她开门后一下子就认出了他，那惊讶的表情仿佛在问：你怎么会来我家？

　　"哦，成老师，快请家里坐。"崔老师很有礼貌地把成老师引入大厅内。厅里陈设十分简单：一套看起来已有些年头的木沙发，配着一张缺了半条腿的小茶几；厅的正中摆放着一张圆桌，上面叠放的全是书报；在墙角的一张书桌旁，一张自制的轮椅上坐着她的丈夫，正吃着午饭。看到妻子的同事来了，他停下筷子，面向成老师说："你好！"

　　"你好！你赶紧吃饭。"成老师一眼看见崔老师的丈夫，不用多说，从对方的目光里就能读出是个智慧之人。

　　"成老师，你还没吃饭吧？一起吃一点，好吗？"崔老师非常客气地招呼成老师。

　　"崔老师，你别忙了，听戴老师说你家就住在我家附近，我是顺道来的，吵你啦。"成老师说。

　　崔老师拿起桌上的茶罐才发现是个空罐子。她取来凉白开水壶，给成老师递上杯水，坐下来又问："最近你们体育教研组都很忙吧？听说暑假期间市里要举办中学生足球大赛。"

　　"是的，崔老师。这学校里忙，家里小姨子也跟着忙，她上初三，接下来就是中考啦。现在就读漳州市一中，小脑袋瓜挺灵的，目前在一中的初三全年段十二个班级中——不知道是期中考还是模拟考——总之，她的各科总成绩列全年段第一名，用她的话说是年段里顶尖级的人物。也不知她从哪里听来的小道消息，说咱们省与香港地区有什么交换生还是交流生的名额，这个'小造反派'成天与我岳父岳母缠在一起闹这事，两个老人无计可施，就找到我这个'臭老九'。我也就是想知道这是谣传还是真事，反正能交差就行。我是想，崔老师对这方面可能会更了解一些，所以，就大胆地来请教一下崔老师，打搅了。"成老师终于说明了午餐时间登门拜访的缘由。

　　"今年省与直辖市一级的教育系统已经有了一些可以自主掌握、没有明文规定的做法，就是所谓的交换生或说是交流生，交流的地区选在华语地区的香港，我只听说咱们市里有这样的名额，也是两天前才听说的。漳州市第一中学行政区划属龙溪地区管辖，至于是否有名额，我还真不知道……"

此刻从墙角的书桌处传来了一声轻轻的咳嗽……

"嗯……成老师，既然你的小姨子各门学科的成绩如此之好，漳州一中的教学质量在省里也是排前列的，我有一个想法提供给你和你的爱人还有长辈们参考：是不是把你的小姨子转学到厦门来？我的意思并不是说，咱们厦门中学的教学水平有多高多好，主要是现在咱们学校初三年段尖子班的班主任，是我早年的得意门生，在中学时就是一个考不倒的奇才，高中毕业后她立志要像我一样做一名人民教师，轻松地上了师范学院。大学里她是重点培养的拔尖人才，而此后的乱世中，她的心灵受到极大摧残，我就把她要来咱们学校，是陈校长帮的大忙。她在教学上堪称优秀，又有自己独创的一套教学方法，很不简单，同学们的反映极好。成老师，听你说你的小姨子学习基础和成绩很好，脑子也灵活，如果在这四十多天的时间里，让有教学经验的好教师点拨提携一下，将会突飞猛进。我是带高三年段重点毕业班的，在这一点上，你尽可大胆地相信我。交流生的硬性指标，就是看学科成绩的优劣程度，还有灵活运用知识的能力。这是一个好机会。我相信你一定听过早前教育界流行的一句话：差校也有好的班级，好的学校也会有差班，唯有名校一定是由好班级带出好声誉的好学校。退一万步说，就是你的小姨子真上不了交流生榜，在咱们学校里将来上高中、高考也是有相当益处的。

"初三，是男生迎头直上、女生学习成绩急剧下降的学龄段。在这样的时刻，尤其是女生，能排除干扰得到优等教育的托举，将会终生受益。成老师，既然你是如此诚意来听取我的意见，我只能对你说实话。主意嘛，当然是你们家人讨论之后再定。"崔段长的这一番话确是非常之诚恳。

他们谈话间，杨老师把《厦门日报》从头翻到尾，再从尾翻看到头。他一定不在看报，那么，他是在干什么？！

"那是自然。崔老师，在这一点上，我的岳父岳母抓得挺紧，只是转学到咱们学校来还得麻烦崔老师你了，真的谢谢你。说句实在话，没见到你之前，我还真不知道要如何对你说这件事呢。那天看到你给学生们加班加点补习，我问了戴老师，他告诉我杨老师的一些过往与近况。我有几个好朋友是讨海人，正好有刚上水的带鱼和白鲳鱼，我也是顺道的事，给崔老师做菜用，请你收下。"成老师递上海鲜袋。

"这哪行啊！这不行！这……"崔老师不知该说什么好。

"崔老师，你千万不要客气，这是我做得到的事，很普通的'菜咸'，请你一定收下。"成老师诚心诚意地说。

"唉，让我说什么好啊……"崔段长满含着泪水的双眸告诉成闻卫老师，平日里同事之间如此的相互关怀确实是少之又少。

她接过装有四尾大鱼的海鲜袋，说："那我就不客气了。"依旧是哽咽的喉音，"谢谢你了，成老师。"在成闻卫和由德玲的结婚喜宴上，崔段长在宴席上的一幕让他做出了今日的举动。

"千万别这样说。身体最要紧，请杨老师多多保重身体。崔老师，那我先告辞了。请留步！"

"再见！"杨老师应答。

前天的体锻时间，成闻卫路过学校实验楼前，真的是无意之间听到了初三年段的两位女班主任谈论交流生一事。成老师才知道，初三年段的重点班中还有一个尖子班，班主任是早年的高考女状元余晓露。

真是身边有宝全不知啊！而崔咏梅段长正是余老师的恩师。

这真是一件非常奇妙的事！

然而杨老师那一声轻轻的咳嗽意味着什么呢？！

你说呢……

正当成老师离开崔段长家时，阿玲和阿海正等待着：从上海开往福州的列车；等待许筱雯母亲的到来……

十六、女青年斗病魔

从上海开往福州的直快列车缓缓驶进站台停稳之后，阿玲带着至今还未乘坐过火车的阿海沿着站台走，一直朝列车的窗口看，毕竟，阿玲还从没见过筱雯的母亲。她也只能凭着女人敏感的直觉，照着筱雯的相貌观望着从卧铺车厢下来的每一位旅客。走着走着，阿海目视前方不动了。

"阿玲阿嫂，你看那位穿天蓝色外衣的中年妇女，看起来是不是有点像阿雯？"阿海不知从何而来的灵光闪现，一眼就看见了一位提着行李和随身小包正在下车的女士。当她站立在站台四处观望时，阿玲同意了阿海的判断。

"阿海，快跟上！"紧急时刻，渔民还是跑不过运动员出身的女教练。他们气喘吁吁地来到这位中年女士面前。

"阿姨，你好，请问你是许筱雯的母亲吗？"阿玲还在小心翼翼地发问，这位有着上海女人天生气质的中年女士早就伸过手来，直接拉住漂亮姑娘的大手，说："由德玲教练吧？幸会幸会！让你大老远地跑来接我，真是过意不去。筱雯好吧？不会有太大问题吧？！"

"阿姨，这事还是到了医院再说。她很好，昨天刚办的住院手续，你别担心。"阿玲说。

"伯母，这些行李我来拿吧。"阿海主动上前拿行李。

"这位是……"伯母没有注意她的身旁还有位壮小伙。

"和我爱人结婚时，他是伴郎。他姓肖……"

"肖海龙。"阿海接过阿玲的尾音，打雷般自我介绍。

"也是运动队的吧？"伯母还真被这雷声震得抬了头，仰视着这位运动员身板的大脚丫渔民。

"嗯……我……"阿海兄弟两眼直盯着阿玲阿嫂看。

"他是在厦门海洋渔业总公司工作。阿姨，你是乘公共汽车还是坐人力三轮车？"阿玲很聪明地转换话题。

"我最怕挤大车了，坐人力车吧。"阿玲扶着许筱雯的母亲一同上了一辆三轮车，阿海押运行李上了另一辆车。

一走进医院的特护病房，一股清新的花香扑鼻而来。已经有太多的鲜花放进床头柜的小花瓶，窗台上另有两个较大的玻璃瓶也插满了月季、康乃馨，套间的大厅里摆放着两大盆培土的绿叶植物。一进到这样的环境之中，完全感觉不到那种医院的气氛，像是在自己家的厅堂般安逸自在。

"妈！"宝贝女儿见到了许久未曾晤面的母亲，从床上撑了起来。爱女心切的母亲疾步上前，坐上床沿，将女儿拥入怀中。"妈。我真的好想你啊！"女儿泪流满面。

"妈也是无时无刻不在想你啊。"母亲从上衣口袋拿出手帕来，帮女儿擦去脸上的泪水。接着说："筱雯啊，这种事情不是咱们自己能把控的，乐观对待才是最重要的。苦闷也是这样过，对病反而不好。咱们好好配合大夫治疗，积极乐观的心态是治病的最佳良药。舅舅知道此事之后，也是和我一样日日祷告。"

"哦，光顾着咱们母女俩说话了。来，由教练、肖先生，你们也请坐。"长辈招呼着两位青年人。

"阿海，还有一只热水瓶没有灌上开水，你到值班台换取一瓶。"不知道是无意还是故意，女儿直呼母亲口中的"肖先生"为"阿海"。

"嗯……筱雯啊，这位肖先生看起来挺忠厚的，从火车站接我到这里，一直很少说话。由教练介绍说他是做海洋工作的，那是坐办公室还是基层干部？筱雯啊，你千万别告诉我说，他是个讨海的渔民哦！"母亲还有许多问题等着提问，这是头一桩大事件。

"妈，你是说阿海啊。"看来女儿是有意在母亲面前称其为"阿海"的，到了这个时候也没有什么顾忌了，"阿海的工作性质就是与大海打交道，这样说是比较抽象，具体一点说嘛，就是讨海啰……""不行！这是个问题。"母亲想。

"个体户？！"母亲遇上这样一个不会撒谎的女儿，心就更乱啦！

"妈，从我上学以后直到现在工作，你和舅舅就一直教导我说：上帝赐予世上每个人的恩惠是不同的，世人都领受着从天上来的各种各样的智慧与能力，万事相互效力。我和德玲的本分就是培养运动员，阿海他们捕鱼给百姓们过生活，这不是很好吗？妈妈！"母亲太久没见过乖女儿撒娇了，这一招来得及时，挺灵验的。

"好好！妈说不过你，我也不和你争论了。我呢，就是想知道你的个人打算。由教练哪，我和筱雯相隔千里，每每信件往来或她过年回家，我是早也劝，夜再说，就是要她趁年纪轻找一位如意的伴侣。可现今她有了男朋友，我又操心啦。筱雯啊，医院里打一壶开水要走这么远的路啊，怎么还不见阿海回来呢？"许教练的母亲有点意思啦。女儿的脸依然格外严肃，可是，她那狡黠的目光对着好姐妹闪了一下。

"我去看看，可能还在等吧。"阿玲赶紧脱身，为的是在第一时间告诉阿海母女谈论的结果。只要阿海紧张的心情松弛下来，再和筱雯的母亲说话就会自如许多。

阿海一直在值班台前坐着，事情进展都由阿玲阿嫂转告他。这是两姐妹事先设计好的。

两人走到病房门口时，主治医生已在巡视病房了，从病房里传出一声声的男中音："……大姐，你女儿的问题就在于，自己不注重保养身体，长期的劳累积压，导致现今的后果。特别是像她们这样，青少年时期是优秀运动员，现时当上教练，一心扑在事业上，为的是让运动员出好成绩、拿冠军，平日里身体有些不舒服，都认为挺一下就过去了。许教练有幸进行了及时检查，发现得早。你的女儿是运动员出身，体质自然好于普通人，手术后的恢复就有了好基础。我们会诊后决定，在后天上午施行手术。按照目前的病情资料以及会诊后的一致意见，切除胃部的四分之一。"

"我的天哪！胃部四分之一切掉了，我的女儿该怎么活啊？ 神啊！救救我的女儿吧。"许教练的母亲求助她心中的神。

医生继续说："这样的手术之后，只要保养得好，完全不影响你的女儿今后对食物、营养的摄取量。有许多患者胃部手术的面积更大，他们现今都生活得极好。大姐，你尽可放心，只要彻底割除了病灶，患者的未来生活没有任何问题。"主治医生从病床旁撤出来，又说："教练同志，住在这里还舒适吧？你享受的可是省厅级干部的高规格待遇哦。要像你的母亲所说的，放宽心，要乐观。许多人就是不敢正视面对，背上沉重的思想包袱，猛钻牛角尖出不来了，不听人劝，最后，还没等医生治疗，自己吓倒了自个儿。癌症没有什么可怕的，咱们医患好好配合，手术之后是会有一阵子反应，这是完全正常的。你的母亲、爱人、好姐妹都在你的身边，你还有什么可担心的呢？勇敢些，教练同志。"主治医生像位授课教师。

"大夫，我有件事想请教你一下。据她舅说，我的女儿得的这种病，有她爸的遗传因素，而且癌细胞就长在咱们身上，是这样吗？"

"嗯……起码比现在的人们所传说的'得了癌症的人是由于自身免疫力下降所致'这样的说法更有说服力。癌细胞是人体遗传的一部分，医学也承认这样的事实。如此说开了就更不惧怕了。当今社会的普通百姓，都是被这个'癌'字吓坏的。"

其实，医生做病患的心理或叫思想工作，比他拿手术刀干他的本职工作更加纠结，更加艰难。

母亲送走医生，转过来招待阿玲和阿海两人："由教练，你和你的爱人分居两地，这也是个大问题。"

"阿姨，现在大家都很忙，公公婆婆对我是实心的好，所以，我也可以专心做我的事业。当然，家庭是非常重要的，但这与我所热爱的排球事业并不抵触。至于阿姨所说的两地分居的问题，目前也只能顺其自然，总会有那么一天水到渠成的。他也很忙，现今做什么事都不容易。"阿玲笑嘻嘻地对长辈说。

"我听筱雯说过，你的爱人是教体育的吧？由教练，这体育老师有什么可忙的，体育课一天两节，一个课间操，一个体锻活动，大不了再带支运动队……"

"妈，你是不知道，德玲的爱人和阿海哥俩，外加一个好兄弟，四个人合伙做水产和茶叶生意……"还没等女儿把话说完，母亲几乎是叫喊道："什么？！学校的老师也做生意，那怎么能教好书呢？伟大的教育大家告诫校长还有为人师表的老师们'兼容并包'，是教导他们莫去想当官，更不会让老师们去图利啊。我在上海就听说福建、广东两地很开放，没想到都开放到无法无天啦！由教练，我是就事论事，你可别生气哦。"

"妈。德玲的爱人可是位好教师，从来都不缺席一节课程，抓学校足球队更是没说的，想夺厦门市的冠军呢！现今是改革开放的年代了，你不能总是以老眼光看待新时代。"女儿这一席话，是在为她与阿海给母亲打预防针，做她该做的前期铺垫工作。

"由教练，你看，她都快成我的妈妈啦。嘻！说起来也对，还是一个老观念的问题。"母亲不生气啦。

"阿姨，我们晚辈都知道长辈是真心为了我们好。一年多之前，我爱人的父亲突患中风。他是个孝子，想到社会上凭着他自身的劳动付出挣点辛苦钱，贴补家里的花销。去年元宵节的夜半时分，我是死活想去现场看他在渔船上是如何干活的。夜半的渔货码头太冷了，我穿着他母亲的贡呢大衣还在'黄豆撞牙'，那渔船上的买鱼人多得快把我的爱人压扁了。那时我就只想哭，怎么挣两个钱如此之艰辛？我奋不顾身地爬上渔船，当他见到我时，几乎是从众多的人腿中间爬出来的。一想到那场景我就要落泪。他们四人就是惦念父子兄弟之情，才一直走到现在。做这样的海上生意，实在是太苦啦！"由德玲一边擦拭眼泪一边动情地说。

筱雯的母亲听着阿玲诉说，三个女人齐掉泪。长辈擦干了泪水，转过身来对阿海说："阿海……我这样称呼你，你会不会觉得我太没有礼貌？"

"不……不会的！伯母，这样……这样……很好！"阿海受宠若惊，说起话来也语无伦次了。

"你这样出海捕鱼，会不会很辛苦啊？"伯母问。

"很好哇，都习惯了。伯母，我是真喜欢大海，在海上颠簸的感觉比在陆地还踏实、单纯、自在。睁眼所见就是一片蓝天盖一水碧海，天海之间仅存一丝线，自己在一块木板之上驶于其间。在那种环境之下，人没有一丝一毫的杂念。"此时的阿海，仿佛置身于天海之间般单纯、洁净，丝毫不增添任何修饰地直述。

"真是个实在的小伙子！"许筱雯的母亲想，她又问道："如此出海捕鱼，往返一趟需要很长时间吧？"

"伯母，这就要看渔汛的好坏啰。"一说到大海，阿海就眉飞色舞，"比如大黄瓜鱼大汛时，只需一个礼拜的往返时间，就能捕到满船满舱的好鱼，拖网船都快拖不动。可是，阿玲阿嫂和我兄弟婚庆后的第四天，我和胞兄一对船出海，直到昨天才返回厦门码头，前后半个月的时间，讨到的渔货海鲜才半个舱多一点。不过，好渔汛时，众人捕的海货多，鱼价就贱，而当下渔货少，加上出海的时间拉长，成本、费用高，所以，鱼价也要跟着涨。这次，我们兄弟俩捕回来的渔货，我估算了一下——最主要是咱们有了自己的批发店面——这一趟渔货，两艘船加在一起可以卖到三万至……"

"我的天哪！这在上海何止起一幢楼房！再刨去所有花销，还有多少净收入？"长辈想知道得更详细些。

"伯母，刚才我说的就是一对拖网船卖海鲜的纯利。所有该扣除的费用也就是卖了渔货毛利的一成半，顶多不超过两成。原本，今天或明天要准备再次出海的，可是长腿——就是阿玲阿嫂的爱人成老师，要我先到福州来陪阿雯，还有我们的好长辈清江阿叔与大鸟兄弟都是这样劝我的。成老师为了这事特意到漳州，拿出总共五万块钱的现金钞票，另外又给了我一本定期存折放在身上。这件事我没敢告诉阿雯，就是怕给她增添思想负担。我都没想告诉伯母的，可我就是有收不住话的坏毛病，更不会拐弯，就这样直通通地捅出来啦。真要说错了，请伯母多多批评指教，一定不要见怪我的粗鲁。"阿海一口气说完，心胸再也没有大石头啰……

许筱雯听了心爱之人的这一席话，是哭是笑都拿捏不准了，也只好破涕为笑。母亲是真被这位憨厚的壮汉感化了，这是一个男人透亮、清澈的真心话语，言语直白，没有丝毫修饰，甚至有点粗糙，没有夸张，没有虚假，唯有坦诚，唯有激荡人心的感动。

憨厚的小伙子最得未来丈母娘的疼爱。这是真的。

两天后的手术进行得非常之顺利，许筱雯的母亲和阿海一直守候陪伴在她身边。这一则天大的好讯息即刻传到漳州、厦门，传到所有关心此事的人们耳中。照理说，阿玲住的居民区里街坊四邻都有烧香拜佛的习俗。自从与厦门来的亲家生活在一起之后，阿玲的父母也不再随旧俗了。他们和亲家成德富一样，都是没有接受洗礼皈依"拜上帝"之兄弟姐妹，但是他们存有一颗至纯向善的良心，共盼好人一生平安！

没几天工夫，两姐妹经营批发店是越发上手了，真是应验了闽南古谚：生意没有三日生疏。只要肯用心，做事认真，就没有什么难事啦！

成老师上午第四节没有课，他早早地来到海鲜批发店，几天时间批发店的运作就步入正轨了，门庭若市，热闹非凡。老郑和他的女朋友也在店里，成老师招呼他们坐下来一起喝茶，问："我的那套房子还住得惯吗？"

"那没说的，你的新房当然舒适啦。另外，厨房和浴室、化学厕全套方便，装修得太高级，清一色的木地板，就连那些宾馆、大酒楼的头人、领导们都自叹不如啊。对了，成老师，厨房里的那些蜂窝煤我们先拿来用了，等下一回来上货时，我再把煤炭票和钞票折给你。"老郑也是个钱路清明的厚道人。

"没关系的，我又用不着，只要你们方便就好，还算什么票啊、钱的，礼数多了就显生分啦。那天在你家见过你的女朋友一面，不知该如何称呼？"成老师转了话题。

"她叫芳艳。芬芳的芳，艳丽的艳，姓陈，就唤她小陈吧。"老郑说。小陈朝成闻卫微微一笑。她笑起来还是挺漂亮的，可就是不像从内心而发的那种真笑，略带忧郁感，给人一种敷衍应付的感觉。

"老郑，你做的那两家宾馆的生意，我们都没有插手，你尽管放宽心。生意上的道道我们还是知其一二的，兔子不吃窝边草，何况咱们是朋友。"他给老郑吃了颗定心丸。

"以往我在大船上买货，就听说你们几位兄弟做生意厚道、仗义，不然，像你们这种大本大利的一出手，我们哪扛得住哇！"老郑也是个有自知之明之人。他接着说："前两天我见过你的弟弟和他老婆，还有一位应该是你哥吧。"

"是的。他就住在你的小客厅正上方。"成老师回答，"最近刚调到市动物防疫站工作。"

"你们兄弟三人我都打过照面了。仅从外表上看，恕我直言，总是觉得成老师为人坦荡、真诚、有男人样仗义，和我们这些小生意人谈得拢。"老郑说了句不着四六的话。

直到开饭的时间，订货的电话仍响个不停。阿惠一直忙碌到账款——对清楚之后，才停下来吃午餐。老郑蹬三轮车送货，其女友骑着老旧自行车一起走了。

"老郑的那个女朋友，看起来比他年轻太多了。阿惠，你有没有这种感觉？"阿丽姐问阿惠妹子。

"这个老郑早年谈了一个在厦门市郊插队的知识青年，后来听说这位女青年考上上海的一所中专学校，就再没有消息了。这个小陈可能是老郑做了单位的采购员之后认识的，看她那样子，就是俗称比较'冷'的姑娘。"阿惠介绍了老郑女朋友的点滴概况，又说："成老师，你看这一大笔现金该如何处理，款、账全符。"

"这样很好。你们两姐妹现今刚学做生意，一定要先学会认真，负起责任，钱款的进出一定要清清楚楚。看你们一天的大作业量，清江阿叔给二位姐妹定的工资额一点都不高。至于阿惠所说的这事，我的意见是，等集合到一个大数目再去寄存银行，比如几千或上万块钱存储一回。到银行办事一定要二人同行，一是有伴搭话，二是可以省去许多麻烦事。厦大附近就有一两家银行，我先带你们去一趟，往后就轻车熟道啦。"成老师说。

"成老师，你看，这才卖几天，海鲜库存量已经不多了，要是没有货卖，你说该怎么办，我们两姐妹又不能坐着白拿工资。"阿丽很实在地说。

"阿丽姐，这事我想过了，咱们要上渔货码头，到大船去买渔货。虽说人辛苦钱又少挣，但咱姐妹店的字号不能丢哇。等咱自己的船只多了起来就不愁这些事了。我听成老师和你们家阿顺说过，到了八月份，咱们就有一批新船下水讨海。阿丽，咱两姐妹咬咬牙，就是个把月的事，再说了，到拖网大船上一次货，可以挺好些日子的买卖。假如成老师和阿丽姐没有意见，我就到火车站机修部找我的一位同乡，他是专干配件活的，我请他帮咱们做一辆货运三轮车，付给他工钱、材料钱。咱有了运货的三轮车，那可就太方便啦。既然开了批发店，货就不能断，我只知道这一点特别重要。"阿惠那亮眼盯着成老师，等待他的回答。

"正如妈和阿玲她阿姨所说的，阿惠真是个天生的生意人，很不简单，能想到用更加艰辛的劳作，来创造并保住商家的字号。"这种做事情的把握性更是经过缜密思维后的能力。更多的时候，思维层次的高低直接决定着能力拓展的尺度。从某种意义上说，思维的合理性是决定付诸行动能力的一个极其重要的因素。成老师暗自高兴，但仍不表露在脸上。

独特思维与普通思想仅毫厘之差，不是吗？

他说："假如你们想这样做，就要量力而行。特别是阿丽，夜半时分出门，小顺子一定要交代安排妥当，一定要你们两姐妹结伴才可以上渔货码头。如果阿惠的同乡造出三轮运货车，只要学校足球队的训练计划不是排得太紧，我一定会跟车去码头的。这第一二趟，我是一定要上大船的，一是还有那伙船老大的好关系，二是打下个好基础，遇到我不能与你们两姐妹一同上大船采买，你们也会相互照应，把住姐妹店的批发招牌。所进货的数量，力争能撑到咱自己的船返航，卖自家捕的海鲜多带劲啊。两位姐妹再咬咬牙关，挺过个把月，船队就将成形，就无须再挂虑、操劳这些琐事了。只不过在当下的打基础阶段，多多辛苦二位啦！"

"不累不累，成老师，与阿惠妹子在一起做事像玩一样。我出来做事，人变得很快活、很轻松，回到家里和婆婆儿子聊聊玩玩，一天就过去了，十分的愉快。我们都不觉得累，我愿意干这样的活。"

厦门本地人说到女人能干，总把厦门港、美仁宫前、后堡的女子抬出来说事。成老师交代阿惠，让她的那位搞机修的老乡帮忙物色两台厂矿专用的大功率电风扇，再准备一个保温茶水桶和杯具，事先做好防暑降温的工作。

学校足球队的训练运动量是明显增大了。足球专项组的掌门人戴老师是一位很有实战经验的长者，一整套的训练方法既专业又适合中学生足球队，十分简单易学，让学生容易掌握。人都说最简单的方法最实用，就是这个道理。身体素质训练之后，紧接下来就是半场五对五的攻防训练。成老师让正、副守门员轮番上场，亲自上场进行示范、指导。五对五的实战对抗之后，是射、守点球的训练。成老师要求二位弟子尽可能地放松心态，但是，注意力必须十二分的集中。利用这点空隙时间，他到饮水处打开水，见到已观战好一会儿的崔咏梅段长。

"成老师，守门员平时的训练原来是如此辛苦啊。操场上这么多同学都为你的精彩示范而热烈鼓掌呢！"崔老师不会是专门来看成老师的训练课吧？她又说："我找过丁主任了，她看了你的小姨子来校插班的材料，她没有意见，但也强调了还要补上漳州方面的必要手续：开具转学证明与相关的学年成绩单，班主任对她的操行评语，当地派出所出具的实际年龄证明。厦、漳双方将事办妥之后，她必须把这个学年尤其是这个学期平时所做的作文、笔记、习题等等尽可能带齐，要用之时就可以省却许多麻烦事。"有两位高三年段的学生过来打开水，崔老师转了话题说："成老师，你可能还不知道吧？自与师范联队踢罢那场球，我们高三的所有球迷都称你是'高个子飞人'。青年时代受老杨的影响，我也爱看足球赛，他是踢'二城'的位置，就是后卫吧。当教练我也够格！"从她的言语表情根本看不出这是一位遭遇家庭巨大不幸的女士，她真够坚强的！

"崔老师，真是太谢谢你了，让你费心了。我马上与漳州家里联系，再次谢谢你。"成老师摘去守门员的专用手套——说是专用手套，其实与普通皮质手套并无二样，只不过在掌面粘贴了一层乒乓球拍的颗粒面——兴奋地拉住崔段长那双不知执掌了多少个年头教鞭的手，连声道谢。

"成老师，还有个好消息要告诉你，那就是此次的交换生，全市学校的初中生谁中考得好成绩就让谁上。我先走一步，再见！"崔段长告辞。

"多谢崔老师，再见！"成老师确是太激动啦！

回到训练场，他继续训练二位弟子："凡是在正式比赛时出现裁判员判罚点球，要先找到他并看清他所出示的手势——所出的指数为奇数，就是放弃球门右侧只扑左半边；若见所出的手指数为偶数，扑球的方向则反之。"

俩弟子现今终于明白了，在成老师家中看守门员扑点球的录影带时，教练再三强调的一旦到了被判罚点球的生死关口，只守"半扇门"的道理了。

成老师回到大鸟住处，头一件事就是给小妹打电话。

"姐夫，你一定有好消息要告诉我吧？不然你才不会指名道姓地找我。"电话那头传来小机灵欢快的声音。

"是的，你到我们学校来插班的事都联系好了，有几件事情你要记住了并办妥，真不懂就让妈和阿姨帮你。"姐夫罗列了一二三后，再次叮嘱道："转学来厦门读书的事别太张扬，小琳同学那里等你到了厦门再说。你姐那里怎么样啦？"

"好，好！姐来电话说，教练姐姐的手术很成功，阿海哥在照顾她。爸来电话说，他已在大鸟哥那里了。等阿姨回来让她和你详细谈。谢啦！好姐夫。"

阿姨从工地上回来，顾不上吃晚饭就给阿弟打电话。阿弟静听她讲述挖地基、地窖赶工，为的是赶在台风季之前做好此事；德富兄三不五时到工地，指导有方；至于到派出所开具证明一事，由其姐去办；小妹到厦插班，准备让她住在华侨新村的别墅。这想法与阿弟是不谋而合，那里清静，有利于专心学习……

"阿弟啊，阿妹这件事相当要紧哦。漳州工地有我们几个人盯着。时间拖不起啊，下月底就是中考了。华侨新村的事交给阿姨，阿妹也可以先去适应一下新环境……"年迈的父亲依然如青年时代豪爽。他交代阿弟:"趁着国家教育形势越来越好,现今又能得到名师的提携点拨,而且能有一个多月的时间。别去想往后的什么'交换生',学业需要扎实的功底才是真。阿妹学习认真还有虚心的态度,别等过了这村那店再悔青了肠子哦!"

姐夫、小姨子通上话了:"阿妹啊,这次转学来厦门,首先要有信心,再一点就是虚心喽。那可是全市的尖子班哦……"

"我明白。我都是以成绩说话的。"小妹说。

"好样的!有志气!等你的好消息。"姐夫挂上电话。

在成闻卫、由德玲直延续到小妹这一代人,尤其是在"文革"前后出生的人,他们对社会、对人的认知能力是肤浅的,甚至可以说是盲目的。自解放后,有大知识、为国家做了大贡献的人成了"反动学术权威",而交白卷的黄帅、张铁生却成了学习的榜样。教育学生得知识的是"臭老九",固步自封根本不按客观规律办事之作为是"人定胜天"。在如此的大环境之下,学、教的目的性都比较混乱……

新中国成立近三十年的时间里,人与人之间都被"阶级斗争"相互牵扯着,无时无刻紧绷这根弦在建设新中国。一直到邓小平先生提出了伟大的"改革开放"。这位伟人的思维与作为,不但拯救了这个多灾多难的大国,拯救了已是濒临崩溃的民生与国民经济,更为重要的是,他给了人们一种观念上的更新与变革,让这全世界看到了一个文明古国正从单一的、紧绷的阶级斗争,从混乱不清、束缚捆绑的思想之中,找出了正确的思维方式,转变观念之后正付诸实践前行。当下是以古人常言:英雄造时势为英雄吗?还是以时势造英雄而识时势造势呢?这里面有多少的诠释、注解、辩驳、争论都已经不重要了。"实践是检验真理的唯一标准""解放思想、实事求是",让这个占地球五分之一人口、泱泱大国的民众猛然醒悟过来吧!如此辩证的"市场"与"计划",这样有"特色"的阳光大道,原来是条有着灿烂辉煌前景的光明之路啊!

成老师亲口答应小妹,在可能的条件之下,尽量让她得到深造的机会,这是他作为一名教师对学生美好未来期许的本能。但是,在他的脑海深处,在他的骨子里,隐藏的是家庭对他的影响。在他以为,凡能成就大事者,一定是闯荡世界、出入内外的博学之人。成闻卫自上小学到步入社会走上教师岗位,但凡填写各式各样的表格,"社会关系"这一栏中,他都会填写上当年在菲律宾经商、在文莱国经营大酒店生意的大舅与二舅，他根本就没有觉得这有什么不好。在他的骨子里、灵魂深处，他始终认为，他们是至亲的亲人，是早年下南洋讨生活的亲情长辈。人这一生就应该多做些事，多走几处地方，多结交些好朋友，而海外的大世界，恰是世间人开放眼界的最好地方。年轻的成闻卫气盛到根本就不信说教，在那种划分阶级成分的年代里，他的这种思想是太危险啦，随时都会有自毁前程的危机存在。他还真是无知者无畏，也兴许是外公、父亲和舅舅们早期做生意，耳濡目染予他骨子里"不安分"的遗传。当这颗种子在适宜之机破壳出土，就会非常自然地良性生长。

现在，阿海与大鸟在每晚的固定时间都会打来电话。大鸟与阿惠聊家常的同时，也会谈及他和阿伯在湖南的工作进展情况：阿伯已从各家大小茶厂调出近两个车皮运量的千两茶，大鸟将遵阿伯的指令，每隔四五天时间发一车皮。另外还需两大卡车的木炭，让成老师联络。

阿顺办妥了在崇武造船厂建造新船合同和预付款的事，他已抵达舟山造船厂了，两天之后即可返回厦门。

阿海从福州传来讯息，许教练自手术之后有些正常的不适反应，其他方面均安好。由于许教练住的是全日二十四小时的特护病房，不允许外客陪护，故阿玲又在阿海所住的出租楼内再租上一单间，给筱雯的母亲住宿。这样一来，一老一少闲时就可以多聊聊，增进彼此间的沟通交流。开头的那几天还好，长辈、后生有问有答，可没过几天，伯母发现这愣头青只会对她傻笑，八棍子打不出一声响来，真没劲！

阿玲在晚饭时间给丈夫打来电话，了解到她的工作调动还有小妹转学的新消息，当然很高兴啦。关于阿海与许教练的相处状况，用阿玲的话说：真有那么点意思了。文学语言曰：有情人终成眷属。

成老师借着等候阿姨来电话的空闲时间，给房东育春大哥写了封信，除了告知还要调运两大卡车的木炭之外，还请育春大哥联络，在繁忙的夏收夏种或秋收之后，让队里的社员们利用农闲到过年前的这段时间，来厦、漳两地，他会帮他们揽些活干，收入点现金好过春节。走出山区做做粗活，总比守在山沟沟的自然村强上几十倍。

终于等来了阿姨的电话。她告知派出所与漳州一中该办理的所有证明均已理清。自从阿姨从湖南长沙押货回来，她所经手的几件大事均办得如此漂亮，可谓是圆圆满满。说实话，哪怕是壮汉，要顶这整个月的苦累活也会喘大气。

"成老师，我做了一大锅白木耳汤，你天天这样忙容易上火，要多吃些清凉汤食。下午，我让阿丽看店，自己去了一趟我的同乡那里，他真是手巧脑又灵，把仓库里的铁件、钢管搭配焊接即成了车架啦，又让朋友送来三只全新的轮胎，最后上了铺板，七敲八拧，三轮车基本成形了。我要和他算工钱、料钱，他说啊，那些全是仓库里的废料、下脚料。我真是说到'有口无口水'，他仅收了三个新车轮的钱，每只十一块，合三十三块钱，再加上那副铺在车架上的铺板五块钱，共三十八块钱。我想多给两块让他买烟抽的，可他人太憨直，不肯要。成老师，我想买上一条好洋烟送他，他是老烟枪，抽了三四十年的'土炮'，烟瘾特别的大……"阿惠说。

"一部三轮车才用去三十八块钱，这部新自行车是你亲手买的，相比就知其价值啦。你的这位同乡真够义气的，不管他是不是老烟枪，就送他两条好洋烟。等拖网船再靠码头，再送上两样上品鱼。咱闽南人送东西全是要成对成双的。烟的事让阿顺去办，这一两天他就回来了。"成闻卫是真高兴。

"说到渔货，我和阿丽清点了冷库里的存货，还不到十个冻盘了，又恰赶上礼拜天，货就更紧啦！当今咱店里不仅供应酒楼宾馆，连婚庆治丧的红、白酒席，全找到咱店批发海鲜。正像你说的那样，'酒好不怕深巷长'，'好吃的相互报告，不好吃的快逃掉'。"阿惠边说着话，边看着成老师吃自己亲手做的白木耳，心中可乐呢！

"这样吧，阿惠，礼拜天夜半时分，我和你们二人早点上拖网船，与那些早年交往的船老大、渔工们套套亲热，毕竟这些日子至渔汛旺季之前，少不了要与他们打交道的。在咱们的船队还没完全成形之前，将你们姐妹介绍给这些个船老大，大家早相识，客客气气，该有多好哇！"成老师说。

"那当然好啦！成老师，你也太久没上过大船了，阿丽肯定更高兴啦！既是一趟工夫，不如多买点渔货置放在冷库里。现在看来，咱这个批发店真是不怕货多！"说话的人还是没有生意场之经验，缺练！犯了得意忘形之通病。

"到了渔货码头，咱们先看看货色品种，再细观一下拖网船上的现货，价格合适才行，最后再议进货数量。一趟迢迢远的路，不挣点脚力钱哪行嘛！"他是借说渔货教诲人哪：天真的想象不能替代生意场之道道。还是新手啊。缺练！

这位海边姑娘机灵，一听则明。

十七、精明的阿姨

隔天，小妹来电话，说是转学来厦门的一切手续全都办理妥当了，她心急地想早点来厦门上学。

姐夫告诉她，礼拜天上午自己乘早班车来厦门，阿姨忙工地的大事不能与其同行。再说了，这正是她独立生活的开端，不可任性。她听姐夫的话，自然不敢多言语。

成老师抓紧时间给房东大哥汇了一千元，邮寄了信件。

学校足球队训练后的小结会上，成老师提出了他的建议：能否在联赛开始前的这段时间里，多花点时间打比赛，即以赛代练？比如与社会上的"靖鹰""幸福"青年队打打比赛。尽管这些社会青年队的技、战术不够规范，甚至有点粗野，但在联赛中要遇到的竹坝中学队，那些队员的块头与踢法，与社会青年队的凶悍不相上下，如若不及早地适应这种粗犷打法，一旦到了联赛的真对抗，就是个致命的问题了。"以赛代练"这是成老师在国家女排训练基地得到的一大启示。只有在实战中不断锤炼球队，从中找出自身的不足之处，让队员们消减畏强惧野的害怕心理，让球队的整体意识尽早进入到比赛情境与氛围之中……

成老师的建议立即得到戴老师的大力支持。这个学期刚调入学校的张老师血气方刚，联系到了上山头一带的"靖鹰"队。比赛之前，成、张二位老师与这支青年足球队言明：不可玩得太狠，别伤了这些中学生嫩苗，他们还有更艰苦的中学生联赛。还好，比赛还算"友谊"，校队以〇比2败下阵来。在赛后小结时，上场的主力队员们反映出奇的好。他们都说，如果不与这样的青年队过过狠招，真要是到了联赛，遇上像竹坝中学这样的"家长队"，就不知该如何应对了。队员中就数小谢与晓亮最为兴奋，他俩各守了半场球，赛后的体会就是，能守住成年人势大力沉的"硬脚头"射门，往后再与哪个中学生队打比赛，心中自然就少了几分恐惧，增添了几分信心与胜算。

成老师一回到大鸟住处，只见庭院停放着一辆"四不像、三不同"的铁甲三轮货车，那样式是如此奇特，以至于有点可爱滑稽，但重要的是坚固、安全、耐用。

"阿惠啊，有了这辆三轮车，往后要运货什么的那是太方便啦！"成老师按捺不住心中的喜悦。

阿姨打来电话，她刚到华侨新村，帮阿妹整理住处，让成老师吃了饭就过去帮忙，还要商议阿妹转学的事。

"阿姨啊，你真是及时雨，这些建楼的建筑材料还是要你亲手操办才好。吴玉燕手下的这家实业公司，除了能拿到第一手价格、高质量的材料之外，在运输、装卸方面也是全程配套。在人脉关系上，她更强于同行业的经营者。至于何时调运建材，任你自由掌控。另外，小宝贝一转眼都快周岁了，你也代我好好疼爱这个小男子汉。"阿弟一见她就说。

"那是当然的喽。"阿姨说，"阿妹真是行好运，在这样安静的环境里读书，定会收到好的效果。阿弟，你知道吗？你们走了之后，我又宴请了那位土地爷一回，他趁我不备想吃我豆腐，当场我没有表现出太强烈的反感，如同往常一样，给他找了个发泄之处。对他的劣习我是恶心至极，可我深知这样钱、色均沾的小人不能得罪。

"说起这样的愤慨之事，今天，讲述件事给你听。'破四旧'、封织布厂抄家的那阵子，我公公的织布厂也逃不脱此噩运。红卫兵还未进工厂大门，所有的工人、大师傅们如同被捅了马蜂窝，四散逃窜。老公公还有你的姨父和我没有逃脱，混在红卫兵中间有不少社会青年，把我死死地按在织布机下。那时，我真的不知道有多少恶棍上了我的身，人都到了快休克的状态。我号哭喊叫你的姨父。我知道他就躲在里面的'经纱'车间，可他就是不敢露一面。当这帮歹徒、恶棍走脱时我，整个人几乎全瘫了，想坐起身都非常之困难。

"当年，他在福州办了婚事，然后让我辞了公职与其回漳州打理生意。那时，才知道他的前妻遇车祸亡故，留下一女一子。年纪轻轻的我为了照看他的儿女，也就没有要我自己的亲生骨肉。这件事让我愤恨，而后来的那件事才是我永世不能原谅他的缘由。一个男人连自己的妻子都保护不了，真是枉费来到人世间。也正是从那时起，我和他的关系仅存于'业务'这一环节了。在我青春貌美时，他都敢在福州办了婚事，把生米煮成熟饭后，再带我回漳州做他的保姆。等我把他的亲生子女养到翅膀硬，人老珠黄，他一脚把我踹了，到那时，才是真正的欲哭无泪啊。因为这个原因，我才选择了专跑省外推销，把钱抓在自己手心里。

"生意初始，我好动、有体力但没有营销经验，吃了不少大小苦头。可只要布匹推销出去，在老公公给我定价的基数上，我自己又加了一大码。那就是实钱哦。不过，话讲回来，这次你姨父为了建这两幢楼出大力、请'把头'，有了点样子，看得出德富兄是真的高兴，一高兴就少不了多给他几张钞票。狗还是改不了吃屎，他袋子里叮当作响，下了工，赌得更大更勤了。现今，我是连劝他的话都懒得说，我的心全凉了，随他去吧。

"德富兄在这两幢楼房的选向立址上，真是有大智慧，精心布局，两幢大楼不是纵向排列而是两幢分列，面朝南，两幢楼的中、前部，是一大片的'空白地带'。德富兄说这是为将来埋下伏笔。

"现今我发现，你做事的许多手法与德富兄太相像了。阿弟，你试想一下，两幢楼合计有八层，几间大厅，几十间客、卧房，加上两个大地下室，还有这么大的空地，说起来也是足够住和用的了。然而，德富兄的思维就是与你一样超前。他说，在这改革开放的初始阶段，趁地价、人工、物资低廉之机，多多物色好地块，放着也不腐不烂，如此谋划将来才是正理。

"现在我和姐夫才真正看到，德富兄早年所受的磨难、苦痛、历练，就是当下的资财资本啊。他很有远见地预判：地处老市区的织布厂是好地段，只要大的形势向好不变，咱们就要尽早做先手准备，以免乱了阵脚。老织布厂被政府征用是迟早之事，因而，要早早规划好未来千两茶的囤放之处，现今不仅要想人之居所，还要兼顾盘活生意资财……"

"阿姨，其实近半年前你不就有与爸一致的想法了吗？这下也让我想起在乡下生产队和公社林场的所见所思。'文化大革命'时，农民社员成群结队上山，见成材树就砍伐，造不了房子的粗壮材就当烧柴劈了，没一阵工夫满目秃山。当我到公社林场干起了拉锯大活时，场部的所有知识青年全上山植树苗。这荒山秃岭如同老织布厂一般，是一种难得的资源啊。现时不是时兴包地、联产责任制吗？咱们要是与管这些山头的领导签立状子，包山头种杉树、松树，不久之后就见利啦！"阿弟说。

"在两幢楼房还未开挖地基之前，你就建议连同开挖地下酒窖同步进行。各位长辈与家里人都看到了，在对任何大事小情和一些敏感问题的思维与前瞻性预判上，你确是有与众不同的地方。还有另一件大事就是你想让南洋二舅回国考察，在这点上我了解了你的真实想法：就是想借用海外之力来拓展未来。这样的想法当然非常好，只是有些人会以为太不现实。现时，你对我说要让荒山秃岭变成满山松、杉木林，乍听起来确是不现实，可是，做任何事情没有经过一番艰苦的努力奋斗，怎能知其不可行呢？此事说远也远，但我总觉得很近，仿佛即刻就可触手可得。

"阿弟，要我说啊，还是种果树'利大'，一会儿我再告诉你为什么。咱们闽台人不是常说：没有水果时都会'偷吃'，更何况如德富兄所说的日子越过越好，还不猛吃咱们漳州地产的好水果？

"在对问题的思索与预判上，你确是与众人不同，我是头一位举双手赞成之人。只不过我有点不同的想法：杉树、松树是有经济价值，可就是生长成材周期太长，等到林木成材之后一次性地砍伐，再从小苗育成大树，又是一个长周期。要我说啊，咱们漳州、龙溪地区宜植荔枝、龙眼、芒果等果树，百年均可受益。往后，众人真过上好日子了，还少得了吃新鲜水果？别小看漳州、天宝、龙海这些果农，一到水果季节个个腰包鼓，那些果树全是先人留给他们的发财树。所以啊，在咱们的花果之乡，植果林茶园是首选。你所说的永定林场种植杉树、松树，那是因为咱闽南的果树与他们当地的水土不合。还有，我听姐夫说过，早年进贡给慈禧太后的名贵茶叶，就是生长在武夷山高山云雾中的千年岩茶；我的那位香港挚友名叫碧琼，就是此幢别墅的女主人，寄给我的台湾冻顶岩茶，全是在高山顶自然环境中长出的好茶叶。一个山头可以多种经营，山顶植茶园，半山腰、山脚下种经济类果林。姐夫是这方面的'老道人'，你与他多沟通就会有好谋划了。我所讲的，仅供你参考，让你心中有张版图。"阿姨说。

"阿姨，咱们要说说明天的事。阿妹会乘明早的头班车到，我要带她去高三段长崔老师那里，你是一定要在现场的。现今，对于该送多少礼合适，我的头真是大如烘炉，心中没了主意。漳州工地之事可以放一两天，等阿妹进了新学校，你我才会放心。

"紧接下来，你又要忙着到福州调运建筑材料，理顺阿玲的调动工作事宜，还有筱雯住院那一大摊的事，又要抽空去探视吴玉燕一家人。吴玉燕说过，姜厅长只差他那副软软的身子骨，她说他是个好男人……虽然我与姜厅长未曾谋面，可是我相信吴玉燕的话是她的肺腑之言，他定是个好男人。"

"阿弟啊，在这点上你就是一个真男人，有担当、敢说敢做、为人仗义。眼下，姜厅长有了你们的宝贝儿子，给他病患的躯体带来无穷欢乐，至于阿妹上学的事，等你们到码头出货时我才有时间细思量。"阿姨说。

渔货码头永远都是那样热闹，他们三人放好了铁甲车，长腿上了泊岸码头的几对拖网船，与各位船老大和渔工水手打招呼，分发香烟。

"长腿，现今开行坐店啦，我们还以为你就不识人了呢。今儿还会上大船找我们聊啊！哈……"

"长腿，好久都不见阿海阿顺两兄弟啰，大鸟呢？又飞上天啦？多久不见他的踪影了……"

"长腿啊，什么时候你和大鸟再与我们兄弟喝一壶啊？让你自个儿说，咱们有多长时间没在一起畅饮啦……"

成老师与各条船的船老大交谈，按着拖网船上所开的价码，买下了所有的上品鱼。由于是汛期淡季，近十几对拖网船跑下来，也收不到五十冻盘的上品鱼。缴纳了码头的水产交易税，阿丽雇来了两辆载货三轮车。越是在这样缺货的时节，越是要大胆进货。这不光是挣钱的事——正逢打字号亮货色之时，若长期货色不齐、缺货，甚至断货，会引发客户们的诸多联想，这对批发店的长远发展是致命的。长腿把阿丽与阿惠两姐妹介绍给各艘拖网船的船老大们认识。常年漂泊在大洋上，清一色的光棍们一年四季难得见到几回姑娘面，更别说眼前的靓颜美女啦，小伙子们的表情顿时灿烂不少。再一听长腿兄弟说，两人往后还要常与他们打交道，这下，所有拖网船上响起了一片片"哟……噜噜……哟……噜噜"，那是在陆地的原始森林中最简约单一的"雄性之歌"，阵阵欢呼声此起彼伏。生活在社会最底层的渔工们，就是如此直率、憨厚、诚实、热情……

阿丽和阿惠对这批货的价格非常之满意，如果不是成老师亲自督阵，别言海鲜之贵贱，还真有可能买不到这么多的渔货。成老师踩着那辆自制的铁甲车，拉着十九个冻盘的渔货在前，两姐妹各押运每辆载有十五个冻盘的三轮车，货是满载人却愉悦轻松。车一边行进阿惠一边开着玩笑说："成老师，你看咱们自制的这辆铁甲车，是不是很风光啊？"老师答："出自大师之手，踩起来毫不费力。"

阿丽也问："成老师，刚才你和船老大讲一大套我们俩都听不懂的'土匪话'，是在谈价格吧，如唱歌一般好听。"

"哦。那是咱们闽南一带码头港口渔民们做买卖时通用的'行话'。自我跟大鸟之后，学到了不少码头上不成文的规矩，人人遵行这些理路行矩，'黑话'也是其中之一。"

"成老师，把这些行话从一数到十讲讲，让我们也听听。你看阿丽都竖直耳朵想听啦。说说吧！"

"是啊，成老师说一个。"没想到这位乖巧老实的阿丽也随阿惠一道起哄。

"说给你们听是可以的，但不能学哦。咱厦门港、美仁宫前、后堡的渔民家属还不见有女子说这些'行语'的，不然真会被人当成女匪说黑话哦。"成闻卫说。

"听着：一是单，二是丽；接着是冬、又、乌、锣、柴、埋、龟、环；'担'的平声是百，干是千,万是方……"

"成老师说'土匪话'的样子，还真有电影'林海雪原'土匪头子座山雕的样相！嘻……"看看，现今连阿丽都敢在"太岁"头上动土啰！嘿！

一路将海货拉到批发店。还没等卸货，成闻卫就直喊腿软！这一路之上，两姐妹看到他老打着困盹，该好好睡上一觉啦。

"阿惠，往后的一个多月里，这辆自行车就归阿妹专用了。她的住宿安排在阿姨的一位好朋友的空别墅里，吃饭的事就有劳你这位大厨师了。每日的菜样花色要多且杂，主要是保证营养。这方面，不用我多言，你是位优秀的大师。"成老师把小妹将要转学来厦门中学的事简略地给阿惠做了说明。

"这是件再自然不过的事了，原本就是我的分内事。再说了，真有那么一天阿妹有大出息了，咱们不也沾光吗？"阿惠做事向来稳妥。

成老师说："今天我去接阿妹，还要到高中部的恩师那里办许多事，中午真的没办法回来吃，真对不起哦！"

"当然办事要紧啦！"阿惠高兴极了。为了向她解释一顿午餐的事，急得他连汗珠全挤出来了。

上午八点刚过，成闻卫就来到厦门美仁宫长途汽车站的出站口，不一会儿，小妹由德娟在旅客出站口露了笑脸。

"姐夫！"小妹的一声尖叫紧接着她冲过来说："姐夫，让你这么早来接我，多谢啦！伯母让我把初三用过的笔记全带下来。这只大皮箱是伯父伯母特意到华侨商店买给我的，真的好好看哦，他们比我妈还疼我……"小妹拉起姐夫的粗胳膊摇了起来。

"是挺好看的，伯母早年当过老师哦。只要你把书读好了，将来有机会走得远远的，姐夫一定送给你一个漂亮的大皮箱，给你装书籍和衣物，好吗？"姐夫鼓励小妹。

"我才不要你的东西呢！"小妹忽闪着她的那双大眼睛说，"伯母说，她已经给周院长打过电话了，让你去取两瓶'寿比南'降压药，一会儿去小琳家带给她爷爷。我妈说要你注意身体。"成闻卫的本意是不想让小琳同学知道她的好同窗来厦门插班这事的，可是，父母就是能观远望大处。当下，小妹的"交换生"八字未见一撇，就想藏东躲西的，不让至好的同窗学友知道这样的好事，这样多不好啊。既然老、少辈全是挚友，就不能为了一件未见利益之事伤了不该伤的心。阿弟是真心领会了父母双亲让他专程送这两瓶降压药的良苦用心……做人要厚道哇！

小妹说着话，双手依然缠着姐夫的胳膊不放，说："阿姨真不够朋友，说好了和我一起来的，结果将我丢啦，哼！"

"阿姨正帮你整理房间呢，她要让你静心、舒心地学习，你可要好好谢她才对啊！今天，你怎么不说'哼！真是气死我啦'这句话了呢？"姐夫大乐。

"嘻……对不起哦，姐夫，我真不知道这样的事。"看看小妹这样子，她是真不好意思了，她懂事了许多，不再像以往那样闹了。

姐夫、小姨子取了药后，通报了阿姨与林老将军，他们将相会于林府。上午十点，两位同窗好友再次相聚一起。

"阿弟来啦，家中双亲大人可好？眼看中学生足球联赛也快开始了，你可是大忙人一个啊。"林将军道。

"林老将军好，叔叔、婶婶好。这是阿妹她姨，专程从漳州来为她安排住宿的。"成老师向主人家的各位请安。

晚辈向长辈们汇报小妹来厦的缘由，小琳同学插言道："德娟同学的学习成绩可好了，尤其是数学、物理、化学，而我最讨厌的正是这三个科目，没有背书带劲，要是专学历史、地理、英语才好呢。"

"林老将军，家父在岳父家疗养，漳州的环境、空气、水质上乘，父母想邀将军闲暇时到漳州走走看看。这两瓶降压药是父母交代的。我们还要多谢邮电局的谢科长鼎力相助，有了电话，与南洋亲人们沟通就方便了许多。"阿弟说。

"不必客气，都是咱们一家人的事情。"叔叔回应道。

"阿弟啊，你要是再回漳州，就告诉德富老弟，其绵贤弟从文莱打来多次电话，就想知道当今的国内大势。我嘛，从市政协、统战部'偷'了些资料寄给他，不久之前一连写了两封信给他。清江小弟说这是你的主意，信件是比电话好，时时可翻阅。说实话，他要能回来看看，比什么都好。阿弟啊，我听其绵贤弟的口气是有那么点心痒痒啦。我们几个'斗阵'这么久了，只要说个头就知尾啦。人嘛，无论走得多高多远，故土的乡愁永在心间哦。"林老将军说。

"是的，林老将军。你保重好身体，前辈们相会欢聚定是不日之事。我回去就与父母还有清江阿叔说这事。林老将军，那我们就先告辞了，改天再登门拜访。等有时间，二位同窗小学友再好好闲聊。我们就此道别。"众人起身辞行。

"女大十八变"是指少女的容颜。其实，少女成长的过程主要还是反映在其心理层面的。

一年半之前，两位女中学生闹元宵、逛厦门夜景、狂拍照，无忧无虑地享受着生活给予她们的一切恩赐。而今，她们要进到少女时代的另一个层次了。越来越开放的中国社会，将给她们带来大踏步向前的机会与动力，与此同时，也给她们带来压力和竞争。从某种意义上说，这是社会文明进步必须具备的许多外界因素之一。而她们还必须做好精神层的一件非常痛苦、艰难之事：必须有勇气奋力挣脱家庭以及社会大环境，从"文革"以来潜移默化、无形地流入她们头脑中的影响、烙印与精神枷锁。在法治、纪律、公正替代人治、滥用公权、胡作非为的变革时代，是会逐步彻底清除"文革"留下的这些病症与污垢。任何企图阻挡这浩浩荡荡、荡涤污秽的时代大潮之人或事，终将是徒劳的，且将被正义的激流淘汰。

这是前进中的历史，这是人民与正义推动的行进车轮！

这，正是不可违逆之史实——中国历史。

这将是改革开放之后的青年人要面对的全新的社会面貌。他们的思想与一切作为同样也延伸拓展到在改革开放新时代的大道小路上，是漫步还是疾跑？是观景还是置身其中？一旦手中握有人民百姓给予的大权，是为公为民为国做好事善事？还是为己为谋一己私利？甚至可以放肆到用手中之大权网织利益小集团，联手压迫、残害平头百姓……千万别到了"那个时候"，到了你没有任何权利不回答赋予你手中大权的老百姓，提出既简明又苛刻的问题：不义之财从何而来？

这是人民的声音，这是法治的力量！

身处变革时代，这些手中握着还有即将握住大中小权的官员们，都有权利选择光明之道或不归路、断头台……

就拿眼前的这一对从小学到初中的同窗好友，不久的将来她们所选择的人生路又会是什么样的？身处国家变革时期的青年，一定要不断学习新观念、认识新事物，从中认清、辨别前进道路上的是非曲折，不能人云亦云，更要锤炼磨砺自己，持有不断修正自身错误的能力……

在新时期新时代，面对无所不在的物质、精神鸦片的毒害、诱惑，是泛泛随附污浊大流？还是要通过自身不断努力的学习辨明最起码的人世是非、人性道德？千万千万牢记：谎言、欺骗、虚荣、贪爱不义之财是青年人面前的最大仇敌，是心胸之祸、祸中之恶魔。

行进中的青年男女们，请选择好前进的方位与方向，缜密的思维与适时的行动，追求光明之未来，全在"慎思断行"这四个字之中……

"咱们现在就到'双全大酒楼'吃炒米粉和鱼丸汤这两味名小吃，阿妹还没吃过，今天补上。"阿弟对姨、甥说。

"太好啦太好啦！"小妹根本就不认为她是行走在厦门市的大马路上，她拉着姐夫的粗胳膊蹦跳起来，又对阿姨说："头一回来厦门，我和小琳同学拍了一天的照片，伯母请我姐吃了这两味小吃。回漳州的路上，姐告诉我这小吃有多么香，害我苦苦流了两整夜的梦中口水。今天，我终于有这好口福啦，姐夫真够朋友，姐夫最疼我啦！嘻……"小妹还真的在大街之上转起"金龟圈"了。

看着这情景，阿姨是无可奈何地直晃脑袋。

"等一下咱们去崔老师家里，阿妹，这就算是午饭正餐了。我看，你还要再来一份。阿姨，你要不要再来碗鱼丸汤？让阿妹顺便买菜签。"阿弟说。

"这道炒米粉是虾头汤，配炒韭菜花为一绝，要不，就出不了如此好味道了。我可吃不下啰！"阿姨说。

"阿姨，昨天我与你商量送礼的事……"阿弟提问。

"我是好好思量过了。此前，你答谢谢科长还有这位崔段长的那些先期工作都干得非常漂亮。照崔段长当下的家境，当然是缺钱啦，只是送钞票的数额不可过大。依我的经验，现今的百元，抵得上这位'清水教师'不吃不喝两个月的薪金哦。如果阿妹没能上交换生榜，在未来的日子里，还将参加全国统一高考，那就还落在崔段长手中，若到那时，咱们再补上礼数尚有足够的时间。阿弟啊，这'礼多人不怪'是正理，此乃华人处世之道，只是咱们要牢记其中之奥妙与艺术性哦。此至理名言之一层意为，'礼'的一次性要多，二层之意为，'礼'的分送次数要多，这都是很考究的，要恰到好处又不张扬。否则，大钱送出去了，得到的却是相反的效果。咱们现今要送礼，是轻而易举，但要做到咱们所期望的效果，才是最合理的做事方法。"简单的几个字，被她不简单地演绎光大啦！

"现在我才真正体会到了'人山人海'的真正含义。哇！这才叫'好生意'哦！"小妹惊叹道。

"咱们自己开的海鲜批发店，生意比这里还好，是你的阿丽阿惠姐姐在当头家，那个热闹场面啊。阿妹，说正事吧。你还想吃什么就放开肚皮吃，今天阿姨帮你付账，我没带钱出来。咱们现在就立个君子协定：在准备中考的这个月时间里，你是没有这个口福的，阿惠姐做的菜也是一等一的好吃，主要还是考虑到卫生问题。到时别说姐夫小气哦。"成老师对学生说。

"不会不会的！"小妹急啦，"阿姨、姐夫，我向你们保证，我一定会好好念书。大家这么疼爱我，我也一定要为咱们家的亲人们争口气。"小妹再次表决心。

"阿姨，你陪陪阿妹，我去'庆兰'饼店买盒馅饼。还是老办法，你看怎么样？"阿弟征求阿姨的意见。

"这个办法妥当，你去办吧。给你钱。"阿姨递过来一个鼓鼓的女式钱包。

"阿妹，一会儿你随阿姨到大路口等我，咱们再一起到崔老师家。"姐夫自个儿办事去了。

二十五分钟之后，三人同到崔咏梅老师家中。

"一看就知道是块读书的料。老杨，你看她像不像我年轻时的劲头。"崔段长细细端详了这位女生，对丈夫说。

丈夫会意地点了点头，微笑着。此时，他的目光与阿姨的眼神撞在一起，他依然是那样绅士地微笑着。

"你叫什么名字啊？"崔老师提问了。

"老师，我叫由德娟。"学生回答。

"嗯，由同学，你们当地居委会、派出所还有你所在的漳州一中出具的所有证明、材料，都带下来了吗？"崔老师再次提问。

"是的，老师，我全带齐了。"小妹打开随身的布质书包，将一整包用牛皮纸包装得整整齐齐的资料取了出来，双手恭恭敬敬地递交到崔老师的手中。

"这孩子的家庭教育不错，做自己的事也挺规整的。"崔老师心想。她非常认真仔细地翻阅着所有的资料、证明，如同在批阅试卷一般，逐字逐句地审查着。

"好，很好，非常好！品学兼优。"崔老师像是在喃喃自语。她摘下老花眼镜，说："由同学，你带下来的所有材料我暂时替你保管，具体如何操作我来办理。由同学的阿姨、成老师，我光顾着看资料，也没给你们倒水喝，请稍候，我来泡茶。"崔段长取来满罐的茶叶。

"崔老师，你真的不要忙。"成老师说，"德娟同学的事就拜托你了。哦，对了，崔老师，关于学籍所在地，不知道有无特别的规定？"成老师想起自己当年下乡插队之前从厦门公园派出所迁出户籍的场景。

"哟，这还真是个问题哦。依我看哪，目前还是先办理转学到咱们学校插班的事，成老师所说的事当然重要啦，只是可以等到时机比较成熟时再议，眼下，还是由同学的学习成绩最要紧，学出好成绩才是重点，至于其他方面不都是可以变通的嘛。咱们不急，慢慢来。她阿姨、成老师，你们说是不是这个理儿？"崔段长语气委婉，不紧不慢地询问两位代理家长。无意之间，成、杨两位教师的目光对视，这一瞬成老师意识到杨老师的目光里有"小标题"。

"的确是这样的，崔老师，德娟同学读书的事太麻烦你和你的先生了，我们带了一盒小点心，略表德娟同学父母的心意。"阿姨将那盒庆兰馅饼放在杨老师面前的那张小桌上。阿姨那副文绉绉的学者风范，阿弟可是头一回见到。她演技过人，有意将台词中的那个"盒"字，标上了重音。

"崔老师，真是太麻烦你了。杨老师，打搅啦。等这阵子学校足球队忙完之后，我们再登门拜访。崔老师，留步！"成老师不让崔段长送他们。

"崔老师、杨老师，谢谢你们的帮助，再见！"小妹朝二位恩师深深鞠了一躬，显出她的真诚和礼貌。

"大家慢走，明天学校见。"崔段长把大家送到楼梯口用大嗓门说话，为的是让对门和楼道上下的各位同仁都能听明，这是休息天同事间的正当串门，并非"业务"往来。

"阿姨，你的感觉如何？"路上，阿弟征求长辈的意见。

"崔老师的样子就像我当年读卫校时的班主任一样，是个老知识分子、好教师，问题是她的丈夫。在与我四目对视时，我能认定他是个能人，你曾告诉过我，这位杨老师能把四十五分钟的课上出一朵花来，他确是位好演员，我的直觉是，在他的眼睛背后有文章，具体的我还无法说清。最主要的，就是杨老师会将许许多多的点子灌输给崔段长，让她做传话筒告知咱们。刚才，你关于户籍的问题发问得太直接、突然，真是太好啦，据我观察，他们像是知道此事之利害关系，这就足以证明那是个值得探究的大事。阿弟，在咱们国内，没有比户口更大的事了，你及时提醒了我，咱们要细思量才好。"阿姨的脑筋转得快。

小妹见到未来一个多月的新家时，真是兴奋极了。如此安静的环境，不好好学习怎么对得起家人，特别是处处为她着想的好姐夫。她这么一想，对未来的美好前程更有满满信心了。不过，昨晚兴奋得一夜无眠，今天一大早阿伯、伯母、母亲送她上车，至今马不停蹄式地狂奔，小妹也确是累了。大人们让她去洗了个温水澡，温水澡一过身，就更想与床为伴啦。

阿弟想到，如此大事要找清江阿叔再议为好。长辈正与友人对弈呢，在电话中听完详细情况后，他的意思是，无论小妹今后的学习成绩能否够得上交换生的条件，既已转学到厦门名校，学籍户口问题实乃迟早都要面对的大事，若有机会，尽早办理为上策。

　　长辈的一番提醒，让阿弟联想到此时所处的这幢别墅，倘阿姨能从其中找出合理的办法……他将此想法告知阿姨，哪知二人不谋而合。香港人没有午休习惯，这是贫穷的大陆人无法理解之事。不午休哪有精神干革命？！

　　阿姨拨通了香港的长途电话："喂！是徐府吗？我找徐夫人……这里是厦门长途……我姓曾。谢谢。她人在家。"阿姨捂着话筒对阿弟说，略显紧张，"喂，是碧琼？我挺好的，现在，我就在厦门华侨新村你以前住的这幢楼里……是啊，大外甥女阿玲嫁给厦门人，我就常来厦门，顺便清洁清洁这幢空别墅。徐先生可好……当下电子产品走俏畅销……又飞美国啦……看你又扯远啦，那样的年代、那样的恶心事就别提啦。碧琼啊，我这里有件事想与你商量一下，就是我姐想在厦门找一处清静之地，与厦门亲家往来有个歇脚之处。我带姐夫看了你们以前住过的这幢别墅……我是想啊，你也出去这么些年，徐先生事业有成，令尊与你的儿女都安好，这幢别墅空着也怪可惜……哦，当年是以一万块人民币买下的……嗨，那是我该出手帮忙之事，是你的双亲福大命大，徐先生为人仗义……你别哭，你一哭我也陪你掉泪，那时我出手搭救，完全是因为咱们是亲亲的好姐妹啊！嗯……你想以八千块人民币折旧给我姐家？碧琼啊，你会不会太吃亏？还是请示一下徐先生……哟！又见外了不是，报答什么嘛，可说实话，那可是掉脑袋的事哦……好，地契在……我知道，就是当年随你父亲做律师行当的那位中年人吧……唐律师……倘若事办顺了，购楼款就直接交给唐律师啦！好，我在你的这幢别墅等电话。碧琼啊，真心感谢你帮我忙。是啊，想起当年事，夜里都会在被窝里偷偷掉泪啊。我先挂啦。好，电话联络。"阿姨搁下电话。

十八、仗义的唐律师

电话铃声再次响起，时间是三点一刻。这不是香港徐夫人打来的电话，而是在厦门的律师打来的电话，相约半小时之后在律师事务所见面。

姐夫给小妹留了大鸟住处还有海鲜批发店的电话号码，见小妹依然在熟睡中，放下字条就急匆匆办事去了。

律师事务所在厦门市大同路的闹市地段，办公地点的面积不大，约二十平方米。律师给两位来客递上他的名片，这位就是徐夫人在电话中介绍过的唐姓律师。

唐律师取出了华侨新村别墅的购房契约，还有一系列主人家的证明文件，阿姨与阿弟一一过目。此时，成闻卫说："唐律师，我们想把这幢房子过户到外地户籍，一个未成年人的名下，此事你看该如何办理？"

"在电话里徐夫人可没谈及此事啊。"唐律师说。

"是啊，正因为此事比较特殊，我们才急忙来找你帮忙。这名未成年的中学生是我的外甥，现在是省内漳州市户口。唐律师，是不是很难办理啊？"阿姨很着急。

"的确如此，要通过好几个主管部门哦。现今这名中学生多大啦？女生还是男生？"唐律师追问道。

"未满十五周岁，是在校的初三女生。当今的问题是，像这样的事是否不好办理？办事的费用不是问题。"常言道：锣声听尾音。阿姨是真听出了门道。

"这件事肯定是可以办的……"唐律师话说半句。

"唐律师，你尽管告诉我们，办这样的手续需要我们做什么样的配合，要多长时间才能办妥这件事。"阿姨不松口，步步紧逼，一直追着唐律师问。

唐律师沉思了好一会儿，说："目前有一个办法，就是请徐夫人从香港'赠与'这幢别墅给这位女生，你们可另做私下的交易协议。现时，首要的是先征得徐夫人的同意，再将此女生的所有必要证明传真到香港，再让徐夫人家的私人律师来办妥赠与手续。一会儿我与徐夫人讲明此事，你们也附带说明一下实情，只要徐夫人那里不存异议，今后的事我就可以全权代理。"说完，唐律师马上给香港徐夫人打电话，他们谈了近五分钟之后，阿姨就得到了准话：关于别墅房产的所有大小事，交给唐律师全权处理，需要配合的方面，徐夫人会一帮到底。就是说，香港徐夫人方面没有任何问题。在香港，有地位有身份的阔太太、贵夫人办事的效率是如此之高。

或许，徐夫人在想别墅既已决定售出就没有她什么事了？或许在两个小时之前，阿姨打给她的电话与现时通话的内容截然不同，这其中似乎有那么一点欺骗的成分，会令徐夫人稍有不悦？然而，假如没有阿姨的这种"骗来骗去"的灵活思维与手段，她和她的所有家人现归何处还真不得而知。或许，现时的徐夫人唯有卸掉这个沉重的"人情债"就会有另一种好感觉了。或许……唉，做人真难啊！

"照目前看来，你们需要做的就是，在漳州户口所在地的派出所开具这位女生迁出证明，另外，必须将她在漳州的户口簿原件交给我，其他的事就由我一人操办好了。"唐律师简明扼要地交代阿姨。

"我先替我姐一家人谢过唐律师。办理这样繁琐的手续，具体的费用是……"阿姨也只说半句话，她明白唐律师的"后话"就是要上"后续"之事了。

"是这样的，"唐律师说，"办这样的大事，中间有那么几个环节、节点特别的重要，我也不便多说，这笔费用自然就少不了。所有的一切包干费用是八百块钱，就在你们给我那一整套漳州市的户籍手续后三天内办妥，最早在二十八日，推迟也就是一天后的事。我唐某人做事历来讲信誉，全套手续办妥之后，再交接钱款事项。徐夫人一家人跟我是从早至今的老交情了，很早以前我就听她和她的父亲说过你们之为人。这幢别墅作价八千块钱给你们，说白了，就是半售半送给你们。我深知徐夫人如此而为，也是报答你们在她家处境最艰难时期给予的无私无畏的鼎力相助，现今我还在代理她父亲的国内业务。"

"唐律师，一切都拜托你了，谢谢你！"阿姨说着话，就从随身的女式大挎包里取出四十张十元大票，交给唐律师，"唐律师，我们先付一半的手续费，另一半等事情办理完，连同购别墅款一并清算。我们无需收据凭证，徐夫人、伯父与你的交情甚好，我们完全相信你的办事信用与为人。"比起某些男人来，阿姨更讲义气。

"这可不行。我已经和你们说好了，等事情全办妥了再收手续费，现在我是不会收你们的预付款的。"别看唐律师一脸的书生气，做起事情来却是个堂堂的大丈夫。

"多谢你了，唐律师，很高兴结识你。"成老师伸出手，紧紧地握住面前这位律师那只厚实的手掌。

"谢啦，唐律师，咱们后会有期。"阿姨和唐律师道别。

"二位慢走，保持联系。"唐律师说。

"阿弟，我还来得及乘末班车赶回漳州。管辖姐夫他们片区的领导我熟，我姐根本办不了这事。户籍的迁出、迁入均是人生头等大事，我自知这里的深浅分寸。唐律师这一头一有响动，你要立即通知我。工地上没有我观头望尾不行，让德富兄拖着刚愈的病体在工地上撑着，我是真不忍心啊，但现下这事才是头等大事。天热暑气大，要多吃瓜果凉菜。亲家母可开明啦，新上市的果蔬甭管多贵，死命买给在工地上劳作的师傅与小工们吃。'吃饭皇帝大'哦！"阿姨拎着阿弟的大耳垂说。

"阿姨，这一本活期存折，是专做千两茶进出款项的。湖南方面的购茶款以及香港方面的茶款收入，你在复核无误的情况下再给我电话，以便做账。此事唯有你可胜任，无论是谁支取的钱款都必须亲笔签上名字、日期，这是我做账时所需的存底。管钱的事，小心无大碍，只是又要给你增添不少麻烦，辛苦你了。"阿弟说。

"辛苦个啥啊！说到辛苦，我才想到日日为训练流大汗的阿玲，差一点忘了，地区体委明天就正式发公函啦，你还是先通报一下福州的'老交情'。"阿姨虽未曾见过吴玉燕，但她非常乐意为这个大家族操办所有的事。

"阿惠啊，阿妹来了吗？"一进门成老师就问。

"阿惠姐！"这是小妹在庭院的喊叫声，真是说曹操曹操就到啦！

"怎么现在才来啊，我们还以为你不用吃晚饭了。"姐夫手拿一把空心菜从厨房里出来。

"姐夫、阿惠姐，我实在是太困了，新床又软，舒服极啦，醒后见到你的字条就乘三轮车过来了，厦门的三轮车比漳州的飞得快……"这小灵精又开闹了，"阿惠姐，一顿晚餐就有这么多好吃的啊。我和小琳同学同属猫，见了鱼腥就流口水。嘻……不行！还是要先刷刷牙。"小妹不知从她身上的哪个兜兜摸出了支新牙刷，借用阿惠姐的牙膏清洁起口腔，又问："姐夫，阿姨呢？"

"阿姨又赶回漳州帮你办事去了，过两天你就知道啦。从明天开始，阿惠姐的这部新自行车就归你使用了。你记好啰，除非年段或班级留你们做事情，只要一放学，第一件事就是回到阿惠姐这里吃饭。中午时分天热，冲个凉在阿惠姐的房间午休。下午放学之后，不准到后操场看我们的训练，依旧是回阿惠姐这里吃晚饭，然后回华侨新村洗温水澡。阿姨已经把煤炉生起来了，我听说为了家里的那对小精灵能洗上温水澡，你都会加煤、封炉火啦，这样我们就没什么可担心之事啦。

"晚上十点钟熄灯，习题量再大也不能超过晚上十点半上床睡觉，不许加夜班是条原则。清晨五点钟就要洗漱完毕，用半个小时的时间背单词、公式等，然后准备好这一天要上的所有科目和学习用具，将自行车入车棚后就到后操场找我。校足球队六点钟晨练，你呢，自己跑。开始时的几天会困，但必须坚持！"姐夫给小妹订立一天的学习、作息时间。真啰嗦！

"姐夫，我想好了，中午放学后就寄膳在学校食堂，这样就省去了来回跑的时间，用来学习，这样岂不更好。"这个小灵精早想好了。

"阿妹，我说两点不可行的原因给你听。一是早晨让你背英语单词和晨练，是为了一个多月后的中考做准备，要有好体质和精力，午休补觉就尤为重要，特别是在暑季。第二点是学校食堂全是大众菜，只图饱，而阿惠姐会做花样多多有营养的菜，尤其是你喜好的鱼腥、香菇封肉。紧张的学习是要有营养作为身体保证的，学校食堂的饭菜我吃了多少年啦，这是我多年积累的经验，不是在蒙你，你要坚决服从。"姐夫说。

"是！长官。"小妹敬了个礼。

"噗嗤！"阿惠笑出声。

姐夫的面部表情是严肃的，小妹回答的口气是坚定的，阿惠姑娘的笑声是爽朗的，屋里的气氛是轻轻松松的。

　　"成老师，晚上码头进货的事我和阿丽就可以做。你和那些船老大均打过招呼啦，有什么事我们会随机应变的，你跑了一整天，也该好好歇歇了，人又不是铁打的。阿妹你说是不是啊？"阿惠有了小妹做同盟军啦。

　　"是啊，姐夫，你总是在为别人操心，连我都感到实在过意不去。妈和伯母、阿伯再三交代我转告你，要注意身体，别太累了。"小妹来帮腔。

　　"阿妹，你的东西全带齐了吗？大箱子放在阿惠姐这里，带上几件换洗的衣服，一会儿我载你过去。从明天起，你要独立理事，真遇上什么难事咱们再一起商量解决。不过，刚才所说的作息时间必须严格遵守。

　　"明天是头一回到新学校新班级见新同学。崔老师说你所在的初三重点尖子班的班主任是她最得意的学生，姓余，教数学的。到了新的环境，别与新同学瞎闹，安心学习，最重要的还要虚心，无论哪一方面都别去与新同学攀比，都记住啦？咱学校的这个初三（8）班哪，在最近的一次全市各学科的模拟测试中，平均分超过省、市同样的尖子重点班一大截呢。都说山外有山，你别乱使性子，这可不是在漳州家里，也没有你姐那种好脾气的人老让着你，要慢慢学会安静心绪做事，都听懂啦？"姐夫也学会叨叨啦。

　　"好的，姐夫。最近我听阿伯说了句话，叫……枪打出头鸟，是不是和'人怕出名猪怕壮'一个道理啊？"小妹现在不再拉着姐夫的胳膊摇晃了，她似乎会思索问题了。

　　"知道这个道理就好。阿惠，那我先载阿妹过去了，你也要抓紧时间休息一下，明天凌晨你还要与阿丽上渔货码头进货呢。"成老师同样关心阿惠。

　　"我知道了！你载人也要小心点。"阿惠一脸笑意把他们送上大马路。

　　当年，别说是厦门，在祖国各地骑自行车都是可以带人的。在丁字路或十字路口，常会见到"胆小"的公共汽车总是让道给横冲直撞的行人与自行车。在厦门，最为典型的路段要数美仁宫自由市场外的丁字路口。一到上、下班高峰时段最为"出彩"：骑自行车者要有几手绝招；行人是想尽办法与机动车斗智斗勇；而机动车的司机们也在"思考"要在什么样的时间段炸响喇叭声；两位指挥交通秩序的交通民警，在调动车辆行驶之时还必须时刻护着后背、腿骨以应对那些车技不怎么样的"愣头青""花姑娘"猛撞上来……

那年头，有位海外回国观光人士撰文感慨道：社会公民是否具有法律意识，只要看他们经过大马路口红、绿灯之表现。遗憾的是，当年除了几个特大城市之外，想在厦门看到交通岗亭"电气化"的红绿灯，还真没有。因而，也就无从谈起那位海外爱国人士所感慨、抒发的"意识"啦。

　　成老师从华侨新村回来，正喝着阿惠冲泡的好茶，唐律师就打来电话告诉他，徐夫人的家庭律师已经办理好了香港方面的所有文书，传真到他手上了。唐律师很想能在明天就拿到漳州当地的证明文件以及当事人的户籍原件。成老师答应唐律师：最迟于明天下午就可以将他所需的所有证明、户口簿送达律师事务所。这是基于阿弟对阿姨办事能力的极大信任。唐律师十分之满意。不出阿弟所料，阿姨在电话中告知，她一回到漳州就都打点到位了，所有资料让姨夫在明日中午前直接送到厦门港大鸟住处。

　　这样一件关乎小妹未来的户籍大事已有了好的开端。

　　第二天一大早，成老师到学校大门口时，小妹与她的坐骑已经在等候了。姐夫问："昨晚睡得好吗？"

　　"挺好的。姐夫，这自行车……"小妹说。

　　"你随我来。咱们学校有老师的专用车棚和学生的公用车棚。学生车棚的车不算太多，这辆车就放到那里去，咱们别搞特殊。"姐夫开导着小妹。

　　从车棚出来，他让小妹先做准备活动，看着她慢跑起来，他自己在等待学校足球队和他的两名弟子到来。

　　"成老师，那是谁？和你的爱人太相像了。"张老师问。

　　"张老师好眼力，那是我小姨子，漳州家里没人照顾，又加上临近中考，把她转到初三（8）班，多少有个照应。"成老师说。

　　"那可是学校初三年段的重点尖子班哦。看来她书读得好，运动起来也有模有样，将来准有大出息。"张老师捧上了。

　　"学校哪儿来这么一个田径队员？"

　　"个儿真高，起码有一百七十五公分……"

　　"你们看她跑步的样子，是女子篮球队的。"

　　"我怎么从没见过这个女生啊？"

　　学校足球队的同学们边绕场慢跑做准备活动，边看着这位新来的运动员模样的插班生。

晨练之后，姐夫带着小妹来到学校大门口一家饮食店吃早餐。姐夫给她钱和粮票，让小妹自己买喜欢吃的餐食，又从口袋里取出两只阿惠早备好的水煮鸡蛋，亲手剥壳，让小妹连同早餐一起食用，以补充营养。

"明天要多带一件外套，晨练之后可以换上。班级里没有哪个同学是穿全套运动服上课的。上课之前也要换掉运动鞋，穿着凉鞋或布鞋才好。"姐夫说。

"外套和布鞋都在我的另一个包袋里，吃过早饭我就去换上。来厦门之前，姐在电话里特意叮嘱，我到学校读书不能给你的教学工作添麻烦，要时刻检点自己，不可像从前那样疯疯、没大没小，要注意行为举止。我要全身心投入到学业中去，这就是我来厦门中学的任务。我向你保证，一定不让你失望。"小妹用坚毅的目光告诉她的姐夫，她信心百倍！她一定行！

早餐之后，姐夫带上衣着鞋袜齐整的小妹，来到教学楼前。老师们陆续到校，包括教务处的丁主任，成老师赶紧领着小妹上前，把她介绍给丁主任。

"我已经听崔老师说过了。由同学在漳州一中的学习成绩相当出色，德、体兼优。要好好读书，初三（8）班可不是说进就可以随便进的哦，要珍惜。"丁主任拍了拍小妹的肩头，以示鼓励。

"谢谢老师，我一定好好努力！"小妹根本就不在乎什么主任的官衔。

"哟！还蛮有气势嘛！有信心就对啦。成老师，我去办公室，先走一步。"丁主任相当客气。

"丁主任慢走！""老师再见！"

"成老师，你们来得可真早啊！"崔老师刚走进校门，就和成老师打起了招呼。她的身后跟着一位约四十岁上下的女教师，一身极其普通的着装，白色的的确良衬衫、华达呢蓝色长裤、一双中年妇女式样的带扣皮鞋。

"哦，初三（8）班的班主任原来是她啊！每天下午体锻课的时间，都能看见她摆摆晃晃地小跑，每次都是跑十来圈才歇脚。"成老师心想。他对这位中年女教师有着极好的印象，佩服与尊敬她那种韧劲、顽强的毅力和坚定的意志力。

"我来介绍一下，咱们学校初三年段重点班中的尖子班——8班的班主任余晓露老师。"成老师眼尖，一下子看到余老师轻轻扽了一下崔老师衬衫下摆，动作虽小，但足见余老师是位不喜欢吹捧、谦虚有加的好教师。

"你好！余老师。崔老师，我们可是老熟人了，只是没有正式打过招呼。

每天下午，余老师都会准时和我们一起锻炼哦！真的是令人佩服。"成老师轻握着余老师那只拿粉笔的小手，接着说："这是我爱人的胞妹，全名由德娟。阿妹……"姐夫示意小妹上前给二位老师行礼问好。

"崔老师好！余老师好！作为你们的学生我很感激，也很荣幸！"姐夫真没想到，小妹还会打这样一套组合拳。

高三年段的段长与初三年段尖子班的班主任相互对视了一下。"哈……嘻……"她们不约而同开心地笑了起来。

"成老师，由德娟同学我就领走了。崔老师，我先走一步了。"余老师人长得并非十分出众，但是她那种内在的气质与言语谈吐，那种特有的情感丰富的磁性女中音，真是令人过耳难忘且备感亲切。

崔段长看着她们走上教室前的台阶，对身后的成老师轻声道："成老师，你太客气了，这样我怎么好意思……"

"真是太感谢你了。"成老师先是轻声说，而后又提高了语音，这是用来打消从校门口进来的各位老师那颗猎奇之心。他说："我是第三节的课，那我先回教研室了。"

因为上午第三节才有课，成老师赶回大鸟住处等姨父的电话。另外，他也顺便交代阿惠，若姨父找到海鲜批发店，一定要留他吃午饭。无意间，成闻卫看到了墙上的日历："哇！忙前忙后，'六一'儿童节就要到啦。"想到这里，他把电话打到了吴玉燕的总经理办公室。

"喂，阿燕，我回厦门之后，就开了一家海鲜批发店。这两天又忙着小姨子来学校插班的事，眼看'六一'就到了，学校球队真是脱不开身，宝贝儿子只能由你带他好好玩啰。前些日子让人带给你的钱，就是想让你买几身衣服、玩具给小宝贝，当然，也让老姜跟着乐一阵子。现今的学校就是以市中学生足球联赛为首要任务，到时我和小宝贝的生日如何安排，咱们再另议吧。新开的公司一定很忙，千万照顾好自己的身体。"成闻卫说。

"没事的，阿卫，有你的这份心就足够了。实业公司生意红火，都是手下人在忙。只是漳州的地区少体校一事必须抓紧，省体校的方老师调往福州方面进行得挺顺的，她那边一定要抓紧跟上，要配合好。"吴玉燕的语调、口气显得十分的轻松快活。

"龙溪地区体委在今日发商调函，这也是我刚知道的消息。还有什么需要补办的后续手续，我会配合好的。阿玲能回到爸妈身边也是你的心愿。这次到福州调运建材，就是她的阿姨去你那里，我还会让她多带些现金给你，老姜和小宝贝的花销都很大……"

"阿卫啊，前不久你刚送来两万块钱，我又不是花钱机器，经济上的事你别太操心。遇上我和小谦诚的事，你的聪明劲都上哪儿去啦？此事切不可盲动，不可糊涂一时，你要是那样做，不正是予人以口舌了嘛。

"我现在就是想你，反正我的心天天都在等，等你早点来到我和小宝贝身边。学校运动队以及生意上的事繁忙，要多多注意身体，我们母子俩都想家中的顶梁柱身体壮壮的。好了，如果没什么事，我就挂电话了。"三分钟之前，吴玉燕这样的女强人还是乐呵呵的，可是，一旦触及感情上的事，总是如此忧郁和无奈。此时的成闻卫猛然醒悟：男人有时的确很傻，总会自愿地往火坑里跳。当然，这位现时的女领导哪里会想到，正是她心爱的男人无意间的一通电话，才引来了他目前有这样一个大好环境……

看来是等不到姨父的电话了，他正准备锁门到学校上课去，阿姨来电话告知姨父已乘第二班长途车往厦门了。她已付给他五十块钱的"佣金"，提醒阿弟别再给他零花钱了，在厦门地界，他也有一大帮赌友。她要阿弟监督姨父下午就返回漳州，接了这电话阿弟才放心了。

中午成老师下课回来，看到阿惠已经做好了饭菜，姨父坐在饭桌边喝茶、抽烟，等开饭。

"姨父来啦？阿惠啊，不用等阿妹，你和姨父先吃吧，不然，饭菜凉了就不好吃了。"阿弟一进门就招呼姨父。

"刚刚我去了她们的姐妹店，她们真能干，生意相当不错。这是姐夫家的户口簿，这些是她阿姨开出来的所有证明和资料。"姨父从裤兜里掏出阿姨包裹齐整的小包袋交给阿弟。为了慎重起见，阿弟还是启开了包袋，细细确认了各项证明材料和户籍原件。

"好，姨父办事利索，我这就给唐律师打电话。姨父，你喝茶。"阿弟又说："阿惠，你招待一下姨父，我很快就回来了。姨父，粗茶淡饭，千万别客气哦。"说完，他跳上三轮车走了。

唐律师给了成老师明确的答复，承诺在二十九日办妥相关的一切手续。成老师也保证，届时他将结清房产交易款和事务所的所有代办费用。

回到大鸟住处时，阿妹正吃着饭，只是不见阿惠身影。姨父独自一人坐在厅门旁的短凳上抽着闷烟。

"姨父，你吃好啦？阿妹，你阿惠姐呢？"他一进门就问。

"姐夫，我刚回到庭院锁好了自行车，就看到阿惠姐匆匆跑了出去，样子很急，一定是批发店有急事。"小妹说。

"姨父啊，晚上你就住在这里，咱俩好好喝上两盅，明天上午你再回漳州。"阿弟挽留姨父。

"不啦，工地上还有好多事，她阿姨叫我要赶回去，阿弟，就是……我下来时太匆忙……"姨父话留半句。

"姨父，原先我是想留你宿一夜的，可你要为建造楼房一事奋力奔走，真是辛苦你了。"说着，阿弟从后裤袋掏出皮夹子，让姨父看清钱包里仅存二十块钱，说："这里还有二十块钱，你拿去买包烟抽，工地上的事让你多费神啦。下午，我还要忙学校一大摊的事，恕我不能相送。"阿弟相当客气。

"不用不用。"姨父伸出那只操纵纸牌、纸币灵活无比的手，一下子就将两张十元大钞无声无息地卷入到自己的手掌心之中，"阿弟，那我走了。阿妹啊，要好好听姐夫的话，乖乖念书哦。"姨父拿了钱之后，脚底如同抹了油似的，一晃已上了大路口的三轮车。

"姐夫，刚才我没对你说实话。我在庭院叫阿惠姐时，她没应答，过了一会儿才从厨房里急匆匆地跑出来，好像是哭了。我不知道是因为什么事，所以现在才对你实说。"小妹满脸的呆相。

"我知道啦，阿妹啊，只是这件事你自己知道就好了，往后不要对任何人说，记住啦？好，说说学校的新环境，还适应吧？新同学、新的老师都待你好吗？"姐夫问。

"很好的，姐夫，老师们的教学水平都很高，特别是数学老师也就是班主任余老师，同学们都喜欢上她的课。不过，姐夫啊，就是在座位的安排以及课间操的队列上，都把我安排在女生纵队的末了一个，真是气死我了，哼！"

"又使小性子了不是？阿妹啊，那是你人长得太高，假如安排你坐前座，那后面的同学该怎样上课，你想过没有啊？"

"我知道，我是和你说着玩的。"小妹认真地说，"不过啊，还有两位不在厦门的老师更厉害……就是阿伯和伯母啊，他们让我把以前的课堂笔记带下来，特别是初三这一整个学年的，真是太英明了。我在上午就感觉到了，这样有利于各个学科举一反三，大受裨益啊！"小妹在作诗。

"喂，你忘了咱们的君子协定啦？"姐夫正色道。

"没忘哇！我在等你吃饱，帮你洗碗筷呢。洗净碗筷后，我才洗手、洗脸、午休。"小妹仍在继续作打油诗。

"掐头去尾，洗脸午休就行啦！"姐夫掐断诗文。

"咿！哪有男同志下厨房洗碗筷的……"小妹好惊奇。

"小小年纪，哪儿来这么多的封建思想？再多说一句，我就不管你啰。快去午睡啊！"小妹心目中的那位可亲可敬的姐夫不见啦，她从未见过姐夫如此严肃认真的表情。

成老师收拾好饭桌，洗了碗筷，他回想着小妹刚才说的阿惠的事，但只能等到晚间再说了，先给阿姨打通电话。

阿姨与岳母送饭菜下工地未归，母亲接的电话，说父亲正在午休。漳州气候宜人，木质楼房自然通风，条件格外好，住得舒适，让乖儿子不必为他们担心。又说二舅和他的二公子文伟正在考虑，能否在近期安排出时间到祖国实地考察一番。

阿弟只让母亲转告岳母，小妹之事全都安排妥当，只是有件事还要拜托阿姨：唐律师说过，徐夫人已告知他，房产交易款可放在律师事务所，但房产交易之事完结之后，阿姨最好还是亲自打一通长途电话去香港徐夫人府邸，如此可不留后患。

母子畅聊之后，不知为什么，成闻卫还是睡不着，似乎还有什么大事在等着他。

他真的接到了来自远方的电话："哇！是育春大哥！"

"今天咱们这里赶圩，中午之前我就在公社邮电局排队拿号，就怕排到电话号找不到你。你先听我说，我到生产队之后就组织了一大批好木炭，然后集中到大队部匡老师这里，他家有一个相当大的柴火间堆放，这样走货去漳州方便；另一件事就是你想让队里的社员们去厦、漳城里挣点钱，我当然知道你的一片好意，但依我看哪，到时还真会好心办坏事哦，空闲时我再与你详述为什么；这第三件事就是，我和母亲、老婆、儿子华宗商议了一下，做好高考前的准备是一定要的，但万人走独木桥真是难上难啊，所以，此次我会带华宗去你那里，让你的几个好兄弟带带他，也不失为将来的一条康庄大道嘛。把他放在你们那里，家里人全都放心。"

听得出来，育春大哥是对着话筒喊话。公社邮电局的那部电话机就放在柜台上，属于露天的长途通话，四周全是吵闹欢叫声，还配有鸡鸭牛的多声部混声合唱……

"育春大哥，衷心地谢谢你了。只要把儿子带来，你什么都甭管啦。还有你那位上过茶山的舅舅，我正打他的主意呢。你的教师职位想让给你的学生接手，这样挺好，让贤给青年人是好事。只是木炭的事，往后你可要再找个能人来接你的班哦……"

"有，有哇！你忘啦？就是常与田鸡大哥玩在一起的阿财啊！烧炭，阿财是个能人，至于收炭之事，我和华宗到了你们那里，阿财自然就顶上来啦！"

"育春大哥，与上回一样，起货时先给漳州家里打通电话。厦门这里，除了这部电话之外又新装了一部，到漳州家里他们会告诉你号码的。路上要把司机师傅照顾好了。仍是那句老话：出门在外，别去省那几个喝水、吃饭钱。到了漳州家里就给我来电话，路上千万小心，一路顺顺利利的。好，那我挂啦。"

时钟刚敲响下午一点半钟，姐夫叫醒了由于晨练产生疲劳感的小妹，催她洗漱后赶快上学。

"姐夫，咱们一块儿走吧。昨天晚上你载我，那一大片后背让我感到太安全啦！"小妹满口"留香"牙膏味。

"我的好妹妹啊，快点走啊，现在正是同学的集中到校的时间段，你还要停放自行车。下午放学也要直接回这里来，不许到后操场看我们训练。中午，我和妈通过电话了。她说你要是捣蛋不乖，不听姐夫的话，就马上送回漳州去。"姐夫讹小妹。

"我走！我立刻走！马上走！我怕我妈，怕你们大人，行了吧！"小妹挎上布书包像贼一般飞身上了自行车。

姐夫的心底笑出花儿朵朵开……

放下话筒的成闻卫，突然觉得大脑一片空白，眼前是一片蔚蓝色的天空。只见身材高大且身影模糊着白长袍的男士，右手牵着小妹清晰的身影朝前走过来，有一声清亮的泛音，在空荡荡的天际回响又仿佛直旋而下的颤音……

此时的成闻卫竟然会产生一种双脚踏空，飘浮于半空中与他二人同行。

这感觉实在是太奇妙啦!

此后,四周寂静得没有一丝杂音……

这是一件发生在他这一生之中的真实事件!

公元一九八一年元月十一日,十二月初六日,礼拜天。

"看着,你们看我有多能干。听老大的话准没错,天气这么好听连续剧多爽啊!"老甘放大炮。

"别听他自吹。长腿,你所说的运气我是真信。人都有天运。像长腿的小姨子,还有长腿,都是好运气护佑,现今都开行坐店啦,真是遇上好运气想挡都挡不住哇!"老于说。

"说到好运气我也碰到过几回,只是人在得意时更容易犯错。像长腿的那位当书记的叔叔就是好样的。那时的我要是有这样一个好前辈及时提醒。也不至……嘻!"老刘叹气。

"巴结长腿算什么'鸟人',哼!"老甘挑"刺"了。

"你这只猪八戒专吃女人的软饭,也不照看自己是啥样。哼!"老刘是不好惹,转过身对长腿说:"过两天再出大日头,我再帮你晒被褥。"听似互相帮助,实际在下套呢。

长腿则报以老刘一个深不可测的笑脸……

脚镣声一时全静了下来,这就是"命令"。此后是一声声长长的叹息。老甘手脚麻利给老大铺上报纸,众犯自觉得依次落"座",只等"连续剧"开讲。

长腿接着昨天的故事说……

体锻课训练之后,足球专项组的四位辅导老师又集中开了一次会,总结以赛代练所收到的效果。成绩是一致得到肯定的:队员们在场上的战术意识、跑位、跑动中运用技术与战术接应能力大大提高了。但是,也出现了队里的伤号在明显增加的问题。对是否停止这种以赛代练的训练方法,辅导老师们展开了极其热烈的讨论。最后,老师们统一了思想:要让替补队员们多多上场锻炼,在实战中不断提高替补队员的"板凳"深度,另外,让主力队员们时时注意提高自身的保护意识,尽可能避免硬碰硬的简单踢法,将不必要的、无谓的伤病降到最低的程度。教研组长颜老师和组长戴老师充分肯定了这一个阶段以赛代练所取得的好效果，表扬了成老师这种大胆的创新理念，成老师听了心中可是美滋滋的。

回到大鸟住处，小妹已经吃罢晚饭，正想回华侨新村自修功课去。姐夫留下小妹，又开始叨叨："阿妹，这新环境的头两天，会比较不习惯，比如清晨正赖床时要早起背书加晨跑，但只要坚持下来养成习惯，对将来，特别是紧张的中考，是大有好处的。别看将来中考仅三天时间，那可是消耗体力、精力，还有自信、毅力、意志的大考验哦。所以嘛，要从现今起就养成一整套的好习惯，艰苦是肯定的，咬牙挺一下，几天时间就过去啦。你不是喜欢田径运动吗？现在，你就是处在一百米短跑的冲刺阶段，既吃力又很关键。身体上若有什么不舒服，要及时告诉阿惠姐，都是咱们家人，没有什么不好意思的。这些辛苦的日子坚持下来，到了中考前，你反倒会觉得轻松，有满满精力。"

"嗯，我全记住啦。"小妹认真地回答。

十九、阿惠的一颗心

　　刚才成老师所说的这番话，听到心里去的还有阿惠。她看到这个男人对待亲人朋友总是如此关怀备至，实在是令人感动至极。

　　"阿惠啊，晚上大鸟要是来电话，让我和他说上两句。"成老师对着整晚都不言语一声的阿惠说，"今天你忙了一整天，中午又没有吃好。来，你坐下，我来帮你放松放松。"阿惠还真听话，拿了把矮凳子坐了下来。

　　成老师的那双大手，从阿惠头顶、太阳穴、后脑勺、脖颈，再到后背肩胛轻轻揉捏，放松她的大臂、小臂直至指尖，再轻轻抖动她的臂部，如此做了两遍之后，他才开口说："阿惠啊，晚上我回来后都还没听你说一句话，怎么，是批发店的生意不顺？"阿惠摇头不语。

　　"还是身体不舒服？"成老师再问，阿惠仍摇头不言语。

　　"这样的推拿按摩指法，是我在省体校里向校医学的，没想到现时还真用上啦，这对于消除疲劳还是有用的，阿惠，现在你的感觉怎么样？"这次阿惠点了点头。

　　"感觉怎么样要说出来哦。"成闻卫老师就是要她放宽心境，引她开口说话。

　　"嗯，很爽！我从来都没有如此舒服过。"阿惠终于开金口啦。

　　"再过两天，等大鸟回来我教教他，你不就可以天天享受啦？"成老师变拳为掌，用手背着力揉阿惠的颈椎，"阿惠啊，我知道，中午你一定是受了大委屈。自我认识你到今天，你的身上体现的全是女性的温顺、体贴，话不多，全是用心在做事。自我从福州回来住到这里，天天吃你做的好饭菜，是该好好谢谢你。今天，姨父是为了阿妹的事，专程从漳州送资料和户口簿原件来的，怎么说他也是家里人，如果是他惹你生气了，你一定要告诉我……"

"呜……呜……我一回来就下厨房做饭菜，他先是靠上我摸我臀部，我制止了他，他就越发兽性地按住我。呜……然后，然后乱抓我的胸部，都被他抓伤了……呜……"阿惠从坐着的矮凳上猛地转过身来，再也忍不住心中的委屈，一下子抱住成老师，哭得更伤心了。成老师只好轻轻拍打面前这位渔家姑娘的后背，以示安慰。

"呜……后来，他一手抓我的胸脯，整个身子凑近又要亲我，我是死命躲闪，恰在此时，阿妹在庭院唤我，才逃过了一劫，不然，还真不知道会有怎样的结局。呜……"

"阿惠，不要哭，你这样一哭我也是很伤心的。"成老师取来她的毛巾为她擦拭泪水，此女子真是受了大委屈，对着她心目中的兄长，才会哭得如此伤心。他安慰她说："一会儿就给大鸟打电话，让他马上回来，陪你聊聊天，放松放松心情。"

"他回来有什么用，天天烟酒不离口，咳嗽、浓痰，烦都烦死啰！还有哪一位男子能像你这样通情达理。"阿惠说出她的心里话。

"我去拿紫药水，帮你处理身上的伤口。"当男人发狂时，那爪子真是锋利得如同恶兽猛畜一般。

"成老师，你帮我擦上面的伤口。"坐在矮凳上的阿惠撩开前胸的衣襟。让半蹲在她身前的成老师用自制的棉签先擦去伤口溢出来的血水，再用棉签蘸上紫药水轻轻地点在伤口处，女子胸口的皮肤被抓出道道伤痕。她细细地端详着仅隔一巴掌的那张英俊帅气且具活力的男人面庞。他是如此认真细致地为自己处理伤口，她深深知道，他是真心在为她的皮肉直至内心疗伤。一种五味杂陈的感觉涌上心头，或许真的忍受不了皮肉刺痛，双手紧紧抓住成老师那副宽厚的肩膀，他没有制止她。过了好一阵子，她缓过神来，那双还带着泪花的、渔家姑娘特有的纯朴明亮的眼睛，报以他非常快活、美丽的微微一笑。

"再下面一点的伤口，等一下我自己来抹。"阿惠慢慢地扣上衬衫的胸扣，又说："成老师，每一次我看你吃我做的饭菜时那种美滋滋的模样，我就在想，你真的这么喜欢吃我做的饭菜啊？"

"那当然好吃啦。自己的嘴、舌，自个儿的胃，那还骗得了哇！"成老师说。

"那往后你还想常吃到我做的饭菜吗？"阿惠接着问。

"那当然啦。现在咱们在漳州建造楼房，为的就是将来大家住在一起吃你做的饭菜嘛。"成老师在鼓励阿惠。

"原来你是这样想的，我太高兴啦！唉，还是阿玲姐命好哇！"阿惠喃喃自语。

"你说什么？我没听清。"

"我是说啊，能够在你身边，天天做饭给你吃，是我这辈子最快活、最幸福的事啰。真的，我不会骗你的。"阿惠的确很快活。

"你当然不会骗人啦！"成老师也高兴地回答。

差一刻钟九点，阿玲的父亲打来电话。

"爸，我可是太久没有听到你的声音了。怎么样，身体挺好吧？"女婿接到岳父大人的长途电话，十分的高兴。

"好，当然好啦。我刚到长沙大鸟的住地，现在他正忙着指挥大伙儿卸货呢。我听家里说阿妹转到你的学校插班啦，这个小丫头听你的，就交给你管教了。阿弟啊，这次山里茶厂出来的货足有两个半车皮，我想隔四天分两个批次走，尽量凑足三至四车皮。谌子善老先生那里有相当一部分去年的陈茶，咱们加点保管费给他，你看怎么样？"老丈人反倒征求起女婿的意见来了。

"爸，这事你看着办。我有件事要与你商量一下，就是第一批次的千两茶让大鸟押运回来。一是让大鸟回厦门和阿惠会个面，二是房东育春大哥会运送木炭到漳州，这一次，他是准备带他的儿子下来，我的意思是等大鸟返回长沙时，让他们父子随大鸟下湖南，一个随你进山熟悉各家茶厂，熟悉咱们已有的老关系户，这个小的就跟班大鸟，在长沙火车站熟悉业务。只要这一步上道了，爸你就可以下贵州茅台酒厂，完成你当年未了之心愿，放手大干啦。至于往后，湖南的事仍是以你调派为主。只是贵州茅台镇千里路迢迢，道难行，气候多变，你老要多加保重才是。"女婿说。

"阿弟，我是想在此地办一家公司，谌子善老先生的大侄子对这行熟手，这样，对咱今后的生意将提供不少便利。"岳父说。

"这件事我与清江阿叔进行过多次探讨，他始终认为尚欠火候，在当地雇用人手比在当地开行坐店更划算些。爸你多花点心思将育春父子带起来，往后的事让他们来撑门面，咱们再不断挑选精悍之人下湖南，如此而为，你下贵州茅台酒厂才是水到渠成之事。此次妈告诉我，二舅亦有回国考察之意，此乃大事，很可能将实现你一辈子的愿望：建造自己的茶厂。咱们一步一步来，当下坐镇中帐还是你最为合适，对吧？"女婿怕自己的大主意伤了长辈的自尊心。

"好，很好。我真没看错你，思考事情如此周全妥当。用咱们自家人顶起这桩生意，这个决策非常好。说实在的，我现在啊，比起早年行走江湖，精气神真是差了一大截啦。真是有心挑担，肩腿无力啊！等到大鸟回转漳州我会让他带上一信，对当下、往后的思量，在信中谈会更明了些。阿弟啊，阿妹就托给你啦。"

长腿又简明扼要地和大鸟说了几句话，之后把话筒交给阿惠，自己回房，等阿惠挂了电话才出来。

"阿惠啊，你早点去睡，我还得等阿海的电话。记得自己上药哦。对了，海鲜店的存货不多了吧？"成老师问。

"到下午关店门时还不到二十个冻盘了。鱿鱼、乌贼、白鲳鱼都快接不上货啦。"阿惠说。

"目前还没到渔汛旺季，批发店里仍然要保持各种上品鱼别断档。拖网船上的渔货再贵也要买，即使赚不了钱也别松手。咱们要利用好那块小黑板，断档的上品鱼注明在黑板上，大小客户的购买心态就会平和一些，这也是挽留住采购员的好方法之一。遇事多用脑，一时之被动就顺过去啦。"成老师将一件事分解得条理分明。

阿惠双手托着下颏，聚精会神地看听成老师说话的样子，成老师看了看阿惠的怪相，说："看什么看嘛，还不赶紧睡觉去？"

"好，我去睡了，你也早点睡啊。"阿惠走到房门旁，回转过头来，深情地说："成老师，多谢你啊。"

终于等到了阿海的电话，他汇报了自己和筱雯的母亲轮流陪护的情况。长腿听对方的语气闷闷的，问道："阿海啊，想海啦？"电话那头传来阿海瓮声瓮气的应答。长腿又说："你要明白这是你这辈子的关键时候，机灵点，有了筱雯在你的身边，将来才有安心出海的好机会，听懂了吗？现时你别去想那些有七没八的，想了也摸不着。最实在的、能摸得着的，就是你面前的筱雯。过几天，阿顺和大鸟就回厦门了。我的房东育春父子，准备让他们下湖南，让阿伯带他们入生意圈。千万记住，时下你的任务就是照顾好筱雯母女这两个大人物。"

阿玲接过电话告诉丈夫，她准备把筱雯接回队里疗养。成闻卫听了这话内心虽急，可他还是把道理摊明给妻子听：家属，尤其是病患的母亲让女儿住再好条件的医院，她老人家永远都不会满意的。这是一种心态，是患者家属一厢情愿的所思所想所为。因此，为筱雯的病得以痊愈，他用重重的语气提醒她："你的这位好姐妹患的不是一般的伤风感冒、头疼脑热，那是大病，要好好配合医院精心护理，别再妄添乱。"丈夫还告诉妻子，不日，阿姨就要去福州调运建筑材料，有何事与她面谈定会很好解决的。

阿玲听丈夫如此一说来了精神："阿卫，听你这么一说我心里就踏实了。阿姨会帮我们的。就连咱们所担心的阿海犯错的那件事，她也一定能和筱雯的母亲谈妥的。嘻，我先挂了。"

中午，姐夫和小妹放学回家，阿惠就汇报上了："大约六点钟左右，房东育春大哥就打来电话，说两大卡车的木炭已起运，预计中午时分就可以抵达漳州了，他也通报了漳州家里。还有啊，阿顺哥把电话打到店里，说他已经买好了火车票，明天下午就到厦门家里了。阿妹，我做了莲藕菜鸭母汤，明天再另换花样。反正，在这一个多月的时间里，我会天天做煲汤，日日菜不重样。吃这样的煲汤、炖品，清脑提神，我也不费工夫，把菜品拌好之后放在煤炉上，封着炉火炖就行。现在，阿妹是咱们这里的掌上明珠。不过，也不要把自己搞得太紧张，思想上放松点，轻松学习，反倒效果更好。"阿惠所言句句在理。

"姐夫，阿惠姐真的可以当老师了，我是不想太紧张，但多少总会有那么一点。"小妹又说起她想中午寄膳学校一事，姐夫完全不同意。在这一个多月的时间里，小妹的所有举止行为都必须在他的视线范围，不能有任何闪失。

"傻妹子，要是考好了就当成是捡来的，考不好也没事。这样一想脑袋就轻松了不是？"姐夫又说："你让阿惠姐当老师，那我就是校长喽！"

黄昏，大鸟又来电话报告，千两茶即将运出，是一批好价钱的冻茶，接货时间另定。长腿告知大鸟，阿顺也会在这一两天回到厦门。事不宜迟，成老师给香港齐先生挂了通电话，约定妥了时间，只是齐先生另有几宗大生意须其亲自处置，此次的接货者是陈姓中年人。

阿弟见接货人有变化，立马通知漳州方面，让阿姨早做准备，并告知关于购楼款放在唐律师那里之事，仍要阿姨亲自打电话给香港徐夫人言明才好。

　　"阿妹啊，听我们组的马老师说，初三年段要进行中考模拟考试，什么时候开始啊？"晚饭时分姐夫问小妹。

　　"就在下个礼拜，按照中考的学科次序安排，一天考两科，三天考完。主科语文、数学、政治都安排在每天的上午考，完全是以中考的形式进行。"小妹回答说。

　　"阿妹，考试的关键在于平时知识的积累和在考场上的发挥，这就需要有平静的心态和冷静的思维，平日里怎么学，考场上就照常发挥。思想上轻松了，就没太多的包袱与负担啦。"姐夫在开导小妹。

　　饭后，小妹晚自修去了。成老师让阿惠坐下来，说："大鸟就要从长沙押货回来了，如果他看到你身上的伤痕，你该怎么说？"成老师一脸严肃的表情。

　　"他怎么可能看到我的那些伤痕呢，我从来没让他碰过我。只是有一回，在家里的鳗鱼苗收购点，他是真喝多了，搂住我亲了一下腮帮，我好几天没睬他。成老师，你的手轻又细致，再帮我涂抹一次药水，好吗？"阿惠的口吻像是在恳求他。

　　"当然好啦，我这就取药水去。阿惠啊，假如今后有机会再见到姨父，你就原谅他这一次的胡闹，行吗？有时男人就会有突发的劣行，冷静后他也会自责的，好吗？阿惠。"阿惠略略低头，算是答应了。

　　阿惠仍然坐在矮凳上，像昨天那样撩开前胸的衬衣，成老师蹲下身来，将紫药水涂到乳沟深处的伤痕上。他不经意地发现，今晚阿惠穿的内衣比昨天拉低了许多。"再掰开一点就可以涂到伤口了。"阿惠说。

　　阿惠的前胸上下起伏的频率在加剧，成老师一边给伤口上着紫药水，一边轻轻吹气，生怕她太疼痛。

　　这位心地纯净的少女，心甘情愿地让一位男士触碰自己身体最骄傲、最宝贝的一部分，然而，渔家姑娘青涩的害羞、胆怯，抑制住了她进一步的出格举动，她是真不想让如此美妙温情的时刻就这样匆匆结束。望着近在咫尺心上人两片红红的嘴唇，只要自己向前半步就可以连上啦！姑娘是头一回感觉到梦中人在触动她的双乳……

　　"阿惠，其他部位你回房后自己上药吧。"男士说。

"成老师，今天凌晨我们去出货时，肩胛像是扭了，你再帮我像昨天那样捏捏，好不好嘛？"阿惠再次恳求道。

"好哇，等大鸟回来之后我就教他这一手，往后你就可以日日轻松啦。"成老师很认真地说。

"我是真有福气！嘻……"阿惠可高兴啦。

"我天天回来时有香菜热饭，放了碗筷就走人。像我这样不干活的人，不仅饭来张口，日日还有干净衣裤衣来伸手，哇，我才是有大福气之人哦。"看到阿惠的苦瓜脸终于见了晴天，成老师一块大石头落地，松了口气。

"那都是我该做的，你可别这样说，多不好意思啊！"阿惠口里这样说，心却在想：刚才，要是不顾忌后果亲吻了他，不就没了现时如此舒心的享受？矮凳上的阿惠全然不客气地把整个背全靠在男人的怀中，任他那粗壮有力的大手揉捏她的颈肩背臂及身上的各个部位……

"真是太舒服啦！往后还会有如此神仙般的快活吗？！"

阿惠合上双眼，尽情且大胆地梦想着……

不一会儿岳母来电话了，告知：育春父子，将两大卡车的木炭全入了老织布厂的储藏间，忙了大半天时间，招待完两位卡车司机，他们又上华安接活去了。阿弟告诉长辈，等大鸟押货回来就带他们父子俩到厦门来，一是弥补一下婚庆期间招待不周的欠缺，二是他们几兄弟要商议让育春父子俩下湖南长沙和安化办差之事。岳母也是很高兴，说这两大卡车的黑精炭解决了大问题。

吃晚饭时，阿惠把阿顺阿丽夫妻俩带了过来。阿顺带来了舟山的许多土特产，还有阿丽在家里做好的几道热菜。长腿见到许久没在一起的好兄弟，立马给清江阿叔挂了电话。长辈得悉阿顺办妥了购置新船的合同文书，答应放下手中的事，当面来表扬阿顺完成了如此重任，为组建自己的船队立下不可磨灭的大功。

五月二十九日中午，三个人正准备吃午饭，成老师接到了唐律师的电话。他放下刚端起的饭碗，到自己的房间取了早已准备好的一大包现钞，放入运动袋，骑上自行车直奔唐律师的律师事务所。当年，在厦门市开业的正规律师事务所只有两家，老市区的地盘尤以唐律师创办的这家是正牌，没有金刚钻真不敢揽大活，唐律师是真人不露相，华侨新村的这份房产确是过户得顺当。成闻卫取了一切过户手续之后，也清算了房产交易款及手续费，合计八千八百块人民币。此后，他们互留一句话：

"唐律师，我们今后一定还会麻烦你的，多谢啦！"

"只要成老师需要，本人愿效犬马之劳，别客气！"

一回到大鸟住处的头一件事就是给阿姨打电话。

阿姨很兴奋，做梦都没有想到自己无意间的一闪念，竟然会办成如此一件大事、好事。她将按阿弟的思路给香港好友徐夫人报备过户购楼款一事，向她讲明此款已如数交付唐律师了，并向徐夫人致以深深谢意。

在"文革"那样的年代，患难之交或知己者的交情，是一种不带任何自私利益或铜臭色彩的纯真情谊，是作为人性，人的一种主动的、自愿的保护弱者，另一方是被动的、实属无可奈何的受人保护⋯⋯

保护他人者，不仅要有勇力、胆识、过人的仗义气质，甚至哪怕是付出鲜血与性命的惨重代价；受保护之人，到了那铤而走险的、关键的非常时刻，惟有一味前行，亦是以一命相搏之险情、恶境。

这！是人性本能之原本善行；

这！是人性本原的爱情、秉性；

这！是人无任何退路之时的生死抉择、生存之道；

这！决非畜牲之间龌龊的利益交易，钱、势交换⋯⋯

在中国，户籍管理是非常严格的。成闻卫在八十年代改革开放的初始阶段，就敏锐地捕捉到，唐律师是一位在厦门具有相当社会背景、自身又具备了超强专业与实际工作能力的好律师，随着社会经济大环境的向前发展，法律法规的有效制约，将是未来拓展生意的必然趋势⋯⋯律法将是未来经济发展不可分割的重要组成部分；尤其是"资深老道"的唐律师，富有律法经验的智者，拥有他将是一项不可忽视的人才策略。

正在吃饭的小妹先是看了自己漳州家里的户口簿，在她的专用页面上，已经盖上了"迁出"的长方形蓝印章。将饰有大红色缎面的硬皮本子交给小妹打开——就从此时此刻起，由德娟已是华侨新村这幢别墅的主人了。从这一刻起，她就是一名真正的厦门人啦！

小妹手持着硬皮红本子两行热泪滚滚而下。她突然站起来走到姐夫面前，哪管三七二十一，当着阿惠姐的面，将姐夫那颗大头颅紧紧搂入自己的胸怀。

"谢谢你，姐夫。我知道你的苦心，我一定要争这口气。"小妹柔软的前胸压得姐夫的鼻腔密不透风，姐夫的口中还含着没咽下的饭菜……

这就是出生于六十年代的叛逆女孩。她们敢爱、敢恨，不会受男女授受不亲这些封建思想的束缚。她们认定自己想做之事，不怕别人嘲笑、指责与旁说，只要自己认为是正确的就勇于向前闯，不受框框套套的缠绊，在她们的心胸，有一股新时代、大潮式的韧劲与毅力在支撑、推动着她们……

"好了，我和阿惠姐都明白你的心意，假如今年拿不到好成绩，咱们有了厦门户口，有那么多高水平的好老师，往后啊，咱们有的是好机会。"姐夫话中留有余地。

"那可不行！姐夫、阿惠姐，说什么今年我也要考出好成绩，你们看我的好啦！"小妹信心满满地表态。

"这事啊，依我看要多加保密，不可外传。像咱们买楼房、迁户口，甚至交换生之事，越少人知道越好。这并不是咱们怕什么，有些事不用我言明，你们自然明白。阿妹，我看了漳州家里的户口本，你是一九六六年出生的，怎么会是属蛇呢？"姐夫换了个话题。

"爸妈说，我是蛇尾巴，是农历年的十二月二十八出生，公历正是六六年的二月七日。六岁读书，小学时又赶上五年一贯制，上初中时也是两年制，后来恢复了全国统一高考，我们才改回三年制。在漳州一中我们的年段，我雇来买红猴票的人全都比我大两岁。爸有一位朋友是算命大仙，说我是双立春年又逢立春后三天出世的，无论男婴女童，均绝顶聪明，不过我可没觉得自己有何特别，只是记性好，喜欢数理化……"

下午的体锻时间，学校足球队又与师范教工联队打了一场友谊比赛，虽以0比5的大比分输了整场比赛，可同学们的情绪饱满高涨，都反映说他们从实战中学到了不少好东西。成老师回来吃饭时已经是晚间七点整了，小妹正给阿惠打下手呢。阿惠问："成老师今天为何这么迟回来？你先去洗个澡，今天换口味，做面条吃。"

阿惠做的是闽南一带特有的面品：水面，分成加入食用碱与无碱成分的两种，操作十分便当，只要将软面条在沸水里一焯即可。漳州"丝仔面"就是属于没有添加食用碱的面食。

"嗯，水面就是爽口。哪儿来的大虾仁？太香嫩可口啦！"这就是肚饥的好处，无论吃啥都是一个"香"字！

"姐夫，这种面条有点丝仔面的味道。阿惠姐还捣了虾头虾壳，泡成红红的虾汁。"小妹不客气地大口干上啦。

"这虾仁啊，是我和阿丽上货时遇到的一大冻盘海虾，阿丽眼尖，抢先一步订了下来，几个没有拿到货的鱼贩急得直瞪眼，看来买好渔货还真靠好运气哦。阿丽和我各称一斤半回家做菜吃，所剥的虾仁全是阿妹的大功劳哦。阿妹啊，现在你吃了汤面像是饱了，可一会儿就会觉得饿啦。我给你备好了晚间的点心带过去吃。咱们闽南人都说'吃面快饿'，可是，我在汕头宾馆做零工时，有几位领班的东北人，他们说吃南方的干饭饿得快，只有面食才能饱腹。真是说不清南方、北方人之事理。"阿惠说。

"还是阿惠想得周到，阿妹真有辉煌的那一天，阿惠就是大功臣，了不起。"成老师说。

"什么功不功的。"阿惠经不起成老师的当面表扬，从脸直红到脖颈。

小妹回华侨新村自修去了。

"成老师，批发店的生意做到今日正是十天整。我汇总了全部结余，是九千九百七十三块八毛整。加上老郑昨天赊的三十块钱，十天实收上万元整数。我与阿丽商议过了，既是批发店，每宗货零分的就没计算入账。今儿一高兴，以茶代酒干了好几杯。账目明细我都带回来了，钱款在箱子里，想问你如何处置为好。"阿惠说。

"阿惠，你过来坐下，我再帮你揉揉那块扭伤的肩胛。明天午后，你和阿丽抽点时间去银行存入五千块钱活期，找王柜台长，我会事先打电话给她，就是厦大边上的那一家。其实此事我完全可以替你们包办的，但是与银行打交道是你们迟早会遇到的大事件，多接触这些部门，熟道了，往后再办银行的事就轻车熟路啦。余下的四千多块钱现钞放在家里，以防临时上大货或一时急用。再说到老郑赊下的三十块钱，一定有正当的理由，我就不过问啦。但千万要牢记清江阿叔的良言劝谏，别让采购员们有样看样，到将来成了'事事不成样'。任何人，不仅是老郑，买货的钱不够就别提那么多的货。此事也要提醒阿丽铭记于心，二人做事相互提醒才是正道。"成老师讲明了道理。

"好的，我记住啦，也会转告阿丽姐的。成老师啊，这种推拿按摩法你也教教我嘛，你要是累了，我也可以当一回大师，帮你抓一抓、捏一捏嘛。"阿惠很好学。

"好哇，等大鸟回来时我一并教你们。"他回答她。

"又是大鸟小鸟的，烦都烦死啦！"阿惠心中想着，同时也摁住了成老师那只按摩的手，说："你今天很累啦，还是早点上床休息吧！"

"阿惠，怎么啦？生气了？"成老师问道。

"我哪能生你什么气嘛。赶紧去睡吧！"她推着那有如门板一般宽大的后背，将成老师推入他的房间里去。

隔天中午成老师一进门，阿惠就连珠炮般地告诉他大鸟上午来电话的内容："大鸟早上就押货到了漳州。伯母与房东父子又将除湿木炭细过了一遍。大鸟说，香港接货的陈先生已与漳州家里通过电话了，今天中午就抵达漳州验货。阿姨也安排好了明天运千两茶下广东的货运卡车。"

"好样的，阿惠。阿妹今天怎么啦？都快十二点一刻了，怎么还不见她的身影？"姐夫有点担心。

"可能是学校或班级临时有事耽搁了。"阿惠说。

成老师让阿惠先吃饭，自己给家里打了通电话："喂，爸，是我。香港陈先生到了吧？让阿姨费点心，尽量招待得好一点。齐先生亲自点的将，一定是道上的高人，往后定少不了常打交道。总之，无论是头家还是雇员，一视同仁。二舅有新消息吗？陈先生走货时让阿姨多抓些资料，带到香港邮寄给二舅，省时又省力，也让妈录上两段'单口相声'，有利无弊……嗯……既然二舅对祖国发展之前景看好，行动就是迟早的事。阿妹啊？好着呢，主要是她有决心、信心，也很自觉！"阿弟刚挂上电话，就听见小妹在庭院里锁自行车。

"姐夫、阿惠姐，不好意思哦，让你们久等了。第四节课，物理老师出了道附加题，是上海一所名校去年用过的一道题，老师只允许我们用半个小时的时间完成，真是有点难哦，全班同学都还在解题呢，我是全班头一个交了卷的。说实话，数学、物理、化学各科很难考倒我的哦！"小妹洋洋得意。

"阿妹啊，越是自己认为有把握的学科，越是容易在细微之处犯错，千万不可大意，更不能骄傲自大哦。记住了，骄兵必败！这点你可要多加注意。"姐夫及时提醒小妹。

"是，姐夫，我记住啦！"虽然扫了小妹的兴致，但她已经明白姐夫的提醒是及时的，是为了让她尽量少犯错误。

"阿妹，这两天晨练腿不酸了吧？要坚持哦。"姐夫说。

"还没完全好。晨练是累一点，可是，一整天的精神状态极佳。还有啊，姐夫，我晚上十点钟依然睡不着觉，这可怎么办啊？"小妹露出一副苦瓜脸，做无奈状。

"等一下我去学校时，顺路到奶牛场帮你订上半斤一份的牛奶。奶牛场部就在你住的楼房后面，市体育场的东门外。你拿上我订奶的发票，晚间去取就行了。早先徐夫人，就是原先楼房的女主人，订的是晨奶，那是由场部统一配送。咱们晚间取奶，我会与值班大叔讲明事由。阿妹，别小看半斤牛奶，临睡前喝，安眠效果特别好。但是，煮牛奶是有讲究的，既不能破坏牛奶自身的营养成分，又要保证它有安眠的功效，口感还要好。阿妹你听着，牛奶煮到奶泡开始鼓到小锅沿，将小锅提起离火，让沸泡沉下去。来回三次，只能三次哦，就可以倒入杯中了，别放砂糖。如此，无论是奶中的营养还是多种的微量元素，都能很好地保存下来，既养了身体，又安眠好睡。隔天上课，精神'大大的有'。记住了吗？"姐夫微笑着说。

"真没想到体育老师还兼了医师、厨师、生意人，太多种人捏在一起啦。"小妹对姐夫不够礼貌。

"你的姐夫真是棒，样样会而且件件精通，就连'匪类黑话'他都会说，真是不得不佩服他啊。"阿惠夸赞道。

"真的？让他学两句！"小妹惊呼起来。

"两姐妹说我坏话呢。阿妹，赶紧去眠一下，这样上课才有精神。阿惠，我订了牛奶之后就直接上课去了。育春父子和大鸟晚上就到家里了，去把小顺子和他的父母、奶奶接过来，早点关店，做几道好菜招待兄弟们。过不了两天，他们又将各自出远门忙生意或讨海去了，回家相聚一趟真是件不容易的事啊。"成老师说。

下午训练课后成老师回来，已是满屋的人。阿惠聪明，将一张大圆桌面盖在原先吃饭的那张小饭桌上；凳子不够用，用两只木方凳架上一条长床板，就成了条长凳啦。

"大鸟瘦了，育春大哥黑了，就是阿顺胖了，华宗你小子倒是长大成人了，胡须比我还长。哈……阿丽，快请伯母入座。今天全是咱们家人，三世同堂哦。"长腿真快活。

小顺子一下子就爬进长腿阿叔的怀里。他给小顺子剥了两只炸大虾，这小子就是喜欢长腿阿叔。

"长腿啊，忘了请清江阿叔来喝上一口。"大鸟有情义，想着长辈。

"清江阿叔现在正在市里开会呢，太忙来不了。"

"今晚阿伯会往咱们这里打电话，他是真够辛苦的。不过，他的身子骨确是硬朗，年轻时练出的底子是真把式。像他这样往山里钻，时间久了，我也不行。"大鸟说。

"是啊，以前我们哪有享福的份。"伯母边说边给永定山区来的农家父子夹菜，"好在这两三年改革开放啦，清江老哥带着总公司的领导们齐心为渔民们办事，大家不但能吃饱饭，还能配上好菜，口袋里也有两个银子花花。自建国至前年渔民们全是吃工分，家里能有多少现钱哪，清江老哥发明了奖金，就是好！"

"说到挣工分，海边的渔民与我插队在育春大哥他家时是一个样。我和一位叫阿财的壮汉同在犁耙田组，那是春耕、夏种时节最苦最累的重活，工分自然是生产队里最高：一天十二个工分。可工分值低得可怜，一个工分一分二厘钱，累死累活干了一整天下来，挣不到一毛半……"

"是啊，还不是一年半载的事哦。成老师在我们生产队时就是这样的情形。"

"还不够我买两张邮票的钱呢，辛苦一整天才挣一毛多钱？"小妹也加入讨论中。她确是很吃惊，平日里存大笔款项、用时取多多钱、一出手就是八千小一万的姐夫，几年之前却是如此的穷酸样。

"是啊，妈告诉过我，阿顺的叔、伯就是这样过来的。讨海之人，都是拿命在为家做事。"阿丽说。

"老家的长辈们都是讨小海为生，也是计工分，小队里极少发放现金，净是以小鱼小虾米来抵扣工分，加上自家种菜、养大猪度日。"阿惠也倒起苦水。

"过往的这些事提起来是真伤心，还是想想当下与今后的好日子。大鸟要带育春父子下湖南长沙打天下了，我呢，大家都知道是个闲不住的人，新船的事基本上全妥当了，阿海又是私事缠身，这讨海之事当然由我掌舵啦。"阿顺说。

"中午我请阿惠备这桌酒菜时还说，今晚一聚，过不了几十个小时，大家一说走，就各奔西东啦。"长腿说，"华宗啊，我和你爸说过这考大学是件大事，主意让你自己拿。但现时的大形势，再也不是单走高考之路才有出息。你爸是开明人士，这次他卸了教书匠的担子，完全是为了他的学生之未来。你呢，先和大鸟叔叔学点火车道上的事，再慢慢熟悉社会各方的情形，不仅要看，还要多动脑子，用心学和记。刚学做事都是艰辛的，男子汉就是要不怕吃苦、勇于担当，才会有出息。青春时代能走出家园到社会大环境中闯荡、磨砺，其本身就是一件了不起的作为，社会这所大学一样有着多多的知识、智慧，你爸和我们这几位阿叔都相信你是好样的。再往后咱们有了大发展，把家里原先做茶山工作的舅舅也请出山来，大伙儿知根知底，一家子做事放心，如同现时围坐吃喝一般。

"前次你爸来厦门时，由于种种原因，我们没有招待好，这一回终于可以弥补我们的过失与遗憾。阿丽明天休假一天，工资照发，带上小顺子和你妈一起过'六一'，这也是工作；育春父子好好游玩一下厦门山水，大鸟须尽地主之谊，是当然的导游与'账房先生'，所有的一切花销拿回来公摊报销；阿妹用的那部照相机等一下取出来交给阿顺；批发店的事交给阿惠来做，我也会抽出时间来搭把手帮帮忙。"

"顺子小宝贝，你爸你妈带你过儿童节，奶奶就不去啦。"奶奶与小孙子商量，小顺子转动着眼珠子，像是在思考，之后直点头，引来满场大笑。"我呢，临时上阵几回还是管用的，这个冷库是超级漂亮，出货时也轻省。"明理的伯母说。

"清江阿叔常说，只要是出力做事，就必须按劳取酬，多劳多得。我早就听姐妹俩说，刚开业时伯母天天都来搭把手，帮了不少忙。往后啊，只要伯母来批发店帮忙，咱们都该按工时记录。这事就让阿惠多费心了。至于给伯母发放多少津贴，我们几个兄弟先行议过，再请示清江阿叔。"长腿说。

"都是举手之劳，不可不可。"伯母是真实在。

"伯母，这是咱批发店的公事，既是如此就得公事公办，应该的。小顺子，你听懂长腿阿叔说的事吗？"成老师说。

小顺子嘴啃牛肉丸直点头，他还将手指朝向炸大虾……这个小宝贝的小小动作，引来了厅内餐桌上的一片哄堂大笑。

湖南来长途电话啦。

"我听着呢，爸，你说……嗯……可以，那就把这批新茶全买下来。资金没有任何问题，这是个绝妙的好主意。现在有新旧四车的精木炭，足够应付六车皮以上的存货量。没事了吧？我把阿妹多留在这里一会儿，就是等着和爸说上几句。来，阿妹……"

"喂，爸，我在这里和在家一样，阿丽、阿惠姐还有姐夫特别地关照我。嗯……好……我全记住啦。爸，你也要多注意休息哦。给我妈打电话啦？"

毕竟是父女情深，通电话时，那种亲情就明摆在那里。

"阿妹，你吃饱了先走，今天是奶牛场供奶的头一天。大鸟，借两支香烟，明天我买包这样的烟放在华侨新村，每次'贿赂'值班大叔两支。场部是破例让咱们晚上取奶的，还要替咱们保鲜，麻烦着呢。奶奶，孙子也要早早休息，阿丽阿惠，你们二人明晨就别上渔货码头啦……"

"不行啊，成老师。"阿丽抢着说，"不仅是咱们批发店的货紧，哪对拖网船的上品鱼也不是很多，价也比前一阵子高了不少，可不买又不行哦。阿惠妹妹也是这样说的。阿顺说，明天夜半要和我们俩上拖网船出一次货，现时还早，有的是休息时间。成老师，你放心好啦。"现在，阿丽说话的语气已经有了生意场女头家的腔调啦。

"有阿顺好兄弟一起去出货，我们就放心了。阿顺是明天的拍照大师，大鸟负责导游，大伙儿玩个够。今晚育春父子随我上华侨新村歇息，这里就让给阿惠和大鸟畅聊啦。"

"姐夫，我先走了，要不要我来整理房间啊？"小妹说。

"没你什么事，回去取了牛奶，洗个澡就赶紧自修，其他的就没你的事啦。还不快走？"姐夫不允许小妹浪费时间。

"伯母，各位哥、姐还有这个小宝贝，再见啦！"

小妹与众人辞行。其实，刚刚姐夫说到让大鸟当导游时，小妹的心也是痒痒的。但是，那也只是一闪念，她很清楚自己是有使命在身的。就在这时，她觉得自己长大了不少，明白事理啦。

二十、山里人上生意道

成老师给祖孙三人雇了辆三轮车。可爱的小顺子非要"咬"长腿阿叔一口才肯走人。

长腿给阿顺和大鸟一个暗示，三人一起来到庭院里，让阿惠招待育春父子泡茶、聊天。

"刚才阿伯在电话里告诉我，他准备让华宗随大鸟在长沙火车站熟悉铁路的门门道道，让育春大哥随他出入山里的茶厂，薪酬嘛，阿伯建议育春大哥每月开五十块净工资，其子华宗每月开三十块净薪，每押运一趟千两茶，补贴十块钱差旅费，路途的所有费用实报实销。你们看法如何？阿海在这件事上明确表态，由咱三人与阿伯定夺。"

"长腿，阿伯想得周到、合理。此次是我平生出的第一趟远门，深有体会何谓在家日日好，出门时时难。我没丝丝意见，听听阿顺的。"大鸟非常满意这个决定。

"我与大鸟有同感，这样定下来合理。华宗年少有知识，人也机灵，我没有意见。"阿顺说。

"那好，等一下我就照实告诉父子俩。我还会给他们一些零花钱，连同明天的车船、吃、游，列入公摊，难得有如此的好机会，只是要麻烦大鸟记下来，以便与我会账。别说山里人来趟厦门不容易，就拿你们来说，还没歇够，又要上舟山下湖南的。大鸟，真是对不住，不能让你和阿惠多待两天。在外面唯靠自己谨慎加小心，阿顺走海路也是一般道理。"长腿对二位好兄弟诉说肺腑之言。

"没什么的！以前咱们那么难不都撑过来了吗？这些全是咱们兄弟该做的……"

"哦，对了！"长腿想起了一件大事，"咱们的姐妹批发店开业整十天了，大鸟还未见店貌，一定要瞧瞧。大鸟，我和阿顺正式通知你：中秋、国庆节你们任选，反正是我们俩的'命令'，要坚决服从，结婚之事不可再拖啦。"这个长腿口气生硬不讲理，压迫着大鸟只能使劲点头，唯唯诺诺。

"到了明年，你也会像我们一样有一个温馨之家，我们正等着那一天呢。"阿顺也帮腔。

成老师领着父子二人来到华侨新村歇息。小妹房间的灯还亮着，正用功自修呢，见姐夫他们回来，她探了下头报告：阿姨来过电话，约好一会儿再打来。

成老师与父子俩上楼，把刚刚三兄弟商量的结果告知他们，他们简直不敢相信此事是真的。在山区、在农村，面朝黄土背朝天，累死累活地干上夏、秋两季，能挣几个钱？而今，出了大山到城里做事，仅一个月，父子二人的酬劳就足够他们一大家子干上一整年，还要多得多。成老师告诉他们，往后，只要山区家里急需用钱，一定要像自己家人一样通报。成老师还说，虽然现今田亩承包到家自主生产，家里的生活会宽裕不少，但是，月月薪金仍要邮往家中稳妥存放，将来华宗上不了大学的话，一转眼就到了说媒娶亲养育后代的年纪了。

成老师请这一对山里来的、朴实憨厚的农家父子好好干、放手干，未来的日子定比当下更美、更好。

育春父子再三感谢这位有情有义的城里人将他们当成自家人看待。成老师让父子俩洗了个舒服澡，给了每个人五块零票零花。明日的厦门游让大鸟全程负责，为的就是让大鸟与华宗尽快熟识起来，以便往后的工作开展。

安排好了父子就寝之后，阿姨就来电话汇报了，香港来的陈先生是位茶道上的行家，验货、运货均顺利；汇入漳州户头总款两百二十八万，外加一张十万块钱的人民币现金支票，作为下一批次千两茶的定金；她对陈先生的寝、食关照得十分到位，爸、妈根据阿弟的意思，口述录音卡带一盒，阿姨也搜罗了一大堆好资料，让陈先生带到香港后邮寄给二舅。阿姨已经准备好了，等香港陈先生押货下广东之后，就马上赶来厦门，有吴玉燕家的事，还有筱雯的病、阿玲的调动诸多琐事……

由于阿姨去福州还有好多事要商讨，中午小妹回来吃饭时，成闻卫夺过自行车急奔华侨新村，二楼的大圆桌上已摆满了各式糕点，阿姨说："这些全是用亲家母给我的'华侨头'买的西式好点心，这一本是你交给我的货款存折，加上这一张十万块人民币的现金支票。阿弟啊，我想对你说的是吴玉燕现今的状况。在当下，她的生活中需要的不是什么地位、财富，而是人心的温暖与关怀。眼下你又走不开，也是没有办法的事，只能由我代劳。筱雯和吴玉燕家的事到了福州，现场发挥。千两茶的款项全部交给你了。在漳州时，原本我是想把存折交给德富兄的，可是他说这是你们年轻人的生意款项往来，他不能接手，账目必须由你一手理清，大意不得。他还私下对我说明，并非他不理会你们的事，而是现今与往后的社会大环境，要让年轻人不断磨炼，掌控好收支、合理且盈利是门大学问哦。

"德富兄就是经过大风浪之人。我看哪，另外那五个人加起来都不及你的一半，所以我才会说你就是得了德富兄思维的真传。我不是捧你，这是实事求是的现实。"

阿弟将漳州家里的户口簿让阿姨带回，华侨新村的房产交易手续全套放在厦门保管。他们又谈论了阿玲调动工作的一些细节。当阿姨离开华侨新村时，阿弟立即给吴玉燕挂了电话，通报阿姨已经前往福州。此后，他飞一般地骑自行车返回，好让小妹接力上学。

下午成老师提前返回，送大鸟和育春父子下湖南。当年的火车行速慢不说，还要到鹰潭转车，长腿将他从阿姨那里截获下来的好糕点让好兄弟们带在路上吃。不知为什么，看到几位兄弟匆匆地来了又去，成老师的心里总会觉得酸痛，尤其是对大鸟和阿惠，内心有一种亏欠他们的负疚感……

天下起了大雨，成老师和阿惠把他们三人送上站台……送客后的成老师和阿惠上了三轮车，好心的三轮车工将车座旁的遮雨帆布全放了下来。顿时，三轮车内一片幽暗……

"昨天晚上和大鸟谈得好吗？"成老师很关心他们。

"是你给他下达命令，让他在国庆节或中秋佳节娶我吗？"阿惠就是想证实一下这句话的可信程度。

"是的，我是这样强制他的。他非常需要你，这样，大伙儿做起事情来才会更有奔头。阿惠，要是我说得不对，你就批评我好了。"成老师语气诚恳地说了这一席话。

阿惠在暗暗的车厢里试图看清身边这个男人的眼睛，试着把头歪向他的肩头。还好，他并不讨厌她这样的动作。就这样，她将整个头和颈全靠在他的肩膀、大臂上，不说一句话，直到三轮车在大鸟住处的门口停下。

成老师付完车钱，半牵着阿惠的手下了车。雨水持续地从天上倒下来，两个人共同撑起一块塑料布当雨披，还没跑上两步，阿惠脚上的凉鞋碰到马路边的小碎石滑倒了，成老师赶紧扶她站起来。

阿惠艰难地站起来了，可是，脚踝扭伤了。

雨越下越大，离家门还有一段路程。

怎么办？

他猛地一把抱起浑身湿透的她，这一突然的举动令这位海边姑娘措手不及。等到她有所反应时，就把整个头埋进了他那宽厚的胸膛。她头一回感到，被男人抱入怀中的感觉是如此之美好，她浑身上下热血沸腾，这股热气足以烘干湿透的衬衫……

阿惠开了房间厅门，亮了灯。她全身的衣服紧贴在那具有美丽线条的肌肤之上，各个部位是如此清晰可见，俨然就是一尊美女雕塑……

这景象停留在成老师眼瞳中，在那一瞬，由视觉再传递到大脑神经，恶念与理智就是一眨眼的分界线，终究是脑中理性的话音压过邪恶的眼神。理智向成老师开口：面前的美女，是自己好兄弟托付的未婚妻……

"阿惠，赶快去换衣服，别着凉了。把头发和身体擦干之后，我再帮你揉搓脚踝处的伤。"说着，他也换衣服去了。

坐到厅堂矮凳上的阿惠，已是换上了一身薄布睡衣。成老师细观她的脚伤，看来问题不大。他帮她上了药酒，然后给她穿上厚绒袜保暖护踝。

"成老师，我去睡了，你也早点休息。"她对他说。

"我还要等阿姨的电话。阿惠，不然明天夜半别去渔货码头上货了，再伤到脚踝……"他对她说。

"那怎么行，越是这样的日子越要上货。我的脚已没事了，海边的渔家女哪有这么娇气，成老师你放心吧。"阿惠可是从没有这么早上床睡觉的，她肯定是想平复一下仍处于兴奋、冲动之中的心情，也说不定是想再回味一下刚刚那突发的愉悦。

临近晚上十一点阿姨才打来电话。她没把事情理出个眉目来，是不会随便开口的。她告诉阿弟，探视了许教练，有出乎意料的惊喜。在大夫与护士们的精心照料下，她的身体康复得出奇的好，术后的一切指标均属正常。

长腿与阿海通上话了。他告诉好兄弟，若有些事不好直接对许教练或其母说明，可趁阿姨到来的好时机理顺、转达，要尽量让许教练清心、静心养病。至于许教练出院的大事情，一定要听院方大夫的意见。与许教练的母亲同租共住一幢楼，要学会主动找老人家闲聊，别老是八棍子打不出一声响。

这下阿海听乐了，答应照好兄弟说的办。

阿弟又和阿姨商量，许教练出院是迟早的事，出院后最好将她们母女接回漳州家里。一是家里人多气氛好，有利于出院后调养；二来，阿玲调回漳州工作也是不日之事，有了好姐妹在身边病人心情会更愉快。其他如许教练未来工作的问题、阿海的事等等，都是些小事。阿姨说他们想到一块儿了。阿姨说，明晨先与阿玲探讨她调动工作之事，此后就上吴玉燕的公司，带小宝贝过个快乐的六一节，等到晚间清静时再与筱雯之母聊聊家常。

阿弟再三感谢这位能干的阿姨。

阿惠躺在房内床上，成老师的话字句听得清明，她为自己能结识这样一位实诚的好男士而庆幸。今天，不，就在刚才，又得到他偶然的、粗野式的拥抱，更是令她心花怒放。她十分珍惜这难得的幸福，无法入睡，子时一过，她就起身驾驶那部铁甲车，约上阿丽直上渔货码头。她必须为这个和睦的大家庭做些自己的分内事，好在他的身边度过充实、美满的时光……

在福州的阿姨也没睡上几个小时，一大清早，她就赶往训练馆，找到了正带队晨练的阿玲。她将阿弟与自己的想法说出来与外甥女探讨，阿玲特别高兴，至于筱雯的将来，二位女士相信，只要国家改革开放之大政不改变，做什么事都能很好地生活。

就像成闻卫这样的知识青年，几年之前，他还漂泊他乡，奋斗在农村，连何时才能回城工作都甚为渺茫，然而在这突然而至的改革浪潮中，他与几位兄弟同心齐力地奋斗，而今，已经积攒了如此丰厚的资财。他有了继续奋斗的伟大冲动，并正逐步努力，使其更加完美。

这只有在变革的年代才能办到的事；

它是需要流淌自身辛勤奋斗的汗水；

它是需要冷静思维、细致观察的大脑；

它是需要行动！唯有动手才会有结果。

世间人，尤其是青年人，都有追逐、放飞自己梦想的权利。有诗曰：莫让幻想被诗人霸占着……

年轻无极限，青年有了自身的梦想，一切皆有可能！

在这场大变革、大冲击的大好年代与时光的催逼下，必然就会造就出一大批的社会精英！

在这样大改变的大环境的年代里，别去梦想权钱交易能致富发家，用骗术能豪夺不义之财，坐享其成地啃光祖宗或上辈人的养老资本……倘有如此梦幻并自甘沉沦、坠落的丑陋道德观，未来的某一天定会成为"精英"的阶下囚，更不用说它会日日折磨你的身心与健康……

千万千万别到了既成事实才相信，过往的史实从不欺骗人！难道不是这样吗！？

阿玲带阿姨吃了顿美美的早餐，相约晚间在医院里见面，阿玲要忙一天的训练，而阿姨却要完成多项艰巨的任务。阿姨这位老福州不费吹灰之力就找到了吴玉燕的实业公司。它位于福州南门兜的豪华地段，配上豪华装修和醒目的招牌，让人过目难忘——福州南门兜与上海南京路、北京王府井的名气可是一般响亮。

当阿姨步入这家店面装修得十分考究的大公司时，立马产生一种非常强烈的挣钱欲望。这样一位早年"流窜"江湖的小生意人，一旦进入如此正规的贸易环境，从骨子里就会迸发出一种狂热的、对于资财的冲动与欲望，这是一种谁也无法说清的心理，是不分年龄与性别的。

在公司接待小姐的引领之下，阿姨终于见到了早就想见上一面的"吴总"吴玉燕女士。

"这可是份大家业啊！吴总经理，你真是不简单哦！"阿姨一开口就捧起了这位不久之前还专管行政工作的女士。

"哪里哪里，我也是赶鸭子上架。业务方面都还不熟，全是手下人在帮我，我只是挂名而已。"吴总经理说。

"您请喝茶。"接待小姐端来茶水招待客人。

"我带了些厦门名糕点，请你品尝。"阿姨十分客气。

"我可是多少年没这口福了，谢谢你了。"摆上长茶几的全是上海、香港出品的名家糕点，当然还配有厦门本地产的"双虎""庆兰"甜点与"源和堂"的蜜饯。

"小曾同志，听口音，你是龙溪地区一带的人吧？"吴总经理客气地问道。

"是的。漳州本地的。早年在福州读卫校，家中一女一儿都快参加工作了。""你真有福气""那是什么福气啊，结婚得早呗。"

"咱们公司的建材全是厂家直供的吧？"阿姨直奔主题。

"是的，钢材的型号、规格全是武钢的；水泥嘛，清一色龙岩水泥厂的，建筑行业用量最大的这两大项，都是国营单位的，保证质量。货全在大仓库，你要亲自过目还是由我一手操办都行，都不是……"毕竟是当过办公厅主任，她把"外人"二字连同茶水咽下喉咙。

"原本我今儿休息，想带儿子上儿童游乐园的，听说你要来，就先到公司见你，一会儿再办私事。你要不要先看货样？还是等到取货时再去仓库？大仓库在台江一带。"吴总在征求客人的意见。

"我来你这里，事先告诉了成闻卫老师的父亲，这次建造两幢楼房的资金，全都是他们家的南洋亲戚汇来的款项。成老先生现下在我姐家疗养，他听说你在福州办了这么大的公司，又是主营建筑材料，高兴之余就说，这往后所有建造楼房的材料，就让你一手包办好了。他还对我说起，几年前成闻卫从省体校毕业，学校的领导关心他，原本是要留校的，可由于他的固执没实现。成闻卫的父母要我转告吴总经理，将来一定找个时间当面谢谢你这位善人。成闻卫的父亲早年在厦门是位能人、名人哦。"阿姨说。

"我见过成老先生两次面，是位好老人，对子女的教育非常重视，是位受人敬重的好前辈。刚才你说的已是早年的事了，后来我不在厦门学校工作了，调到福州来做行政工作，现今又经商，真是世事难料啊。"吴总经理说。

"还不是我出的主意？"阿姨心里嘀咕着，嘴上却说："吴总经理就是有魅力、有魄力、有能力，才能有如此大的作为。真是了不起！"

听者好听悦耳、顺耳的，言者净挑动听、好听的说。一样的口舌，又不花费银两，不就是几句话语的工夫嘛。

中华民族的传统，直谏者总吃亏，吃大亏！封建帝王时期，还真有为直言相谏丧命的！

"今天我休息，你能否赏光光临寒舍？"吴总经理听了满箩的好话，尽地主之谊本也应该，这里还有另一层意思：她想让阿姨亲临其家，让第三者转告她的心上人自己当下之境况。

"会不会太麻烦？"阿姨问道。

"不会不会。就是我的丈夫身体长年欠安，家中比较凌乱。"吴总既邀请了客人，自然就不存在麻烦一说了。她用内部座机通知司机将轿车开到前门，这是一辆日制的"皇冠"轿车。

"你们的公司真有大派头，给总经理配上省部级高级干部规格的专车，真不得了。"阿姨再捧一次。

说话间，小轿车停到吴总经理家的新楼房。

这是一幢新建的二十八层的高级公寓楼，出入此楼的男男女女，一看便知全是些有身份之人，这可不是一九七八年的秋季成闻卫住过的那种老式楼房啰。前进的时代，生活水平随之提高，鸟枪也该换大炮啦！

吴玉燕住在第十八层。无声无息的进口速送电梯，一下了就将她们拉上高空楼层。与海外及港澳台的地产售价不同之处，在发达的国家，商品房的价格楼层越高价码越高；而在中国的福州，分配福利房时，是职务越高所配发的楼层越好。这是中国在八十年代初、中期，以"官阶"换位当年的居住环境。当然也有例外，就是一些老、弱、病、残，加上恐高的老干部，甘居底层陋室不在上述此列……

当女主人开了厅门，领客人换上布拖鞋时，只见一小人儿已听到门锁的响声，扶着大厅的长沙发晃晃悠悠地挪着小步晃悠悠地走过来，身后的保姆一直在护着他。他边扶着长沙发行进，边不停地似唱似说地念叨："妈……回……妈妈……回！"他的吐字是如此清晰，真是太可爱啦。

母亲上前一步，一把将儿子揽入自己的怀中。

"哇！那脸的轮廓、饱满的天庭，这眼、鼻、嘴、耳，婴儿时的阿弟一定就是这副模样。血统的遗传真是假不了！"阿姨用母亲的眼光审视着面前的这个小宝贝，暗自在心底称奇。小宝贝的一只小手搭在母亲的肩上，一双大眼睛盯着客人看。

"小谦诚啊，快叫姨……"母亲让儿子与客人打招呼。

"姨！"小宝贝还真叫出声来了，他自己也高兴地拍起小手为自己叫好。"哇！真是太可爱啦，长大后一定是个美男子！"阿姨用手指轻轻地挠着他的小手背说。

"来，宝贝，让阿姨给你换件新衣裳。阿姨啊，等一下我们带他去儿童游乐园，中午你做面条给老姜吃。面做得软一点，鱼茸别放太多，再配些蔬菜汁。中午我们就不回来吃了。"女主人吩咐着保姆阿姨。

吴玉燕又把阿姨领到主卧室的房门口，说："老姜，我带来了漳州的新客户。"转头对阿姨说："这位是我的丈夫，姜育恒。"

"你好！"一嘶哑的男高音与站立在房门外的阿姨打着招呼。他原本半躺的身子略向前倾了一下，如同常人打招呼时欠欠上身一般；他的脸上毫无血色，也就是人们常说的重症病人的那种"尸白"，还有他的眼皮之下，由里向外透出一丝丝的青绿色。

主客打过招呼之后，吴玉燕叫来另一位保姆，她应该是一位专业的护理人员，帮慢性病患者整理了枕头与被褥。

已是立夏过了个把月了，老姜的睡床依然是冬季的铺盖。

阿姨亲眼看到，吴玉燕与丈夫道别时，面部的表情是淡淡的、平静的，近似于呆滞的麻木。久病床前无孝子，这是就长幼而言，不知夫妻间又有何说道。

两位都有母亲身份的女士，带着一个不满周岁的小孩童，享受着六一儿童节的初夏美景。两个大人给小宝贝各买了一身节日新装。当她们路过福州西湖边上的一家花店时，阿姨得知这家花店有代理派送鲜花束上门的业务，便花了五十块钱，订购了两大束红玫瑰，请花店的老板娘即刻送到部队医院的特护病房。

两个女人一路无所不谈，只要是做了母亲的女人能涉及的话题，她们都能谈到一起。只是一谈到成闻卫的事，吴玉燕总是有意避开。她知道，这样的一位男人不应该是闲聊的话题，他只能存在于她的内心深处，是她唯一的、深深的真实感情的寄托。

刚才还在心底轻看吴玉燕的阿姨，现在终于明白了，这世间还有比她生活得更艰难的女子。她们是生活在不同阶层的两类人，她是完全可以在官场上做出大名堂的女人。可正是因为她给了阿弟一个主意让她走入商海。令阿姨敬佩的是，她能为了与她心爱男人的一条心，毫无怨言地干起全然陌生的另一个门类。此时的阿姨将心比心，面前的这个女人是勇敢的。起码在她自认为维系伟大爱情方面是坦然大度的，阿姨从心里深责：自愧不如哇！

这个星球上的人们之所作所为，都是有各自理由的。不是吗？

吴玉燕告诉阿姨，只要龙溪地区体委的商调函一到省一级，经领导们的必要手续之后，省体校的方教练就可以马上调回省青年女排二队补缺，阿玲的工作调动也就顺利完成了。

在这一点上，阿姨丝毫都不怀疑吴玉燕的办事能力。

在社会活动方面，她们二位都是女强人。

吴玉燕很长时间都没有这样与同性倾心交谈了。这个儿童节她过得如同儿子般轻松惬意，但在她的心灵深处，她仍然最最想念那个让她做了一回真正的女人、成为如此幸福的母亲的男人。

不知是儿童游乐园的小伙伴多，还是儿童们过节的热闹气氛，小宝贝始终处于亢奋的状态之中。只要是没有危险的儿童娱乐游戏，母亲都肯放手让他去试一试。中午，她们一起吃了西餐，当年这可是不多见的、新潮时髦的用餐方式。西餐馆里有不少外国人在用餐，他们时不时看着不懂得如何使用餐具的中国人，正如当年的他们刚踏上中国大地时，中国人看他们不会使用筷子那样新奇。用罢午餐，两位母亲又带着小宝贝上了冷饮厅，这回小宝贝也知道赶时尚，吃了水果刨冰。兴奋过度的儿子最后在母亲怀抱里熟睡了，这是快乐、不知疲乏的一天。她们一直聊到小宝贝醒了，一看时候不早，才分了手。两位女士相约，等到阿姨再来福州，她们还像今天这样快活闲聊、逛街游乐。

两位有着相似命运的女人，彼此间不存有戒心，容易沟通，谈得融洽投入。她们已经是好朋友了。

阿姨回到宾馆，取了从厦门专程带上来的名店糕点，往阿海的房东那里打了通电话，知道众人齐集在部队医院，现在去正是时候。部队医院住院部设有访客接待处，来访者不仅要填写从哪里来、有何事，还要写明在何时去向哪里。由此可见部队医院的严明院规和对患者、家属认真负责的工作态度。

一进到病房，正对房门的是大客厅，长条沙发上坐着一位很有气质的中年女士，阿姨断定此人便是筱雯之母。她轻轻叩响敞开的厅门，阿玲与阿海都在客厅的右侧病房与许教练说话，一听到有叩门声响，二人赶紧出了病人卧室，来到大客厅，阿玲对筱雯的母亲说："阿姨，这是我家阿姨，她从漳州家里来。"

"哟，是阿姨啊。"筱雯的母亲赶忙从长沙发上起身迎客，"由教练啊，你的阿姨又秀气又年轻哦。阿姨快请坐。"

"阿姨辛苦啦，我给你泡茶去。"阿海也微笑着问候。

阿姨没有坐下来与筱雯的母亲闲聊，而是先入病房探视许教练。"许教练精神面貌这么好，啊，脸色红润，和一个月前做伴娘时没有区别，反而更漂亮啦！运动员的身体素质就是好。伯母啊，你说是不是？"

伯母拉着阿姨纤嫩的小手，不停地轻轻拍打她的手背，说："阿姨啊，你让花店送来这两大束红玫瑰，真是太漂亮啦，闻到鲜花香气人就精神了。"

"伯母，这两大束花是阿玲和阿弟他们的两对父母交代的，我只是代劳。阿弟的母亲和你一样是基督徒，日日晨、晚都在为许教练术后平安康复祈祷。伯母，你看许教练手术后恢复得多好哇，咱闽南有句老话，'打断了手骨更健壮'，许教练闯过这一次鬼门关，往后的一切将会更加美好，伯母你说呢？"阿姨现场一番演说，许教练之母只有不停点头的份。

"伯母啊，许教练为人善良、积极向上，必定没事的。有了这种病就是要乐观、放宽心，太多的病患只是听到这个病的名称，就早早绝了信心，如此一来，即便是再高明的大夫、再好的药物治疗也全是徒劳的。伯母，你不介意我胡说一气吧？"此时阿姨才发觉，刚刚所说的"鬼门关"三个字，是显得有点过啦。

"哪里哪里，在手术之前，主治大夫包括这里的副院长都是这样对筱雯说的。他们都说得了这种病的患者，是先被自己吓死的。阿姨啊，你这个人通情达理、有话直说，够爽快，我很喜欢。"伯母听到阿姨如此一番酣畅淋漓的直言，见到阿姨如此率真的个性，也随着高兴起来。

"人嘛，来世上走一遭不易，就这么几十年，笑也过，哭还是过，总是要笑对生活才好。许教练，德玲的婆婆给了我一大卷华侨商店的优惠券，我买了许多上海、香港的名糖好糕点，你啊，还得遵闽南人之古训，与嘴巴讲妥哦！想吃有的是机会，往后再补嘛。哈……"阿姨是天生的演员。

"阿姨，你这样远道一趟来福州，多待两天吧，给我讲讲漳州和厦门的新鲜事。"许筱雯教练说。

"好哇，但你要先告诉我，现在感觉如何？"阿姨问。

"主治医师已经让我辅助进食两天了，只吃一丁点全流质的。医师们说这样对胃部的扩张有益处，可以逐步增强胃部的吸收功能。"许教练说。

"你们看，咱们的许教练有多么坚强，真是太了不起啦。好了，我们到客厅里和你妈好好聊，不打搅你，你好好休息静养。"阿姨朝许教练送了一个诡谲的眼神。

阿玲帮着摇动病床摇把，将床放平，众人来到大客厅。

"伯母啊，看得出来你非常疼爱许筱雯教练；同样的，你的女儿也很孝顺你哦。"女演员再度念台词。

"是啊，阿姨，筱雯的父亲早早走了，留下我们孤女寡母，还好有我哥哥这位唯一的亲人。他啊，也是长期被整得人不像人、鬼不是鬼的，好在没有死在牢里，但也被那些歹人押往刑场陪斩了一回，现在就和我们生活在一起。筱雯这一病啊，也只能把他放在上海家里了。她的舅舅是个很有才气的好男士，可就是进了政界、军界，才变成如今之模样。"伯母伤感哽咽。

"阿海啊，我来的时候匆忙，忘记买水果了，你去帮阿姨买些水果来。阿玲，你去取钱给阿海。"阿姨说。

女子的直觉提醒了拙嘴笨舌的阿玲：阿姨要与筱雯的母亲谈正事，才会支走阿海的。她领着阿海到了大客厅外，不仅给了一把现钞，还认真叮嘱了几句话语。

"伯母，你是一位知书达理的长辈，晚辈们都格外尊敬你。我呢，是个直人，有话直说，如有什么地方得罪了伯母，说得过了，敬请伯母多加原谅。"阿姨一副正经相地说。

"阿姨啊，咱们虽是初次见面，但如同一家人，你有什么话尽管言明，我听着。"伯母确是位豁达的长辈。

"伯母，你来福州有些日子了，也看到了许教练与阿海相处得不错，我知道他们相处的时间不长，但阿海确是个好孩子，他为人忠厚诚实，对大海有特别的感情，想用自己艰辛的劳动讨海为生。他自幼失去父亲，而今与胞兄阿顺各掌拖网船，家中还有母亲与嫂、侄。伯母啊，现在的阿海有一个什么问题呢？那就是两年前他为一位素不相识的女鱼贩打抱不平，伤及税务人员，遭了牢狱之灾。他虽是仗义行事，可打人致伤毕竟是错，受到政府惩戒，咱们也是无怨言。阿海原先是在国营单位担着船长的职务，也因为这被撸掉啦。"阿姨说。

"阿姨，我是被我哥的过往吓破胆了。"伯母接过阿姨的话，紧张的神色显于脸上，"当年，我哥精通英、法、日三国语言，身不由己为汪精卫做随身翻译，说他给大汉奸当翻译本身就是汉奸，我曾多次到牢狱里给他送衣、食，那样的地方，每次回想起来都会毛骨悚然，起鸡皮疙瘩。

"是新中国救了我哥的命，可往后的大小运动又少不了他的份。阿姨，你刚刚说的这件事，筱雯也皮毛地和我说了那么一丁点，我也明白阿海的情况与那帮歹恶坏人截然不同。这孩子相当不错，有情有义，我观察他许久啦。当下的社会是越来越开放、文明、进步，只要他求上进，要紧的是对筱雯真心好，我是不会去计较这些的。耶稣基督也受过大难，他是为了拯救世人。恳望、祈求耶稣基督之宝血能洗净阿海身上的罪愆，愿万能的　神护佑他们的将来。说到将来，阿姨，我是真怕孙辈会有污点。"

这回轮到阿姨拉起许教练母亲的手，接过伯母的话说："你放心好了，伯母，法院是判了，人也入了牢狱，可往后咱们还有申诉的机会嘛。国家变革，就是要更讲法制，否则，总像那场大运动的'人治'，那还了得。咱们不可能思虑那么远，只说现今，阿海真心待许教练才是最最重要的。我敢保证，阿海会永远待许教练好。"

"这就好！这样就好！阿姨啊，我也不是顽固不化的老脑筋，只是，筱雯这么一场大病，单位里对她将来的工作不知会做何处理。三年前恢复了全国统一高考，有本事、有知识、有文凭的年轻人，一批又一批顶了上来，个个都那么冲，竞争意识都那么强，阿姨啊，你说筱雯该如何是好。听筱雯说，像由教练这种能做出成绩的好教练员，身后都有那么多人虎视眈眈地想'篡位'，更何况筱雯，即使病好了回队，体委也不愿意养这样一个'吃死米'的废人。"伯母叹气。

阿玲在旁听到，报以长辈一丝苦涩的微笑。

"伯母啊，我先告诉你一件事。"阿姨说，"这次我到福州来，就是为了漳州咱们家里新建楼房的建筑材料之事。成老师的舅舅从南洋汇来一百万港币建造两幢新楼房，我来福州之前，阿玲的母亲和她的公公、婆婆都交代我，等许教练痊愈出院了，把你和许教练一起接到漳州家里疗养。还有啊，也要把现在上海的许教练的舅舅接到漳州一起住，我转达的全是他们的原话。

"阿玲的公婆是很有度量、很有爱心的好人。漳州是花城、宝地，是在全国都难找的空气好、水好、气候好的宜居之地，尤其适合像许教练的舅舅这样上了年岁的老者。至于许教练将来的工作问题嘛，伯母，容我说一句，当今的社会只要一直坚持改革开放，在现时变革的社会凡是人才，找工作的事就根本不用担心。再说了，阿海这伙好兄弟如此能干，厦门还有几个与筱雯、阿玲一般大小的好姐妹，伯母啊，咱们都往远处想开点。常言道：车到山前必有路，船到桥头自然直。何况，咱们现时正行驶在光明的大道上、美丽宽阔的大海上。伯母，你说，我的畅想如何？"阿姨张口就来，她是真能说啊。

"感谢　神！阿姨啊，经你这么一说，我的心像开了天窗似的。"伯母是真高兴。

"伯母，我不是大夫或护士，可当我见到许教练时，心就彻底地踏实了，由衷地认为她不会有事的。照现时的情形看，伯母，你完全可以搬过来陪护许教练，不用再去住出租房了。咱们与部队医院的同志们相处如此之久、如此之好，军民鱼水情嘛。只是阿海……"

"我早就告诉这小伙子了。"伯母被阿姨这三寸不烂之舌绕进来啦，"在筱雯刚做手术时，没有他在她的身边给予精神上的支持是不行的。而今，连我都看出来了，筱雯是想轰走他啰。一个深爱大海的男人站在陆地上，心里始终是难受的，更不用说呆呆地待在医院这种地方了。阿姨，你也帮我说上两句，让他随你回去。这里的花销大，有我陪筱雯就行。她从小体质好，我再清楚不过啦。"

"伯母，我看这样，咱们等阿海买回水果，挑上些品相好的，再配上我从厦门带上来的好糕点，带上阿玲去和医院的革命同志们聊一聊。能聊到一块儿，就把你们母女同寝一室的事解决啦；真聊不拢，也没大关系，只是费了点口水而已。嘻……医院嘛，特别是部队的大医院，一定是讲人道、重人情的温馨之所……"真是医患同乐。

阿海回来得真及时。众女士挑上一大网兜的时令水果，加上阿姨从厦门带上来的高级糕点，阿玲跟随"阿姨教授"，给医院里的"革命同志"演说去了。

医院，是知识分子成堆的地方，哪经得起阿姨那么一整套的"社会学"高谈阔论。就这样：部队医院的"革命同志"听完"教授"的演讲，在不违反相关条令的前提下，众人彼此乐哈哈……

阿姨的口水没有白费，医院革命同志们的思想工作做通了，从明天开始，母女俩可以同寝特护病房啦！

阿姨的口才真是了不得！不简单啊。

二十一、余晓露老师

阿姨赶忙用特护病房的电话给在厦门的阿弟报告了这件大好事，阿玲也抓紧时间给丈夫报了平安。有关回漳州地区少体校的事，她更是喜上心头，她只想早点回到家中照顾年迈的公婆等长辈。

阿海在电话里向长腿报告，他于大前天下了一趟马尾造船厂，那对新的拖网船基本调试就绪。只要长腿招呼一名船老大和两船的满员渔工乘出海捕鱼的拖网船上来，阿海就会驾驶这一对新船在马尾港下水，直上舟山渔场与阿顺兄会合。

长腿是真高兴，阿海兄弟真长大本事了。他多次表扬阿海此次的福州之行，阿海都高兴得掉眼泪啦！

"喂，是吴总经理吗？"阿姨回到宾馆之后，马上给新结识的女朋友挂了通电话。

"她阿姨啊，你别经理长经理短地称呼，咱们不是说好了吗？叫我阿燕就好了。"电话那头传来了吴玉燕的声音。

"哦，对不起，是我给忘啦。阿燕啊，是这样的，漳州家里的意思是把购买建材的款项打到你这里，调货的清单在电话里一一列清即可。成老先生说，所有的一切由你经手就行啦。还有件事就是，成老先生与省建的关系不错，只是他老人家得了病在漳州疗养，少了与这些设计、施工大师们的联络沟通。眼看楼房基础部分将全部完结，未来的普通泥水、木作师傅和小工们均不成问题……"

"我明白啦。"吴玉燕能为官就能明察语意，"这事交由我来办理，老姜正想揽活给他手下公司做呢，这不是什么走后门的事，是该做的公家事。你回漳州之后可以告诉成老先生让他放心，何时要动用这批专业人才，只要提前告诉我一声就可以了。她阿姨，你还有什么要交代的事吗？"

"这件大事妥了就最要紧啦，太谢谢你和姜厅长的鼎力相助。只要他们来到漳州，你和姜厅长就放一百个心，我会亲手招待的。还有就是大外甥女的事拜托啦。代我向姜厅长请安，亲亲小宝贝，一会儿我就回漳州，咱们下回再见。"她的福州行可谓功德圆满啊！

第二天清晨，众人清理完租用房屋的大小事后，送阿姨到福州长途汽车站，阿姨交代外甥女要暗中做好调离省专业队的准备。至于许教练，出院以后可以直接回漳州，不要再回省青年游泳队吃"回头草"，回家好好调养，做一匹好马。

阿海也来到部队医院与母女俩道别。此次别离，他们的心情都是愉快的，都面带喜悦的笑容，因为所有美好的希冀都在远方等着他们。母亲代女儿将未来的好女婿送至大门口，为他整理了讨海人所着乌油绸衫的衣扣，她的脸上露出了一丝丝不舍之表情，但那只是一瞬间。

"感谢　神！赞美我主！愿你平安！"将近半个月的日夜相处，令这对母子彼此间有了依依不舍之情。阿海不时回望长辈，每当他转身时，未来的岳母总会朝他挥挥手，一直到相互看不见身影……

就在阿姨从福州返回漳州时，在厦门中学的小妹正在进行着一场初三年段模拟中考的测验。

中午时分，阿惠把海鲜批发店交给阿丽，自己早早地回来做上饭菜。小妹这次的模拟考试要持续三天的时间，每天上午考主科，今天上午打头炮考的是语文。

成老师回来时，阿惠还在做一道炒牛肉片，小妹已经在预备下午的考试科目了。她说："姐夫，你让我平日里多看报、多听听收音机里的时事新闻，真派上大用场啦。上午就有不少是非判断题与当前的时事有关，后天要考的政治，可能还会有类似形式的题目。"看小妹轻松的表情，上午她一定考得不错。

"阿妹啊，这种试卷一般都是以课本的基础知识为底基出题，千万别去抓题、猜题。你用了老半天的时间去抓这道题、猜那道题，到了考场上不出这样的题目，就只有丢分、抓瞎。把同一类型的题目归在一起进行复习，这样的方法倒是可以考虑。"姐夫说。

"姐夫，你真神啦！我们班主任余老师也是这么说的。她也是用这样的归类法来指导我们总复习。姐夫，你真的可以当班主任啦！"小妹直乐。

"没有吃过猪肉，不等于没见过猪跑路啊！阿惠，你说是不是这个理？"这位冒牌教授，只给两位学员授课。

"嘻……成老师真会说话，让你教体育真是大材小用啦！"阿惠喜乐道。

"阿妹啊，你边吃饭边听我给你讲个故事，听完故事吃饱饭，就要赶紧去午休，同意吗？"姐夫说。

"当然好啦！我喜欢听姐夫讲故事。"小妹真高兴。

"在国外有这样一对夫妻教练。妻子是位体操教练，丈夫搞足球专项兼心理学专家。夫妻俩共同带一名女运动员。后来，这位和你一般年纪的女运动员得了体操世界冠军，太多太多的记者都想采访她，好不容易在场馆内卖冰淇淋的小柜台前找到了她。她穿着便装，与咱们在大街上见到的普通小姑娘一般，令记者们更加吃惊的是，当问到她得了世界冠军有何感想时，她眨了眨那美丽的大眼睛，反问记者：什么比赛？谈什么感想？教练只要求她上场之后，将平时所训练的动作重做一遍而已。记者们听到这位世界冠军的回答之后，全傻呆呆地站在原地。而这位小小的女运动员，则美美地吃着她的冰淇淋，和她的小伙伴玩去啰。好啦，阿妹是位绝顶聪明的好学生，不用我多说谜底了。现在，你需要的是安静午休。"姐夫讲的这个真实的小故事，既有趣又寓哲理。

"我当然要向她学习啦！她是体操世界冠军，我也要考个中考状元。不过，说实在话，上午的语文考试还是有那么一点点紧张，可能是考第一科的关系吧。姐夫、阿惠姐，我去午睡了。"小妹真的很听话。

"阿妹和她的姐姐就是两种个性的姑娘。阿妹人非常机灵，我看她今后准是做生意的料。而阿玲命好，嫁给了成老师这样的好男士。"阿惠夹了块排骨放在成老师的碗里。

"这是新上市的角瓜，又嫩又好吃。阿惠，你和阿丽到码头上货时，留意一下那些讨小海的渔船，看看有没有卖胖蟹仔的，就是那种刚蜕壳的海蟹，配上角瓜，就吃那么一点点汤。这种胖蟹角瓜汤十分清凉败火，又有营养。

蜕壳的蟹本身性寒，就是一定要配上角瓜才能出那种美味汤汁，真是件非常奇特之事。这两天你多费点心思，给阿妹加加小灶。其实，读书这种脑力活比咱们干体力活更辛苦，更费精力。"成老师说。

"胖壳蟹煮角瓜，我们海边也是这样做的。要是配丝瓜，就是出不来那样的美味。这事我来办。"阿惠乐于做这样的事。

成老师训练球队回来，小妹就告诉姐夫，说阿海从马尾打来电话，说什么船老大、渔工们全到齐了，她请阿海哥再来一次电话，可他说没时间了，照这样说就行。

姐夫听明白了：又有一对新船下水讨海啦！

正吃着饭，电话响了，居然是成老先生打来的。成老师心里咯噔一下，这可是父亲搬迁到漳州之后头一回亲自打来电话，莫非出了什么大事了？

屋里的两个姑娘看着成老师的表情也顿时紧张起来……

"爸，我是阿弟，嗯……好……那我先与清江阿叔商量商量，提建议是可以，主意仍要他自己拿。挺好的……阿妹今天开始为期三日的模拟中考，两姐妹可能干啦，很有本事。妈还好吧……"

成老师轻轻放下话筒。"唉！"他低着头，只叹息不语。

"唉！"他又再叹了一口气……

"姐夫，你怎么啦？"小妹急了。

"成老师，漳州家里发生什么大事啦？"阿惠更急。

"唉！"仍是叹息声……

"说啊！到底是怎么回事嘛？"两个姑娘一起着急。

"文莱二舅要回国啦！"成老师猛地叫出声来。

"哇！你这死鬼，吓死我啦！"阿惠重重一巴掌拍在成老师的后背上，这是渔家女子骂自家郎婿的一句话，脱口而出的阿惠，骂完之后脸皮烧得通红。

"哇！姐夫是个大坏蛋，白白让我们着急了一回！"小妹冲到姐夫身后，不分青红皂白抡起拳头乱捶一气。

"我真是太高兴啦！好了，不管好蛋、坏蛋，阿妹你先回去自修，准备考试，我和阿惠姐去一趟清江阿叔家，好好商议一下这件大事。阿妹，你喝了牛奶后的效果怎么样？是不是好睡多了？"姐夫再次关心小妹。

"真的大有效果，姐夫就是厉害！"小妹赞不绝口。

"哟，经阿妹这么一说我想起了一件事。"说着，成老师就给福州的部队医院打电话，筱雯之母接的电话。"喂，是阿姨啊，我是由教练的爱人，有件事要打搅你一下。今天我们的校医给了我一个偏方，你记下，然后再征求一下院方医师们的意见。方子极为简单，就是咱们日食的白萝卜，洗净之后单单取那一层皮，将海盐研成细末，白萝卜皮蘸细盐食用，也可以清嚼汤汁。现时许教练是不能服用，院方的大医师们有经验又有科学仪器测试，请他们决定。还有件事麻烦你转告许教练，阿海接新造的船只下水，已上舟山捕鱼去啦。"

小妹自修去了，阿惠雇了辆三轮车来。能和成老师一起出门，对她来说是件乐事，令她心情愉悦。

清江阿叔正忙着批阅一大堆的报告、文件，小侄不敢言语，与阿惠下到厨房，乖乖地摘洗空心菜，剥洗小小乌贼鱼，直到长辈出声，小侄才进了长辈书房一起议事。

"阿弟，先谈谈你的具体看法。"清江阿叔说。

"头一件大事就是交通。二舅肯定是乘飞机走空中航线。我查过了，从文莱回国只有坐马来西亚吉隆坡直飞福州的航班，这是目前从文莱抵达厦门最近的路线。当然，二舅也可经由北京、上海的航线，再转到厦门来。其次就是考察的接待。早前我告诉过长辈，早年省体校的教务处吴主任在福州做行政工作，不久前调任一家大的实业公司当一把手，她与现任的厅长丈夫可以帮上咱们的大忙。我绝非要攀高枝，拉什么高层关系，而是考虑到二舅在三十多年后重返祖国，这是件多么不易之事，应该尽量多加一层保险，但是，咱们决定不了二舅的考察时间之长短。第三点，福州毕竟是省会城市，是咱们省的文化、政治、经济中心，二舅回国的考察目的是他的酒店本行，那么在行程上先福州后厦门也是对的，让二舅能在这块他早已陌生的故土上从不同地域、不同角度来考察，最终确定他的投资意向。末了再请他回漳州叙亲情、欢聚，同样也是为了让他对祖国、对故土有更深的、进一步的了解。"小侄说。

"阿弟，你的基本思路和推断是对的。绵仔回国考察的终极目标，我想是建造高级宾馆。我和竹仔最了解他了。另外，绵仔的二公子文伟是留法专攻酒店管理的，这次绵仔带他来，可见是想把他的道路直铺到祖国来。在国外，无论当地人如何吹嘘、吹捧你，你自己的身份就摆在那里，厦门话有句比喻叫作'门槛高于门楣'，要想融入当地的主流社会，哪像说的那么容易！我只说一件宗教信仰的事。这是绵仔在一九四八年回国给你的外婆做出国护照时说给我听的。像阿嫂、绵仔这样世袭信奉基督教的，在马来人眼中是较为另类的。仅仅一个宗教信仰就如此复杂，更何况咱们的日常生活是由千万件小事组合而成的。因此，让绵仔了解、体验祖国的大环境，还有他所到之处的小环境如福州、厦门、漳州就显得格外重要了。"清江阿叔以一个国内普通老百姓的眼光、角度，从家庭伦理、人情乃至国之大层面进行粗浅的剖析。

"是的，还是清江阿叔想得周到，对于真心想参加祖国建设的海外华侨来说，这点是极为重要的。"小侄说。

"绵仔能到祖国考察，这是多么关键的一步。咱们之前电话联络，邮寄资料、录音带，全是为了这一天。目前的国内，除了高层的决策者外，中层的多数干部依旧是说归说、做归做，在观念上没有根本的转变。所以，绵仔此次回国回故土考察，最最重要的一点是，务必让他对祖国的未来建立起信心。至于将来的实际操作与行动，别去考虑得太具体，你听明白我的意思了吗？厦门这边的决策层我是多少了解一点的。目前，先照着你的思路把福州作为第一站，然后再让绵仔回厦门，将两地进行比较，这样，他就会得出自己的结论。他此番考察要比咱们说上一大篇管用、实在。阿弟啊，不久之后，中央高层对厦门会有大动作，绵仔定是先知先觉，他是做大事的人物，我们了解他。阿弟你记住了，在这样改革开放的大变革年代，不但需要咱们国人人人有信心，还要让绵仔这样的爱国华侨建立起信心，同样也包括西方洋人对开放国门的中国有信心。若仅凭咱们自己喊开放，虽然也制造出很多产品，但没有与外界联通，没人来买，仍像以前一样堆积、霉烂在仓库里，而外面的世界需要什么样的东西，咱们却一直闷在鼓里，没有信息交流，这还不是与没有开放国门时一个样？所以，阿弟啊，福州这步棋，你要先思考周全，多征求竹仔、阿嫂还有阿玲她阿姨的意见，如此综合起来的意见是要让绵仔看到、听到祖国，确确实实是在变，在朝着好的未来转变。绵仔看祖国的最后一眼是在三十二年前的战争年代，如今是和平的但仍十分贫穷的祖国。绵仔是个聪明的大商人，他能从种种表象中选出本质的、他想要的东西。就像你训练球队一样，要有事前的周密计划，到了临赛前还须不断调节、调整。

至于计划的实施，我看好你的聪明脑袋。当下令我担心的是，一旦绵仔定下来考察时间与行程，届时与你的市中学生足球联赛起冲突怎么办？当然，厦门方面有林将军、陈全兄嫂，我们都能帮忙做点事。"长辈说。

"清江阿叔、成老师，炒墨斗鱼要趁热吃才没有腥味。"阿惠端上碗筷、蒜茸醋、热菜，打断了叔侄的谈话，为的就是不让他们太伤神。

"就在刚才，爸来电话与我谈这件事，我告诉他，等我和阿叔你谈了之后，再决定与二舅的通话时间。在我看来，二舅是为了晚辈文伟表哥着想，而爸妈也是有意让我在这件事情上多打磨。现下最重要的是抓住当前的好时机、好形势，抓牢了不松手，往后再拓展就会轻省许多。将来的问题一定会很多也会很复杂，我们都要做好应对困难的准备。"小侄直说自身的初步打算。

"是啊，阿弟，我们这'四大金刚'数我最小，但也是风烛残年啦。现今有了好时机，你们要站出来，我们只能出出点子，打冲锋还是要靠你们哦。"长辈寄希望于青年人。

"刚才接到爸的电话还真是吓了一跳，这是爸妈迁往漳州后他头一回亲自打电话。看来，二舅回国考察之事，他老人家是足够重视的，也看到了将来的发展前景……""成老师接完电话直叹气，没想到阿妹和我都被他给骗了！"阿惠一脸笑意地补充道。

"阿惠啊，大鸟才回来一两天又下湖南去了，你要知道，年轻人多在外头跑一跑有好处，以往我和阿弟他爸几个全都是一样。阿弟对我说，他很关心你和大鸟的事。还有，阿海的新船情况好吗？"长辈有操不完的心事。

"阿妹接了阿海从福州马尾来的电话，说新船交接稳妥，已下水上舟山捕鱼去了。"阿惠汇报道。

"还有，阿弟你说的许教练病情一事，我没听太清楚，大夫们是否诊断她已没事了？"

"目前还没有最后定论，不过从阿姨的来电中可以得知，许教练恢复得挺好，出院也是不日之事。当然，院方的医师答复一定是保守的，爸住院期间也是这样的情况。看样子，许教练的身体要真正恢复好，怎么样也需要大半年的光景。"阿弟说。

"信仰的力量是巨大的。竹仔昏迷的那段日子，靠着阿嫂虔诚的祈祷，现今他的身体这样好，成了建筑工程师、训犬师，还操心绵仔回国之事。而我的信仰就是让老百姓、天下人都过上好日子的共产主义社会。想一想在六十年代没有做成的事，竟能在十几二十年后实现，嘻！许教练的事如果真是那样，大鸟、阿惠这一对和阿海那一对是没有办法一起办喜事了。总之，凡事赶早。大鸟也老大不小，三十出头的人也该有个家了。大家能走到一起实属不易，要珍惜啊。如果今年内你们三对全都成家立业，该是件多好的事啊！"清江阿叔开了一瓶压箱底的六十度的纯高粱酒，给阿弟和阿惠都倒上一点，自己倒满一小杯，他一定是想起了青春时代的往事。阿弟找了些漳州家里的趣味话题讲给长辈听，见这边的阿惠已喝光了两小杯酒。"阿惠的酒量真好！"阿弟想。据传说：男士真遇上会喝酒的女子，就得赶紧准备：随时开溜！

不知不觉聊到晚上十点钟，阿惠和成老师上了三轮车，她大模大样地抓起成老师的一只粗胳膊，像摆弄自身的手似的放在自己的胸前，头一歪就睡在他的肩膀上，一直到三轮车停在大鸟的住处时，她都还没醒呢！

成老师赶快开了厅门扶阿惠进屋坐下，自己取了毛巾浸泡上凉水，拧干后给她擦脸。

这一把凉毛巾擦过脸之后，阿惠果然清醒了，那双明亮的大大的目珠狠狠地瞪着面前的这个男人。酒精刺激着她，她竟然毫不客气、肆无忌惮地对她所尊敬的男人怒吼一声：

"我！不！想！结！婚！"

然后小跑进了房间，甩上房门，从房间内立刻传出一阵凄凉的抽泣声……

小妹三天的中考模拟测试结束了，也不说是好是歹，成闻卫不仅自己不发问，还叮嘱阿惠也别探听她的测试结果。

学校的足球队经历了与社会青年队、师范教工混合队还有本校教职工组成的杂牌队的多次对抗赛后，从队员们的心理来说，对"大人"们少了几分恐惧，给自身添了几许信心。教研组得到孙副校长之"密旨"：必须更上一层楼。于是成老师的训练任务更重了。幸好足球组戴老师是名将出身，又多年担任专业队教练，自己还常学习足球新的技、战术。他常说，要打进对方球门很简单，不外乎就是一传一敲一过射门！然而，真正的不简单却在于平日里扎实苦练基本功。他将足球队分解成锋线、前卫、后卫加上守门四组进行分练。在那个连黑白电视都不普及的年代，唯有靠收听少得可怜的收音机转播，而"守门"的技术活又不能光靠"黄继光堵枪眼"式的勇猛，唯有师生同场示范、纠错，摸爬滚打在一起。

成老师除了抓学校足球队训练、一周八节课的"主业"之外，二舅将回国考察的"副业"哪能松啊！他必须与福州吴玉燕、漳州的阿姨保持经常性的联络。成老师向他早年的教务主任说明，一旦南洋二舅确定了回国的考察时间，考察日程的安排就交给她了。吴玉燕毫不犹豫地揽下此重任。此次，阿弟用下围棋的思路，考虑到了最关键的棋步：二舅此次的福州之行，一定要有他想考察的范畴与内容，到时即使厦门方向有了大动作，福州这一方地盘亦"便宜"在先。也只有像吴玉燕这样经过官场大场面的女能人，才有相当之成事把握。而另一位关键人物，就是有"跳舞之舌"的阿姨，她是一位能将死人说活之高人，这手本事正能补吴玉燕之不足。阿姨要像十几年前做布匹生意那样，"流窜"于福州、漳州、厦门，不断地打前站、应急，"消防灭火"。

所有的这一切全是必须面对、再现实不过的问题了。丑事实践再困难的事都不是困难，因为所有的人都开动脑筋，都在竭尽全力解决多多的难题。

改革开放初期，"慎思断行"是邓小平先生所崇敬的四个字，海外华侨们也想顺应这四个字，平民百姓中只要有敢实践这四个字，手上端的稀粥就咸菜的日食，即刻就会变成餐餐有鱼鲜肉香配干饭啦！

只有实践方知践行之道如何进行，观念从实践中来，实践就是能转变观念……

成闻卫这样的思维，已决定了他就是地道的帅才！

历经了十几二十次福州、漳州、厦门三地来回反复的商讨之后，三处有了基本一致的意向。此时成老师才将他们三人议案的大体轮廓通报给清江阿叔和漳州家中的父母。而当下要迈出的第一步就是，与南洋二舅约好通话的时间。二舅的"文莱大酒店"位于文莱首都斯里巴加湾，与福建几乎没有时差的问题，要精确地计算也就是半小时的时差。

造物主赋予世间人最公平且最宝贵的是时间。你越是觉得时间不够用，恨不得把一分钟掰成两半，时间越是知道你在打它的主意，跑得快快的……

这不，一眨眼，新的一个星期又开始啦。

中午时分，先是漳州阿姨传来好消息：龙溪地区体委已复函调阅阿玲的档案资料。就是说，在福州的吴玉燕已经把所有该做的工作做到家了。

成闻卫往福州吴玉燕处打了电话，她的回答是："原省体校的方教练，省青年女排二队已经同意接收。她忙了好几年想调回福州老家的愿望实现了。既然龙溪地区体委已将调动之事办到这一步，那么，你爱人在近日即可回漳州工作了。阿卫啊，二舅的事有新进展吗？"吴玉燕非常关心文莱方面的情况。

"我已经请爸妈先与二舅约好通话时间，具体的要等与他们交谈后再转告你。看来二舅是准备乘坐马来西亚吉隆坡直飞福州的航班。在东南亚国家中，马来西亚已与中国建交六年了，关系一直相当好，另外，闽籍华侨在马来西亚有很多。福州是省会城市，各方面的条件比厦门得天独厚，只是这次又要让你多费心神了。我听阿姨说，小宝贝话讲得很顺溜，老辈人说，先会清晰说话再迈步的小子，往后定有大出息。你代我好好亲亲他。公司里的事是永远干不完的，别再像以往那样，什么都看不惯，都要自个儿来，这样太累了。"看，这个男人婆婆嘴。

"厦门市的中学生足球联赛快开始了吧？现在暑气大，多吃些清凉有营养的食品，水叶菜、瓜类、水果……二舅一有消息就告知我，让我早做安排。"听，这个女人话多精练。

下午放学回来，阿惠已经在庭院里等成老师了，她说："阿顺和雇用的那位船老大已把拖网船靠泊码头，下午就入了冷库，格厢全满，这是他列出的所有上品鱼的价目表，你要不要过目一下？"

"好的，一会儿我再看。"成老师接过价目表，问阿惠："阿顺的身体可好？"

"很好。阿顺说，他们一家人还有船老大阿伯晚上会一起过来喝酒，我正在准备下酒菜。不知道阿妹在学校里忙些什么，到现在都还不见她的影子。"阿惠姐有点担心小妹妹。

"不用担心，阿惠，你有没有发现？这个小姑娘是越来越明白事理啦，她不会出去乱玩的。"成老师说。

"我是怕……"

"不用怕，阿惠姐，我是不会被卖掉的！"小妹已经在庭院锁自行车了，她打断了阿惠的话音，"我回来迟了，但很值哦！"小妹卖起了关子，说："姐夫、阿惠姐，这次中考模拟测试，我差那么一丝丝就上榜首啦！嘻！"小妹说到"一丝丝"时，是切齿磨出来的。

"这一丝丝是多少哇？"姐夫是暗喜不露相：即便做了"老二"，也是在厦门全市前列的尖子班哦！

这是大飞跃！小机灵真有股犟劲，有斗志！

"六科总成绩就差头一名男生一点五分，才一点五分哦！嘻！真是气死我啦！"小妹真的很不服气。

"阿妹，你已经很不简单了。整个年段重点班中的重点，你都排第二名啦！不简单！"阿惠说。

"肯定又是粗心大意！"姐夫一副严肃样，口气挺硬的，"这要是放在一个月后的高考啊，只要差半分就会刷掉几千乃至上万的学子。往后啊，凡是考完一科，先别急着交卷，多巡视几遍，就能找出错写的标点、别字、计算步骤的倒置，将'3'写成'8'都是常有的事。这样大意的失误要丢多少分哪！一定要养成考试终了的铃声响起才停笔交卷的习惯。这次你要是认真巡卷，抠出来的何止一分半啊！'老二'的滋味是不好受，可是骄傲、粗心、大意才是考场中的头号敌人！"姐夫打出太极硬拳。

"不行！这样不行！"小妹给自己打气，语气坚定地说，"让我再努力一把，到中考之前我一定要把他干掉！凭什么他第一我老二，我是第一才对哦！姐夫，你分析得对，批评得很及时，我就是政治、语文自以为好做，太骄傲加上粗心，不然，我早超过他好几分啦！真没用！大笨蛋！"小妹一直使劲地拍击自己的脑门。

"阿妹，你能知道错在哪里就是件大好事，就是大进步。咱们不怕错，只要能改正就好。要相信自己行，不气馁。家里所有人都相信你是最优秀的。"姐夫在激励小妹。他由硬拳改为太极柔掌。

阿顺阿丽夫妇来了，船老大阿伯家中有事来不了。阿顺说，他在舟山渔场与阿海打了照面，那一对刚下水的新拖网船够气派。

姐夫让小妹回华侨新村自修，自己与三位兄妹来到批发店，取了几条上品鱼准备送给清江阿叔。长腿又请阿丽选配了两份一样规格的石斑鱼与大斗鲳鱼，说明天付账，今天先寄放冷库里。给长辈的海鲜入公摊账目。

清江阿叔在家，依然在为公事忙碌着。阿弟给长辈沏上壶好茶，汇报起了福州方面的情况，还有小妹刚报告的中考模拟测试的情形。之后才切入正题说，二舅已与爸约定了，明晚打电话到大鸟住处。清江阿叔真是高兴，说明晚自己会安排好手头的工作，与晚辈们共同企盼，与他青春时代的肝胆兄弟约好在祖国相聚的日子。

阿丽阿惠已经为大家准备好了两三盘小鱼小虾。

"咱们自家人吃饭就图个乐。边聊家常话，边剥弄这些小鱼小虾下酒，多么有意思啊。像阿顺阿海这些讨海的晚辈，上了码头回到家里，要多做一些陆上跑的肉类给他们享用。一会儿，把这些上品鱼带回批发店里，这些大的、好的渔货就是用来做生意挣钱的。该省的省下来分厘都好，该花的钱甭管多少都得花。古早的先人们留下一句话：卖陶瓷的用豁齿碗，盖房的住破瓦窑。就是此意。"长辈喝了口德州高粱酒，问："阿弟啊，约了明晚什么时辰通话？"

"咱省内各地与文莱或吉隆坡最多就是半小时时差，约好明晚咱们这里八点二舅来电话。我在省体校时的教务处吴主任现在人虽在福州，可在厦门有许多神仙级的人物与她保持着良好关系呢。二舅所乘坐的国际航班降落之后，在福州的考察项目我请她安排，她也乐意地接受了。至于临时有何变更、改动，咱们随时再议。"阿弟说。

"阿弟啊，你的二舅做事有个特点：非常之细致、耐心、有韧劲。他认定的事情是决不轻易回头的，就因为他在做事之前已经通盘细思量过了。虽说这是我们年轻时的事，但一个人的本性是极难改变的，也只有如此个性之人方能成就大事业。即使他不'过番'，留在国内，也是一等一的好人才啊！"清江阿叔在回忆他与挚友的青春时光……

"来，阿顺，这些日子漂在海上，辛苦啦，多喝点。她们两姐妹把海鲜店搞得红火极了，开业十天就净挣万元，做个把月下来就可再添一对新船啰！阿顺啊，姐妹俩是真不简单啊。哈……"长腿对好兄弟说他妻子的表现。

"这家批发店全是靠阿叔与成老师的照应与关心，才有的今天。'六一'那天我们母子可是快活玩了一整天呢！"阿丽说。

"我和阿丽一起生活了这么些年，还真没发现她如此会说话，还有这么大的办事能耐哦！"阿顺是该喝上一口啦！

"以前旧时代的女子，尤其是渔家妇女，就是在家里养育孩子、做三餐饭菜、养生猪活禽、挑水浇园，草草了此一生。现时的女同志多好，出了家门做事，为社会贡献自己的一丝力气。说土一点，自己有了劳动所得，给长辈、丈夫、儿女们买些好吃的，想穿漂亮点也不用向丈夫伸手要钱，这样多好哇！当初阿丽刚出来做事，还有点怕生，正是阿顺你的母亲开明，支持阿丽出来，她自己担起家务活，还照看小顺子，真是位了不起的大姐啊。家庭就是要和睦，如此一切都不在话下，家才会兴旺！"清江阿叔说。

阿惠一直低着头听着长辈的话，不知是酒意还是自觉害羞的缘故，她的两颊绯红。回到大鸟住处，阿惠一语不发直接回了自己的房间。成老师看在眼里，他知道她的心思。

第二天晨练后，姐夫让小妹带上两只水煮蛋，先到学校边上的那家小饭馆买早餐，自己来到教师办公楼前的小水池，漫无目的地洗着手，他在等待崔咏梅段长的到来。

"崔老师，你早！"成老师见到崔老师，主动上前与她打招呼，又轻声说："崔老师，假如方便的话，中午我想去拜访你，麻烦你带上余老师，拜托啦！"

物质越发丰富，空口白舌托人办事哪行？对吧。

崔咏梅朝成闻卫点头示意，说："没有问题。"

放学时分，成老师提着让阿惠送来的两大包海鲜，乘三轮车到教育局宿舍门口与二位老师会合。班主任余晓露说什么都不肯收渔货。她见成老师告辞，想与他同行，却被崔咏梅段长叫住了。

下午的训练时间，学校足球队正在做着准备活动，只见崔段长站在学校后大门的阶梯上，成老师立刻迎了上去。她是来向他解释为何没让他与余晓露老师同行，最大的原因，是余晓露至今未婚。

"文化大革命"前一年，余晓露毕业于北方师范学院。由于她的学业成绩超群，毕业之后留校任教。她向一位爱慕已久的青年讲师表明了她的爱意。这位才华横溢的青年讲师，是当年中国少有的青年诗人之一……

当他们正考虑共建温馨家庭时，狂风席卷着乌云铺天盖地，来势汹汹。余晓露的心上人被诬为"黑诗""大毒草"的炮制者，被游斗、污辱……这位手无缚鸡之力、清高无比的知识分子，富有文学天赋的青年诗人，不堪忍受对他人格的践踏、污辱，在自己的脖颈挂上了沉重的坠石，将自己活活地溺死在大水缸中……

那个年代，那样的中国，有多少"诗仙"、文豪均选择了这条不归路，了却自己的一生。既然有了选择，就该为自己的终生选择负责……

自尽，严格意义上说，是懦夫、无能者之作为。然而，在那个毫无人性可言的年代，他们却都是勇敢者……

那个疯狂的年代没有把余晓露逼疯，她挺过来了。

余晓露通过多方关系，回到栽培了她六年的中学时代的母校。慧眼识才、爱才的陈校长冒着大风险，收留了这位在北方已无栖身之地的大才女。而她感恩回报的方式就是，施展自己的聪明才智，为了祖国的教育事业，为培养下一代人发光、发热……

　　中国，改革开放的初始阶段，学校老师们的社会地位，所得到的经济报酬，从幼稚园的阿姨老师到高等学府的讲师、助教、教授，全是大同小异的低薪阶层。他们在"为人师表"传授知识给学生的同时，她们的口才也不只局限于此，时不时会有"文人相轻"的语言评论……

　　"舌尖之下压死人哪！"崔段长解释道。如此一说，成老师完全明白了中午崔老师的做法。

二十二、二舅要回国啦

下午，成老师下了训练课回来，大厅里已是开锅似的滚沸。满屋子的人就等他回来一起吃饭。

"清江阿叔，你们大家不用等我，我洗把脸就过来。阿妹啊，今天晚上奖励你一个小时和大家欢聚，但听完二舅的电话就要赶快回去晚自修哦。"

姐夫对小妹的学习抠得紧，丝毫没有松劲之意。

"我听说，整个初三那么多的班级一起模拟中考测试，就像中长跑的最后冲刺，初中三年级就看这末了一下啦。阿妹，你实话告诉我，考了全年段的第二名，你满意吗？"长辈非常关心下一代。

"当然不高兴啦。姐夫常说，做事情要尽力做到最好，起码别给自己留有遗憾。我只能是第一！而且还要和其他重点中学的初三年段重点班比试比试！阿叔，你说对不对？"小妹宣誓的样子相当可爱。

长腿阿叔刚落座，小顺子就"猴顺"地上了他的怀里。

大家吃晚饭时已经是晚上七点半钟。长腿阿叔问小顺子奶奶为何没来，小顺子想了想，比了个缝衣服的姿势。

"我妈在给他做夏季的肚兜和短裤呢。"阿丽应答。

阿惠真够本事，变出一坛同安地瓜酒，还是两年前的陈酿。她是利用下午的空闲时间，让阿丽看店，自己掏钱买了两尾白鲳鱼送给火车站搞机修的那位同乡，答谢他做了这辆坚固牢靠的"铁甲车"。

"我听阿丽说了这事，就问她为何不放入公摊的账上，她说是长腿不允许。阿丽还需磨炼，这与拿鱼去做人情是两码事。想想看，即使是古早年代，也不可能花三十多块钱就造成这样一辆三轮运货车啊。"丈夫有些责备妻子。

"阿丽现时是公私分明了。不过阿惠这样做是为公，所以就要做成公摊的明细账才对。"长辈教导有方："你们接触社会、生意场不久，凡事说开，把理挑明就解决问题啦。"

来电话啦!

"喂。"成老师示意众人安静下来。

"喂，阿弟啊? 我是二舅。"

"二舅，你好吗? 你是在家里吗? "

"没有，我还在办公室里，刚刚开完董事局会议。原来我和你爸妈说过力争早一点回国的，可是，前些日子……"阿弟将话筒从耳边挪开，让在场的各位都能听到远在海外的亲人那富有魅力的声音……

"……一位董事，就是你的舅妈她娘家人，突发心肌梗塞，好在送医院及时，现已无大碍。我这个主席啊，关心爱护手下人是我的职责。家里寄来的资料、你妈的单口相声录音带，我都一一细听，详尽阅览。包括海外的电台、电视台，只要是报道祖国的大小事，我都不会放过的……最后我还是下了决心，先回祖国、故土，听听老少亲人们的意见。"

"二舅啊，我先打断你的淡话，现在清江阿叔就在我的身边，你们长辈先聊聊吧。"小侄将话筒递到长辈手中。

"清江贤弟，咱们先握个手吧，不日咱们就要见面了。你还好吗? "二舅那浑厚的男中音有相当的磁性吸引力。

"绵仔，握手握手! 我很好，不好的日子渐行渐远啦，当今正是好日子。"好兄弟说。

"是啊，我听阿富和小妹说，阿弟和他的一大伙兄弟都是你一手提携的，真是辛苦你啦。

"这次我回国考察还是以'试水温'为主，也为二公子打个前站。他留法回来，我就把他丢到最底层干杂役，你的嫂子也叨叨，但是，让这二公子一下子进入高层，迟早准坏事。贤弟啊，我是看准了，往后的四五十年，只要没有大战事大动荡，这段黄金期就是阿弟这一批人和二公子文伟他们的天下了。我以前常说，你做事就是有大远见，你把阿弟这批小子拉出来，在变

308

革时代的大潮头打拼磨砺，对他们未来事业的开创，是功德无量啊。唉，一说开了就没个完，还是见面详叙吧。三十二年前，太古码头一别，如在眼前……"听得出来，二舅真是有点激动啦。

"绵仔，你在海外听到的消息快、新而且多。咱们的看法相近：祖国的当下与未来，唯有走改革开放这条道才是光明之路。至于阿弟，他的点子比我还多。就比如这一次请你回祖国考察，早在一年多前他刚学做生意时就想到啦。现今哪，许多大事我都要先听听阿弟的意见，与他们这伙年轻人商榷。后生可畏啊！我观察许久了，阿弟做事真像我的竹仔兄长，很有你的做事样式，甚至可以说像他外公、外婆的气质与处事方式。绵仔，我给你说件事你就相信了：阿弟竟然敢把装修豪华的结婚房置换了一间约五十平方米的小平房，就这么一下子，咱们才真正形成了国内现今超前的捕、供、销一条龙。

"依我看，阿弟天生是做生意的好材料。将来啊，他们这伙男女青年，还真是你和文伟贤侄的好搭档、为国家出力的好帮手哦。等你回国，到漳州亲眼看一看那正在建造中的两幢大楼房，还有今年圣诞节前后将停靠在咱们厦门港的规模船队。再让阿弟和你说几句吧。"清江阿叔竭力推荐小侄多与南洋的好兄弟沟通。

"阿弟，你还有什么具体想法，明说好了。"二舅说。

"二舅，我先说说空中航线的事。现在厦门才开始规划建造飞机场的事，目前你回国的最佳线路，就是从马来西亚吉隆坡直飞省会福州，每周有两个航班。回国的考察地，我们是想以航班的落地城市福州为头一站。无论从哪一个方面考虑，它现下都比正对台湾的厦门有优势。当然，一旦未来的祖国真正进入到经济大发展期，那时的厦门，从地理方位来说，就成了一张最有力的名片，这是可以想见的。但是二舅若是在福州先手打下了基石，无论从哪个角度而言，到时再进军厦门，仍是先手依然主动。至于其他的，就只有等二舅到了祖国，确切地说，是到了省会福州再面议。如果酒店董事局定了你起程的时间与行程，恳望二舅能提早告知，以便国内做好准备。毕竟时间有限，而行程与考察之地又多。二舅，不知道文伟表哥是否会与你同行。"阿弟说出考虑已久之事。

"阿弟啊，我非常同意你的看法，也印证了李先生、齐先生对你的客观评价啊。当年，我和你的舅妈选址文莱首都斯里巴加湾，建造这样一幢当年在此地算得上是最豪华的大酒店，其实是否是国家首都并不重要，更主要的是这里更像厦门的地理环境。你一定听明白我这句话的意思了。你刚才所说的，我亦听出了点眉目。但是，毕竟我离开祖国几十年了，人文、环境都在变。这世间啊，唯有主耶稣基督与　神的大爱不变。这次考察的起程日期、航班、落地时间，我会让秘书处好好落实，最后的敲定依然要通过董事局。至于你的文伟表哥是否与我同行，首先是你的舅妈持何态度，再有，就是他正在底层做事，一是脱不开身，二是越级出差，这可不是我的办事风格哦。你们年轻人哪，有的是好机会，未来的天下全是你们的。"二舅说。

"二舅，多保重身体。"阿弟将话筒交还长辈。

"清江贤弟，一会儿你转告阿富和小妹，就说我回国之前，会去美国阿兄那里一趟。今年他已从马尼拉移居到美国三藩市其女阿灵那里了。他也是跌入'儿女坑'的好父亲啊！好了，就先谈到这儿吧。听背景声音，家中像是亲朋好友聚会，好不热闹嘛！你们的阿嫂问大家好！主与你们众人同在。保持联络。再见。"二舅说。

叔、侄二人与南洋亲人道别后，阿弟即刻将此佳音传送到漳州亲人们的耳中……

小妹自修去了，阿丽和阿顺抱着熟睡的儿子也走了。屋里只留下阿惠、阿弟陪清江阿叔聊天。或许是酒劲，或许是晚间的一番通话，唤起了清江阿叔对青春年代的追忆，他打开了话匣子，从青年时代读书奋斗，参加进步学生组织的革命运动，在抗日、解放战争时期与日本鬼子、国民党反动派奋战，再谈到他在"文化大革命"中的"运动员"经历。从陆地聊到海上，好多事情连阿弟都没听过。比如他看到旧社会国民党的苛政，日本侵略军的狂妄嚣张，随同革命组织做好厦门市临解放时接应革命同志，新中国成立之后所有老百姓、公民们的斗志与激情；同时，他也讲到当年"三反""五反""反右派"、"公私合营"、与苏联老大哥斗嘴，以及六十年代的三年"天灾"，十年"文化革命"……一篇篇、一串串的大小事件把阿惠"砸"蒙啦！今夜阿惠不用再上渔货码头上货，坐着听长辈叙述历史。以前她根本不知道清江阿叔的过往所为，今天一听，原来长辈是位勇士、大英雄，太不简单啦！清江阿叔是个真正的伟大人物。

已过了子夜时分，长辈的兴致略减。现时的他虽是单身一人，但在他的心中，陪着妻子遗像才像回到暖暖的家。阿弟只好跑了好长一段路，雇来了仍在深夜里挣辛苦钱的三轮车，将长辈送回他的住处。

阿惠已把大厅清扫干净，等着成老师回来。

"都几点了，你怎么还不睡啊？"成老师下命令了。

"成老师，有件事我必须告诉你。老郑今天来提货时告诉我，番仔楼的小儿媳妇最近傍上了一个做电缆电线生意的老男人，还认这个老男人做干爹，天天晚上都要喝酒闹腾，直到后半夜才散席。"阿惠说。

"哦，原来是这样，真不要脸。阿惠啊，主要还是这个家中小儿想当花花公子又没能耐，没钱啊，只有用女色，连自己的老婆都可以利用上。说到底就是受了'文化大革命'的毒害，小学到高中什么没学到，毕业证书却领了三张。他娶的这个女人比他长一岁，满嘴谎言满腹坏水。阿惠你说，哪有做晚辈的让父母在家中糊蚊香盒来贴补自己。这事正巧被清江阿叔与三兄弟撞见，阿海差点没把小儿与小儿媳妇给撕啦！小儿先抢我从山区运回的木材做了成套家具，再抢长辈们传下的古董古画，又要让外人看到是他们在照顾父母双亲……说都说不完，太气人啦，这也是你来时亲眼所见。"成老师说。

"说起这事大鸟现在还愤愤不平，他最恨小媳妇。"阿惠说。

"家中的这个小儿历来就'吃软饭'，他会不知道老婆认干爹的目的是什么？我父母这么大年纪远走他乡的原因，阿惠你是知道的，自家人成了如此模样，真是连畜生都不如哇！"

"真是丑陋加龌龊，听了直恶心。"阿惠为人就是正直。

"阿惠，我和你说这些事，是想告诉你，老郑来上货时你也可以侧面说上几句，提示他一下，他是个生意人，精明，一听就懂。有些事，我们男人之间面对面还真是难以启齿。你还记得老郑曾带他的年轻女友来店里吗？我的看法是，他们老夫少妻过得并不很顺心。现在有了楼上这个小媳妇做邻居，你还是要多少提醒一下老郑。再怎么说，老郑也算是朋友嘛。这个事就不提了。今晚我陪长辈多喝了两口，天热睡不着，你们姐妹俩又不用上渔货码头上货，我就多说两句。等到农历年底，咱有了规模船队，像现在这样的批发店，还要在闹市或旅游区多开两三家。"成老师说。

"我和阿丽说，卖完阿顺讨回来的渔货海鲜，正好可以接上阿海那对新下水的拖网船渔货。说到将来的打算，成老师的想法是好，只是怕到时人手不足。"阿惠实话实说。

"你不用去操那份心。阿惠啊,今晚我是有点过量,有句话我还是想借酒意说出来,你要是嫌烦,就当成我胡说……想听?那我就说啦。我和清江阿叔真是没有恶意,是为了你们好。人常说:世间事除死之外,啥事都得赶早。此话不会错吧?多余的我就不说了。你很聪明能干,就是有些事你一定要想开,不能太钻牛角尖,否则会闷坏自己的。如果你能答应我,就点个头。哈……点头啦!这样就对了嘛!"成老师实在高兴,他走近坐在矮凳上的阿惠,用他的大手揉摸了一下她那一头秀发。

清晨阿姨就来电话了,她说:"阿弟,昨天夜里姐夫和大鸟很迟才来电话,说今天有加挂车皮,因此,明天上午他们会从长沙再发一车皮的千两茶直达漳州。这样一来,华宗与我交接完货之后,就要返程押运下一趟货了。这两车皮的货与香港陈先生交接完毕,漳州的所有新茶就会清仓了。紧接下来的这批新茶,陈先生问及茶价是否有变动,我给他的回复是:与你联络之后再给他通报确切的信息。事急,所以赶早就给你打电话。"

"五月初我与齐先生所做的是口头契约,但现时咱们给人家的茶价不可以随意变动,你告诉陈先生,仍是以五月份的定价交易。即使将来茶厂提价或铁路上加了价码,咱们也应该提前通报香港方面。阿姨你受累啦!又是工地、建材,又千两茶交易,紧接下来还有二舅的这一大摊重头戏。我已经与弟兄们商议过了,等爸和大鸟回漳州,要议一下你和妈帮工地做后勤、阿丽的婆婆看店的劳动报酬之事。我们不管你现时是有多大家财的富翁,这是公事,是规矩,没的商量。"阿弟说。

"好,听你的。还有一件大事,就是许教练出院之后,是否按咱们说好的,让她们母女俩同回漳州家中……"

"阿姨啊,许教练的脑子比咱们还灵动,您尽管放心好了。即便是阿玲调回漳州少体校的日期确定了,稍往后推些日子也不是不可。说到调动就联想到二舅回国考察的这件大事,目前只等海外二舅的董事局确定时间了。不过,你要事先做好还要与吴玉燕配合一起做计划书的准备。另外,那位'汤首长'在二舅回国期间是否也要会上一面?这件事务必与吴玉燕细细商议再作定夺。这段时间您还要注意休息,二舅回国考察时可有的忙呢!"阿弟说。

"谢谢啦!大家都多多保重。"阿姨挂了电话。

中午放学时，初三年段有几位脸熟的科任老师朝成老师微笑，还有几位主动与他打招呼。小妹的模拟考试成绩老师们全知道了，同时，他们也知道这位小女生的姐夫就是"飞人"成老师。老师们普遍喜欢学习成绩好的学生，或许，这是教育工作者的天性吧。从小学到高等学府，都可以见到教育工作者的这种偏见，甚至可以说是一种一致的坏毛病。

回来时小妹都快吃饱饭了。也不知她从哪里拿来许多的参考资料，各个学科都有。一问方知，是放学之后余老师私下给她的，让她在空闲的时间作为补充练习。余老师再三强调，既是辅助练习之用，就还要以课本以及各学科老师布置的总复习为主。余老师的这一举动令成老师没想到。他打心眼里敬佩她，真是一位有强烈责任感、事业心的栋梁式优秀教师。

"老郑上午来上货，看他的精神状态很差，没与我多说，只提到晚间想与你单独聊聊。看他那样，一定是有什么要紧事告诉你吧。"阿惠告知老郑有新情况。

"阿惠，你和阿丽下午早点关门，回来做些菜，还要到你的同乡那里买上两瓶好酒，顺便向他打听一下，是否能帮咱们找到一辆运货的大卡车，再配上三四个搬运工，记住啦？"成老师一脸严肃相地叮嘱阿惠。

"好的，下午我就去办。我想还是买低度酒或甜酒比较好，你又喝不了高度酒。"阿惠很会替人着想。

"只要是好酒，就买了放起来，那几个酒鬼才不会浪费好酒呢。所用的钱款要记清了，我好与你会账。老辈人说酒喝多了会败事，也确是如此，但有时做事没有酒助气还真不行，它也会成全好事、美事。"成老师说。

下午成老师放学时，阿惠对他说："中午我和阿丽就给那些大客户去电话，让他们要补货必须赶在四点钟之前，这样咱们可以做自己的事又不失信用。"

"你们真会办事，这样做很好。"成老师表扬阿惠。

"火车站的同乡那里我是和阿丽一起去的，没想到他正是以联络运输为第二职业。他联系的这一家，是厦门市专营运输业务，兼搬运、租车为一体的老牌公司，厦门人称其'二搬'。租用一辆大卡车一次性缴费十五块钱，若再加长挂斗是二十块钱一次。搬运工连同司机每人工钱五块，只要一开工就是以一天计酬劳了，另外要包工人、司机三餐，若不包餐每人加付一块五毛钱、粮票一斤。汽油费由雇主负责。同乡问我包车要干什么活，我乱编说是搬运家具之类的。"

阿惠指着桌上的两瓶江西产的高粱酒和三瓶低度果子酒,还有一大盘广式香肠,说:"我给了阿丽一大半,账挂在咱们名下。一会儿我做个冷盘,要是阿妹喜欢吃,咱们以后再买,这是'正港'的广东烧腊味。成老师,你让我们打听运货大卡车,究竟做什么用?"

"我是想先了解一下,说不定不久后就用上了。"成老师说。

小妹与老郑几乎是前后脚同时到。

"来,老郑,说人人就到啦。阿惠正炒菜呢,咱们先喝点。这是我的小姨子,刚转到我的学校上初三。阿妹,快叫郑大哥!"

"郑大哥好!阿惠姐,这是什么?腊肠吧,真香!阿惠姐本事大,菜是日日不重样。"看这样子小妹是真饿啦。

"老郑,不知道你是饭前空腹喝酒,还是……"成老师话留半句,为的是尊重客人的意思。

"小成,随便。"老郑说着从自己的提包里取出一个用咸草绳扎的荷叶包,说:"我的叔伯堂妹夫在'关仔内'开了家'半明半暗'的卤牛肉店,他专攻这一味,只是至今还没有正式的'字号',这营业执照真难搞。"

"哦!是'老罗'吧?真不知道你们还是亲戚门风呢。阿妹,快去取两个盘子来。"

看着卤牛肉装入盘中,小妹的眼睛闪闪发亮。

"这是厦门早年的名家真传卤牛肉,今天,你们可有大口福喽,让你们知道什么才是真正的香卤味。这是郑大哥家亲戚的手艺。"成老师说着给二人面前的小酒杯满上白酒,又问老郑:"最近的生意如何?"

"还行吧。这两家酒楼用惯了我买来的货,毕竟我知道如何帮他们调配货色,补缺货及时。大酒楼、宾馆的采供部就是那么一回事,我采买、做事领导们还是挺满意的,主要是各人都有大小回点,当然就高兴啦。"老郑实说。

"来,吃菜,别光喝酒啊。"成老师给老郑夹了块鸭肉,接着说,"旺汛还没到,海鲜渔货都比较贵。资金方面怎么样……哦,我是说,早年家父他们老辈人时常会遇到商人们资金周转不灵的时候,家父总会尽自己所能接济他们一点。家父常说,谁都有碰到难处的时候,能帮衬一把就帮。他会把预支出去的钱当成买了别样东西,就不再想它了。现今我多多少少也沾了生意的边，我一直在想，家父的教导甚是有理。老郑，现时既然咱们是朋友了，话直说莫拐弯，你不会介意吧？"

人一旦说到钱或借钱之事，不拐弯还真不行！

"小成，咱们虽相识不久，可厦门就这么大的地盘，好歹事一传就是百里之外。早期你们在码头大船做事，做人的口碑我早有耳闻，是讲信誉、信用、信义之人。可今晚我不是来谈生意上的事。"老郑说。

"哦，既是这样，老郑，咱们借一步说话，到我房间来。阿惠啊，阿妹喜欢吃这腊肠，再给她切一点，也麻烦你顺手给我们加添几样小炒。阿妹，帮我把那张小桌子搬到我的房里来，还有凳子。晚自修之后要记得喝牛奶哦。阿惠，辛苦你了，喝白酒需先煮个汤……老郑，酒你自己倒……"成老师关上了房门。

半小时之后，小妹告诉姐夫，她要回去晚自习了。两个男人聊了一整晚，六十度的高粱酒见瓶底了。主人照例给客人雇三轮车，付给车工五毛钱脚工钱，这五毛钱即刻让三轮车飞了起来。

成老师进屋坐定，阿惠已经泡好了一壶浓茶放在他的面前。她先去收拾好成老师的房间，擦干净了地板，才坐到成老师对面，只顾给成老师倒茶，也不问老郑的事。

"几天前，老郑与他的年轻女友吵嘴，此后，这女子就不见了人影，老郑除了忙采买的事之外，把厦门她能去的地方找了个遍，直到昨天晚上，她回到了番仔楼。其实，吵嘴的起因就是，老郑采购回来的渔货一直莫名其妙地丢失。不过，老郑的女友自回来之后变得乖巧，还事事顺着他，这样反倒使老郑心里不踏实。混社会这么久的老郑城府极深，据他观察，年轻女友与楼上的小媳妇走得很近……"

"这就奇怪啦，她们是怎么勾搭上的？"阿惠不解地问。

"是啊，一开始听老郑说这事我也迷糊。老郑说他的表姐就住在小媳妇家的隔壁，知道她的太多丑事了。她呢，从小没有父母缘，她的生父过世那一阵子还瞎编说，其父留有遗言要葬在南普陀的公墓里。这个歹毒的小媳妇编造谎言，全是为了图省事、少人事应酬，这样就可以生生独吞亲戚朋友送的丧事白钱……"

"在我们海边，要是吞了死者丧事的白钱会折寿遭报应的。哇！这个女人心真毒！"阿惠评价说。

"阿惠，你说得太对了。纸包不住火，此事闹开通街知晓。老郑还说了其表姐亲眼目睹一事：她父亲亡故，连她三哥送的花圈挽联她都要做手脚。这小媳妇儿时就与其三哥有过节，其三哥是离婚之人，带有一小女儿。这小媳妇的心歹毒到，将挽联落款上其三哥之女的姓名提到与三哥并列，此意就是将三哥之女提至三嫂的位格。可见这个小媳妇的心黑成啥样了。还有，明知她的母亲信伊斯兰教，她就有意伙同几位'拜佛'的香客在家里搞佛教的法事。

"老郑说，小媳妇对钱财更是贪婪。去年年底，市里讨论了多年的建造土特产公司大厦的事终于落实了，小媳妇家与老郑表姐家全在动迁之列。这个小媳妇又耍起小聪明，将丧偶的母亲推给了两地分居的大哥，自己通过与开发商的幕后交易，占了户口分居的大便宜，并且侵吞了家中不少的补贴款。这种白钱都敢吞、遗产都想捞便宜的黑心歹毒妇人，与专吃女人软饭的小儿正好是'挑一担'……真是物以类聚、人以群分啊！连老郑的表姐都看不入眼哦！"成老师说。

"是啊，成老师。我听你这么一说心里也犯嘀咕，老郑所说的这一堆话，不会与番仔楼有什么牵连吧？"阿惠是越听越糊涂了，不过，她还能不忘主题。

"阿惠，你说得没错，我当时也是这么想的。我还告诉老郑，要是楼内房子住不惯，咱们协议书上的事好商量，可再调换其他住得顺的房子，住房任他挑，费用由咱们出。但是，老郑对住房又没有任何异议。阿惠，是老郑亲口对你说，小媳妇傍上一个做大生意的老头做干爹？"

"是的，老郑来上货时就是这样说的。"

"老郑就是有个坏毛病，总是话到嘴边咽下半句。也难怪，这与他为人圆滑有关联。现在，我的思绪一直集中不起来，可我相信我的判断不会有大错。咱们要把上个月初没有运完的一部分古籍，还有保险柜、书橱、紫檀木花架运走，这就是请你同乡帮忙的原因。咱们先做这一手准备，以绝后患！阿惠，这就是老郑要对我说的后半句话。"成老师这才恍然大悟。

"成老师，这样的大事要说办就办才好哇！明天一早，我和阿丽去批发店贴上告示：上午停业半天。然后就约上我的同乡一起去租车雇人，直接理顺这件事，将这批好书一口气运回漳州，省得再反复一次。"阿惠的办事能力就体现在这里，遇事冷静、机灵、果敢。

"阿惠，此事就按你的思路来做。这么晚了也不必再搅扰清江阿叔。租车的手续办妥之后，就盯紧番仔楼二层的二男一女，等到他们全出门，老郑也离开楼下，就可以开始行动了。真遇上二楼有人回来，就公开说我父母需要用这些书籍。咱们雇上四个搬运工，活就干得快。阿惠，你刚才说的贴告示一事就可以免了，只要在明日清晨将所供应的上品鱼种类、单价列出来，早来的采购员一见到黑板所列，就如同见到实物一般，另外请出伯母代为招待、泡茶，不用一会儿阿丽就到批发店了。你押车上漳州时，叫阿丽把电话打到我教研组的隔壁，说找我就可以了，这是电话号码。还有……"成老师拿出一百块钱和钥匙交到阿惠手上，说："阿惠，这钱该怎么花，你自己拿主意就是了，我想足够花费的。不用记账，用了多少口头告诉我就可以了，这是家里的私事，只是，又得辛苦你上下漳州颠簸啦……"

"成老师，你这样说就见外了，都是一家人的事，只是明天中午你和阿妹要到阿丽家用餐了，到了漳州办完事我就返回。你早点歇息，理完厨房的事我也睡觉去。明天的事你就放心好了。"阿惠微笑着说。

以成闻卫敏锐的洞察力以及对社会事态、人事关系的预测、判断，这是件不可小视之事，这其间一定还有一层更加复杂的关系，只是现时未明了而已。

厦门。成德富家的那幢番仔楼，二层，小儿的卧室。

"怎么样？四天之前我就告诉过你，楼下的那个小女子是只贪财的鸟。那天，她家的老男人取了海鲜送酒楼，我就侦察到这小女子提着一大包鱼货后脚随他出门。头一回我还是观动静，第二回我就盯紧她了。当她来到'浮屿'的一家海味酒楼把鱼货出手，正点钱时，我才上前与其招呼。她就这样落了网，才有了你今天与她的'私事'。怎么样？我还没听到你向老娘汇报你的'工作表现'。别紧张，我是好心帮你。"一对狗男女正议着如何更进一步给那贪财的楼下小女子下套呢。

"这事是你让我去打先锋的，往后可别赖我，栽赃我。不然，我可说不清哦！"这只公狗得便宜还卖乖，一对畜牲正为一块"女人肉"作交易。

"哎哟！现在我的'先生'也知道漂白自己啦！想漂得如清水般靓啊？休想！别以为你婚前婚后做的那些破事暗墨墨，我不知道吧，我可是有几个顺风耳随在你身边哦。现今，我配合你捞上这一票，是有我长远打算的。你有了这张肉票，可别太伤身子哦，家中还有老娘我呢，你要精心侍候。至于我的干爹，什么时候给他送上这一票厚礼，时机到了，我自然就告诉你。不过，现时你所做的事可要处处小心才是，听清了没有？"母狗狂吠。

母狗怒吼，公狗是要低垂狗头竖直狗耳静听的。

"我上班去了。现在，我就是担心那个老郑看出什么破绽。"公狗偷吃了良人之家的东西，狗心岂能不虚？

"放心吧，只要你拿出那些对付我的惯用'技法'，还怕不把这小女子搞服帖啦？对付那个小老头不难办，我来！"母狗龇出咬人的黄牙……

大清早，两姐妹约上阿惠的同乡，顺利地租到了"二搬"的大卡车并雇用了四个搬运工。拿着番仔楼厅房门的备用钥匙，几个人就在番仔楼对面的小饭馆吃早餐。司机与四条壮汉美美地吃了早餐，抽着姑娘送上来的免费洋烟。看着楼内二女四壮汉开了大厅门，有意叫醒睡眼惺忪的陈姓姑娘来开房门。阿惠有劲的双手摁着细皮嫩肉的小女子坐在小会客厅里，阿丽领着四条壮汉直入书房，再沉重的钢质保险柜哪里抵得住四壮汉的猛劲，古籍善本入了早已准备好的几大纸箱，还有紫檀木花架、古董花盆，最后搬走全套长短沙发……

二十分钟之后，陈姓女子只听见两姐妹唤了声"再见"，三间大房空空如也，只留下给她赖床的一架铺位。

兴许是事发突然，或是阿惠的"悉心照看"，这位小女子连更衣的时间全无，哪有时间"醒"呢？等到阿丽领着婆婆、儿子一起开门营业，成老师也接到了报平安的电话，阿惠押运的重载大卡车已经驶出厦门海堤时，小女子才想到该给那个女人，那个在背后歹毒教唆的"老鸨"打通电话。

"嫁给你这样一个没本事的男人，真是倒了八辈子霉了。结婚时，也是我倒贴给你成了这个家。先别去说那些古董、古字画，仅说这批古籍善本，都是进了咱们口袋的东西了，老早就叫你把它们转移到我家去，你是怕这畏那的，仅其中的几本孤本，干爹说了，随便一本就值好几幢现住的番仔楼呢。今天要不是楼下这个小女子告诉我，你我且梦游呢。真是猫叼八哥全不见踪影——两头空空。"一脸横肉之肥脸此时有如棺材板！

"别气了，这样对肚里婴儿不好！"小儿劝季西路。

"亏你还惦记我肚里的孩子！你当下的任务就是要死死套牢楼下的小女

子……"

"嘘，轻墙薄壁的，不怕人听不见啊！我正在照你的意思在做，你可别忘了，爸的那个黑脸包公兄弟说，要真变卖了先辈们的传世古董和古籍，他敢叫法官来的。摸不得啊！这位'包公'是个老共产党，特别懂法，咱们别自找不自在哦！"这条公狗真见到打狗棍叫不出声喽！

二十三、权、钱，能买人格？！

中国古训曰：好的女人是个宁静的港湾，可以让一船家里人平安地停泊在那里；坏女人是祸水，好好的一家子迟早被其淹没。此话不假。

"哟，大哥回来啦！谁请客啊？大热天正中午的，一张脸有如红太阳！是在哪里喝的喜酒？送葬白事？还是吃公款的'便菜饭'啊？"

"我们这种领导到基层巡视检查工作，到了地方哪里还需要检查嘛，早就通风报信过啦。全是做表面文章的'铺面蛏'，糊弄我们上级领导。上午还不到十点钟，就坐在办公大厅乘凉吹风扇，说是听下级单位汇报。那时令水果一上口，还汇报得了吗？半个小时之后就开喝到现在，菜肴道道精细，上等好酒款待，专用轿车送到家门口。这样的生活没多大意思，太乏味，没情调！"专给畜牲打防疫针的这位副科长捡了便宜还卖乖。

"大哥，你真有口福，常有人请。你们吃午餐是只交粮票不交钱，还是吃工作餐啊？"么儿傻傻地问。

"全免全免。喂，这楼下又怎么啦？上楼时老觉得空荡荡的一股寒气。我告诉你们，原先放在楼上书房的古籍善本，是老家伙的心肝宝贝，你们不用惦记。两个老柴渣将这些名书孤本放在阿弟那里，就是心中早盘算好啦。你们别自个儿与自个儿呕气，想想自己该做的事，不要一日到晚尽想一些有七没八的，还没活到头自己先进了死胡同，多不值嘛！我是大哥，全是为了你们好！"

"是啊，大哥，我也是这样劝他的，好歹要知道个深浅不是？"

"我总觉得他们二老是越活越糊涂。大哥，你这样下午还要去上班？"戴上防风绿帽的"公"种，只会更糊涂。

"还上什么班，下午的工作就是睡觉。你们看到了吗？楼下那个小女子真有点姿色，冷美人！哈……我是在家中说笑，别外传！"四十多岁的老男人瞟了一眼面焕七色光的亲胞弟，心知八分，他是讲给小儿媳妇听的。

"原本我下午是没班的，可是新来的小姐搞错了售价签，害得我下午还要到店里一趟。下班后没事就早点回来，别四处乱颠，做点正事，听到没有？"女人此地无银三百两，还倒打丈夫一耙。

"我上班去了，有什么事等你回来再说吧。"它！很乖。

"看看，你就是不动脑筋，真想起来比谁都懂事、明理、聪明。"

小儿刚离开番仔楼，小媳妇立马闩上了楼房大门。

"大哥啊，我给你端来热茶让你醒醒酒。我来啦！"小儿媳妇说这话时，如同话剧演员在舞台上念台词般温柔。

"好哇，路路。"大伯半倚半躺在大床上。

"大哥啊，你中午时分喝了酒，就要用浓茶来解。我呢，上医院检查是怀上啦，双乳胀得要命，你是行家，帮帮我。"小媳妇用后脚跟甩上了房门。放下茶杯，解开衬衣，一副下坠的"布袋乳房"裸露在大伯哥的眼前。

她接着说："还有，这里更是难受！"小婶子脱下了外裤，将矮胖粗条肥硕、带有内八字的肥腿显露出来。路路还以为没有杨贵妃的漂亮脸蛋，只要有满身肥膘大肉，就可以成皇妃啦！那样一整片"大扣肉"，响声阵阵地紧压在嫖客身上，如此而为够生猛……

淫妇是全然放开平脚，大干一场啦！

"哇！真难看，还不如母猪腿！"公的想。这与他近期好上的单位女出纳那双美腿相比，真是看不下去了。不过，闽南之古语正符这只"公"的此时心境：没有鹧鸪，麻雀也好嘛！大伯哥专科攻兽医。

"哇！"路路如同一头大发狂情的母猪欢叫起来……

"这就对啦！你的这种病，有时要慢医，以前你体会到了慢医的好效果；而今就是要用快治让你知道疗效更佳，你说呢？"大伯哥喘着粗气，满脖颈净是汗渍。它！出手啦！

"我全听你的。和你这样懂得对位治疗的大神医在一起就是有情趣。知道如何点穴位。像我这样的病患啊，只要稍加配合，就能解除苦痛并得到无尽的快活、欢愉。"小婶子说。

"那是自然。解除患者的痛苦，让她们得到舒心欢乐，正是我的天职！"是啊！它就是一只医治兽性的兽医。

没有辈分之分，没了人世之伦，只有发情的雌性和披着人皮发泄雄性兽欲的一对，只能直立双腿行走的畜牲、动物，它们的肌体发肤串在一起。掏空辞海、字典的所有汉字，符合现场景象的只有三个字：脏！贱！恶！

"不知为什么，最近我想得到你的欲望是这样强烈，不知是否怀孕的原因？"得以满足后的母猪，想再次挂号预约。

"这是肯定的。只要感到舒服就随时呼我。我是随叫随到，包治好，免挂号费。"这是禽兽之语……

"龙龙你坏透啦！我说，这楼下现在搞成这样，哪有咱们的好哇？你还是赶紧帮我拿拿主意，出个点子吧。"

小媳妇只有再使出女人的那套"温柔"。

"路路。其实你是一个很有思想的女人，所做 的事全在点上，就是脾气太大啦。我知道你不会生我的气才这样说的。大伯趁势抓住了母猪的乳房。说："你让他去搞定楼下小女子是个好想法，只要是不轨男人都是很难过年轻女人这一关。目前依我看，你的做法有点问题。当下，你所做的事如同在钓鱼，要让鱼在水中游起来，又暂且不让它咬钩。这样的比喻就是让你要拿住你的干爹，有了主动权，再借这个老头之力，做起自己的生意才有底气。让他去打楼下小女子的牌，如此前呼后应才能成大事，单靠敲边鼓的小打小闹只会吃力不计好。还有一点：这个小女子的男友，我看不是省油的灯，是个在江湖上混过的高人。在所有的步骤进行中，首要的是抓住你的干爹这头。他做的电缆、电线全是来钱的大生意，这个行当非常符合未来社会发展的走势。因此，你必须借你的干爹之财力，才有可能成就你们自己生意的起步行走。听懂啦？路路真聪明。"大伯为小婶子谋划计策。

"大哥，你是真有本事。可你需要我的另一种本事：中午，我非吸干你身上的所有酒气……"小婶子放开手脚做起了大动作。她必须对大伯精心的谋划，尽心、尽情、尽骚、尽力地展现自身的猛劲，回应报答他……

这是狗兽医求之不得的大好时机。酒，真的会乱性！

"我还是要去店里一趟，这个小心眼的一定会打电话到百货店找我。他哪像你龙龙大人大量，气量小得像个老家婆又好吹牛，我和他结婚之前，他总是戴着那枚变色成面的戒指晃来晃去。后来我才知道，他是吃那个'大鼻'女人的软饭，是那个女人施舍给他的。真是恶心！一点本事都没有的小男人。龙龙，接下来我就要施行你教导我的这项大计划。到那时马到成功，我一定要好好地报答你哦。"

小婶子帮大伯哥做起了"整理运动"。

"少来啦，你还是省省吧。哪个男人受得了你的猛劲，我服输。已近五十的我哪斗得过你这只肥母猪？再过两天我就搬单位福利房去了，还是那腿出纳温柔又有钱。母猪，你别打错算盘哦，你是在为我打前仗，我思想的可是你干爹哦！"原来，公狗嘴里叼着母猪的肥膘，眼还在看母猪体后还挂有她干爹的钱包。生活在这世上的老少男女是不会想到：这样串在一起的公狗、母猪都有如此之大能耐……

倘若一个女人已经堕落到自认为，与自己老公上一次床，和其他男人再上几次床是她的"日常"需要，那么，这样的女人就一定比出卖肉体的娼妓更坏。娼妓就是娼妓，而家有老公的淫妇，奉送给姘夫的不仅仅是肉体，她是步步算计好让姘夫丧失理智，她会像一只猛蛇毒蝎那样死死缠绕着姘夫的灵魂、操控姘夫的言行钱财。一旦哪一天她觉察到姘夫没了可用的价值时，就会甩开他，再去猎捕下一个目标。

淫妇之事世间繁多，但还真没有看到这样的大伯哥与小婶子通奸之后，还有那门心思想着那些所谓有钱人之资财，真是什么样的环境和思想境界就出什么样的人……

真是太可怕了。

老婆为了达到目的，随手用了原本就不忠于她的老公勾搭楼下这位陈姓小女子，以便自己能用这张好牌一步步诱她的干爹入网。然而，老公可不是吃素的等闲之辈，他也利用老婆予以他的"宽松"条件，顺手搞点碎银花花。

小儿成闻达有一位酒肉朋友姓高名路松，早年也是花花公子。在国内刚开放的这段日子，他看到了在装修市场上几乎还没有人做卫生间、浴室装修材料这一行当。世间之人，每日清晨一睁开眼，有多少事要在这两处家中的关键场所完成啊。高姓男子取了他老婆的私产，投入到这个行当的生意中，还果真赚钱啦。慢慢生意有了拓展，他资助其三哥承包了一家"大集体"性质的旅馆，以其三哥儿时之乳名命名曰：小三旅社。

苍蝇不叮无缝之蛋，与猫无腥不动同理。哪里有腥味，哪里就会有一帮连一帮、一群接一群的老、中、青馋猫跃跃欲试。这不，小儿搞定了楼下的陈姓小女子之后，好友高路松禁不住流口水啦，加上"小三旅社"有他的资财投入，如此一来，各取所需，拉皮条的小儿乘机抓点过手银两，喝上几口花酒；陈姓小女子得到"卖肉钱"；旅社生意兴隆，日进银票多多；至于那些行业主管，谁个不知道旅社里的"包房""包月租"意味着什么，但只要月月按时上交管理费和数额可观的"封口费"，各人你好我好大家好。这就是改革开放初期，社会繁荣和经济大发展的同时，也必须面对的阴暗面……国家也正采取多种措施来扫除此类"黄颜色"的污流。

自从小儿搭上了老郑的陈姓女友，只要过手把她"卖"给生意朋友，自然满口油水，除吃喝外还能甩上几回扑克牌。但凡老郑出门做采买生意，后脚必有高路松带各方生意人造访番仔楼。几个月前的新婚之床，现在竟成了罪恶之榻啦！

若遇上小媳妇倒班时，他们就会班师回小三旅社的大营尽兴。慢慢地，高路松的另一帮生意朋友也涌了上来。老郑的陈姓女友毕竟是做小生意的人家出身，很会周旋于男性商人之间。她深知这群色狼的死穴，谁给她的利大，就帮谁成就生意。如此而为，除应得的"卖肉钱"之外，她还可以从撮合的生意上抽取回点……身上的肉任人挑选，卖谁不是卖啊，没脸没皮只剩肉了！

老郑的妙龄女友虽然在家待不住，不过还是一日煮三餐，保证老郑的饮食。她要是在此时与老郑翻脸，一个外地女子一定没有好果子吃。再说了，不是还没有到那份上吗？尽管老郑或多或少听说了有关其女友的传闻，但由于小儿在这方面是偷吃的能手，而老郑为了糊口三餐，又腾不出手来做"捉鬼"之事，陈姓得以不失时机地积攒她的卖身钱……

一天，老郑提前回来吃午饭，下午还得再带一趟货送另外的一家酒楼。结果不见午饭不要紧，连自己的女友都不见人影。他想到上二楼问一下他的女友之去向，结果二楼的厅门敲了许久，才见小儿匆匆来开门，神色很是紧张。

"哦，是老郑啊，找我有事？"小儿支吾着说。

"小弟，是这样的，我家的那位不在家，我就是想问问，她是否交代你们她上哪儿了。"老郑很客气地说。

"没有啊，会不会上邻居家串门？没事的，说不定咱们说话间，她已经回来啦。"小儿停一停又说："老郑，你还没吃午饭吧？正好，我已经做好了午饭，你坐，我给你盛饭去。"

小儿真的很热情，到厨房盛饭去了。

"小弟，不用啦，我上外面吃去。"老郑赶紧推辞。

"哟，老郑，你这就见外啦，饭都端来了，你就坐下来吃，我去拿菜。"小儿仍是热情不减。可当他从厨房出来时，却是手提一瓶黑乎乎的酱油，说："老郑啊，真不好意思，我忘了老婆还没回来炒菜呢，你就将就着吃吧。"说话间，他就把酱油倒入老郑手端的那碗饭里，还有意把酱油倒多了，顿时，白米饭黑汪汪一片。老郑咬着牙，报以二楼小儿钻心的苦笑，一团难以咽下的气堵住了喉头……五谷精粮糟践报复随即到了这狗眼看人低的小人之家。

此时伤心的何止老郑一人。高路松正搂着陈姓小女子于怀中，房门外所发生之一切，陈姓姑娘均听得清楚。她想起了刚到厦门那段最艰难的日子，是老郑帮她挺了过来。想到过往的这一切，她差点掉下泪来……然而陈姓女子的思绪很快就回到现实之中，她深知，生活在厦门的外地女子，走到这一步，已经是无路可退了。她只有继续往前蹚这汪浑臭之水，四周的兽性、欲望压得她艰难喘息。可金钱、首饰……这一切之一切又是如此诱人，使她无法抗拒。

她已经麻木，没有了良知……

那些只知道发泄性欲，将她当成玩物，与她同样没有良知的男人，只会丢给她一张又一张她酷爱的现钞。

她不再去思想老郑对她如何的好。

她几乎成了不会思考这些事情的机器人……

从农村、山区走向城市生活，这本身是社会的一种进步。但想要过上这种文明的、高质量的好生活，就必须付出艰辛的脑力、体力、汗水，此外，无任何捷径可行！

双腿直立行走的人与四脚落地的畜生，最最本质的区别在于，"德"能控制人之日常行为，"德"让人明辨是非。

现今的时代有句人人都可以不假思索、脱口而出的流行语：法不责众！

讲透其真正含义就是，男人有权、有钱可以变坏，女人变坏就有权、有钱啦……

这真是一条很有"创意"，又奇特的"理论"。

人既然视金钱为万能，既然有了权、钱就可以独行，就可以不受"德"、"法"制约，那么，以立德为本之人又是何"物"？没有时间想？又是谎言一句。不是吗？

无德无法来作为人之生存根基，大社会将会重现"文化大革命"的悲剧。这绝非危言耸听，这幕惨剧已经上演过整整十年。而今，人们依旧生活在它的余毒之中……

在时间的长河里，那短短的十年如同一场噩梦。然而，更为可怕的是，当噩梦惊醒时人们依然不思悔改，当下的社会仍有多多心术不正的贪官污吏，借用这句"法不责众"的流行语，在继续编导着他们心目中的文化大革命，正在给卑劣的权、钱交易与集团勾联利益名正言顺地立下"牌坊"。

岂不知社会正义的潮流，汹涌澎湃的怒吼之声在警告这帮玩火者：浩浩荡荡的正义潮流、不可估量的人民力量会冲垮这一切污流浊秽，别给自己留下一条毁灭前程、洗不脱的骂名，及至搭上一身的烂躯……

历史、社会、正义正是这样庄严宣告的！

在几百里之外的另一位女子，正跨过癌症的死阴山谷，逐步走向康复、平安。她是以一种真挚的爱为心底支撑，用乐观向上的精神与勇气与病魔抗争。她坚信，爱她的男人、亲友们真心、真情、真切的关爱，一定能让她走向幸福生活与无限美好的未来。

许筱雯自手术后到今天已是二十天整。她的身体素质与自身的康复能力是强健的，部队医院的大夫和护士们都认为这是奇迹。在神奇的地球村里唯有万物相互效力与信、望、爱。

阿姨处理完漳州的千两茶生意之后，再一次来到福州。这次，她是带着长辈们的使命而来，她和吴玉燕必须面对面地商讨好此次南洋二舅回国考察的日程安排。虽然目前还不确定二舅在闽的具体动向，但草拟一个事前的计划书是很有必要的。阿姨提到，清江阿叔与阿弟都认为应该把福州作为南洋二舅回国考察的第一站，吴玉燕认为这是个绝佳的主意。在这件大事上，吴玉燕还征求了丈夫老姜的意见。在他认为，海外华侨回国考察，是否准备参与祖国建设可以另说，但这事件本身就是一件很特别、有轰动效应的大事，省会城市与此事有关联的人物和部门，会另眼看待或侧重办理。因此，老姜让她暂时放下实业公司的所有业务，在南洋爱国华侨回国的这段时间里，做好外事接待工作，吴总经理没有任何意见地接受下来。她还告诉阿姨，省体校的方教练已经办妥了离校手续调回福州，接手青年女排二队的事，这也就说明，不出几日便可完成阿玲调回漳州工作的大事啦！

阿姨得到这好消息之后，即刻联络阿玲到医院相会，想与主治医生共同探讨许教练在近段时间里有无出院的可能。医生护士们一致认为，如此成功的手术和术后康复，只要不发生术后感染或并发症，病人可以随时出院在家调养，不存在任何问题，只是在用药和饮食方面必须坚持遵从医嘱，有任何疑问或拿不定主意时，必须及时用电话请示主治大夫。部队医院的大夫与病患家属的一席谈，令许教练的母亲，高兴得擦了不知多少回眼泪。众人高兴之余，阿姨还交代阿玲，力争在她调回漳州工作时，连同许教练母女一起带回漳州家中。至于许教练再回省游泳青年队之事，就照早前所议行事了。阿姨与众人匆匆道别，她还有件建楼施工的大事，要与吴玉燕总经理好好商议才是。

一回生两回熟，阿姨又转到吴玉燕家中，老姜的精神特别好，正与看电视的小宝贝闹在一起呢。

阿姨机灵，一看此景，就直截了当地摆出漳州工地的现状。由于早前两位女人商榷过此事，老姜已有了前期计划。他给省建公司的总头目打了电话，让他安排一支八个人的小分队，稍加准备就出发，其中四位专业设计大师到现场察看布局，两天后返回，留下四名专业施工头目现场掌控工程。建筑队就调省建漳州分公司的人马，至于泥水、木作小工，阿姨一口应承下来由她来办理。

真是"朝中有人好办事"啊！尤其是在变革年代的初始阶段。

"阿燕，我这次到福州来，受到你如此款待。成老师的二舅要回祖国考察的事，又得到你和姜厅长的大力支持，这样，成老先生夫妇就非常放心了。我先把水泥、钢筋押运回去，将来的调配就拜托阿燕经办了。成老先生交代，这本活期存折放在你这里，具体的支出你来代办，家里人全信你，只是让你多费心啦。姜厅长，设计师与施工队的头目下漳州时，你们要先给我们家里打电话，让我们早做准备。拜托啦姜厅长，还有阿燕好妹妹……"

"这是说哪里的话，阿燕的客户有什么困难，我都会帮上一点忙的。怎么，不多住几天，再陪阿燕聊聊家常，到福州的几处名胜走走？她啊，平日里也没有这个闲心，家里儿子第一，工作排第二，我是老三！哈……"难得见到老姜一笑。他又说："等你到了漳州，这支小分队都开工啦。你还是给漳州家里带个话吧。"姜厅长的心真细。常言道：已婚的男子看别人家的妻子总觉得比自家"贱内"漂亮。不知多病的老姜是否也有此偏好？

"刚才你都听说了，这人员都备齐了。平时他都没有私下动用过这帮人手，眼下暑季，大活不多，就算是给省建漳州分公司揽活，有活干才有经济效益嘛。你尽可放心，也请成老先生夫妇放心，老姜是从不做假公济私走后门的事，有活就要有人干嘛。这支八人小分队全是强手悍将，在这点上，我们是想让大家放心。你还是赶紧给漳州家里通报一声，让大家心中都有个准备。"吴玉燕说。

"你们的办事效率真是太高了。"阿姨拨通了漳州家里的电话，是成德富来接，她说："德富兄啊，吴总经理为咱们办好了两车的水泥、钢筋，一会儿我就随车回漳州了。她家的老姜指派了一支由设计、施工大师组成的八人小分队，已经出发，很快就到咱们工地指导工作啦。另外，就是许教练之事。医院我去过了，医师们很乐观，看来出院是指日可待。阿玲调动的事，吴总帮了大忙，希望阿玲能和许教练母女同回漳州家里……我就在吴总经理家中……"阿姨将话筒递给吴玉燕，说："成老先生要和你说几句话……"

吴玉燕清了清嗓子。这是她与成老先生头一回在电话里说话，心里难免有点紧张……

"喂，是吴主任吧？还是以学校教务处主任来称呼你，这样自然、亲切一些。建楼材料之事就拜托你啦。晚辈调动工作的大事件，你是帮了大忙的，闻卫他妈让我和你讲两句，就是要亲口好好谢谢你啊。"对着话筒连声感谢的成德富怎么也不会想到，时下与他通话的女子已经为成家生下了长孙……

"成先生，你不必客气，都是些力所能及的小事，你们长辈别太放在心上。"当年的教务处主任真是有点紧张。

"吴主任，真的要好好谢谢你才是。我和老伴商量过了，这里的环境、空气确实好，等过几年，你和家里人退休了，就搬来这里长期住。无论何时，我们都给你们留有房间。"这位老先生在四年前只是对这样一位学校领导存有无比敬佩之心，如今不知为何，用的全是父女间的关心、问候语。

这就是亲情感应吧……

"谢谢！成先生，谢谢你们，这份心意我们全家人领受啦！"吴玉燕的声音开始哽咽，她都无法记清有多少年没有听过长者如此亲切的声音了，此时的她是多么想掏出心来对他老人家说："我，正是你的儿媳妇，我的身边还有一个你的亲孙子！"然而，多少年练就的坚忍、刚毅的意志，在她的心中呼唤、暗示着她，她把泪水硬生生地憋了回去。她深知，当下的处境不容她失态……

"另外啊，吴主任，"成老先生的声音还在继续，"闻卫他二舅将从南洋文莱国回家来。前不久闻卫告诉我，他给了他二舅回国考察路线一个建议，大概意思是把福州作为考察的第一站，目的是想让他对阔别了几十年的故土先有一个粗浅的感知。吴主任，你的眼光独到，届时你要多提建议。占用你太多时间了，一说起话来就啰唆不停。见谅！总之，我们先谢谢你，有空咱们漳州见。"成德富一口气将他的想法告诉了吴玉燕。

"成先生，请稍候，阿姨还有话说。"吴玉燕将话筒交回给急着要说话的阿姨。阿姨说："德富兄，福州的这支八人小分队到了之后，你亲自领他们去工地，然后让阿玲她姨父带他们去芗城大酒楼用餐，你告诉他，是我交代的。住宿的事也一样，要安排在最上档次的漳州宾馆，余下的事等我回去再说。这样的小事让他去忙活，你不要管。我就要跟车走了。德富兄，辛苦你啦，回漳州咱们再细聊。"阿姨放下电话转过身来，见吴总正擦拭眼泪。

"阿燕，你还好吧？"阿姨问道。

"没事！"吴玉燕对她苦笑了一下，说，"没事，被老姜抽的烟呛的。漳州家里的事全都料理好啦？建造楼房就是事多。"

"姜厅长，我要回漳州去了。下一次到福州来，一定给家里带几盆鲜花来。我听农科所的技术员说，那种大仙人球，闽南一带称'金虎'的，直径有五十公分，放在大厅里可以增氧、净化空气。成老师也是这么说的。"阿姨说。

"他懂的事可真多，看来今后也是块做大事的材料。"这可是阿姨与吴总相处的日子里，头一回听到她对阿弟的赞许。吴玉燕说话时语气是如此之平淡，然而，她的心窝里如同被猫的利爪狠狠挠动一般。她抱起心肝小宝贝，对阿姨说："代我向大家问好，路上小心！"

"姜厅长，保重！"从她的语气之中，阿姨听出她是多么想再说一句——代向她的心上人问个好哇！

"姨！"这个小宝贝已经能用小手心捂着嘴，猛冲前方来一个飞吻。两个女人在欢笑中别离……

太长太久的时间没有得到哪一位长辈亲人如此亲切的关怀了，送走了阿姨，吴玉燕紧抱着熟睡在怀中的小宝贝，完全沉浸在"公公"那一番关心感谢的话语之中……

离厦门市中学足球联赛只不过短短的二十天时间了。这个时间段恰逢初三中考与全国统一高考的关键节点。在小学的一至三年级，女生的成绩优于男生；到了四至六年级，女生的优势依旧；升入初中的前两年，女生没了优势，成了一半对一半；到了初中的末了一年，好动好玩的男生有了中考的压力，收回玩心勤于学业，学习成绩猛上升，而女生正相反，学习成绩开始往下掉。这里有多方面的干扰因素，但与此年龄段的女生生理变化大不无关联。有一回，成闻卫在偶然之间听到父亲与几位生意场的精英谈论各自子女的学业状况，才隐约知道，二姐成倩莲在十七虚岁，也就是十五周岁时就上了厦门大学，而当年她刚刚发育。二姐所在的物理系大班中仅四位女生，这四朵金花全是滞后发育。当然，这也只能说生理干扰是一方面的因素，而学生学习成绩的提升与下滑是由多方面因素促成的优劣效果。

现时，厦门中学的校足球队面临着前所未有的大压力。第一，当年全国足球运动开展得好的城市，厦门是其中之一，市民们酷爱此项运动。这次是停办了十五年后的重新洗牌，更是值得市民们期待之大事件。二是，全校教职员工、班主任、科任老师个个重视，同学们就更不用说了，自发组织把家中废报纸、牙膏皮七零八凑换为班费，支持这些"足球名星"。这三呢，最致命：校足球队十一名上场的主力队员中，有七人是初三应届中考生，外加两名主力替补，这才是件令人挠头之事。"文化大革命"中有"白卷英雄"，可现今且别说高考那么远的事，这初中毕业证书也一样是宝啊。虽然这九个初三年段的足球队员学科成绩全在优、良层级，可当下只能向家中供给三餐饭食与学业费用的父母低头，还是毕业文凭重要、上高中重要，放弃快乐的足球吧，尽管见到足球双脚实在痒痒。

这下，危机转到了学校领导层：再不采取明智、果断、有效的措施，这辛苦了大半年已见快有果效的成就，转眼就将成了泡泡！学校高层也挠头！

对策有啦！首先，这九名队员学习成绩都相当不错，中考期间全部参加考试，但考试成绩只作参考，没有达到高中录取分数线的，"破格"上本校高中并发给初中毕业证书。只是有一点，这件事是不可外传的，只有当事的学生家长知道。这九位校足球队员的家长个个嘴巴笑咧到耳根，烧香拜佛还来不及，谁会去惹那麻烦。当年，除了陈嘉庚先生创办的"集美侨校"和三四所自解放前已办有高中的学校之外，在厦门多数的是"九年义务教育"的初中部为主的中学。

这是厦门中学"特事特办"，可话说回来，当年能进入学校各专项运动队的，全是各学科的优等生。若是一门学科不及格，加试补考之后仍不及格，不用学校出面劝退校运动队，自己都不好意思见到同队的学友。当年校运动队的同学们，很少有个人名利的概念，唯有为班级、年段、学校争荣誉的想法，唯有做一个德育、智育、体育全面发展的好学生的愿望。"三好"就是那个年代的学生标准、前进的动力、奋斗的终极目标。

这事一了，体育教研组特别是足球专项的四位辅导老师才稍稍松了口气。可是，这口气还没来得及喘过来，星期二，学校领导给初三年段的全体师生做考前动员，之后，教务处丁主任陪同孙副校长来到体育教研组座谈。如此正式的座谈会也该有个名堂吧？对，就叫作"厦门市中学生足球联赛倒计时二十天战前动员大会"。

哇！这么长串的标语口号，让肺活量差的人来念，准趴下！

颜组长谈感想、提前瞻、展未来。组长嘛，当然应该兴奋些。各位紧随其后也畅谈、幻想。就在座谈会的末了，夹带了一段没事找事的"好事"：那位新调入学校的张老师当场显示自己工作之勤奋，说上个礼拜天他专程溜到鼓浪屿厦门二中，偷窥他们一场对抗性的训练，依他的看法，厦门中学足球队完全可以轻松地把他们干掉，而且是不费吹灰之力。

"我的七舅八姨啊！"其他三位足球专项组的辅导老师痛哭在心胸，暗叹道："你这小子是觉得不够乱还是怎么着，这场中考风波刚过，好不容易有了透口气的机会，这下好啦，自己又找了根绳缠上啦！"

"好！太好啦！年轻人就是要有舍得一身剐，敢把皇帝拉下马的气势。"年轻的张老师那口气，正对上了正值中年气盛的孙副校长的脾气。他说："现在，我有一个全新的想法。"话音一落，三位足球专项的辅导老师连同张老师全身爬满了鸡皮疙瘩，全都竖起耳朵。孙副校长接着说："中考结束后，校足球队从七月一日——知道七月一日是什么日子吗？"

"是中国共产党的生日！"台下的"学生"齐刷刷地回答。

"不仅是生日那么简单。是我们伟大的、光荣的、正确的中国共产党成立六十周年的伟大日子！知道六十周年意味着什么吗？"孙副校长那双闪着亮光的目珠扫视全场。

"啊？！"老师们心底惊呼起来……

"今年，我们学校足球队，要用最优异的成绩给党的六十大庆献礼！"话说得过于激动的孙副校长被一口口水呛住啦，咳过之后他也清醒了：六十年前的今天，中国人民还在苦难、黑暗中爬行。是五十九年前，中国的劳苦大众才见到了一线曙光。在伟大的中国共产党的领导之下，浴血奋战，从小到大才有了现在的孙副校长站在高高的台上，拿着老百姓给他的权力话筒并高声告诉众人：他不是有意忘记共产党是在哪一年诞生的……

张老师年轻反应快，带头掀起了鼓掌声浪。孙副校长顿时摆脱了尴尬，从容地喝了口水，用领导人特有的、掌心朝下的动作，示意众人别像他那样过分激动，继续说："同志们哪，在这个伟大的时刻，我们要用自己的努力工作来报答党的恩情啊。要看到这不仅是一场足球比赛，也是政治任务啊。这位年轻的老师说得很对，我们就是专门与外强中干的纸老虎做斗争。与天斗其乐无穷，与地斗其乐无穷，与人斗更是其乐无穷啊。因此，七月一日，就是咱们校足球队集中训练的日子。队员们集中在一起吃、住，我们领导就放心啦。你们只管训练上的事，其余的有学校后勤部做保障。就这么定了！

"从七月一日到第一阶段比赛结束，你们几位与校足球队一起，实行军事化管理。颜组长负责每日向我汇报一次。这是红七月的开始，是用实际行动向党、向人民汇报的最好时机。再次希望你们几位足球专项辅导老师，本着对党、对人民高度负责的革命精神，发扬'一不怕苦，二不怕死'的大无畏坚定意志与决心，去夺取这场斗争的最后胜利！"

孙副校长激昂的话语，激发了成老师回想起当年在家中，如何向伟大领袖毛主席"晚汇报"的情景。当年的他竟然也能像现在的敬爱的孙副校长一般，带领全家老少振臂高呼，诚心渴望自己的领袖万寿无疆！

真是梦幻般的奇妙啊！

体育教研组的全体老师，对于孙副校长这一番慷慨激昂、印刷体、革命式的喊话，报以长时间的、暴风雨般的、电闪雷鸣般的、经久不息的、极其热烈的掌声！

丁主任静坐无语。

散会！

"成老师啊，你说足球比赛为什么不采用上半场甲队以十二人打乙队十一人，等到下半场再用同样的形式交换。那样的场面该有多精彩啊！"汪老师装傻向成老师发问。

成老师报以微微一笑以示回答。

"那样多不公平，以多打少不合乎竞赛规则。"年轻的张老师赶紧抢答。

"多一个前卫也不算多。张老师，你说对不对？"刘老师凑上前来，对负责前卫线专项辅导的张老师说。

"是啊，这该有多好哇。咿，成老师听说了吗，老师要加薪啦！"汪老师一惊一乍的。

成老师却只捂着嘴笑不言语。

"我怎么不知道啊？什么时候的事？"张老师一脸茫然。

"张老师，你啊，两耳不闻窗外事，一心只为'革命足球'狂啊！哈……"戴组长实在听不下去，只说了这一句。

三位足球专项辅导老师，有摇头的，有咧嘴笑的，有苦恼的。反正，这几位经历了文化革命"洗礼"的优秀教师，对这些想当然就"起义""造反"乐于呼喊口号，"棺材头放枪吓死人"的噪音特别的反感，入不了耳……

成老师一脸不高兴地回来了。

"姐夫姐夫，姐来电话啦！是好事哦！"小妹这个小机灵看见很少"挂相"的姐夫进入庭院，又是递凉毛巾、送茶水，又是扇起大蒲扇，笑脸相迎，给姐夫解暑解气。

"有什么好事？快说！"姐夫的语气是不高兴的。

"只要我一说，保准你高兴。嘻……姐后天回漳州家里啰！是调回漳州哦！还不谢我？"小妹逗起了姐夫。

"真的？！你是怎么知道的？谢啦！"姐夫的目光真亮。

"一会儿阿玲姐还会来电话，她还要告诉你许教练的事。"阿惠也很高兴，"今天，我又去买了两瓶甜甜的香梅果子酒，你可以喝一点，还有阿妹爱吃的腊肠。"

"喝，一定要喝！阿妹，快去把阿丽姐载过来。我估计啊，许教练她们母女也会和阿玲一起回漳州，这样就不只你们姐妹高兴了，我也替阿海高兴哦。我这就给清江阿叔打电话。阿妹，你还在等什么？"成老师的脸色由阴转晴。

长辈的电话通了，清江阿叔告诉小侄，有艘大船的船老大泊岸后转告，阿海会于今晚靠上厦门码头。长辈真心为阿弟高兴。不仅年轻夫妻团聚的路程缩短了，最为重要的是，兄长和阿嫂有了这么一位乖巧听话的儿媳妇随时照顾他们。

阿惠准备好酒菜，阿丽阿妹全到齐了。阿惠问："成老师，刚刚你板着一副冷脸，是不是学校里又发生了什么不愉快的事？该不会有人欺负你吧？"

"今天下午，孙副校长给阿妹他们年段开了动员会后，开会瘾未了，又到我们教研组动员来了，决定从七月一日到十一日，学校足球队全体队员与我们四位辅导老师都要住校。这段时间，正是南洋二舅准备回国考察的日子。烦透啦！真是'气歪歪'。"成老师开始叨叨他的牢骚话。

"是啊，下午给我们作报告，叫作考前总动员。同学们的时间是如此宝贵，可一坐下来两个小时没啦。班里的男女同学都在说什么'政治科代表'，开始我还以为在说班里的张同学，到了散会时他们才告诉我，这就是送给孙副校长的特别绰号。"小妹附和道。

"来到我们体育组也是讲十句八句空洞口号，一场小小的足球联赛都'联'到了党的生日，把党的六十周岁生日从明年移到今年。真没劲，还套上与天、地、人斗，斗快活了还打什么联赛嘛！真是气人！"成老师是真发火啦！

"咳！说来说去还是十几年前的那一套。当领导的讲大话不腰疼，咱们可别上他们的当给气腰疼啰。成老师，这甜酒好香好好喝哦，你赶紧喝一口。"阿丽帮他顺气。

"阿惠，你的这位同乡真是很有办法，甜中带有丝丝果酸味，好喝！阿妹，看你那馋样，就只能喝小半杯。"姐夫不忍心看小妹那馋酒的眼神，"这次，要是许教练她们母女能和阿玲一起回到漳州家中，也是咱们兄弟姐妹的福分，真是上天有眼啊！保佑、赐福你们几位好姐妹联手在一起。"

二十四、由德娟小妹

阿惠看着心情激动的成老师，换了话题说："咱们喝的这种香梅酒，是省外的酒商来推销的产品。火车站的头脑们知道，我的这位同乡，在厦门市各个角落都有关系，都是些厦门地盘上神仙级的人物，酒商找到他后给了两箱作为推销之用。我买了腊肠，他非要送我两瓶，就这样顺手把羊牵回来啰。"看到成老师好这口甜酒，阿惠真高兴。

"嘿，这种酒真是香又甜。阿惠姐，你也知道姐夫喝不了高度酒，以后，多买几箱放在家里，不是说，酒放得越久，时间越长，越是醇香吗？嘻……"小妹又来劲啦！

"就你知道的多。"姐夫回敬小妹。

"阿妹说得对。这些日子咱们这里、漳州都是好事连连，要我说啊，买个十几箱放起来才好哇！"阿丽的心肝够大。

"帮我的同乡拉业务啊？那当然好。"酒一上口，啥生相全有。

"我告诉你们啊，这次中考，要是我不小心中了状元，就用这种酒请大家。先说好了，我只出酒钱，买菜的钱找姐夫大财主，我可出不起哦。嘻……"小妹做着美梦。

"嘿嘿，还中状元，还什么一不小心呢！今晚一过，离中考就剩不到十天的时间了。该重点温习的要补一补，有些平时没有注意到的细节，比方说看似十分普通的是非选择题、填空题、改错题，直至标点符号都不可以放过哦。总之，不能小看这些细枝末节。对于各个学校的重点班、尖子班的优等生，那些大题目、大计算、大作文、有难度的应用题，做起来都没有大问题，也能拿满分。而诸如我说的这些最边角、最不起眼的细小问题，是最不会引起这些优等生重视的，这部分人又最容易在解这些小题目时在细节上丢分。现时临近正式中考，咱们注意到这些问题为时不晚。自己要重视，这道题捡一分，那门学科抠两分。太多的优等生有优越感，而忘却、忽略了这些小分，这等于选择了与咱们相反的做法。如此的一正一反，你试想一下，中考可是六个科目哦，咱们别去学阿丽姐买十几箱酒的'大心肝'，只要一个学科比别人多捡两分，与你同等的优等生比咱们多丢一分，这一增一减，连小顺子都会心算加口算哦！"

这个体育老师再怎么算，也只能算是个教体育的。

"哇，姐夫，你真神啦！今天，'政治科代表'……"

"不许在背后叫人家的外号，以后要改掉这个坏毛病，听到没有？"姐夫用非常严肃的神情对小妹说。

"是，姐夫。下午孙副校长作报告之前，我们的年段长施老师就是这样说的，和姐夫说的一模一样。可是，没有姐夫说得生动哦！"小妹真是个机灵的马屁精。

"阿妹，你再过两年都能成'仙'啦！"

"做'仙姑'多好哇！"小妹机灵应答。

"你们还让不让人吃饭啦？肚子都被你们笑饱了，真是的。"其实阿惠是满心欢喜的。刚才进门时那位愁容满面的成老师，喝了她带回来的香梅酒之后，简直就是换了另一个人。她又给他斟上了满满一杯，说："成老师，那天我和阿丽到番仔楼忙完之后，有件事我忘告诉你了，就是我押运书和那几样杂件家具回到漳州，阿伯和伯母高兴极啦，说厦门的亲人们做了一件了不起的大事，这不仅是保住了这样一大批古籍善本，更是传承了先人的智慧，还有咱们后人对他们的无尽思念啊。阿玲姐的母亲做了点心给司机、搬运工吃，我当然也吃啦！阿伯亲手为我泡上一壶好茶，是上等的哦，至今还满口余香，如同喝这香梅酒一样甜美！嘻……"此刻她说的话，阿丽和小妹是听不懂的。

"阿惠，你也和阿丽一起喝点，这种酒真的很不错哦。咱们先预祝阿妹这次中考顺顺利利的，用她的话说，就是中个状元回来。"成老师给阿惠倒了一小杯。

"姐夫啊，我的杯子里没有酒啦，怎么个干杯法啊？"

"不用不用，把杯子端起来就可以啦，杯底不是还有一点点吗？这是你的两个姐姐为你祝福，没有你什么事！"

"姐夫真狡猾！"

"阿妹，不是姐夫不让你喝，而是现在不是你高兴的时候，你听懂了吗？你姐要调回漳州家里，还有筱雯姐姐康复的事，都值得高兴，大家庆贺一下意思意思。现今，你要静下心来专心把中考考好了，让漳州、厦门还有福州的所有人全都高兴才对啊！"

"来电话啦！我来接。喂，姐啊，我刚吃饱，阿丽阿惠姐都在这里，大家正为你调回漳州工作，还有教练姐姐身体康复，在小干杯呢。我就要回去自修了。挺好的，以前我忘了告诉你，姐夫给我订了半斤牛奶，让我在睡觉前半小时喝掉，真的很有效果哦。姐，我要自修去啦，再见！"小妹将话筒交给姐夫，风风火火地对二位姐姐说："你们替我多喝点。"说罢，朝姐夫做了个鬼脸，溜啦。

"阿玲啊，我都知道了。许教练天生乐观，这是她的福分。阿海带话上岸，说他今晚靠码头。阿妹是真听话，只钻学业，生活上有两位姐姐和伯母关照她，说实话，还真有当年花木兰豁出命的架势。我争取在星期天和她们两姐妹去漳州家里一趟，从七月一日起就没时间了，校领导下了死命令，在小组赛单循环阶段，我们几位老师必须与校足球队员'三同'……正是，有如早年到郊区农村与贫下中农们相处那样，当年是两天，而今是小半个月。说点正经的，离队时，把好衣服好布料留给老教练，多少年来她一直疼你如亲生女。还要亲自向徐政委、叔叔道谢道别，良种黑背的事，爸想得远想得周全，往后还要多多麻烦他们两位，爸妈是真心邀请他们有了时间到漳州、厦门玩玩看看。好了，见面再聊，先这样，预祝你们回漳州家里一路顺利。"丈夫挂上电话。

"成老师，恭喜你啦。阿玲妹调回漳州工作，阿伯、伯母又多一人照顾，你上下漳州也方便多了。"阿丽说。

"是啊，阿玲姐的命真好。海边渔妇们都说，女子的命是天注定的，该在哪里开花、结果都是不可违逆的，是早已安排好的，真的是这样。"阿惠真心羡慕。

又来电话了。真是说人人到，阿海的这一对拖网新船靠上厦门码头啦。电话里阿海异常兴奋地说："长腿啊，从福州马尾提的这对新造的拖网船捕了满舱鱼货，且上品鱼居多。其实，一开网时鱼汛不好，直到快返航时才'发海'啦！有了这样的时机我们就多漂了两天半，船舱里才有了鱼腥味。老辈人说得好：新造之船定能遇好海运。我们正准备往冷库送货呢。"

"阿海啊，你把这对拖网船交给高姓船老大，阿惠和你的阿嫂会马上过去接货。你嘛，马上回来一趟，我这里有件非常重要的事情要和你商量。"长腿说。

"好的，我等阿嫂和阿惠来了再走。"阿海挂断电话。

"成老师，那我和阿惠去拉'铁甲车'运货，我们这就走。"阿丽说着就起身欲出厅门。

"阿丽，别那么辛苦，你们都坐下。雇辆三轮车去，回来时随载货的小卡车，货便当人轻省，多好哇！阿惠，我问你，现在店里能盘出多少现钞？"成老师的样子有点急。

"我和阿丽上厦大边上的银行存了两回款，共一万七……对吧？阿丽。现在所有的现钞就是三千多，我去取。"阿惠说。

"不用不用。你坐下。"成老师看到阿惠的样子，有如看到当年的阿海、大鸟听到有货、要兑换外币的那种着急相。他又说："等你们将渔货海鲜入了冷库再办此事也不迟，明天我取了现款就补上。阿海说了，渔工中间有些新手，指导他们把活做慢一点，家里存放的香烟多带几包去，新船来大货，喜庆！这位高姓船老大是清江阿叔早年的挚友，给老人多讲好话，当下在厦门港，这样的高人已不多啦。阿海还说，两船海鲜全是刚上水的活鱼，想保住好鱼相就要多多小心才是。"成老师确是很少这样吩咐她们做事，两姐妹领到了任务，飞一般地跳出庭院，冲上大马路，雇上三轮车直飞渔货码头。

当人们还在娱乐、在打牌、在看报、听收音机、看电视、在泡茶、搓澡、闲聊、在酣睡，绝大多数人的悠闲时刻，想挣几个铜板的大小生意人就要放弃这些他们生活中本该有的欢乐和轻松时刻。如此的付出，从大的方面说，叫作我为人人的自我牺牲精神，为众多的平民百姓和国家做贡献；于小处讲：他们所挣的养家糊口的钱确是来之不易；他们拥有的一切都是用汗水、泪水甚至是血水换来的，是真正来自于勤劳艰辛的血汗钱。

邓小平先生说：让社会上的一部分人先富起来。这样的号召是理所应当的，是及时的，是完全正确的。他们不投机、不取巧、不诈骗，更不是以权势压人取财，艰辛付出的劳动与所得，在中国改革开放初始阶段的年代，他们理应得到全社会的赞扬与尊重！

"长腿，我回来啦！阿惠和阿嫂说有好酒喝。"阿海一到门口就喊叫了起来。在海上喊惯了的大嗓门，才不管是否会吵到邻里。渔民嘛，哪有那么多讲究。

"你小声点行不行？看看天是白是黑。"见到好兄弟的成老师是真高兴，"快进来，把门带上。六十度的高粱好酒，我都帮你倒好啦！"

"嘿，先喝一口！"说是喝一口，二两杯见底啦。阿海夹上一串腊肠入口，说："嘿，吃，还是要在陆上快活啊！哈……"

长腿看好弟兄爽过一下，才说："听你在电话里说，海里鱼汛不是太好，是咱的新船撞上好海运啦！"

"还真应验了讨海前辈的话：驶新船出海，定会有佳运！这事真是神仙都讲不清楚。"阿海大口吃着卤牛肉，还招呼长腿一块儿吃。

"我早吃饱了。阿海，急着把你叫来只为一件事：你的阿玲阿嫂调回漳州工作，与部队医院的医师们讲好了，筱雯也办理出院，随其母和阿玲阿嫂回漳州家里疗养。只要回到漳州，你的阿玲阿嫂就能天天与筱雯不分离，又有办事机敏的阿姨相陪。只是在离开福州时，你还得去做个帮手，毕竟是三名女子，其中还有一位病人。我想让你明天一早就上福州，帮忙整理东西、提行李，最主要的是，筱雯一定要坐卧铺，还必须是下铺才行哦。我还要问你件事，在你出海之前，是不是将所带的现金全部交给筱雯她母亲啦？"

"是的。当时阿玲阿嫂开训练课去了，找不到人商量，想到今后要给阿雯抓药、交住院费，七七八八的，索性，我就将钱一把交到伯母手上，而另一本存折我带回来了。"说着，他取出存折给长腿。

"阿海，你真会办事，这就对啦。记住了，这笔钱千万别再对老太太提起，她自然会和筱雯处理好这件事的。娶亲成家一生只有一次，咱们兄弟往后还要挣上几百个五万块给家里，给妻子、儿女花，你说是不是？这件事你一定要记牢了。从福州带她们回漳州之后，你仍然要在漳州住上一段时间。要是真想海了，心烦了，到建楼工地找阿姨姨父，流一身臭汗就舒服啦。要看长望远，等和筱雯成了家，还怕没有出海的日子？到了漳州家里，我的岳母当家，她们母女俩的日常伙食费，咱们要交给当家人，虽都是小事，但一定要做到位。平日里花点时间逗她们母女开心，常买些小礼物送母女俩，这样也可以培养自己做好日常开销计划，拿不定主意的事一定要找部队医院问明白了再做，都记住啦？我先向阿惠拿来店里的结余款三千块，再多也拿不出来，你先用着，我会再取现金给你。关于筱雯将来工作的事，不用我多说，你都经历过刚出来时的痛苦，完全没有想到会有这一天。所以，未来的事自有未来的法子。清江阿叔在我读小学时就告诫我：无论做人做事，让人家占了所谓的便宜，咱们照样能吃安睡；而占人便宜者吃不香睡不着，没有好结果。就算最后仍解决不了筱雯病愈之后的工作问题，就凭咱们兄弟四人目前的积蓄，供养她们母女包括现还在上海的舅舅，都不会有问题的。何况，未来的规模船队还需你来把舵呢。"好兄弟长腿说。

"哥，自我与你和大鸟兄结为兄弟以来，我内心知晓，你所做的一切，都是为我们好上加好，今后咱们兄弟在一起，还要更顺更好。我全听你的，没二话。"阿海开怀痛饮，一瓶浓烈的高粱酒只见空瓶啦！

"阿海，这个家庭的重要性，你是越来越感觉到啦。清江阿叔也说过，他是真心希望咱们三对在农历年内全都成家。长辈们想看咱们这代人好，咱们不也是希望将来儿孙比咱们更好吗？你若明天上福州，那阿姨就不用费心了。你再吃点，我给她打通电话……阿姨啊，阿海刚泊岸，我让他去一趟福州，接她们三人回漳州家里，那你就在漳州家里为她们母女整理一间屋子出来。还有，是否也要考虑到给二舅准备一间房？就用我和阿玲的新房吧。什么？这样不行？好，那就听你的。我看能不能争取一天时间回漳州，面谈二舅回国的事情。先这样，阿海就在我身边。挂啦。"长腿又对阿海说："回去探望伯母后早点休息，明天一大早我就把现钞送去家里，就是你还要再辛苦一段时间了。"

两位好兄弟推心置腹谈了一整晚。他们都真心希望许筱雯的身体康复，千万别再有不测之事发生。

"阿惠，大鸟来电话了。"阿惠刚从海鲜批发店回来，就被成老师叫来听湖南的长途电话。他们没说上几句，阿惠就把话筒交给了成老师。

"大鸟啊，阿海刚靠上渔货码头，为了许教练出院以及她们母女回漳州家里疗养的事，我让他明天再上福州……"

"长腿，真是天公有眼，吉人自有天相，这么大的病症，竟然让许教练硬挺了过来，真是太了不起啦！长腿啊，有这么一件事：阿伯说安排好育春大哥熟道后，他就要下贵州茅台酒厂了。今天他们又一起进山里茶厂了，让你等他的电话。说到华宗这小子，一个字：行！头脑灵、人缘好，有礼数尊重人，主要是理事四平八稳，人喝了点墨水就是大不同。我嘛，有意让他打先锋，真有不妥之处再点拨一下。货运总站的总调度是广东梅县人，华宗这小子一套客家语加一套礼貌用语，就把总调度给'俘虏'啦！哈……有了这层关系啊，运输班、道班的员工、小头目，他全能混个脸熟。我不让他染上吸烟的坏习惯，但要他买烟随身，在铁路办差，没有香烟办不了事。阿伯和我特别服你看人准，他们父子俩为人尽忠，懂得感恩，是用自家人的情感在做事。阿伯还说：他原先想让谌老先生的晚辈与咱们在安化合办公司经营，是你有远见地提出无论现时或往后，让咱们自家信靠得住的忠义之人办差才稳妥，少了烦心事，钱也落袋为安了。为了这事阿伯还自嘲说，自己是戴着老花眼镜还不知自己已老的老柴渣。另外，育春大哥谈到有一位与他对脾气的舅舅，咱们要趁早用上才好。"这大鸟理论一大套。

长腿说："大鸟啊，今年几个批次的新茶你要提前做好备份安排，要与山里茶厂出来的货源、数量配合好时间，因为有件特殊的大事，就是南洋二舅决定回国考察了，就是近期的事。在这样的时刻，咱们兄弟姐妹们必须在一起，再大的事、再多的生意钱财都要放下，好好学习老辈人是如何经商的，好应对往后越来越开放的社会，这是一个难得的受教育的好机会啊。说到育春大哥的舅舅，我是早听说也想到了，既是实在人，你和阿伯先接触一下，可用就留，不能用，丑话讲在前，大家干脆、痛快。南洋二舅动身之前会事先告知，我也会提前一段时间通知大家。新楼房建造顺利，只是不能在你大婚时竣工。"

"长腿，不是还没到时候吗？听说两姐妹干得出色，多亏了清江阿叔和你的耐心引导、帮衬。"大鸟说。

"大鸟啊，刚才你说到育春的这位母舅一事，他曾对我说过其母舅是早年'茶山人'，相当老到有经验，是个可用之人。我想阿伯也会和咱们有同一想法，'纵然远隔千万里，心有灵犀一点通哇'！"体育老师，伪诗人也。

"这好像是谁的诗句，怎么如此耳熟，早年我常听清江婶婶念过哦。"大鸟"理论家"正在电话机旁思想。

"你说呢！哈……"伪诗人的诗句令这位冒牌理论家挠头、犯愁。他还在思想……

"不是咱们夸自家姐妹，才开店没多久，还未售出的货加上挣到手的纯利，都可以造一对拖网船还有富余。咱们的长辈，主要还是清江阿叔，直夸个不停。"成老师这话是说给阿惠听的，好让她高兴。

"款项的收支全托给你了，和你一聊是真高兴哦。我该回屋乘兴喝两口了。华宗很懂事，知道我好鸭五尖，花上一块钱，让我啃了两天，吃歪了嘴。二舅将要回国的事我会转告阿伯的。"他挂上电话。

"成老师，你说得一点没错，这对大船的上品鱼尾尾瞪着似动的目珠朝你看，真好玩，如同刚刚出水一般。我们商量后，想把各式品种提价一毛五至两毛钱，你看这样好吗？"阿惠又高兴起来，给成老师泡上一壶好茶。

"这两大船的上品鱼我没见到不可妄言，你和阿丽掌握好分寸就可以了。阿惠，你这样的思路与办事原则是对的，既然质量上乘，就该有它们应有的价位。可是，一旦渔货质量稍逊些，是不是也该让利给客户呢？生意上讲利润这是没错的，但也不可像咱们闽南人所说的'只知疯入，不懂支出'。阿海告诉我，凡新船出海，必遇好海运！这次是到了返航时上汛'发海'，全是新近入网的鱼哦！"成老师说。

"哦，原来是这样啊！"突然，阿惠把话锋一转，"成老师，阿玲姐这次调回来，你是不是要搬到漳州去住？"阿惠问此问题时，连她自己都觉得太天真啦。

"我想搬，学校会让你搬吗？尽说傻话。我还在这里吃你做的香喷喷的饭菜，高兴了吧？"成老师也直言不讳。

"嗯，那……我当然高兴啦！"阿惠的笑容之所以如此美丽动人，除了她脸颊右侧有一个深深的小酒窝之外，最迷人的是她的真笑是发自内心深处的。

隔天清早，长腿将三千块钱现金直接送到阿海那里，多叮嘱了几句，赶忙上学校带足球队晨练。

早在"文革"之前，每年的夏秋之交，厦门市总工会就会组织各大厂矿、企业、教育界等单位，参加全市性"足球大混战"。那会儿哪有什么奖金啊，优胜者发面锦旗就是件非常光彩、十分"月头"的事啦！

"月头"是厦门人的一句趣话，如同称呼大人物之类的叫"大脚"。那个年代单位发工资都集中在新历月初的一、五、八日。单身光棍领薪后就乱花，因此就有了"月头主义，月尾肚缠草绳"。一说到足球运动在厦门，那是绝对没有"月头"月尾之说的，是始终"狂热"的哦！

厦门人有句口头禅，说：鼓浪屿人不会骑自行车，正常，不会游泳，不正常；厦门市区的男人不会溜冰滑雪正常，不会踢足球实在不正常。由此可见厦门市的足球运动是何等火爆啊！

此外，厦门市委、市政府、市体委在每年的适宜季节，都会引进全国性的足球甲级、乙级赛事到厦门赛区来。在这些日子里，家家户户就像过节一样。在校的青少年学生除了购集体票外，个人全都可以凭学生证购得五分钱一张的门票，当然，遇上决赛场次就没有如此优待啦！一家四口，父母带上一对上学的子女，用不了两毛五分钱，到足球赛现场亮亮嗓子，吃条冰棒，是何等惬意之事。那年头，福建省的足球专业队从没掉出全国甲级足球队的行列，而进入省专业足球队的主力队员，十有六七是厦门市输送上去的……

体育运动的群众基础好，篮球也一样红火。当年在厦门，全市唯一的露天灯光球场在中山公园内，每逢周六周日夜晚，热爱篮球的市民们就集中到能看到月亮、星星的灯光球场观战。一次，两名厦门籍的国家青年队队员春节期间回家探亲，顺便表演一下灌篮。还没见开灌呢，灯光球场的护墙先被挤倒，观众全进场啦，只见球场、灯光与天上星和月，就是不见灌篮的队员……

如此烫手的篮球，谁人摸了手都起泡！

"文化大革命"之前，毫不夸张地说，全国性的群众体育运动的开展与普及程度，是轰轰烈烈且自觉自愿的。而国家层级的体育运动项目要拔尖，根本还是要依靠普及的群众体育。没了这个根基，无论怎么喊、如何说，仅余二字：脆弱！

因此，这次由厦门市教育局牵头、厦门市体育运动委员会组织，"文化大革命"结束之后第一次大规模的中学生足球联赛，对久违了的厦门足球赛事，对厦门市的大、中专院校、中小学校校园足球的再次普及和开展，是一次有形无形的大鼓动，就其影响力，已经大大超越了校园足球联赛的范畴，令厦门市民翘首以盼。

自从离开校、班足球队，到现今成了挽妻牵儿的父亲；从单位的足球队员，成了当下有了孙儿孙女的爷爷、外公，人生还有多少个十五年？真不该浪费这样的光阴！

自孙副校长下了死命令，全体校足球队员住校之后，这四位足球专项的辅导老师，非常自觉地先适应一下新的球队生活。成老师作为球队守门员的辅导老师，除了身先士卒，一遍又一遍地亲身示范之外，还要不断地提示守门员扑球倒地后的第二反应，对手的"闪位"远射，在最佳的时间段发动进攻，如何调动本方队员在对手打直、间接任意球时的最佳站位……所有的这一切训练手段，就是为了让他们直观，让他们逐步形成应有的条件反射，以利于正式比赛时的自如发挥，守好这一道随时都会失分的最后防线。

成闻卫老师如此"卖命"地干活，想的是学校的荣誉，而更多的是感谢酷爱足球的邓小平先生，是他老人家给了他机会从穷山僻壤中走了出来，现今所学到的一点本领是该为国家做点力所能及的分内事。尽管绿草如茵的足球场越往后越不干净，有了陷阱与阶梯；足球有了附加的势利、铜臭和黑暗的感觉；足球不再纯粹……

足球，是有灵魂的，犯它者必得报应。成闻卫老师一直是怀着感恩邓小平他老人家之心，让他参予到人间体育与足球运动之中……

中午，清江阿叔告诉小侄，船老大的人选定下来了，这位新雇用的船老大姓李，是早年清江阿叔手下的虎将。李、高二位船老大都已经在各自家中养尊处优了，只为了能帮上老领导一丝丝忙，才毅然领航出海。

下了素质训练课，成老师急忙赶回来，生怕错过岳父的长途电话。果然，刚一进门就接到电话了。从电话里的嘈杂声，成闻卫知道四人已在房东的公共电话旁喝上了。

"爸，是我。暑气越来越重，你和大家要多吃清凉菜品。有关湖南与贵州方面的事，我已听大鸟说啦。"女婿说。

"阿弟啊，我为何想此时下贵州呢？这酒厂的事，谈一阵子，再磨牙一阵子，就入秋啦，冬季是销酒旺季，加上节日多多，事做在先就能争取主动。另一件事就是育春舅舅的事，我的意思是先下湖南合伙做上一两回，就知一二啦。一会儿你们细聊。山里茶厂的事，我准备用以前的契约老礼数，现时叫……合同。订上个一季、半年甚至签上一整年，只要外销势头好，时间长也不怕。这样一来，钻山沟进茶厂的事，要是育春他舅与咱们对上脾气，就放手给他们去做，咱们有合同压后，可省去许多心思，我也能安心下贵州酒厂做茅台酒了。铁路上的事，华宗能行，他年轻肯动脑，又勤快人缘又好，挺让人放心的。至于谌老先生那事，你想得远。现在让育春和你说。"岳父说。

"喂，育春大哥，大鸟可是说了华宗一箩筐好话哦。再往后，你要独闯山林啦。我的岳父下了贵州，这副重担你就要挑起来了。你舅那里怎么样了？"成老师问。

"我舅他是茶道老手了。他为人耿直，做起事情来大伙儿尽管放心，至于薪酬他不会去计较的。只要你和由大哥商量妥了，我就马上发电报请他过湖南来。"育春说。

"好的，育春大哥，真心谢谢你。告诉华宗，考大学的事自己把握。现今正是咱们用人之时，你舅的事，我和岳父说两句，具体的由他告诉你好了……爸，可以让育春他舅下来，你会他一下就行，我相信育春大哥的话。爸你说的合同文书太妙啦，有法律条文框着又抽得出人手。我会请那位帮咱们做华侨新村房产交易的唐律师做一份合同范本，你再根据茶厂或酒厂的具体情况做必要的改动。我让唐律师帮咱们购上几十本统一格式的合同文本，寄放在漳州，谁押货回漳州，就让他带去湖南你那里。像贵州茅台酒厂这样的正规国营酒厂，更是讲究这样一整套规范的合同手续。等阿玲和许教练母女俩回漳州，我和厦门的两位女头家会去一趟漳州看望她们。等二舅回来再聊，让阿妹和你说。"阿惠一直盯着这位"指挥家"看，很是佩服他。

小妹刚放下话筒，阿玲的电话就进来了。

"阿海到了。老教练帮买了下铺票。托运那样的重活，是得让那个大个子去忙，你把他派来是派对了。"阿玲的语气相当愉悦。

"姐，带着阿姨和教练姐姐，路上多加小心哦，一路顺风快快到家。哦，福州的特产肉燕皮带几斤回漳州，咱家有冰箱，存到南洋二舅回来都没有问题……"小妹接过话筒说个没完。

"你就知道吃。转告你姐夫，一会儿我会买上两条洋烟去老教练家里。之后，我再到闻名全国的'同利肉燕皮'总店买几斤干的肉燕皮带回去。我看哪，这是我听过你出得最好、最正经的主意了。小丫头，这次中考特别重要，听到没有？再见！"姐妹相互道别。

小妹又蹦起来了，问："姐夫，你看我的主意怎么样？"

"我看哪，不！怎！么！样！"姐夫说。

小妹看着姐夫的口型怪叫："不！怎！么！样！嘻……"

"阿妹啊，星期六下午，你和两位姐姐还有我一起回漳州热闹一下怎么样？再说，你也太久没擦古董了。"姐夫说。

"好！太好啦！"小妹玩兴又起，可没过一秒钟，她就沉下脸来，说："姐夫，不可以的。说实话我是真想回漳州轻松轻松，可是……哦，姐夫是在试探我，我才不会上你的当呢。现在我是巴不得把睡觉时间都用到学习上。"

"好了，我和清江阿叔还有阿丽阿惠姐回漳州，一定给你带回来好吃的炸五香、丝仔面，还有许多好吃的。不过啊，我们不在的这一整天，你可不许偷懒，要更努力用功。从学校回来就到小顺子家和他奶奶一起吃饭，我们礼拜天下午就回来了，好不好哇？"姐夫不问末了的这句话还好，这一问啊，小妹含着眼泪，十分委屈地点了点头，像个没人要的孤儿似的低垂着头，摆弄着衬衫的衣角一言不发，真的好可怜哦。这回，小妹的心窝真生"汽"啦。

"成老师，那店里就少挣一天的钱了。"阿惠也着急。

"哪里会少收入，一会儿写张告示贴在店门口。采购员个个精，夜半都会来补货。现今这些大酒楼、小炒海鲜店，已离不开咱们的好货啦。即便不是这样，就当是台风天歇业一天啊。阿惠啊，你的阿玲姐调回漳州庆不庆贺是小事，然而许教练是从磨难中逃出来的，你们姐妹一场不易，就该欢聚。还有就是清江阿叔想与漳州的我父母当面商议南洋二舅回国的大事。阿顺阿海大鸟各忙大事，你们做个代表本也应该。说归说，学校足球队抓得这么紧，还真不知能否准我这个假呢。一旦请不出假，你们俩就随清江阿叔去漳州家里。长辈常说：人的这一辈子有无尽头的、挣不完的钱财，可兄弟姐妹情就这么短短的几十年，太值得珍藏与爱护了。"成老师说到这里，站起身去给长辈打电话："清江阿叔，忙啊？阿玲定了星期六回漳州，阿海已到了福州打下手，连同许教练母女带回漳州家里，我和厦门的两姐妹定好一起回漳州家里。只是校足球队抓得紧，告假是否顺利还两说呢……是啊，除了探望亲人还有二舅的这件大事呢。"

"阿弟，星期六下午我是真脱不开身，总公司要部署今年台风季的工作。你看这样好不好？要是学校准你的假，就按原计划进行；若不准假，让两姐妹先上漳州或是等到礼拜天与我同行。这次与竹仔、阿嫂的会谈很重要，我是铁定要去一趟漳州的，还有阿姨的建议都要听听，像这样的事唯有众人商议才好办。"长辈只说这么多，他实在太忙啦！

成老师沉思了许久，连小妹回去自修都不知，他想到了合同文书的大事，又去打电话："唐律师，是我，成老师，你好你好。我想明天中午去你那里一趟，是有关合同文书的事……好，具体的面谈。还有一事，就是想拜托你，帮我订购四五十本统一规格的正式合同文本。好……真是麻烦你了，明天中午见。"成闻卫知道，做律师的确实太忙，会面必须事先约定，二来，此通电话预约也是对朋友的尊重。

"成老师，昨天那几位渔工新手进冷库的冻盘摆列得不规整，现在我约上阿丽再去整理清楚，你先休息……"

"这么晚了，明天干不行吗？"成老师反对，"这个冷库的保温效果好，等到明天清晨天气凉爽再整理也没事，再说客户也不会那么早来上货。别一天到晚老想干活的事，那样人会累坏的。晚间不休息好，白天哪儿来的气力？你这一走，我哪有什么心思备课写教案啊，这事明早办！早点睡觉。"成老师又换了温和的口气，说："准备几条好鱼带上漳州家里。"

"成老师，阿海捕回来的靓货中有条好大的加吉鱼哦，我目测了一下，约有六七斤吧。"阿惠喜滋滋的。

"那可是我父亲最喜欢吃的鱼，他专吃那对鱼眼睛。早年他跑遍东南亚，吃了一肚子好食品哦。中午把加吉鱼称起来，等我一起会账。"成老师也高兴。

成老师提议的"以赛代练"经过了一段时间的实践之后，学校足球队足球技、战术的运用以及对抗能力都有了非常可喜的大进步。可要真想朝顶峰冲击，还需要过硬的心理素质。成老师从每节训练课结束前十五分钟所安排的罚点球训练中看到了问题：当他的两位守门员弟子轮流站上球门线，队员们不是将足球踢到他们的怀中，就是打偏射高，这就是心理问题。成老师查阅了很多资料，发现有一些好球队艰难地拿下前几轮的比赛，眼看奖杯触手可及，但越是在这样的时刻，队员们反倒越不会踢球了，这就是心理素质出了问题……

成老师再一次建议，能否请学校教务处出面，请来生理卫生与生物学科的老师，利用课余或晚间的时间给学校足球队的同学们做一次心理辅导。这是成老师在国家女排训练基地时，女排随队医师高崇大夫传授给他的经验。

嘿！这个工农民学员的成老师花活还挺多。

在这个教研组里，不缺的正是名牌大学的体育系或名牌体育学府毕业的高材生。这"鸟人"算老几，哪来这么多事？

然而，精明的、还想再往上"攀登"的颜组长，发现这小子的思维与众不同，独创、有新意，真的汇报到了教务处丁主任那里，她可是默不作声地暗中支持这位做事真诚且大胆的青年教师，于是亲自请来专业老师开讲心理学的奥秘，令师生们大开眼界，学习到这样一段名言：在激烈的体育比赛中，你有畏惧对手的心理，同样，在这种时候，对手也怕你……尤其是在比赛的关键时刻，需要的就是人的意志、斗志、永不言弃的战斗精神；而在比分落后时，只要赛场没有吹响终场的哨音，就有走向胜利的希望。更应该注意的是，在比分领先时更是应该清醒，千万不能过多去想比赛结果，想奖状、锦旗甚至空想胜利后的庆贺……如若存有这样的思想，球队将会成为呆若木鸡不会比赛的游勇散兵，就会前功尽弃，失去眼看到手的胜利果实……

一堂课上完，全体体育老师与校足球队员一致强烈要求，再排一堂这样的好课程。成老师则躲在一旁偷笑。

人之脑沟纹路的多少与其深浅的程度，是各不相同的，因而，所思维的路径与方式就大不一样。成老师将这样的思维当成是从天上来的智慧，他也不知为何会如此思想。而这种思想的本身不就是一门奇妙的思维吗？！

中午放学，成老师就直接赶到唐律师的事务所，将自己所知的有关千两茶的大概情况告知唐律师，有着丰富专业经验的唐律师只思考了一会儿，就提笔疾书了合同文本，把成老师陈述的主要内容提炼成文字，然后让他过目，成老师对合同范本的规范、工整十分之满意。唐律师又将从工商部门购买的五十本正式空白合同如数交给了成老师，收取了工本费四块钱，并附上购买发票。成老师说什么都要付给唐律师劳务费二十块钱，但是，唐律师只说了一句：后会有期。

简简单单的四个字，足以证明唐律师为人之精明机敏。他已经意识到了，就在不久的将来，面前的这位青年一定是他不可多得的大客户，举手之劳，且当见面礼啦！唐律师就是一位有远见、智慧的能人。

二十五、女人闲聊

星期六下午的训练，是校足球队的分组教学比赛。

成老师绕过颜组长找到"组头"戴老师告了假，谎说是岳母家有急事。他不好明说是自己的爱人从省会福州调回漳州小城。知情的人会称赞阿玲是个孝顺明理的好儿媳，但不知内情的人恐怕会认为，省一级的专业队福利待遇好，名气也大，如今跑回地区少体校当小教练，明摆着不是脑袋坏掉，就是犯了事被"遣送回乡"……人都是慕虚荣爱脸面的。男人、女人全一样，只是在程度上有所区分。

三张车票是阿惠上午抽空去买的。临走前，阿丽交代婆婆安排好阿妹这两天的膳食。

平日里阿丽极少出远门，一上车她就找了靠窗的位子坐定，汽车还没过厦门海堤她就先睡上啦。阿丽是天生的大骨架，长条木椅被这一男一女一挤，阿惠就成了"夹心人"。她也没意见，不言语，一路闭目养神，侧身紧倚在身边这位壮汉的粗胳膊之下，似睡非睡，一路颠簸。三人就这样到了漳州家里。

看到儿子到来，父母双亲真是乐坏啦。岳母疼女婿、妻子爱丈夫更是不用说。但怎么着，也得先与厦门来的这对姐妹亲热亲热。

"阿玲妹妹！""阿玲姐！"姐妹们相互问候。

"你们两姐妹越看越精神，好漂亮哦！"阿玲说。

三个女人凑在一起，永远都有说不完的话、唱不完的戏文。"走，咱们一起上楼看筱雯去。"阿玲当上"大姐头"。

这下热闹啦，楼上还有一少一老二位女士，五张"喜鹊嘴"，成老师这只乌鸦说什么也要跟随啊。

"成老师还有两位好姐妹，我在这里！"大家顺着这悦耳的女声往上看，二楼楼道站着一位美女。

"哟，许教练，你可别乱走动，我们上楼来啦！"说着，成老师三步并作两步，跃上东厢房的楼梯。在一个多月之前，这个房间是许筱雯教练所住的伴娘房。

"许教练，你的气色真好！比起一个月之前更精神啦！哈……这位是你的母亲吧？"从房里走出一位富贵人家模样、很有气质的中年女士。

"阿姨好！"成闻卫赶忙上前握住许筱雯母亲的那双小手。

"你就是由教练的爱人成老师吧？真精神！体育老师就应该是这个样子。"许筱雯的母亲见到这位英俊帅气的小伙子，夸赞起来。

"阿姨，许教练也是搞体育的，她和我们一个样。那天，当阿玲说到许教练将要出院时，我们就说，许教练是一个非常乐观、开朗的人，这种积极向上、勇敢的生活态度，病魔见了不跑才怪呢。不过，许教练在漳州还是需要安心调养的。哦，阿姨，我介绍一下，这位叫阿惠，这位是阿海的兄嫂，叫阿丽。我和阿海、阿惠的男朋友、阿丽的丈夫比亲兄弟还亲，当下他们一个在海上捕鱼，一个在山上买茶。明天上午还有一位家父青年时代的好兄弟也要来看望你和许教练，我们都叫他清江阿叔，是总公司的党委书记。阿姨，许教练的身体恢复得这样好，真是奇迹啊。"成老师说。

"是啊，成老师，部队医院从院长到普通员工都是这么说的，不可思议啊。来到漳州家里，见到宝钗姐日日晨、夜为了筱雯的康复虔诚祈祷，正是这样感动了　神，才有筱雯今日的好身体啊！"说到这里，阿姨哽咽得说不出话。

"是啊，阿姨，这全是天意。许教练术后才一个月吧？现时的食欲如何，还在吃全流质啊？"坐在许教练左右两侧的两位头家目不转睛地直盯着她的脸看，不知是在观她病后的状况，还是在欣赏这位美少女的容颜。

"这两天可以吃一丁点半流质餐，就是用各种清炖的鸡鸭猪牛肉汤加点面线，或者熬得绵烂的粥，现在仍以牛奶为主。食谱由院方大夫制定，如有小小的变化更动，必须事先打电话请示。部队医院对他们的病患是绝对负责任的，咱们就更不敢乱吃一通。"筱雯说。

"当然，一定要听大夫的。我所得的那一剂民间偏方，不知将来可否用得上……"成老师又问。

"成老师，你还真别说，我妈将这个偏方告诉了主治医师，他听后可重视啦，组织医生们又是寻资料又是做实验，还真找出根据，说是这种白萝卜里富含一种可以抑制癌症的什么素，有预防性质。他们还说，等我的胃扩张到一定程度，经过复查没有问题，适当地取一点新鲜的白萝卜汁饮服，配以丝丝细盐，是有益无害的。这是往后的事了。成老师，真是让你费心啦！"许教练说。

"嗨，费什么心哪，许教练说哪儿去啦。有时啊，病急乱投医。我是听校医说的，咱厦门市郊农村有许多人用了此偏方，有了好疗效。这种民间偏方很古怪的，就是一味药，或者一味主药再辅以日常生活中的食材。这样的民间偏方都是有年头的，老百姓用过之后疗效甚佳，如此口口相传几千几百年至今。可话说回来，也只有谦虚且负责的大医师才会去研究、考证咱们老祖宗传下来的宝贵的实践经验，也只有他们抱有这样科学、谦虚的医学态度，如此的小偏方才会引起他们的重视。现今的许多医疗机构，医患都相处得不怎么样，哪里还有闲心过问偏不偏方的事。医院有的是药，还用民间的'草根'吗……"

"成老师说话特别幽默，现在的医疗机构真是这样。真的要感谢由教练的老教练，帮咱们找到这么好的部队医院，医术高超不说，病房、饭菜一水的干净……"

"阿姨，还有一个比我更幽默的小伙子跑哪儿去啦？进门时还和他对捶了两下呢！"这狡猾的小子见长辈阿姨有了悦颜，乘虚而入。

"他去龙溪地区办的一家乳品店取奶了。其实每天只要取一次就可以，咱们又有电冰箱。他这个人憨直，非要亲眼看到是真正的鲜奶才取。这不，又得多跑一趟，真是难为他了。真是个好青年啊！"阿姨说。

"德玲结婚时的嫁妆，那辆新自行车，归他专用了。取奶、买药、跑自由市场买鸡鸭猪牛肉炖汤……还有楼房工地师傅、工人们所吃的鱼肉，一对小精灵每天吃的大棒骨。咱们家人和工地上工人们吃的水叶菜、瓜果全是附近的专业菜农直送咱们家里，那水叶菜是水灵到我见了口水都哗哗直淌，真是从没见过如此好的青菜。我妈总会叫阿海没事时歇会儿，可他就只会傻笑，就怕他笑出声来。"许教练回想起当伴娘时的场景，乐啦！

"阿丽阿惠，往后把店里的新鲜鱼留起来，每个礼拜托人送上来，存在冰箱里慢慢吃。"成老师说。

"成老师，目前，我的胃还不能碰鱼腥类。其实，这里的江鱼、江虾非常之好，我妈直夸，这些鱼虾与上海本地的相比，没有土腥味。现在，这些捕江中鱼虾的人也和咱们家挂钩啦。嗨，说到好吃的，口水就到唇边了。我一定要听部队医师们的话，把身子养得棒棒的，往后补吃回来。嘻……不过，成老师还有二位姐妹，等我身体健壮起来的那一天，我要为咱们家做更多更大的事。我以为，那不是什么报答，而是我这样一个从死窟逃出来的人应该去做的。"阿雯自认与众亲人是一家人。

不知是感动还是激动，边上的几位女士也一起流了泪。

"真有运动员的气势，大家听了多高兴啊。你啊，天生就是这家中的一员。阿姨啊，我有句话，要是说错说过了，望你见谅，也请你批评指正。"成老师说。

"你请说。"阿姨拭干了眼泪，一双眼紧盯着成老师。

"我的这位阿海兄弟，从小就没有读过什么书，一味就是喜欢大海，有时做事说话总会不知轻重、没大没小，如果冒犯了你，还请你多多原谅他。他就是一个粗人，粗人一个，但是，在人品人格上确实是没的说……"

"是……是！"阿姨迫不及待地打断了成老师的话音，"阿海这个年轻人明理、懂事。你妈说得好，这都是　神的旨意啊，让筱雯遇上这么一个忠厚、有男子气的好人，我很高兴！真的，成老师，我真的很高兴！"阿姨又掏出手绢擦起了眼泪。

"阿姨，我们听阿玲的阿姨说，你是一位很有爱心的长辈，等许教练的病痊愈了，你也不用上海、福建两地跑，习惯住在哪边都行。现在，咱们家已经在建造两幢楼房了，每幢都是四层……"成老师说。

"是啊，那天，由教练的母亲专门陪同筱雯在家，你的父母带我去看了那两幢正在建的楼房，那个工程实在太大啦！你的父亲说那地是阳穴，山清水秀鸟语花香，加上大楼后面那么一大片山林大树，在上海哪有这景啊。吸进鼻子的空气都是甜的哦，这宜居宝地谁见谁爱。"阿姨打断成老师的语音，说到这件高兴的事，她的脸上露出满意的笑容。

"阿姨，一个多月之前，许教练做阿玲的伴娘，我听她说过在上海老家还有位舅舅，也知道你们兄妹感情极好。人上了年纪，身边是要有个亲人说说话。现今咱们的日子再也不像从前那样愁吃穿了，相信往后的生活还会更好，在福建漳州家里，有这么多的亲人们陪你，要是把许教练的舅舅接过来，那岂不是件大好事，多热闹喜庆。阿姨，你说是吗？"成老师把话说得很透亮、很真诚。

"成老师，既然你把话说开了，我也跟你说句实话吧，我刚到福州时，筱雯和由教练说过，你和阿海几个人做生意，当时我就说了一句：福建真开放，连老师都做生意，这课还能上好吗？由教练，你还记得我说过的话吗？"阿姨说。

阿玲朝长辈点了点头，说："是的，我记得。"

"其实，当时我说这句话是贬义、鄙视的。可我今天看到活生生的成老师，如此富有活力、有创意，我相信他在学校里能带出好学生。往后的社会非常需要像成老师这样敢说敢为、有创新精神的青年人，成老师的未来是无可限量的。我所说的不只是经济方面的事。"阿姨实实在在地说。

"阿姨啊，你过奖啦。要是我没有进入生意圈，仍然和阿玲、许教练一样执着于单纯的体育事业，我也会和你一样鄙视这号见财眼开、胸无大志之人。可说到底，在这样大变革的时代，人们的眼界以及对周遭事物的认知都改变了。现时说起来不怕笑话，当年，我刚学做海产生意，随着阿惠的男朋友上了渔货码头，连捕鱼的大船叫拖网船、装渔货的器皿叫冻盘全不懂，辨别鱼的品种就靠死记它们的外形，连鱼鳞都硬记下来。回想当时的模样，真是可笑又可怜，多亏清江阿叔和大鸟的提携……"

"大鸟？什么样子……"阿姨一脸木讷神情。

"嘻！阿姨，那是阿惠妹的男朋友之别称。"阿玲解释说。

"大鸟的大名叫鹏程。当年，我就是一门心思想靠自己辛勤的劳作，用自己的双手挣钱帮父亲买好药、好营养品，来医治他的病，让他健康地和我们生活在一起。那时，阿玲和她的所有家人伸出救援之手，不辞艰辛帮找那些好药。从中我也深深体会到，一个人在做任何事情时，重要的是先学会如何做人，只有好好为人才是做好各类事情的根基。那样的时候，我半夜三更忙活渔船的事挣钱，白天，父亲的好兄弟清江阿叔照看他。越是在如此艰难困苦的日子里，越是深深感触何为亲情，何为诡诈、阴谋和算计，那种复杂的心境如同被恶魔撕咬一般。经历了那种即刻就要与亲人生离死别的痛苦煎熬，同时也看到了母亲，日、夜不停地向　神虔诚的祈祷。父亲最终没有丢下我们，从死亡边缘回到我们身边，如此的重症患者，居然没有留下一丁点的后遗症。

"阿姨，虽然我们年龄都不大，但我一直在想一个问题：良知的人性，立人为本的道德，为何在一些恶人心中就存留不住，再往深处说就非常难听了。你们这一辈人，包括许教练的舅舅，全是社会精英。依我浅见，当年你的兄长所做的一切事情，仅仅是他的本职，是他的分内工作。现在许教练在漳州，在您的精心照顾下把身体养好了，这就是你们母女当下的工作。至于许教练将来的工作啊、前程啊，全是放在身体健康之后的事。人只要有了好身体，就有存世之根本哪。阿姨，您说是不是这个道理啊？"成老师的演说结束。

四位年轻的女性被这位男士一席肺腑之言唤出了满眶的泪水，年长的上海母亲更不例外。

阿海取回鲜奶，又端上来伯母们刚做好的热鸡汤，打断了大家的谈话。母女俩留在房内，其余人下楼来。

"咱家这座木质建筑，隔音效果就是没有番仔灰建成的'不见木'楼房好。我们三个老的在这里'偷听'，不敢打搅你们。饭菜全做好啰，可以开饭啦！"阿玲的母亲可是个掌大勺的，给家里人做三餐是小打小闹，给工地的人做饭那才是大动作哦。众人围上餐桌，姑娘们忙开了。

"我的阿姨呢？怎不见她？"阿惠问起她的心中偶像，她非常喜欢阿姨那种办事果断、机敏、风风火火的样子。

"天气越来越热，师傅、工人们不喜欢吃热饭菜，所以就提早一点送工地去。你们到家时阿姨刚下工地，就要回来了。姨父也在工地做监工。"阿玲的母亲说。

"阿海啊，听两个女头家说，这尾加吉鱼是你捕的，真不简单。明天，我们三个老厨娘一起做这道菜，保准让你们连舌头都吞进肚里。"闻宝钗又问成德富："德富啊，是六十年代初吧……"

成德富点了点头。只要妻子提个话头，丈夫必知题尾，说："是，那是家中'大少'读大学三年级。"

"那是六十年代初，钱够大经花，一条五六斤的加吉鱼花不了两块半。平时我给阿弟每周五分钱零花，到了月底他上交给我两毛钱。他得了三好、五好荣誉，他爸奖他五块，除了买文具和书，剩下的钱阿弟都存起来。为了给这个在省外读书的'大少'做加吉鱼鱼松，我还向阿弟借过两块半，鱼松做好了又要贴邮资寄包裹。现在，家中其他五人全都成家、养儿育女了，却不要各自的脸面，不要自己的父母，不要家族的门风名声。嘻！不说了。只等明天清江兄弟来，众人大聚餐。先讲好了，那对加吉鱼的眼睛是专属阿弟他爸的哦，他好这一口。"闻宝钗说。

"这样的一大家子有说有笑，真好玩。"阿丽很少见到这样的场面。不只是她，满大厅的亲朋好友都认为，这对从厦门海边来的老夫妻给众人带来了和睦、平等、民主、友善的新理念……

"卡丁和默里呢？"回漳州家里这么长一段时间，阿弟才想起了这一对人类的好朋友。

"它们啊，已经正式上班啦。大伙儿的活干到晚间八九点钟，就轮到这对好朋友上岗了。阿姨负责它们的夜食。她若出差，姨父顶上来，若他们夫妻都忙，只有我来啰。我训练它们各负责一幢楼，沿着工地围墙和建筑材料堆巡视，没有一个生人敢走进建筑工地。师傅、工人们能睡上安稳觉，这对好朋友的功劳真不小。当然，要说大功臣，还是你们三人在福州时游说有功。这次阿玲和许教练回来之前，还去答谢徐政委和林团长，这样做很对，今后，还有很多的事要拜托他们呢。这样的热天，干重活的人眠个好觉是多么重要。凭良心讲，咱们给工地的人开的伙食确是不错，但睡不好照样干不了粗活。哟，阿姨回来啦。"成德富说。

"阿姨回来了？姨父呢？"阿丽上前帮阿姨卸下炊具。

"阿妹先喝口茶，大家正等你回来开饭呢。"姐姐说。

"我在工地上喝了两口汤，天实在太热。你们的姨父与施工队长和三大师傅喝上啦。你们三人也是刚到吧？这两个姐妹是越来越水灵、越看越漂亮啦！"

"转眼古历八月就当新娘啰，要真到了中秋月圆日，阿惠就漂亮得没法说啰！"平日里很少说俏皮话的阿丽也闹起来了，这与欢乐的大家庭气氛大有关系。

"阿丽，就冲你这句话，也借筱雯平安到家、阿玲回漳州工作，晚上定要喝一口。德富兄，你说我有多长时间没沾酒啦？"阿姨想酒啦！

"反正是够久的，我也忘啦！晚上，有厦门带上来的海鲜和几位厨房大师做的好菜，该喝，应该喝。哈……"

最没有酒量的声音最大。众人乐得合不拢嘴，姑娘们不用吩咐，各自找活干。

这是几千年以来中国民间最普通、最正常的大家庭生活。男人们在外挣钱养家，女人们在家里相夫教子，做三餐好菜热饭侍候男人们。别提几千年前那么遥远的封建王朝，就拿近几十年前成闻卫爷爷奶奶生活的那个年代来说，女人还不可以上到饭桌，与家中的男子同桌用餐呢，要站在他们身后等着给家中男人添加饭食。阿顺、阿惠这些讨海人家，也不允许女子随船出海。而如今，改革开放的闸口一打开，蓝眼金发、袒胸露背的西洋美女活生生出现在仍带有封建礼教色彩的中国人面前，人们着实有点慌乱。

毕竟闸口是一下子打开的，西方的"潮流"急激涌入。

当人们还在热烈讨论中国要效仿西方的何种模式时，邓小平先生已经立志：中国的改革开放，要立稳在中国本土特色的那一刻起，他就始终稳妥地把控着行进的方向。

少年时代他就闯荡西欧与笔墨打交道；此后几十年的戎马生涯，他是抓人脑、思想工作的军队政绩；他有能力、威望与绝对的把握，抓牢军队的这把枪杆子；他能保住中国大地的基本底色不变。然而，他毕竟是处在新时期新时代的潮头，他是领航者；他必须如同交响乐团的指挥一样，先定好统一的基调，领着乐团的第一小提琴手，还有铜管、木管、弦乐、打击乐等等方阵，在他时而柔和时而强劲的力度与速度交替变换的指挥手势之中，演奏着连同十六分音甚至更为短促的音符。但绝对没有休止符更不容丝毫的"走调"。

这，就是邓小平先生的指挥艺术。

这，就是在未来的史书上会写上一笔。

一九七八年至一九八〇年整整的三年时间，是中国走过最不平凡的时期。不可否认，改革进取的声音和求变革的迫切愿望，在神州大地从未断绝过。上个世纪六十年代，敢言、敢为、勇担当的国家高层领导人彭德怀、习仲勋先生，此后的刘少奇、邓小平先生；直到文化大革命后期的一九七四年，永远忠诚于"实事求是"的"阿矮"邓小平先生，他情愿冒着再次"坐下"的"高级"待遇……

他，邓小平先生依然高擎着变革、改革开放的大旗……

一九七八年至一九八〇年的整三年为何不平凡？为何值得后人在史书上大力颂扬呢？正是承接了打倒王、张、江、姚"四人帮"之后，人们在一阵兴奋的忙乱之后，安静了，才发觉自己的思绪是混乱的，多方位且找不着方向。此前，还有支"阶级斗争"的杆可以攥、捏、靠，而今全没了。

你、我、他要吃饭，国要立，民须生存，可如此空虚的国库不是靠想、梦、幻就能长出银两的。谁来干？怎么干？

承上，要传承什么？那么，启下呢？就是要先正国人的思想观念，把政策尺度放宽，将六十年代与七十年经过整治的那两年时间段的设想再付诸实施。邓小平先生韧劲的三起，终于做成了贫穷落后的农耕中国社会：农村农民农田农事这样一等一的顶天大事。先让全国城、乡老百姓有饭吃，穿嘛，只要整洁，打个补丁不也是穿嘛……

人，要先有饱温，才有可能睁大眼珠观望明亮的希冀与未来，否则就是童话中的姑娘、火柴……

其次，就是让一大批像清江阿叔这样的，忠实践行党中央的中流砥柱，用奖金这一"目"建国三十年来从未使用过的"特色"，小试牛刀，不仅不批不斗，干苦力的劳动人民喜笑颜开。再来，让胆子大一点步子迈大一点的愣头青，如大鸟、长腿肯卖气力流大汗的青年人动起来，让中年妇人、壮实男丁、小贩拿秆把砣挑担摆摊干起来……

资金转动起来了，有了税银，国库见财了！

那年头，有那么些大中小干部，就怕这些小贩们手中有了钱会"造反"。真是杞人忧天，税权在国家手上有什么可怕的？胡乱打个比方：国家把税赋提到百分之五十，"大脚"的商人还能插翅翱翔不成？

端着空空的饭碗喝着白开水，口中高谈阔论如何仿西方模式。与他们正相反的是，以邓小平先生领头的这批坚定的改革分子，正是因为他们在"文化大革命"中"享有"多多不该有的"头衔"，所以他们不去夸夸其谈，他们是真正为老百姓谋福祉的共产党人，与老百姓心贴心，是真正值得人民为他们的丰功伟绩大书特书一笔。至于在广阔的祖国大地上，仍有极少数的"原始部落"残存着重男轻女的封建思想，这也没有什么可大惊小怪的。或许，未来中国社会的某一天，出现了男士必须给女人搬椅子入座才可以用餐；上床之前必须给"大女人"端上洗脚水的"母亲社会"，都是有可能的。这，又有谁说得清？

中国是在变革，是开始朝前迈进了。然而，也有太多的好传统、美好的道德理念被澎湃汹涌的西方"洋流"冲垮、流失。就如同几亿几千万年来，一批又一批珍贵、珍稀物种的毁灭，再也找不回来了！

然而，几十个民族聚居在一起的国度，毕竟是人类齐集的大团体。她自身的美德、思想教育与传承，一旦被破坏甚至毁灭，那将是中华民族乃至世界文明受到重重的一击。当精神层面的美德，被一种美丽物欲的外表进行再度包装，再传承。讲得再白一点、通俗一点，叫作"再销售"。如此的后果将是不堪设想、是致命的。它将会贻误太多太多的后辈人，会污染太长太长的光阴河流……

谎言——就是毒瘤之一。

另一害就是人们已经可以不要，换而言之就是快要丢弃的——道德！

这是为人者最基本的行为准则……

在改革开放的初始阶段，还有另一个层面的很多人，为了他们心目中的"银两"，情愿出卖自己的灵魂，背叛自身最亲的亲人去充当为人们唾弃的"汉奸"。如此的劣行作为不会受到谴责反倒得利，大笔的好处是即刻兑现的，而正直正义之人只能靠着正当的经济收入还要不时受到排挤。后辈人的好奇之心令他们纷纷效仿，结果是出奇的好。他们被自己的领导、上辈人之作为所误导；他们认为如此做事方为人间正道，致使他们拒绝、抑制法制的"规劝"，他们只需利益排斥法治。这可不是自然人所必须具备的基本行为准则；这就是"文化大革命"动摇国之基的"利、害"后遗顽疾，它将污秽太长太久的光阴河流……

然而，这也是当年国家最高层的领导人，在变革大势全面铺开时，不太可能也不会用太多的时间与精力，对系统的法制制度进行深入的"断行"；而刚迈出步子的变革，惟"慎思断行"的经济，乃势之必行……

这就是特定历史条件下之必然产物。正如当年以邓小平先生为首的最高层决策者，对王、张、江、姚"四人帮"特设了特别审判法庭。这是当年中国的党和人民政治生活中的特大事件，必须要认真做好，未来的史书只能记载这个万恶的集团帮派，是受到国家级审判机关定罪，是国家、人民公正的审判，没有任何人为因素的干预干扰，没有"文化大革命"末了的那一阶段人为作乱的"反击右倾翻案风"。特别法庭对"四人帮"的公正审判，是由国家层面的律法、人民意志决定的历史判决，这是经过法律程序的公正判决，是永远翻不了案的铁案！

这就是历史，特殊历史条件下的中国现代史。

当历史走到这样的时间节点，不可能有太多的人才、物力、财力、精力建立健全"法治"。这是当年那种特定的历史背景。讲白了，就是饱肚腹！不能再"凡是、凡是"或者"继续、继续"，这一定不是什么缺憾，也不是人们想象中的"法制缺位"，而是当时最大的政治：暖身饱腹。

那个时段的民居凡间处处都在颂扬，邓小平先生在少年时期就是书记员身份，而在他的老年时段，在"书记"之前加了一个"总"字，解决了多少"总统"想解决、变革所不及的大小凡间事。这是民间老百姓的白话。

真的是这样，一个"总"字解决了多少烦心之事。

民坊市井常言：猫闻腥而动。手中有大小权力之人，开始想利用手中的"权"换点"钱"花花。他们着手最原始、最粗糙手法——权、钱交易。说白了就是时至今日，他们的儿孙辈正步着他们的后尘进行着这些所谓的"正常道德规范"的事情。他们根本不用去思想：百年之后的他们、模仿他们胡作非为的子孙们，一定会得到正义的报应。天理、公道之铁律曰：上不正则下梁歪！

世间万物诸事就是如此之公平，犹如造物主予人世间的时间一般，谁都不可能多得或少取一秒，世间之事不是"现世报"就是"后世报应"。切切谨记。

人，作为万物之灵，精神层面的道德，就是一个人存立于世界最根本的标记。难道不是这样吗？

古今之中国，从"万岁爷"到布衣百姓，都有过"汉奸"之事例，这不是什么新时期的新产物。而当今的社会又为何如此集中，为何不会引起众人的警醒呢？是"人性"？是"交易"？更为确切地说答案只有一个，那就是：史无前例的无产阶级文化大革命对中国人潜移默化的侵蚀。太多的人想否认这一事实，他们想从新时期的"利益观"来解释此事，但永远解释不通。这帮带有"文革"思潮的当下既得利益者或集团，总会以新时代的新名词来更替、粉饰，曾在"文革"轮换使用过的种种伎俩，安装上一个好听的名号就行。换汤不换药！这帮人逆正义、公道而动，他们只知抓紧用好手中可以换钱的权。他们不懂法、不学法，更免谈某些大权在握之人士，会懂得以法治国。他们要的是小集团、搞阴谋、图私利，在他们手中权力领导下的各个部门，工作的指向均以利益大小权衡如何谋划之；而所谓的"人才储备"便是他们"前腐后继"的接班人，他们在百姓头上随心所欲为所欲为……

社会的变革，国家利益的坚守，就是想更快更好地融入开放的世界新潮流。这一切之一切都是为了老百姓生活得更好。然而，当草根百姓看到当权之人变着花样在行使他们手中的"公权"，各个部门在汇聚他们的手中权势，形成一个集团式的"权力体"，受苦的不可能只再是平民，国之基都将被撼动。为什么？利益链！

"文革"的引发，确是有它特定的人文、历史大环境，然而，它的流毒为何如此长久、深远？侵入人的灵魂是如此之顽固，为什么？正是社会与人脑中"德"之缺失。

那么，回过头来说，假如"文革"结束，改革开放的初始阶段马上来一个"道德补课"，"规范法治教育"，在这样的时间段动用"重典"，不正是"普法、用法"的好时机吗？

不可！在改革开放的先初阶段，社会环境是百废待兴，社会上的五类七种人的思绪是"散乱"的。全国上下能集中且最要紧的事无非两件：一是老百姓的吃、穿日常大事；一是如此空荡的国库，能否日日都增添丝丝银两。除此之外，任何大小事均退居其后。说一件事：众所周知，用自行车的后架载人是违反交通法规的，可在那年头，请托了不知多少人才买上部自行车驮个人有何不可？再说了，当年厦门的丁字、十字路口不曾见有现代化的红绿灯。

因此，必须用那个时代的眼光看待那个特定历史条件下的事。"文化大革命"是结束了，但仍要沿袭"人治"才能畅通顺道，才有可能开明地逐步过渡到走向国家经济繁荣、老百姓先过上好日子；不能让社会产生大反复的震荡，让老百姓吃饱腹的饭，睡上不惊不慌的觉。这就是那个年代最大的政治与"法治"。常说要辩证地看待事物，才有助于事物本身朝前行进，恐怕就寓理于其中吧!

改革开放给人们的日常生活带来大变化,而且是全中国上下全都体验到啦。当然,人们也看到了生活中极简单的几个数字,一下子就变成了"财富换财富""权力换财富""财富换势力""财富换权力",诸如此类,似乎等价又极不对等的换算方式。对于生活在社会最底层的工人、农民、老百姓,他们看到的则是日常生活中的这些极不对等的"不等式"。这又该如何解释?

警醒啊,同志们!

记得在四年前毕业分配的日子。母亲明白了当年的毕业分配原则之后也想通了,她告诉儿子,离开自己的家乡也并非什么坏事。母亲拿起本只有字典一半规格的袖珍版《圣经》,那是她将所有的"禁书"化成纸浆之后,深藏在枕芯里的。

母亲将《圣经》翻到初始篇"创世纪"第十二章第一节,逐字逐句地念道:"耶和华对亚伯兰说,你要离开本地、本族、父家,住到我所指示你的地去,我必叫你成为大国。我必赐福给你,叫你的名为大,你也叫别人得福。为你祝福的,我必赐福与他;那咒诅你的,我必咒诅他。地上的万族都要因你得福。亚伯兰就照着耶和华的吩咐去了……"

母亲只念到《圣经》书中此章第四节的前半段。

当她决定与父亲离开厦门豪宅时,是否也得到她的　神同样的旨意?而她的母亲、父亲,阿弟最亲爱的外公、外婆,在母亲当下的年岁离开鼓浪屿番仔楼直下南洋,是否也是为了将来的某一日,众亲人、挚友们能更幸福地齐聚在漳州的宝穴安居?

儿子看到年迈的父母离开了那幢从外表看像模像样、内里却是混乱不堪的番仔楼,来到漳州亲人家中之后,两个人都面色红润、精神焕发,这与今年正月初四从漳州返厦所见的二老孤灯相伴、喝着稀粥的憔悴模样相比截然两样。此时,孝子的心情非常之欣慰……

阿姨洗了把脸,来到大厅坐下开聊。她说:"刚才,我说阿丽和阿惠变漂亮了,这是实话。女子出来社会做事,人的视野、精神面貌全然开阔啦,这与在家中忙碌一天完全是两码事。自私地说,想花两个钱,自己口袋就有,感受是完全不一样哦。阿弟啊,南洋二舅回国考察后总要回漳州住的,是住外面的高级宾馆还是住在家里,我还没来得及与亲家姐商量呢。"

闻宝钗接过阿姨的话音，说："此前，他也常往返厦门、香港之间，历来都是住家里。但那时母亲还在世，现今已是别离长久时间，也不知他是否保持老习惯，真的难说。他在一九四八年回国时，是母亲还在咱家中。"

"我看哦，咱们给绵仔预留一间房稍加布置，如果他习惯住酒店，就订在我们来漳州时住的那家宾馆，如此就有了进退。你说呢，阿姨？"成德富有了折中的意见。

"嗯……此议甚好！现时家里的空房唯有阿妹那间最好，又大又敞亮。二舅要是定下来住家里，正好清江大哥可以作陪，二位好兄弟可以叙旧闲聊。"阿姨补充说。

"德富啊，阿弟说过，二哥乘坐的航班是在福州降落，他想让早年的女教务处主任帮忙，会不会太麻烦人家……"

"哇，好在宝钗提醒，差点忘了大恩人哪。糊涂啊……"

"是啊，德富兄，咱家的这部电话也是通过她的关系，找到汤局长才装上的。也正是有了这层关系才拿到地皮的。"阿姨着急地截断德富兄的话语，心中定有她的小九九。

"是啊是啊，阿姨还有你们几位女士的巧手，最知道如何把房间布置得温馨一点。这位早年的吴主任若能全程陪同绵仔考察，漳州也是一定要来的，正是咱们答谢的好时机。阿弟，你看呢？"父亲问儿子。

"如果吴玉燕来了，小宝贝该怎么办？再与阿姨商量吧。"成闻卫想。他说："爸，你的想法很好。我在想，明天等清江阿叔到家里，再与二舅通一次电话。目前也只有等二舅确定下来来闽的具体时间，咱们再议行程、路线安排、人员住宿等等，无论二舅是住家中或宾馆都不是大问题。"

来电话啦，离电话机最近的成德富认为、这定是湖南亲家兄弟打来的电话，结果是清江阿叔的。"怎么是你啊？老弟，耳窝痒痒吧？哈……正在说你明天早上到呢。"

"是啊，总公司的会相当重要，开到现在才吃饭哦。一会儿还接着开，我先给兄长通个气。我让总公司的大卡车司机明天半夜帮我个忙，他的补贴、汽油费我自掏腰包，只是借公家大卡车一用。我叫了四条壮汉，将兄长阿嫂寄放在我这里的书和书橱运上漳州。我准备了三十八个大纸箱，他们已经在家里干开啦，等我会开完也差不多可以装车了。大卡车起运时我会事先打电话，你们算好我们在路上的时间。竹仔，你可别忘了，这几大橱的好书，全是阿弟的爷爷和阿弟的外公外婆早年精心挑选的精品书籍哦。天亮前我们就到漳州了，咱们约好在老织布厂卸车，书和书橱摆在那里最合适不过了。这次咱们相会，还是以绵仔回国的事为重。我探了国民党将军的口风。他确定：至今为止，还没有海外人士回咱省闹出大动静的。而陈全兄嫂的意思是让咱们商议妥，我就想到阿姨脑灵主意多，福州方面，早年的吴主任夫妇都肯助一臂之力。好了，秘书给我端来了咸粥，竹仔，你可闻到香味啦？哈……饭后再开会。挂啦！"好兄弟说。

"清江老弟在电话里直夸阿姨的办事能力和眼光，宝钗也是这样说的。"成德富看阿姨和阿海喝得有点样了，借电话说事，捧得恰到好处。这老头鬼着呢！

"哪有清江大哥说的那么好，还是阿弟思考问题的方向对的。毕竟二舅不会知道大陆官僚们办事效率低下，加上如此老旧的设施、设备条件与环境。另外我想，很有必要与福州的吴总经理通通气。要是可能的话，我还是想再上一趟福州与其细细商量，见面总比在电话里说强，这事当然是放在与二舅通话之后办。要是我再上福州，工地上的重担又要让德富兄来担啦。"阿姨说。

"此话我爱听，正想用你呢！"老头鬼鬼地想。

"让阿姨受累了。又是千两茶的事，又是工地、建筑材料，现今，又是绵仔这一大摊子的事，真过意不去。"闻宝钗动情了，"阿姨、大妹子，织布厂有空房间存放明天从厦门运上来的书籍吗？"妻子补上丈夫没说全的事。

"你放一百个心好啦，亲家姐姐。"阿玲的母亲说。

"连同阿惠不久前运上来的几大橱书，我都想好了，全放到织布厂存起来。二楼的'存布房'，有高度空间，宽敞、通风，全是木板隔间，不潮，存放古书最为理想了。只是二舅住的房内要放入他喜爱看的几套书，留下一个书橱，才不会显得卧室太空荡。"多喝了酒的阿姨好说话。

"阿姨简直是机器做的，不知道累！"老头好言相捧。

"我妹妹正当年，说到当年跑省外销布匹，那才是一个猛哦！姐，咱们自愧不如。"亲家妹妹自叹老矣！

"猛归猛，那是年轻人的本钱。亲家妹子，我还有句话说：像你和阿姨这样操持忙碌，无论是为工地的众师傅、工人们，还是家里这几张嘴，薪酬是一定要算的。这事清江兄弟懂得多，让他拿主意。这不是钱不钱的问题，是尊重一个人的劳动。德富已经定了姨夫的薪金数额了，只等清江兄弟主事，最后由他们几个合伙兄弟商议如何入账开支，这事是一定要办好的。"闻宝钗说。

"亲家姐姐说到哪儿去啦，全是家里的事，哪能算得如此分明嘛。德富兄啊，等清江大哥的电话一到，我就要叫上几位民工兄弟来帮抬大书橱，没有这帮壮汉根本就扛不动嘛。几位长辈都去休息休息，我和两位好姐妹好长时间没见了，再说，我和阿海馋酒馋太久啦，天又这么热，我们四个人边守电话边聊边喝。阿玲和阿弟是久别胜新婚，去歇息吧。来啊！开喝！"阿姨的提议得到一男二女的响应。

"阿海悠着点，我知道你多日不沾酒啦。"兄弟不忘关心。

阿海低下头，他是为了筱雯才这样做的。

阿玲举起酒杯说："阿丽、阿惠，谢谢你们这份姐妹情谊，辛苦你们大老远来探望我和筱雯还有筱雯她妈。咱姐妹干了这一杯。"她有点激动。

"哦，爸妈，我带来了五十份由工商局监制的正规的合同，是湖南方面购茶时要用的，我把它们放在你们那里，无论是大鸟还是育春父子押货回来，就让他们带回湖南安化。我冲个澡马上送过去。"成德富夫妇上楼时，被儿子叫住了，说了这么件事。

正事忙完，阿玲关上了房门。"你这样赶上赶下，是够你累的。乖乖趴在床上，尽管我的推拿功夫还不到家，还是可以帮你捶捶背。"妻子关了房门。

丈夫享受着妻子在自己的背上胡敲乱捶狂捏……

"阿玲，你的身体感觉怎么样？"丈夫问。

"自从在福州西湖宾馆的那夜至今，我的经期都没了。正如你所说的，我的肚子里是真有猴子的尾巴了。"阿玲说。

"那太好了，再不抓紧，我就要干瞪眼啦！"丈夫翻过身子，强行关了床头柜上的台灯……

"你等等！哎哟，睡衣扣全被你扯光啦……"妻子试图阻止野性丈夫的粗鲁动作……

嘻！那个"野"字哪，奇难写哦！

二十六、华侨闻其绵

　　楼下的一男三女在凉快的大天井里喝着酒，东西南北中漫无边际地聊天。过了子夜，阿海请三位女士先上楼歇息，但这三位女中豪杰根本没有要被男人照顾的意思，加上酒精的催化作用，一直聊到了夜半两点四十五分，清江阿叔来电话告知大卡车从厦门家里出发了。

　　正在熟睡中的成闻卫也被吵醒了。他想这些全是自家的事，不能让大伙儿为了自己的事忙活，自身却不在现场，于是想到织布厂与众人一同干活，可这一回他被女排教练那一整套"拦网战术"死死摁住，一直练到所有的动作规范，喘上粗气为止。

　　这样"三从一大"的超级训练量，实是受不了哇！

　　阿姨早做了准备，调来工地上的两条壮汉，还有清江阿叔带上来的阿海的两位表老弟，他俩比阿海和成老师还强壮。几条大汉从天蒙蒙亮直干到红太阳微露山顶，才乘上大卡车返家。阿海带着卡车司机找了块空地停放车辆。

　　兄长、阿嫂领着筱雯的母亲、亲家母早早候在家门口了。

　　"清江老弟，为了这些先贤之书，你可是忙了一夜啊，整宿未眠吧？各位进屋凉快凉快。"主人请大伙儿进屋。

　　清江阿叔进屋的头一件事，就是让阿玲领着他先去探视、慰问许筱雯教练，然后下楼与众人聊开了。

　　"这样的力气活也只能狠狠地干一次。本以为自己还够嫩，耗得起，咳！还真是不行啦！从厦门家里一发车，沿途呼噜，死睡到了织布厂才醒过来，不服老还真不行哦。哈……"乐观的长辈自嘲。

"清江阿叔还有各位好兄弟都快坐下，看是要吃粥、绿豆汤还是茶。这是刚起锅的漳州小煎包、炸油条，吃粥的配煎鱼、香菇封肉，各取所需。清江阿叔带个头，试试漳州的油条与厦门有何不同。这两位大兄弟，听说是阿海的姑表亲，还真有点相像。大家别客气，油条就要趁热吃那口脆劲。"主妇们干得不错。

"亲家母啊，也不知多少个年头没吃漳州油条了。小伙子动手哇！在自己家里就是管吃饱。我呢，还是在一九六四年底六五年初，到这里蹲点搞'社教'整半年，一转眼十五年过去啦。那时阿海刚上小学，他的这两个表弟刚能晃几步，现今三柱'大杉木'立眼前，咱们还能不老吗？阿嫂、亲家母、阿姨还有这两位能干的女头家，都坐下来一块儿吃。"长辈说。

"昨天两位女头家与我们老太婆聊天，说厦门的这家批发店要不是你主事，哪能如此顺当哦。今天又通宵达旦忙了一宿，真是太过意不去了。"阿嫂闻宝钗说。

"阿嫂，也只能干这一次，多了还真没法干。哈……"什么样的苦难、苦头临到这位老共产党员身上，全成了笑谈。他说："竹仔、阿嫂，我早先给你们讲做紫檀木大书橱的事，还真得抓紧。昨天，我特意问过家具厂老厂长，咱家定做阿弟的这一套是二三月份吧？这才多久，现要提价百分之五。我急啦，告诉他这两天就给他回话，前提是暂不提价，他也勉强答应了。看来这样的好材质开始值钱啦。"兄弟说："款式嘛，依我浅见，仍是以老父亲手上的那套'仿明'的样式甚好。"

"哟，我真是亏欠你太多了。前一阵子搞建筑材料、驯狗，再加上绵仔的大事，我的脑袋都不够用啦。"即使是生死弟兄，仍然是要讲究礼节与相互尊重啊。兄长说："老弟，我是这样想的：他们四兄弟，阿弟就得他爷爷的这座三联橱。阿弟新婚时咱们做成了一座，就给另外三兄弟之一，那么，再做三联橱两座，他们四兄弟就全齐啦。老弟啊，我看还必备四条长案桌，就算多给厦门家具厂你的那伙好难友拉一点业务，也算咱们向他们赔个不是啰。这长案桌的用途可大了，他们小辈人哪会知道啊。阿弟的爷爷说：有了书，就必有人读；有了案，就有案尺砚墨纸，有人提笔书。你告诉家具厂的大师傅做长案，他们自然就会配相应尺寸的桌、椅，要订顶大号的。一会儿，我带你去看新楼厅堂的规格，你的心中自然就有数啦。这样一来四兄弟四份，就不会打架啦。哈……财政大权现时在漳州归阿玲管，但她只是管钥匙，要预支钱找阿弟这个财主。我和你的阿嫂不管事，清晨我们和亲家大妹子遛狗，我负责这一对宝贝小精灵吃、洗、驯。她们三位穆桂英专门负责工地上的伙食，最苦最累要数阿姨一人了。"

"总算了却这桩书橱的大心事啦。趁现在凉快，去参观一下兄长驯出来的宝贝，回来要完成与绵仔通话的大事哦。"长辈提高了嗓音，说："虎师傅、阿烈、阿义，你们多吃一点，吃饱了睡上一觉，中午仍在这里用餐。咱们先说好了，兄长阿嫂有好菜招待也不准喝酒，等回到厦门我那里，管你喝个够。竹仔，咱们走。"

领导一番话，个个要执行。阿丽和阿惠一听到清江阿叔这样吩咐，就赶紧与阿玲的母亲、阿姨商量，所谈话语恰巧被长辈听到了，他说："这些粗人没有那么贵气，铺上两张竹凉席，再给两条被单捂肚脐，齐啦。你们还有那么多事，领他们上楼就很好啦。"

成德富和阿姨领着众人到建楼工地转了一圈回来，三位"穆桂英"已经把大加吉鱼、肉、菜全打理清楚啦。筱雯的母亲拿手菜是浙、苏做法，口味偏向红烧似的甜口，她很有自知之明，在清淡系的闽菜面前，甘当虚心的小学生打下手，不敢贸然加入主理闽菜的大厨行列。

"阿嫂，竹仔是真不简单，把这对良种犬训练得如此听话，没有亲眼见到还真不相信哦！"清江兄弟说。

"是啊，我也这么说。你的兄长还谦虚，说是这对小精灵通人性，只要看他的眼神就会明白他将要下达的指令。清江兄弟你发现没有？那只卡丁与早年的铁锤很像！"阿嫂说。

"阿嫂，我正想说，真是一模一样，那个机灵劲就是当年的铁锤。难怪竹仔会如此疼爱它们。"清江兄弟很是兴奋。

"成老师的这位叔叔，你在单位里一定很忙吧？我听女儿筱雯和由教练说，作为晚辈的她们都非常敬佩你的为人。你一到家里，二话不说先去看了筱雯，我十分的感动也很高兴。你也快退休了吧？在上海家里，我总是对筱雯她舅舅说，事情是干不完的，今天做完了工作，明天依然还有那么多的事情等着你去做，身体才是最最要紧的。你说是不是啊？"筱雯的母亲说。

"大妹子，你就直呼我清江好了。听说你还有位哥哥在上海？"清江阿叔与筱雯的母亲聊了起来。

"是啊，清江兄。我这样称呼你，你不介意吧？我忘了介绍，我叫主惠，姓王。我哥名主福，早年他是做行政工作的，在国民党党部。他是忠实的'三民主义'追随者，后来被冤屈，命算是保住了，可国民党内部少不了对他加以折磨。解放后的历次大、小运动他也是无法逃脱的，将他当成有污点的坏分子……

"神说：人是脆弱的。他算得上意志如钢一般坚硬的男士，可身体还是扛不住长年的折磨啊！我哥从小就爱好运动，与你们几位好兄弟一样，也知道生命在于运动，我女儿这个运动员就是他从小带出来的。筱雯儿时的训练特别刻苦，她的教练是我的好邻居，是主内姐妹，青年时代，谈了一个被划成右派的男士，就一生未婚。她说筱雯是世界冠军的好苗子。六五年全上海的游泳选拔赛，筱雯是儿童组的冠军。此后，整个动乱时期，教练带她到江、湖去游去练，从没间断过，后来又进上海市主办的六省一市的教练培训班。筱雯的教练早年就是个好运动员，人脉关系挺广，筱雯来福州工作，就是靠着她在福建的关系。筱雯也算争气，练出几个好苗子，在全国比赛都有好成绩。感谢 神！到了福建，能遇上由教练和你们一大家子这么有爱心的兄弟姐妹。"王主惠阿姨说。

"我听兄长和阿嫂说，等这两幢楼房建造好了，让你接上海的兄长到漳州来，和大家住在一起。刚刚我和兄长还有她阿姨去了建楼工地，还真是老年人的养生之地哦。再过上两年，我退休了，家中无牵挂，就搬来这里与兄长、阿嫂做伴。漳州是闻名全国的花果之乡，真是一处难觅的仙境啊！"清江阿叔感慨道："至于青年人的事，他们自有路走，儿孙自有儿孙福，咱们也都年轻过。"

"他叔叔，哦，是清江兄，你适才说，宝钗姐要安排我们住到这里来，那怎么能行！现时筱雯在这里疗养就够吵大家的，怎么还好意思……这样不行！"

"主惠妹子，咱们都上年岁啦，一处新的地方住得习不习惯，说到底还是众人相处得如何。要是日子过得如在家一样舒坦，这样的温馨环境，自然就有了家的亲切感，你说是不是啊？"清江兄长接过她的话尾。

"清江兄，你这一席话说得我心头热乎乎的，真是这样的。感谢 神！这

369

全是主的旨意，把我们母女带到这个温馨的家庭之中。"筱雯的母亲是动了真感情啦。

"主惠妹妹，你听听清江阿叔说的话，是多么的在理啊。大家在一起和谐快乐、热闹无忧地过日子多好哇！阿弟啊，二舅的电话，你准备什么时候打啊？"母亲提醒儿子。

"妈，文莱首都的时间比咱这里约慢半个小时，这里的十点半正是二舅他们喝完早咖啡开始办公的时间，咱们选这时间段通话正合适。妈先和二舅来个开场白，之后，清江阿叔和爸就可以和二舅开聊啦。"

上午十点半钟，儿子请母亲坐在自己身边，他拨通了文莱首都斯里巴加湾"文莱大酒店"董事局主席闻其绵先生办公室的电话……

电话通了！

中国，福建省，漳州市。儿子将话筒交到母亲手中。

"喂，二哥。"闻宝钗听到哥哥的声音，急切地呼唤他。

"小妹啊，我原本想晚间再给你们打电话的。我先说件事给你听：上个礼拜我从美国三藩市阿兄那里回来，他交给我一份在当地律师楼做的公证文书和一些函件，内容嘛，就是我们放弃在祖国大陆的所有地产的继承权，阿兄家以及我家的后人全都声明和签字画押，就是说，咱家在祖国大陆的一切地产、房产全由你一人继承。还有就是厦门的这幢番仔楼，当年被日本军官霸占、毁坏的二楼，我从这里汇款让你们加固维修，所有的单据，还有律师楼出具的证明材料、来往函件、照片，你的二嫂都做了法律手续。她干的是律师楼的活，看得远，祖国大陆一开放变革啊，往后的地产，特别是厦门这座名城，地价值万金啊。再说，这幢番仔楼的楼面浮雕全是我的'杰作'。哈，越说越远啦。还有就是小妹你的私事啦。这次，美国阿兄给了我一张两百万美金的现金支票，他的意思是，从小到大没能很好照顾你，早年出洋还把妈放给你和阿富照顾，这是他的心意。只是我对祖国银行汇兑这方面知之甚少，它与国外银行的通行做法定有不同，所以……"

"二哥，前头的两件事我全记下了，只是阿兄给的这笔款数目太大啦！还是放你们那里吧，我身边不缺……"或许是哥哥口气严厉了，她应允了下来，说："那好，我让阿弟和你说……"闻宝钗把话筒交到阿弟手中时已是泣不成声，她掏出手帕捂着嘴巴，伤心地哭了起来。阿玲赶紧给家婆倒上一杯白开水，家婆靠在儿媳妇的肩头上，号啕痛哭起来……

"二舅，我是阿弟，你请说……嗯，二舅，目前，中国大陆在海外设有的银行办事机构只有中国银行。嗯，那就好办了。你先将大舅的这笔美元现金支票转入你的名下，而后，已在你名下的这笔款项就可以随你回国，只是这样的事要你亲自办，会少去许多麻烦，还要用到你的私密印鉴，此印鉴必须随你一同到祖国大陆的中国银行，再转存过户到妈的外币定期存折上。哈……现在国家急需外汇，今年四月一日，央行正式发行了外币代用券。也就是说，在国内收支外币是合法的了，大舅此举算得上是支援了国家的建设喽！早就听说二舅办事认真、细致，果真！哇！还是电话录音呢。爸和清江阿叔都在。好，请清江阿叔。"

"绵仔，那天在厦门没敢多聊，就怕占用你的宝贵时间，现在满大厅的亲人都为这次将回国高兴呢！"贤弟说。

"我回国时间已定，在下个月十一日起程，夜航到福州。至于考察时间的长短，是由董事局敲定。集团公司的高层没有这么早休假的，我是借二子文伟的生日为由，先溜！想回国回故乡想得心痒痒，就是想看一看、摸一摸阔别三十多年的老家。"

"是啊，绵仔。我呢，一会儿就回厦门上班去啦。今儿是礼拜天，休半天，下午又是会议啦。众亲人等着你回来，平安回故乡，回家团聚。竹仔。"兄长接过话筒。

"绵仔，我是阿富。刚一说到阿兄，宝钗是泪流不止。你这次回家什么东西都别带，轻松自在回家，比什么都强。现今国内的特供商场什么样的世界名牌全有，带上家里的全家福照片为头等大事，再有就是转机时多加小心。二嫂和孩子们可好？"

"好着呢！晨跑时，她陪着小跑，二子文伟有时也开着车跟在我们后头当保镖。这次，我不准备带文伟回国，还是让我这张老皮先试试水温和水之深浅。二子在酒店底层干得不错暂不让他分心。阿富，听你的声音，丹田底气十足啊，漳州真是疗养之地。听小妹说儿媳妇很乖，但还是要阿弟孝顺才带得动。一会儿你告诉阿弟，在漳州和厦门都要装上传真机，有个大小事就便当啦。说到当下的大小电器依然是小日本制造过关。我的性命是差点丢在日本兵手上，可现在日本国搞经济是真有一套啊！阿富啊，刚才与阿弟说了几句，可以听出他在金融、法律方面是下了功夫的，真有点像我和阿兄当年在异乡勤工俭学、自学成才的模样哦，好好修炼，定是个帅才！"

"这是绵仔你爱惜他。不过，要说大孝子他倒是真的，前年要是没有他和阿玲一家人、清江老弟相助，我早就睡在爸妈身边了。咱们老的是真希望阿弟、文伟和阿兄之子文华这一代人一起干一番大事业。绵仔，这话一上口就没完啦！祖国、故乡、亲人盼你一路顺利平安归来。绵仔，宝钗再与你说两句。"

妻子接过话筒，未出声先掉泪。"二哥啊，爸妈合葬的坟土带一把回家里来，做个永恒的纪……念。呜……记住啦……呜……"

"小妹啊，现在祖国好，全家人越来越好，你要放宽心。既然是你的心愿，我照办就是啦。咱们不久就要见面了，小妹，你再这个样子，往后我哪敢再打电话啊。好了，没事了，快快乐乐地等着我回国回家，好吗？"这口气犹如孩童之时年长五岁的二哥哄小妹妹的口气一般。

"我没事，还没告诉你，儿媳妇调回漳州工作了。好，主与你和二嫂还有全家人同在。见面时再谈。"闻宝钗放下话筒，就坐到天井旁的条石上面一个人静静地擦着眼泪，儿媳妇一直陪伴在她身边。

亲家妹子端来一杯热茶，说："姐，喝口热茶会舒服些。"

"是啊是啊，宝钗姐，成老师他二舅要从南洋回来，这是件喜事、大好事。三十多年之后再次见面是多么不容易啊，应该高兴，众兄弟姐妹都陪着你高兴呢。"王主惠动情地说。

"就是刚才那一阵子很伤心，现在缓过来了。咱们答应大家做加吉鱼的，可别食言哦。来，姐妹们，干活啦！"这位曾经的居委会小组长，还真有号召力。

"阿姨，你看啊，离二舅飞抵福州还有十九天，福州方面还得有劳阿姨和吴主任做细致的策划，阿弟正赶上全市的中学生足球联赛，这一摊子的事有你忙的。"成德富说。

"爸，不要紧的，且不说能不能入决赛。就是打上决赛，二舅回国是件天大的事，到时我自有办法，你不用操这份心。"阿弟胸有成竹地回答道。

"德富兄、清江大哥，我再去福州与吴总经理细商一次很有必要。福州将成为二舅此行的重中之重，说不出何因，只是我的直觉。目前整理好家中的房间给二舅住宿看来是很有必要的，让清江大哥与二舅同寝一室最好。"阿姨有她的好主意。

"阿姨的主意就是好。不知道阿姨准备在房内放些什么家具，我是想借阿弟那几件新制的家具就行了。主要是人，有我陪着，绵仔闲不了。哈……"清江长辈大乐。

"咱们想到一块儿了，可买张新床还是要的。漳州的事可以缓一步说，倒是厦门华侨新村所有房间、厅堂的布置要先行一步。我的意见是，所有窗帘、门帘、被单、床罩、薄毯一一置齐，将来也有大用场。那时，阿妹中考已结束，我自己一人清净做事就可以啦。二舅在电话里说，他乘坐的航班是夜航，那就是晚间降落在福州啰。所以啊，让吴总经理预订福州的高档宾馆是上策，那里的接待是完全可以放心的。不知德富兄和清江大哥意下如何？"阿姨一贯谦虚的口气。

两位生死兄弟四目相视，高举四手赞同。

"绵仔此次回国返故乡，很可能是以巡视的方式进行考察，我这样想的依据在于他回国的时间安排上。像绵仔这样的高级董事，据我所知，每年他们的例行假期在十天至两周之间，当然，事事均有例外……"

"清江阿叔说到时间的问题，正是二舅此行的关键点，因此，阿姨与吴主任所做的计划书更显重要。对于咱们亲人来说，就是尽量让二舅自由安排他的行程、时间，没有必要别大批人马尾随。"阿弟有他的看法。

清江阿叔说："在与绵仔的通话中，他已告知是星期五起飞并于当晚抵达福州，如此看来他不会只待三天就飞回去，也不太可能在后一个星期二或星期五飞回去。以我刚才说到的国外高级董事的例行假期计算，绵仔在国内的考察期极有可能就是前后八天。阿姨，你与吴总经理在做计划书时，一定要把虚的时间算进去，比如绵仔离开马来西亚吉隆坡直到降落福州，这就是过了一天时间，'虚时'。之前我想到两个方案，一个方案是绵仔在福州作短暂的停留后，来厦门考察，两地比较之后回漳州与咱们相聚；另一个方案是前面不动，但等两地相比较之后取重点之地再复巡一次。我曾经在山东的青岛与荣城之间有过这样的实践，只是如此奔波，人是会有疲劳感的。阿姨可以把我的意见直接提出来与吴总经理商议，但最终还要看绵仔对祖国大陆环境、形势、未来发展的判断以及他身后董事局的决策与行动。"见多识广的总公司领导者所提示方案十分之全面。

"清江老弟说得很对。以我早年外出的经历来看，第二套设想方案似乎更贴近国内的实情，也更符合我们所了解的绵仔之个性。"成德富说。

　　从外表上看，成闻卫是很认真地在听着各位抒发己见，然而，在他的脑袋里飞快转动的则是，如何让钱生出更多的钱。是否可以扛着二舅这面华侨的旗帜，用他们兄弟挣来的辛苦血汗钱，以"国外资本"的名义在国内干大事业呢？如此的作为符合国情更适应逐步开放的国家大政策形势。他想起近两月前在福州小饭馆吃那一盘带鱼块的场景。他一定要趁二舅回国考察的大好时机，深入了解二舅如何解读资本，还有资本该如何运作。现在的他已经萌发了对资本运作的兴趣，这就是他与普通生意人在前瞻思维上的区别。这种对资本运作对大方向思维带给他愉悦、欢快。想着想着心笑带出面笑，在场的诸位被他的笑意所吸引。

　　"阿弟，阿叔说的两个方案哪一个好？"父亲在提问。

　　"哟，糟啦！我开小差啦！"他想，但他很快就回过神来，接上父亲的语音，说："很好啊，两个方案都很好，只不过等二舅回来还要有个实质性操作的过程。"成闻卫回答得模棱两可，心里嘀咕着，一会儿要向阿姨打听清楚到底是怎么样的两个方案。

　　"好了，现在趁人手正齐，货车还在，咱们赶紧动起来，只留下一个格橱，余下的格橱连同所有书籍全部运到织布厂去。"清江阿叔是一位实干家。

　　"这样……是不是太劳累大家？"兄长有点担心。

　　"他们也该起来啦！我这个快退休的老头都硬扛下来了，何况小后生。现在还早，做完事洗一下，正好品尝阿嫂她们做的美味佳肴。"或许是加吉鱼的好名声，吵醒了在楼上安歇的各条壮汉与司机师傅，众人三下五除二把那几大件搬进织布厂内。此前，成德富先行取出二十五本十分珍贵的古籍善本，那也是他二舅哥的至爱之书。

　　师傅们回来时，家庭主妇和姑娘们招呼众人早早吃上了午饭。

　　"清江老弟，今儿是礼拜天，回到厦门家里要补上一觉。整天都没合眼，人会受不了的。"兄长关心贤弟。

　　"是啊，德富兄言之有理。人不是铁打的，能吃还要睡好，这是最要紧的。"许筱雯的母亲特别关照清江阿叔。

　　"十多年前的那阵子不也扛下来了吗？不过，现在是添了十几岁啦！主惠妹子，你也要保重身体哦。女儿的身体会慢慢好起来的，年轻就是本钱嘛。一会儿我们就要回厦门去了。天气凉快一点的时候找个好日子，你带女儿一起来厦门，到我那里玩，我等你们到来。"清江兄长说。

说这种儿女情长之事的男人，上了主席台，会用什么语言给众人作报告呢？

阿雯在楼上房内听得一清二楚三动容，她淌下了热泪。

"谢谢你，清江兄。"楼下的母亲之心也在流泪。

"这尾加吉鱼的鱼眼原本是专属我的，现在我改主意啦，让来自远方城市、不夜城大上海的贵宾主惠大妹子品尝一颗，另一颗当然是奖赏给为了保护祖国悠久文化遗产而奋战一夜，从海上花园厦门来的我的生死兄弟杜清江同志。哈……绕了一长圈……常言道：眼睛是心灵的窗户。吃了加吉鱼的眼睛啊，凡事都能看，都能顺，都能！哈！"这老头真逗。

"我随阿伯有些日子了，真不知道他还是个诗人。"阿海说。

"顶多是个'伪诗人'，他要是诗人，我就是诗仙啦！"

众人都被闻宝钗逗乐了。

"别以为是你们的阿伯嘴贫话多，他啊，鬼着呢，让大伙儿光顾乐，他就把一尾大鱼全吞啦。乐归乐，这样的大加吉鱼啊，就是要趁热气才香。吃这样大的加吉鱼可不是常有的事，众人齐心，将它消灭掉！"伯母乐开怀。

"就是筱雯妹暂没此口福。"阿丽阿惠两姐妹说。

"没关系，往后我再讨一条更大的，自我讨海以来，捕到的最大一尾加吉鱼是二十八斤。"阿海不会骗人。

"哇！"众人仿佛全被鱼骨哽了喉头，齐声惊呼起来。

"大家边吃边听我报告一件好事。今天是阿丽阿惠两姐妹经营咱们那家海鲜批发店整整一个月的日子，现在，就请咱们尊敬的长辈清江阿叔，给这两位勤劳做事、认真实干、劳苦功高的姐妹发工资。"说着，成老师将每人一份的工资交到清江阿叔手中，由长辈亲手郑重地把包有四十五块人民币的大红包分别交到姐妹俩手中。大厅里响起一片欢呼声，别提这两姐妹的心情有多激动啦。

"清江阿叔，还有件事，昨天妈提到了岳母为工地上做伙食，还有阿姨从早到晚地忙碌，你看……"

"阿弟啊，咱们叔侄真是想到一块儿了。原本我是想等绵仔回家，喜事成双，再办此事。姨父在工地当监工的事，竹仔已经定了他的薪酬，在此就不多言了；亲家母和阿姨，就按我们分公司一把手这级的待遇付薪金，具体的数额，待我回总公司查过再告诉漳州家里。不用你们说，我也知道亲家母和阿姨不缺钱花，但这是规矩。往后还要办更大的事，只要立了规矩，就可长久共事。阿弟、阿海，还有件事我想自作主张一下，就是大姐，她天天上午在批发店最忙碌的时段，背上小顺子一直忙，直到回家做午餐。大姐是开明之人，支持阿丽这样的青年人出来做事，自己担起家里的事务，还能给两姐妹搭把手。早年我就对兄长和阿嫂说过，我是打心眼里佩服渔家女子。像阿丽出来这一整天，大姐在家中要何等的忙碌。

"历来我就主张有劳有得，多劳多得。我们总公司白天的加班费是以加班的次数计算的，每次六毛。大姐与这两姐妹干了整一个月，就以我们总公司的日加班费减去一毛，一个月发给大姐十五块钱。大鸟和阿顺不会有意见的，亲家兄弟就更没异议了。就这样！"长辈拍板。

"清江兄弟，这样我就了却一桩心事啦。"阿嫂说。

在那个以票、证、计划配给的年代里，在当年人民币比"英镑"还"棒"的岁月里，一口气领到四十五块钱的两姐妹怎能不兴奋无比呢？！

一个月四十五块钱的工资是什么概念呢？就拿咱们一日三餐的粥、饭来说，煮粥的米。买上十斤加粮票是一块四毛二分钱；按人头分配每月每人一斤的煮干饭的米，钱加粮票再加粮证，一块四毛八分钱买十斤。

想想看，这样的四十五块钱工资怎能不轰轰烈烈啊！

烈日当空，清江阿叔带上厦门来的客人与漳州亲人道别。阿弟取来洋烟让他们带上，阿海拿来早准备好的两箱各六瓶龙溪甘蔗酒，让司机和渔民表弟"顺"个痛快，最主要的是照顾清江阿叔每夜喝上二两。

"阿海，你跟车到街上，买上十几二十条的炸五香卷、土笋冻，再来几碗丝仔面，我们答应过阿妹和小顺子的。"话音未落，阿玲就拿来了三个大便当盒交给阿海。

清江阿叔本想上楼与许教练辞行的，哪想到她已经站在楼房大门边等着恭送长辈了。筱雯的母亲就站在大门内，虽然与告别之人的距离有点远，但她刚换上的一身紫罗兰绸缎旗袍很是醒目。她不时地挥动手臂，显得有些犹豫，是想请他留下，还是想让他快点走？或许连她自己都无法说清楚。清江阿叔也是带着同样的心情离开了漳州。

还是海边姑娘阿惠所言精辟：看一眼，足够啦！咳！

谁说一见钟情只属于青年人，老者也可钟情一见嘛！

"厦门华侨新村的房间要花一番心思来布置。阿妹是在月底结束中考，让她回漳州？"阿姨问道。

"我来安排。阿姨，刚才清江阿叔提的两个方案，你的看法是？"在长辈谈论两个方案时，阿弟正想入非非哦。

"依我看，第二个方案更好一些。"阿姨把清江阿叔提议的两个方案的具体内容作了比较，道出自己的结论。

"爸、妈，天热，你们都去午睡吧。"儿子说。

"阿弟，你好久才来一趟，还是说说话好，我去泡壶好茶来。"岳母就是想多听听女婿的话，他每次说话犹如讲故事一般。

"我先和她们三姐妹去看许教练。"女婿说。

"许教练，楼下闹了一上午，现在总算安静了。来漳州家里静养的这些日子，一切还习惯吧？"成老师问。

"成老师，在这个家里有这么多人陪我，你就让阿海回海上去吧。我知道他难受，我心里也不是滋味。"许教练说。

"许教练，你听我说，阿海驾驶的那艘船早就出海啦。海上的活不是说想干就有的，船往返一趟要大半个月，等到下一趟船泊厦门码头，就让他出海去。你要趁此好时机多调教这个愣头青，他听你的。另外，家中许多跑外围的活，还是要他才行啊。阿妹在厦门拼小命读书呢，家里就是一老头三仙姑啦，谁会骑自行车？许教练，再给这小子一次好好表现的机会，怎么样？…"成老师嘴够滑。

"嘻……你就是会哄人，德玲就是这样被哄走的吧。"

"嘿！话可不能这么说，我向毛主席保证……"成闻卫一本正经地说。

"我哥真行，天生的演说人才。"阿海坐在楼下天井里陪四位长辈喝茶、抽烟。

楼上成老师依然一本正经地说："半个月，就让阿海兄弟再多陪你半个月的时间，在你不想看到他时，想丢想踢都行，还可以让他去工地流一身汗。还有哇，许教练，有句话我替阿玲说了。大鸟和阿惠的好日子会定在金秋时节，你要抓紧时间恢复好身体，到那时，是圣诞节、元旦还是春节，日子任你们挑选。这不是开玩笑哦，但听起来像是在逼婚似的哈！一会儿我和两姐妹就回厦门了。学校领导下达命令，从七月一日开始，让我们与队员们'三同'，住校，领导下血本，我们就得跑断腿啦。力争拿个好成绩让你开心，心花怒放！多保重哦，我们走啦！"

"成老师，你们三人路上多加小心啊。"筱雯哽咽着说。

"几位长辈，"阿弟回楼下喝茶，说，"二舅回国的事，我还想听吴主任的具体想法和意见，把清江阿叔的想法与她再谈论得细致一些。多个人多条思路，也让阿姨上福州与吴主任订计划书时心中更有底，大家说呢？"

众人频频点头以示同意。

"吴主任，我是成闻卫，现在漳州家里。临近中午时与南洋我的二舅通了电话，他已经决定在下个月十一日从文莱家中出发，乘马来西亚吉隆坡直飞福州的航班，夜航……好，吴主任，还是你想得周到。就在刚才家人议出两个方案，我说个大致情况……"

"都很不错。"吴玉燕回答，"……从行政管理的角度来看，第二个方案似乎更稳妥一些。主要还是要以你的二舅为中心，当下的计划书制订得再周全圆满，从他到了福州的那一刻起，都要随时随地随事进行不断的重调。我完全同意你的阿叔所作的一个星期的预判，若有变动也定不会少于一星期。因此，计划书暂且以这样的时间段安排。要考虑到你的二舅真正在省内考察的时间并不充裕，作为接待方，必须多考虑一些不利的因素。进展如何，福、厦、漳保持联络。对曾阿姨来我这里，我和老姜热烈欢迎。你要在漳州住几天？"

"我一会儿就回厦门了，专心准备足球联赛的事。麻烦你把公司的传真号码给我。南洋二舅要我在厦、漳两地各装上传真机，届时再告知你号码。代向你的家人问好，多保重。再见！"

"越是难解的大事件，越是要冷静、沉稳。吴主任的分析很有道理，多思考细节与不利因素。"成德富说，"凭我早年在上海、香港、台湾和东南亚各国做生意的多方面经验来看，咱们国内人与这些海外人士，最大的差距就是观念问题。我想绵仔此次考察是在为未来之大事作准备。表面上看与我当年所做的贸易生意大有不同，可是，在实际的操作层面与理念思维上仍有共通之处。所以，在接下来的时间里，特别是绵仔回国后在咱们省内的这几个城市走动时，我们动员多方面的力量，其中也包括宗教、教会等方面。多多与绵仔磨合、沟通，多给他祖国好的、正面的信息，人脑是需要不断刺激的，直观之下就会多加深一分印象。绵仔此行，能有像阿姨、吴主任这样的能人从头陪同至尾，那才是件美事，可吴主任的公司当下业务多且忙，这样，阿弟和阿姨就要做好联手接待绵仔的大事。再有就是一定不能忽略了细小环节，能否成事，往往就在一两个细节上。"成德富的眼力、思维非同寻常，是位能卜会算的高手"道人"。

"爸的分析条条在理，听吴主任的口气也是此意。她的办事风格就是到了稳当的时候才会出手，又非常注重细节，与阿姨的办事风格极其相似。"就在成闻卫还想多夸赞吴玉燕几句的一刹那间，脑海里突然蹦出一句话：

千万别在一个女人面前，赞扬另一个女人的优点。

这一闪念，让他用后半句话补漏。

毕竟儿子是个未满三十周岁的愣头青，父亲已经从他兴奋的语气里探得了画外音……

"阿弟过奖啦。不过，成大事的关键，很大程度就是取决于细节，而细节处理得好，全靠细心谨慎。还有……"阿姨的话还未说完，电话铃响了……

二十七、开放社会需法制

　　"哇，你是个小道人，能掐会算……"大鸟能把电话打到这里，成老师很惊喜。

　　"长腿，我打遍全厦门市的电话没人接。我要告诉你，育春大哥的舅舅来到长沙啦。我们准备从明天开始，用三天的时间每天发两车皮，这样六个车皮的新茶在下个月十号之前发清。这两天就走两车皮，让家里多加留意。"

　　"大鸟啊，上午与南洋二舅通过电话了，他在下个月十一日晚到达福州。这六车皮所排定的时间正好在点上。你和阿伯最迟不得超过七月十二日抵达漳州。长沙、安化的事就交给育春大哥一家人了，其舅的到来正是好时机。我从厦门唐律师那里拿到五十套合同，是他专门到工商行政部门买来的正规合同文本。华宗回漳州时，你让他向我父母索要，我怕他们一忙起来二舅回国的事，就将此大事忘却啦。我就说这么多，来，阿惠……"

　　"喂，是我。你和阿伯在外面要多保重身体啊。嗯……我很好。一会儿我就和阿丽、成老师回厦门啦。嗯，我们就是专程来看筱雯、阿姨和阿玲姐的。阿叔先回去了。还有，我和阿丽成大财主了，今天收到阿叔发的一大笔工资。好……成老师？"阿惠想让他们兄弟再聊。

　　成老师与阿海同时朝她摆了摆手。

　　"好，我知道了。"阿惠在众人面前显得非常懂事、温顺。

　　"爸、妈，放在织布厂的书橱都摆放好了位置，三十几个大纸箱的书，有空闲时，一天整理一点入柜。除了那些值得珍藏的古籍之外，其余比较一般的书，归入一个或者两个橱柜，这样的书对于将来你们的孙辈来说全是宝贝。爷爷教导爸的那句话最对：只要是书，都是好的。阿姨，传真机的事还得麻烦你，另外，还要留意六车皮的新茶和两大卡车精木炭，近日就到货了。"阿弟说。

"放心吧，重活有阿海和工地上的工友，摆放茶、除湿铺炭有我呢，阿妹帮我接待港商陈先生。"岳母说。

"你们大家都把我给忘啦？我也可以到厨房做事的，尽管我的手艺不是太好。"主惠阿姨说话啦，那口气、语调如同小妹一般。

"阿姨啊，照顾好许教练才是你的重要任务。这些粗活、重活全是阿海的分内事。你和我爸妈得闲时，整理整理书籍就好。华侨新村的布置工作由阿姨一手包办。"阿弟温言回答。

"这两天我在想华侨新村的别墅的事。当年，阿弟的外婆健在，阿兄、二哥的生意如日中天。阿兄一开口就要买一排或一列，就是十八至二十幢别墅啊，他们在海外，就认为一幢一万块人民币，一列才二十万嘛，这下差点没把阿弟他爸吓昏。此前是阿兄在香港用二百万买了豪宅，要让我和三女情蓉到香港定居附带收房租，可是阿弟他爸不让去，这才有了后来母亲和两位哥哥想买华侨新村别墅的事。正是因为我没有去香港也才有了咱们欢聚的今日。如今阿弟买下了华侨新村的这座别墅，也算了却了他外婆的一桩心愿。"闻宝钗说。

"买下华侨新村的这幢别墅，功劳全是阿姨的。那天，我和阿姨阿妹三人一起去拜访那位崔段长，阿姨看出点小问题，随即就和香港的房主联系上了。当年阿姨舍命救了女房主一家人之性命，所以，照唐律师的话说，别墅就是半送半卖给阿姨，以报答阿姨给予他们家之大恩德。以阿妹的学习成绩、聪明劲和那样一股不服输的蛮牛韧劲，说不定真让她搞出个女状元。可一旦真中了状元，那厦门户口就是一大问题啦。唐律师说到底也是为阿姨当年的那种侠义肝胆所感动，竭力帮咱家做成了这件大事。真是如妈所说的那样。"阿弟望着楼下大厅那座布谷鸟时钟说，"哟，阿丽阿惠，忘了今儿是礼拜天，车票是个问题。"

"不着急，我先给汽车总站打个电话再说……喂，这么巧是金站长，是我啊。怎么，星期天也不休息，发奖金哪？好事啊！是这样，金站长，我的女婿和阿玲的两个姐妹要赶回厦门，就最近时间的班车就行。我等着……四点十分，直接到票窗拿票？多谢啦！等老由回来，你们老兄弟喝两口。是啊，在湖南……快了，下个月就回返啦，天生他就那命……再见！"岳母松了口气，说："到了车站就可以取票了，路上小心。"语气依依不舍。

"阿海，等二舅回来，咱们大家好好聚一聚，以后你想怎么漂都行，可现时，你记好了，必须安心照顾好许教练和阿姨。转告许教练，说我们走了。"成老师对好兄弟说。

"成老师、阿丽阿惠，你们慢走！"楼上传来筱雯的声音，她人倚靠在房门前的楼道护栏旁，和厦门来客挥手道别。

"快进房休息。二舅来的时候，我们全都再来，到时再见。"大家劝许教练进了房间。阿弟对岳母说："给建楼工地的师傅工人们料理膳食别太累，采购的事交给阿海去跑。我们回厦门了。多保重。"

"成老师，代我向清江兄问个好，他是个善人！"王主惠阿姨说这句话时，面部表情显得格外激动。

"这个口信我一定带到。"

"我和阿惠先到汽车站取票，成老师与阿玲妹随后来哦。"成了家的女人思维就是不一样，阿丽显得格外善解人意。

"你到了地区少体校后教练们的反应如何？会不会说你是被省级专业队给刷下来的？"丈夫等待妻子的回答。

"我们到了漳州火车站，就见到地区体委分管三大球的副主任来接，让我大吃一惊。到了体委竞赛处，大家也都知道我是为了爸妈年迈，主动申请调回来的。大伙儿对我不错，也都知道我不图名利，一心热爱排球，和众教练、领导不会有利益冲突。但我看出来了，这与你在福州所托的硬后台有相当关系，还有阿姨与这些领导混得不错。你还不知道吧？阿姨上福州卫校之前，是咱们地区的乒乓明星哦。回到漳州一切都好，你尽可放心。只是你下个月住校时，吃饭怎么办？"妻子就是厚道人。

"学校食堂呗，不就是一日三餐嘛。在山区农村，春耕时菜荒，就是清一色腌菜。想吃绿色的？有哇！芋头叶子还有南瓜叶。先把南瓜叶上的细毛用刷子刷净，沸水烫过之后，切段拌上猪油、虾油做调料。你还别吐舌头，云南那里有支少数民族吃丝瓜、南瓜叶是不刷毛的，直接配上能吃的蔬菜、果树花煮，说这样可以清除肠道寄生虫卵，世间奇事多啦。就这十来天，别为我想这些学校的破事。倒是你肚子里那条'猴尾巴'，要时时想，你是两人在一身啦。训练课别太累了，回家更不要干重活，有大事与两位妈妈商议，别自己逞能乱来，她俩才是好老师哦。"丈夫一脸认真相。

"好啦，看你也成婆婆了。家里什么都不让我干，说是怕动了胎气。"

"这可不是现时才有的事哦。在爸重病的日子里，妈一眼就看中你，至今她最疼你，连孙子一块爱。记得多吃鱼，无论是我送上来的海鱼还是这里的江鱼，尽可能吃杂一点，闽南人说，补胎强于坐月子。你多受累了，书上看的、老教师口授的全卖给你啰，想再多一点点给你都没有那本事啰。哈……"这小子连哄带骗，鬼着呢！

"家里样样都好，就是少了你在我身边，晚上还是会很想很想你的。"妻子原本就不会藏什么心事。

"我也一样。等这次的联赛和二舅的事办妥之后，后面暑假的时间全都留给你，高兴啦？"这小子又在"行骗"。

"这还差不多。"现在，妻子也学着小妹的样子抓紧丈夫的粗胳膊，象征性地得到一丝丝心灵安抚。

金站长照顾他们三人，车票全是二人座的这一边，上车后阿丽就找到靠窗的后排座位坐了下来。返程的路上阿丽的话真多，坐在前座的成老师只能不停地转头与她交谈，每每总会触碰到阿惠的胸肌。一个多小时后阿丽也累了，靠在窗户边就睡着了。早已睡着的阿惠自然下垂的肘部紧压在成老师粗壮的大腿上。经过一天的忙碌之后，阿惠就这样一路睡到厦门汽车站。

"阿丽，这些漳州小吃我们留下一便当盒，这两盒你带回家给小顺子、伯母和阿妹吃。让阿妹吃了饭就直接回去自修，还有，让她打电话给我。这里还有十五块钱，你就照在漳州时清江阿叔所说的告诉伯母。原本我是想亲手将钱交到伯母手上的，但既是定成了规矩，就由你转交好了。阿丽，你推辞也没有用，这是公事公办。"成老师说。

见阿丽走了，阿惠问："成老师，我在车上睡得真香。你呢？"

"我看你睡着了，没敢吵醒你。"他说。

"成老师，你真好！"

"阿惠，回去后咱们会一下账。这一大盒漳州小吃足够晚餐的菜品，配上冬粉、水面或是其他主食，再下点水叶青菜，晚餐全齐了，你也省得忙碌啦。"成老师说。

"咱们带上漳州的渔货海鲜我全部记清楚啦，回去就可以入账了。"她有意靠近他说，"等一下三轮车到了自由市场，我买些丝瓜、角瓜、黑木耳。这两天实在太热了，要多吃些清凉的汤菜才好。"

"等到阿妹中考结束，二舅的事有了好结果，好弟兄们就不必担惊受怕地出海了，专做陆路上的生意。那时，买上一台冰箱，你买一回菜就可以吃好几天，省得天天跑自由市场，就不用那么累了。"他说。

"真的？这太好啦！还是你想得周到。"她大胆地抓过他的大手，放在自己的大腿上，胸部紧紧地靠着他，说，"我这样，你会讨厌吗？"

"阿惠，自由市场到了，你买菜，我先回去生炉火，菜别买太多。你去吧。"成老师没有当面回答她提出的问题。

"好，那我先买菜去了。生炉子时你要注意……"

"你快去快回。我是老'炉前工'啦，真的。"他说。

她的双眼放射着亮丽的光芒，两颊绯红地下车买菜去了。

成闻卫回到大鸟住处的头一件事，就是打电话给唐律师，与他约定明天下午六点钟到轮渡边上的"东海大厦"一层咖啡屋见面。成老师说，他想咨询有关海外华侨在国内参与祖国建设的相关法律、法规条文。

小妹来电话了，说："姐夫，阿丽姐回来啦，小顺子的奶奶拿到工资高兴得哭了。小顺子真好玩，炸五香卷吃得比我还多。嘻……明天看考场，咱们学校的考点设在厦门六中，详细情况明天再说。姐夫，这些漳州小吃真解馋，姐夫就是守信用。"小妹好高兴。

"知道好吃啦？我一开口说，你姐就忙开了，现在知道你姐有多疼你了吧。爸、妈、阿伯、伯母知道你很用功，都在给你加油、为你高兴哦。另外，别忘了我帮你订的报纸，临上床前看一看当天的时事，听一会儿收音机，主要收听中央人民广播电台的新闻类节目，这对于辅助政治、语文等学科有益处。自修、喝牛奶、准时上床睡觉就是你的任务。我把照相机带下来了，等中考一结束，你和小琳同学要怎么闹怎么玩，我们都不会阻拦你，还要给你们多多的零花钱奖赏。不过先别太高兴，这几天一定要补缺补漏，再去琢磨那些大题目就是浪费时间，不明白的题要及时请教老师，语文、政治科目千万别不懂装懂！"

炉子很快就生起来了。成老师在这方面是熟手，早在"文化大革命"之前的小学阶段，他晚间复习完功课，习惯性地在父母的书房里翻上两三页书报，临睡之前到厨房给炉子除煤渣再上新煤炭，最后封上炉门，放上一大锅的清水。第二天一大清早，到大阳台背诵英语单词之前，开炉门除煤渣再挑旺炉中火，一大锅清水将滚沸时，正值父亲起床要泡茶，母亲要做全家人的早餐饭菜。如此而为，既省时又省煤，这小子从小就会动脑筋，自觉干家务活为父母分忧。

"文革"时，从口头、传单散发的群众斗群众的初级形式，发展到后来真刀真枪真炸药包的"武斗"，成德富被活生生地逼到市郊当了"红老兵"。那时的形势是越来越乱。母亲听从了阿弟的劝说，来到外街虔诚拜奉佛祖的二伯父家中，阿弟不仅参与了二伯母主事的厨房大小事料理，好学的他还从二伯父那儿学到太多太多中草药的奇妙治病药理与实际用途……

成闻卫一边生着炉火一边回忆着，连阿惠回来站在炉边他都还不知。

"捡到金条啦？看把你给乐的！"阿惠伸长脖颈窥探着炉膛里的火势，"哟，你是真有本事，烧得比我好。"

成老师说："你现在才知道啊？我从读小学开始，无论是烧煤球还是后来改烧蜂窝煤，从生火到加煤直至封炉门，全套的'炉前工'活，我是熟练加老练。不只这些哦，还有烧柴……"

"你猜我遇见谁啦？"阿惠打断他的侃侃而谈。

"谁？"成老师问。

"老郑，他说好在前几天多进了货，否则，昨天酒店里一下子多开了四大桌，差点应付不过来。我问他家里可好，你猜他怎么说，他说最近一段时间里他的女友对他可好啦，像换了个人似的，他反倒适应不了。我说他是有福不会享，可他却说那种感觉怪怪的，太虚。还说成老师聪明、反应快，他的本意就是让你搬走那些古籍……"

"阿惠，还真别说，"这次轮到成老师打断她的话尾，"老郑是个小心做事之人，有一定的阅历……不对，他的父母不住在附近啊，不会是他有意在等你，好说这番话吧？"成老师帮助阿惠分析事理。

"哦……"阿惠若有所思地应答。

"怎么啦？"成老师追问她。

"没什么，我是想，在我运走那一大卡车的书籍之后，总是隐约感觉到似乎还会有事发生，我说不好……对啦，看我这猪脑子，老郑临别前还告诉我，说楼上小儿把自行车改成电动马达车，除上班之外，大部分时间就是给那个干爹做事。老郑说了个头就没下文。"阿惠从沸水中捞出鱿鱼卷。

"这就对啦，这对小人仍旧在用他们的美人计……"说到这里，他转了话题，"在我读小学时，妈的腰病复发，要用猪腰配中药煎服。爸托人每两天买来一副猪腰，是靠硬关系'走后门'，免票，每副五毛钱。妈就教我如何在猪腰上走鱼鳞刀，和你做的鱿鱼卷的走刀一样。猪腰要先分成两片，去尿腺与杂物，入斜刀时还要有交响乐的节奏：斜、斜、斜、切，再用煎出来的中药汁配上生猪腰段炖煮。"成老师有意避开家中小儿小媳妇的话题，正是他已明了其所为了。他接着说："等我有了时间，亲手做上一桌不少于十样花式的菜肴，犒劳你这些日子对小妹的悉心照顾。我吃得出来，你是用心在做每一道菜。"

"成老师，你还会办桌菜？我不信。"她乐啦！

"我什么时候骗过你阿惠？来，你把白菜帮给我，看好啰！"成老师右手摁紧四片叠紧的白菜帮子，左手拿刀，手起刀落层层递进，闪光刀背的另一边叠起了丝丝齐整的白菜条。他自吹道："这是真功夫！"

"我心甘情愿被你骗，可你老是对我说实话，就怪我自己命不好。"阿惠心里嘀咕，说："成老师，你教我一手嘛。我爸常说我拿菜刀不稳……"

"好啊，我是左撇子，你要用这只手摁住菜帮子，右手握刀，不能用死劲抓得太紧，要收放自如。"他动手示范。

"你站在侧面我看不清，来我身后教我。"她说。

"嗯。菜帮子摁紧，很好，拿刀的右手再放松点，哎，有点样子啦……"成老师说着话，老觉得阿惠的身子一直在往后倚。此时阿惠突然转过头来，他看到了一双熟悉的、放着亮光的、水汪汪的眼和抖动的双唇，他有点惧怕，同时又很乐意看到这种色彩极其丰富的目光，过往吴主任、由教练投给过他一样的目光。这一刹那间，理智让他选择躲避，他摆脱了相互间躯体的触碰，说："阿惠，我先去准备明天的教案，那些漳州小吃回回锅，我等着吃就是啦！"他说这些话是为了不至于使她过于难堪，早年被那一双放亮的目光所吸引，有无奈的成分与恶欲在作怪。现今若再犯，就对不起大鸟这位生死兄弟了。他再一次用理智战胜了邪恶……

人哪，是一种集多样矛盾体于一身的"怪物"。好思想与差、恶、劣品格就是区分在道德底线。难道不是吗？

晨练时，成老师带着两个弟子正做准备活动热身，看到余晓露老师走了过来，她只和正在晨练的小妹打了声招呼。他想，余老师从不晨练，一定是有事找他。

"余老师，早！是去看考场吧？阿妹对我说了，考场确定在六中。"成老师迎上去，说了这番话。

"是的，全年段都去，我早点过来组织一下。"余老师的嘴角永远都带着一丝笑容，"成老师，由德娟同学在班里表现很不错，功课好，虚心，主动帮助同学，她还有一个最大的特点就是悟性极高。自一九七七年国家恢复高考，初三年段开设重点班至今，我还未见过如此好的苗子，尤其是在理科方面，所布置的附加测试题她都比班上的同学做得快做得好。她文科的基础也不错，也很用功，就是有个小毛病：性子急了一点，比较马虎。几位科任老师都说，一定要克服这个坏毛病，越是简单易解的题目越要细心阅卷，要防止咱们经常说的'题目陷阱'，下笔时由易到难，做完了题还需认真细致地巡卷，力争把错误降到最低。与你说这番话的意思就是，由德娟同学应该好上加好。这也是班主任和各科任老师的最大心愿。"余晓露班主任是一位真正为人师表的模范教师。

"真是太谢谢你了，余老师，谢谢！"成老师非常正式地深深鞠了一躬。

"成老师，请你别这样，让人看见多不好啊，这都是我应该做的。"余老师见状补充了一句。

"给你添麻烦了。谢谢你，余老师。"成老师是由衷地感谢、尊敬她。

"阿妹，六中考场的环境怎么样？"午饭时分姐夫问。

"还好啦，厦禾路大道正对六中，是有点吵，不过，我们的座位是安排在六中教学楼的后面教室里。没关系的，就像姐夫你说的那样，把这一次中考当成是在学校班级里的普通单元测试，心态好了，心里就不会紧张了。姐夫，你放心好了。"小妹对中考充满信心，十分镇定。

"只要你能放松自己在考场的心情，我就放心一大半了。晨练时你也看到了，余老师找过我。你的数、理、化方面她很放心，就是语文等几门学科，她让我告诉你要细心阅卷，特别是一些看似十分简单的题目，别掉入'陷阱'之中。其次，要先做简单的题目，难的放在后头。最后一点就是所有的考题做完之后，要认认真真地巡卷，就是小小的标点也别放过，一直到敲响停笔铃声才结束。看得出余老师很喜欢你，你喜欢上余老师的课吗？或者说，你喜欢余老师吗？"姐夫出题目啦！

"当然啦，我们年段，只要上过她的数学课的同学都非常喜欢她，可我们班的同学和她更亲近，她是用心、用亲人般的真感情，时时刻刻为我们着想，解决所有问题，她的这种教育方法令同学们非常顺服、依赖她。再说她的学历、资历又是那么好。"学生高度评价老师。

"阿妹才来厦门不久，整个人就有了大变化。看事情不再像以前那样肤浅了，而是能用脑子思索、思想，懂得看事物内在的东西了。"姐夫心想。

一看腕表，已是十二点二十分了，他拨通了邮电局谢科长家的电话。她正吃午饭，一谈到安装传真机的事，当即满口答应让外线班长亲自到华侨新村装机。传真机是日本的名牌机，连同购机发票及相应手续由外线班长一并送交成老师。谢科长安排外线班长独自操作，他们都是具有"非凡艺术感"的人物。

打完电话，成闻卫松了一口粗气。

阿惠看到成老师轻松下来，端上一杯热茶，说："成老师，你的事就够你忙的，阿妹的事你就不用管了。我已经和阿丽讲好了，从明天到二十九日这一个礼拜的时间里，我每天都会提早半个小时回来，餐餐做上可口的饭菜，而且天天不重样，让阿妹心情舒畅地参加中考。还有，伯母知道阿妹这么有出息，成绩都快赶上一号男生了，说什么都要插一手，帮我这半个小时。其实啊，成老师，伯母真是不为那十五块的'加班费'，只因阿叔做领导多年，有他的'领导艺术'，懂得尊重人，让伯母格外高兴。我相信，若没有那十五块钱，伯母也会天天到了那个钟点来帮忙的。"

"阿妹啊，中午时分睡在阿惠姐这里舒适，晚间，华侨新村一带空旷，凉风大，阿姨在橱里备了薄毯，别着凉……"

"呸呸……臭嘴臭嘴！这句话不算，这七天里平平安安的，阿妹没有任何事。漳州的亲人们都在祈祷一切顺利。"阿惠的思维中依然存留着海边渔家人的迷信色彩，但凡做大事，特别是出海讨生活之前，容不得半句不吉利之言。

"我和唐律师约好下午六点钟在东海大厦的咖啡屋谈点事，你找件好看的衣服穿，和我一起喝咖啡去……"

"我……"她打断了他的话音，"我又没喝过咖啡，别到时扫了你们的兴致！"阿惠有点惊喜，又有点害怕。她想到这是她头一回与他出现在公共场合。

"来，阿惠，你把杯子拿过来，还有那只汤匙。"成老师开始教阿惠如何给咖啡加奶、放方糖，调匀之后要轻放小汤匙在碟上，自然又得体地端起咖啡。他说："先说个大概，到了咖啡屋随我操作，尽量自然些。"

阿惠稍显紧张地问："如此正式的场合，我要穿什么衣服比较适合那里的气氛？还有啊，我在思明电影院那里的信托公司买了一块女表。原先我也只是看，后来经不起那位女售货员推销，说那块女表是一位印尼侨生典当在店里的，不知因何没再赎回销当。表确是太漂亮啦，花了我五块二，贵死啦！我戴上它给你看，看是否能戴出门……"

"我的婚宴上你那件上衣就挺好看的……"他知道说漏了嘴，再加上一句，"进屋别吵醒阿妹。"

阿惠穿上那件低胸的衬衫：

"嗯……穿上这一身确是挺精神的。哇！这可是一块八成新的世界名表啊！看来，这位信托公司的作价员是个外行。不然就是不懂英语。阿惠啊，你的阿伯曾对我说，银行里专门收购金砖、金条、金首饰的高级职员，可以算是内行高手了，可是，他们总要随身带几十支不同黄金成色的细寸条，将客户要出售的金器与他所携带的成色寸条分别划在试金石上，以此确认黄金成色。所以说，再内行的高手，有时还是要借助一定的辅助工具才能作最终的判定。毕竟，足赤黄金与九八成色黄金可是差了一大截价值哦。

"所以啊，阿惠，这块进口的高级女表就是该由你来戴，这是老天保佑你这个大善人行好运。你说这块表五块二贵死了，就是用你一个月的工资加到五十二块钱，都算是白捡的。这是块'劳力士'名表！"他赞叹道。

"到底是衣服得体，表漂亮，还是人靓……咳！他就只会说大实话，不会骗人，真是的。"阿惠在心底自言自语。她说："要是那位作价员和你一样懂得英语，我不就没这份福气了吗？"

"没看出来啊，你还真会说话。阿惠啊，还有件事，下午你抽空去买些金银花，明天就可以冲泡给采购员们喝了。另外，顺手买上三四张鲜的或者干的荷叶回来，议价市场都有卖的。把它们煮出汤水，配上漳州带下来的冬蜜，做成荷叶蜜汁，阿妹中考的三天里，上、下午各备好一罐，放入咱们庭院的古井吊篮中加以'冰镇'，消暑又解渴。这是我那当私塾先生的爷爷传授给学生们的秘密武器，学子们是科科成绩优秀，个个精神抖擞。你笑什么？我说的是真事！"

"嘻……是我突然想到我的高中老师，课讲得太快的原因吧，把'精神'二字倒念成'神经'，我们都精神啦！"

"哈……阿惠啊阿惠，你还真有一手啊。记得下午早点回来，我给阿妹留几个字，让她自个儿吃晚饭。这是头一回约唐律师谈事，不可以迟到哦。"

下午的训练课成老师早早溜号，身着全套笔挺服装、锃亮皮鞋，带上穿着好衣裳的海边渔家姑娘，一起来到了当年最气派的东海大厦。一楼的咖啡屋入口处，门口三角架板上有醒目的中、英文提示入内的人们：本咖啡屋只收外币！谢谢！

早在今年的元旦成老师就注意到厦门市有了头一家正规的咖啡屋，只收外币，但没空入内喝一杯。

这是把东海大厦的员工住处划隔出来百多平方米，装修成西洋氛围的厅堂。成老师领着阿惠步入咖啡屋，已是人满七成。

"请问先生、太太，总共几位？"女服务生笑脸相迎。

"三位。"成闻卫应答，他身边那穿着十分得体漂亮的姑娘，被女服务生称为"太太"之后，脸上泛起一丝丝红晕，格外娇艳。厅堂里几乎是清一色的外国人，他们齐齐注目这对中国"夫妻"。

"请随我来。"女服务生把他们引领到一张四人座的桌子坐下，唐律师紧接着出现在大门口。

"唐律师，辛苦你了。准时赴约之人一定是有信用的人，这是家父常常说的一句为人的基本准则的话语。介绍一下，这位是我的小姨子，阿惠。"成老师说。

"你好！"唐律师很有礼貌地朝阿惠点了点头。

"你……好！"阿惠也很有礼貌地欠了欠身子。

此时成老师已经看清桌子玻璃板下的价目表，他示意女服务生说："三杯咖啡，一份蛋糕。"

"先生，你们需要什么样的蛋糕？"女服务生等着抄单。

"鸡心蛋糕，谢谢！"这是在华侨、友谊商店不易见到的上品蛋糕，一看便知是咖啡屋自制的高级食品。"请稍等。"

"成老师，冒昧地打听一下，令尊大人应该是位教师，不然就是打理生意的大家。"唐律师客气道。

"真不愧是律师，仅一句话他就有了反应，思维就是不同常人哪！"成闻卫对唐律师的专业水平有了更进一步的了解。他说："早年家父是钦德布行的买办，我的母亲是位教师。"

"哟，钦德布行！在香港、上海都有分号啊，这可是家老字号名店。不容易，不容易啊！"唐律师感叹道。

女服务生端上来三杯咖啡、一小壶牛奶，然后指了指桌上带盖的方糖玻璃罐，随后再端上一盘小蛋糕。

成老师调起了咖啡。阿惠也很从容地操作起来，显得格外自然，不紧不慢不慌不做作，成老师很是满意。倒是唐律师夹的方糖不小心掉入咖啡杯中，溅起不少的咖啡沫。

"真不好意思，不常来这种地方。"唐律师有点失态。

"唐律师，你的工作很忙，时间宝贵，咱们长话短说。今天，我是想咨询一下有关海外华侨到祖国大陆参与建设的相关事宜。有哪些项目可以优先考虑，这是海外亲人们关心的事情。"成老师说。

"建造码头、囤货场、空壳厂房出租是最具有优势的项目。"唐律师不假思索就直接回答了成闻卫的提问，"另外的项目仍然是地产，比如建造大型的酒店、写字楼，再来才是商品房住宅的开发。据我所知，目前海外的华侨和商人们多数看好中国未来的形势，跃跃欲试，特别是沿海一带在往后的经济发展有优势的城市最抢手。只是当下国内的相关法律、法规正在抓紧制定之中。"唐律师说。

"哦，原来是这样。"成老师说。

"成老师，恕我直言，虽然祖国的高层领导是一门心思搞改革开放，但是，事情总要人去做，中下层的国家干部如何统一思想，配合搞好国内的改革、对外的开放，这是一个现实的问题。步子迈得太快，这些中下层干部有了压力，非但高兴不起来，还会害怕，这是目前一种极为自然的现象。刚才说的建码头、建造囤货场这种大工程，是国字号或地方政府在搞；建造空壳厂房，也是地方上政府部门的房地产管理部门专营。而大型的酒店、饭店、宾馆这样专业管理性质的地产项目，就会有意识地放给国内、海外有专门管理经验的商人去做。再一个比较简单的地产项目就是建造写字楼，这也是很不错的一个项目。目前，在香港正对面有一个叫作'宝安'的小渔村，已经开始着手多样化的地产业。

"说大一点，国家的经济一转向好势头，老百姓的生活就能得到真正改善。一个国家、一个家庭生活水准高低的衡量标准，依然是要看人的居住条件、电气化程度、出行是否方便等等大的方面。因此，做地产生意永远都是大资本的企业瞄准的目标，说白了还是在于它的利润。正是因为有利可图，除了国家层面之外，地方政府也乐于做这样的事，在不久的将来，一定会有一场非常热闹的'地皮革命'。

"从刚才成老师的一席话中多少听得出，你们的海外亲人想做的是正当、合法的国内生意。可以大胆地说，当下是好的时机，当然风险也是并存的。只是，在海外生活久了的华侨最注重的就是国家层面的律法问题，这也是他们投资祖国资金的保障。对于海外事业有成的华侨来说不是问题。但，恰是一个关键节点，这是国家引进巨额外汇的好时机，却也是在考验这些国家顶层人士的大智慧，我相信成老师一定明了我这些话的内在含义……

"成老师，我与你探讨的这一系列问题，正是我在'文化大革命'前所做的工作，客户来自广东、香港、澳门与东南亚各国，以华侨居多。'文化大革命'期间是停了一段时间，但我没闲着，而是抓紧时间多方查阅港澳地区及西方的诸多案例与资料。上次处置华侨新村的房产时，我发现成老师你为人率真坦诚，有一种干大事业的雄心气魄。早年我的头家，就是徐夫人的父亲，他就具有超乎常人的思维与决断，到了可以自由发挥其才情之时，势不可挡。然而在这之前，我就看到他内在的才华，始终不悔地跟从辅佐他至今。成老师，我不想捧你也不必吹捧你，咱们现在是各捧各的饭碗，互不牵动，但直觉告诉我，咱俩终有一天是要走到一起做大事业的。从外表上看，说这样的话太虚太不现实，可我看到的是社会潮流和未来趋势。我没有信仰世间任何一教派，但我就是相信人与人之间的缘分。世上人无论男女老幼之间，都会发生一些十分奇特甚至是不可思议之奇事。这只不过是时间之迟早问题。"唐律师品了口咖啡说。

"我真心谢过唐律师。还有一事求教：省会城市福州与厦门这座海防城市相比较，唐律师，你认为哪座城市的发展前景更好？"成老师提出个新问题。

"假如从发展的眼光来看，我个人的看法是厦门好！但是，福州毕竟是省会城市，全省的文化、政治、经济中心，厦门与福州相比在当下是没有多大优势的。我也有闻厦门要施行'自由港'的部分政策，我认为这只是说说而已。即便厦门的将来有了大发展，省、厅一级的中层也不会轻易放下厦门这样的'利税大户'的，更别说想'自由'到哪里去。依我浅见，在这三五年里，最起码三年内，福州仍有相当的优势。

"当然，厦门有它特殊的地理位置，国家要真是出于政治层面的考虑，给它一些好的、灵活的政策，也不是不可能。要真有那么一天啊，还要看地方的执行力，执行得好就可能有大发展；要是执行歪了走偏了，那就会陪省会城市福州走上好长一段时间了。刚才我对你说的广东省那个叫'宝安'也叫'深圳'的小渔村，与咱们省的福州、厦门还有诸多不一样的因素，这当然不是咱们在凡间喝普通咖啡之人所能议论与预见的事。"唐律师对国内形势的分析确是有他独特、独到的见地。

"听唐律师一席话，真是胜读十年书哇。来，唐律师，吃点心。阿惠，你也尝尝。"

"那天我听你说，你的太太也是专项体育运动教练。我也特别喜好运动，就是挤不出时间。"唐律师轻轻咬了一小口蛋糕，"嗯，味道真的很不错。"

"我的妻子是女子排球教练。"成老师再递上一块蛋糕给唐律师，"家父常说一句闽南人的至理名言：钱是给长命的人。话虽糙了些可理不糙。刚才我向唐律师咨询的诸多事，均是一位海外华侨让我代为请教唐律师的。他今年七十二岁高龄，还天天坚持晨跑五英里，他说，时间如同沾了水的海绵，一挤就有。"成老师在细看唐律师的反应。

对方相当沉得住气，只微笑着品着点心。

"他是董事局主席。"成老师再说，唐律师微笑着喝他的咖啡。他。就是位高人。

"唐律师，假设，当下只能假设，我的海外亲人想聘用你代理国内法律业务，不知你意下如何……"

"当然愿意啦！能在成老师或你的亲人们手下工作，那将是唐某人之幸，定效犬马之劳。"唐律师十分谦恭客气。

"谢谢，多谢唐律师。"成老师说这话时就从裤子后袋取出皮夹子，拿出崭新的五张十元钞票，放在唐律师的面前，说："这是我请教唐律师的业务咨询费，请唐律师一定收下……"

"不可不可！"这些新钞票并没引起唐律师的兴趣，他将钞票推回给成老师，说："成老师，今天我是作为你们的朋友来闲聊的，再说，未来的日子，唐某还可能有机会服务于成府之事业，成老师千万不可这样做，不然唐某会十分愧疚。"他一脸着急的表情是完全真心的。

"他要的是情、义、仁，他要的是他付出劳动后之所得。他是个有眼光、有远见的专业人才，是个有能力、有魄力的优秀律师。"成老师心中暗想。

成闻卫轻声唤来女服务生。

"请问先生……"

"美元。"成老师接上话尾。

"先生，请稍候。"不一会儿，女服务生手中的托盘上放着一张清单走了过来："先生，总共消费八美元。这是单据。"

成闻卫取出一张十美元压在单据上，说："不用找了！谢谢！"

"谢谢！多谢啦！先生、太太慢走。"

三个人离席走向咖啡厅大门口，这时，几乎整个咖啡厅的客人们都望着他们。女服务生非常客气地将客人送到门外，略略弯腰鞠躬，说："欢迎下次光临。多谢啦！"

机灵的阿惠趁二位男士还在亲切交谈，拦下了两辆三轮车。成老师先请唐律师上了一辆三轮车，然后恭敬地递给那位三轮车工一块钱脚力钱。

"火车站？！"三轮车工被这一块钱的工钱吓坏了——到火车站踩两个来回还要找零呢。

"这位师傅，请别踩得太快。辛苦你了，唐律师，改天咱们再聊。再见！"成老师非常客气地道。

"成老师，有事就来电话。再见！"唐律师更是客气。

二十八、拼！学业、球赛

送走唐律师，他们二人同乘三轮车返回大鸟住处。

"你今天真的很漂亮。"成老师没有看阿惠。

"那就是说我平时不漂亮啦？成老师，你说人穿得整齐一点，怎么就成了'太太'呢？真是奇怪，不过听起来挺亲切，相当顺耳。"阿惠欣赏起腕上的那只世界名表。

成老师直视她的双眼，然后说："别尽瞎想。我所说的漂亮，是因为今晚你的表现很聪明、很机灵，在这样的公共场合举止高雅自然，这就是漂亮之本意，听懂啦？"

"反正你亲口夸我漂亮，我一定漂亮啦！嘻！"她想。

回到大鸟的住处，小妹已经吃过晚饭，洗好了她用过的碗筷，留下一张字条，说她回华侨新村自修去了。

姐夫看到这字条之后，心想这不对啊，开始有些担心了。小妹以前是不写字条留言的。莫非中午请阿惠挑衣服时说了几句俏皮话，令小妹误解了？完全有这种可能。在临近这场"中考大战"时，不能够出任何差错，这可不是件开玩笑的事！

"喂，阿妹，晚上阿惠姐没有时间给你现做饭菜，我们也是刚回来，都还没吃晚饭。刚才我们一起出去办一件南洋二舅的大事，等你中考之后，二舅回来时，你就会知道我们今天所办之事有多么重要了。另外，阿惠姐给你买了荷叶，明天我亲自来做荷叶蜜汁茶，然后再放到古井里冰镇，你都不知道有多甜多香哦！阿妹，你说姐夫厉不厉害……还好意思笑。你要保持正常的作息，天天好心情，日日开口笑，有了这状态就会考出好成绩，阿妹，你说对不对啊？"姐夫苦口婆心。

"嗯，我明白了。姐夫，你可不能天天这样忙，要注意身体，多休息。"小妹就是机灵，反倒劝说起了姐夫。

"我知道该怎么做了，听阿妹的准没错，阿妹最懂事最乖啦。好，明天见。"姐夫连哄带骗地及时"灭火"，临战前不能有丝毫闪失，这太重要啦，成老师再次松了口气……

"上午讲的那些运气之事，你就是想躲也闪不开。真是这样的。"晚饭之后，长腿看张子健的心情不错，吃起了"号房点心"。众人犯啃着饼干，边听长腿"讲古"。

"这运气的事还要从一件事说起——"长腿喝口老刘递上来孝敬他的凉白开，接着讲："咱们国内的武行都说没有'轻功'这回事。我曾经跟你们说过：在小学时我们'一帮一，一对红'的王田土同学，他是'自然门'大师的最后一名关门弟子，他的师父告诉他，虽然自己习武时已过'童男'的年纪了，没能练成轻功，但曾亲眼目睹过他的师父杜大师——王田土同学要称呼他'师爷'——在一次很偶然的机会亮出了轻功'绝技'。起因还要从王田土的师傅说起：年少气盛的他也不相信'轻功'一说，有意激师傅，问能否当面表现给他看。哪想到杜大师欣然应允，只是徒弟看了他的轻功绝技之后，师徒缘分也就此了结。这就是我刚才说的'运'之另一种层次了。"长腿咬下半块饼干就了口凉白开，众人犯静候下文。

"师徒说定了，二人来到一座大山脚下，大师让爱徒将两枚铜钱用红丝线缠绕在长辫子的末梢，如此是为了让爱徒看清他所飞行的路径。只见杜大师稍一运气，一声：'起！'这轻功啊，哪像武侠小说中描述的'轻功一起满山满树狂风大作乱石飞舞'，王田土的师父循着红丝线的影踪，耳听铜钱相撞之音响，其师傅行走、飘忽于山间大树与草丛之间，约摸也就几秒钟，杜大师已'飘'到山顶再回到爱徒的跟前。爱徒欲开口，恩师拦止了他，说：'即便师徒情、运道犹在，然，爱徒也学不到绝技了。'正是因为王田土的师傅进到武界习武，已是大龄儿童了。

"这轻功啊，必须在童子幼年开练。最先操练的器具之一，就是在乡村里常见的、能躺下一个小大人的粗篾簸箕，其边沿离地二十公分高，孩童的小脚丫可立于其上，用大脚趾与二脚趾夹紧簸箕沿，半蹲的双脚交替行进并保持身体平衡。簸箕内装满了如黄豆大小的碎石、土块，每走一圈取出一粒丢出。整个幼童时期只练这一项，五个脚趾四丫缝练就硬功底。杜大师对爱徒说过，这种童子功艰辛、痛苦到让他差一点点就放弃了。可正是在他的心灵深处，深藏着一种此生必为之事，因而才能以最坚忍的意志坚持了下来。到了该练内气的年纪，三四种功夫齐上，轻功水到渠成。杜大师常说：一个人只要心存壮志就必定成就大事、伟业，这又是后话了。

"杜大师说完这一席话，就亲手解下那条红丝带和两枚铜钱，放在爱徒手心之中，再没有多言语一个字。只见恩师发功运气、双脚掌轻点地，这回正如武侠小说所描写的'草上飞'一般，他们的师徒情义也就此恩绝。也正是他对未曾见之事不相信的态度使他顿悟，人世间之事真是光怪陆离，也并非已见之事物方为真切。从那时起，他除了更刻苦地习武，对书本知识也深加研究，他还上过'农林学院'，成了最高学府的高材生。终身武、气不离，到他临终的前一夜，依然是双臂套十六环约十六斤的钢圈练力运气。他终身爱国，为强军壮警健民自编的'擒拿技手'套路沿用至今，是一位德高望众、有非凡作为的武林高人。"

号房内鸦雀无声。

"老于所言：运气这东西他深信，"讲古大师继续说，"可有些事并非运气说得通的哦。在古时的冷兵器时代，就是还未见火枪火药的时代，有太多的高精尖的'中国功夫'得不到传承。这不是像我们学艺的那种'教会徒弟，饿死师傅'浅层说道，而是武界有多多身怀绝技之高人，他们看透人世间的欺诈、淫乱、争斗、贪婪等积习恶气，他们不是不想把苦苦修练的绝技传下来，也不是他们狠心将这些高深的武功带进棺材，正是他们所精练的'中国功夫'一出手，甚至不要触及对手身躯的'隔空点断'都会让人丧命！咱们这些世间凡人搞不懂高人们为何要如此作为，他们的境界咱们达不到，他们的思维与做法和目的，咱们也揣测不着。我只说说自己的例子。在围棋的赛事中我也得过不少奖项，算是不太差的棋手了。可是当你听到某位高人给你指点哪怕一句——并不是帮你解析棋步哦——你都要傻想几天、几十天甚至几年。这就是我刚刚所说的，武界大师练到顶、尖、峰，其精神境界是凡人不可测度的。"

长腿喝完粥瓢里的凉白开，叹了口气。

"长腿啊，听老哥说句不该说的话，你家的亲胞弟真不是东西，更别说他是个男人了，如此卑鄙，处处算计，真够绝情的，怎么混社会呢？真搞不懂！"老刘实话实说。

其实，"秃驴"光顶滑滑的老刘，其真正目的是想"捧"长腿，好让他再续一小段"讲古"。

讲完了这个真实的故事，长腿侧目看了一下张子健，看得出如此的桥段对他还是颇具刺激性的。众囚都理好了被窝，长腿是头一个钻入窝里的。他这个看护组长一定要完成"三巨头"安排的艰巨任务，不能有一丝的失误。他也想到了张子健确是个不凡之囚，如此聪明地利用那么短暂的几秒钟……

谁都不可能知道，如此短暂的几秒钟，对未来某个活着的人的人生道路、对未来社会可知的一切，将会产生什么样的影响与后果。这几秒钟带来的隐患威力有多大，又有谁能消除这样的危险？靠自己行吗？这谁都无法预测……

预测就是空想、胡猜与不可知。是这样吗？

在长腿的脑海之中，再次浮现巫嫂美妙的少妇身段。在粥窗前，是如此近距离地看到这位美少妇的肤质与脸庞。他回想着她那红润的细皮嫩肉，那双水汪汪、双眼皮、亮亮的大眼睛，那两颗挂在耳朵下方的如蚝肉一般大的耳垂，还有她与王干部谈及料理夜宵的对话……

"鸡！我的天哪！正是鸡！"他仿佛再次看到巫嫂朝王干部微笑着，要帮他做白斩鸡夜宵的场景。他仿佛再次看到两年前，在晋江地区的"封内卢"那里等过路班车返厦时，那位矮胖的"赖大哥"，那个提着两大串烧鸡的瘦猴高个儿，还有这一位摘帽擦汗珠、现同住"甲三"的"一字眉先生"。这是"天遇"之巧事，当这位"一字眉"先生踏上装有非常沉重物的海关公务车时，他俩确是打过照面。

海关公务车开走之后，封内卢向他和大鸟介绍过那位与"一字眉"先生相当亲热的圆脸胖子，封内卢称其"赖大哥"的人，在当地算得上是"神仙级"的人物。其父从上世纪五十年代末的人民公社时期起担任村长至今。"赖大哥"的"本事"没有多少人知其底细。他将自己的户口迁到了有出境香港定居指标且无人出境的河南某县，加上其姐在香港配合，如愿以偿到香港做上了

"生意"。他有自己的"生意场座右铭",也称:妻子、位子、女子、房子、车子、本子、孩子的"新七子之歌"……长腿联想到在晋江的走私小码头瘦高个儿提的两大挂烧鸡,字条上的地图形状也似一只鸡;另外还有一层,字条上的意思——似曾相见!

或许,在晋江,在他们打过照面之后,在他和大鸟离开小码头的日子里,他是否会向封内卢打听他……

现时,那几秒钟的奥秘已解,不必假设。那是真的!犹如明天将要升起的火红太阳一般的真实温暖!

公元一九八一年元月十二日。十二月初七。星期一。

是的,太阳升起来了。不知睡了多长时间,成闻卫被蹲坑的张子健哼哼的歌声吵醒。

他们四目对视。张子健的目光往蹲坑的水泥下沿探望……

是的,就在坑边的报纸底下有一小包东西,当他冲厕之后,长腿赶忙起床,接在他的后面蹲上坑了。

在报纸的圈围之下,是一条用草纸包裹的全新的内裤。

长腿抬头望天窗,没有"天兵"巡视。他极为自然地将这条全新内裤塞到长秋裤的底部,将报纸折成四折放在厕坑旁。长腿将长秋裤连同内裤一起提拉,躲进被窝将这条"陌生"的内裤套穿在长秋裤之外,为的是怕弄潮湿,毕竟他还不知这其中的奥秘。此后,再伺机而动。

长腿刚离开厕坑,张子健就来到水池旁,从厕坑边取走了长腿已折叠成形的报纸。他一边哼哼,一边重新打开报纸,伴着串串镣铐声到了前放风庭。

前放风庭钢网外的"天兵"见此状直摇头。

长腿和三囚徒同时钻出被窝。老甘不但自觉,而且完全可以说是机械性地擦洗前放风庭——实践出真知,习惯成自然,他还懂得用条破秋裤分成半干半湿的两大半。如此劳动改造虽然是累点,可人确壮实了不少。这就是人犯的一种变相的体育锻炼。

众人犯随着死囚犯有节奏地行、转、立、坐,末了,长腿开始"讲古连续剧"……

成老师上午第四节没有排课。他赶回海鲜批发店称了四尾大石斑鱼,让阿惠会入公摊账目，然后匆匆赶到华侨新村恭候外线班长的到来。这位老熟人干起活来轻松麻利，由于是联通座机的电话号码，不到十五分钟，就将传真机装上了。他们完成了票据、款项的交接，成老师又送上每袋各两条的海中极品鱼，不必多言，外线班长心中自知其妙用。现在只等漳州家里的传真机装好之后，就可以一并告知南洋二舅了。

由于中考即将开始，而学校足球队的绝大多数主力队员都在初三年段，因此，"组头"戴老师负责调整了这两天的训练计划：参加中考的同学基本上处于一种停训的状态，只保留了晨练以及下午体锻课时小运动量的身体素质训练。所有的技、战术配套训练都安排在中考结束后进行。成老师所负责的守门员小组，在这种小运动量的总计划安排下，侧重于两名弟子在场上灵活反应的训练。

六月二十六日晚，成老师和小妹、阿惠三人吃过晚饭，特地给漳州家里打了电话。家里的所有亲人们都轮流说上两句吉祥的祝福语，祝阿妹此次中考一切顺利，取得好成绩。阿玲是最后一个说话的，她告诉丈夫周末想到厦门来陪小妹。妻子的一片苦心丈夫是清楚的，可他还是要把道理给妻子讲明白：这位调皮的小妹好不容易培养起一套好习惯，专心应对中考，现时突然间来个外界干扰，反倒不是件好事。丈夫良言相劝，说这里有他和阿丽阿惠两姐妹在，大可放心。阿姨最实在了，报告说漳州家里已装上传真机了，与厦门一样号码随座机。

眼看中考在即，小妹的表现令姐夫佩服且吃惊：对于一个未满十四岁半的小姑娘，这样的中考完全就是一项大事件啦，可就是看不到她有一丝怯懦或心虚的神情。是由于她从小就热爱体育运动，心理上的抗压能力比别人强呢，还是天生就具备了遇大事不慌乱的优等素质？

"阿妹啊，考第一门学科时是会比较紧张。在这样的时候，你只要静下心来，想一想我给你讲过的那位得了体操世界冠军的小姑娘，她在那么大场面，那么多人面前，只是做了一遍训练动作。你只管把这次中考当成平日班级里的单元测验，就像做作业、习题一样做一遍就是啦。忘了问你，是阿惠姐做的金银花茶好喝，还是我做的冰镇荷叶蜜汁好喝呢？是谁厉害？你尽管说哦。"姐夫想和阿惠姐比赛一次。

"是让我说实话，还是来虚的？"小妹还真有一套。

"随你便，阿妹你说，我不会生气的。"阿惠有肚量。

"那我说了。我说完啦！"小妹自己一人傻乐着。

"阿妹，你还没说哪样好呢。"这回轮到阿惠傻问。

"阿惠啊，阿妹机灵着呢，她专找你这个软柿子捏。刚才她说'那我说了'，就等于是把话说完啦！她是谁都不得罪，'抹壁两面亮'。好了，阿惠，帮阿妹收拾一下，咱们一同去她那儿，天上十四的圆月陪咱们散心、散步哦！"

一大一小两姑娘嘻哈直乐。

"成老师，要不要给阿妹做点夜宵？如果需要……"

"别！"他打断了她的话音，"千万别！现在她养成了良好的作息规律，别再画蛇添足。她已经习惯自习后看报，煮牛奶时听收音机之后，喝了牛奶入睡。你仍像平日一样做事，只是要多了一项接送阿妹上下考场的任务。这样的接送是省得她与同窗们对答案后产生一些胡思乱想，从而影响到下一科甚至是后几科的考试。海鲜批发店那里我已与阿丽通过气了，她绝对支持，有空我也会搭把手的。"

到了华侨新村，小妹就去自修了。成老师带阿惠巡视了整栋楼的大晒台、小阳台、房、厅，阿惠整理了他们晚上要歇息的两个房间。

天刚放亮，成闻卫就把漳州和厦门已办好传真机的事用传真件传到文莱二舅的办公室。此后，照常晨练、用早餐，然后目送小妹随中考大部队开拔，向中考考场挺进。

下午训练课一结束，阿弟先到华侨新村观望文莱二舅收到传真件有何反应，看到传真机上有张传真件上书写"OK"加三个感叹号。这下阿弟放心了。

愉快与紧张的时光都是一样，刹那间飞逝而过，小妹的中考就这样结束了。究竟是如何开始又是怎样结束的呢？大家都像刚睡醒的糊涂人一样。反正，今天晚上摆在众人面前的全是大鱼大肉，满满一大桌。这个小灵精也不知从哪里私藏了钱，下午考完末了这一科，竟然邀上阿惠去买了一打的香梅酒，雇了辆三轮车运回来。这个小姑娘这么点年纪，就懂得要和长辈、姐姐们、姐夫"够朋友"了，有那么点江湖义气。众亲人热闹围坐在一起，清江阿叔十分自觉地备好他喜好的白酒。小顺子一进到庭院，不管长腿阿叔手上有多忙，就如猴子般地爬上那宽厚后背，小妹试图用贿赂手段引他"下树"，可这小子不为所动。想引诱我"叛变"：没门！小顺子嘻哈着想。

在长辈的鼓励之下，小妹开讲她这三天的故事。

"伯母、阿叔，还有你们大家，以前我曾经说过的那位在上一次模拟考试中排在我前面的男生，同学们都称他为考不倒的'不倒翁'，在今天上午考政治科目的时候竟少写了小半张试卷。政治科的考卷是两大张，对折起来就是四页。他啊，一定是把对折后的那半页给忘了。听说是后来与同学们对答案时才恍然大悟，自己号啕大哭，真是可怜。咳！在这样的关键时刻，却倒在了自己的粗心大意上，真是可惜了，这样的优等生。"小妹有点伤感。

"太紧张，主要还是太紧张造成的。人一紧张，头脑就会有一时全然空白的感觉，越是遇到这样的状况就越发慌乱。真可惜啊，学习成绩这么好的一名优等生。阿妹，说说你这三天考下来有何感想。"清江阿叔问小妹。早年，长辈是厦门市立中学的优等生兼学校进步组织的领袖，此后考入厦门大学，是品学兼优的进步学生，也是当年厦大出了名的优等生。

"阿叔，我真的说不好。反正，我就记住姐夫说的，像平时在班级里做习题时那样做一遍就是了。还有，班主任特意让姐夫转告我，不能粗枝大叶，要多巡卷。不知为什么，我上了考场就是一点不紧张。阿叔，还有哦，姐夫带着我每天坚持晨练，场场考试都能保持特别旺盛的精力。下午考完最后一科后，同学们都问我有没有开夜车补习什么的，我告诉他们，我的作息时间每天都是一个样：中饭后午休，晚间自修到十点，然后看报、听收音机、煮牛奶，喝完牛奶就睡，隔天清晨背单词、晨练。我认为姐夫说的都是对的，我照做。他们不相信我不开夜车，我说这是大实话，大家不信我也没办法。伯母、阿叔，大功劳要归给我的两个姐姐，她们是真心疼我。我干过家里的茶叶活，我知道干活是一件多么辛苦的差事。你们看连小顺子都乐啦！"小妹说。

"他能和你乐什么啊。是我用筷子沾上酒给他品尝。这小子有阿顺的遗传，他对甜香梅酒不感兴趣，专门盯着清江阿叔那杯白的，这可怎么得了！"

成老师开闹啦！

"嘻……小顺子真好玩。刚才，我对你们说阿惠姐一天两次到六中考场接我回来，这样就省却了与同学们对答案，也就不会因为考过的科目做错了题而懊丧，影响了下一学科的考试情绪。这样一来，我考完一科是一科，没有后悔、懊恼，天天都很轻松快活，没有任何的思想负担。假如没有这么多亲人帮我，哪儿来的快乐心情呢！"小妹说。

"你们听阿妹说起她的中考故事，还一套接一套的，真不简单。阿弟啊，还真别说，以我的老经验，我看准阿妹会出好成绩。依据嘛，就是我还从来没有见过这样一个小女孩遇到如此的大场面还能这般镇定。"清江叔公一高兴，与侄孙小顺子干上杯啦！

"要我说啊，这全是阿妹努力用功的结果，据我观察，她这三天的精神状态真是出奇的好。接下来就等待发榜啦。阿妹这次顺利完成中考，咱们全家人都为她干上一杯。阿妹，今天你要和两位姐姐痛痛快快地吃喝。伯母啊，阿妹说，她要是中了状元，酒席的酒她包，今天，她可是买了一打……伯母，你来杯这种甜的，有梅子的味道，挺好喝的。你啊，小顺子，听阿叔的话，喝酒的小孩是长不高的，要来这个！"长腿阿叔给了小顺子一块排骨酥。

他接着说："阿妹，接下来的时间就任你自由安排了。是回漳州与家里亲人们聚一聚，还是要与小琳好同窗乐一乐，具体怎么安排全由你自己拿主意。但是，回到家里之后，要利用空余的时间，让阿伯教你粤语，就是广府话、香港话。另外，我会征求一下余老师的意见，看看暑假期间学校什么学科有开补习班的，假如能补习高中课程，对你来说也是个好机会。原本我是口出狂言，想亲手做上十道桌菜奉献给大家的，可是学校里是真忙，一时抽不出时间，只好给两位女头家当小工择菜、洗菜，又不发工钱。唉！"成老师唉声叹气。

"嘻……哈……"连小顺子在内的所有人都在笑他。

"哈……你们姐妹俩还真不要笑他，阿弟不知何时从何处偷学了做菜手艺，连兄长阿嫂都全然不知。我看哪，一定是在龙岩学校的那阵子，礼拜天没事干，和学校的那位华安人厨师七鼓八捣地做上桌菜啦。大家都听着，这可是阿弟亲口说的，等发榜了，阿妹真中了女状元，阿弟就要露一手。他敢反悔，我头一个剥了他的皮，哈……"

"看，咱们的小顺子鼓掌带点头！"

"当然可以啦，只是我会花钱雇大酒楼的大师傅哦。哈……阿妹啊，照相机带下来了，什么时候约小琳同学是你的事，但有一点，这交流生的事千万别乱说才是，毕竟它不是一件小事情，明白吗？"姐夫说。

"阿妹，你姐夫说的意思呢，就是这种交流生的名额相当有限，少之又少。如此的好机会，只要稍有条件的都会挤破头。香港地区教育界仍是英属教育的那一套，除了对基础的课本知识重视以外，他们还非常重视学生各方面的特长、创新思维、组织活动能力，像阿妹这种体育基础、运动技能好的学生，他们也喜欢。但目前的问题是，咱们还没到香港嘛。多少年来，咱们讲的就是人情纽带关系，在座的阿弟、漳州的阿玲，他们调动工作的事不正是受益于这些纽带关系吗？假如真有那么一天，在厦门出现学业成绩与阿妹不相上下的好学生，但他们的社会人脉关系强于咱们，说实在话，咱们不一定有胜算呢。"长辈分析道："虽然'八'字还没见一撇，但是，用轻松的心态看待事物，真遇到问题就不会心情郁闷。"

"这次我到厦门中学插班读书，让你们操了这么多的心，我从内心感谢大家。我只有一个想法：把书念好，把这次的中考考好。虽然还不知道中考的结果如何，可我尽力去做了。像阿叔说过的，只要认真努力读书，往后还有许多的机会。我一定牢记阿叔的谆谆教导。那么，明天早晨我就乘头班班车回漳州，等从漳州回来再和小琳同学好好玩……"

"这就对啦！我也早料到你一定会这样做的。明天学校足球队的晨练我请假半个小时，送咱家的阿妹'荣归故里'。来，这样的好日子大家都多吃多喝点。还要麻烦二位头家明晨赶早称出三十斤好鱼，让阿妹顺路带回，记我的账。清江阿叔，几天前我和阿惠咨询唐律师，我半开玩笑地对他说，咱们想聘用他，没想到他竟然爽快地答应了。阿惠也在场，是不是这样啊？"一旁的阿惠直点头称是。

"阿弟，你能想到这一点特别好。越是开放的社会，咱们做事的人越需要有法制意识。我们总公司也在着手准备聘请法律专家做常年顾问。未来经济领域的许多问题，都会在法律的框架下，通过法律的途径、手段加以解决。这其中，律师，尤其是经验老到的律师就是格外重要的一环。在各项经济活动中，好的律师会事先提示、规范想当然的越轨行为，好的律师会让决策者们的操作不出现或少犯错误，避免或减少经济损失。我曾对你们几个兄弟说过，西方开放的经济环境，势必要用律法与制度加以规范。而今，咱们国家已经从计划性的经济缓慢地、逐步地走上这条市场经济之路，如若没有相应的律法、规章、法理来约束市场上的经济行为，后果是不堪设想的。等绵仔回国考察之后，下一步要如何做还不可知，也只能到时再定夺，但是，目前有这方面的思想准备是非常正确的，这是有前瞻性的好想法。"清江阿叔充分肯定了阿弟的作为。

姐夫与长辈谈论这件事的时候，坐在一旁聆听的小妹才发现那天是她误解了姐夫和阿惠姐，想起自己赌气给姐夫写的那张字条，真是后悔死啦！此时的小妹是真心地感激姐夫，他不但要为自己的学业、吃饭、睡觉绞尽脑汁，还要为自己的不懂事费心神。小妹后悔至极，这样的遗憾，唯有在今后找机会弥补了。就在今晚，她要与阿惠姐同眠一床，在这件事情上她要先向阿惠姐好好道歉。

　　"姐夫，晚上我不想回华侨新村了，我要和阿惠姐睡一个晚上，明天清晨也好从这里上汽车站，带那么多海产也方便，好不好嘛？"小妹用上撒娇这个套路。

　　"就给阿妹一次机会，就一回哦！我们知道姐妹俩想说悄悄话，对不对啊？"长辈主持公道。

　　"那你现在就回华侨新村拿换洗的衣服，顺道去取那半斤牛奶。'食物不可毁，非咱小气鬼'，这是老辈人之古训。你回漳州的日子我帮你取牛奶，补习的事等余老师答复。暑假若有补习课，你还要坚持喝牛奶哦。"姐夫说。

　　"是啊是啊，步步都是钱哪！挣钱不易啊！要爱惜食物，将来才有好福气哦。"阿丽的婆婆说。

　　"姐夫，那你同意啦，我可就走啦，马上回来。嘻……"小妹似一阵风，一溜又不见人影啦。

　　"路上小心。又回到从前的老样。"姐夫摇了摇头说。

　　那个晚上，所有的男女老少高兴得如同过节一般，真希望天天充满如此无忧无虑的欢笑、快乐。

　　隔天清晨，小妹告别了阿惠姐，一整夜的悄悄话后，姐妹俩更亲了。姐夫骑车驮着小妹和两大袋海鲜直奔汽车站。沿途，小妹的小脸蛋靠在姐夫宽厚的背上，一双手紧紧搂住姐夫的腰。她只是怕摔倒吗？检票进站时，姐夫欲将两大袋海鲜交到小妹的手上，此时小妹猛的一个箭步扑了上来，紧紧地搂着姐夫的粗脖子，不管三七二十一，狠狠地咬一口他的脸颊。

　　"现在的青年人真'勇敢'，大庭广众、众目睽睽之下都不怕……"走在他们边上的一对老年夫妇真看不惯此景。

　　小妹朝两位老人做了一个鬼脸，提起包袋向姐夫道别说："和阿伯学两天粤语我就回来。姐夫，你要好好注意身体哦。"其实，现时的小妹只懂得学校以外的一丁点社会知识，在情感方面还真不开窍，不然，就不会有刚才的动作啦。

姐夫朝小妹微笑挥手，祝愿她一路顺利到家。与此同时，阿惠向漳州家里报告：女状元"衣锦还乡"啦！

成老师上完第三、四节课，正推着自行车走出校门，突然发现一个熟悉的身影。他说："是阿姨啊，怎么不先来个电话……"

"就想给你一个惊喜。阿弟，载我吧？"

"我先上邮电局打通电话给阿惠，告诉她我不回去吃饭了。你是要去华侨新村吧？先顺道走下去，我马上过来载你。"毕竟是学校放学时间，有几千双好奇的眼睛，影响不好。

人哪！还真有天性不诚实与虚伪的另一面。

电话里阿惠告知，小妹已平安抵达漳州家中，还说阿姨已经前往厦门，问成老师是否已见到阿姨了。

初三年段的中考终于结束了，学校足球队又是全体队员齐整，只不过再有几天，全国统一高考又开始了，成老师的弟子、主力守门员小谢，也将加入高考的行列之中。

学校足球队的正规合练开始了。久违的余晓露老师的身影又出现在后操场的跑道上。等到慢跑的余老师停歇下来之后，成老师才上前与余老师交谈。在清晨初升的太阳微微的暖意中，成老师说："余老师，这些日子你可辛苦了，整天跟随同学们进出考场，天气又这样酷热。阿妹已经回漳州家里了，等过两天回来，我就让她去拜访余老师。"

"成老师。我正想对你说，德娟同学的理科相当不错，是位有极高天赋的学子。这两年的寒暑假，我都会给爱好理科、求上进、有一定基础的同学们上课，主要的课程取自高中年段一年级教材。我是自愿培养人才，不收任何报酬。"余晓露老师说。

"余老师，现今中考结束了，成绩好坏都是板上钉钉的事了。但是，如果阿妹能在余老师手下好好调教一番，再提高一步，真是件大好事。阿妹非常钦佩余老师的才学，她时时对我说起你是如何关爱他们的，说你是位无比优秀的好老师。不知余老师将如何安排上课时间与课程？"成老师真心赞美余老师。

"成老师你过奖了，我哪有德娟同学说的那样好哦。是这样的，在下个新学年开学前的假期里，我是天天排课的。不仅是数学学科，高中一年级所涉及的理、化学科我都教。自从教育部把初、高中分别恢复到三年学制以来，寒暑假我都是和同学们一起度过的，主要是我自己也想提高教学水平。学校里是一直反对搞第二职业的，但我为了学生们，不会去理会那些闲言碎语。只要是有益于学生，有利于祖国的教育事业，有助于培养对国家有用的栋梁之材，我义不容辞。忠实于教育事业，不能仅停留在口头上，首先是要对得起自己的良知。那十年浪费了咱们多少美好时光，现在，就说咱们的初中部吧，学习成绩特别优秀的还可以跳班，将来还会恢复保送制度。国家还设了少年科技班，让极少数的'神童''天才'深造。尽管我对这种拔苗助长的方式方法秉持反对的态度，但是，国家确是非常急需人才。像由德娟这样的好苗子，好好地细心雕琢，加上她自身的刻苦努力，将来定是大用之材。上课的地点就在我的家里，你让她来就是了。另外，成老师。咱们可是有言在先，你不能再像以前那样送礼了，我是不会收的。上一次的礼物我让崔老师代收了，一是她家需要，二是我从没有收礼的习惯，我知道你们的心意就行了。说定啦！"余老师用随身的毛巾擦了擦脸上的汗渍，微笑着与成老师道别。

"谢谢你了，余老师，再见！"成老师望着余晓露班主任远去的背影，敬佩之心油然而生。他为自己以小人之心来衡量余老师的为人处世而懊恼不已，他默默许下誓言，要在最适当的时候，用自己的实际行动来修正过失。他终于明白，这个社会还真不是人人只为金钱而生存，有人为人格、尊严、信仰而活着……

成老师一天非常忙碌：晨练后，上课，再训练，晚餐后，立马与体育教研组的同仁们整理、布置校足球队队员们在校的住处。

"成闻卫老师，电话！"门卫钟大爷跑来喊成老师。

"我的电话？"他一路小跑到传达室。"我是阿弟……"人未立稳语先出。他以为定是漳州家中出了什么大事件。

"我是阿惠，成老师，刚才在家里忘了问你，晚上你是否要住校？"是阿惠打来的电话。

"阿惠啊，组里所有老师再干一会儿，我们就都回去啦。钟大爷，谢啦，是我家小姨子，麻烦你跑一趟。"

"没事的，我就是想看咱们学校拿全市的头名。足球啊，我是太喜欢了！"原来，钟大爷也是位忠实的足球迷。

体育教研组的同仁齐动手，不一会儿工夫，同学们住处的照明设备、门锁全做好了。组长颜老师当场立了规矩：为了保证校足球队白天的正常训练，四位足球专项辅导老师不用跟班住校；体育教研组的其他十名教师，每晚两名，学校发给老师们夜餐补贴。今晚，由颜组长带头垂范，明晚轮到副组长卜老师……

　　成老师与戴"组头"对视一笑。溜！

　　成老师骑着自行车晃晃悠悠回到大鸟住处。刚推自行车入庭院，阿惠就跑出来告诉他，小妹又来电话了，说是有事会让姐夫高兴。阿姨也来电话了，她正在华侨新村布置房间。阿惠接着说："成老师，给你打完电话，我都后悔死了，不知会不会给你添麻烦，往后我再也不敢这样做了。"阿惠低着头，像做错了事，说着泪珠就滚落下来。

　　"看你这个样子，没事的。报告你一个好消息：学校和组里的领导手下留情，免了我们四个专项老师晚间带班住校，让我们只负责白天的训练，另外的十个老师两人一班带一晚。这下你放心啦？我不在这里住，你是不是会害怕？"成老师问。

　　"我有什么好害怕的嘛！在家里，为了能多捕些鳗鱼苗，我独自一人待过破草房。可是现时有你在这里住，好像也习惯了。你要是真的住校了，说实话，一时半会儿还真适应不过来。成老师，我把夜宵的水面、胖蟹、豆芽、韭菜花全都准备好了，想做一碗胖蟹汤面犒劳你。做这样的汤面一定要放韭菜花，才能出那种特有的味道，趁热吃，保证不输给双全大酒楼！"常言说：女大十八变，此刻该换成"大女十八变"喽！

　　"双全大酒楼做炒米粉，你做的是汤面，比较一下也不错哦。我要去准备训练计划了，就等着吃你做的夜宵啰。"成闻卫总算松了口气。

　　训练计划写到一半时，小妹来电话了，她说："姐夫，我上午一到家就和阿伯学起了粤语，不难学。真正拗口的字音，我就用拼音、国际音标、闽南语的注音一起上。到现在我已经学了四十句，正朝五十句的目标进发。阿伯在我面前直竖大拇哥呢！姐夫，你说我厉害不厉害？嘻……"

　　"阿妹，有志者事竟成。我遇到余老师了，她同意等你再回厦门，要帮你预习高一的各科课程，地点就在余老师家。余老师是高一各门理科都懂。"姐夫告知她好消息。

"姐夫，我真的好有福气，遇到余老师这样的好老师，你放心好了，我一定上好每一节补习课。"小妹很乖哦。

"等来厦门再和小琳同学闹一闹吧，学校就要放暑假了。"

"等一下，姐夫，妈让我告诉你，明天还会有两车皮千两茶到。还有，从永定山区运来木炭的阿财叔……来！"

"喂，阿财大哥啊，一转眼多少年晃过去啦。我在公社林场干活时，咱们还能偶尔碰碰面，调回厦门上学之前，咱们吃了一餐青蛙肉粥，一别就是整六年哪。阿财大哥，我告诉你啊，目前你帮家里调动木炭，但是从现在起，你要帮我物色一个可靠的亲戚、好友，只要你看好就行，不久的将来好替你的班，我要让你到我的身边做事。当年，咱们在山区同一个组，往后来厦门或漳州，咱们仍同在一组，哈……你在漳州多住些日子，有我这个大个子兄弟陪你，要玩、要喝酒你们俩正合适。真想让你到厦门走一趟的，可学校的事太忙，咱们来日方长，暂时对不住啦。这次下来的所有费用，有条没条的告诉我父亲一声就行，开车的司机你多照应他一下。让我父亲听电话……爸，阿财大哥的花销全部实报，说多少给多少。前次育春大哥回山区时，我给他二百块钱，阿财大哥的补贴，你和阿海商量着给，入公账就行，我回漳州再入总账。还有就是这次运来的千两茶存放好之后，一定要记得让华宗带合同下湖南……不用不用，转告他照顾好许教练和主惠阿姨，多替我和阿财大哥干上两杯，比什么都强。问妈和所有家里人好。"成老师放下电话，对阿惠说："想不到在山区当农民时同一组的社员现今又要走到一起了，这个世界是不是太小了一点？哈……"能和当年的同队社员聊上几句，成老师乐坏啦！

"大伙儿有情有义，说得来合得拢，这样的兄弟难得有几个。刚刚我看你忙着打电话，没敢烫水面，现在好了。成老师，这样的汤面要趁热吃，才有胖蟹与韭菜花融在一起的香味。来，这里还有我手工磨出来的黑胡椒粉，稍拌少许在汤面里，味道更好、更香。"阿惠说。

"哇！烫……烫！真烫！与双全大酒楼有一拼，各有千秋。但凡汤类的食物，汤一定要清淡，才有鲜美可口之感。真的很不错，阿惠，你要是不做海产的生意，去打理其他的行当，一样有大名堂大出息，是真的！"他表扬这位女厨师。

"真是这样吗？快趁热吃！"她的心里可高兴啦！

"怎么，你不吃？"成老师发问。

"看着你吃比自己吃更香。真的想吃，我再做就是啦。好在你没住校，家里才如此热闹。"

是家吗？她在问自己……

二十九、足球的魔力

　　阿姨做起事情来是如此之高效，又能保持上乘的质量。这两天阿弟总是抽空进出华侨新村，只见楼房的外观没有变化，却清洁一新，那是阿姨拿着喷头和软水管当喷枪喷射外墙体的效果。

　　一进入楼内，楼下大客厅的花砖地板上多了两块碧蓝色底衬、浮绣两朵洁白玉兰花的小地毯；浴室、厕所放置了进口的花香味喷雾罐；毛巾、浴巾全是清一色印有"祝君早安"四个红字的洁白色系。这些全是在华侨、友谊商店买的高级的上海、香港货色。

　　两层半楼房的室内窗帘分为三种色系：楼下的大会客厅与各个房间用的是乳白底色加上虫草图案的落地窗帘，显得恬静且富有生气；二楼的落地窗帘是淡蓝色系，配上风帆船与海鸥飞翔的图案，意味着从南洋来的长辈往返祖国海外，均事事顺心且一帆风顺，看得出在这一层的布置上，阿姨是动了一番脑筋的；三楼那半层的一大房一大客厅，所有的落地窗帘是一种米黄色，在酷热的夏季予人以丝丝清爽的感觉。

　　整幢别墅的灯泡都降低了光亮度，大客厅的壁灯全部更换上各式各样的彩灯，大、小阳台的灯也是如法炮制，很是适宜晚间在阳台乘凉、吃水果、喝汽水饮料、泡茶闲聊的氛围。沙发巾全套更新，新添置的床单、枕头套、薄毯、毛巾被单全部采用淡雅色系，让住进卧室的人们有一种舒适、宁静的感觉。

　　成闻卫不禁暗自在心里佩服，这位早年行走于江湖的女生意人，尽管只受过中等专科教育，但她本人富于智慧、悟性，具有充分想象力、创新能力，善于思考，只用了两天的时间就能创造出如此杰作，这是她的社会阅历之结晶。女性的敏感直觉、思维促使其迸发出无尽的创新能力。阿姨是一位非常能干的女人，这是不争的事实；经历是一笔人生不易得到的财富，然而，太多太多的人并不认同这个在现实生活中，真真切切存在的事实……

是的，世间人总是在怨叹：为何全世界的所有苦难全部压在我一个人的身上？可你要明白的是，明日的美好正是从昨天、今日的苦难磨砺中悟出并走出来的……

学校足球队全员集中训练才三天时间，七月四日至六日，全国统一高考开始了。足球队里，包括主力守门员小谢在内的两名主力和两名替补队员均是高三应届毕业生。

学校领导以及颜组长再三强调，学校足球队集中训练的十天时间里，队员们不得有任何私自行动。可成老师不去理会这些死教条，他深知全国统一高考对一个苦读了十二年书本的孩子、对他的家庭意味着什么。小谢做与学业有关的事，成老师一律不加过问。"组头"与汪老师更能体会高考的残酷性。尽管戴老师本人是从专业足球队员转为教练员，但他的妻子能有今天的成就，正是因为她是当年全省的高考女状元。而汪老师本人是老牌体育大学毕业的高材生。

在如此平常、普通的外部环境之下，最最公平的竞争就是这种沿袭了千百年的"科举试卷"的大比拼。考场上没有人情世故的俗套、没有金钱的交易，一切肮脏丑陋的恶习性一律止步于此。当年，中国的老百姓称高考就是过鬼门关，只差半分，就不知要刷掉多少人，这正是它的残酷性。然而，当学子们进入了大学校园，从日常生活的三餐到学习课本、资料，国家全包办，大学生们人人都可以申请助学金，依据各人的家庭生活状况而确定助学金的级别。成闻卫的二姐在厦门大学求学的四年间，连申请助学金的报告都没写过，这在当年的大学校园简直就是奇闻。并非她想如此另类，而是她的母亲，一位再普通不过的中国女性，制止了她，明理的母亲只说了一句话：国家有困难，咱们应该把钱让给贫困的人。

当年有经济学家计算过，国家培养一名在校接受四年高等教育的大学生，所需费用约人民币一万块。打个比方，国家培养一名大学生，从其进入校门的第一天起，到其走出校门的那一刻，还未见其为国流一滴汗出一丝力，就已经耗掉了建造一幢全新的、二层半的厦门华侨新村别墅的资财。当年的大学生们，就是用这样的国家财富、老百姓的血汗钱垒堆起来的。学校体育教研组的老师们就是这样走过来的，他们不忍心也没有这个权力，为了一次市级的中学生足球联赛而干涉，说重一点，是断送了小谢他们的美好前程，如此大的责任是任何一位老师都担当不起的。

用坊间市井的土话说：那就是做了一件不仁不义之事……

幸好，当年国内恢复统一高考刚开始没有多长时间，"文革"时的"读书无用论"与"白卷英雄"之说仍残留未散。因此，家长们对这几位足球辅导老师没有那种举着砍刀杀将过来的过激行动。倘若将时间延伸到一九八五年后直至今日，相信就一定不会再有哪位教师、主管领导，不识相地只抓训练和举办联赛了。

如此一来，在厦门，热闹了百年的足球运动很快见不到它的影子了。这是体育运动泛泛于足球场之灾难。

有想踢球的吗？怎么会没有！只是在他们成了"国脚"之后，心中反倒没了足球，球场上追来逐去的目标成了名和利。这是一场最根本、最直接，毁灭足球运动的灾难……

中国的足球已然失去了广泛的、以兴趣为基础的庞大底层，变成了可以"混"的职业。足球意味着金钱，竟渐渐成了企业成名可以造假的"好"工具……

足球！失去了本该有的欢笑、快乐与幸福。

中、小学生们掉进了死记硬背的书本之中，为的是对付不变换着花样的测验、考试，忙于参加各种类型的补习班……欢乐的时光去哪儿了？生日聚会、请客唱K、攀比名牌成了生活的"乐"趣，教师节送上高档礼品，毕业典礼之后的高档"谢师宴"……这是家长们勒紧裤腰带"赞助"学生们的快乐。

那么，足球意味着什么？

中国开始拒绝欢乐足球。足球令学生与家长失去创新、创造、发明的勇气，失去了自强不息勇于奋斗的精神，而得到的却只是坐在家中"啃老"的"乐趣"，得到了用谎言、欺骗换来的利益……

足球是集体游戏项目，是十几、二十几人一起玩耍一个圆皮球，只要兴趣就足够了，是自发的一种玩性乐趣。

一个人一旦对某种事物产生了兴趣，就会形成一种无形的巨大动力，就会激发人的无限想象力与创新精神。只要敢于想象、坚定追求、永不放弃，你就是自己未来事业的主人。试试看，足球就是能创造这种魔力。

足球不是说或喊出来的，更不是可以被人、被名、被功利堆捧起来的。这，就是足球！

看着这地球上只有一小块长条版图的岛国日本，足球运动在他们那里不分男女，开展得轰轰烈烈。他们狂言：在二十年甚至更长的时期，中国——他们的邻居要一直跟在他们身后行走。先别发怒，注意重点：此狂言的依据何在？

邓小平先生说过足球要从娃娃抓起，为何如此之难？！

变革的中国，变革的社会，家长们将他们自己当年未能实现的各种理想，全"托付"给了后辈，让棋、琴、画先压上孩子们稚嫩的双肩，再剥夺他们对足球的"热"与"爱"，连静心读书阅览的点滴时间也被夺走，为的是不能让孩子们输在起跑线上……

社会上的家长、大人们所制定的起跑线对于孩子们未来的人生意味着什么？这种大人的社会与眼中制定的"规则"，对孩子们公平吗？

某些不负责任的媒体，大肆鼓吹"起跑线"的好处、作用，助长了人们对"起跑线"的误解。家长们给后辈人规划"起跑线"，实质上是最最不负责任的托词，长此以往，如此的不负责任必会产生巨大的反作用。

教育不仅是校园里的责任，社会、你、我、他，都是老师。

中国之教育必须从人之本源、本性之德做起——人性。

现今的人对阅读、书籍越发不感兴趣，更多的是将宝贵的时间消磨在麻将、纸牌、餐桌前，美其名曰"幸福人生"。如此普遍的"社会文化"，下一代人还想看那些"沉甸甸"的书籍吗？与前苏联人良好的阅读习惯相比，中国人的阅读量与阅读时间，尤其是年轻一代，只能用"可怜"二字来描述了。

七月一日黄昏，小妹就来到厦门了。她头头是道地陈述了她回漳州与伯父学粤语之情形。从中她也讲到了粤语在全球各地都广为传播的原因。阿伯说："广东人的脑筋活但又十分传统，他们在世界各地广府人聚集地都建有'同乡会'。他们会帮助刚出道海外的青年人从食宿到找工作一包干。如此而为，当这些年轻人成了'同乡会'的掌门人之后，再将这些好传统代代相传，所以世界各地称为'中国菜品'就是粤菜口味。阿伯还说：咱中国人在海外重要更是讲究论资排辈，讲族谱的哦。比如我叫德……娟。阿伯……"

"咻！"姐夫翻了白眼，他听出了话中带"刺"。

"嘻！不是的，姐夫。阿伯说，家中的女流是不排辈分的。只是姐夫的亲姐、堂姐中不都有'倩'字吗？嘻……"

"还说不是，你这样一绕，不就再绕回去了吗？真是胆大包天敢如此胡言乱语。气死我啦。"姐夫拍案大怒道。

"嘻……怎么绕那是你们的事，我真没听明白，不过啊，要真能明白，我看也不是什么好事。嘻……"阿惠是人站高处观马赐啊！

"嘻……阿惠姐和我是一党的。今晚！我不怕你啦！"酒壮小妹胆，她大声咆哮着。

"哟！这个小女生从哪借来的胆？！"姐夫想。

两瓶香梅酒见底啦！

"嘻……姐夫，咱们三人和平。现在，我念几句粤语给你听，怎么样？"小妹要滑头啦。

"别别！甭来这一套，占了便宜又要卖乖，哪有饭吃到一半听粤语新闻的。阿惠，你细细看她的这张酒脸，像不像给阿玲算命的我家的三姑妈啊？哈……"姐夫开始向小妹发动进攻啦。

"姐夫欺负人！呜……呜……"小妹开演啦。

"我哪有那个胆哟！这位是厦门市中考的全市女状元，谁惹得起啊……"姐夫拉长花腔女高音，还配上兰花指哦。

阿惠已笑得蜷成团了，一双手直在头顶上摇摆……

三个人不知有多久没这样开心过啦！

三人擦干了嬉笑的泪水。"好了，阿妹，说说你的学习计划吧。"姐夫严肃地说。

"我到余老师家里补习，就是一门心思认认真真地把学习搞好，你们尽管放心好了。"小妹表决心。

"好，好样的！多学点学问，少玩几天，对将来大有益处的。小琳同学那里，你打算何时去邀她？"姐夫又问。

"等我明天到余老师那里取了排课表再说。如果礼拜天放假，我就和她痛痛快快地玩上一天。集美我还没去过呢，很想实地看看和二舅一样的爱国华侨陈嘉庚先生的'鳌园'。阿惠姐，咱们一起去吧？"小妹盘算着。

"等明天回来再说。"姐夫认真的口吻。

隔天中午，小妹带回来余老师给学生们的排课表。成老师由衷地佩服这位省级优秀教师：一周的数理化排了三个轮回，就是说，余老师除了教授她的主科之外，物理与化学学科也是同等优秀超群。礼拜天的上午安排了小测验，一周中仅礼拜天下午休息。小妹说，余老师的教学方法均是启发式的，尽量把解题的方法教给同学们，让学生们自己掌握方法，不是死记程式地硬套。她是尽可能地放手，让同学们有更多自由想象的空间，来思考、破解题目。

七月三日，阿弟接到岳父打来的电话，对方将用华宗带下来的合同先与四家茶厂订立一季的新茶合同。

小婿告诉岳父，据他所了解的情况，目前海外对黑茶、千两茶的需求有大增的趋势。他与长辈商议，若能借签订合同的好机会一口气签下下半年的购货合同更好，假如此时就定下一口价，茶厂有了预付的流动资金，自己又取得大批量货源，可谓两全其美。此后，若岳父要下贵州调运酒品，就可放手让育春父子等人一起走货。岳父非常赞同小婿的好建议，说已付给几个茶厂的一把手与供销科长茶水费，就是为给明年的购货打下好基础，他也可以放心轻松地去贵州，做他茅台国酒的生意。成闻卫的岳父所说的"茶水费"，是当年货物贸易的供需双方为了稳定长期关系，需方给供方的主办人员一丁点喝茶的小费用。小小的数额连"辛苦费"都谈不上，更别说什么行贿受贿了。直到后来，政策放开生意好做，人情应酬也大了，供方有了贪财的恶念、欲望，胆子大啦，什么事不敢干啊。

岳父还告知小婿一条令人振奋的好消息，即几家老交情的茶厂同意出具自产自销的证明与委托文件。这对厂方来说，只不过是举手之劳，蘸点红印泥，盖上厂部大红公章，再写份委托需货方总代理、总经销的委托书，但是，这对于供货给海外茶商的国内经销商来说，是一笔不小的财富，尤其是在行情看好甚至货物紧缺、价格暴涨时，那就是可以用来要高价的宝贝啊！

生意场的水洼浑浊，深浅好自为之……

岳父大人还告知，二舅回国考察之事他已知晓，办完了可以放心让年轻人接手的几件大事，他这个老江湖会在该出现时露脸的。小妹和父亲通话时，姐夫在一旁看着小妹打电话的样子，他才有点"女儿是父亲的小棉袄"的感触。

七月五日，阿顺的一对拖网船靠上码头了。成老师是真抽不出时间来，连打给漳州阿海的电话都由阿顺代劳了。长腿给兄弟布置了"作业"：在二舅回国之前这一个多星期里，好好在家休养，真闲不住，就帮他的妻子和阿惠干点活，若有兴趣，从后天起就可以带着小顺子，和他一起担任学校足球队的"场外指导"。阿顺奉命放假，安排了他的二位长辈驶船出海，此时鱼汛渐旺，人休息，船是要挣钱的。小妹是越发明理懂事了，轻松地做完余老师布置的补习课的作业，就到海鲜批发店帮忙；回到大鸟住处，也会给阿惠打打下手。用小妹的话说，到海鲜批发店帮忙是社会活动，在与形形色色的社会人交往的同时，也识别了各式各样的"海中朋友"，而帮阿惠的忙是为将来的厨艺打基础。真是个小灵精！

七月六日，全国统一高考结束了。

七月七日下午，小谢作为主力守门员，马上投入与厦门七中的比赛，下半场的后半段让晓亮也上场练练手，这小子很是争气。头一场比赛是胜了，真实的原因只有成老师与"组头"最清楚啦：当厦门中学队进入防守时，司职中卫的小费就会连同本队的二位前卫回收防守，死盯对方有威胁性、有远射能力的队员，尽可能地让对手无法威胁球门，如此而为，真的让刚刚消耗体力、精力高考的小谢轻松了不少，加上小费又能及时从后场发动长传进攻，打乱了对方的战术部署，才最终取得了3比0的比分。

而在另一大组的比赛中，却有一条令众校不怎么相信的讯息：鼓浪屿的厦门二中队以1比1的比分与集美中学打了个平手。事后的传闻就热闹啦，多数人说，这场比赛应该是厦门二中胜的，主裁判判罚不公，但是也有专业人士评论说集美中学的侨生脚法好，个人的盘带功夫也相当不错，然而场上配合松散，各自为阵，而厦门二中从一开场就轻视对手，先失一球，幸好在中场休息时及时在战术上作出调整，扳回一球。专业人士坦言，假如集美中学在先进一球的情况下，一鼓作气，多打配合的总体进攻，在厦门二中失了一球阵脚慌乱时，夺得这场比赛的最后胜利也不是不可能的……

足球是圆的，谁知道下一秒将发生什么。

这条"1比1"的消息一炸开，那种波纹效应可以想见。两大组的种子队压力最大，各个学校足球队都在呐喊：什么种子队，吃了他！通知全组各队！进军决赛！厦门的三十万市民这回算是真正见识到了"墙倒众人推"的力气有多大！

哇！强队之间刚打了一回合平手，弱队勇力胆量见长啊。事实上，老百姓各自心里清亮得如明镜似的：此现象不单单发生在足球场上。看看"文化大革命"之后，多多的官、民基本上都具备了这样的"素质"。现今的人们对财富、金钱开始有了概念和欲望，便发展成为"怨人富，笑人无""狗眼看人低"之"狗肉相"，还有更加动人心魄的一幕幕"好景观"：仇富、嫉妒、懒惰、散漫加狂妄……

所以说足球威力之大、影响面之广，它不只是一场小小的赛事。一九七四年"世界杯"上，荷兰创新了全攻全守的打法，全球几十亿人为这一缕"橙"色狂欢：这，才是绿茵场上奔跑的黑白相间的足球……

假如，只能说"假如"，从一九八〇年开始，中国的中小学校园里每年都举办一次"联赛"小世界杯，那么，每四年一届的"世界杯"没有中国足球队参赛才是怪事！倒是小小日本国，也许就只有看电视转播的份了。唉！我是说假如啊……

七月十日晚，厦门和漳州两地同时收到文莱大酒店秘书处发来的传真件，并附有二舅的中、英文签名，日期的签发具体到分钟，可见其作为董事局主席做事之细致，注重每一细节。传真件的内容是，二舅将于七月十一日二十点二十八分抵达福州机场。阿弟即刻给阿姨打了电话，请她放下手中的所有事情，再次上福州吴玉燕家共同商议此大事。他自己会在明天上午打完足球联赛第一轮循环赛的最后一场比赛后，赶往福州与她们会合。此后，他给福州的吴玉燕打了电话，商量迎接二舅之事宜。

成老师交代阿惠，明早抽空帮他买一张中午十二点半左右去福州的长途汽车票。还交代阿妹，只要有传真件到华侨新村，就交给阿惠姐处理，明天全天盯紧传真机是小妹要承担的"光荣又艰巨"的任务。

成老师忙着交代事情，阿惠已帮他整理好行装，让他过目。

厦门中学足球队以不失一球的佳绩，分别战胜了厦门七中、四中、同安县中学、双十中学。同一大组的同安竹坝中学队也是前四场全胜，但失球三个。眼下，小组循环赛的最后一场比赛中，两支优胜队将生死对决，对交战的双方球队来说，这将是一场异常艰苦的恶战。

一九八〇年七月十一日上午九点，厦门市人民体育场。

同安竹坝华侨农场中学足球队队员个个人高马大，说得不客气一点，个别学生完全就是学生家长的模样了。这些华侨子弟的出生年月全是回国入学时由他们自己填报的，无从核实、查证。

前来观战的老市民、球迷们惊呼："这哪是中学生的足球联赛啊，明明是大人打小孩，真没道理，不公平！"

队员们除了家长模样之外，他们在场上做准备活动时，全是大幅度的动作，真打起比赛来，一定是粗犷类型的。四位足球专项辅导老师看到自己的队员们做准备活动时个个轻松自在、信心满满，才真正感觉到前一阵与社会青年队的教学对抗赛起作用啦！此前与这支竹坝中学队比赛的四支球队，就是被他们的模样吓成"软腿"啦！

厦门市人民体育场的主席台下是运动员们的更衣室，双方的赛前准备会就在这里召开，戴组头部署战斗任务：

第一，他引用了毛主席语录：在战略上藐视敌人，在战术上重视敌人。把对手当成纸老虎来打，不要有惧怕心理，但是要尽可能保护好自己，用自身的高超技术与其周旋，将其拖垮……

"今天的这一仗，不仅要赢，咱们还要保护好自己，后天的决赛正等着咱们呢！"戴老师不愧曾经是优秀的运动员，如今的好老师、好教练，他在训练上有一套，语言的组织能力和煽动性更是一绝。当他提到决赛时，同学们的目光个个闪亮：是的，为了后天！

第二，戴组头提示，要利用两个前卫娴熟的控球技术，控制好中场的主动权，看准有利时机，随时发动进攻。高个子中锋小孟是全市中学足球队中出了名的射手，要力争率先敲开对方的大门，削去对手的狂野劲头，提振自己的士气。这个中锋小孟，在未来的专业队足球生涯中，还有许多与恩师的趣闻，这当然又是后话了。

第三，戴老师要求，无论是谁丢失了球都要就地反抢，起码干扰、逼迫对手不能马上组织起有效的反击。还要特别注意其两路边锋，他们不仅有快速下底传中的能力，还会时常施发远射，因此，在禁区之外就要盯紧盯死这两位强力边锋。戴组头提醒小费队长，要及时指挥后卫线的补位，让对手的边锋起码不能舒服地拿到球。

"总之，"戴老师满怀信心、声音洪亮地说，"这是最后一场挡在咱们面前，阻碍咱们走向决赛夺取冠军的大赛。上场队员要团结一致，要有必胜的信念，拿掉最后的绊脚石。为了后天，加油！"

成老师领着大家呼喊："加油！加油！加油！"

现在，两支强队在分组循环赛中的总积分相等。同安竹坝中学队想进入决赛，就非要战胜厦门中学队。两方在失球数上已是 3 比 0，也就是说，即使这场比赛打成平手，进入决赛的仍是厦门中学足球队，由此可以想象这场比赛的激烈程度。况且，这是自"文化大革命"以来厦门市最为轰动的一次足球运动公开赛，是一场已阔别了十五年的绿茵场上的大比拼！

另一个大组单循环赛的最后一场赛事，正是厦门二中对阵梦想夺冠的杏林中学。二中这位"老大"是真发火啦，连灌九球，对手喊不出"造反"声浪……

鼓浪屿"厦门中"。率先进入决赛。

厦门中学队与竹坝中学队比赛的主裁判，是早年在厦门市足球界德高望重的黄先生，他担任此次联赛的总裁判长。"文化大革命"之前，他是厦门市足球代表队的主力守门员，国内的甲、乙级足球联赛，只要在厦门举办，就少不了黄先生的身影。这场比赛让黄先生担任主裁判，可见其重要性了！

比赛还没开始，就出现了令人啼笑皆非的一幕：竹坝中学队上场的主力队员中，竟然有两个穿着专业队的钉鞋。成老师与黄先生在同一时间发现了这一怪异现象，经主裁判的纠错，队员才换上了普通胶鞋。

这仅仅是开始……

学校的四位足球专项辅导老师已经预估到这将是一场万分艰苦的比赛，但当主裁判吹响了开场哨之后，他们才发现，与其说对手是一支足球队，倒不如说那是一支武术队，道地的"全武行"：双飞横踢、扫堂腿、落地双剪、仙人脚……所有恶劣的故意犯规动作，全在对方队员的脚下、肘部、身上淋漓尽致地展现一番。比赛刚开打四分半钟，对方队员已领到两张黄牌，黄先生用非常严肃的语气对对方十二号队员说了两句话，看样子是在进行口头警告。场外的竹坝中学队指导老师也赶紧制止自己的队员：如果开赛五分钟自己的队员就被红牌罚下，这可不仅仅是面子问题哦！那将成为一项很难打破的全国中学生足球赛的"纪录"！

在场外指导老师的授意之下，竹坝中学足球队的粗野动作收敛了不少。就在此时，厦门中学足球队的前卫及时抓住了战机，三两下灵活的小碎步盘带，绕过对方的中锋，晃过前卫，进入对方半场。他用眼角的余光见到大个子中锋小孟及时插上，立刻传球。这就是平常训练时戴老师再三强调的进攻战术——人、球都要在运动中完成传接。说时迟，那时快，小孟用胸部停了一下从左侧飞来的、有点弧度的、柔和的半高球，他侧向球门抬起大腿、在摆动小腿的同时带动绷直的脚面，没等足球落地，圆腰粗腿全发力，足球非常听话，身形飘忽地直奔对方球门右上角。这足以证明小孟的基本功何等扎实：只有打正了足球正后部的一个击球点，才会有如此好的效果。

足球猛冲入对方球门：1比0！

中锋小孟射出技惊全场的这一脚球，其诡异的飞行路线有如排球运动员发的"飘球"一样，那是著名的日本排球教练大松博文发明的，周恩来总理曾邀请他到中国来教练中国女子排球队。飘球的要领，就是在抛起的几乎不旋转的球体后部正中点猛击，由于球体内外气压、气流相互作用，被集中于一点重击的球体就产生了变形，运行轨迹或飘忽或下坠，中锋小孟这一脚凌空抽射产生如此绝佳的效果，也只能用飘球的原理来解释。

整个厦门市人民体育场响起了浪潮般的掌声和欢呼声："厦中！""加油！""厦中！""加油！"

此时的学校领导、老师、同学们就亲眼看到了"差生班"的作用啦。当年，每一所中学都有"重点班"与"差生班"之分，然而，此时这批"差生班"的同学们个个摇旗呐喊，组成了一支强有力的拉拉队，带动了整个赛场的气氛，护卫着自己学校至高无上之荣誉。

正如他们未来要走向社会，做不同的工作那样，工作、工种各有不同，但人与人之间应该是平等的。既然学校是育人的净土、圣地，就不可有"重点""非重点"之分！同在一片蓝天下学习，既然是育人场所的学校，就该人人平等！

人们常说，生气是无能之人的拙劣表现。平日里戴老师、汪老师费尽心机，教授同学们细腻的脚下盘球过人功夫，这可难住了对手们，拦不住、堵不着，唯有气上心头，越是生气就越着急，越着急脚下越乱。

厦门中学足球队的锋线队员们遵照戴老师教授的那一套——想要攻入对方球门最简单的方法就是"一敲一过一射"——全体队员尤其是锋线队员们，他们没有辜负四位好辅导教师的期望，不知付出了多少汗水，换来了大家团结一致的默契配合。

厦门中学足球队队员之间默契配合，再进一球！2比0！

离上半场结束还有一分多钟时，前卫小李发出一个间接任意球，小孟高高跃起，狮子甩头，球直入球门下角，用3比0的大比分迎来了中场休息。

中场休息时，成老师把两位爱徒叫到跟前面授机宜，亦交代晓亮要做好随时上场的准备。戴组头调整了战术策略，下半场换上体力极好、被队里戏称"跑不死"的小杨与小范同学，让他们二人死盯、包夹对方的两位前锋，如此竹坝中学队的进攻力就削弱了一大半。戴组头再三强调：对手在失三球的状况下定会死拼，每个场上队员都要保护自身，若不是对小谢把守的球门有太大威胁，尽量避免与对手"并脚"，只有保护好自己才有后天决赛的胜算。下半场本方队员要以攻代防，一旦转入防守，则松动盯人——除了那两位前锋，用这样松紧结合的战术拖垮对手。

下半场第二十七分钟，离比赛结束就差三分钟，对手得到了一个左侧角球的机会，连对方的大个守门员也来到厦门中学这一方的球门前，准备参与冲顶破门。球从角球区发出，在空中划出一道漂亮的弧线，飞到了罚点球点的正上方，这是一个能使进攻队轻松取点冲顶，却让守门员最头疼、难以处理的角度。

然而，四位辅导老师最担心的事情还是发生了……

守门员小谢毫不犹豫地出击，用双拳将皮球击出禁区之外，但他却和对方的队员撞在一起。小谢已经躺在场地上了，对方还压在小谢身上"关心、照顾"他。

主裁判鸣哨中止了比赛。

当成老师看到小谢与对手"亲密接触"时，闪过脑海的只有一个念头：要坏事！"晓亮，快活动开！"

此时不容成老师多想，他大声唤着晓亮，检查了他的护肘、护膝，帮他戴上守门的专用手套后，成老师清楚地看到，小谢在队长小费的搀扶之下站立起来，但右胳膊挂在身侧：肩关节脱位！

"晓亮，听着！"成老师一边抖动着晓亮的手臂一边说，"现在离终场还不到两分钟，上场后保持绝对集中的注意力，守好最后这两分钟你就是英雄。"恩师半握着拳头，捶打着爱徒的胸脯。此时戴老师已经到值班裁判那里办好了换人手续，主裁判黄先生示意替补守门员可以上场了……

高晓亮一动不动，双眼直盯着恩师看。

成老师用他的大手使劲拍了拍晓亮的面颊，这是为了让爱徒尽快兴奋起来。他说："多用脑子。去吧！"爱徒上场后，他赶紧去探望小谢的伤势。

医务人员架着小谢到了大会医务室进行托架、包扎。医生们告知，肩关节脱位后要到医院复位，还要保证一定的休养时间。成老师想到两天后就要进入决赛，忽然之间一闪念：阿顺的叔伯们是厦门港一带有名的拳师，接骨一定没问题。他到体育场后勤部给批发店挂了电话，让阿丽去办这件事，无论成不成都要回个电话，他就守着这部电话等消息。

戴老师在医务室门口抽着闷烟。汪、张二位老师低垂着头颅来回踱步。后天的决赛该怎么办？这不是小组单循环赛，可以让晓亮上场练练功夫，这是决赛啊！

终场哨响了，所有的下场队员一身泥土。想到小谢因伤可能无法在决赛中上场，大家都是一脸愁容，没有一丝丝笑意。

只有成老师一人带着满脸笑容从体育场后勤部跑了出来，对着几位同仁高声喊道："快！快快！把小谢送上三轮车。我联系上了厦门港的拳师，治跌打损伤是一等一的好功夫。这位大师说，只要上他的手复位，再用他的药，晚上安睡不见水，过了今天晚上，明天就没有任何问题啦。

在如此危急的情况之下，成闻卫为何会有如此"急中生智"的灵动智慧。倘用正常的语言叙事，似乎还不足以说明如此奇特之思维……

"快！快！成老师，我是骑自行车来的，我随你一同前往才放心。汪老师、张老师，学校足球队就有劳你们二位啦。大家睡个午觉，下午组织开个短会。明天咱们安心看他们两队争第三，放松放松。"戴老师飞身上了自行车，追赶成老师和小谢乘的三轮车去了。

阿顺的堂叔将小谢的肩关节完全复位之后，上了他自制的膏药，前后不到十五分钟。老拳师毫不谦虚地说，等晚上药性发力，明天清晨挺举百把斤的石担是没有丝毫问题的。戴老师要与阿顺的堂叔算医药费，老拳师真的不高兴了。他老人家只要厦门中学的足球队队员为学校、为辛勤培育他们的老师们争光，拿个冠军回来，这比什么都好，比什么都强！

讨海的渔民及其家属们，无论老、少、娘亲、少妇、姑娘全是一等一的仁义、憨直……

三十、亲人。回祖国

　　说不出心中有多么高兴的成闻卫向戴老师"坦白"说："戴老师，今天晚上我的南洋舅舅要从马来西亚吉隆坡飞抵福州，我必须赶到福州去接他。你看，下午的会是不是……"

　　"我这位兄弟的事业心、责任心特别强，不到必须开口之时，他是不会说出口的。他的二舅回国一趟多么不容易啊！"阿顺担心戴老师不同意，帮兄弟说上两句。

　　"哟，成老师，这么大的事怎么不早说？小谢同学的手也包扎好了，你赶快走。只是……"戴老师留下后半句话。

　　"哦，戴老师，你放心，决赛的时候我一定在场。只是这件事暂时别让学校领导知晓，算是我拜托你啦！"

　　"咱们谁跟谁啊。还不快走？赶车都来不及啦！"戴老师真的是一位相当好相处的同仁。

　　"小谢啊，回家好好养着。老拳师说你没事，请你父母亲放心好啦。静躺过今夜就没事了。"

　　"啰嗦！赶紧走！"戴老师真不耐烦听下去了。

　　"小谢啊，让戴老师送你回去，记住别见水，就是不要洗澡，忍耐一下。成老师有点事，你自己多加小心……"成老师反复嘱咐，这就是为师者之责任感。之后他跳上阿顺雇来的三轮车直飞海鲜店，叫上阿惠回大鸟住处取了行李包袋，还有阿惠上午买好的十二点四十五分开往福州的汽车票。成老师说："阿惠啊，等阿顺送走了我，回来后告诉你确切的消息，再给漳州家里打电话，记住了？"

"还有什么事要交代？"阿惠问。

"没有了。"成老师答。

阿惠很少看到这位稳重的男子如此焦急的样子，她的心里特别不好受，真想哭出来，说："这事我记住啦！"

"好，那我走了。"他的大手捏了捏阿惠的肩头。

"成老师，还有这几条领带。"阿惠递过几条已选好的领带，"路上千万小心！哟，你们的午饭怎么办？"

"我和阿顺到车站再说。再见了。"两兄弟上了三轮车，即刻飞走了。

长腿上汽车前一再交代阿顺，请清江阿叔安排好这些天的工作，另外请两姐妹准备好一些上品鱼备用。

黄昏时分阿弟抵达福州，两个女人到车站接他。

"路上顺利吧？"吴玉燕问心上人，"八点半钟飞机降落，现在去机场还是……"

"路上挺好的，一路睡着来的。七号至今是比较累，分组的单循环赛到我临上车之前才结束，同学们非常争气，终于打进了与鼓浪屿厦门二中队的决赛，就是后天，那天也是我的公历生日，看能不能把好运气带给学校足球队。"成闻卫说。

"真的？好事全赶在一起啦。阿燕、阿弟，咱们是在这里用餐，还是到了机场再说？"阿姨问。

"你们都还没吃饭？我听你们的。不然就喝点水吧，你们说呢？"成闻卫心思不在吃饭上。

"那么，大家是喝可口可乐还是喝水？还是喝可口可乐吧，也给小吴司机一听。等咱们接了闻先生再到华侨大厦吃夜宵，大宾馆的卫生条件好，可以放心吃，还可以与闻先生讨论计划书的细节。"吴总经理想得真周到。

说话间，阿姨递给每人一听可口可乐，她说："现在咱们就上机场，早一点到飞机场等，心里踏实。"

"行，阿姨言之有理。"成闻卫应道。

成闻卫很绅士地为二位女士开了后车门，等她们坐定之后，自己坐到前

425

排的副驾驶座位上。司机小吴将成闻卫随身的包袋放进轿车后备厢。

"我已经安排好闻先生住在华侨大厦七楼，这是全大厦最好的楼层。听说成老师的外公外婆都信奉基督教，'七'应该是个吉利的数字。大厦的七层设有高级套间，长途旅行就是需要舒适安逸的住宿，我是深有体会。再说，闻先生是位长者。假如时间允许，可以到五四路泡泡福州温泉，它与华侨大厦就是一拐角之距。最主要的是，闻先生来福州考察的接待方改革开放办公室就在华侨大厦的附近，来往方便。现在是夏季，福州这座大火炉没有厦门海滨的清凉风，也没有内陆地域漳州那种冬暖夏凉的特性。闻先生是上了年岁的老者，不能过于奔波。"听得出来，吴玉燕对南洋二舅的到来是做了特别精心细致的安排的。

"谢谢你了，吴总经理。你是老福州了，才能安排得如此周到，二舅一定会很满意的。阿姨啊，还有一件事，就是接待二舅入住华侨大厦之后，听听他有什么具体的行程安排，或者他个人有什么打算。明天，你还是要先回一趟漳州，安排好二舅与大家见面的时间、地点以及要宴请的亲朋，宴客酒楼也要事先预订。只有阿姨你亲自操办这样的大事，家中长辈们才会放心。在行程方面，让二舅与吴总一起确定。

"阿姨，刚才说的是接待二舅的事，另一件就是他考察之事。你要先与唐律师联络好，在二舅回国考察的这段时间里，多准备海外华侨参与祖国建设要涉及的相关政策、规章、条文和文件。在阿妹中考之前，我和唐律师已经有过一次会面商谈，但没有谈得太细。阿姨你记住，找律师咨询是要付费用的，咱们按规矩做，至于收与不收，是唐律师的事。为什么我特别强调这件事呢？毕竟长辈们一致说二舅的办事作风是格外的细致细心，二舅妈又是位法学博士，有自己的律师楼。在海外的华侨或洋人对律法之事是一贯注重的。现时他们个个拿着成麻袋的外汇，要挤进开放的中国，可为何又迟迟不动手？就是担心一旦把钱投下去，到了见成效时，却收不回来。政府没有明文规定的律法，那国门如何开放就只能停留在口头上。在与唐律师的交谈中，他说到近期会有一些法律、法规出台。所以，这件大事要让阿姨多多费心思了。照长辈们的一致判断，二舅在祖国还会做他的老本行，建造、经营大酒店生意，而建造大酒店的基础就是地产。"成闻卫说。

"阿弟，一会儿接到二舅之后，让他吃一顿美美的夜宵，然后，让他与阿燕商讨这两天在福州的行程。我嘛，明天一早就回去。你说的事我懂得不多，不过，姐夫对我说，你托华宗带下去的合同文书在湖南起了大作用，所以我想这不是件小事。阿燕，你说姜厅长也有些安排，说给阿弟听听。"做串联工作是阿姨的强项。

"海外华侨回国考察，改革开放办公室认定这是一个好机会，上头也有意让老姜过问此事。早年老姜的一位得力部将负责这次接待任务，姓颜，我与颜主任是老熟人。照他们二人商议的结果，闻先生此次在福建境内的考察，全程会派一位副主任陪同随行，起到什么作用另说，主要是接待方想用实际行动证明上头很关注这起大事件。她阿姨来了之后，我们对计划书做了一番商讨，大的主线没动，细微处略加改动，基本还是以漳州家里阿叔和长辈们议定的第二方案为蓝本。到了机场若有时间，你先过目一下。"吴总经理说。

"吴总经理，你考虑得相当周全。计划书如何执行，还是等二舅到华侨大厦安定下来之后，再细听他的具体想法。"成闻卫说，"父母、阿叔谈论二舅，说他为人做事向来井井有条。他们都说，二舅做事有一个最大的特点，那就是只要是他认准的事就一定要做到底，而且还要想方设法做到最好为止。在设计厦门那幢番仔楼的所有浮雕时，他正是这个样子。阿姨，只要二舅在旅途一切顺利，等看了你们共同商议过的计划书之后，包管会给你个准信。"

阿弟说完一番话时，头脑中还回想着阿姨对吴玉燕的那句"阿燕"的亲昵称呼。她一定是被吴玉燕的才华给镇住了。依照阿姨自身的个性，她就是个一山容不得二虎的"好汉"。

机场到了，小吴师傅将他们三人送到候机楼前。

等人的时间是最难熬的，这是有过如此经历的人们之共同体验。成闻卫接过吴玉燕递上来的计划书，却没有心思翻阅，他只想让自己的头脑尽可能地静下来。他取出领带系上，为的是能消磨掉一点时间。而女人排解紧张思绪的最佳选择，除了逛街、购物或拼命吃东西，最后的一项选择如同眼前的两位少妇——嘴上不停地叨叨，却连自己都不明白究竟在说些什么。

七月十一日二十点二十八分，航班正点平安降落。

约十五分钟之后，国际航班到港的旅客通道开始出现三三两两的身影……

"看，阿弟你快看，那位着白衬衫系红白相间领带、一身白色西服的中年人肯定是二舅！"阿姨的眼尖，还有世间人常说的"女人的直觉"。

阿弟顺着阿姨所指的方向望去，一下子看到了二十年之后自己的模样！

好魁梧的身板！昂头挺胸，真有男人样！二舅认出他啦，正朝他们三人微笑着。

远远望去，二舅真像五十岁的壮年男子汉。他的右手提着一个黑色的真皮旅行袋，左手拎着一只褐色的、锃亮的方形手提密码箱。

舅、甥的笑容是如此相像！

"二舅！"阿弟飞一般地冲了过去，紧紧抓牢二舅那双饱经沧桑、历尽苦难艰辛，已经起了皱纹的大手……

回到祖国啦！

二舅紧抱着故乡的亲人：这是从未谋面的外甥啊……

"妈和爸、陈全伯父、伯母，清江阿叔和林将军都非常思念你啊。二舅，今天我终于见到你啦！"外甥实在是太激动了，满满两眼眶的泪水抖动着，他是真不想让它们掉落下来……

"阿弟，你只顾着自己高兴可不行哦。"二舅拭去眼角的泪花，看着外甥身边这两位正用手绢擦拭满脸的泪水、女性气质非常高雅的少妇。

"哦，这位是吴玉燕女士，这次你回到咱们省内，福州、厦门、漳州等地的行程安排由她全权负责。她是省贸隆工贸有限公司的总经理，原先是我在省体校上学时的领导，现在也算是吧。"阿弟把吴玉燕介绍给二舅认识。此刻他把教给阿海的那一整套礼仪全都搞乱啦，毕竟过于激动嘛。

"你好，闻先生，回国的旅途辛苦了。"二舅等吴玉燕先伸出手来才与其轻轻握手。这是源于古老西方的吻手礼，当女士、先生初次见面时，先生对女士的一种尊重，一种男士应有的绅士姿态。

"幸会幸会！我嘛，一上飞机就犯困，毛毯上身就睡觉，感觉很好。"二舅一番风趣话语，一下子让大家少了许多陌生的感觉。

"这位是阿姨……"

"见过见过！"二舅抢过外甥的话音，"是齐先生带给我的照片。是在那里见到的。"二舅依然那样风趣。

"二舅啊，刚才听你这么一说，吓了我一大跳。"阿姨也是一样的风趣。

"齐先生与陈先生都夸阿姨办事干练有水平，用祖国的时髦话说，是个……"

"女强人！"外甥补上了下半句。

"对，对，差不多就是这个意思吧。"二舅很能掌控谈话的气氛，使大家都感到轻松愉快，真是不简单。

"这是司机吴师傅。"吴总经理介绍道。

"让你辛苦了！"南洋来的客人十分客气。

"哪里，都是应该的。"小吴师傅接过二舅的旅行袋放进后备厢，二舅又很自然地将手上的小手提箱交到外甥手上。

阿弟给二舅开了后车门，可二舅先侧身让吴玉燕进入车内。阿弟坐在二舅身边，阿姨坐到副驾驶座上。

"阿弟啊，咱们这里给轿车上牌很困难吧？"二舅问。

"我从厦门来之前，还特意为此事咨询过律师。他说，进口汽车可以上'黑底牌'，还说在国内买进口轿车不合算，来国内工作的海外客商从海外自带最好，这样既方便了工作，又能驾乘自己熟手的座驾。二舅在海外家里开的是名牌车吧？"舅、甥说起汽车的事。

舅舅没有回答外甥关于名牌车的问题，说："我常看香港与马来西亚的华文报，有个词叫'中国要与国际接轨'，好像不是讲铁路上的事，应该是指'黑底牌'轿车这事吧？"

车里的人是真想笑，只是听不到笑声。

老华侨顿了一下，接着说："吴先生，你驾驶的这辆车，可是丰田系列的皇冠轿车？"

"闻先生内行，正是皇冠。"小吴师傅微笑着回答。

"我不知道国内是否能听到这样的广告词，反正在海外是天天可以听到'有路就有丰田车'。日本打了败仗，可经济进攻又开始啦。咳！"二舅叹了口气。他望着车窗外高高耸立的毛主席雕像，又问："阿弟啊，现在国内是不是到处都可以看到毛泽东先生的雕像啊？这样没遮没拦地站在那里，日晒、风吹、雨淋的，让人看了怪心疼呢。"

"这是一个时代的象征。"阿弟非常认真地解释。

成闻卫把话锋一转："二舅啊，我们学校参加了厦门市的中学生足球联赛。今天上午分组单循环赛全部结束，我们学校这次破纪录啦，打进了决赛，后天上午九点三十分开场。你猜我们的对手是谁？正是从'文化大革命'前就一直霸占冠军宝座的鼓浪屿厦门二中。市里举办的这次中学生足球联赛。是停办了十五年后的头一回，老市区、鼓浪屿的老少球迷像捡了金条一般高兴哦！"

外甥用体育运动的话题引开二舅怀旧的思绪。

"哇，阿弟啊，经你这么一说，还真勾起了我的球瘾，我要好好算计一下时间。我啊，都不知道自己有多长时间没有触碰球啦！过去，我和你爸、林将军、清江贤弟被喜爱我们的球迷们戏称为'四大金刚'，只要有空闲时间就一头扎进篮球场。你爸是左撇子，运球相当灵活，细细的双腿弹跳力特别好，中距离投篮一般是十中七的样子，球迷们送他个'鸟仔脚'的褒义美称；清江贤弟打中锋，在对方的篮下硬碰硬上篮哦，要是遇到比他更壮更猛的对手，他就会将球分给'神射手'林将军；林将军可是名副其实的'投十中十一'哦，那个'十一'总是在篮筐上刷了几圈又蹦出来！哇，说起这些趣事犹如在咋日。"此时的二舅如同在赛场上。

"二舅肯定是打组织后卫的，是不是啊？"外甥一高兴起来也是没大没小，忘了礼貌，打断了长辈的话音。

"你怎么知道的？你爸说的吧？"二舅肯定的语气。

"他极少和我们谈青年时代的事，不像你和我们聊起来，像是平辈的好朋友一样亲切。打后卫的队员，需要用球与场上各个位置的同伴协调沟通，仅凭这一点我就可以断定，二舅你是打组织后卫的好材料。"外甥的歪理一套一套的。

"哟，我这个小外甥还真行。说起足球，我们四个人也很喜欢，连陈全兄嫂都会耍两脚。那时我们每个礼拜约上一两次，到鼓浪屿番仔球埔来上几脚，然后到海滨浴场游几趟来回，再跳进古井里洗个淡水澡……"

"跳到井里去洗澡？那饮用这口古井水的人家该如何是好？你们真的这样调皮？"晚辈再次打断长辈的话音。

"年少时淘气事都会做，但我们还没有坏到那种地步。那是一口专门供泳者洗淡水澡用的古井，全鼓浪屿人都知道这回事的。游畅快了，回厦门老市区都不乘电船渡轮，专坐双桨小船，每票两分钱，几个人轮流享受划双桨船的乐趣，让船老大当乘客。大伙儿玩够了，你爸就遭罪了，他常常忘了生意上的事，没少挨你的大伯父训斥，每到这个时候，我和你的清江阿叔、林将军就偷偷乐，装作啥也没看见。哈……说起青年时代的往事啊，还要多回国几次才讲得完。人哪，一旦上了年岁，总会不经意地回味往昔。不过啊，青年时期留下来这运动的好底子，真是受用至今。你爸去年得那场大病能挺过来，也要感谢年轻时练下的好体质。我嘛，现今能跑上五英里，也是沿袭这种毅力与意志。"

"体育运动，对人只有益无弊。"二舅真的很乐观。

"吴总经理年少时得过国家颁发的游泳健将奖章，阿姨在儿童时代就是'乒坛老将'啦，还得过不少奖项呢！"阿弟有意岔开二舅的思绪，不想让他过多念及过往那些令人不悦的事，"后来她们都努力工作，一忙于工作，自然就缺少体育运动了。"

"谁说的？！青春时代有过运动经历的姑娘们，到了中年甚至老年，她们的体质以及体形都能保持得很好的。你的舅妈年轻时是练体操的，直到现今，邻里们还称赞她身段好，说她是奶奶年纪少女身材……"

"嘻……哈！"二舅这一番话，笑翻了车内的男女同胞。

"阿弟，你说足球决赛是在后天举行？"二舅突然发问。

"是的，后天上午九点半钟开打。"外甥回答长辈。

"哦，等我住下来后，看看吴总经理的行程安排。我是真想亲临赛场，看看咱们的成老师是如何当教练的。"二舅说的话怎么就那么风趣幽默。

"假如闻先生真有此雅兴，一会儿到了华侨大厦咱们再商议。我只是担心闻先生旅途劳顿，虽说从南洋文莱家里到福州没有什么倒时差的问题，不过，仍然是以多多静养为好。"吴总经理说。

"是啊，二舅，吴总经理说得对。休息好了才能有精神考察，二舅，你说是不是这个理？"阿姨也是担心二舅的身体状况。

"我嘛，出远门有一个好习惯：在飞机上只要毛毯一上身，就开始梦游仙境，直到空乘服务员唤醒我，坐车也是一个样。特别是在夏季，我就喜欢夜间出门，不仅是因为凉快，也因为沿途的车辆少，车速快，司机师傅省心。"二舅介绍他的外出旅行经验。

"吴总经理，华侨大厦到了，这车……"司机请示道。

"今天你辛苦一整天了，车入库，今晚睡个安稳觉，从明天开始就有你忙的啰。我会让后勤部小黄办好你的加班事宜。早点休息，再见！"

司机师傅全是一个样，辛苦忙碌一阵子或一整天，只要领导真心关心爱护他们，比领到多少津贴都开心。

"这是目前福州最好的酒店之一，另一处就是西湖宾馆。"下车后，吴总经理给二舅当起导游。

"福州西湖嘛。什么时候再有机会，就到杭州西湖游玩，当然，还有苏州、无锡、南京、上海几个城市，全是好地方啊！"二舅确实有点怀旧了。

"二舅，吴总经理就是那个地方的人。"外甥说。

"祖国江南的几处好地方均是水好，这点与闽南的漳州有相似之处。咱们总说'水软'，仅从语音谈吐方面就可知：江南一带的人，说话如同唱歌一样好听。而闻名全球的'凌波仙子'水仙花，也是好水养出来的。"

"二舅，当下国内的交通、通讯确是落伍，将来会好起来的。今后在海外想去南京、北京，买张机票登上飞机，不一会儿工夫就来到夫子庙、天安门啦！"阿姨的口才真是灵光到不能再灵光啦。

"是啊，崭新的共和国就是靠伟人们和前仆后继的英烈们铸就的。我上过战场，也与死神擦肩而过，建立一个共和国哪有那么容易，是以无数尸骨垒堆起来的。可惜了，在全球尤其是亚洲经济突飞猛进的大好时机，被那个想入非非的大运动狠推了一下，人财皆空，国库空就不用说了，人心、道德也被洗劫一空。我时常会与香港的'大陆仔'聊天，他们当中有国家派来做学术的大家，有我留美时的学友，有来香港经商的，当然也有从不正规渠道入港的偷渡客。我嘛，和他们没有利益的往来，就谈得来说得白，他们非常不满的就是'文化大革命'把国家搞穷了，把思想搞乱了，把人心搞脏了。咳！这是在海外听说的。时下国内的言论比较自由了，乱讲几句自己的道听途说给你们晚辈听听，言者无罪嘛！"一位历经自己国家兴衰的老华侨回到祖国、故土，感慨几句本也应该。

一行人步入华侨大厦的一层大厅。

吴总经理说："闻先生，我预订的套房是在七楼，是大厦里的顶级套房之一。这边请。"她显示出在行政机关工作时的特有风度、素养。

"你也知道'七'是我家的幸运数字啊？我和小妹，哦，就是阿弟的母亲，都对'七'有特别的情结，一部分也是信奉主耶稣基督的缘故吧。吴总经理……"

"闻先生，还是叫我玉燕好了。若在公共场合不方便，就在私下称呼也可以。"吴玉燕微笑着对长辈说。

"嗯，是个爽快人！玉燕还有阿姨啊，我告诉你们，我到过许许多多的国家，去参加高端的经济贸易活动，签订互惠协议、合同。现在的'文莱大酒店'，不只做酒店的日常业务了，而是公司集团，有与之相匹配的经贸、商务活动。秘书处在为我办理外出的住宿时，都会预订当地酒店最舒适的客房。我不是讲什么排场，我只看重酒店各种层面的优良服务。古言曰：兵马未动，粮草先行。所有的会议、谈判都牵连着事件成败或业务上的利益，办事人员不休息好，哪有精力工作啊。在我的理解，好的、上档次的酒店就必须让宾客们有家的舒适感觉……"

"吴总经理好！"等候在电梯间边上的是大堂值班经理，这是一位秀气漂亮的姑娘。她迎上前与二舅打招呼说："先生，您好，您的行李已经送到您的房间了，是吴总经理特别吩咐的。哦……谢谢先生，咱们这里不收小费。欢迎你的光临。"女值班经理为这一行人开了电梯门，说："先生，请走好，本经理随时为您服务。"

"玉燕，福州这个地方你真熟悉啊！"二舅有点吃惊，想不到连大酒店的工作人员都对吴玉燕如此亲切且客气。

"是的，我刚参加工作时，是在龙溪地区专署，后来省体校需要有曾做过体育工作的人到学校负责教务处的全面工作。这一段行政工作的经历，让我在福州、厦门、漳州认识了几位现今仍在市一级的负责人，也少不了安排会议住宿、招待等等事项，就与这些部门保持了往来关系。"吴玉燕说。

"阿姨也是老福州了，早年她在福州上的学。二舅，现在有两位'福州通'在为你做向导哦！"外甥开玩笑说。

电梯上到七楼，由两名楼层服务生带客人入客房，并对高级套房设施一一作了详尽的介绍，之后两人仍然立于套房大厅两旁，等待吴总或宾客吩咐。吴总说："等一下请'楼外楼'送四人份的夜宵来。"她说得很自然，如同在单位里吩咐手下人。

"还有什么吩咐？"服务生问道。

"暂时没有了。去吧。"说完，吴玉燕打开随身公文包，取出计划书递给二舅，说："闻先生，请你过目。"等到老华侨非常仔细地阅毕全文后，吴玉燕微笑着说："真想不到闻先生不用戴老花眼镜，这是健康身体之体现。结合计划书，我先说明一下明天整天的具体安排。假如闻先生有何新想法，或者阿姨有什么补充意见，我作了说明之后，咱们再议。闻先生，你看……"不用看，老华侨一直在点头。

吴总说："明天，十二日上午，先听取改革开放办公室有关领导的介绍，此后考察两处地方，一处是正在开发的新区，路程较远，另一处是目前暂划的政府绿化用地，是在市区内。假如两个地方都走下来，恐怕要用一天的时间，因此午餐也只能将就点。晚上是一个招待宴会。"

她想想又说："还有，请问闻先生，不知你在国内要待……"

"一个礼拜！"二舅抢答，"玉燕，我是这样想的：国内的近况我是一点不了解，两处地方都走一走、看一看，心中有数，你说呢？还有，那块'暂'划为政府绿化用地的地是什么样的？"吴总接过话说："照计划书上的安排，先到路程较远的'新区'。"吴玉燕想："这位闻先生的脑真灵，直截了当来了一个这么'近'的问题，看来，只好'暂'放在后面谈啦！"吴玉燕想了之后说："闻先生，天气实在太热，咱们明天先到新区歇个脚，用过午餐稍事休息之后，再接着考察市内的那块地。闻先生，如此的先后顺序，你看是否妥当？"见老华侨不语，她补救道："闻先生问到那块政府绿化用地为何称之为'暂划为'，明天到了现场，会有人帮咱们解答。"早在车内，吴总就深感到老华侨对文字表达是相当敏感的。她有意将"咱们"用重音语气表达。老华侨微笑点头，以示理解语意。

"闻先生，由于你返程时还要回福州来，因此，明天未能办妥的事，可以在返回福州时续办。"吴总想对老华侨说明，政府划出的"绿化用地"，不仅福州，厦门及全国各地都有……

"所以，"吴总把话再绕回来，"在福州先安排一天的考察时间。七月十三日与十四日安排在厦门两天，到了厦门之后视具体情况作调整。如果没有太大变动，那么，十五日、十六日是家人相聚的时间。刚刚我看过你的返程机票，是在十八日下午两点四十分起航，因此十七日在计划书上就没有具体的安排事项，作为闻先生自己灵活掌握的机动时间。十八日上午的时间，我们的意见就在福州度过，当然，一切安排都以闻先生的决定为主。"二舅一边听吴玉燕报行程，一边用他自带的红蓝双色笔在计划书上划着杠杠，还不时加上英文脚注。

客厅的电话响了，是大堂值班经理打来的，告知"楼外楼"做夜宵点心的两位师傅来了。

门外进来一老一少师徒二人，身穿白色的后厨大师傅制服，头戴多褶的厨师白高帽。年少的那位推着一辆用不锈钢制作的造餐车。师徒将餐车缓缓推到客厅中央立定，大师傅说："各位贵宾、各位同志，欢迎你们来到我们伟大的社会主义祖国，福建省的省会福州市参观、访问。我是福州市'楼外楼'酒家食品部的主厨王子玖，这是我的徒弟、侄儿王加福。今天，我们为各位贵宾、各位同志献上名扬全中国、香飘全世界的福州名小吃扁肉燕和福州鲨鱼丸。谢谢！"这位王子玖大师傅一直目视客厅的天花板，好像那上面有提示字幕似的。他一口气朗诵完毕，在场的各位宾客看到他诵读台词的认真劲觉得好笑，然而没有一个人敢笑出声来，最起码大师的岁数在那儿摆着……

徒弟点燃了酒精炉，师傅将装有高汤的锅放在酒精炉之上。肉燕皮在师徒二人的手上飞转，随手嵌入一团团肉馅。只用了不到两分钟的时间，四小碗扁肉燕已经下到了滚沸的高汤之中。那香喷喷的气味飘忽在客厅里，直往胃肠空空的四位客人鼻孔里钻，令人垂涎三尺啊……

一碗碗热气腾腾的扁肉燕端到大家面前。

"王大师傅，你们二人也一起吃吧。"老华侨看他们做事辛苦，故出声招呼。

"我们天天闻这香味早就饱了。你们赶紧趁热吃，那样香气才能吃进肚子里。"王子玖师傅说。

师徒二人又用清水加点海盐，给大家做了每碗各四粒的地道的福州手工鲨鱼丸，出锅时再点上几粒香葱珠。

"哇，真是妈妈的味道。我请教一下王大师傅，你做鱼丸时为何不用高汤啊？"老华侨有疑问。

"这是因为用清水盐花煮出来的鲨鱼丸才有筋道感，才能吃到鲨鱼肉原汁原味的香气哦！"大师傅回答。

"一九四八年圣诞节期间，我在福州东街口的一家鱼丸店吃了鲨鱼丸，与现时吃的一个样。这家鱼丸店有一个非常响亮的名字……叫……叫什么来着……'丸中丸'……"

"贵宾啊！咱们是有缘万里来相会啊！那正是家父开的小店。当年，我只有加福小侄这么大的年纪。一晃三十二年过去啦！人生一梦啊！"王大师傅的这一番话，勾起了海外游子辛酸的回忆，还有在座的两位中年女士无限的感伤，真是一言难尽啊！

"真是太谢谢你啦，王大师傅。"二舅边说着话，边从他的背带西装裤的后裤袋里取出钱包来，将一张美元大票递到王子玖大师傅的手中，说："这是我们大家感谢你们辛劳工作的一点小意思……"

碰到美钞的王大师傅如同触到高压电一般，弹闪到一旁，说："你想干什么？我们社会主义国家的劳动人民是不会收这样的不义之财的！"刚才还一脸欢快笑容的王大师傅，看到了这张美国人头的钞票时，脸色从严肃变成了气愤。此时的归国老华侨真的非常难堪，他是发自内心地想表示一下真诚谢意。然而，莫明其妙的应答令他忍不住去想：王大师傅为何如此痛恨美元……

在场的两位女士想起身替二舅解释一番，但被二舅制止了。

老华侨的心，是痛的，是酸的，但他眼含热泪，依然将师徒二人送到客厅外的通道上。

安静了好一会儿，二舅再次翻看了吴玉燕的计划书，说："玉燕、阿姨，明天晚上的招待宴会之后，咱们到福州街上找小吃去，这要请你们二位地主帮忙哦。宴会上再好的菜肴都比不上街边的小吃有味道，所以啊，大家要留着肚子吃福州小吃。还要趁着晚间凉快，带我去看看福州的街市夜景。最后的一件大事，就是让吴玉燕辛劳一点，掐算好抵达厦门的时间，要在后天六七点钟，这事司机吴先生是行家。主要因为什么呢？就是阿弟他们学校足球队决赛还有一个赛前准备会。我当过教练，是位行家，这也是此次祖国之行捡到的一次好眼福啊！哈……"

阿弟想说什么，被二舅的手势挡住啦。

"到了厦门咱们看情况，临时再作调整。玉燕、阿姨，你们看这样行吗？哟，刚刚咱们请的是酒店之外的员工来做夜宵，忘了付账啦！在我们酒店，除了酒店自身的服务项目外都必须付现金……"

吴玉燕看到二舅有点着急的样子，说："闻先生，咱们国内正逐步与国际接轨，像刚才夜宵点心一事，在咱们这里叫作'酒店代办业务'，在咱们离开华侨大厦时一并与酒店结账。"

吴总经理连宾馆的业务都如此熟悉。

"嗯，还是有一点区别的。"二舅喃喃自语道。

"闻先生，那么，咱们七月十三日清晨之前的安排就先这样确定了。到了厦门之后，再听闻先生的吩咐，另行调整时间与内容。闻先生快人快语，这样大家相处得格外轻松、快乐。"吴玉燕很是高兴。

"在厦门的行程安排，仍然是按照你们的计划书进行。是啊，都在变化啊，对我来说，祖国、故土，我是越来越陌生了……"老华侨若有所思地说。

"二舅，明天我先行一步回漳州，通知所有的亲人预备好好欢聚。只是有件事我还是要听二舅亲口吩咐：你到了厦门或漳州，是像三十多年前那样住在家里，还是……"

"当然是住家中啦！"二舅抢答后反问阿姨，"今晚你们在哪里安寝？"

"也住华侨大厦，住在二层。"阿姨说。

"那阿弟你呢？咦，他人去哪儿啦？"二舅问道。

"闻先生，他帮你放洗澡水去了。他今晚要调一批建筑材料，用于漳州新楼房建造，所以不住这里。闻先生，你出门后还没有好好休息一下，洗个热水澡去去乏，早点睡。我还差点忘了一件大事：闻先生的早餐习惯……"

"西餐。在家已经习惯了，很简单：一杯煮鲜奶，四小片纯麦面包，黑、白面包也行，椰子酱，一小杯纯咖啡不加糖，一杯纯橙汁，两只水煮鸡蛋。假如酒店里不方便，咱们到外面的西餐厅吃。"二舅见到阿弟从浴室里出来，接着说："阿弟啊，我从家里带出相机来，却锁入办公室的抽屉里了。行李里只有部要送给你小姨子的傻瓜式相机，明天的大事件根本就派不上用场。福州有照相机专卖店吗？没有哇？唉，我真是没有用的老糊涂！"

二舅显出十分懊丧的神情、

"不用担心，闻先生。我丈夫那里有一架高级照相机，是专门用来拍工程监理做存档之用的，保准你用得顺手，要说起来，依旧是日本货。明天我一并带来，真用不顺手，咱们再另买还来得及，有无备用胶卷我是真不知道。闻先生，你的任务就是睡好觉，其他的零星事就交给我们来办好了。"吴总经理是真有一套哦。

"救场如救火，我这就可以'放大车'安心睡觉啦！"二舅说。

"二舅，洗澡水放好了，水温还要你自己调。早点歇着，我们就先走了。"体育老师当起后勤有模有样。

"二舅，明天清晨我再来与你道别。"阿姨说。

久别的吴玉燕和阿弟又回到那间值得回味的出租房。无论这一天如何疲累，他们俩之间永远充满激情。

"阿卫，"吴玉燕躺入男人的怀中，"真不想现在就离开你，可实在是没办法。十三号那天，我想带小宝贝一起去厦门，带上家里的保姆专门照顾他，你看好吗？一是你们父子可以同一天热热闹闹过生日，二是小宝贝一天不见我，不仅他适应不了，我也会很挂心的……"

"还是你想得周到。"这事确是突然，他心中没主意，但热情的表示还是要装的，"这当然是件大好事啦，有位保姆随行就好办事了。只是，老姜是否同意你如此做？"男人是有意识让女人打消此念头。

"此事是我提的，而决定的正是他。他说，有一粒小开心果逗大家快乐，会给二舅带来一路好心情的。说句实在话，在这点上你们俩都特别会替他人着想。小宝贝还没见过他的爷爷、奶奶呢，倒是我的心里先打起了乱鼓点，真说不好是一种什么样的感觉。"女人说。

再强悍的女人，毕竟还是女人啊。

"清晨四点钟我准时来找你，我自己带钥匙。你赶紧洗一洗，睡上一觉。清晨你还得陪我'忙'上一阵子，再去华侨大厦呢。"女人将身子从男士怀里挪开……

深深的一吻之后，她期待黎明的到来……

三十一、"小青年"：绵仔

六点钟，吴玉燕和成闻卫刚到华侨大厦门前，就见阿姨从楼上下来，大家伸肢转腰地活动一番。

"吴总经理好！你们二位早上好！吴总啊，这位华侨老先生还不到五点钟就穿着一身运动服绕着前院跑步，真看不出他这么大的年纪还有如此活力，精力如此旺盛、充沛，实在值得敬佩。"大堂值班经理说。

"是啊，我也听他的外甥说过，闻先生的起居作息非常有规律。等一下，你差人把他穿的西装外套还有所有换下来的衣服，包括清晨穿的全套运动服，拿到洗衣房漂洗、烘干、熨烫规整，今夜子时闻先生就赶赴厦门啦。胡处长说，昨日与今日两天时间专门安排你来带班……好好干。"吴总经理说。

"好的，吴总经理。你所交代的这些事我亲自去办。"

"他老人家在咱们大厦停留期间，你要掌握的原则就是安全第一，然后才是让他舒心快乐。小吴呢？"

"他已经来了，去吃饭了吧？"大堂值班经理说。

"好，你记一下闻先生的早餐：一杯现煮的鲜牛奶，两只带壳的水煮鸡蛋，四小片纯麦面包外加一小碟椰子酱，一杯现研磨的纯咖啡不加糖，一杯现榨鲜橙汁。我吃鱼丸汤面。她阿姨和成老师吃点什么？"吴总经理转过身来问两位同行人。

"我们的早餐与你一样，吃面加圆鱼丸，团圆喜庆！阿姨没意见吧？"阿姨愿意让阿弟作主，当然同意啦。

"那就这样，三碗鱼丸汤面。闻先生的早餐准备好了之后，研磨咖啡的师傅也一起上楼来，清楚了吗？"成闻卫还是头一回看到这位女士当总经理的派头。

　　"阿燕，你的记性真好。昨晚二舅说的几样早餐食品饮料，你都能一字不差地复述一遍，真是太不简单了！"阿姨是从心底佩服吴玉燕。

　　"这是长年工作练就的。我给闻先生打个电话……喂，闻先生，我是玉燕。我们三人全在楼下大厅，现在我们就上楼去？"打个电话预约，看似一件很小的事情，然而，这是一种礼貌，是一种文明的表现。事情虽小，但充分显示出一位优秀女性的自身素养与修养。

　　刚进入二十世纪八十年代的中国，十年"文化大革命"刚完结不久，处处仍可见它遗留下来的各种顽疾与恶习。

　　吴玉燕能有如此自然流露的良好素质，是需要有很深的社会阅历及个人自律的。或许，这就是阿姨自认为不及对方之处吧。

　　"你，"吴总经理手指站在总台的一位女服务生说，"去西餐厅后厨告诉大堂经理，让她现在就开始做七楼华侨贵宾的早餐，十五分钟之后送到。"

　　"是！"被点到的这位女服务生心里嘀咕道："哇，这位女士比我们的胡处长还厉害！"

　　二舅洗完了晨澡，开着房门等待大家的到来。

　　"二舅，昨晚休息得可好？听大堂经理说，你在楼下前院跑了好几十圈，在家里也起这么早？"阿弟问。

　　"是的，到了那个'生物钟点儿'就自然醒。我喜欢跑草坪或沿街步道，小雨照跑，大雨天就和你舅妈撑着伞快步走。雨天的道是不好走，可那空气清甜到可以吃进肺里，哈……那个舒服劲……在文莱家里固定跑五英里，现今回国回家了，入乡随俗入港随湾，哪有那么讲究。像今晚子夜时分乘车赴厦门，上哪儿跑去？你们说是不是啊？"说起体育运动，二舅总是乐呵呵的。

　　"今天，我让保姆到福州的老字号'同利肉燕店'买上两斤干的肉燕皮，带回家咱们自己做。闻先生如此喜爱吃扁肉燕，等清静下来时咱们多做几样肉燕皮花式菜。"说着，吴玉燕将挎在肩上的那架日式高级照相机外加两卷胶卷，连同从家里带来的十几样福州本地的土特产，一起交给阿姨，又从公文包里取出此次二舅在福州要面见的几位要人的基本资料。

二舅招呼这位很会办事的女士坐下来详谈。

阿弟尾随阿姨一起进屋整理要带回漳州的东西，他对阿姨轻声说："阿姨，她要带儿子到厦门去，你看该如何办是好？"成闻卫将吴玉燕所说的话照学了一遍，他的心一直牵挂着这件事，胸中乱打鼓点，急得不行。

"让我想想……"阿姨特意避开大客厅里二人的视线，一边整理着食品等等，一边将阿弟招呼到她的身前，如此这般细细耳语一番，阿弟的面部表情才由阴沉转为晴朗……

"二舅真是好身板，大堂的女值班经理直夸你哦，说你像中年人一样健壮，充满活力。"阿姨和阿弟回到大客厅。

"阿姨你过奖啦。昨夜你一定没有睡好，是不是啊？"二舅两道犀利的目光射向她的双眼。

"是的，二舅的这双眼睛真利。我只要一到陌生地方，换了新铺的头一晚，无论有多么累，总是睡不着。"阿姨说。

"刚才阿姨说到大堂女经理的赞美之辞，那是对我这个'外乡人'的尊重，只有时光倒流才有可能如阿姨所说的那样。我已是到了高龄，是老年人了，只是我还在尽力争取中年人的精神面貌，就是说，我自己感觉身体各方面运转得还不错。人处于一种良好的自我感觉之中，少生气、少郁闷，保持乐观心境，是非常有益处的。然而，人有七情六欲，很难做到这一点。年少时，家里送我和阿兄出洋留学，家父开粮行，无论生意、钱款收入都极好，可长辈就是给我们哥俩极少量的生活费用。后来，母亲到我这里定居，才告诉我们，那时她也不忍心这样做，可父亲向她讲明了道理，说让我们边上大学边学做社会上的事，流汗、花气力挣钱，方知生活不容易。我们到了自己做事业时，才大有感触家中父母的英明。我在美国留学时，父亲带着阿兄在菲律宾发展，当我在美国学业有成，取得博士学位之后，一心就想与我的好朋友回马来西亚传授知识，当教授。但是，战争来了，热血青年要勇于担当，我就和日本人干上啦，幸而没有把命丢在战场。

"当年在美国留学期间，我认识了一位厦门地产富商叶家的千金，就因为她的父亲病危，一别多少年。我们俩信守诺言，这也是我这么迟才结婚的原因。我们先在北婆罗洲创业，很苦、很艰辛，但和自己心爱的姑娘在一起，那是一件多么幸福的事情。阿弟的舅妈当年几乎是身无分文地来到异国他乡，她的父亲仙逝后，族亲侵吞了叶家的所有财产。但据我所知，没有一个族亲是有'好尾景'的。所以说，世间的一切均是神安排好的，关了一扇门就开了另一户窗。阿弟的舅妈当年就是一门心思想找到我，结果她如愿了，我们有了现今的家。

"阿弟的舅妈另一支亲戚在文莱发展得不错，我们就到了文莱，大家联手建造了这座闻名文莱首府的大酒店。当年，我们没有那些亲戚们富有，然而我做事的信誉、信用特别好，人勤快认真，头脑方面也算可以，众人认定我是块做大生意的材料，就推举我当头儿至今。

"文莱家中现有四男一女。二子文伟，我把他放到法国留学五年。他回到文莱后，我不让他凭着学历高高在上，要成器就要打磨，不干实事能懂什么？我把他丢到最底层干起，孩子的妈常说我'心狠''歹毒'，我怎么不心疼？可是，要让家族事业传承下去，就要找好接班人，想让他领导未来的事业，就要让他在思想上完全打消那种在股票、期货上一夜暴富的想入非非，只能像我和阿兄这样苦干实干。唯有挣扎过，方知生存有多么不容易啊！

"阿弟的舅妈早早就建起了律师楼，现今她正逐步放手给女儿。小女随她、留英后回到文莱也是专做律法之事。老三那小子也是对法学很有兴趣。我们家的家教是，路由青年人去选择，但引导是必要的，是父母的责任，原则性的东西要教会孩子不去碰，并且要讲清道理，让他们将来自觉约束己身。所以对家中的老四、老五，我们也放心。我在电话里已告知二子文伟不来的原因：九号是他二十五周岁的生日……哟，阿弟你这小子，功夫藏在袖子里，还不对我说哦。你的生日不正是明天吗？那场足球决赛更应该去看了。无论你们学校拿了冠军还是亚军，全都是一个'名'。当年，我们'四大金刚'参加了全厦门最大型的'公部局杯'篮球决赛，却因为裁判收取了我们对手的贿赂，生生把我们该得的冠军金杯给抢走了。一九四八年我回家时，看到你爸特意留存下来的当年的报刊，有大篇幅的新闻报道揭露了内幕金钱交易的全过程，真是可恶加醒龊！现时我说的是'名'和'利'，不过，生日就大不同喽。咱们华人算虚岁。阿弟正是'三十而立'的生日。玉燕，决定啦！子夜就动身前往厦门，其他的到了厦门再说！哈……"二舅开怀大笑。

"二舅，还有更巧的呢，阿燕的儿子明天满一周岁。巧吗？"阿姨抓住好时机，报告二舅一条好消息。

"哈……玉燕，一周岁的孩儿，可以抱出门啦。"二舅乐开怀，又说："一周岁就是两虚岁的孩童，'二'是好得不能再好的'质数'。在男丁排行中我和阿弟全是行'二'之数。这个小宝贝也是小男子汉了，可以出门闯天下啦！"

"是啊，二舅，我也是这样想的。阿燕家雇了两个保姆，一位专门照顾她的儿子，另一位是她丈夫老姜的单位请来专门照顾老姜的。阿燕的丈夫是省厅的正职干部，这次二舅在福州以及厦门的一些安排就是姜厅长帮的忙。"别小看阿姨的这一套社会学，她与吴玉燕相比没有那么雅，然而，她说的话、做的事，是让人实实在在看得到、摸得着的。

"玉燕，等返回福州时，安排点时间让我会一会你的丈夫。"说着说着老华侨的话题又重回到孩童身上，那闪亮的目光像个老小孩似的，"咱们乘轿车，风雨不上身，加上保姆随行照看，孩子完全可以出远门。他现在就开始闯荡世界，未来肯定是个大人物。我嘛，特别喜欢小孩，所以前后九年一口气生下五个。哈……小孩正是这阵子学舌，想走又跌跌撞撞，话也说不清，尽在比手画脚，三不五时还会有点脾气。哇，正是真正有趣、好玩的时候。其实啊，这样的小生命出远门，见到不同的景象，耳闻不同的声响，对他的未来成长有大好处，这是毋庸置疑的。"

"好吧，听一回闻先生的建议，让他吹吹厦门的海风。闻先生，你是一位很有爱心又有童趣的好前辈。"吴总经理称赞起二舅，阿姨瞟了阿弟一眼，他没有反应。

大堂值班经理来电话了，告知早餐正送往七楼。

两位西餐厅的厨师推着小车进来，给二舅座位前面的长茶几铺上长条桌巾，先上了各种食品、饮料，然后做起了现磨咖啡。

"你们三个人的早餐呢？"二舅问。

"马上就来了。我们三人全吃面，还有圆圆的鱼丸，喜庆！咱们闽南人遇上好事、喜事，都要吃面条，更有团圆之意。"阿姨把早餐说成一朵花啦！

二舅接过两位西餐厅师傅刚做好的现磨咖啡。提起盛现煮鲜牛奶的小壶，倒一小部分在浓咖啡里，用小匙稍搅了一下。他用两个指头夹起咖啡杯杯耳，先在鼻尖下稍稍停留，之后小品一口。阿弟从二舅丰富的脸部表情看得出，此时他口中的咖啡正在与舌头亲密接触。老华侨终于开口了："嗯……不错，相当不错。在祖国的酒店能喝到如此地道的好咖啡，感觉真好！国内酒店大有人才在，可谓藏龙卧虎啊。谢谢二位大师，谢谢！"

吴总经理的双眼一直瞄着二舅的手，看看是否又伸向后裤袋……

"不客气！"二位师傅回答。

"你们先下去吧！这些餐具，我会让大堂值班经理派人上来收取。"吴玉燕是真担心昨晚的那一幕重现。

成闻卫清楚地记得，一九六二年的元宵节，正好是外婆离开他们到文莱国十周年的日子，父亲说起酒店趣闻，其中就说到了小费。小费在初始阶段叫"集体小费"，就是每个服务生将客人答谢他们辛勤服务的零钱投入一个专门的集款箱，由经理与部门总管负责数点、汇入账本，每一旬或半个月将这些所得均分给服务生们。这个规矩在某些国家和地区仍在沿用。小费不是人们所理解的那种粗俗的货币概念，严格地说，是接受服务的人们对付出劳动的服务生的尊重，是用最实惠的掏钱包的动作，道声"谢谢"！

这是国际通行的惯例，然而，不收小费却偏偏是当年"红色中国"的惯例。

早餐之后，二舅、吴玉燕、成闻卫将阿姨送到华侨大厦门外。吴总经理再三交代，电话与传真机一定要日夜有人值守，只怕万一有急事或临时改变计划，却失了联络。

改革开放办公室坐落在福州闹市区，一座行政单位办公大楼的附属二层小楼里。

轿车停在小楼前，早有一位大腹便便、官相十足的谢顶中年人直立在楼前恭迎。

"吴总经理，早上好早上好！"此官在问候客人的同时，总是接连地点头哈腰，这可能是做了多年接待工作培养出来的习惯。

"吴总经理好！"他身后站立着两排着相同服饰的女子，齐齐鼓掌，齐刷刷地致欢迎词。

"这位是改革开放办公室的吴副主任。"吴总经理说。

"这位是爱国华侨闻其绵先生。"吴总经理再向吴副主任作了介绍，老华侨微笑着，用双手递上他的名片。

此时，只见吴副主任手上有个小小动作，响亮的女声再次齐刷刷地呼喊："欢迎！欢迎！热烈欢迎！"这显然是经过精心排练的，老华侨真被吓到啦！

"这位是闻先生的外甥成闻卫成老师，在厦门中学任教。"吴总经理向吴副主任介绍道。

"幸会幸会！来，楼上请，颜主任正等着呢。"吴副主任轻声向吴玉燕耳语几句，此动作似乎不太像男人的作为。

"幸会！幸会。"颜主任在二楼等待已久，他伸出一双饱满绵软的手，紧紧握住爱国老华侨那双起了皱纹的大手，"千里迢迢荣归故里，闻先生可是头一回回祖国？"

"是的，祖国解放以后——规矩的说法是新中国成立之后——我是头一回回国。"爱国老华侨说。在两口中音噪门的对话中，两个男人彼此交换了名片。

"来……来，闻先生，你请坐。这是我的秘书小俞。这位是……"他等着吴玉燕介绍。

"哦，他是厦门中学的成闻卫老师，是闻先生的外甥。"吴总经理补上这一轮介绍。

"你好，成老师，我的一位堂弟颜祝坚也在厦门教书，是位中学音乐老师。我的叔父是厦门'中华第一礼拜堂'的颜牧师。"颜主任说。

"颜主任，你好。我是教体育的。颜牧师和我们一家人很熟，我的外公去南洋之前，是'中华第一礼拜堂'的长老，外婆是教会的执事。二舅，我听妈说，你和大舅都是在'中华第一礼拜堂'接受的圣洗礼，是这样吧？"小外甥脑筋灵，抓住了宗教信仰的话题，引来了现场的轻松气氛。

"是的，我的外甥说得没错，先祖以及父母双亲从小就带着我们到'中华第一礼拜堂'做礼拜。原来颜先生还有一位叔亲长辈在厦门。古话说：叔、伯兄弟非常之亲，仅隔一张肚皮而已，故称'隔腹兄弟'。感谢 神！真没有想到，在福州的政府办公所在地，会遇上主内兄弟的亲人。幸会，幸会！"爱国老华侨说。

"是啊是啊，都是缘分，缘分啊！闻先生，现在是不是先请小俞秘书介绍一下咱们这里的情况？小俞，你在挂图前介绍就可以了。"颜主任要开始工作啦。

二舅干咳了两声，说："我是昨天晚上……"

"颜主任，是这样的。"吴总经理即刻领会了老华侨的干咳声，"我们过来之前，草拟了一个行程表，此次闻先生的行程排得非常满。我个人的意见，时间宝贵，到现场介绍，直观又省时，颜主任你说呢？"吴总真不简单。

"吴总经理的提议非常好，实际加实用。那就请吴副主任陪同各位前往新区考察，上午市里有个会，我必须去参加。我会先与新区的总负责人郝轲联系，这样的大热天，中午的便餐就安排在他那里。小憩之后，下午我亲自陪同闻先生考察咱们市区那一块暂时划为政府绿化用地的地块。吴总经理，那就有劳你了，闻先生也要辛苦劳顿一番。两个地方都视察视察，这样闻先生就有了直观的印象啦。只是新区各方面条件还不是太完善，敬请闻先生海涵。当然，有吴副主任陪同随行，我完全放心。"颜主任顺水推舟，让吴副主任先行招待，这就是正、副职的真正区别。

"祖国的政府部门官员非常讲求办事效率嘛！颜先生真是个雷厉风行的掌门人哪！"二舅热情地与颜主任握手。

车行一路，二舅打听了吴玉燕老家、小家的一些情况，都是在拉家常。有一定工作经验的人都清楚，在工作以外的闲暇时间里一般都是不谈公事的，以聊家长里短来增进彼此的了解与沟通，实质仍是为了更好地开展工作。

成闻卫在吴玉燕与长辈的交谈中发现了"新大陆"，他头一次感到，车里的这个女人是陌生的。她处置事情的四平八稳与缜密的思维是他此前不曾感受过的，除了钦佩之外，他还感到了一丝丝的恐惧，如此精明能干的女人，将来会是什么样子呢？

轿车一开进新区的工地，只见土路的两旁早已站好了二路纵队，在恭候贵宾的到来。眼看着车上的贵宾全下了车，吴副主任又是一个小小的动作，工地上顿时沸腾了，"欢迎"的口号声直冲云霄。新区工地的大小头头们都挤上前与海外华侨握手，许多青年人还是头一回见到海外华侨的真容，有几位小姑娘激动得直抹眼泪……

"闻先生，顾名思义，新区就是一切从'新'开始。眼下国内通称的'一平三通'工程就要全部完成了……"吴副主任口若悬河，把已经背熟的台词再朗读一遍，就算圆满完成上级领导交给他的这项光荣任务了。

回国考察的老华侨遥望这"一马平川"，无语！

"地盘是挺大的，就是此后的修整还是需要花点时间，听颜主任说起过，准备建造通用厂房……"吴玉燕见状立即解释。

"吴总经理就是千里眼、顺风耳啊！"吴副主任抓住好时机，此时不捧更待何时，"事在人为事在人为嘛。闻先生、吴总、成老师，咱们再四处走走看看。"吴副主任摊到这样的差事实属无奈，可是，他自有妙方，比方刚才贵宾们下了车，他一个不起眼的小小动作，就飞沙走石地引发欢迎声不断，而今到了收场的时候，他的手臂连连摆动，这是明确告知众人，上午的外事接待任务圆满结束，精彩的午餐大战随之拉开序幕，还有冰镇啤酒助阵。那个年代，啤酒可是稀罕之物啊！

在工地上巡视的时候，老华侨除了几次单字应答之外，更多的时间默默不语。是工地沙尘大，还是另有主意？

"闻先生、吴总经理、成老师，咱们考察新区的工作就暂告一段落，中午，新区领导在招待所食堂备有便餐……三位请上车，慢点！请！"

吴副主任为三位贵宾开了后车门，与此同时，他灵活的手往上一扬，工地上空再次响起"欢送！欢送！热烈欢送！"的呼喊声。如此近似疯狂的、有节奏的呼叫与掌声，真不像是在驱逐尊贵客人。别慌，午间美餐在等着呢！快走啊！

吴副主任坐在副驾驶座，依然诵读着他脑中的文稿，此次演讲稿较短，车到招待所食堂正好结束。

"欢迎欢迎！欢迎爱国华侨闻先生千里迢迢到我们新区指导工作。我是这里的总负责人，小姓郝，单名轲。颜主任再三交代，闻先生用过便餐以后，一定要好好休息，天气实在太热了。来，吴总经理、成老师，咱们是饭前生，饭后就熟了嘛。"郝同志让出小半步，让吴副主任先行。

新区招待所的餐厅不是太大，除了招待闻先生的主座席之外，其余九张大圆桌分列三排，气势真不小。当年，只要有大的场面，一般都是一人陪同参观，十桌陪喝酒吃饭、吃公款！

"公款"——公家款待，如此的机会不多！主宴桌席上的第一道菜是一只三斤多重的大龙虾，圆盘的围边是鲍鱼。除了这一盘名贵的海鲜之外，其余各道菜品十桌相同，毫无区别。

"三位嘉宾，这是我亲自交代马尾港的捕捞大队特意留下来的好鱼货。闻先生走遍世界各地，见多识广，这次就是让你们尝个鲜。这也是伟大祖国尤其是福州市人民对爱国华侨的一点心意。来来来，大家请！"郝轲说。

"老郝。闻先生已是上了年岁的人了，天又这么热，他老人家不适合饮酒，大家也不必敬酒了。把酒撤了改喝饮料吧！"厅长夫人发话了。

"明白！""好同志"也有他的一套手势，抖抖手腕换来十大单的"可口可乐""黑莎士"汽水……饮料全是进口货、好东西，一口一瓶！爽！

老华侨将这一切看在眼里。这十大桌的菜，用的全是公家的钱，在海外叫作纳税人的血汗钱，真是糟蹋啊！

海鲜拼盘，清蒸石斑鱼，猪肚莲子汤，时蔬炒蟹块，青椒炒牛肉，白斩鸡，红烧排骨……一道道菜肴堆积如山，直到郝轲带头打起了饱嗝。

老华侨还真被一阵阵的饱嗝、剔牙声唤醒了，刚刚他还在沉思：这就是颜主任所说的"便餐"啊！已坐拥几百亿美金的文莱大酒店公司集团董事局，也只有到了有分量的大宗生意谈成之后，才会设宴款待客户，而且有着严格的程序：董事局的全体董事全票通过之后，再由董事局主席亲自下达标准给财务总监，总监要和相关的财务人员再次开会，讨论董事局定下来的规格标准，不仅如此，还要做到能抠出一美分是一美分，商定最终桌次、菜品、款项数额后，才交给酒店采购部和后厨办理。

"哇！我的　神啊！"老华侨在心底呼喊，"今天我才真正明白了，何为'越穷越要生养'，什么是'穷大方'的真正含义啦……"

直到颜主任来电话要人，郝同志才赶紧送贵宾上车。送行的众人虽也喊出了欢送的口号，但都没了饭前的喊叫力道与节奏。本来嘛，吃饱喝足了之后，只顾打嗝，哪有气力呼喊口号，这也是情有可原之事。连"要让闻先生好好休息"的话语，也就着好酒好菜一起吞入肚里了……

他们三人来到颜主任指定的第二站，只见平平整整一大坪刚铺好的草地上，相距五至七米种上了小树苗。这是块真正一马平川加"三通"的极好地块，说白了，就是政府行政机构或者是有相当经济实力的大单位想兴建楼堂馆所而预留的空置地皮。在它的附近，一切社会公共配套设施齐全：幼稚园、中小学、医院、银行、商场，正左侧还有一处快翻建好的农贸市场，外加好几路的公交汽车站。不用多说，一看便知此地有极好的发展前景……

颜主任从遮阳棚里走出来迎接，说："闻先生，真是辛苦你了，跑了市郊一大圈。吴副主任领你去的新区的连片土地，是准备建造各种规格的厂房，将来供国内外的企业专用。闻先生，眼前这一方草坪面积广阔，邻近的环境也十分之好，我陪你们走走看看。"颜主任的言下之意是，只有比较才能出经典、真品、精品。

"是不错，就是不知道颜主任有没有这块地的相关资料。现在闻先生是看了现场，但他要传真相关资料回海外董事局研讨。只要颜主任行方便，一定能皆大欢喜的。"吴总经理的说话技巧真是到位。

"好说，一会儿回办公室去取。小俞啊，你先回去，把材料整理一份出来，小图样也要。你不用再回来了，记得把西瓜冰上。"颜主任的办事风格的确如上午老华侨称赞的那样，雷厉风行。他嘴上说着话，目光一直盯着老华侨的一举一动。

二舅在这一大片空旷的地块上，东南西北地转着圈。他第一次取出吴玉燕借给他的名牌相机，对着空地的四周拍个不停。不到四十五分钟的时间，已经拍摄了两卷胶卷。

老华侨的举止颜主任是看在眼里，记在心间。他和吴玉燕尾随在其身后不语，成闻卫也是只看不吱声。一位身穿白领淡蓝色套装的漂亮礼仪小姐撑起了一把花伞，帮二舅遮阳。

"哦，谢谢！"还在沉思的二舅被这个突如其来的动作惊回神了，他的目光与吴玉燕的作了一个十分微妙的交流。

"颜主任，像这样的地块，管辖的部门也不少吧？"机敏的吴玉燕从老华侨的眼神中领会到这层意思。

"吴总经理啊，现在像你如此热心投入改革大潮的人真是不多，大家都坐在交椅上谈改革开放，不实际做事，还空想着多来政绩。真有人干起活来，又遭那些不干活专卖嘴皮的闲人说三道四。老是光听闷雷声，不见下雨点。吴总经理，我和你说句实在话，我也和你一样，是真心想为国家做点事。大小运动消耗掉咱们多少光阴，真是浪费不起啊。我与老姜的交情你是知道的。这次你带闻先生这位爱国华侨到福州考察，他的为人与见识，让颜某开阔了眼界的同时，对国门开放的信心倍增啊！"颜主任说。

"颜主任，咱们也别摆迷魂阵了。你说的这堆大道理，有些话听起来还是相当现实的。闻先生此行是先到福州，之后他就前往他的出生地厦门了。早年我在厦门共事的上司、同仁们都说他们正积极准备迎接闻先生呢。毕竟闻先生是地道的厦门人，故乡亲嘛……"吴玉燕说话的技巧真到位，用闽南的土话就是说：死人都能被她说活啦！

"吴总经理，你这一提啊，我想起件事。"颜主任迫不及待地打断了吴总经理的话音，"闻先生一路辛苦，若有吴副主任一路陪同去厦门考察，我看也是件好事。帮人要帮到底嘛。"颜主任的表情不轻松。

"颜先生，吴先生一定是你得力的左膀右臂吧？一整个上午接待我们非常之热情，沿途对我们是无微不至地关照。真的要好好谢过吴先生的热心与真诚啊！"这是二舅来到这块宝地之后讲得最长的一句话语了。他敏锐的思维让他选中吴副主任这颗棋子，用以平衡尚未可知的福州、厦门的轻重关系。既然颜主任有迫切之意：让吴副主任一起前往厦门，这不仅是件顺水人情的大好事还在于厦门是个未知数。

"谢谢闻先生抬爱，吴某不才，闻先生你过奖了。"吴副主任是真激动，或许平日里他从没得到过如此正式的褒奖，从他涨红的脸色和发颤的音调中可见一斑。

"颜主任，闻先生从异国他乡千里迢迢回到祖国考察，这两天都还没有好好休息过，要是吴副主任随车而行……"吴总经理话留半句。

"车？有！有哇！咱们一家人不说两家话，办公室的这部车，闻先生在国内考察期间由吴总经理自行调配，这点小事我能拍板。说到休息嘛，闻先生，先到我的办公室小歇，喝口茶，来片冰镇西瓜凉快凉快，又可以顺手带回你所需要的所有资料。不休息好如何做事，这福州啊，还不到最烤人的时节呢！"这就是利益的含义。这就要生意场上的某一环节。

"颜主任，闻先生阅毕资料可以马上与文莱方面用传真件联络、沟通，你是做了件大好事啰！"吴总经理说。

"闻先生，说起来也不怕你笑话，这么大的办公场所，连台传真机都没有，说是很快就能装上了，可猴年马月就不可知啰。还是吴总经理有本事，早用上啦。"颜主任愤愤不平。

"既然颜主任说是一家人，那就由我来做这事……"

没等吴总经理说完一句话，颜主任就把她领到一边，说："晚上我一定要尽地主之谊。吴总经理啊，你可要做做好人，帮我帮到底哦。我都吩咐下去啦！吴副主任对我说起了中午饭桌上的阵势，闻先生一定是被那种场面吓坏了。晚上啊，咱们就一桌，只设一桌！就是我和'三通'的几个要害部门掌门人，还有闻先生和你们几位贵宾。现场你也看了，'一平'全做好了，可这'三通'才是大事啊。我也先给你透个底，今晚我只上高级的法国红葡萄酒，没有多少酒精度，雅气，又不过分！"颜主任必须抓紧这个好时机，近乎于在哀求吴总经理。

"好吧，我尽力而为。至今你还没看出来闻先生是一位十分平易近人的大商人吗？"吴玉燕的微笑是诡异的。

"是，是，你就帮我这一回。闻先生，那咱们就先回办公室歇个脚消消暑，身体要紧啊！"颜主任回身招呼大家。

回到"改革办"，小俞也在例行公事：切！冰镇西瓜。

众人吃过凉凉的消暑西瓜，吴总经理才接过小俞理出来的所有资料。

三十二、祖国。国门开

　　颜主任将贵宾们送到大门外，对老华侨说："闻先生，改革开放办公室晚上准备了一个招待宴会，到场者全是协作单位的负责人，没有外人，恳请光临。"

　　"闻先生先回我们公司看看这些资料，也能喘口气，歇息一下。晚间哪，要真没有其他事，我们一定前往。我先代闻先生表示感谢。颜主任，那么我们先行一步。"不知老华侨意下如何，吴总率先挡了这一箭再说。

　　"晚上七点吴副主任会前去迎接。闻先生，请慢走！吴总经理，晚间招待会之后，办公室的车就放在你那里，由你自己支配了。"

　　在改革开放的初期，回国的华侨也分几种。有的华侨在海外时就是不作不为的懒汉，回国时，套上一身笔挺的西服，戴上墨镜，拎着空的真皮密码小手提箱，加入到国内这帮好吃不做、好表功、夸夸其谈的官僚中间，骗吃骗喝兼拿礼物不算，竟然连国有资财也照骗不误。而那帮官员们还梦想能签约成交几笔大生意呢，坐在交椅上数算着如同扑克牌的名片，结果，打哪门电话全不通……

　　还有另一类爱国华侨，他们是正经的生意人，是为了儿孙的未来回归自己的祖国、故里，创建一番事业，不想让后代漂泊海外，沦为永远的二等公民。这就是当年海外华侨最最朴素的初衷。商业利润要吗？当然！商人是永远脱离不开"逐利"的。

　　然而，当这些海外的爱国华侨抱着一颗参与建设祖国的赤诚之心回国时，先别说见到利润了，首先映入眼帘的是把持开放大门的官僚们吃罢宴席抹了油嘴，没有丝毫的责任心，想办成一件事要在好几个权力部门转圈，令这些爱国华侨的心由热转凉……

成闻卫陪同二舅一路考察下来，看到、听到了太多太多，这一切对他来说都是这样的宝贵，在生意场、官场、人际关系中，如何处理一些极为奇特关系的"艺术手法"，在平常生活环境之中是无法学到的，他深感自己是一只饥渴的井底蛙。

大家来到吴玉燕的公司，当吴总经理进入大楼时，全体员工齐刷刷地起立，向她和贵宾们问好。她将二舅安排在自己的办公室里，然后召集公司里的几位部门负责人——交代她不在期间的工作安排。别看吴总业务外行，但她就是有办法让所有手下人服服帖帖、一切遵照她的意志行事。

二舅在吴总的办公室里开始忙碌，他非常仔细地审阅了颜主任所给的全部资料，经多次比对，筛选出其中的五页文件，在两页的空白处加了英文脚注，之后又细细复核，才传真到文莱大酒店的秘书处。

"闻先生是否要等海外董事局的反馈信息？若是这样，我派个专人盯着。"吴总看到老华侨办完事后才进来。

"先让我的同仁们知道我回国后的大致情况，这五页文件加上我的批注，够他们忙一阵子的。咱们不是还有厦门一地吗？"作为商人，一旦涉及所在集团公司利益，谁都会产生一种最起码的防卫本能，在这点上并不能说他不相信吴玉燕。

"闻先生，晚间的招待宴会你作何考虑？"吴玉燕问。

"要去。颜先生要对他的上司有所交代，而咱们给他这个面子是理所应当的。华人好面子，无论海外、国内一概如此，再说了，去到厦门之后的情况还不知如何呢。玉燕，正如你所说的，有什么'后续'的动作还可以在返程前做。比如回敬个礼啊、宴的，你我脸上也都有光。有时，还真别小看喝杯咖啡、小酌两盏，这里头有学问。我看哪，香港、广府的'饮早'风，在未来的日子里也会在内陆各地兴起来，这种'饮早'本来就是众人坐在一起泡着茶，吃早点，谈谈股票、外汇、黄金、票据、期货等等的交易行情。

"当年，我们建文莱大酒店时，出发点很简单，就是让到这个城市来观光、游玩的人们住得好，吃得舒服。只是众亲戚推举我当头领，有压力有畏惧时多动了点脑筋，想到既然把宾馆、酒店业当成自己的事业，那么起步一

453

定要高、要豪华，在较长的时间段里不可落伍。现今，证明了我当年的想法是超前的有前瞻性的，这也与我青年时代留学美国，在勤工俭学中学到许多社会知识有相当的关系。海外还有一种建造得如同酒店一样的高层建筑，名叫'写字楼'，就是大小公司'写字'办公的地方。当然啦，在海外也有些口袋里没钱的人，穿一身名牌衣服，租间写字间，然后开始用电话行骗。将来啊，这样的势头也会兴起来。社会发展了，好坏东西都会有……"

"二舅所说的与唐律师的观点是如此相似。此前听齐先生讲了那么多资本市场的事，原来还有这么多的套套、花样。建造宾馆、酒店，这是二舅的老本行，但要具备专业学问和现场管理经验，'写字楼'这生意比起来就显得简单，但也要防二舅所说的那些骗财的歹人，要多个心眼……等二舅比较有放松闲暇时再多多请教他。"自从二舅踏上祖国的土地，阿弟就一直发挥着脑中的录音功能，只听只录，不说少说。

"闻先生，晚宴之后你是准备……"吴玉燕又问。

"当然是上街吃地方小吃啦！然后嘛，直驶厦门，看咱们的成老师有多大能耐。玉燕，你的先生可要同行？阿弟啊，这件事现下就通知家里，让众人有个思想准备比较好。"二舅脑好使，从刚才他所谈论的大小生意经，再到现在处理世事人情，这是二舅踏上祖国大陆还不到十二小时就能取到这样一个"平衡点"，而且还能操控得如此轻巧、漂亮。尽管二舅已是一大把年纪，但是，他始终在追着时代的潮流前行。

"好的，二舅，我现在就办！"外甥打通了漳州家里的电话，是岳父大人接的。他非常平静地告诉小婿，已经包下了漳州公交总公司的一部公共汽车，花不了多少钱，却得到往返厦门、漳州的大便利，说得过分一点，想坐想躺随意来。岳父这番一本正经的话，令女婿差点没乐晕过去，感叹道：岳父老泰山真是条江湖好汉。

这条"爆炸"新闻让二舅的兴致更加高涨。

"闻先生，计划与行动统一了，厦门、漳州的事成老师也已经处理了，现下你最重要的工作就是休息，保持旺盛的精力，等亲人们相聚时面对面畅谈，那有多好。闻先生，你说呢？"吴玉燕真有点私人秘书的样子啰。

"玉燕啊，如果让你干秘书这个差事，你一定是个非常优秀的好秘书。不过你的能力已经超出了做秘书的水平，我不会吹捧人，这是实在话，相信你今后一定会成为非常优秀的掌舵人。"二舅经过将近一天的观察后下了定论。

"二舅，上午你在颜主任办公室里用英语说了一句'听到开会就头疼'。到底是怎么一回事啊？"阿弟刨根问底。

"哈……哈……说来话长。当年在游击队时，支队长布置战斗任务十分简单明了，一二三就完事啦。而分队长召集开会，还没开口，大伙儿的脑袋就好像被火炉烧烤一般疼，此人一开口就没有停歇下来的时候……"

"对不起，打搅一下。吴总经理，你的休息室我已经整理好了，是不是……"女工作人员进来请示。

"知道了，你下去吧。"吴总经理说，"闻先生，现在我要打断你的故事了，咱们改日再讲，有的是时间。现在你必须安心休息，我们就可以去买些福州土特产带回家。来，我带你到我的个人休息室。"吴总经理的脸色有点严肃。

"哦，我听出来啦，这是命令！那好吧，识时务者为俊杰。玉燕，经你这么一说，我还真有点累了。"二舅伸了个懒腰，走出办公室时，忽地回想起吴玉燕刚才所说的话："我们……回家……"究竟是何意？想不明白，还是睡个好觉松松筋骨。

"在我外出期间，公司的全盘业务由张副总经理负责。凡是省外或是省内短途出差的人员，都必须由他签批再报备秘书处，这是公司的人事、财务纪律，必须严格遵守。"

吴玉燕安排好晚上出行的事情，和成闻卫走出公司大门口，上了一辆三轮车。办完公事，该办两个人的事了。

"再不利用这一丁点时间，就真没有好时机啦！从昨日到今日，我过得真快活，满心喜悦。头一回与你如此公开地出入，像一对恩爱夫妻一般。阿卫，还在磨蹭什么嘛，快点啊，还要去备那些带回家的土特产哦！"女人说。

吴副主任确是位认真负责的好同志，晚间差两分七点，他就乘着公司的专用轿车来到吴总经理的公司。他真会掐算时间，三人刚吃完鱼丸汤面，他就出现在门口了。

吴玉燕深知，所有大场面的宴会都是借酒说事，象征性地动动筷子，哪能像在自己家中吃饭这样踏实。几顿饭下来，她也发现，二舅不仅食量好，且不挑食，睡眠质量也出奇的好。惟此才会有足够的能量、气血供给大脑思考、处理事情啊。

吴副主任把贵宾们带到一家装潢十分考究的老字号酒楼门前。吴玉燕对二舅耳语告知，这是福州市的头牌酒楼之一。吴副主任引路上了酒楼三层的大包厢，内里陈设十分豪华：紫檀木的屏风，仿古的明式桌椅，左右两侧墙面挂着张大千与齐白石水墨画的仿件，花架上的鲜花吐露芬芳，墙面正中是个烫金的"福"字。

颜主任疾步上前迎接，吴副主任押后将包厢的门带上。颜主任将在场的几位水、电、管网、电信部门负责人介绍给爱国老华侨认识。一番问候、握手、互换名片之后，颜主任说："你们几位与闻先生交换名片，其实就是个形式而已，这四位关键部门的掌门人全是吴总经理丈夫早年的部将。是这样吧？吴总经理。"颜主任的笑容透着一丝丝的狡猾……

"颜主任带你们四位好帮手上阵，看来是颇费了一番脑筋的。老姜的身子骨你们都是知道的。上午看了绿化用地，也拿了不少资料，但这些全是初期工作。闻先生回一趟祖国不容易，还想多考察几个地方，要是到时看中你们手中的哪方宝地，还望诸位高抬贵手，多多协助。"吴总经理再次发挥她的优秀口才。

"那是自然的事！"在场的所有人都是满口答应。"闻先生，今天晚上咱们同聚一堂，不谈工作只拉家常。我请渔船上的几位好朋友帮我寻来几味海产。我知道闻先生是土生土长的厦门鼓浪屿人，在海边长大的男士们，对大海都有一种非常特殊的情感，就请闻先生在咱们故乡的餐桌上品尝家乡的这些美味。我不知道闻先生是否有喝葡萄酒的习惯，来……"颜主任的右手食指一指，一位穿着绣有牡丹图案的绸缎旗袍、身材苗条匀称的妙龄女服务生，手托景泰蓝托盘，盘中立着一瓶进口的红葡萄酒，迈着标准的模特步缓缓飘到老华侨身旁。漂亮的女服务生将酒瓶斜放，瓶身酒标正对着老华侨，让其细细过目。

"这是一九六二年拉菲酒庄出品的红葡萄酒。凡是拉菲、拉图、玛戈酒庄出品的红葡萄酒，都可以算是名酒。看来，国内的消费水平也在慢慢与世界接轨啊！"老华侨微笑着说。

"闻先生的眼力真好，都不用戴眼镜，像我们这几个，每人都挂上老花镜啦。闻先生，原先我吩咐过这家酒楼的负责人，想多拿一瓶与闻先生畅饮的，哪想到他报告说二十年左右的名牌红葡萄酒仅存这一瓶了。咳，有点扫兴。"颜主任话留半句，他好像有点过分的"兴高采烈"。

"颜先生，平日里我在文莱家中很少沾酒。"老华侨回答了颜主任的后半句话：尽可放心，鄙人不贪杯。他说："今天晚上诸位盛情款待，难以推却，那就与各位同干一杯吧。"

听完这句话之后，颜主任再做了个手势，女服务生才启开酒瓶软木塞，给各人倒上浅浅一杯底的酒。

满桌的目光全射向老华侨。

"喝这样的名酒，一般都是以品为主。"二舅端起酒杯，看大家和他做了一样的动作，接着说，"然后慢慢地晃动，这样是为了让红葡萄酒的果香得以充分释放，让饮酒者闻到。都闻到这种香气了吧？这就可以品上一小口……"

二舅正说着，还没来得及做品酒的示范动作，那四位权力部门的领导人物早已张开了大口，仰起头将杯中的酒全倒入嘴里。

老华侨手上依然在晃着酒，眼睛却看呆了，但又不敢笑……咳，只是可惜了这些陈年佳酿，这样将它一大口猛倒入喉，是对好酒之不公平。站立一旁的服务生们也抿着嘴笑。

"哇，很香，就是有点酸哦！"四位领导说。

颜主任涨红着脸苦笑着。这时只见一位厨师打扮的壮汉单手托着一只大盘进来，盘上放着一只大瓷瓮，他将它放置在圆桌正中央。

"佛跳墙！这在国外的中餐厅是一道招牌菜哦，还必须在高级餐厅里预订才能吃到，咱们闽菜的头牌菜之一！说得大一点，它是中华鲁、苏、浙、徽、闽、粤、湘、川八大菜系的名菜之一哦！"

"闻先生真是见多识广，佩服佩服！"颜主任说。

两名女服务生各站在圆桌一边，一人介绍说："在中国的八大菜系中，闽菜佛跳墙是招牌名菜之一。这道菜的配方属高度商业机密，在这里，我们只能说，它是集山珍海味之大全，空中飞的、陆路跑的、水里游的好东西都归于此瓮中。"

女服务生一边介绍着，厨师一边打开了瓷瓮。登时，一种无比美妙的香气飘入食客们的鼻腔里，弥漫在整个包厢。两位女服务生分别给客人盛上一小碗，看得出那四个领导是恨不得连碗一起倒入大口之中。但是，再怎么也得等着老华侨先动筷啊。

二舅舀了小半匙的汤汁含入口中，闭上双眼静神细品，之后来了一句："嗯，上品，上品啊！"

"闻先生真是周游全球的美食行家啊！听说这道闽菜系的名菜在美国和一些发达国家都是要排队预订的，是这样吗？"颜主任好奇地提问。

"是不是那样紧俏我还真不知道。我吃过两次佛跳墙，一次是在法国的高级中餐厅，另一次是在澳大利亚的同乡会，比较之下还是澳大利亚那回的手艺、食材正宗些。今天晚上咱们是在这道名菜的发源地餐馆吃最正牌的闽菜，无论刀功、火候都堪称一流，色、香、味俱全啊！"

"二舅，我的一位省体校的同窗是福州本地人，其叔叔就是专门给这瓮名菜配食材的。他曾说过，这个瓮瓮里的食材要分成两天做，分别用大、中、文火慢慢炮制，最后再会菜，再调制，相当吃功夫费工夫的。真可谓慢工出细活哦。"阿弟说。

"来，来……赶快趁这热香气爽爽口。闻先生，再来一碗故乡的美味，要吃到尽兴才爽哦！"颜主任一举手，立马有服务生近前来添加菜肴。

"颜先生请，诸位请。"老华侨端起酒杯客气道。如此费工、费精料的闽菜，确是要好好品尝哪！

不一会儿工夫，大瓮瓮就见底了。如若不是海外华侨在场，有碍观瞻，其余几人早就将瓮瓮翻个个儿啦。当年，要想在"佛跳墙"的故里吃到这一味地道名菜，可不是什么容易的事，必须排号候着，只是走后门的人太多，排到何时就说不准啦。

"接下来是小吃，是闽南人最喜欢的日常小吃……"颜主任兴致勃勃。

还真是闽南的小海鲜：土笋冻、小章鱼、活沙虾、清炒沙虫……这不是正式宴会的菜肴，更不是福州人的小吃货色，这是清一色的闽南特色鱼货，是颜主任费的大心机！

来而不往非礼也，二舅当然也要为地主如此精心安排的招待晚宴助兴。他津津有味地谈起童年、少年时代和阿兄、小妹的往事。在大海退潮时，他们到鼓浪屿的滩涂抓章鱼、擒螃蟹。他们的姑父是制作土笋冻的好手，教了他好几十回但老也学不会，终究就不是那块料。而那道简易的海水煮章鱼则是一学就会：将捕获的小章鱼身上的黏液洗净，漂清了之后，把海水——淡水可不行——煮沸，用长竹筷子夹住章鱼身在锅中烧得滚沸的海水中翻滚几下，然后再将整只章鱼没入锅内。那是件吃手上功夫的大活，要学着姑父那样，在心中默念数数，可章鱼有大有小，又不能套用一样的时长。取出烫熟的小章鱼之后，就立马放入装有冰凉古井水的碗中，如此浸泡出来的小章鱼才有脆香的味道。此后，配上蒜泥、芥末——这就是老华侨的小妹、成老师的母亲要干的活了，她的两只小手在石臼里翻飞，是个捣蒜泥的高手。没有这样的佐料蘸着吃，还真不够味，若再蘸点小米椒，配点上等酱油汁，那才叫一个绝呢！

颜主任打的就是"故乡牌"，这比正式场合的会谈更有成效。人们常说，领导是一门艺术，懂得"艺术领导"的干部，政绩会比不加思考、人云亦云的干部强，在仕途上将会有更加光明的前景。

"颜先生，要是在国外的正式宴会，凡是吃海鲜类，都以白葡萄酒佐餐，因为白葡萄酒不必经过发酵。而红葡萄酒必须经过橡木桶进行第二次发酵，又专与红色肉类如猪、牛、羊肉搭配饮之。所以，颜先生，不用想即可知，将上桌的定是主食。"

与一位虚岁七十有三的老者玩太极，还真得小心……

"来啊，上！长寿面！"主人略显兴奋。

酒楼的女服务生端上来一碗碗"一生长寿面"。

这是大师傅手工牵拉出如面线一般粗细的面条，然后聚成一个草书的"寿"字，上笼蒸熟。端给二舅的面条用一个精致的花边小盘子装着，围边是红色的虾仁、胡萝卜丝与西红柿圆片。几样菜蔬全经过热油处理，点缀在小盘沿边，显得格外精致、喜庆，令用餐者浮想联翩。

"谢谢！谢谢大家！"

致谢后的老华侨只挑了一小撮胡萝卜丝和两小片西红柿入口，不知为何神情不是太高兴，直到席散。

唯有他和外甥、吴玉燕总经理都没动一丝面条……

"我听吴副主任说，闻先生晚间就要赶往厦门，何事如此急迫？"颜主任问。

"我这个外甥学校的足球队明天上午有一场决赛。我嘛，年少时就酷爱体育运动，恰巧赶上这么个好机会。还有，凡是暑期，我都习惯夜间出门，几十年的老习惯了。返程时我仍然在福州登机，咱们几天后还会再见。"二舅语调轻松。

"闻先生，今晚咱们有约在先，不谈工作。哈……我在福州等你回来，先预祝你一路顺风，到了厦门办事顺利。天热，要多多注意休息哦。"颜主任分明就是在谈工作。

整个晚上，颜主任都是为了未来的工作做铺垫。实事求是地说，这位领导干部是有实干精神的，也很懂得巧干，对工作前景的拓展有预判敢作为。当年的中国确是非常非常需要这样的人才。然而，一个人一旦被捧高了，难免不再认识自己，别太自负，时常回个身转个头，看看自己曾经走过的路。依然是那句老话：记清明天之去向，勿忘昨日的来路。

夏季晚间的时光特别容易流逝，这样一餐招待宴会，就吃掉了两个半小时。老华侨想吃的家乡味小吃已品尝了好几样，他可不是个"嘴饱眼不饱"的人，乖乖听从了吴总经理的安排，回到华侨大厦的客房喝喝咖啡，静等一会儿回故乡厦门。

吴总经理回到公司，请小吴司机带她回到家中。她一边准备着小寿星周游世界的东西，一边给老姜汇报这一天的工作。老姜告诉吴玉燕，在中午时分得到新的讯息：在一两个月内，中央会给厦门市一个"大动作"。他叮嘱她：要保持与运作好厦门方面的人脉关系，目前来看，省会城市福州是占据了各方面的优势，可是，厦门的发展前景是任何人都无法预估的。吴玉燕听到这条全新的信息相当振奋。她重新打理保姆已整理入箱的小宝贝的衣物、玩具，也难怪，亲生母亲与保姆的想法仍是大有区别的。

时候不早了，母亲亲手抱着儿子，给他披了一件小外套，保姆手提两大包行李，老姜目送母子离开大楼。

"哇，小乖乖来啦！玉燕，你的儿子相貌真好，这么小的婴孩，天庭就如此饱满，嘴鼻耳下巴都这么好看，就是不让我这个老头子看看他的双眼。快，快抱到我的床上来。"老年人看到小孩总是高兴的。

吴玉燕把老姜刚对她说的新消息复述给二舅听，老华侨喝了口阿弟刚煮的咖啡，说他非常同意她丈夫的观点，现时仍处在海防前线的厦门市，无论市一级的领导与中央有着多么好的关系，各方面的发展终究会慢于省会城市福州。就这一整天在福州考察的印象，其气势与阵势还是令人满意的。

说到颜主任，吴玉燕介绍说他原是老姜手下的虎将，老姜就是看中他确实有头脑，很能干，处理事情尤其是大事件较为稳妥。老姜历来以注重人才著称，为了提拔、重用人才，他是不怕得罪人的。如此做法于公自然好，于私就有结下怨恨的后果。颜主任为人精明，到后来将老姜手下的一大班人马也收入旗下，就是二舅在晚宴上见到的那几个关键部门的领导。

这一天吴总经理都一直在有意地保持与颜主任的距离，老华侨看在眼里，很喜欢吴总经理的这一点聪明：这样的女子不容易被套，更不用说被利用了。颜主任习惯于事先非常缜密地思考、计划，之后再布局、实施，确是个有作为的人才。也正是他过于老谋深算，才会时不时目空一切。

"这样一整天走下来，能够比较仔细地看到新大陆、新中国的新样式。对祖国有了一定的信心，真是百闻不如一见啊！"二舅说，"国内还真是大有人才在，只是权力过于集中，又失之监督管控，这就存有相当危险之成分，一旦成了可以换钱的商品，那就要坏事！香港有一阵子就是出现这种状况。国家的大门开了，法制不跟上，迟早会有大麻烦的。在这一点上真的要表扬阿弟，我还在文莱时，从电话里就听出来了，阿弟在这方面有很强的自觉意识，往后不仅要保持，还要更加用心钻研才是。另外，阿弟脑瓜灵活，能敏捷应变。此次初会颜先生，一般来说会拘于陌生很难深谈，可这小子就是能借颜先生之叔父颜牧师为话题，一下子暖了全场的气氛。"

"当年成老师在学校里，天天除了训练还是训练，只不过他做事特别认真。除训练之外，唯一的去处就是学校图书馆，仅就这一点，我们任何一位老师都深感满意。"当年的教务处主任有点兴奋地告诉二舅。

"这样的男生一旦走向社会，必定有责任心，勇于担当。其实要不是我的妹夫病危卧床，阿弟还真不会去接触生意。小妹的家公只让子女一味读书，我的妹夫也继承了他老人家的家训，即使大改革大开放，他也不让阿弟去沾生意的边。

"所以啊，玉燕，阿弟能做生意，有必然也有偶然，凑到一块儿了。一个是时机，一个是人恰好走到那个点上，要说是运气、天意也对……"

"闻先生，我打断一下你的话，请问你，做生意是不是有遗传的？是不是天生就具有这样的思维？"吴总经理问。

"玉燕，昨天我刚回国时就对你们说过，阿弟他爸做生意时，我还在玩球呢！他的大老板——阿弟要称其陈全伯的，也与我谈起过做生意这件事，想把我'拉下水'，我嘛，就是不想做生意，志向是当大学教授。可是，小日本战败后，遇上阿弟他二妗，加至生活要吃三餐、衣着出行，有了众亲人相助、互信、合力、提携等等，虽然资金是很重要的一方面因素，但是，合伙做起事业的众人同甘共苦，人有了奋斗的底气、志气、精神头，这比什么都重要。结婚成家后处处都需要钱，我们又刚从北婆罗洲迁移到文莱，换了环境，最后还有亲朋的督促等等，退出已是件不可能之事啦！也就是说，人的思维、恰当的时机、运气，三者缺一不可。如果那时阿弟不是专一地听从清江贤弟的话，而是去找一个不具有新时代改革观念的人商议，并且采纳了这个人的建议，那么，阿弟也就不会如此顺当地走上生意道。就说你吧，青春时代是游泳运动健将，接着搞行政工作，现今经商，你用行政管理的思维来经商，有何不可？只不过你的思维会随着环境不断地改变，连你自己都没察觉到。"二舅一脸笑。

事实上，二舅已发现眼前的婴孩与阿弟的周岁照片完全一个模子，再想到吴玉燕掩饰不住的兴奋与亲昵语气，心中已明白了八九分，于是比在公共场合健谈许多……二舅闻其绵就是一位名副其实的华侨"道人"。

"等一下闻先生与成老师乘坐我的那辆车。别看小吴司机年岁不大，驾车技术可是一等一，是老姜专门调来给我开车的。闻先生，车上的后排座全归你了，毛毯我也预备了。吴副主任、保姆加小宝贝，与我同乘颜主任的那部车。"好啦！返回福州是几天后的事情了。

"现在，咱们回目的地：厦门。出发！"吴玉燕兴奋地说。

（中卷完）

462

跋

中国改革开放三十八年，这只是历史长河中的短暂一瞬。

改革，唤醒了中国大地，驱散了中国人贫穷的观念。

开放，让国内旅游者、海外观光客走遍华夏大地！

这是个伟大的时代！

确切地说，自一九七四年起或更早的十年前，贫穷的中国就已经孕育着这场伟大变革的萌动，只不过……

从一九七八年年末至一九八四年，在共和国成立三十年至三十五年的时间段里，在实行改革开放的初始年代，那种种艰辛，那重重困难，那些苦、麻、酸、辣……所有经历过的人将铭记终生。

在二十世纪七十年代末至八十年代初为人父母者，他们的父母双亲都是经过重重苦难将他们抚养成人的，因此，就有了小说中虚构的故事……

在这个伟大的时代，能亲身经历如此的大事件，是生活在这个年代里的每一位中国人之荣耀，是值得人们纪念与书写的。

这是一位六十五岁的老人想告诉你的点滴往事，就这样一直写下来了！

想一直写下去！

谢谢朋友们！谢谢！

二〇〇四年新年正月初一至二〇〇五年五一节初稿

二〇〇五年年末至二〇一二年二稿至九稿

二〇一四年十月二十七日第十稿

二〇一五年清明至二〇一六年二月二十八日十一稿、十二稿再定稿

补 记

这是一部颇具传奇色彩的自传体长篇小说。

在第一部的上卷里，主人公成闻卫因其父病危，调回故乡工作，由于此因，他开始接触水产生意，除本职工作以外间接经商。就是在这样的时刻。交往了他这一生中的两位好姑娘，还有他这一生中的三位生死好兄弟。

在第一部的中卷里，讲述了凡间女性与病魔、绝症，还有严酷的自然灾害、人性可憎的一面肉搏的动人故事，卷中依然讲述改革开放初期、国内以及海外华侨回国投资，准备参与祖国四个现代化建设的大、小故事。

在第一部的下卷里，讲述生意场信誉、社会、家庭教育与伦理道德、海外华侨投资祖国的热情与顾虑、宗教信仰等等国内、海外的新鲜动听故事。

在第一部的三卷小说中，以主人公成闻卫看护监狱里的死刑囚犯为引线，用倒叙、插述的写作手法，讲述中国在一九七八年秋、冬到一九八一年春，国家初始改革开放阶段的动人故事。

《界》之第二部，写的依旧是国家的改革开放；平民老百姓逐步走向富裕生活后的生存、生活百态。为官者、商界、生意人、国家法律、平民的一些表象。花样百出且不断翻新能"玩"到极致的权与钱之奥秘，都是些平头百姓的身旁事，当然更少不了揭露高官、贪官的肮脏嘴脸与龌龊之黑手……

《界》之第二部更值得期待！

于二〇一七年三月十四日

图书在版编目（CIP）数据

界．（中卷）/陈文伟著． -- 北京：作家出版社，2018.9
ISBN 978-7-5212-0225-0

Ⅰ．①界… Ⅱ．①陈… Ⅲ．①长篇小说 – 中国 – 当代 Ⅳ．
①I247.5

中国版本图书馆CIP数据核字（2018）第211541号

界（中卷）

作　　者：陈文伟
责任编辑：王宝生
装帧设计：刘　璐
出版发行：作家出版社
社　　址：北京农展馆南里10号　　　邮　　编：100125
电话传真：86-10-65930756（出版发行部）
　　　　　86-10-65004079（总编室）
　　　　　86-10-65015116（邮购部）
E-mail:zuojia@zuojia.net.cn
http://www.haozuojia.com（作家在线）
印　　刷：三河市兴博印务有限公司
成品尺寸：170×240
字　　数：460千
印　　张：30
版　　次：2018年9月第1版
印　　次：2018年9月第1次印刷
ISBN 978-7-5212-0225-0
定　　价：59.00元